Lothar Englert
Friesisch Blau

Lothar Englert: Friesisch Blau
Historischer Roman

1. Auflage 2013

ISBN 13: 978-3-86412-060-2
© Leda-Verlag. Alle Rechte vorbehalten
Leda-Verlag, Rathausstraße 23, D-26789 Leer
info@leda-verlag.de

www.leda-verlag.de

Lektorat: Maeve Carels
Satz: Birthe Räcke, Heike Gerdes
Titelillustration: Carsten Tiemeßen
Druck und Bindung: GGP Media GmbH, Pößneck
Printed in Germany

Lothar Englert

# Friesisch Blau

Historischer Roman

### Lothar Englert,

1948 in Brühl geboren, ist Oberstleutnant a. D. der Bundesluftwaffe. Er ist verheiratet, hat zwei Töchter und lebt in Aurich.
Sein erster historischer Roman *Friesische Freiheit*, der 2010 im Leda-Verlag erschienen ist, begeisterte Leser und Kritiker gleichermaßen und stand auf der Spiegel-Bestsellerliste. 2012 erschien sein historischer Roman *Die holländische Brille*, der sich mit dem Leben und Sterben des ostfriesischen Astronomen Fabricius beschäftigt.

*Stimmen zu Friesische Freiheit:*

*Carsten Jähner: »Eindrucksvoller Roman über das friesische Mittelalter.«*

*Gerd Constapel: »Für uns Ostfriesen ist dieser Roman ein Glücksfall. Er zeigt uns auf anregende und spannende Weise einen dramatischen Ausschnitt aus unserer sehr eigentümlichen und einzigartigen Geschichte des Mittelalters.«*

*Heinz J. Berghoff: »Ein großer Wurf.«*

*Werner Janssen: »So macht Geschichte Spaß.«*

*Gerhard Schäfer: »... monumentaler und einzigartiger historischer Roman. (...) mit besonderem Nachdruck zu empfehlen und steht denen bekannter und berühmter Autoren wie Frank Schätzing oder Ken Follett in keiner Weise nach.«*

**Friesische Freiheit**
978-3-939689-55-3

**Die holländische Brille**
978-3-939689-51-5

Für meine Frau Therese
und die Bürger von Emden

*Aber von allen Gütern, die ein Kaufherr behüten muss, ist seine Ehre das wichtigste.*

# Prolog

*Der Stalhof[1] in London, August 1198*

Von der Themse her kam ein übler Geruch durch das geöffnete Fenster, es war die übliche Mischung aus faulem Fisch, Hausabfällen und Fäkalien, London machte da keinen Unterschied zu Hamburg oder Bremen. Auch die Flügel stadteinwärts standen offen, und von Tyborn gallows brandete plötzlich stürmischer Jubel herüber. Es war Hinrichtungstag. Den Altermann[2] des Stalhofs schien das alles nicht zu berühren. Er winkte seinem Sekretär mit dem Zeigefinger, ließ sich ein Papier reichen, warf einen flüchtigen Blick darauf und sah den Emder mit kalten Augen an. »Ihr hört, das Tuch hat seinen Preis. Es kostet, was es kostet. Wir können wegen Euch keine Ausnahme machen.«

Wibolt Flaskoper hielt dem Blick des anderen stand. Der Mann stammte aus Köln und hieß Herbord Ruwe, sonst wusste Flaskoper nichts über ihn. Der Vorsteher des Stalhofes war gut behütet, er trat nur bei offiziellen Anlässen auf. Die Gilde der Großkaufleute ließ kaum jemanden an ihn heran, schon gar keinen Fremden. Für alle Fälle stand ein bewaffneter Kontordiener neben der Tür, er trug einen Stabdolch mit einer wuchtigen Klinge. »Der Preis ist über die Jahre ständig gestiegen. Selbst

---
1) Seit etwa 1000 n.Ch. deutscher Handelshof, von Kölner Kaufleuten gegründet
2) Vorsteher eines Handelshofes

Anno 96 und 97, als der Markt mit Wolle förmlich überflutet war.« Wibolt sprach ruhig, denn ein unbeherrschter Kaufherr schadet nicht nur seinem Ruf, sondern auch seinem Geschäft. »Und jetzt soll er wieder höher liegen. Um fünf Teile von hundert!«

Im Blick des Altermanns stand nun kühler Spott. Sein Gesicht blieb starr, aber die Augen sprachen Bände. Was will denn dieser kleine Lumpenhändler? Weiß er nicht, mit wem er spricht? London ist Stapelplatz. Hier werden die Waren der vereinigten Bruderschaften der Städte umgeschlagen. Gesammelt, was aus England auf das Festland geht und umgekehrt. Kaufen kann er bei einem unserer Händler am Hof. Aus den Mengen, die noch keine Abnehmer haben. Zu den festgesetzten Preisen. Oder er kann es lassen. So einfach. Ruwe legte seine gepflegten Hände behutsam auf die Brokatweste. Die Geste hatte etwas Betuliches, und zugleich verströmte sie spröde Arroganz. »Ihr sagt, dass der Markt mit Wolle gesättigt war? Wie kann er das, wenn die Preise steigen?«

Der Ton des anderen trieb dem Emder die Zornröte in den Hals. Es war die übliche blasierte Art der Gildekaufleute gegenüber einem kleinen Händler. Hier sprach der Sehende zum Blinden. Ein Wissender mit einem Ahnungslosen. Ihr wollt mich lehren, wie der Handel geht? Was untersteht Ihr Euch?

Dann schwieg Ruwe. Wahrscheinlich war ihm sein Atem zu kostbar. Verschwendet an diesen nachrangigen Krämer, der sich glücklich schätzen durfte, des Altermanns vom Londoner Gildehof überhaupt ansichtig zu werden. Den man nur vorließ, weil er rüpelhaft darauf bestanden hatte, wie ein Straßenköter, dessen Gekläffe man endlich nachgibt, um seine Ruhe zu haben. Ruwe bewegte sacht die Hände auf dem Wams, strich beinahe zärtlich über den kostbaren Stoff, und die Ringe an Finger und Daumen glitzerten. Dieser Kontakt, das Befühlen der teuren Seide, schien ihm nicht nur Genuss zu bereiten, er war, das wurde deutlich, als Beschäftigung jedenfalls erbaulicher als solch ein Gespräch.

Auch Wibolt blieb stumm. Das Gebrüll von der Hinrichtungsstätte flaute ab, flackerte dann erneut auf und trieb auf eine bis dahin nicht erreichte Höhe. Es musste wohl besonders spektakulär zugehen. Oder besonders grausam. Jedenfalls schienen die Leute ihren Spaß zu haben. Pöbel. Gesocks. Das Gesindel aus den Vorstädten, wie immer, wie überall. Wibolt fühlte sich angewidert, nicht nur von der Hoffart Ruwes.

Der Emder hegte schon lange den Verdacht, dass die großen Gilden nach Marktlage in den Warenverkehr eingriffen und künstliche Verknappungen herbeiführten, um die Preise hoch zu halten. Wie in den beiden letzten Jahren, als es plötzlich zu viel Wolle gab. Das Wetter war gut gewesen, die Herden waren gewachsen und mit ihnen der Ertrag. Augenblicklich waren die Preise gefallen, so rasant, dass man sogar in Ostfriesland davon sprach. Wibolt hatte sich eilends nach England aufgemacht, um seinen Teil des Segens zu ergattern. Er würde große Mengen Tuch kaufen, so war sein Plan, und es zu Hause in Emden fein säuberlich in den Speicher legen, bis die Preise wieder stiegen. Aber dann gab es böse Gerüchte, schon auf der Überfahrt, und als der Emder in London eintraf, hatte sich die Lage völlig verändert. Der Markt war normal reguliert, gutes Tuch hatte den üblichen Preis und nur Ausschuss war billig zu haben, so wie sonst. Bei der Landung in Dover kam von Nordosten ein seltsamer stechender Geruch, er wurde aus Suffolk herübergeblasen, es stank nach verschmortem Horn und irgendwann dämmerte es auch dem Letzten, dass hier immer noch Wolle verbrannt wurde.

Später hörte er in den Schenken, die großen Gilden und Bruderschaften steckten dahinter, die mächtigen Verbände der Fernhändler und Großkaufleute; die frühe Hanse. Man habe die Schäfer und Zulieferer unter Druck gesetzt, bestochen, bedroht und mit Geld gebändigt. »Und das rechnet sich?«, hatte er zweifelnd einen befreundeten Viehhändler gefragt, und der hatte ihn angesehen wie ein König seinen Narren. »Was denkst du wohl? Das Geld für die Schäfer und Wollhändler ist ein Almosen im Vergleich zu dem, was die großen Gilden am Ende einstreichen werden.«

Wibolt war nicht bereit, für geringer zu gelten, nur weil er mit kleineren Mengen handelte als der Mann, der ihm nun hier gegenübersaß, affektiert und mit dem Habitus eines Künstlers, der weiß, dass er seine Zeit an einen Ignoranten verschwendet. »Ihr irrt, oder Ihr wollt mich foppen«, sagte er frostig. »Auch wenn ein ostfriesischer Händler weniger Ringe trägt als Ihr, weniger Speicherraum braucht und besitzt, weniger Umschlag macht und weniger Gewinn, er versteht sein Geschäft nicht schlechter als Ihr, das wisset!«

Der Altermann hob den Kopf. Der Ausdruck von Spott in seinen Augen hatte sich sogar noch vertieft. Aber da war auch ein zorniges Funkeln, als wollte er sagen, hütet Euch, meine Geduld kommt an ihr Ende. Und dann sagte Herbord Ruwe die beiden Sätze, die er wohl besser im Gehege seiner Zähne gehalten hätte. »Eurem Namen nach haben Eure Vorfahren mit Flachs gehandelt. Vielleicht solltet Ihr Euch diesem Geschäft wieder zuwenden, es ist weniger schwierig als der Wollhandel.«

Es war ein ungeheurer Vorgang. Trotz des Gefälles zwischen ihnen sprachen sie unter Kaufleuten, von gleich zu gleich, und hier bezweifelte einer die Fähigkeiten des anderen. Der Emder atmete scharf ein, und in dieses Geräusch hinein fiel das mühsam unterdrückte Kichern des Sekretärs. Grußlos wendete sich Wibolt ab und verließ den Raum. Sein Zorn loderte so hell, dass er selbst zu leuchten schien. Den Stabdolchträger an der Tür stieß er rüde zu Seite.

Und dann nahmen die Dinge ihren Lauf. Er kaufte Tuch

nur, um nicht mit leeren Händen nach Hause zu kommen, die Menge war deutlich geringer als erwartet. Am letzten Abend in seiner Herbergsschänke sah man ihn tief in Gedanken. Er trank wenig und die Schüssel mit Lauch und Fleisch blieb beinahe unberührt. Wibolt hatte keinen Hunger und er hatte es satt. Satt, von den großen Gilden gegängelt zu werden. Satt, ungerechte Preise zu bezahlen. Satt, sich von blasierten Zunftmeistern belehren zu lassen. Satt, im großen Spiel des Marktes hin und her geworfen zu werden wie ein Stückchen Holz. Davon musste er sich befreien. Nicht nur als Emder Kaufmann, sondern auch als Rat in jener Stadt. Er grübelte und sinnierte. Wenn er das alles loswurde, abwarf, hinter sich ließ, dann konnte er nicht nur als Händler wachsen, sondern auch an die Spitze des Magistrats. Sein Entschluss stand fest, noch bevor er in den Bettkasten kroch.

Schon auf dem Schiff schmiedete er Pläne. Natürlich würde er Geld brauchen. Viel Geld! Aber das würde er bekommen, er war ein angesehener Händler, Mitglied des Emder Rates, und er war solvent. Und dann würde der Handel in Schwung kommen. Gewinnträchtig. Aussichtsreich. Mit zwingendem Erfolg. Ohne das Kartell der Gilden. Unbehelligt vom Diktat der großen Bruderschaften. Er war sehr optimistisch, als die Kogge in den Hafen einlief. Die Sonne schien über Emden, sie brach sich golden auf dem Rathausdach, und das schien Wibolt Flaskoper ein gutes Omen.

# 1.

*Es soll niemand an dem Ort, an dem Handel getrieben wird, weder innen noch außerhalb des Hofes, Waffen tragen.*
*Aus der Nowgoroder Schra[3]*

*Emden, Ende März 1199*

Wibolt Flaskoper war schon für den Magistrat gekleidet, als die Hausmagd den Fremden meldete. Er war ungehalten über die Störung, aber die Frau sagte, der Reiter lasse sich nicht abweisen, und die Sache sei wohl dringend. Wibolt verließ seine Schlafkammer und ging durch den Wohntrakt nach unten. Es war noch früh, eine milde Frühlingssonne stand über der Baustelle an der Kirche. Er sah die Helfer der Zimmerleute an den Gerüsten turnen und hörte das Klingeln der Steinmetze. In der Stube kicherten die Wäschefrauen. Es war ein schöner Morgen und Flaskoper freute sich auf den Magistrat. Heute würde man die neuen Mitglieder für die beiden nächsten Jahre wählen und er hatte gute Aussichten, das beeindruckende Votum seiner letzten Wahl diesmal noch zu übertreffen. Insgeheim hoffte er sogar darauf, die meisten der Stimmen auf sich zu vereinen. Ein Paukenschlag würde das werden, ein Ereignis mit Wirkung weit über Emden hinaus. Es wäre der letzte, der entscheidende Schritt an die Spitze. Dann könnten sie nicht mehr an ihm vorbei, die Hayens und die Moermans – Freunde, gewiss, aber auch Konkurrenten, Mitbewerber um die wichtigsten Posten zur Führung der Stadt. Und jetzt

---

[3] Regelwerk des Handelshofes von Nowgorod

hier dieser fremde Kerl, unwillkommen an diesem Tag, mindestens aber zu dieser Stunde.

»Kann sich denn nicht Habbo um ihn kümmern?«, rief er noch auf der Stiege.

Die Magd schien auf diese Frage gewartet zu haben. »Er will nur mit Euch reden«, gab sie zurück, »und Euer Sekretär ist bereits im Kontor des Hafenmeisters.«

So war es. Wibolt erwartete eine Ladung Färbemittel und hatte dem Sekretär aufgetragen, sich nach der Ankunft zu erkundigen. Mürrisch trat er vor das Haus, dann sah er den Kerl und hatte sofort ein schlechtes Gefühl. Der Mann war verdreckt und verschwitzt, er musste die Nacht hindurch geritten sein. Seine Augen waren rot vor Müdigkeit, das Pferd hielt den Kopf gesenkt und schlug träge mit dem Schweif. Wibolt sah in das Gesicht des Boten, es kam ihm bekannt vor, und dann, mit einem Mal, begann sein Herz wie rasend zu schlagen. Es war der Großknecht seines Partners im Emsland, des Schafzüchters Everhard Svenke, des Mannes, bei dem Wibolt Flaskoper einen Großteil seines Vermögens angelegt hatte.

»Was ist gefällig? Ich muss in die Bürgerschaft!«, knurrte Wibolt.

Der Reiter zog seine Kappe und grüßte, ohne zu lächeln. »Schlechte Nachrichten«, sagte er spröde und trat zögernd einen Schritt vor. Seine andere Hand umschloss eine Briefrolle, aber er reichte sie nicht, sondern hielt sie gepackt, als wollte er sie nie im Leben hergeben.

»Dann spuck es aus, Kerl. Was soll's denn sein?«, fragte Wibolt ungehalten. Er schwankte noch zwischen Angst und Ärger.

Der Mann trat heran und fixierte ihn aus blutroten Augen. »Es ist die Blauzungenkrankheit«, sagte der Knecht mit flacher Stimme. »Die ganze Herde ist erfasst!«

Wibolt handelte, ohne zu denken. Er scheuchte die neugierige Hausmagd von der Schwelle, packte sich den

Kerl und zog ihn ins Haus, trieb ihn die Stiege hinauf in den Wohntrakt und befahl den Wäschefrauen barsch, sich zu entfernen. Dann zwang er den Knecht auf einen Stuhl, riss ihm die Briefrolle aus der Hand. »Für mich?!« Als der Bote nickte, öffnete Wibolt die Siegelschnur, und dann las er das ganze Drama. Everhard schilderte präzise. Die Symptome waren eindeutig. Anhaltendes und hohes Fieber über eine gute Woche, begleitet von blutigroten Kopfschleimhäuten. An den Lippen, Augenlidern und Ohren wassersuchtartige Schwellungen. Blaurote Färbung im Maul und an der Zunge.

»Alle Lämmer werden tot geboren«, hörte Wibolt den Knecht mit dumpfer Stimme sagen, »die meisten verkrüppelt oder entstellt. Wir haben Tiere mit fünf Beinen darunter, auch welche ohne Kopf.«

Flaskoper ließ das Pergament sinken und fuhr den Boten scharf an: »Schone mich mit deinem Geschwafel! Ich kenne die Merkmale. Was tut ihr dagegen? Was tut ihr, Mann?!«

Der Knecht war aufgestanden, er breitete die Arme aus. »Wie mein Herr schreibt. Wir trennen die kranken Tiere von den gesunden. Was sollten wir wohl sonst noch tun?«

»Die Wolle, Kerl! Rettet die Wolle!«, schrie Wibolt aus vollem Hals, und der andere versteifte sich.

»Ja doch! Wir schlachten früh, was sich noch lohnt, für den Rest ... « Er breitete die Arme aus.

Flaskoper wusste, was der Knecht meinte. Mit dem Fleisch von Schlachtvieh konnte man noch Geld verdienen. Verendete Kadaver kosteten den Abdecker. Der Emder atmete tief durch, er fühlte sein Herz in der Brust unregelmäßig schlagen. »Wie viele können gerettet werden?«, fragte er tonlos.

Der Knecht hielt jetzt den Blick gesenkt, seine groben Hände knüllten die Mütze. »Drei von zehn. Wenn es gut läuft.«

Wibolt hatte das Gefühl, als griffe eine eiskalte Faust

nach seinem Magen. »Nur drei von zehn?! Und was ist mit den Muttertieren?«

Der Mann hob den Kopf. In seinen Augen stand Zorn. Er fühlte sich gescholten für eine Sache, die er nicht zu verantworten hatte, das sah man deutlich. »Wir wollen möglichst viele durchbringen«, sagte er kurz, »kann sein, dass wir es schaffen.«

Er hob die Schultern, ließ sie weder fallen. Die Botschaft war klar: Wenn die Muttertiere überlebten, dann war es möglich, eine neue Herde aufzubauen. Irgendwann, in zwei oder drei Jahren.

Aber Wibolt Flaskoper wusste, dass er nicht so lange warten konnte. Denn in der Zwischenzeit brach der Umsatz ein. Die Kette war einfach: keine Schafe, keine Wolle. Keine Wolle, kein Tuch. Und ohne Tuch kein Handel. Aber Schulden. Gläubiger, die drängten, ihr Geld mit Zinsen zurückhaben wollten. Schließlich, und nicht zuletzt, die Reputation in Emden. Sein guter Name, sein Ruf als erfolgreicher Kaufmann.

»Wir haben Pech, dass die Seuche jetzt auftritt. Bei kalter Witterung würde sie zurückgehen. Doch nun kommt der Sommer«, sagte der Knecht hilflos.

Das Gesicht des Kaufherrn verschloss sich zu einer steinernen Maske. Die Haltung. Nichts nach außen! Von allem, was ihn in Gefahr brachte, war offene Panik das schädlichste. Nicht auszudenken, wenn man in Emden erführe, in welcher Lage er steckte. Jetzt zuerst die Bürgerschaft. Der erste Schritt. Dann der nächste. Und dann … und dann …?

Er richtete sich auf. »Es ist gut. Sage deinem Herrn, ich habe die Botschaft erhalten. Er soll tun, was möglich und nötig ist. Ich komme demnächst, um selbst mit ihm zu reden.« Dann wandte er sich ab. An der Tür blieb er noch einmal stehen. »Und lass dir zu essen geben!«

\*

Fragen. Drängende. Bohrende. Fragen, deren Beantwortung er fürchtete, die ihn beschäftigten, und die man dennoch einem Knecht nicht stellen konnte. Wie groß ist der Verlust in Geld? Was bedeutet er für mein Geschäft? Welche Wollernte ist noch möglich? Was kann ich an Umschlagzahlen erwarten?

Gedankenschwer nahm Wibolt seinen Weg. Ganz gegen seine sonstige Gewohnheit hielt er den Blick gesenkt. Er hatte keine Augen für den just begonnenen stolzen Neubau neben der alten Kirche, die endlich durch ein Steingebäude ersetzt werden sollte, zum Ruhme der Stadt und zur Ehre der Kaufmannschaft. Er richtete nicht wie sonst seine ganze Aufmerksamkeit auf den Fachwerkbau des Magistrats, den er so liebend gerne unter seiner Führung als Bürgermeister eingerissen und in Stein neu errichtet sähe. Nein, er näherte sich der Bürgerschaft mechanisch, fast zögernd, mit tastenden Schritten. Was konnte, was *musste* er nun tun? In dieser Lage brauchte er vor allem Zeit. Zeit, sich zu erholen, die Dinge zu ordnen, das Geschäft neu aufzustellen und in ruhiges Wasser zu lenken. Aber diese Zeit hatte Wibolt Flaskoper nicht. Seine Mittel waren ausgereizt, bis zum Ende strapaziert. Die Gläubiger saßen ihm im Nacken, allen voran der Bremer Heinrich von Tossen, der auf peinliche Bedienung der Kreditzinsen sah. Wibolt brauchte Gewinn sofort, noch in diesem Jahr, sonst war er am Ende.

Er betrat die Bürgerschaft aufrecht und mit erhobenem Kopf, aber sein Blick war leer, als er durch die unteren Räume ging. Aus der Küche kam geschäftiger Lärm, die Tür zur Vorratskammer stand offen. Die Vorbereitung des Brudermahls war in vollem Gange. Er wurde gegrüßt und nickte zurück, ohne zu lächeln.

Auf der Stiege in den Ratssaal fühlte er sich an der Schulter gepackt. »Aufwachen, Wibolt, das wird er, dein großer Tag!«

Wibolt lächelte schwach. »Warten wir's ab.«

»Na, na, wer wird denn so pessimistisch sein?«, lachte der andere. Hompo Hayen roch schon am frühen Morgen nach dem Bier, mit dem er handelte, er nahm einen Humpen zum Frühstück, dem im Verlaufe des Vormittags weitere folgten. Seine Geschäfte liefen trotzdem prächtig, er hatte gute Verbindungen und genoss ein Handelsprivileg des Fürstbischofs von Münster, das ihm durch günstige Hebesätze eine Menge Kosten ersparte. Auch Hompo war ein Kandidat für höchste Ämter, seine Familie war ratsfähig seit vielen Generationen.

»Vielleicht wird's ja auch deiner«, gab Wibolt scherzhaft zurück.

»Warten wir's ab«, sagte Hayen, und dann lachten beide.

Der Saal war schon gut gefüllt. Die Herren standen in Gruppen und plauderten. Diener deckten die Tafel und schleppten Krüge mit Wasser und Bier. Der amtierende Bürgermeister, Johann Wynsen, saß wie üblich mit hochrotem Kopf an seinem Tisch und redete mit dem Schreiber.

Sie bahnten sich ihren Weg und setzten sich nebeneinander auf ihre angestammten Plätze. Von der anderen Seite grüßte Jakob Moerman herüber. Der Viehhändler war nervös, das sah man. Er bewegte sich hastig und schwitzte vor Aufregung, sein blondes Haar klebte an Stirn und Nacken. Auch Moerman hatte gute Aussichten, erneut in den Rat gewählt zu werden. Die Stimmen seiner Leute waren ihm sicher, aber er brauchte mehr als diese und fürchtete offenbar um ein überzeugendes Ergebnis.

»Jakob ölt wie eines seiner Schweine«, sagte Hompo Hayen abschätzig. Er stieß einen leisen Rülpser aus und verbreitete säuerlichen Dunst.

Wibolt schwieg. Eigentlich sollte ich es sein, der ölt, schoss es ihm durch den Kopf. Nach einer Weile sagte er: »Sei froh. Er wird Durst haben.« Der Bierhändler wieherte wie ein Pferd, und dann schlug der Bürgermeister seine Tischglocke.

Das Brudermahl begann. Früher einmal hatte es auch Liebesmahl geheißen. Es war das erste gemeinsame Jahresessen der Kaufleute und Schiffsführer und beendete offiziell die Winterzeit. Daneben bot es Gelegenheit für letzte persönliche Gespräche und war der Abschied vor der nun bevorstehenden Handelsperiode, die Seefahrer und Landkaufleute bis zum Herbst voneinander trennte. Die Herren steckten die Köpfe zusammen, man sah sich rötende Ohren und Wangen und der Lärmpegel stieg. Diener wieselten umher, reichten Schüsseln mit Rüben und Lauch und Platten, auf denen die Fleischbrocken dampften. Dazwischen wurden Bierkannen gefüllt und Becher eingeschenkt. Neben der Empore des Bürgermeisters spielten Musikanten auf Leier und Sackpfeife. Sie begleiteten einen neuartigen, mehrstimmigen Gesang, auf den Johann Wynsen sehr stolz war, er hatte die Truppe auf dem Wintermarkt in Oldenburg angeheuert.

»Möchte nicht wissen, was uns das Gejaule kostet«, schnaufte der Bierhändler und stieß mit dem Messer nach einer Fleischscheibe.

Wibolt antwortete nicht. Mit einem Mal erschien ihm die Klage des anderen schwer erträglich. Hier weinte einer wegen ein paar kleinen Münzen, während ihm, Wibolt Flaskoper, das Wasser an den Hals stieg. Er nestelte an seiner Gürteltasche und holte sein Essmesser hervor. Es war ein kostbares Stück, von einem französischen Schwertfeger gefertigt, mit Perlmutt am Griff und fein geschmiedeter Klinge. Flaskoper ließ seinen Blick suchend über die Fleischplatte wandern. »Du wirst es überstehen, Hompo. Und vergiss nicht: Die nächste Fehde kommt bestimmt.«

Der Bierhändler überhörte wohl die feine Ironie, denn er nickte heftig. »Das walte Gott«, sagte er mit vollem

Mund. »Es wird nie so viel gesoffen wie im Krieg.« Seine Familie war in der Östringer Fehde durch den Bierverkauf reich geworden, und jeder in Emden wusste das. Allein in der Eisschlacht von Schakelhave Anno 65 sollten es an die zwanzig Fuder gewesen sein, teils erhitzt, um die Kämpfer zu wärmen. Auch, um ihren Kampfwillen anzuspornen. In einem Scharmützel am Rande des Schlachtfeldes sollte ein Fähnlein Rüstringer von den Östringern in einem Handstreich massakriert worden sein. Es hatte dort im Vollrausch gelegen und sich nicht wehren können.

Hompo sprach viel und gern, auch während er aß, und er legte Flaskoper ausführlich dar, wie er in diesem Jahr Anno 97 sein Geld zu verdienen gedachte. Viel sollte es vor allem sein, gutes Silber in lukrativen Geschäften, das war das Wichtigste. Und während Wibolt mit halbem Ohr zuhörte, drehten sich seine Gedanken um die Frage, wie er selbst dieses Jahr überstehen sollte. Das Wollgeschäft fiel weitgehend aus, so viel war klar. Wie sollte, wie *konnte* es weitergehen? Wibolt Flaskoper hielt Anteile an einer Walkmühle im Jeverland und an der Großkogge von Focke Uffen, aber diese Einkünfte brauchte er dringend, um die Fassade in Emden zu nähren. Sie reichten vielleicht gerade hin, den Schein zu wahren, seine Probleme lösen konnten sie nicht. Dazu bedurfte es mehr, viel mehr, das wusste er. Er musste wieder stärker in Nebengeschäfte einsteigen, günstige Gelegenheiten nutzen, sich für den Straßenhandel öffnen. Mit anderen Worten, er war gezwungen, sich einem Teil seines Gewerbes zuzuwenden, den er für sich längst überwunden glaubte, und der für Kaufleute seines Standes eigentlich verpönt war. Und hier lag der Haken; das alles musste diskret erfolgen, es durfte nicht zu offensichtlich sein, nicht erkennbar über einen Status hinausgehen, in dem ein tüchtiger Kaufmann lediglich ein Geschäft mitnimmt, das er von hohem Ross am Straßenrand pflückt.

Hompo stieß ihn in die Rippen. »Es geht los!«, sagte er mit fettigen Lippen, und Wibolt richtet sich auf.

Die Wahl begann. Der Bürgermeister hatte inzwischen einen Kopf, der an voll erblühten Mohn erinnerte. In einer umständlichen Zeremonie benannte er zunächst die Kandidaten und stellte sie langatmig vor. Das war eigentlich unnötig, denn jeder kannte hier jeden, aber es folgte der überlieferten Wahlordnung. Johann Wynsen hätte es kurz machen können, doch das entsprach nicht seiner Art.

Wibolt erlebte seine Wahl in einem Zustand wachen Träumens. Sein Kopf schien ihm wie mit Wasser gefüllt. Er sah alle Farben sehr scharf und klar, und er hörte jeden Laut, sogar das Kratzen eines späten Essers in der Lauchschüssel. Am Ende gewann er mit vierundvierzig Stimmen, der höchsten jemals erreichten Zahl in der Bürgerschaft. Hayen und Jakob Moerman, der Viehhändler, folgten mit deutlichem Abstand.

Später, als sie beim Bier beisammen standen, gratulierten ihm die anderen, Hompo Hayen mit gönnerhafter Betulichkeit, der Viehhändler verschwitzt und mit kantigem Kinn.

»Nun, Wibolt! Jetzt kannst du dich ja auf deine große Aufgabe vorbereiten«, sagte Jakob Moerman aus schmalen Lippen. »Darauf solltest du dir wohl einen Trunk gönnen.«

Hompo räusperte sich vernehmlich, er roch nach Bier, Braten und Lauch. »So soll es sein, und da ist noch einiges zu tun«, bemerkte der Bierhändler mit breitem Grinsen. »Gegessen hat er jedenfalls wie ein Vögelchen.«

\*

## 2.

*Es soll niemand fremder Nation auf dem Hof geduldet
oder mit des Kaufmanns Gerechtigkeit verteidigt
werden, der sich dieser Gerechtigkeit nicht unterwirft.
Aus der Nowgoroder Schra*

Weener an der Ems, Anfang April 1199

Erst der Ritt an die Ems machte für Wibolt Flaskoper die Katastrophe in ihrer ganzen Vollständigkeit sichtbar. Wenn er tief in seinem Inneren noch ein Fünkchen Hoffnung gehegt hatte, so wurde es hier mit letzter Gewissheit erstickt. Everhard Svenke kam ihm bis an die Grenze des Kirchspiels entgegengeritten. Es war früh warm geworden und die Sonne stand hoch, aber der Schafzüchter war gekleidet, als zöge er in eine Winterschlacht. Er trug die Wolle seiner Schafe als Wams und als Mantel, es schien ihm in diesem Fall wohl angemessen.

Wibolt hatte seinen Sekretär in Emden gelassen, er sollte die laufenden Geschäfte betreuen und im Übrigen von dieser Sache möglichst wenig wissen. Everhard zog seinen Hut und verneigte sich im Sattel wie bei einer Kirchenprozession. Er fragte nicht nach Befinden und Reise, und das war ein schlechtes Zeichen. Stattdessen berichtete er kurz und wiederholte im Kern die Botschaft seines Knechtes. Dann führte er den Emder ohne Verzug zu den Ställen. Schon auf dem Weg dorthin versetzte es Wibolt den ersten Schlag. Sie passierten Weiden mit grasenden Lämmern und Muttertieren, nicht mehr als zweihundertfünfzig oder dreihundert Tiere. Everhard wies mit dem Kinn auf sie. »Das sind die Gesunden.«

Flaskoper fühlte, wie ihn ein Hitzeschwall erfasste.

Aber das schlimme Ende wartete noch auf ihn, und es war niederschmetternd.

Mit brennenden Augen ging Wibolt durch die Pferche und Stallgassen. Er sah die kranken Tiere, sah die Knechte, die sie mit Tüchern und Milchwasser labten, und es schien ihm, als wankte der Boden unter seinen Füßen. »Wie viele von denen bringt Ihr noch durch?«, fragte er dumpf.

Svenke nahm den Hut ab und wischte umständlich über das Schweißleder. Er ließ sich Zeit, ganz so, als hinge alles von seiner Antwort ab. »Ihr müsst nicht fürchten, dass alle eingehen. Einige werden sich erholen«, sagte er vorsichtig.

»Wie viele?«, stieß der Emder nach, aber Everhard tat, als habe er die Frage nicht gehört.

»Wir trennen immer noch schwere von den weniger schweren Fällen.« Er wies auf eine Absperrung, in der Tiere mit nassen Wolltüchern behängt waren. »Zum Beispiel versuchen wir, das Fieber durch Kühlung zu senken. Damit sind wir nicht völlig erfolglos. Man muss die Zeit abwarten.«

»Wie viele!«, knurrte Wibolt durch zusammengebissene Zähne, und jetzt sah ihn der andere voll an.

»Das kann ich nur schätzen.«

»Nun also, was schätzt Ihr?«

»Den zehnten Teil«, sagte der Schafzüchter fest.

Flaskoper starrte ihn an. Seine Augenlider flatterten. »Was bleibt dann noch von der Herde?«

»Etwa zwanzig von hundert.«

Wibolt griff nach einem Trenngatter, er musste sich festhalten und packte so hart zu, dass seine Knöchel weiß wurden.

»Was Ihr hier seht, sind zum übrigen die bisher überlebenden Tiere. Einen großen Teil hat sich der Schinder schon geholt«, sagte Svenke in einem Ton, als sei das ein Trost. Und als Flaskoper schwieg, fügte der andere grimmig hinzu: »Ihr seht aus, als käme das Jüngste Gericht über Euch. Auch ich habe viel Geld verloren, sehr viel Geld, das ist Euch doch hoffentlich klar?«

Wibolt biss die Zähne zusammen, seine Wangenmuskeln verhärteten sich. Was versteht Ihr wohl von meinen Geschäften?, wollte er Svenke anherrschen, aber dann riss er sich zusammen. Everhard konnte nichts wissen von der Klemme, in der Flaskoper steckte, und das sollte auch so bleiben. Der Mann züchtete Schafe, wie seine Familie seit Generationen, die Seuchen kamen und gingen, und am Ende hatte er sein Auskommen mit Wolle, Milch und Fleisch. Er kannte keine festen Liefertage, keine Fuhren an Stapelorte, keine Umschlagsziele und keine Fristen. Was er an Wolle erntete, verspann und zu Tuch webte, bot er auf Märkten an oder verkaufte es an fahrende Krämer. Was blieb, legte er in seine Speicher. Und wartete auf den nächsten Handel. So einfach. In diesem Augenblick beneidete ihn der Emder.

»Das Problem sind die Lämmer«, hörte er den anderen mit ruhiger Stimme sagen. »Davon schafft es keins. Böcke und Muttertiere müssen wir durchbringen, dann retten wir die Herde. Wer gesundet, wird nicht wieder krank, das haben wir eindeutig festgestellt.«

Wibolt nickte wie jemand, der sich derlei mehrmals am Tag anhören muss, in seinem Herzen schwarze Nacht. Das abschließende Gespräch im Kontor des Schafzüchters war umfassend, aber es blieb am Kern der Dinge. Everhard Svenke legte dem Emder Zahlen vor. Sie waren noch vorläufig, zogen aber bereits einen verlustreichen Schlussstrich unter dieses Drama. Everhard bezifferte präzise die bisher geerntete Wolle und den Umsatz aus den Schlachtungen. Dann zahlte er Wibolt aus. Es waren genau zweihundertzehn Mark Bremer Silber. Mehr als das Dreifache dieser Summe hatte der Emder verloren.

Viel schwerer als der Verlust dieses Geldes wog aber dessen unmittelbare Folge. Er würde sich für mindestens zwei Jahre nicht nennenswert am Tuchhandel beteiligen können. Und erst in diesem Augenblick begriff Wibolt seine Lage mit letzter Gewissheit. Er konnte seine Bestürzung nicht verbergen, als ihm Everhard die wenigen Münzen auf den Tisch stapelte.

Der Schafzüchter sah es ihm an, und er tröstete ihn. »Die Herde wird sich wieder erholen. In zwei oder drei Jahren ist alles vergessen, darauf Brief und Siegel«, sagte Everhard Svenke in munterem Ton, aber Worte waren dem Emder wohlfeil. Er lauschte ihnen nach wie einer verklingenden Melodie über ferne Ruhmestaten. »Ihr hört von mir, sobald die Sache insgesamt zu ihrem Ende kommt«, schloss Svenke sachlich. »Etwas Geld wird natürlich auch noch fließen, aber nicht mehr viel. Hängt davon ab, was wir der Seuche in den nächsten Tagen an Wolle und Fleisch abtrotzen können.« Dann hob er den Kopf. »Was soll mit den übrigen Tieren geschehen? Den gesunden, die Euch gehören? Wollt Ihr dafür Geld oder sollen sie bleiben?«

Wibolt dachte nach. Diese Schafe waren der restliche Gegenwert für seine Einlage in das Geschäft. Er konnte ihn sich auszahlen lassen, dann wäre die Zusammenarbeit mit Svenke beendet. Oder sie blieben, wo sie waren, als Teil von Everhards Herde.

Flaskoper entschloss sich zum zweiten, und Svenke lächelte. »Gute Entscheidung!«, sagte er. Zum Abschied reichten sie sich die Hände.

\*

Auf dem Heimritt dachte Wibolt über seine Lage nach. Jetzt musste er sich mit beiden Händen wehren, um sich schlagen wie ein Ertrinkender. Aber es musste aussehen wie der gediegene Gestus erfolgreicher Kaufmannschaft. Gezielte Streiche, elegant ausgeteilt mit vornehmer Hand, und doch kräftig genug, den Kopf über Wasser zu halten. Er spürte das Silber des Schafzüchters im

Geldschlauch unter seinem Wams, es drückte giftig gegen die Rippen und brachte die Fakten nachdrücklich in Erinnerung. Zum ersten Mal widerfuhr ihm schmerzlicher Verlust im Wortsinne, er konnte ihn sogar schmecken, er saß ihm bitter in der Kehle.

Wibolt Flaskoper war entschlossen zu kämpfen, es blieb ihm nichts anderes übrig. Noch im Magistrat hatte er Focke Uffen beiseite gezogen und ihm erklärt, seine, Wibolts Beteiligung an der Großkogge des Reeders müsse in diesem Jahr eine höhere Rendite bringen.

Focke war erneut nicht in die Bürgerschaft gewählt worden und in der Laune eines Bären, den man aus dem Winterschlaf geholt hatte. Er hatte Wibolt aus ärgerlichen Augen angesehen. »So willst du deine Einlage erhöhen?«

Flaskoper hatte den Kopf geschüttelt. »Nein. Das nicht.«

Der andere hatte ihn angefunkelt. »Wieso forderst du dann einen höheren Anteil am Gewinn?«

Wibolt hatte eisig zurückgestarrt. »Muss ich dir das wirklich erklären, Focke? Weil der Markt es hergibt. Dein Schiff fährt auch mit meinem Geld. Deine Geschäfte gehen gut, und sie werden in diesem Jahr besonders gut gehen, weil Steine und Holz für die Kirche gebraucht werden.« Dann hatte er sich aufgerichtet. »Wenn du nicht einwilligst, ziehe ich mein Silber zurück. Andere warten schon darauf, dass ich bei ihnen einsteige!«

Es war ein Feuerspiel gewesen, ein Tanz auf dem Seil bei starkem Wind, wie es die Gaukler auf den Märkten aufführten, und einen bangen Augenblick hatte er gewartet, ob Uffen ihn abweisen würde; ›... dann nimm doch dein Geld, ich brauche dich nicht!‹, aber der Reeder hatte ihn nur wütend angeglotzt und sich dann brüsk abgewendet. Offensichtlich wollte er auf Wibolt als Teilhaber nicht verzichten. Oder er konnte es nicht. Jedenfalls, sieben Teile von hundert mehr, das sollte die

Forderung sein. Die Verhandlungen würde Wibolt noch führen müssen, und er wollte Focke aufsuchen, sobald er wieder im Emden war. Natürlich war er sich auch darüber klar, dass er im Notfall, wenn ihm das Wasser über die Lippen stieg, vielleicht sogar gezwungen sein würde, seine Einlage bei Uffen tatsächlich auszulösen. Aber diesen Gedanken verdrängte er in den hintersten Winkel seines Hirns. Der war die ultima ratio, die letzte Zuflucht, der Sprung auf eine Planke, die ihn vielleicht vor dem Ertrinken bewahren konnte, ihn aber auch fortriss, wegspülte von seinen Zielen in der Stadt.

Genauso verhielt es sich mit seiner Beteiligung an der Walkmühle im Jeverland, wo er sein Tuch auch färben ließ. Als sein Vater das Geschäft noch geführt hatte, war das Walken von Menschen besorgt worden, meistens von Frauen und Kindern, die mit den Füßen Hebel bedienten, um einen Mechanismus in Gang zu setzen, der den Stoff aufraute. Als der Handel sich belebte und die Nachfrage nach friesischem Tuch stieg, wurde schnell klar, dass mit Fußwalkern den Bedarf des Marktes nicht zu befriedigen war. Trotzdem hatte sich der Vater heftig gegen jede Neuerung gewehrt, er hielt sie für Teufelswerk, ungesund und nicht zuletzt für unnütz. Schließlich hatte es in Jahrhunderten keine Rolle gespielt, wie lange die Menschen auf ihr Tuch warten mussten. Es dauerte eben, solange es dauerte. Wozu sich da unnötig eilen? Noch in seinen letzten Lebensjahren, als Wibolt den Handel längst übernommen hatte, hatte der Vater ihn in der Abgeschiedenheit des Flaskoperschen Hauses am Emder Delft als Ketzer beschimpft, als einen gefährlichen Neuerer, der mit schädlichen Gedanken Unruhe in die Welt brachte.

Aber Wibolt hatte sich nicht beirren lassen. Hatte Geld in die Hand genommen und gemeinsam mit mehreren Partnern an einem Jeverländer Tief eine Walke errichtet, deren Welle zusätzlich durch ein Windrad bewegt wurde. Wo Hämmer und Rauen früher durch Muskelkraft angetrieben worden waren, halfen heute Wind und Wasserfluss. Fast sprunghaft war die Produktion gestiegen, und mit ihr der Warenumschlag. Gewiss hatte es Ärger gegeben, für eine Weile, auch Tagelöhner verloren nicht gern ihre Arbeit. Aber es war schnell wieder Ruhe eingekehrt, und die Befürchtung des Vaters, die Walkhämmer würden das Tuch beschädigen, es unbrauchbar machen, hatte sich in keiner Weise bestätigt.

An dieser Mühle hielt Wibolt Flaskoper bis heute einen Anteil, seine Ersteinlage hatte er längst wieder herausgezogen und in den Ausbau seines Hauses gesteckt. Die Walke brummte, selbst kleinere Bauern konnten sich in dieser Zeit blaues Tuch leisten, und es wäre möglich, hier ebenfalls eine höhere Rendite zu fordern. Aber wieder konnte es nur um kleines Geld gehen, um wenige Teile von hundert. Er hockte auf seinem Pferd, donnerte durch Wiesen und Auwälder, zermarterte sich den Kopf und wusste, es reichte vorne und hinten nicht. Vielleicht war noch über das Färbemittel etwas zu machen, doch was konnte das ändern?

In der Propstei von Leer machte er Halt für die Nacht. Der Archediakon selbst lud ihn zur Vesper ein, er war ein alter, knöcherner Mann, der äußerlich schien, als habe er schon von allem Weltlichen Abschied genommen. Seine glühenden Augen lehrten das Gegenteil. Auch war er nicht geweiht, sondern ein weltlicher Dienstmann des Bischofs von Münster. Er aß sehr nachlässig und laut, oft fielen ihm Brocken aus dem Mund, und seine Pupillen schwammen ständig in wässrigem Grau. Zudem redete er ohne Unterlass. Mit knarziger Stimme schilderte er dem Emder eine rüde Rauferei auf dem Markt des Weilers, bei der auch Blut geflossen war. »Einer der Kerle hatte plötzlich eine Klinge in der Hand und stach damit zu. Der andere war auf der Stelle tot. Den Stecher hat sich der Nachrichter noch am gleichen Tag geholt. Seine

Knochen faulen schon auf dem Rad. So muss Ordnung sein, so will sie Gott, der Herr, und mein Bischof auch«, sagte der Alte kichernd, während ihm der Ziegenkäse von den schmalen Lippen stürzte.

Es war kein Mahl, an dem sich der Emder besonders erfreuen konnte, und seine Gedanken wanden sich mäandernd in unendlichen Schleifen um immer gleiche Fragen. Er nutzte eine Pause des Alten, um Hompo Hayens Bier zu loben, und schaffte es, den Archediakon zur Abnahme von fünf Fudern zu bewegen. Hompo würde entzückt sein, denn die Propstei stand bisher nicht auf der Liste seiner Abnehmer. Keine Freude dagegen würde Hompo über Wibolts Forderungen zur Vermittlung dieses Geschäftes verspüren. Einen Anteil von zehn Mark Bremer Silber hielt Flaskoper für angemessen, nicht nur als Provision für die Lieferung, sondern vor allem als Gegenleistung für die Herstellung dieses Kontaktes, der sich schließlich gewinnbringend ausbauen ließ. Da bist du schon angelangt, bei deinem armseligen Handel am Straßenrand, dachte er verdrießlich, als der Alte mit kalter Hand einschlug. Schon bald kroch er in eine feuchte Bettstatt, doch Schlaf fand er lange nicht.

*

Das Flaskopersche Haus am Emder Delft stand sehr schön auf einer kleinen Anhöhe über dem Hafen. Es war gediegen, aber nicht eben groß. Wibolt hatte es nach dem Tod seines Vaters ausbauen lassen, nach hinten zu, in Richtung auf das Zolltor, wo das Grundstück noch Platz bot. Er hatte zunächst die mittlere Etage erweitert und später ein Speicherhaus angebaut, das er sogar mit einem Pferdegespann befahren konnte. Aber genau da lag das Problem. Wibolt hatte zugunsten des Magazins am Wohntrakt gespart, und jetzt reichte der Raum gerade hin, die Gesellschaft für das heutige Nachtmahl unterzubringen.

Schon auf der Tenne hatte ihm der Viehhändler Jakob Moerman einen schrägen Blick zugeworfen. »Wundere mich jedes Mal darüber. Wozu brauchst du so viel Speicher? Willst du horten oder handeln, frage ich?«, hatte er spitz bemerkt, und dann, nachdem er die Küchendiele betreten hatte, harsch hinzugefügt: »Mann, Wibolt. Ist ja immer noch so knapp. Du wolltest doch die Wand zum Kontor wegnehmen! Hier muss sich aber noch einiges ändern, wenn du Bürgermeister werden willst!«

Flaskoper hatte dünnhäutig reagiert. »Wieso denn wohl? Bin ich dann euer Herbergsvater? Und wo soll ich mein Kontor hinlegen? Unter ein Zeltdach im Hof?«

»So nimmst du eben Speicher weg!«

Wibolt hatte das Kinn vorgeschoben. »Schone mich mit deinen Vorschlägen. Es hat daran keinen Mangel. Und zum Übrigen, Jakob; *mir* genügt es«, hatte er bissig heraus gezahlt.

Darauf hatte der Bierhändler grinsend angemerkt: »Es reicht, weil Wibolt immer noch kein Weib hat. Hätte er eines, dann würde es ihm die Flöhe schon austreiben«, und dann hatten alle gelacht.

Sie waren ihrer nicht viele, nur Hompo, der Viehhändler, der Bürgermeister und ein paar weitere Ratsherren, aber es war eng. Verdammt eng! Die Herren nahmen Platz und dann kreiste der Bierkrug. Von den Kochstellen her kam Geklapper, die Mägde hantierten mit Platten und Geschirr. Heute würden die neuen Zinnteller eingeweiht. Wibolt hatte sie im letzten Jahr aus Cornwall mitgebracht, sie waren mit den Löffeln und Fleischgabeln sehr teuer gewesen. Eine solche Ausgabe würde er sich nun genau überlegen, aber jetzt war er froh, sie zu besitzen. Sie waren recht präsentabel, und als die Mägde sie auftrugen, freute sich Wibolt über den glitzernden Blick, mit dem der Viehhändler das Geschirr musterte.

Dann kam das Fleisch, und die Gäste zückten ihre

Essmesser, das jeder wie üblich mit sich führte. Man tat sich gütlich an frischem Wild und Steckrüben aus dem letzten Jahr, die aber gut gelagert waren. Für eine Weile war nur Schnaufen zu hören, genussvolles Stöhnen und Schmatzen, und endlich sagte der Bürgermeister: »Focke Uffen hat es ja nun wieder nicht geschafft. Schädlich für die Stadt, fürchte ich. Wir werden seine Dienste brauchen.«

Der Bierhändler legte sein Messer zur Seite. Er hatte sein Wams aufgeknöpft, an seinem Kinn klebte eine Fleischfaser. »Wo soll da der Schaden sein? Für seine Transporte wird er entlohnt, recht ordentlich sogar, will ich meinen.«

Der Bürgermeister nickte mit rotem Kopf. »Schon, schon. Aber es wird ihm sauer, dass er wieder durchgefallen ist.«

»So muss er sich eben erneut stellen, wie jeder andere auch«, sagte der Bierhändler kauend. Er langte nach seinem Fleischmesser und stieß die Klinge in eine saftige Scheibe.

Jakob Moerman hob ruckartig den Kopf, seine emsigen Hände kamen zur Ruhe. »Der Reeder ist kein Bewerber wie jeder andere, vergiss das nicht«, sagte er giftig, man konnte hören, dass der Viehhändler darüber nicht unglücklich war.

Für einen Moment herrschte Schweigen am Tisch, es wurde sogar so still, dass die Hausmagd ihre Nase neugierig um die Ecke streckte. Ein Blick Wibolts reichte, sie von dort zu vertreiben.

»Ja doch, ich weiß. Die alte Sache«, nickte der Bürgermeister bekümmert, sein Gesicht leuchtete wie in Blut getaucht, »... aber sollte man nicht ...?«

»Nein! Man sollte nicht!«, fing ihn der Viehhändler mit kalter Stimme ab. »Focke hat gegen den Kodex ehrbarer Kaufmannschaft verstoßen. Wir alle wissen das, und du weißt es auch, Johann Wynsen!« Er richtet sich auf, und auch seine Stimme hob sich. »Es soll doch wohl in unserer Stadt noch gelten: kein schmutziges Geld. Ich wundere mich über dich, Johann, wirklich, ich wundere mich.«

Der Bürgermeister sank im gleichen Maße, in dem der Viehhändler sich aufgerichtet hatte, seine Ohren schienen zu glühen. »Ja, doch, ja«, murmelte er betreten und legte sein Fleischmesser ab, der Appetit hatte ihn wohl verlassen.

Alle Augen der Gesellschaft lagen auf Wynsen, viele abschätzig und voller Ablehnung, und jetzt tat der Mann Wibolt leid. Johann war eigentlich keiner von ihnen. Er handelte nicht, fuhr nicht zur See, bot keine Ware feil und kaufte keine an. Er war einfach nur reich durch die Leistungen seiner Vorväter, die mit Geldgeschäften zu Wohlstand gekommen waren. Mit sauberen Geschäften, so viel verstand sich. Vor allem sein Silber, das sich ohne Johanns Zutun beinahe täglich vermehrte, stützte seine Stellung in der Stadt.

Aber das gab ihm kein Mandat zu solcher Rede! Es setzte die ehernen Regeln der Emder Kaufmannschaft nicht außer Kraft. Focke Uffen hatte eines seiner kleineren Schiffe, eine Knarr, für den Handel mit Groningen und Utrecht eingesetzt. Irgendwann hatte es Gerüchte gegeben, das Schiff transportiere nicht nur Holz und Getreide, sondern auch Trane und Fette, die aus verkochten Menschenleibern stammten. Aus den Körpern von Toten des Leprahospitals St. Remberti in Bremen, und sogar von Pestleichen. Als das Gerede sich verdichtete, war Focke Uffen vor den Rat zitiert worden. Dampfend vor Zorn hatte er zunächst alles abgestritten, von Verleumdung geschrien, um ihn, den erfolgreichen Reeder, in der Stadt kaltzustellen. Tumulte hatten sich angeschlossen, gebrüllte Abwehr gegen gedonnerte Vorwürfe, und die Sache schien gänzlich aus dem Ruder zu laufen. Totenstill war es dann geworden, als man ihn schließlich mit Fakten konfrontiert hatte, auf die Focke keine Antworten wusste. Menschliche Zähne in Fettfässern und mehrmals sogar billiger Schmuck, wo die denn wohl herkämen, das hatte einer der Herren kalt gefragt. Und nicht nur das, er hatte die Dinge sogar auf den Tisch des Hauses gelegt, niemand wusste, woher er das Zeug hatte, aber da lag es nun und Uffen hatte sofort die Arme ausgebreitet. Er konnte nichts erklären, nur so viel, dass er selbst in Treu und Glauben gehandelt habe und weiter nichts wisse. Hatte dann noch seine Zulieferer genannt, dieser Spur war man später in Bremen nachgegangen und hatte tatsächlich eine Bande aufgebracht, die mit Leichenteilen handelte. Die Kerle hatten gebaumelt, noch am gleichen Tag. Nur mit vielen Anstrengungen, einem ordentlichen Stück Geld an den Magistrat und mit allergrößter Mühe war Focke aus der Sache herausgekommen, aber sie hatte ihm schwer geschadet, und das tat sie bis heute.

Jeder am Tisch dachte daran und ein peinliches Schweigen machte sich breit. Und noch bevor Wibolt Flaskoper die Stille auflockern konnte, rumorte es in der Küche, man hörte die klare Stimme der Hausmagd und dann wurde der zweite Fleischgang aufgetragen. Es gab gebratenen Kapaun in einer Tunke von geharztem Wein. Der Bierhändler rollte mit den Augen, in seinem Gesicht glänzte die Vorfreude. »Löblich, Wibolt, sehr löblich. Du hast dich in Kosten gestürzt«, sagte er mit spitzen Lippen.

Der Hausherr lächelte freundlich, seine Stirn blieb glatt. Er schnitt eine saftige Keule vom Braten und schob sie mit Bedacht dem Bürgermeister zu. Dann stand er auf, den Bierkrug in der Hand. »Ich verstehe dich, Johann. Du musst versöhnen, vereinen, zum Wohle Emdens. Aber auch die andere Seite gilt: der Kodex. Kein schmutziges Geld!«

Er verstummte und ließ seinen Blick durch die Runde

wandern. In seinem Kopf rasten die Gedanken. Der Bierhändler sah ihn unverwandt an, Johann Moerman mit der verkniffenen Miene des argwöhnischen Konkurrenten. Der Bürgermeister starrte stumm auf das Geflügelbein und die übrigen Herren nickten nachdrücklich. Kein schmutziges Geld, das war die Regel, von der keine Ausnahme geduldet wurde, und so hatten sie es immer gehalten. Saubere Hände. Im Zweifel gegen das Geschäft. Wibolt hob seinen Bierkrug und sie tranken darauf. Alle. Auch der Bürgermeister.

*

# 3.

*Würde ein Kaufmann seines Herrn oder Prinzipalen
Gut mit Spielen, Fressen, Saufen oder anderes
unzüchtiges Handeln mutwillig verzehren, so soll ihm
dies durch den Altermann
mit großem Ernst untersagt werden.
Aus der Nowgoroder Schra*

*London, Sommer 1199*

Die Überfahrt war eine Katastrophe gewesen. Scharfe Böen hatten die Kogge gepackt, kaum dass sie nördlich der Inseln die offene See gewann. Sie brauchten den Nordstern, um ihren Weg zu finden, aber der war oft durch Wolken bedeckt, und der Mann am Ruder fluchte und betete in stetigem Wechsel. Vor der Küste Westfrieslands hatte der Wellengang derart zugenommen, dass die Ladung sogar in den unteren Staufächern ständig nachgezurrt werden musste. Dazu wurde die Mannschaft auch des Nachts aus den Kojen geholt, und das zerrte an jedermanns Nerven. Was sich an Gütern auf Deck befand, wurde nicht aus den Augen gelassen und jedes Stück trieb dem Schiffsführer die Sorgenfalten in die Stirn. Denn vor Terschelling hatten sie um ein Haar zwanzig Fässer Wachs verloren, sie wären durch den Schlag einer riesigen Welle über Bord gegangen, wenn nicht der Vormann im letzten Moment das Ruder gepackt und die Kogge in den Wind gedreht hätte.

Das Wetter war auch in den Gewässern vor Dover ungemütlich geblieben. Die Böen schliefen ein, doch das Schiff stampfte und rollte in einer Altdünung, die auch festen Mägen das Letzte abforderte. Wie zum Hohn wehte ein stetiger achterlicher Wind, der eigentlich günstig war, aber zu schwach blieb, um guten Vortrieb zu geben.

Dabei waren sie bei strahlendem Sonnenschein ausgelaufen. Emden hatte sich von seiner besten Seite gezeigt, die ganze Stadt hatte geleuchtet, und das war Wibolt Flaskoper als schönes Omen für das bevorstehende Unternehmen erschienen. Aber wenn es Vorzeichen gab, gute und böse, dann musste das Wetter der Überfahrt als bedrohlich gelten.

Und auch die Gesellschaft an Bord der *Thedea* war nicht gerade angenehm. Alle voran der Schiffseigner selbst mit seiner Stinklaune. Focke Uffen nahm noch immer übel. Er nahm das Wetter übel, die so verlorene Zeit nahm er übel, und sein Scheitern bei der Ratswahl in Emden nahm er übel. Letzteres vor allem Wibolt Flaskoper, der ihm das fleischgewordene Symbol seines Versagens zu sein schien. Vielleicht sogar mehr als das; die Ursache hierzu. Die dunkle Macht im Hintergrund. Jedenfalls hielt Focke mürrisch Abstand, und sie sprachen nur das Nötigste.

Zu Wibolts Gewinnanteilen an der Kogge hatten sie sich schließlich auf sechs von hundert geeinigt, aber der Weg dorthin war widerwärtig gewesen. Hartes und langes Feilschen hatte ihn begleitet, umrankt von wechselseitigen Vorwürfen, wüsten Beschimpfungen und Anwürfen.

»Was verstehst du denn von meinem Geschäft?«, hatte der Reeder mit roten Augen gebrüllt.

»Ich kenne deine Umschläge und kann rechnen!«, war Wibolts fauchende Antwort gewesen. Des Geizes und der Raffgier hatte man sich lauthals bezichtigt, sich maßlose Forderungen und zutiefst unredliche, ja unehrenhafte Gewinnunterschlagung vorgehalten, und als man sich getrennt hatte, war das Tischtuch zwischen

Focke Uffen und Wibolt eigentlich zerschnitten. Es hielt nur noch an einigen wenigen Fäden, am dünnen Zwirn des kaufmännischen Zwecks.

Als der normannische Burgfried von Dover am dunstigen Horizont auftauchte, war Wibolt heilfroh. Zugleich aber wuchsen seine Sorgen. Dieses Jahr 99 würde er überstehen, vielleicht sogar ganz gut, aber dann? Die nächsten beiden, 1200 und 1201, würden hart werden. Einnahmen aus dem Tuchgeschäft würden nach dem Desaster an der Ems ausbleiben. Gleichzeitig würde er gezwungen sein, in Emden den Schein zu wahren, seinen Lebensstil nicht augenfällig zu ändern. Und seine Gläubiger zu bedienen. Der Tuchhändler stand am Schanzkleid und tastete nach seiner Rocktasche, in der es leise knisterte. Everhard Svenke hatte ihm das Billet geschickt, der Schafzüchter von der Ems. Er hatte Nachricht von einem Roßkamm, der erst kürzlich aus England kommend und auf dem Weg nach Süden bei ihm für eine Nacht geblieben war. Der Text des Briefes war ebenso einfach wie dramatisch, er hatte den Emder getroffen wie ein Hagelschlag im Hochsommer.

*Hochmögende Exzellenz und lieber Herr!*

*Im Stalhof von London hält sich gegenwärtig ein lübischer Händler auf. Er heißt Jan Borgk und sitzt auf einer größeren Menge Wolltuch, das er nicht losschlagen kann, weil es noch ungewalkt ist. Seine eigene Walke wurde, so höre ich, unlängst bei einem Großfeuer vernichtet, und fremde scheinen nicht verfügbar. Sehe Möglichkeiten für Euch, ins Geschäft zu kommen, nur eilen müsst Ihr, und nun Gott befohlen!*

*Euer Diener*
*Everhard Svenke*

*Nachschrift: Die Seuche ist besiegt, es gibt keine Krankheitsfälle mehr, aber viele Verluste. Die genauen Zahlen teile ich noch mit. Müssen uns auf zwei magere Jahre einstellen. E.S.*

Über die Anrede musste Wibolt noch lächeln. Der Rest lag ihm wie ein Klumpen Eisen im Magen. Er hatte den Brief wieder und wieder gelesen, sogar bei Sturm und Kerzenschein in seiner Eignerlaube im Heck der *Thedea*, obwohl der Schiffsführer im schweren Wetter offenes Licht verboten hatte. Denn nicht Wind und Wellen seien der ärgste Feind des Schiffes, sondern das Feuer, trotz der Unmengen Wassers, die sie umgäben, hatte der Mann sie wiederholt in scharfem Ton belehrt.

Wibolt Flaskoper war hin- und hergerissen zwischen Hoffen und Bangen. Er kaufte ja stets ungewalktes Tuch, um seine eigenen Quellen im Jeverland zu nutzen, aber wenn dieser Jan Borgk auf seiner Ladung saß und sie nicht los wurde, dann konnte man vielleicht ein günstiges Geschäft machen. Einen Handel, der ihn über den Sommer rettete, womöglich sogar bis in den Herbst. Also hatte Wibolt alles Silber zusammengekratzt, dessen er habhaft werden konnte, ohne die laufenden Geldflüsse zu stören. Hatte gegen seine sonstige Geschäftspraxis seinen Sekretär angewiesen, Zahlungen erst an Ultimo zu leisten. Hatte schließlich Focke Uffen erklärt, er werde diesmal die Überfahrt nicht vergüten, der Reeder solle die Passage mit den nächsten Einkünften verrechnen. Und hatte den folgenden kalten, musternden Blick des Schiffseigners mit glatter Stirn ausgehalten.

Der Anblick der Burg von Dover erfüllte ihn mit Erleichterung, aber zugleich packte ihn eine tiefe Unruhe. Es war die Ungewissheit. Und die Angst, zu spät zu kommen. Was, wenn der Lübecker inzwischen abgereist war? Oder sein Tuch doch noch losgeschlagen hatte? Er griff sich sein Gepäck, bevor der Lotse an Bord kam.

Als sie in Dover landeten, verschwand der Reeder wortlos und tauchte im Gewusel des Hafens unter. In welchen Geschäften Uffen unterwegs war, wusste Wibolt nicht. Was die *Thedea* an Ladung nach England gebracht hatte, dagegen sehr präzise. Es waren zwanzig Fässer gutes Wachs, fünf Fuder bestes Bier von Hompo Hayen, drei Lasten Heringe, vierhundert Lammfelle, Bast für zehn Mark Lübecker Silber und dreißig Pfund schmiedbares Eisen. Dazu kamen vier Pferde und die Passage für ihre Reiter, zwei Handelsherren und ihre Gesellen. Das würde einiges an Geld bringen.

Vom Hafen in Dover brachen ständig Gruppen reisender Kaufleute nach London auf, und Wibolt schloss sich einer Gesellschaft westfriesischer Händler an. Der Südosten Englands war besonders unruhig wegen des regen Warenverkehrs zwischen Hafen und Hauptstadt. Es trieb sich allerlei Raubgesindel herum, und man reiste nicht ohne Not allein. Die Westfriesen waren ihrer sieben, durchweg baumlange, kräftige Kerle, ebenso wie der Emder gut bewaffnet, und sie bewältigten ihren Weg unbehelligt in fünf Tagen.

\*

Wibolt hatte keinen Blick für die Sensation vor seinen Augen. Der steinerne Neubau der London Bridge war in vollem Gange, alles noch unfertig, und doch waren die gewaltigen Ausmaße schon erkennbar. Über achtzehn Fuß breit würde dieses Ungetüm werden, und mehr als achthundert Fuß lang. Londoner standen ehrfürchtig und staunend davor, aber der Emder warf sich auf sein Mietpferd und bahnte sich seinen Weg zum Stalhof. Es war schwieriger als sonst. Schon über den Fluss zu kommen, hatte ihn ungewöhnlich viel Zeit gekostet. Er mied die alte Holzbrücke, um den Zoll zu sparen, aber vor der öffentlichen Fähre stauten sich die Leute, viele davon in Eisen. Kriegsvolk!

Und nun musste er, ob es ihm gefiel oder nicht, seine Umgebung genauer betrachten. Plötzlich spürte auch er die Unruhe, eine seltsam gespannte Stimmung, es roch nach roher Körperlichkeit, Konfliktbereitschaft und Gewalt. Er ritt die Themse entlang bis zur All Hallows Lane, bog dann in die Thames Street ab, wo er sich unvermittelt in einer Horde Bewaffneter wiederfand. Er erkannte Farben und Gildewappen des Stalhofes. Grobe Fäuste packten seinen Gaul an den Zügeln, er wurde angerufen, man verlangte einen Pass. Der Handelsbrief des Emder Magistrats ging von Hand zu Hand, lesen konnte ihn niemand von den Kerlen, aber das Wappen machte Eindruck.

Auch das Tor zum Gildehof war scharf bewacht. Durch das Brückenhaus rumpelten ihm beladene Fuhrwerke entgegen, und erst im Inneren des Gildehofes erfuhr er mehr. Es war ein befreundeter Fischhändler aus Bremen, der ihm Neuigkeiten zurief. »Ja, weißt du denn nicht? Richard Löwenherz ist tot. Der neue König, Johann, steckt in großen Schwierigkeiten. Er zieht seine Truppen zusammen, weil der Adel rebelliert. Er will Johann nicht. Es gab schon Händel. Die ganze Stadt ist in Aufruhr. Gib Acht auf dein Fell!«

Nun also! Als gäbe es nicht schon genug Probleme. »Was heißt das für uns? Für den Handel?«, fragte Wibolt zurück.

Der andere hob die Schultern. »Vorerst nichts. Der Altermann will, dass alles normal weiterläuft. Sieh nur zu, dass du nicht in eine Rauferei kommst!«

Das Gespräch mit dem Hofmarschall war ebenso unerfreulich wie notwendig. Jeder Fremde am Stalhof musste es führen, es diente der Einleitung für den gewünschten Handelskontakt, man kam an dem Mann nicht vorbei. Wibolt kannte den Marschall seit Jahren, es war ein Engländer mittleren Alters, Jonathan Pearce. Er war durchaus nicht unfreundlich, aber er hatte den typischen

Habitus der englischen Nobilität. Der Marschall stellte Fragen, weil es den Regeln seines Amtes entsprach. Er stellte sie auch dann, wenn er die Antworten bereits kannte. In diesem Punkt erinnerte er Flaskoper an die dickfellige Sturheit eines friesischen Bauern. Pearce ruhte in der arroganten Selbstgewissheit, die man bei vielen seiner Landsleute in hoher Stellung antreffen konnte, und seine Augen sagten ständig: »Seid froh, dass man Euch vorgelassen hat.«

Der Emder blieb ruhig, aber seine Antwort war mit Händen zu greifen: Ihr seid nur der Hofkanzler, ein Verwalter, verantwortlich für die Ordnung am Hof, Lakai Eures Herrn und seines Klüngels aus Köln!, und das war keine gute Voraussetzung für ihre Begegnung. Flaskoper wusste, es war unklug, den anderen herauszufordern, doch ihm brannte es unter den Nägeln, und hier war einer, der mit knöcherner Lust seine Machtspielchen trieb.

Der Marschall nahm den Handelsbrief nicht auf, obwohl er kaum eine Handlänge vor ihm lag. Er sah ihn nicht einmal an, sondern ließ seinen Blick durch den Raum wandern, ganz so, als wäre er in Muße allein. An der Tür stand ein Waffenknecht mit einem Bluthund am Würgehalsband. Der schien den Marschall mehr zu interessieren als der junge Kaufmann, der da vor ihm stand. Und wartete. Vielleicht, wer wusste es denn, ging es Pearce auch nur darum, mit Nachdruck auf die Macht seines Hauses hinzuweisen. Auf die Reihenfolge von oben und unten. Von Bitte und Gnade. Jedenfalls nahm der Mann sich Zeit. Viel Zeit. Nach einer endlosen Weile winkte er träge mit dem Finger und ließ sich den Handelsbrief durch den Sekretär reichen. Misstrauisch wie eine alte Krähe musterte er das Emder Wappen.

Er braucht dich nicht, aber du ihn schon, also bewahre die Ruhe, ging es Wibolt Flaskoper durch den Kopf, bevor er freundlich sagte: »Ihr müsstet es eigentlich wohl kennen.«

Der Marschall studierte umständlich Siegel und Unterschriften. Dann hob er den Kopf, seine Augen waren stumpf und gleichgültig. »Gehört Eure Stadt zum Bund der Bruderschaften?«

»Nein«, antwortete der Sekretär ungefragt.

Wibolt warf ihm einen eisigen Blick zu. Sein Gesicht brannte, doch das spürte er nicht. »*Noch* nicht«, sagte der Emder mit fester Stimme, »aber in Anno 1201 bin ich Bürgermeister, und dann wird sie es bald.«

Es war eine spontane Äußerung, mit heißem Herzen gesprochen, geboren aus dem Ärger über die vorlaute Antwort des Sekretärs, aber während er seinen Worten noch nachlauschte, lief in seinem Hirn das Räderwerk an. Die Gedanken waren plötzlich da, sie formten sich, wurden handfest und greifbar. Was wäre, wenn Emden Mitglied des Bundes der Bruderschaft würde? Als erste friesische Stadt. Mit allen Privilegien und Vorteilen. In Augenhöhe mit Städten wie Bremen, Hamburg und Lübeck. Auf dem Sprung zu gediegenem Wohlstand, ja sogar zu Reichtum. Unter seiner Führung als Bürgermeister. Was wäre es der Stadt wert? Was wäre es dem Bund wert? Könnte er aus dieser Sache schnellen Nutzen ziehen? Welchen? Was wöge der in Silber?

Der Marschall sah ihn an wie ein Viehhändler sein schlechtestes Stück. Und während er in diese teilnahmslosen Augen blickte, fühlte Flaskoper ein schmerzhaftes Schlagen in der Brust. Sein Bauch zitterte so heftig unter dem Wams, dass er meinte, der Engländer müsste es sehen. Zu viele Gedanken und Fragen, zu wenig Antworten.

»Das ist keine Angelegenheit der Krone«, äußerte Pearce trocken, es klang wie eine Bemerkung zum Kehricht der Vorstadt.

Wie denn? Sitzt Ihr hier für den König von England oder für Euren Kölner Herrn, dessen Brot Ihr esst? Der Emder biss auf die Zähne, es kostete ihn viel Kraft, zu schweigen, und auf den Lippen des Marschalls stand plötzlich ein dünnes Lächeln. Interessiert beobachtete er das Muskelspiel an Wibolts Kinn. Mit schläfriger Stimme fragte er dann nach dessen weiterem Begehr, und als Flaskoper den Namen des lübischen Kaufmanns nannte, runzelte der Engländer die Stirn. »Ihr wollt sein Tuch?« Wibolt nickte, und dann entspann sich zwischen Pearce und dem Sekretär ein knapper nasaler Dialog, dem der Emder trotz guter Sprachkenntnis nicht folgen konnte. Mehrfach fiel der Name Jan Borgk, dann hörte Wibolt etwas, das klang wie »too late«, und jetzt fixierten ihn beide, der Marschall unter hängenden Lidern, der Sekretär in offener Genugtuung. »Er hat sein Tuch schon losgeschlagen, zumindest den größten Teil. Aber sprecht mit ihm selbst. Ihr findet ihn in seiner Diele hinter dem Hauptmagazin.«

Blicklos stolperte er über den Gildehof. Es war noch nicht dunkel, aber aus dem rheinischen Weinhaus kam bereits Gesang. Er wusste, dass sich dort die Kölner mit ihren englischen Partnern trafen, aber auch Vertreter des Hofes und der Bürgerschaft kamen hier zusammen. Jan Borgk war nicht in seiner Klause. Wibolt traf ihn beim Wein, der Lübecker begoss sein Geschäft. Er machte keinen Hehl daraus, dass er mit dem unverhofften Handel mehr als glücklich war. »Zehn Ballen habe ich noch, der Rest ist eben abgefahren«, sagte Borgk undeutlich, er musste sofort mit dem Trinken begonnen haben. »Kommt, und gebt mir Gesellschaft.«

Wibolt dankte mechanisch, er kaufte die übrigen Ballen, regelte den Umschlag und trollte sich. Das schöne Lied der Kaufleute klang wie Hohn in seinen Ohren. Es war alles umsonst gewesen.

*

Auf dem Weg zum Stall verharrte er und dachte über seine Lage nach. Er fühlte sich gedrängt, noch einmal mit dem Altermann zu sprechen. Bessere Sätze und Preise auszuhandeln. Vielleicht auch einen Weg zu diskutieren, wie man Emden näher an die Bruderschaft der Städte heranführen könnte, zu beiderseitigem Nutzen, mit dem ersten Ziel der Verdichtung der Handelsbeziehungen, und mit dem ferneren Ziel der vollständigen Mitgliedschaft. Ja, er hatte kein Mandat zu verhandeln, aber das konnte doch ein sondierendes Gespräch nicht ausschließen. Gewiss, es würde schwierig sein, Herbord Ruwe für seine, Wibolts, Sache zu gewinnen, aber es dünkte ihn unkaufmännisch, die Gelegenheit ungenutzt zu lassen. Und immer wieder irrlichterten ihm die Gedanken über seine persönliche Rolle durch den Kopf. Wenn seine Lage in Emden schwierig werden würde, wenn es augenfällig war, dass er in schwerem Wetter fuhr, dann könnte er mit der Türöffnung zum Städtebund vieles wieder auffangen. Seht und hört her, könnte er sagen, ich, Wibolt Flaskoper, sichere euch Zugang zu neuen Märkten. Ich bessere euren Stand bei Zoll und Stapelrechten. Ich schaffe euch Privilegien und Verträge, ich führe euch einer goldenen Zukunft entgegen.

Ein Trupp Waffenknechte riss ihn aus seiner tiefen Nachdenklichkeit. Die Männer führten ihre Pferde zum Marsstall, einige waren verwundet, es wurde trotzdem laut gelacht und gescherzt. Fast wie von selbst lenkten ihn seine Schritte in Richtung auf das Haupthaus zu, dorthin, wo der Altermann sein Kontor hatte. Zwei Wachposten, grobklotzige Kerle mit schweren Stabdolchen, sicherten das Tor. Fremde Söldner. Es waren jedenfalls keine Engländer, so viel wurde Wibolt klar, denn sie knurrten ihn an in einer Sprache, die der Emder nicht verstand, es mochte keltisch sein. Was sie ihm sagen wollten, begriff Wibolt aber sehr wohl. Schert Euch weg, wenn Ihr kein Blut verlieren wollt. Er musste einsehen, dass es sinnlos war.

Zum Nachtmahl trieb es ihn in eine Taverne nahe der Themse, denn seine Herberge hinter All Hallows hatte das Feuer schon aus. Ein Knecht nahm ihm das Pferd ab und Wibolt betrat die Stiege zur Hochkammer. Von oben kam heftiger Lärm. Er stieß die Türe auf und verharrte im Halbdunkel des Eingangs. Den Bierstand mit seinen Fässern und Schankknechten konnte er im Rauch und Dunst der Kochstelle nur erahnen. Trauben von Kaufleuten hockten um Tische, aßen und zechten. Dazwischen wuselten Mägde mit Schüsseln und Platten. Es wurde gegrölt und gelacht, nach Miedern gegriffen und an Schürzenbändern gezupft. In einer Ecke drehte ein Spielmann selbstversunken seine Leier. Weiter hinten schrie der Wirt nach seinen Leuten. Wie üblich war der Dielenboden mit Sand bestreut, um übergeschwapptes Bier und von Tellern gefallene Speisereste zu binden.

Mühsam bahnte sich der Emder einen Weg. Er war eigentlich nicht in der Stimmung für fröhliche Gesellschaft, aber mit knurrendem Magen in den Bettkasten wollte er auch nicht. Und während er noch nach einem Platz suchte, um in diesem Gewirr von Menschen und Lärm wenigstens ohne Rippenstoß sein Nachtmahl einzunehmen, wurde er plötzlich von der Seite her angerufen. »Hier heran, junger Herr!«

Der Mann hockte in einer Nische am Gaubenfenster und war im Halbdunkel kaum auszumachen. Erst im Nähertreten sah Wibolt ihn genauer. Mit dem raschen Blick des erfahrenen Kaufmanns erfasste er das pelzbesetzte Seidenwams, die gepflegten Hände mit wenigen aber kostbaren Ringen, den sorgfältig gestutzten Bart; hier roch es förmlich nach solider Auskömmlichkeit, gediegenem Erfolg bei guten, sorgenfreien Geschäften. »Nur heran. Bei mir seid Ihr fast sicher!«, lachte der Fremde und wies mit einer großartigen Geste in den Raum. »Ich kenne diese Raubtiere. Jedes einzelne von ihnen. Und glaubt mir, alle sind gefährlich.« Der Tisch war reichlich gedeckt, es duftete nach Brot, Wein und in Honig geschmortem Gemüse. Aus einem Topf ragten knusprig die Schenkel eines jungen Kapauns, sie schwammen in einer würzigen, dunklen Tunke. »Nur zu und setzt Euch. Haltet mit!« Der Mann langte sogar nach Wibolts Arm und zog den Emder auf einen Schemel. Griff sich dann eine Magd, die vorbeihuschen wollte. »Marie, eine Order!«, ließ den Emder nach Bier fragen und sah Flaskoper lächelnd an. Unter der Mütze mit der teuren Feder aber blieben die Augen prüfend: ein Kaufmann, der den Wert einer Ware abschätzt.

Man stellte sich vor, der andere hieß Johann Kampen und kam aus Lübeck. Die Magd brachte Wibolts Bier und plötzlich hatte der Emder Hunger. Herzhaft langte er zu, der Kapaun war ebenso großartig wie Brot und Gemüse, und Wibolt Flaskoper war überzeugt, nie köstlicher gespeist zu haben. Am Bierstand wurde ein neues Fass angeschlagen, die Mägde huschten und der Lärmpegel schien noch zu steigen. Johann Kampen schwenkte das Vogelbein in der Faust, wies hierhin und dorthin und erklärte seinem jungen Gast diese seltsame Welt. Er sprach laut und ungeniert und konnte es sich leisten, gedämpfte Töne waren sinnlos, in dem Getöse musste Wibolt achtgeben, dass er den anderen verstand. Am Nebentisch fing der Lübecker an, er deutete mit dem Knochen auf einen laut singenden, uralten Mann. »Josef von Arnem, Köln. Handelt mit Salz. Ist so stinkreich, dass er selbst nicht genau weiß, wie viel Geld er hat. Frage mich, warum der überhaupt noch fährt!« Dann wies er mit dem Kinn auf einen zweiten. »Juries Hopper der Ältere, Hamburg. Farbstoffe. Waid, Krapp und Safran. Miteigner einer Flotte von über zwanzig Schiffen in der Baltischen See. Gotlandfahrer, wie die meisten hier.« Ein feister Mensch stapfte vorbei, offenbar stark bezecht, er zog eine hell lachende Magd hinter sich her. Grinsend sah Kampen den beiden nach. »Mandolf

Düsterhenn aus Bremen. Stockfisch und Wachs. Sonst nichts. Merkwürdige Kombination, findet Ihr nicht auch? Aber er hat ein Privileg des Königs von Dänemark, das genügt, um reich zu werden.«
Und so ging es fort. Wibolt aß und lauschte, und der andere führte seinen lautstarken Exkurs, wenn der Lärm anschwoll, in einer Tonlage, als müsse er gegen starken Wind anbrüllen. Es war so kurzweilig, dass der Emder manchmal sogar das Mahl vergaß. Eitelkeiten und Skurrilitäten kamen darin vor, große Gewinne und dramatische Verluste, Männer, die für ein bestimmtes Gewürz um die halbe Welt fuhren, die auch bereit waren, sich dafür zu schlagen, und Nabobs, die sich trotz ihres Reichtums lieber für drei Tage in den Stock schließen ließen, als freiwillig ein überhöhtes Stapelgeld zu bezahlen.

Von sich erwähnte der Lübecker nichts, bis ihn Wibolt anschrie: »Und Ihr? Seid Ihr auch Gotlandfahrer?«

Kampen breitete die Arme aus, als wollte er die Welt umfassen. ›Was für eine Frage!‹, sollte das wohl heißen. »Natürlich!«, brüllte er aus vollem Hals zurück. »Ich bin es seit meinem sechzehnten Jahr, also schon fast zwei Dekaden!«

Dann ist er in der Mitte seiner Dreißiger, und hat die beste Zeit hinter sich, dachte Wibolt.

Der Wirt trat polternd an ihren Tisch, fragte, ob alles recht sei, und sofort verbreitete sich ein saurer Dunst, ein Miasma von Lauch, seit längerem ungewaschenem Leib und Bier.

»Es ist alles recht, John. Ein neues Licht und etwas Ruhe, wir wollen reden«, sagte Kampen.

Die Forderung nach Ruhe erschien Wibolt Flaskoper gänzlich sinnlos, und richtig, der Wirt hob ratlos die Schultern, schrie den Namen einer Magd und stampfte davon. Das Mädchen kam, brachte eine neue Kerze, schenkte nach und tauchte im Gewühl unter. Weiter vorn neben der Esse standen zwei Gruppen von ihren

Tischen auf und schwenkten lachend und untergehakt auf den Ausgang zu. »Hans Godendorp und seine Leute. Alles Lübecker«, röhrte Kampen mit stolzer Stimme, es klang, als wollte er sagen, seht sie Euch an, das ist die Krone der Kaufmannschaft. Die Horde donnerte zum Stiegenabgang, einer langte der Türmagd ans Mieder, ein anderer küsste den Wirt zum Abschied unter lautem Hallo auf die Stirn. Es mussten wohl die größten Rabauken gewesen sein, denn der Lärm sank beträchtlich, sobald sie verschwunden waren.

## 4.

*Diejenigen, die keine aufrichtige Kaufmannschaft
treiben, sollen auf dem Hof
weder geduldet noch gelitten sein.
Aus der Nowgoroder Schra*

*London, Taverne The Swan, Sommer 1199*

Es hatte noch einen Disput an den Nachbartischen gegeben, zwischen den Bremern und den Hamburgern. Man war sich unversehens in die Haare geraten, eigentlich nur in Folge einer harmlosen Neckerei zwischen Kaufleuten. Es waren Worte hin und her geflogen, zuerst im Scherz, und dann, niemand wusste zu sagen warum, wurden sie unvermittelt doch bitter und hart. Der Lübecker hatte mit seiner Bemerkung die Lunte an den Zunder gelegt. Angefangen hatte alles bei den Gesellen der Kaufherren, die ihre Prinzipale begleiteten, wie es üblich war – um bei den Geschäften nützlich zu sein, zum Schutz der Alten, und auch, um ihnen wenn nötig abends in den Bettkasten zu helfen. Die Burschen hatten sich lange Nasen gemacht, mit Umschlagszahlen und Zollrechten geprahlt, und irgendwann hatten ihre Herren das Thema aufgegriffen und sich rasch an ihm entzündet. Plötzlich ging es um Rangordnungen und Wertigkeiten, um den Ausweis tüchtiger Kaufmannschaft, und jede Seite glaubte sich hier gegen die andere im Vorteil. Ein Wort gab das nächste, Rede und Gegenrede wechselten schnell, denn das Bier hatte nicht nur Hälse gerötet, sondern auch das Hirn erreicht. Der Augenblick war gekommen, in dem sich wie so oft die Zunge zunächst vom Verstand löst, um ihn dann zu unterwerfen.

Es wäre trotzdem noch gut ausgegangen, hätte sich nicht der Lübecker lachend mit der Bemerkung eingemischt, zwischen Hamburger und Bremer Handelsherren gebe es keinen Unterschied; beide verkauften leichten Herzens ihre Großmuhme. Darauf hatte der Hamburger Juries Hopper spitz bemerkt: »Es gibt doch einen Unterschied. Die Hamburger verkaufen die Großmuhme nicht nur, sondern liefern sie auch!«

Das schallende Gelächter von Hoppers Knechten hatte der Bremer Mandolf Düsterhenn mit schweren Zweifeln über die Hamburger Treue beantwortet, hatte giftig »Wer's glaubt!« gerufen, und so den Krieg noch befeuert. »Hamburg liefert, das ist gewiss!« – »Ja, so gewiss, wie Erde wächst!« – »Wenn Hamburg die Großmuhme liefert, ist sie nurmehr höchstens eine schöne Leiche!« – »Richtig! Aber auch die schönste Leiche stinkt irgendwann!« – »Es sprach der Blinde, ich sehe Farben, so schön …!«

Recht bald hatte es dann nach Handgreiflichkeiten gerochen, nach Ohrfeigen, zumindest unter den Gesellen. Und es wäre wohl auch dazu gekommen, wenn nicht der Wirt, ein vierschrötiger Londoner, mit rüder Gewalt für Ruhe gesorgt hätte. Er packte einfach die beiden lautesten Knechte am Wams und setzte sie mit einer Leichtigkeit vor die Tür, die alles in betroffenes Schweigen versetzte. Nicht lange danach waren auch ihre Gefährten aufgebrochen, und mit einem Schlag war es in der Taverne beinahe still geworden. Immerhin so beschaulich, dass sich Wibolt und der Gotlandfahrer in ihrer Nische gedämpft unterhalten konnten. Die Magd stellte ohne zu fragen frisches Bier und neuen Wein auf den Tisch und zog sich dann zurück. Der Wirt lehnte am Zapfstand und plauderte entspannt mit dem Spielmann.

»Der alte Streit zwischen Haithabu und Bremen«,

nahm Johann Kampen das letzte Ereignis wieder auf, und unterschlug dabei nicht nur seinen Zündfunken, sondern auch, dass Haithabu längst von Schleswig abgelöst worden war, bevor ihm Lübeck und inzwischen auch Bremen den Rang ablaufen konnten.

»Mir scheint, es war eher ein Disput, der seinen Honig aus persönlicher Hoffart zieht«, gab Wibolt keck zurück, doch der andere hob mahnend die Hand.

»Da geht Ihr fehl. Recht eigentlich ging es eher um Kräfte und Antriebe, die auf kaufmännischen Erfolg gerichtet sind, und derlei darf man niemals gering schätzen. Bei Lichte betrachtet speist sich der Bund der Bruderstädte genau aus dieser Quelle.«

Da war er schon wieder, der Bund der Bruderstädte! Wibolt lehnte sich zurück und fixierte Kampen aus verengten Augen. »Was ist denn dieser Bund? Eine Vereinigung von Kaufleuten, die aufeinander hocken wie die Raben auf dem Aas, will mir scheinen. Die sich belauern und gegenseitig die Kundschaft neiden. Wo ist da der Nutzen? Wie steht man so besser als ein selbständiger Kaufherr, der keinen zu fragen braucht?« Um deine Ruhe muss es schlecht bestellt sein, denn so redet man nicht mit einem Mann, der zum Nachtmahl eingeladen hat, schoss es Flaskoper durch den Kopf.

Aber seine Sorgen waren unbegründet. Auch der Gotlandfahrer lehnte sich zurück, er schien alles andere als missgestimmt, auf seinen Zügen stand jetzt sogar ein kleines, gönnerhaftes Lächeln. »Nun, mein kluger Freund, wie viele Jahre zählt Ihr?«

»Fast dreiundzwanzig!«, antwortete der Emder spitz, und das Lächeln des Gotlandfahrers wurde breiter.

»Ah, also noch jung, und Ihr irrt schon wieder.« Johann Kampen blieb gelöst wie ein Gast auf einer Hochzeit, er hatte sein Fleischmesser in der Hand und spielte versonnen mit der Klinge, aber in seinen Augen stand plötzlich ein seltsames Glitzern. Der Gotlandfahrer ließ seinen Blick durch die Taverne wandern, ganz so, als sei schon alles gesagt, besah sich recht ausführlich eine dralle Magd, streifte den Spielmann, dem der Wirt soeben ein frisches Bier zapfte, dann beugte er sich vor. »Also hört! Wir setzen allgemeine Gütestandards für die Märkte, zum Beispiel beim flämischen Tuch. Nur neue Wolle und mindestens 1200 Fäden auf den Quadratfuß. Jeder Ballen Tuch wird am Stapel geprüft und gesiegelt. Unser Siegel gilt, es ist überall Ausweis für die Qualität. Auf diese Weise sparen wir die Kosten für den Taxmeister am Zielort, aber das ist erst der Anfang. Wir sind fähig, auf Zollrechte einzuwirken, die Steuer für unsere Waren zu senken, und schlagen damit manchen Konkurrenten aus dem Feld, aber das ist erst der Anfang. Wir verhandeln Preise so, dass jeder unserer Kaufherren zu gleichen Bedingungen fertiges und rohes Gut einkaufen kann, doch das ist nur der Beginn einer großen und langen Geschichte, ja, auch von Macht. Unserer Macht.«

Kampen hatte sich in Hitze geredet, seine Stimme an Schärfe zugenommen, und am Ende hatten seine Worte hart und anmaßend geklungen. Wibolt taxierte kühl, wie ein Roßkamm einen Gaul betrachtet, um nach versteckten Mängeln zu forschen. Da warf ihm einer in großen Bögen bunte Wolken vor die Füße, brüstete sich mit gegenwärtigem und künftigem Glück, während er selbst um sein Überleben kämpfte. Der ganze Vortrag stieß ihn ab, passte aber zu dem Mann, zu dessen gediegenem Wohlbefinden, das er ebenso dezent wie nachhaltig zeigte, seinen goldenen Ringen und seinem teuren Seidenwams. In dem jungen Emder regte sich Widerstand. Kühl kam seine Frage, tadelnd und zweifelnd. »Macht wofür? Der Anfang wovon?«

Johann Kampen griff nach seinem Weinglas, sah sich betulich um und trank so bedächtig, als gäbe es nichts zu erklären. Vielleicht dachte er nicht daran, hier Rede und Antwort zu stehen. Hatte er derlei nötig? Er, der

Gotlandfahrer gegenüber einem jungen Krämer von der friesischen Küste? Einem, der sich gerade die Hörner abstieß? Der vielleicht per Anno einen Umschlag machte, der ihn, Kampen, kaum einen Mond lang beschäftigte? Und als Wibolt schon dachte, da kommt nichts mehr, richtete der Lübecker sich auf. »Mir scheint, Ihr habt nicht recht verstanden. Ich will es Euch nochmals erklären«, sagte er versöhnlich.

Und dann führte ihn Kampen durch einen furiosen Exkurs. Er redete zunächst von der Kraft des Bundes gegenüber der Schwäche des Einzelnen. Als der junge Emder hier den Kopf hob, schob Kampen sofort nach: »Ich weiß, was Ihr sagen wollt. Sich in eine Gemeinschaft einfügen heißt Unterordnung. Heißt, eigenes Wollen und Können dem Ganzen zu opfern. Heißt also Verzicht. Das ist richtig und falsch. Wartet, was ich Euch noch zu sagen habe. Wenden wir uns den Geschäften zu.«

Der Lübecker entwarf ein monumentales Bild. Er beschrieb den europäischen Wirtschaftsraum als einen gierigen Organismus, der täglich gefüttert werden will. Dann umriss er, wonach der Moloch verlangte und wer ihm den Fraß vorwarf. Das zählte er an den Fingern seiner Hand ab. »Waid und Pottasche aus dem Reich des russischen Kaisers, aber auch aus Flandern und Böhmen. Alaun von den Osmanen. Wolle, Safran und Kermes liefern die Iberer, daneben die Franken und Italiker. Holz aus dem Heiligen Land. Tuche aus Britannien, Wachs von den Dänen, schmiedbares Eisen und Häute bieten uns die Sachsen.« Der Gotlandfahrer setzte sich zurecht, es schien länger zu dauern. »Dann denkt an die Nahrungsmittel. Stockfisch und Hering, Salz, alle Arten von Fetten ...«

Er unterbrach sich, da er die Ungeduld des Emders spürte. Wibolt hatte keine Lust, Lehren über Kaufmannschaft zu hören. »Zum Gegenstand! Macht wofür? Der Anfang wovon?«, wiederholte Flaskoper störrisch, und sah den anderen lächeln.

»Wartet noch! Alles zu seiner Zeit. Hört erst die Zusammenhänge«, und während der junge Kaufherr dachte, dass ihn das nicht dümmer machen würde, fuhr Johann Kampen lebhaft fort: »Alles dies muss gesteuert werden. Die Warenströme, der Geldfluss, der Wechsel von Gut und Silber, von Wert und Gegenwert bedarf zum sicheren Vollzug einer Ordnung, die weiter reichen muss als das Gesetz Eurer Stadt. Oder meiner.«

Er schob sein Weinglas zu Seite und legte die Hände auf den Tisch. »Nehmt astfreies und zugeschnittenes Kopfholz der Eiche. Man nennt es Wagenschot und benutzt es im Schiffbau. Der Bund der Bruderstädte hat alles in seiner Hand. Er weiß von dem Holzhauer, der die Eiche schneidet, und von dem Schiffszimmerer, der darauf wartet. Wir bringen beide zusammen, versteht Ihr? Jede Tonne Pech und Teer, jedes Fuder Flachs folgt einem geplanten Weg vom Erzeuger zum Baumeister. Der Bund ist in der Lage, mehr als einhunderttausend Fässer mit Stockfisch oder Wachs per Anno zielgenau über unsere Welt zu verteilen.«

»Ihr flunkert. Oder Ihr schneidet auf!«, bemerkte Wibolt Flaskoper ruhig, doch auch Kampen blieb gelassen.

»Durchaus nicht. Aber Ihr werdet einräumen, selbst wenn nur die Hälfte stimmt, ist es noch immer beeindruckend, und damit, mein junger Freund, sind wir bei der Macht.« Der Lübecker faltete die Hände wie zum Gebet, als wollte er alles nun Folgende der besonderen Fürsorge des Herrn empfehlen. Er öffnete die Lippen, um fortzufahren, doch dann war mit einem Mal ein lautes Rumpeln, von der Tür her kam Poltern und Geschrei, und der Wirt, gefolgt von einem seiner Knechte, stiefelte zur Treppe.

Die Upkammer war nur über ein Stiegenhaus zu erreichen, der Londoner wollte wohl klären, was es in seinem Haus zu lärmen gäbe, und Wibolt sah, dass der Knecht einen kapitalen Eichenknüppel in seiner groben

Faust gepackt hielt. Draußen auf der Gasse war durch die Butzen plötzlich Feuerschein zu sehen, dann hörte man Hufschlagen und wildes Fluchen und Geräusche wie von schweren Schlägen.

Der Wirt war bald zurück und trat an ihren Tisch, der Knecht hinter ihm grinste breit. »Gesindel auf den Gassen ... Justin hier hat für Ordnung gesorgt ... Besser noch eine Weile bleiben ...!«, knurrte der Wirt.

Kampen warf einen kurzen Blick auf die Reste des Eichenknüppels in Justins Hand und orderte mehr Wein, während Wibolt den Kopf schüttelte. Der Spielmann in seiner Ecke griff sich die Leier und intonierte eine langsame, melancholische Melodie. Es waren nur noch wenige Leute in der Taverne, und die Mägde begannen zu säubern. Sie zogen den Sand mit Rechen zusammen und klaubten die Reste von Speisen heraus. Der Knecht, Justin, warf den Knüppelstumpf kurzerhand in die Esse. Er hatte genug davon, sie standen in Bündeln neben dem Bierfass.

Interessiert folgte der Lübecker diesem Vorgang. »Also nun; die Macht. Da habt Ihr soeben eine erlebt, die ich ausdrücklich nicht meine. Die der körperlichen Gewalt. Ja, ja, ich will sie nicht ausschließen«, fügte er rasch an, da sich der Emder regte. »Es ist natürlich nötig, sich ihrer zu bedienen, sehr oft sogar, leider, aber stets nur, um unser Gut zu schützen, nie aus Selbstzweck.« Dann setzte er dem jungen Ostfriesen sehr klar auseinander, welche Macht der Bund der Bruderstädte wollte und auch schon in Teilen besaß: die Macht einer gesetzten Handelsordnung, der sich jeder Partner zu fügen hatte, sei er nun Reuße oder Iberer. Die regierende Kraft eines festen Regelwerkes, dem sich unterordnen musste, wer immer mit dem Bund Handel trieb. »Normen und Verfahren!«, sagte Kampen, als spräche er über die Erlösung der Christenheit von der Erbsünde. »Für Zölle, Stapelgeld, Taxen und

Preise. Für Sätze, Fristen, Mengen und die Regulierung von Schäden.«

Wibolt Flaskoper saß in seiner Ecke und drehte den leeren Bierkrug. Sein Blick wanderte über die Reste ihrer Mahlzeit. Vom Kapaun gab es nur noch wenige Hautfetzen an Knochen, aber den Brotkorb hatte die Magd nachgefüllt, und der Emder bediente sich. »So. Aha. Und die Regeln setzt Ihr natürlich selbst?«, fragte er kauend.

»Natürlich!«, gab der andere mit krauser Stirn zurück, ganz so, als wollte er sagen, ja wer denn sonst?

»Und die Macht des Geldes?«, fragte Wibolt nicht ohne Schärfe.

Der Lübecker hielt mit ruhigen Augen stand. »Ihr seid doch wohl Kaufmann, oder nicht? Ganz gewiss hat Geld auch Macht, aber es ist schließlich nur Mittel zum Zweck. Ein Stoff, der für Glätte zwischen Achse und Radnabe sorgt. Oder für das Polster zwischen Rüstung und Haut. Auch als Türöffner bei Fürsten und Eminenzen. Ihr werdet keinen Herrscher finden, der Euch ein Handelsprivilegium einräumt, ohne dafür eine Gegenleistung zu fordern.«

Er beugte sich vor. »Fragt Mandolf Düsterhenn, den Bremer. Stockfisch und Wachs, erinnert Ihr Euch? Für seinen Vertrag mit dem König von Dänemark hat er den Umschlag eines halben Jahres an Silber auf den Tisch gelegt.«

»Findet Ihr nicht, dass das ein Widerspruch zu dem ist, was Ihr mir soeben über Eure Macht erzählt habt?«, fragte der Emder spöttisch, und Kampen hob sofort den Zeigefinger.

»Nur auf den ersten Blick, junger Herr! Nur am Anfang! Heute sagt Mandolf dem Dänenkönig, was sein Fisch kostet und wie viel Wachs er von ihm kaufen darf!«

»Aha! Und nur, weil es ihm so gefällt«, äußerte Wibolt mit gekräuselten Lippen, aber der andere lächelte nicht mit.

»Nein. Sondern weil der Bund der Städte hinter ihm steht.«

»Ein König von Dänemark, etwa der jetzige Knut VI., wäre nicht der erste Fürst, der ein gesiegeltes Versprechen bricht.«

»Mandolf hat sein Privileg von König Valdemar *den Store*«, sagte Kampen schnell, als sei damit das Argument des Emders zu entkräften, dann fuhr er fort: »Nein, aber wenn ein Fürst ein Handelsversprechen bricht, dann hat er einen Partner, der ihn mit Nachdruck an seine Pflicht erinnert. Er wird einsehen und schnell vernünftig werden. Dafür gibt es Beispiele.«

»Oder er wird nicht einsehen und Euch und Euren Bund mit dem Schwert zum Teufel jagen. Dafür gibt es auch Beispiele!«

»Ja doch, zum Henker! Ihr habt ja recht«, lachte der Gotlandfahrer gutmütig, »Aber die Bruderschaften haben sich in solchen Fällen wacker geschlagen, das gehört ebenfalls zur Wahrheit. Dabei muss man nicht immer das Schwert ziehen. Ihr glaubt nicht, welche Wunder an Einsicht es bewirken kann, wenn man einem Fürsten für eine Zeit die Lieferung eines seit langem gewünschten Gutes verweigert. Nehmt die Seide für seinen Hofstaat. Oder für seine Damen. Die Kraft einer solchen Maßnahme speist sich aus ihrer Geschlossenheit!« Natürlich dürfe kein Händler des Bundes dabei abseits stehen. Wer es doch tue, verliere seinen Platz in der Bruderschaft, werde geächtet und sogar bestraft.

Er zählte die Handelssperren und die Gefechte auf, mit denen wortbrüchige Herrscher durch den Bund in die Knie gezwungen worden waren. »Graf Adolf III. von Holstein, etwa. Er widerrief die Zollfreiheit für unseren Stockfisch. Er brauchte ihn aber, um seine Leute zu ernähren. Also gaben wir ihm keinen mehr. Er musste ihn zu Höchstpreisen über Schonen einführen. Mandolf Düsterhenn hielt Anteile an den betroffenen

Kontoren, er ist vor Freude fast verrückt geworden!« Dann der Fürst von Mecklenburg, Nikolaus, der I. seines Namens. Der habe sich plötzlich geweigert, die vertraglich geregelte Befreiung vom Stapelgeld in seinen Häfen auch tatsächlich zu gewähren. Dazu habe er Schiffe beschlagnahmt und an die Kette gelegt, die Besatzung habe er eingesperrt, in einem Fall einen Schiffsführer wegen angeblichen Ungehorsams sogar ohne Gerichtsurteil enthaupten lassen. »Mit dreißig Koggen aus Lübeck haben wir ihn in seiner Räuberhöhle besucht, in diesem Nest Rostock, als er schon dachte, die Sache ist vergessen. Wir haben unsere Leute herausgeholt, die Schiffe und auch die Kasse des Hafenmeisters, als Ersatz für die Schäden.«

Wibolt setzte sich behaglich zurecht, ihm war auf einmal ganz leicht zumute. Er fühlte sich in der Schenke recht wohl, auch in der Gesellschaft Kampens, obwohl er sich vornahm, sein Mahl aus eigener Tasche zu bezahlen. Er war zwar ein Mann in einer schwierigen Lage, aber nun verspürte er plötzlich neue Zuversicht, die Ruhe des Kaufmanns, der schließlich immer einen Ausweg findet. Sein Schicksal würde sich heute Abend nicht mehr wenden! Also, was soll's, morgen war auch noch ein Tag. In seine Herberge zog ihn nichts, sie war billig und einfach. Warum nicht hier mit dem Gotlandfahrer noch eine Weile hocken und reden? Es gelang ihm jetzt, sich zu entspannen und das Gespräch zu genießen. Draußen auf der Gasse war es ruhig geworden, die dralle Magd brachte neuen Wein, der Lübecker ließ sie nicht aus den Augen und Flaskoper nickte zu einem weiteren Bier. Sie schwiegen, bis die Dralle Wibolts Becher brachte, und tranken sich zu. Kampen zog einen erheblichen Schluck, dann wischte sich über den Mund.

»Mit den Fürsten, wisst Ihr, ist das so eine vertrackte Sache«, fuhr er schmunzelnd fort, ganz so, als erinnere er sich an eine angenehme Begebenheit. »Ihr werdet noch nicht viel mit ihnen zu schaffen gehabt haben, denn Ihr seid noch jung«, fügte er rasch hinzu, als er sah, dass der Emder die Stirn runzelte. »Zunächst einmal muss man an sie herankommen. Das gelingt meist nur über einen Mittelsmann, mit dem schon ein Kontakt besteht. Am besten natürlich ein guter, über ein für ihn günstiges Geschäft!«, scherzte Kampen und Wibolt hatte das Gefühl, der Mann spricht über eine Sache, die ihn selbst schon oft betroffen hat. »Dann muss man ihn, den Fürsten, von der Nützlichkeit einer Zusammenarbeit überzeugen. Wenn beides gelingt, kann daraus Großes und Fruchtbares entstehen. Man macht seine Geschäfte unter dem Schutz dieses Herren, er selbst verdient daran und die Verhältnisse bessern sich auf allen Seiten, auch im Volk. Es könnte lange so gehen, zu jedermanns Heil, und oft ist es auch so.«

Der Lübecker unterbrach sich, griff nach einem Vogelbein, betrachtete ausführlich den abgenagten Knochen und legte ihn zurück. Mit einem Tuch aus feinstem Linnen tupfte er sich dann das Fett von den Fingern. »Aber allzu häufig ist es auch anders. Der Fürst sieht dich verdienen, und wenn mehrere Kaufleute sich zusammenschließen, beobachtet er eine vermeintliche Anhäufung von Reichtümern, die bald seinen Neid wecken. Dann verlässt ihn die Vernunft. Er sieht nicht mehr den Segen für sein Land, sondern nur noch das Silber in fremden Händen. Er denkt nicht mehr an die Wohlfahrt seiner Untertanen, sondern nur noch an seine eigene Schatulle. Und die ist meistens leer. Könige können nicht so wirtschaften wie unsereins. Sie geben stets mehr Geld aus, als sie haben.«

»Und dann brechen sie Verträge?«

Kampen nickte. »Sie vergessen alles, was sie versprochen und sogar verbrieft haben. Die ermäßigten Steuersätze, das gestrichene Stapelgeld, die kostenfreie Nutzung der Häfen und Märkte. Wo das nicht reicht, nehmen sie den Kaufleuten, deren Schutz sie gelobt haben, ihr im Lande greifbares Vermögen weg. In der Regel bedienen sie sich dazu irgendwelcher Räuberbanden. Oft genug tun sie es auch selbst, schamlos und am helllichten Tage.«

Der einzelne Kaufmann sei dem schutzlos ausgeliefert. Hier helfe nur eine starke Gemeinschaft, die sich wehren kann. Durch gezielte Handelskriege, wenn nötig auch durch den Einsatz von geschliffenem Eisen.

»Kriege? Feldzüge?«, fragte Flaskoper scharf, und der andere hob die Schultern.

»Würdet Ihr Euer gutes Recht aufgeben, nur weil ein anderer Euch mit Gewalt dazu bringen will?«

»Das kann klug sein«, gab Wibolt gelassen zurück, und Kampen fuhr hoch, als habe er sich in einen giftigen Dorn gesetzt.

»Ja, aber nur für den, der nicht frei wählen darf. Oder den Widerstand auf direktem Weg ins Elend führt. Nicht für den Bund! Nicht für uns!«

»Und damit sind wir wohl bei Eurer goldenen Zukunft. Bei dem, wovon dies alles nur der Anfang ist«, stichelte Wibolt Flaskoper in trockenem Ton, aber der andere ließ sich nicht aus der Reserve locken.

»Spottet nur! Aber Ihr seid noch jung, Ihr werdet es erleben.«

»Was werde ich erleben?«

Kampen beugte sich vor, vielleicht war seine Geduld am Ende, jedenfalls stand in den Augen ein angriffslustiges Funkeln. Aber da war noch mehr, ein Ausdruck von Verklärung, von Erfüllung und endlich gestillter Sehnsucht. »Die Verschmelzung des Bundes der Bruderstädte zu einer wirklichen Einheit, *das* werdet Ihr erleben, junger Herr! Die Verdichtung der heute lockeren Bande zwischen Bürgermeistern, Magistraten und Kaufleuten zu einer Union von wirklicher Handelsmacht. Mit gemeinsamer Identität. Unter Führung von Männern, die für alle stehen, und die Beschlüsse fassen, die jeder anerkennt. Eine Macht, die selbst von Königen respektiert werden muss!«

»Also eine Macht, die herrschen will«, vermutete der Emder bissig und Johann Kampen schüttelte den Kopf.

»Ich erkenne Euren Syllogismus, aber der trifft hier nicht. Wir wollen lediglich eine Macht, die für Ruhe und Sicherheit bei unseren Geschäften sorgt.«

Das ist auch eine Form von Herrschaft, dachte Wibolt, aber er schwieg und ließ den anderen warten. Von der Gasse her kam das Rufen des Nachtwächters, sie hörten ihn vorüberstapfen, seine Stimme verwehte und erstarb, Mitternacht musste längst vorbei sein. Vom Wirt und den Mägden war nichts zu sehen, aber der Spielmann, er lehnte am Bierfass, spähte neugierig zu ihnen herüber. Ihre letzten Worte waren wohl lauter gesprochen worden, als nötig gewesen wäre. Der Emder saß entspannt und mit glatter Stirn, doch dahinter wirbelten miteinander streitende Gedanken. Nun frag ihn schon! Es ist eine wohlfeile Gelegenheit. Warum ihn? Er ist der falsche Mann! Ruwe! Herbord Ruwe müsste ich fragen, aber der lässt mich nicht vor. Frage ich ihn direkt oder greife ich ihn an? Wibolt entschied sich schließlich für den Angriff, er entsprach eher seiner Gemütslage. »Diese Einheit, von der Ihr da redet, diese Verschmelzung zu einer mächtigen Allianz, ist am Ende natürlich ein in brüderlicher Liebe versippter, inzüchtiger Großstamm, der jeden Fremden wegbeißt?«

Und jetzt wies ihn der Lübecker zum ersten Mal offen zurecht.

»Eine kluge Frage ist das nicht, und sie ist zudem von unnötiger Ironie.«

Der Wirt tauchte wieder auf, hinter ihm Justin, sein riesiger Knecht, und winkte zu ihnen herüber. »Your last swallow, Gentlemen!« Beide hoben die Hand, um zu ordern, sie waren tatsächlich die letzten Gäste.

»Ihr seid heute Abend schon mehrfach fehlgegangen,

aber jetzt tut Ihr es aus purer Bosheit. Ich bin enttäuscht«, fuhr der Lübecker grollend fort. Er ließ sein Weinglas unberührt, und das war ein schlechtes Zeichen. »Vielleicht habt Ihr aber auch einfach nicht zugehört. Denn wie kann eine Familie wachsen ohne neue Mitglieder? Wie will man ein Netz verdichten, ohne ihm weitere Schnüre hinzuzufügen? Natürlich werden Fremde nicht weggebissen. Sondern wir nehmen sie auf, sofern sie die Bedingungen erfüllen.«

Bedingungen! Es drängte Wibolt, genau dies zu klären, aber eine andere Frage war noch drängender. »Zum Beispiel eine Stadt wie Emden«, stieß er nach, »würdet Ihr sie aufnehmen?«

Der andere sah ihn aufmerksam an. »Warum nicht? Es hängt davon ab, was Eure Stadt zu bieten hat.« Er senkte den Blick, fixierte sein Glas als sei er sich nicht sicher, ob er daraus trinken sollte, tat es dann doch. »Es gibt einige Wege in unsere Bruderschaft. Der einfachste ist wohl die Teilnahme am Handel mit ihr, so oft und so umfangreich wie möglich. Hoher Durchsatz, versteht Ihr? Große Mengen und Stückzahlen. Aber er bedeutet nichts für eine Stadt, sondern nur für ihre Kaufleute.« Seine Augen kamen zurück, aller Ärger war daraus gewichen, in ihnen stand nichts als Neugier. »Für Emden bietet sich eine Möglichkeit über die Allianz mit einer Stadt, die bereits zu uns gehört. Redet mit dem Magistrat von Bremen, Hamburg oder Lübeck. Werdet mit ihm einig, und die Tür ist offen.«

Wibolt spürte, wie ihm die Röte in den Hals stieg. Er hörte sein Herz hämmern, in seinen Ohren rauschten ständig wiederkehrende Parolen: Tür ist offen. Tür ist offen. Tür ist offen …! »Und was ist mit Herbord Ruwe? Dem Altermann am Stalhof? Sollte man auch mit ihm reden?«, fragte er flach.

Der Gotlandfahrer lächelte amüsiert. »Ruwe? Natürlich. Es lohnt immer, mit dem zu sprechen. Auch für uns.«

Kampen griff nach seinem Glas und drehte es ein Stück. Anscheinend hatte er eine unsaubere Stelle am Rand entdeckt, genau dort, wo er vorher getrunken hatte. »Ihr habt es doch wohl auch versucht, oder nicht?«

Wibolt Flaskoper schwieg. Jawohl, er war von zwei Posten abgewiesen worden, ziemlich rüde sogar, von Männern, die er für Kelten hielt, aber das ging Kampen nichts an.

Der schüttelte langsam den Kopf. »Herbord Ruwe ist ein arroganter, blasierter Geck. Darüber hinaus ist er als Altermann eines führenden Kontors der Bruderschaft einer der wichtigsten Männer. Und Kölner. Der Mann spricht nicht mit einem Kaufherrn, der nicht Angehöriger des Bundes ist.«

Wibolt richtete sich auf, sein Gesicht war nun blutrot. »Ich werde mit dem Altermann reden. Morgen. Über bessere Taxen und Sätze für meinen Handel!«

»Man wird Euch nicht vorlassen. Gerade jetzt nicht. Ruwe ist in ständigem Kontakt mit dem Hof. Der König erwartet Unterstützung im Kampf gegen den Adel. Als Gegenleistung für seine Protektion der Kölner Kontore. Herbord hat keine Zeit für Gespräche mit Händlern!« Nicht für solche, wie Ihr es seid, hieß das wohl, und Wibolt warf dem anderen einen scharfen Blick zu, aber der gab sich völlig unbefangen. »Bevor wir uns trennen, mein junger Freund, sollten wir aber als Kaufleute darüber reden, was unser Geschäft ist. Die Dinge, mit denen wir unser Silber verdienen«, sagte Kampen munter und hob sein Glas. »Womit handelt Ihr?«

Wibolt ließ seinen Bierkrug, wo er war, aber seine Stimme kam ruhig und selbstsicher. »Mit Wolltuch.«

Der Gotlandfahrer reckte den Hals wie ein Wolf, der Witterung aufnimmt. »Und habt Ihr welches loszuschlagen?«

Der Emder zögerte. Es kam ihn nicht in den Sinn, sich in seiner Bücher sehen zu lassen. »Derzeit nicht.«

»Ach! Bedauerlich!«, erwiderte Kampen, und ein Schatten fiel auf sein Gesicht. Und dann öffnete der Lübecker *seine* Bücher. Er selbst befinde sich in einer Zwangslage. Er solle Mäntel liefern und habe sie nicht in ausreichenden Mengen. Ihm fehle das Tuch.

»Wie viel braucht Ihr?«, fragte Wibolt mechanisch, eine Frage, die ein Kaufmann aus höflichem Interesse stellt, so wie ein Händler den anderen fragt, nun alter Freund, wie gehen die Geschäfte?

Der Gotlandfahrer betrachtete ihn kühl. »Fünfhundert Ballen. Es sollen Mäntel daraus werden, für ein Expeditionsheer, das der Bischof von Livland auf Befehl des Papstes gegen die Semgallen führen wird.«

Der junge Emder nickte, es war für ihn immer noch ein Gespräch unter Kaufleuten, bei dem man aus geschäftlicher Neugier fragt, aus keinem anderen Grund. Aber zugleich rief es ihm schmerzhaft klar seine eigene Lage in Erinnerung, die er doch recht eigentlich für ein paar Stunden aus dem Hirn vertreiben wollte. »Bis wann sollt Ihr liefern?«

Johann Kampen lächelte knapp, er hob die Schultern und ließ sie wieder fallen, es war eine Geste der Hoffnungslosigkeit. »Zu früh! Mein Abnehmer will die Ware zu Ostern Anno 1201. Dann sollen noch die Mäntel gefertigt werden. Man braucht zweitausend davon, einen für jeden Mann der Fußtruppe. Der Feldzug soll noch im gleichen Jahr beginnen.«

Und während Wibolt zuhörte, drehten sich in seinem Kopf die Räder. Zuerst noch langsam und zögernd, aber dann nahmen sie Schwung auf und schleuderten und trennten die Gedanken, schwere von leichten, wichtige von törichten, ganz wie eine Zentrifuge, die den Rahm von der Milch scheidet. Ist das der Augenblick? Bietet sich hier die Gelegenheit, das Schicksal zu wenden? Ja, verdammt, das ist der Moment. Es ist die Gelegenheit, alles zu drehen, aber das Risiko! Das Risiko! Und du würdest Geld brauchen, viel Geld. Und es würde nicht leicht werden. Wenn es leicht wäre, hätte Kampen das Geschäft selbst gemacht. Warum macht er es jetzt nicht? Was ist der wirkliche Grund? Ihn schwindelte leicht, als er den Kopf hob, und seine Hände waren feucht. »Käme friesisches Blautuch in Betracht?«

Auch Kampen richtete sich auf, das Lächeln war mit einem Schlag aus seinem Gesicht verschwunden. Er fixierte den jungen Emder wie ein Fuchs ein Hühnerküken. »Natürlich. Sehr sogar, denn es entspräche den Farben des Feldherrn!«

»Des Bischofs?«

Kampen nickte mit hartem Kinn, in den Augen stand plötzlich ein Lauern, doch bevor er seine nächste Frage stellte, fing ihn Wibolt ab. »Warum macht Ihr den Handel nicht selbst?«

Der Lübecker setzte wieder sein mechanisches Lächeln auf. »Ach, Mann, ich sage Euch doch, es ist mir zu früh, meine Quellen geben solche Mengen bis Ultimo nicht her!« Er legte die Arme auf den Tisch und drehte die Handflächen nach oben. »Ich will ehrlich mit Euch sein. Mein Abnehmer ist ein Lübecker Kaufmann. Er liegt mir nicht so sehr am Herzen, um es vorsichtig zu sagen. Und die nächsten zwei Jahre werde ich vor allem mit Rosinen handeln, die Nachfrage an den fürstlichen Höfen ist gegenwärtig sehr stark. Ich habe schlicht keine Zeit, mich um dieses Tuchgeschäft zu kümmern. Wenn nicht der Bischof dahinter stünde, ein mächtiger Mann mit großer Zukunft, hätte ich es schon längst gänzlich aufgegeben.« Er sprach im Plauderton, ganz so, als rede er über eine Laune seiner Frau, aber sein Lächeln war jetzt nur noch eine Maske. Als er sich geräuspert hatte, kam die Stimme kalt und klar, und sein Blick erinnerte den Emder an mehrfach geschmiedetes Eisen. »Aber nun sagt mir, junger Freund, was fragt Ihr auch? Täusche ich mich, oder wollt Ihr in den Handel einsteigen?«

Wibolt Herz machte einen Hüpfer. Dann begann es rasend schnell zu schlagen, zu schmerzen und zu stolpern. Wer? Ich? Diesen Handel? Bewahre! Nein! Um des guten Herrn Jesus willen! Wie soll ich das heben, schrie es in Flaskopers Hirn. Doch zu seiner eigenen Bestürzung senkte er den Kopf. »Ja doch, gewiss. Warum nicht?«, hörte er sich sagen, und der andere schoss vor wie eine Viper auf die Maus.

»Fünfhundert Ballen. Zu liefern an Ostern Anno 1201. Stapelort ist der Hafen von Lübeck«, sagte Kampen nüchtern, ganz so, als stelle er fest, es sei nun Zeit für den Bettkasten. Dann fuhr er katzenhaft schnell die Hand aus, es war die mit den gediegenen Ringen, und hielt sie dem Emder hin, wie jemand, der zufassen und nicht mehr loslassen will. »So schlagt ein! Schlagt ein, junger Freund!«

Halt! Nicht so rasch. Ich mag zwar ein Kaufmann aus bäuerlicher Gegend sein, ein Krämer vom Lande, aber die Prozeduren sind mir gleichwohl geläufig. »Wie sind die Bedingungen?«, fragte der junge Emder mit trockenem Mund, und Kampen lehnte sich zurück.

»Wie üblich. Ihr bekommt den zehnten Teil auf das Klafter Tuch als Verdienst. Bei der Menge von fünfhundert Ballen ein hübsches Sümmchen!«

Wibolt Flaskoper schien äußerlich ruhig, aber in seiner Brust trommelte das Herz. »Wie viel hättet Ihr selbst an Gewinn gemacht?«, stieß er nach. Das war ziemlich frech, und Kampen hätte ihn mit Recht zurückweisen können, aber das tat der Lübecker nicht.

Im Gegenteil. Seine Antwort kam sehr rasch, ganz so, als habe er auf die Frage gewartet. »Tausend Mark lübisches Silber, und die erhaltet Ihr auch!«

Also wären es für Kampen selbst mindestens zweihundert mehr gewesen, dachte der Emder. Und doch war die Zahl über die Maßen beeindruckend. Sie würde ihn mit einem Schlag aus der Grube holen. Nach diesem

Handel wäre er aller Sorgen ledig. Als Wibolt endlich einschlug, war ihm das klar. Aber wie er den Handel bewältigen sollte, davon hatte er keine Ahnung. Nicht eine Spur davon.

# 5.

*Allerlei Waren und Laken, Seiden und Wollen,*
*sollen aufrichtig sein und jedes nach seiner Würde*
*ohne Betrug verkauft werden.*
*Aus der Nowgoroder Schra*

*Emden, Frühherbst 1199*

Es war ein schlechter Tag. Schon am frühen Morgen hatte der Sekretär eine üble Nachricht aus dem Hafen überbracht. Recht eigentlich sogar zwei. Zunächst war die Ladung mit einem Restposten flandrisches Tuch noch immer nicht eingetroffen. Das Schiff werde in Antwerpen oder Brügge festgehalten, nicht einmal das wusste der Hafenmeister genau zu sagen. Den Grund kannte er auch nicht, es gebe Gerüchte um Streitigkeiten wegen der neuen Hebesätze beim Zoll und beim Stapelgeld. »Wie denn? Es ist schon wieder gestiegen?«, hätte der Sekretär gefragt, und der alte Hafenmeister hätte genickt.
»Für uns schon!«
»Was heißt denn das, für uns?«, habe der Sekretär ärgerlich nachgestoßen, und der Hafenmeister, ein grauhaariger ehemaliger Schiffsführer, habe ihn angesehen wie ein wurmstichiges Stück Brot. »Was das heißt? Nicht für die großen Bruderschaften und Gilden, heißt das. Nicht für die Bremer, Lübecker und Hamburger Bünde. Auch nicht für Kaufherren der dortigen Kontore. Aber für uns schon, verstanden? Sag das deinem Herrn!«

Zu allem Überfluss hatte er dem Sekretär noch ein paar Rechnungen zugesteckt, offene Forderungen zu

Umschlägen und Lagerungen, ein Posten Rollgeld war dabei und auch der Anteil am Lohn für die Schauerleute. »Sei froh, dass *unsere* Sätze nicht gehoben sind«, hatte der Hafenmeister noch gesagt, als er das missmutige Gesicht des anderen gesehen hatte. Die Rechnungen hatte Wibolt Flaskoper zu den übrigen gelegt, es war ein Stapel, der langsam wuchs, und der ihm Sorgen machte. Denn er drückte offen aus, was nicht mehr zu verschweigen war: Einnahmen und Ausgaben hielten keine gesunde Waage. Das sah jetzt auch sein Sekretär.

Gewiss, Wibolt beglich alle Forderungen in den üblichen Fristen, so wie immer schon, aber nicht mehr vorzeitig, und trotzdem stiegen die offenen gegenüber den gezahlten an. Wo früher rentables Gleichmaß geherrscht hatte, war heute Dominanz beim Soll, und das traf ihn auch in seiner Kaufmannsehre. Zusätzlich hatte der Zustand ganz praktische Folgen. Die Summe verfügbaren Geldes schmolz. Er zog Konsequenzen zunächst in der Hauswirtschaft, denn dort würde sich das Aufsehen in Grenzen halten, so dachte er. Er entließ zwei seiner Wäschefrauen und strich der Hausmagd die Handbörse, eine Schatulle mit kleinen Münzen, aus der Boten und fremde Lehrjungen ihren Lohn für gelegentliche Dienste erhielten. Wibolt begründete diese Maßnahmen erst, als er merkte, dass es ein Fehler war, sie *nicht* zu begründen. Denn die Leute redeten. Er sagte der Magd, man sei in der Vergangenheit zu großzügig gewesen, und den beiden Wäschefrauen erklärte er, sie würden wieder eingestellt, wenn er seinen Hausrat an Linnen ersetze. Die Emder redeten trotzdem. Aber noch munkelte man, Flaskoper werde in reiferen Jahren ein geiziger Mann, und wunderte sich darüber, denn so kannte ihn niemand. Ja, sein Vater, der alte Jann, natürlich, der war oft zu knauserig gewesen, sich am Sonntag einen Braten zu gönnen, aber Wibolt? Der doch nicht! Aber nun gut, der Mensch kann sich ändern.

Auch im Rat hoben sich Köpfe, wenn er den Magistrat besuchte und sogar am Abend noch seinen Arbeitskittel trug. »Na, Wibolt, noch immer bis über beide Ohren in den Geschäften?«, witzelte dann der Bierbrauer Hompo Hayen mit gekräuselten Lippen, und Jakob Moerman, der Viehhändler, musterte ihn abschätzig und aus kalten Augen. Jakob schwieg dazu, aber man sah, wie es hinter seiner Stirn arbeitete.

»Keine Zeit mehr zu wechseln!«, murmelt er selbst darauf kurz angebunden, während es in seinem Magen zog und drückte. Wibolt musste seine guten Röcke schonen, sie sollten ihm Dienste tun, wenn er reiste und mit fremden Kaufherren redete. Mochten ihn die Emder getrost für wunderlich oder übertrieben sparsam halten, solange nur die übrige Fassade hielt. Noch brauchte er in seiner Stadt nichts zu beweisen, aber auswärtige Kaufleute mussten ihn für gediegen halten, davon hing jetzt alles ab.

Das Gespräch mit dem Gotlandfahrer in der Taverne in London kam ihm wieder in den Sinn. »Der Vertrauensverlust ist das Schlimmste«, hatte Johann Kampen gesagt, irgendwann, wie nebenher und in einem anderen Zusammenhang, als er hier zutraf, aber er hatte es gesagt, gewichtig und in tödlichem Ernst, und zum Teufel, er hatte damit auch recht. Sie waren noch versackt, in der Schenke *The Swan*, denn Kampen wollte plötzlich ihren Handel doch begießen. Der Wirt musste überredet werden, mit einem kleinen aber gut gefüllten Lederbeutel, der so rasch den Besitzer wechselte, dass der junge Emder mit den Augen kaum folgen konnte. Fast schien es ihm, als machten die beiden das nicht zum ersten Mal. Johann Kampen hatte dabei dem Wirt auch etwas ins Ohr geflüstert, denn plötzlich tauchte die dralle Magd wieder auf, schenkte ein, verweilte dabei länger, als nötig gewesen wäre, und der Spielmann, der am Bierstand wohl ein wenig eingenickt war, langte nach der

Leier. Der Wirt holte noch von dem Kapaun, sie tranken und redeten die halbe Nacht, und der Gotlandfahrer, wenn ihm danach war, griff sich die Dralle und schob sie zur Musik über den Dielenboden. »Ich werde in den nächsten zwei Jahren viel Geld verdienen, sehr viel Geld!«, sagte Kampen zwischendurch einmal, es war eine dürre Feststellung, weiter nichts, und Wibolt Flaskoper brachte es fertig, dazu zu lächeln.

»Rosinen«, sagte er nach einem erheblichen Schluck, und der andere nickte knapp.

»Du sagst es, Bruder«, aber das war der einzige Verstoß gegen die Formen, den sich Kampen in dieser Nacht erlaubte.

Es war eine sonderbare Stimmung gewesen, auch in Wibolts Kopf, seine Gedanken kreisten unermüdlich, sie suchten irgendwo Halt, eine griffige Stelle, um sich daran festzuklammern, aber wohin er auch fasste, zerbrach und zerfaserte alles unter seinen Händen. Eines nur, eine Tatsache blieb immer klar und deutlich sichtbar, sie bohrte wie ein böser Stachel, eine scharfe Klinge, der man vergeblich ausweicht, die da ist und ins Fleisch beißt. Das war ihr Handel, das Geschäft, zu dem er genickt und eingeschlagen hatte. Das er in seiner Verzweiflung abgeschlossen hatte, ohne auch nur im Ansatz zu wissen, wie er es abwickeln könnte. *Ob* er es abwickeln könnte. Ein Handel, der ihn sogar in seinen eigenen Augen zu einem gottverlorenen Hasardeur machte, aber zugleich, wenn er gelang, mit einem Schlag in eine goldene Zukunft warf, die er schon verloren geglaubt hatte, und die nun, bei holdem Schicksal, wieder erreichbar schien. Aber was wird, wenn ich nicht liefern kann? Wenn ich nicht liefern kann? Nicht liefern kann? Es war der Gotlandfahrer, Johann Kampen selbst, der ihn weckte, aus diesem Sinnieren herausriss, ihn forschend ansah, und dann die Worte sprach, die Wibolt Flaskoper sein restliches Leben nicht mehr vergessen würde, ganz so, als spräche er sein Urteil über den jungen Emder Kaufherrn, als stünde der schon vor dem Tribunal, als wöge er ihn und zweifle an seinem Gewicht. Und, noch erschreckender, als lese er dessen Gedanken! »Wenn Ihr fehlt zu liefern, ist das Geschäft verdorben. Von Eurer Reputation als Handelsherr will ich nicht reden!«

Aber sogar beklemmender als diese beiden Sätze, die zu sagen der Lübecker keinen Anlass hatte, denn woher sollte er Wibolts Lage kennen, war der, den er anfügte, als sei das der Schlussstrich, den der Nachrichter mit dem Schwert zieht. »Von allen Übeln, die einem Handelsherrn widerfahren können, ist Vertrauensverlust das schlimmste.«

Er hatte diesem bohrenden Blick standgehalten, zu seiner Verwunderung mit glatter Stirn, aber bald danach hatte es ihn auf die Gasse getrieben, in den Sattel und zu seiner Herberge. Der nächste Morgen führte ihn nochmals zum Stalhof, man ließ ihn sogar zu dem Kölner Herbord Ruwe vor, er staunte darüber, aber das Gespräch mit dem Altermann war wie befürchtet gewesen: kurz und unerfreulich. Er habe keine Zeit für ihn, erklärte Ruwe. Die Stadt sei unruhig, es stehe kurz vor einem Krieg in ihren Mauern, der König brauche jede Unterstützung, auch und vor allem die der Kontore, die seinen Schutz genössen.

»Aber darüber dürfen doch die Geschäfte nicht nachlassen! Ihr selbst habt es so verfügt!«, hatte Wibolt kühn dagegen gehalten.

Ruwe hatte den Mund verschlossen wie ein Zander, der eine Fliege schluckt. Hatte dann eine Weile geschwiegen und schließlich spröde bemerkt: »Uns gibt es hier schon seit fast zweihundert Jahren.« Diese Bemerkung ließ er lange stehen, ganz so, als spräche sie für sich selbst, als sei damit alles gesagt und jede Ergänzung überflüssig. Wibolt verstand sehr wohl, was der andere ausdrücken wollte, ›Uns gibt es hier jetzt seit fast zweihundert Jahren. Und Euch?‹, sollte das heißen, ›wer seid Ihr denn, der Ihr Euch untersteht, mein Kontor, meine Entscheidung, meine Bruderschaft im Bund, ja sogar mich selbst in Frage zu stellen?‹ »Wir sind hier schon so lange, weil uns der Herrscher von England schützt. Weil unsere Treue zum Königshaus niemals bezweifelt worden ist. Gerade jetzt müssen wir alles meiden, das uns davon trennt, und wenn es auch nur der Augenschein ist.«

Ruwe hatte danach knapp zusammengefasst. Man könne jetzt in London keine Geschäfte machen, wenn zugleich der König um seine Haut kämpfen müsse. Das Gespräch verdanke Wibolt lediglich der Fürsprache von Johann Kampen. Und nein, er könne nichts für Emden tun, jedenfalls nicht über den Weg hinaus, den der Gotlandfahrer bereits angedeutet habe. Insbesondere Nachlässe für Emder Gut bei Zoll oder Stapel kämen derzeit nicht in Betracht. Und damit lebt wohl. Wibolt hatte noch einmal die Brust gehoben, tief Atem geschöpft, um zu einer guten Entgegnung anzusetzen, vielleicht auch nur zu einer letzten Frage, aber der Altermann hatte sich abgewandt, und dann hatten plötzlich die Wachposten hinter ihm gestanden, zwei baumlange Kerle mit schweren Piken, und er hatte es eingesehen: Das Gespräch war zu Ende.

In Dover hatte das Schiff schon gewartet, Focke Uffen hatte ihn angesehen wie eine Ratte, die man in der Kornkammer erwischt, und ihm Vorhaltungen über sein langes Ausbleiben gemacht. Dann war der Reeder in seiner Hecklaube verschwunden und nicht wieder aufgetaucht. Was er dort trieb, war Wibolt Flaskoper ebenso verborgen, wie ihm die Geschäfte dunkel blieben, die Uffen in England getätigt haben mochte. Gottlob herrschte auf der Überfahrt sehr gutes Wetter, günstige Winde trieben die *Thedea* in eine schnelle Fahrt, und sie erreichten Emden schon nach einer guten Woche.

Und selbst wenn die *Thedea* dahingeflogen war wie eine Schwalbe über das Meer, so hatte Wibolt doch genügend Zeit gehabt, über die letzten Ereignisse nachzudenken. Das Gespräch mit dem Altermann ging ihm nicht aus dem Kopf, offenbar hatte der Gotlandfahrer bei Ruwe für ihn gesprochen, noch am frühen Morgen dieses denkwürdigen Tages, und der Kölner hatte in der Sache der Mitgliedschaft im Bund der Bruderstädte nicht offen widersprochen. Also gab es Möglichkeiten! Also konnte Emden darauf hoffen, sich zumindest als Partner von Bremen dieser Handelswelt anzuschließen. Mit allen ihren Vorzügen und Segnungen. Mit dem Schutz und der Kraft einer großen Gemeinschaft. Und dann, wer wusste es denn, musste es später auch bessere Optionen geben, größere Nähe zu den Machtzentren, dichtere Stränge im Geflecht der Kontakte und Beziehungen, der Ströme von Gütern und Geld, bis hin zum anerkannten und geschätzten Partner, zum natürlichen Teil des Bundes, zur Bruderstadt.

Jedenfalls, es taten sich Horizonte auf. Die Fleischtöpfe Ägyptens waren plötzlich erreichbar, für Emden und seine Kaufmannschaft, für seine Bauern und Handwerker, ja sogar für seine Knechte und Tagelöhner, und damit schließlich für jeden, der am Leben dieser Stadt teilnahm. Und er, Wibolt Flaskoper, würde dazu den Anstoß geben, den ersten Schub, er würde den Karren in Bewegung setzen. Dass er den Lohn dafür nicht teilen würde, verstand sich von selbst. Mit wem denn auch? Er war es doch gewesen, der die maßgeblichen Kontakte hergestellt, die entscheidenden Gespräche geführt hatte, und er war fest entschlossen, dies für sich und seine Stellung in der Stadt zu nutzen. Er hatte während der Fahrt vielfach am Schanzkleid der *Thedea* gestanden und, nein, nicht geträumt, sondern seinen kaufmännischen Verstand, seine merkantile Phantasie arbeiten lassen. Hatte sich die Dimensionen und damit auch die Verheißungen des neuen Osthandels ausgemalt, und dabei war ihm fast schwindelig geworden.

Der Gotlandfahrer selbst hatte ihm den Stich gesetzt, hatte ihm diese Sache wie einen scharfen Haken unter das Wams geschoben, und dort saß er jetzt, reizte das Fell und ließ ihn nicht mehr ruhen. »Die Märkte im Westen sind weitgehend gesättigt. Da ist kaum noch etwas zu holen. Nur kleine Krauter und Regionalhändler betätigen sich dort«, hatte Kampen in dieser Nacht trocken gesagt, und Wibolts Kinn hatte sich gestrafft, er war ziemlich beleidigt gewesen. Ein kleiner Krauter war er in den Augen des Lübeckers wohl auch.

»So! Aha! Im Osten geht also die Sonne auf, oder wie?«, hatte er bissig herausgezahlt, und der andere hatte ihn aufmerksam angesehen, wohl bemerkt, dass er zu weit gegangen war, und dann lächelnd genickt.

»So etwa!«

Kampen hatte sich dann doch noch zu einer versöhnlichen Erklärung herabgelassen. Natürlich könne man auch westlich des Baltikums seinen Schnitt noch machen. Es komme darauf an, welchen Bedarf man bediene. Wolle und Tuch zum Beispiel wären hier stets gefragt. Jeder Bauer könne sich heute einen Mantel leisten, und vor allem beim Adel steige der Wunsch nach feiner Ware stark an. Aber das sei nichts im Vergleich zu den weiten Räumen ostwärts des Lübecker Meers. Dort sei der Mangel groß, die Märkte saugten wie Schwämme. Und dann hatte er den jungen Emder noch einmal gepackt und ihn fortgerissen, in ein fremdes, fernes Paradies, in dem das Silber auf Bäumen wuchs und Menschen mit vollen Geldkatzen nur darauf warteten, dass endlich, endlich jemand käme und seine Ware feilböte. Feine Orte und wohlklingende Namen waren darunter, Visby und Gotland, Bergen und Nowgorod im Reich des Kaisers der Reußen. Selbst wenn man davon die Hälfte abstrich, war es noch immer grandios!

Auf der Heimreise hatte er oft an Deck der *Thedea* gestanden, die Augen auf den Nordstern gerichtet, und über diese Dinge nachgedacht, nüchtern und ohne Flausen, und hatte doch sehr achtgeben müssen, dass ihn seine Gefühle nicht davontrugen. Einmal in diesen Nächten hatte er ein jähes Brennen im Rücken gespürt, ein Stechen wie von einem glühenden Blick, und er war herumgefahren und hatte hinübergestarrt, aber das Schapp zur Hecklaube war dicht, Focke Uffen lag wohl auf seinem Strohsack und schlief. Und dann, kurz vor dem Einlaufen, hatte ein plötzlicher Hagelschauer das Schiff gepackt, hatte das Wasser gepeitscht und bis zur Empörung aufgewirbelt, in einem furiosen Sturz war das Wetter umgeschlagen, das Deck in Augenblicken weiß. Und als sie anlegten zerriss ein einzelner Blitz den Himmel und danach krachte ein ungeheurer Donner durch die Stille, so heftig, dass jedermann an Bord erschrocken zusammenfuhr. Es war ein schlechtes Omen gewesen, ebenso der menschenleere Hafen, und Focke Uffen, der es plötzlich eilig hatte, an Land zu kommen, schrie den Schiffsführer an, er solle endlich den verdammten Kahn festmachen. Fluchtartig hatten alle die *Thedea* verlassen, er selbst war auf dem kurzen Weg zu seinem Haus bis auf die Haut nass geworden. Da hatte er sie schon gespürt, diese merkwürdige Unruhe, die auf seine soeben noch empfundene Zuversicht einen düsteren Schatten warf.

Und dann, zu Hause war es über ihn gekommen wie die sieben Plagen der Endzeit, die Schalen des Zorns aus der Offenbarung des Apostels Johannes. Schon auf der Schwelle empfing ihn die Hausmagd. Er kannte die Frau bei aller Tüchtigkeit als einen sinngesteuerten Menschen, aber derart empört hatte er sie noch nicht erlebt. Der Verlust ihrer Handbörse steckte ihr wohl noch in den Knochen, ebenso wie die Entlassung der beiden Wäschefrauen, denn diese waren ihr unterstellt gewesen und daraus hatte sie einen Gutteil ihres Wertgefühls gezogen. Und nun war auch noch dieses geschehen: Der Lehrjunge eines Fischhändlers am Delft hatte eine hässliche Bemerkung hinter ihr hergerufen. »Zahl deine Schulden, du Schnepfe!«

Es schien, als reiche eine solch simple Kleinigkeit, sie aus der Fassung zu holen, aber Wibolt musste sich eingestehen, das war keine Kleinigkeit. Sondern der erste Rauch des Höllenfeuers. Die Spitze des Schwertes. Dahinter verbarg sich der Rest einer Klinge, die nicht zustechen, ein riesiger Berg, der nicht sichtbar werden durfte. Und trotzdem hatte er die Magd angefaucht, als belästige sie ihn mit Kindereien. Denn sie wusste nichts von den tieferen Gründen, und das sollte so bleiben. Es war Teil seiner Strategie der Verschleierung. Sie musste gelingen, sein Schicksal hing davon ab. »Was habe ich zu schaffen mit diesem Hühnerdreck? Bist du nicht mehr fähig zu wirtschaften, dann muss ich mir eine andere Magd finden!«, hatte er unnötig grob gesagt, und die Frau war in Tränen ausgebrochen.

»Es ist der laufende Haushalt, Herr, seine Kosten«, hatte sie geschluchzt, und dann aufgezählt, wo die Schwierigkeiten steckten. Es sei ja nicht nur der Krämer in Hafen. Die Forderungen des Fleischhauers summierten sich, die Frau des Bäckers habe sie neulich scheel angesehen, und in der Schenke Hompo Hayens, wo sie das Bier für die Suppe hole, habe sie der Kerl am Fass gefragt, wie es sich anfühle, immer an der Spitze zu stehen. Und dann mit seiner Kreide hinter Wibolt Flaskopers Namen einen dicken Strich gezogen, dort, wo schon eine ganze Reihe anderer waren, mehr als hinter allen übrigen auf der Tafel. »Vor allen Leuten, stellt Euch nur vor! Es war totenstill auf der Diele. Die Kerle haben mich mit den Augen ausgezogen!«, weinte die Frau, ihr Busen wogte vor Erregung.

»Aber den Humpen hat er doch gefüllt, oder wie?«, hatte Wibolt Flaskoper barsch gefragt, und dann, da die

Magd fassungslos verstummte, knurrend hinzugefügt: »So backen wir unser Brot künftig selbst. Und Fleisch nur noch am Sonntag. Mit Hompo rede ich!«, ganz so, als wären damit alle Probleme aus der Welt. Hatte sich schließlich abgewandt und die Magd einfach stehen gelassen.

Aber schon auf der Stiege war ihm klar geworden, dass er etwas ändern musste. Er fühlte sich wie ein Gaukler auf dem Jahrmarkt, der gleichzeitig viele Bälle in der Luft zu halten hatte. Keiner durfte zu Boden fallen. Der Haushalt war einer davon. Auch hier, das erkannte er jetzt, musste er eine Fassade pflegen, selbst wenn dahinter lediglich dünne Holzwände standen. Geiz nach außen war das eine, der Verlust der Zuverlässigkeit als Schuldner aber das erheblich andere. Und dann war ihm wieder der Spruch des Gotlandfahrers in den Kopf gekommen: Von allen Übeln, die einem Handelsherrn widerfahren können, ist Vertrauensverlust das schlimmste! Noch auf der Treppe hatte er sich umgewandt, die schniefende Frau zu sich gerufen und ihr einen kleinen Geldbeutel zugesteckt. »Geh und zahle davon die Außenstände. Den Rest tu in deine Kasse.« Er hatte die Münzen unbedingt in die laufenden Geschäfte geben wollen, einen Betrag, den er seinem Herbergsvater in London in einem zähen Disput abgerungen hatte, denn seine Bettstatt war feucht gewesen, das Stroh hatte geschimmelt und sein Pferd war von den Stallburschen nachlässig versorgt worden.

Die Magd hatte den Beutel genommen, gewiss eine Spur zu rasch, um nur erleichtert zu sein, und dann hatte sie auf den Boten hingewiesen. Der Mann warte im Kontor, er komme von der Walke im Jeverland und mehr wisse sie nicht. Wibolt war so zornig gewesen, dass er ihr am liebsten den Geldbeutel wieder fortgenommen hätte. »Wie kannst du Fremde ins Haus lassen? Und dann auch noch ins Geschäftszimmer?«, hatte er sie angefahren, aber die Magd hatte die Schultern gehoben.

»Es ist kein Fremder, sondern einer der Knechte.« Dann war sie in die Vorratskammer verschwunden.

Auf dem Weg nach oben hatte er die Sorgen gefühlt, sie hielten ihn gepackt, schnürten die Brust wie mit Eisenklammern und saugten ihm die Kraft aus den Beinen. Müde war er hinaufgestiegen. Um der Gnade Gottes willen, was ist mit der Walke? Hatte dann die Tür zum Kontor aufgestoßen, schwarze Nacht im Herzen, und war doch eingetreten, wie ein Großbauer auf seine Tenne tritt, laut und fordernd. Der Kerl hatte am Fensterloch gestanden, mit dem Rücken zur Tür, und sein Umriss hatte sich dunkel und drohend gegen das Licht abgehoben. »Was ist mit der Walke?«, hatte Wibolt ohne Gruß gesagt.

Der andere war herumgefahren, und dann hatte Wibolt Flaskoper ihn erkannt, es war keiner der Knechte gewesen, sondern Onno Berensen, einer seiner Partner aus dem Jeverland. Und der hatte ebenfalls grußlos geantwortet. Ein Wellenbaum war gebrochen und musste ersetzt werden, und der Umschlag war um zehn von hundert Teilen zurückgegangen. »Unter anderem wegen des Ausfalls deiner Wolle aus dem Emsland. Was ist nun damit?«

Wibolt hatte ihn kalt angesehen. »Was soll damit sein? Es gibt in diesem Jahr keine.« Und im nächsten Jahr übrigens auch nicht, war es ihm durch den Kopf gegangen, aber er hatte sich gehütet, davon zu sprechen. Warum jetzt schon über die Sorgen von übermorgen weinen? Sie werden uns noch früh genug drücken. »Wir müssen uns eben strecken und sehen, dass wir andere Quellen auftun.« Wibolt hatte nach der Katastrophe mit Everhard Svenkes Schafen lediglich mitgeteilt, von der Ems komme wenig und es werde Anno 1199 in der Tuchfertigung wohl nicht ganz den Verlauf nehmen wie sonst. Mehr zu sagen, hatte er nicht nur für unklug gehalten, er hatte sich einfach nicht überwinden können.

»Was heißt wir? Du doch wohl, oder nicht? Ich arbeite auf der Mühle, ihr anderen sorgt für ihr Futter, so ist es vereinbart!«, hatte Berensen zurückgeblafft, sich dann aufgerichtet und seine Forderungen gestellt. Für den neuen Wellenbaum wollte er einen Anteil von sieben Mark Bremer Silber, und der Rückgang der Geschäfte werde zu Kürzungen in der Ausschüttung führen.

Wibolt hatte gelangweilt getan, wie ein höchst beschäftigter Kaufherr, der sich um Hühnerfutter kümmern muss, aber sein Magen hatte sich angefühlt wie ein Eisblock. »Nun denn, wie viel?« Deutlich weniger als Anno 1198! Etwa zwanzig Teile von hundert. Im Kopf hatte Wibolt Flaskoper die Summe rasch überschlagen, und ihn hatte geschwindelt. Fast dreißig Mark Silber! Es schien ihm, als hätten sich alle Mächte der Welt gegen ihn verschworen. »Nun also!«, hatte er mit leichter Stimme gesagt. »Dann nimm das Geld für den Baum von meinem Anteil am Ertrag. Der Rest wie üblich an mich, zum Christtag.«

So war das gewesen, und nun stand der Sekretär vor ihm und schielte auf den linken Stapel. Das waren die offenen Rechnungen aus dem Handelsbetrieb. Lieferungen, Stapelgeld, Zoll, Lohngelder. Das übliche. Wibolt nahm sich vor, die Papiere künftig in die Schublade zu geben, aber nun lagen sie da und es schien ihm schädlich, sie wegzuraffen, gar in Hast, als wolle man Unrat oder Schande vor neugierigen Blicken verbergen. Auch der Sekretär war Teil seines Spiels, auch er musste geblendet, getäuscht, hinter das Licht geführt werden, solange es irgend ging, soweit es möglich war. Dabei wusste Wibolt sehr genau, wo hier die Grenzen lagen. Man konnte nicht alles mit Schleiern zudecken, nur das Schlimmste, die tiefsten Abgründe, die Spitzen der Dramatik, darum musste es schließlich gehen. Denn dieser Mann war nicht dumm, deshalb hatte Wibolt Flaskoper ihn in Lohn genommen, der kannte die Geschäfte, und er hatte Augen im Kopf. Soeben hatte er ihm von dem Gespräch mit dem Hafenmeister berichtet, er war noch immer zornig, seine Kinnmuskeln arbeiteten, als kaue er an einem Kanten steinharten Brotes.

Wibolt spielte den Gelassenen, er tat so, als redeten sie über das Wetter im letzten Frühjahr. »Nun, Habbo, es ist eben, wie es ist. Was sollen wir groß tun? Warten wir also, bis der Kahn landet«, sagte er leichthin. Habbo Blome war tüchtig, er hatte eine Lehre in Brügge und eine zweite in Antwerpen gemacht, sein Vater hatte einen Holzhandel in Emden besessen, war unverschuldet in Konkurs geraten und aus Kummer darüber gestorben. Habbo hatte den Verlust des väterlichen Geschäftes inzwischen verwunden. Er war dankbar für die Arbeit im Flaskoperschen Handelshaus, verfügte über einen wachen, klaren Verstand und er hatte sich bewährt. Vielleicht musste Wibolt ihn eines Tages sogar einweihen, ihn zum Verbündeten machen, damit der Sekretär umso wirksamer an der Rettung ihrer aller Haut mitarbeiten könnte. Aber nicht heute, nicht jetzt, dazu war es noch zu früh. Wibolt war sich auch nicht völlig sicher, ob der Sekretär genügend verschwiegen sein konnte, die Dinge in den Wänden des Kontors zu halten. Und dann, ganz hinten, an der äußersten Rinde seines Hirns, fürchtete er auch, Habbo Blome könnte schließlich unangemessene Forderungen stellen, womöglich sehr bald, spätestens aber dann, wenn die Sache überstanden war. Es war eine vertrackte Geschichte, und Wibolt wusste, er brauchte vor allem Zeit. Zeit, Geduld und die Kraft eines Ochsen.

Habbo Blome hatte sich vorgebeugt. »Nun gut. Warten wir. Ihr seid der Herr!« Dann wies er auf den linken Stapel. Die Rechnungen des Hafenmeisters lagen obenauf, Habbo kannte die Summen genau, er hatte sie gelesen. »Was machen wir damit?«, fragte er mit einem scharfen Unterton, fast so, als mache er seinem Prinzipal einen Vorwurf.

Wibolt lehnte sich zurück, er blieb so gelassen wie ein Hochzeitsgast. »Was werden wir schon damit tun, Habbo?«, sagt er gemütlich. »Wir zahlen es an Ultimo, nicht wahr, wie immer.«

Der Sekretär starrte ihn an, dann nickte er langsam. »Was ist mit dem Emsländer Geschäft, Herr?«

Wibolt hob den Kopf. Was sollte er sagen? Alles ableugnen? Was wird da sein, die Dinge laufen, es gibt keine Neuigkeiten? Das war zu plump. Irgendwann, vielleicht schon bald, würde der Sekretär zumindest grob wissen, was vorgefallen war. Es gab schließlich weniger Botschaften zwischen Emden und Everhard Svenke, Nachrichten blieben aus, Zahlungen erfolgten nicht. Wie sollte man das verheimlichen? Wibolt entschloss sich endlich zu einem Teil der Wahrheit. »Dort haben wir Ausfälle. Keine bedeutsamen, aber sie sind spürbar, das schon.« Mit einem zuversichtlichen Lächeln richtete er sich auf. »Umso wichtiger ist die Erledigung unseres Londoner Auftrags. Denke daran und halte die Augen offen. Wir brauchen Wolle, viel Wolle. Und Tuch. Und das schon recht bald. Ostern Anno 1201 ist Ultimo.«

Der Sekretär nickte, aber in seinen Augen blieben die Fragen. Dann stiefelte Habbo Blome davon. Seit Wochen arbeitete er an kaum etwas anderem. Zog die Fäden auf seiner Ebene, redete und forschte, führte lange Gespräche mit Händlern, Züchtern und Kontoren. Er war gewillt, die nötigen Quellen zu finden und aufzutun. Dass sein Herr noch nicht im Ansatz über das Geld verfügte, dieses Geschäft auch zu heben, konnte er nur ahnen.

## 6.

*Niemand soll sich unterstehen, irgendwelche
Frauenspersonen auf den Hof zu bringen,
um zu baden, damit allerhand Unzucht
möge vermieden bleiben.*
*Aus der Nowgoroder Schra*

*Emden, Spätherbst 1199*

Wibolt Flaskoper kleidete sich für die Bürgerschaft. Diesmal wollte er nicht im Kittel dort erscheinen, sondern einen Rock tragen, und zwar einen seiner guten. Die letzten Wochen waren aufreibend gewesen, manchmal hatte er das Gefühl, es gehe alles über seine Kraft, aber nun war der Plan fertig. Es ging nur noch darum, ihn in der Bürgerschaft so vorzutragen, dass er dort Billigung fand. Geld musste locker gemacht werden, die Herren mussten sich auf Neues einlassen, bereit sein für Risiken. Der ostfriesische Kaufmann liebt derlei nicht besonders, er schätzt das Solide am Geschäft, die Sicherheit. Ein überschaubarer Handel, abgewickelt in nahen Fristen und kontrollierten Größen, das war der rechte Leisten, bei dem man auch zu bleiben gedachte. Wo aber großes Silber lockte, die Summe eines einzigen Umschlages den Ertrag ganzer Jahre übertraf, da musste man steinige Wege gehen, daran glaubte der junge Emder. Alles andere schien ihm fast obszön, wie die Suche nach Glück ohne Bereitschaft zum Opfer.

Nein, es ging darum, uralte, seit langem unbewegte Türen aufzustoßen, der Stadt neue Pfade zu ebnen, sie in eine goldene Zukunft zu führen. Was tat es da, dass der erste Funke, das Aufglimmen des Lichtes mit seinem eigenen, persönlichen Los verbunden war? Dass die Kraft, den Bogen zu spannen, schierer Verzweiflung entsprang? Je weiter die Zeit voranschritt, desto bedeutungsloser wurde für ihn dieser Zusammenhang. Seine Gesundung als Kaufherr und der Aufwuchs Emdens zu wahrhafter Größe, das waren die beiden Seiten einer Münze und erschienen ihm als eine schicksalhafte Verknüpfung. Er schob die Stadt an, gab ihr den entscheidenden Stoß, und mit dieser Bewegung würde sie ihn nach oben ziehen, davon war Wibolt jetzt nahezu überzeugt. Zwei Jahre. Zwei verdammte Jahre nur waren durchzuhalten, bis der Handel vollzogen und das Geld geflossen war. Es musste gelingen!

Denn der erste Schritt war ja schon gemacht. Und der zweite auch! Zunächst hatte er seinen alten Gläubiger Heinrich von Tossen in Bremen aufgesucht. Geld musste her, und zwar rasch, denn die Geschäfte wollten gefüttert sein. Angenehm war die Sache nicht gewesen, denn Tossen war ein Widerling. Er reagierte nicht auf Botschaften, man musste zu ihm, in die Höhle des Löwen, um sich dort bis auf die Haut zu zeigen. Doch bevor es so weit war, ließ er seine Gäste schmoren, um sie weichzukochen, denn jeder, der Tossen aufsuchte, kam um eine Gunst ein, so jedenfalls tat der Geldverleiher. Das der Bremer von derlei lebte, schien keine Rolle zu spielen.

Auch Wibolt hatte zu warten, er hatte im Vorzimmer gesessen, die Augen starr auf das Stundenglas gerichtet, das der Kanzleidiener in stoischer Ruhe geschlagene drei Mal umdrehte, bevor man den Emder endlich vorließ. Tossen hatte in seinem dicken seidenen Hausmantel neben einem hellen Herdfeuer gesessen, obwohl es draußen hochsommerlich warm gewesen war. So gab er seinen Besuchern den Rest. Wer das lange Antichambrieren aushielt, und anschließend die endlose Tortur der Befragung, der brauchte wirklich Geld. Das wusste Tossen und nutzte es schamlos aus. Dabei nahm er nicht etwa überhöhte Zinsen, beileibe nicht. Aber er genoss es, die Leute vor sich sitzen und leiden zu sehen.

Und es war immer das gleiche perfide Spiel. Der Bremer kannte die Verhältnisse seiner Schuldner so genau, dass er sie aus dem Kopf hersagen konnte. Ihr seid mir jetzt soundso viel schuldig. Dafür habt Ihr genau soundso viel Deckung. Diese beläuft sich auf folgende Grundstücke und Gebäude. Dazu habt Ihr folgende Beteiligungen und Einlagen mit folgender durchschnittlicher Rendite per Anno. Hinzu kommen Eure Warenumschläge in folgender durchschnittlicher Größenordnung. Macht summa summarum soundso viel. Und nun kommt Ihr erneut um ein Darlehen ein? Warum? In welcher Höhe? Die Zinsen liegen derzeit bei soundso viel von Hundert. Nehmt es oder lasst es!

Der Sekretär stand mit eingekerbten Mundwinkeln daneben und führte Protokoll. Das war vielleicht noch schwerer zu ertragen als die Suade Tossens, der sein Gegenüber nicht schonte. Wibolt Flaskoper hatte sich ausgerechnet, dass er gut zweihundertfünfzig Mark Silber brauchen würde, um das Tuchgeschäft mit Johann Kampen zu heben. Also fragte er nach dreihundert. Heinrich von Tossen ließ sich darauf eingehend über die baulichen Erweiterungen des Flaskoperschen Hauses am Emder Delft unterrichten. Er forderte Zahlen zu Flächen und Größen, der Sekretär notierte und rechnete. Anschließend reichte er seinem Prinzipal eine Holztafel mit der Kalkulation, auf die Tossen kaum einen Blick warf.

Das Geld wurde dem Emder in drei Lederbeuteln ausgefertigt. Für den bewaffneten Begleitschutz sorgte der Geldverleiher selbst. Er hielt hierzu eigens Knechte vor, und sie waren in Anspruch zu nehmen, natürlich gegen Bezahlung. Zwei Mark Bremer Silber waren fällig und auf der Stelle einbehalten worden. Wibolt hatte seinen Namen unter den Vertrag gekratzt und dann das Weite gesucht, und der Waffenknecht, ein riesiger Kerl mit schwerem Zweihänder, deckte ihm, als wäre das nötig, schon im Haus des Geldverleihers den Rücken.

Wibolt dachte noch an den Schrecken, der ihm in die Glieder gefahren war, als der Walkmüller aus dem Jeverland bei ihm auftauchte, Onno Berensen, mit diesen üblen Nachrichten. Ein heiliger Schrecken, fürwahr! Dreißig Mark Silber Umschlagverlust und ganze sieben für den neuen Wellenbaum. Ja, wie denn, hör' ich recht? Sieben Mark? Für ein Stück Holz? Wollt Ihr einen ganzen Wald verbauen oder nur einen Stamm? Schwer war es ihm gefallen, den Gelassenen zu spielen, aber was nützte es denn? Er musste seine Rolle durchhalten, koste es jeden Preis. Und nun hatte er zumindest Geld für das lübische Geschäft. Er gab zweieinhalb Teile der Summe in den Eisenschrank der Emder Stadtwache und sorgte dafür, dass der Fähnleinführer, ein Mann, der gern redete, dabei anwesend war. Wie er sich ausgerechnet hatte, lief die Kunde noch am gleichen Tag durch die Stadt. Wibolt Flaskoper bunkert nicht weniger als zweihundertfünfzig Mark Silber im Stadtkasten. Und er trug noch einen Beutel bei sich, als er das Haus wieder verließ. Also laufen seine Geschäfte gut!

Irgendwo im Haus krakeelte die Magd, Wibolt hörte »Jetzt nicht!«, und dann: »Der Herr ist auf dem Weg zur Bürgerschaft, kommt morgen!«, und er hangelte nach seinem Rock. Er hatte die Bremer Gelegenheit auch genutzt, den Kaufherrn Mandolf Düsterhenn aufzusuchen, denn das war der zweite Grund seiner Reise gewesen. Wibolt hatte dem Gespräch mit dem Fernhändler förmlich entgegengefiebert, es war ihm fast noch wichtiger erschienen als der Handel mit seinem Gläubiger Heinrich von Tossen. Aber wie unerfreulich, wie wenig vielversprechend war es verlaufen. Natürlich war Düsterhenn vorbereitet gewesen, erschreckend gut sogar, der Gotlandfahrer Johann Kampen musste mit dem Fischhändler gesprochen haben.

Jedenfalls, der Bremer tat von Beginn so, als habe er diese Sache satt, als habe er sie bis zum Überdruss gehört, als könne er kein Jota davon mehr ertragen, und nun kommt mir nicht schon wieder damit! Die Botschaft war klar, und Wibolt Flaskoper war Kaufmann genug, sie gut zu verstehen: Düsterhenn wollte den Preis in die Höhe treiben. Der Bund der Bruderstädte lebt ausgezeichnet ohne Euer Kaff, wie heißt es noch? Emden? Sehr gut sogar, versteht Ihr das? Dick und schwer hatte der Fernhändler in seinem Kontor gesessen, und Wibolt hatte ihn wieder vor sich gesehen, damals im *The Swan*, bezecht und die Magd hinter sich herziehend. Stockfisch und Wachs, sonst nichts, mit einem Privileg des Königs von Dänemark.

Und dann, in einer plötzlichen Volte, hatte Düsterhenn gefordert, der Emder solle sich legitimieren, er solle seinen Handelsbrief vorweisen. Nun, das war üblich, aber nicht zu diesem Zeitpunkt, sondern erst am Ende von Verhandlungen, vor dem Abschluss eines Geschäftes, und dieser Zug Düsterhenns war nicht weniger als eine grobe Unhöflichkeit. Hatte dann das Pergament mit spitzen Fingern genommen, wie ein Pestarzt ein Leichentuch lupft, und es scheel beäugt. Und schon beim ersten Satz mit gekräuselten Lippen den Kopf gehoben. »Wibolt Flaskoper, Kaufherr zu Emden, geschützt durch die Gesetze des Herrn und die Rechte seiner Stadt ...?« Hatte sich genüsslich zurückgelehnt und den Handelsbrief auf den Tisch fallen gelassen, das Pergament spielte keine Rolle mehr. »Gottes Gesetz, nun ja. Und wie weit der Arm Eurer Stadt reicht, das wisst Ihr selbst am besten!« War dann nach vorne geschossen in einer Wucht und Schnelligkeit, die Wibolt diesem schweren Körper niemals zugetraut hätte, und hatte mit harter Stimme angefügt: »Die See ist ein ganz und gar rechtsfreier Raum. Dort gilt niemandes Gesetz!«

»Niemandes Gesetz?«, hatte Wibolt in einer Mischung aus Ärger und Zweifel gefragt, und der andere hatte ihn spöttisch und voll Neugier angesehen. »Nun, nehmt mich nicht beim Wort. Natürlich gilt dort ein Gesetz. Das des Schwertes, der Untreue und der Gewalt. Das ist gleichwohl ein Gesetz. Aber keines von der Art, wie wir es wollen. Hier habt Ihr einen weiteren Grund, warum wir Städte uns zusammentun!«

Auch darin steckte eine Botschaft, und Wibolt las sie wie auf einem sonnenhellen Pergament. Wirklichen Schutz findet Ihr nur bei uns, dem Bund der Bruderstädte. Damit hatte Mandolf Düsterhenn sein Feld bereitet. Und dann war das Feilschen losgegangen, sie hatten verhandelt und gestritten wie Krämer auf einem Bauernmarkt. Der Gotlandfahrer, der seine Forderungen setze wie ein unmäßiger Fürst, und Wibolt Flaskoper mit der verzweifelten Verbissenheit eines Mannes, dem angst und bange wird, wenn er an die Konsequenzen denkt. Nie und nimmer würde er die in Emden durchsetzen. Zerreißen würde man ihn damit, aus der Stadt jagen! Irgendwann war schließlich der Zeitpunkt gekommen, an dem der Bremer eingelenkt hatte. Erkannte, dass er dem anderen entgegenkommen musste, wenn er ihn am Haken behalten wollte. Von da an hatten sie auf Augenhöhe gesprochen, gleichberechtigte Partner, gefinkelte Kaufleute, von denen der eine etwas hat und der andere dafür bietet, beide bemüht, bei diesem Handel keinen schlechten Schnitt zu machen.

Am Ende, nach zähen Stunden, war Wibolt dann aufgebrochen, erleichtert durch das Bewusstsein, gut verhandelt zu haben. Aber heute, heute musste es sich beweisen. Dieser Tag würde zeigen, ob Wibolt Flaskoper wirklich in der Lage war, seine Stadt zu führen. Ihr den Weg in den Bund zu ebnen. Die Handelsherren Emdens hinter sich zu scharen, und zu sagen: »Dort ist das Ziel! Und nun folgt mir!« Dann frisch loszumarschieren und ihre Schritte hinter sich zu hören. So viel war gewiss: Es würde nicht einfach werden.

Im Haus war jetzt Ruhe. Der junge Kaufherr warf einen letzten, prüfenden Blick auf die polierte Silberscheibe, in der sich sein Bild spiegelte. Dann straffte er sich und betrat die Stiege nach unten.

*

Der Bierhändler war nicht völlig betrunken, aber in seinem Zustand dennoch keine Hilfe. Hompo Hayens Augen erinnerten an offene Wunden, sein Blick war unstet und es bereitete ihm Mühe, seine Worte deutlich zu formen. Ausgerechnet Hompo, auf den Wibolt Flaskoper am ehesten gesetzt, von dessen Kaufmannsverstand er die meiste Unterstützung erhofft hatte, fiel völlig aus. Es war schlicht eine Katastrophe. Dass der Viehhändler Jakob Moerman als Gegner auftrat, misstrauisch und mit Vorwurf in der Stimme die Würmer suchte, Unrat schnüffelte, sich in Warnungen und Zweifeln erging, damit hatte Wibolt gerechnet. Moerman war ein Konkurrent. Vielleicht sogar ein Feind. Einer von vielen. Sie zeigten sich jetzt dem jungen Kaufherrn immer klarer. Es waren nicht die Leute, die ihn gewählt hatten, sondern dieser Kreis um Moerman, und natürlich war auch Focke Uffen darunter, der Reeder, der ihn jetzt aus kalten Augen musterte. Wibolt Flaskoper machte sich so seine Gedanken. Vielleicht war es doch falsch, den ersten Vorstoß vor der gesamten Bürgerschaft zu wagen. Es zunächst nur beim Magistrat zu versuchen, wäre womöglich klüger gewesen. Doch Wibolt war es von Beginn an um breite Zustimmung gegangen, um ein überzeugendes Mandat der ganzen Stadt, und darum hatte er diesen Weg gewählt. Ruhig erwiderte er den Blick des Reeders, bis der die Augen senkte. Seltsam, wie einig sich die beiden jetzt sind, Jakob und Focke. Er registrierte es als wertvolle Lehre – und als Warnung. Noch im April, vor kaum einem halben Jahr, hatte ihm der Viehhändler mit zorniger Stimme erklärt, warum Focke Uffen nicht ehrenhaft genug sei, Mitglied des Magistrats von Emden zu werden. Und nun hockten sie Schulter an Schulter, vereint in ihrer Feindschaft gegen ihn, den Tuchhändler Wibolt Flaskoper. Nein, nicht gegen den Tuchhändler. Gegen den künftigen Bürgermeister, gegen die neue Lichtgestalt der Stadt.

Es hatte Wibolt viel Kraft gekostet, aber es war ihm gelungen, sein Konzept mit ruhiger Stimme vorzutragen. Und dann war die Hölle losgebrochen. Der wilde Tumult, spitze Schreie, das gespielte Entsetzen über diese unsäglichen Vorschläge, die nichts weniger zur Folge haben würden als Emdens sofortigen Untergang. Die Auslöschung dieser Stadt mit einer Vollständigkeit, als hätte sie nie existiert. Vernünftige Stimmen wurden niedergeschrien, besonnene Wortmeldungen drangen nicht durch. Dass Leute wie der Viehhändler nicht in blanker, urbiblischer Verzweiflung ihr Gewand zerrissen und sich in Asche wälzten, war eigentlich alles, was noch fehlte. Der Bürgermeister war völlig überfordert. Johann Wynsen saß mit rotem Kopf und wedelte hilflos die Hände. Sein Schreiber hatte sich zurückgelehnt, der Federkiel zitterte in seiner Hand. Jede Form von Mitschrift war unmöglich. Wenn schließlich eine gewisse Ruhe eintrat, dann nur, weil die einen aus Erschöpfung schwiegen, die anderen aus Bitterkeit.

»Denkt nicht nur an die nahen Kosten. Seht auch den weiter entfernten Nutzen, der alles mehr als aufwiegen wird«, sagte Wibolt mit sachlicher Stimme, er hörte sich selbst zu und wunderte sich über seine Ruhe.

»Der Floh unter dem Wams beißt schärfer als die Hornisse vor der Nase!«, antwortete der Bierhändler undeutlich und setzte damit ein Bild, das niemand so recht verstand. Wibolt warf ihm einen schrägen Blick zu. Also wendest du dich auch gegen mich, vielleicht, ohne es zu wissen, wenn du doch wenigstens schweigen wolltest! »Man drückt den Floh, Hompo, und dann langt man nach dem Salbentopf, den jeder auf dem Brett stehen hat!«

»Hach, und der Salbentopf ist wohl dein *weiter entfernter Nutzen*?«, raunzte der Viehhändler aus rotem Hals herüber. Jakob Moerman knetete unausgesetzt seine Hände, denn es war kalt im alten Ratssaal und die Feuerstellen noch schwarz. Trotzdem schien der Viehhändler zu dampfen, aber seine Empörung war aufgesetzt, das wusste Wibolt genau. Moerman hatte eine günstige Gelegenheit erkannt, den jungen Kaufherrn öffentlich bloßzustellen, seine Urteilskraft vor aller Augen in Zweifel zu ziehen, diese Vorschläge sind ja schier unglaublich, und nun seht her, das ist der Mann, der euch führen will! Der Viehhändler kam in einer heftigen Bewegung auf die Füße, fast schien es, als wollte er Wibolt anspringen, und dann zählte er an den Fingern ab, was er von der Sache hielt. »Weite Reisen mit beträchtlichen Kosten und hohem Risiko. Geführt von Fremden, deren Leumund man nicht kennt. Ungewissheit über die Höhe von Umschlag und Verdienst am Zielort! Gleichzeitig verwahrlost das Geschäft bei uns, in Friesland und im Sächsischen. Und dann auch noch fünf Mark Bremisches Silber als Einstand für die Patenbrüder!«

Wibolt dachte an die zehn Mark Silber, die Düsterhenn ursprünglich gefordert hatte. Ihn überlief eine Hitzewelle. Zugleich fühlte er leichten Schwindel. Dieser Einstand von fünf Mark, die Kosten an die Paten, Bremer Kaufleute aus den jeweiligen Zünften, die ihren friesischen Brüdern die Türen zu den Handelsplätzen öffnen sollten – und von dem sich Düsterhenn seinen Teil abzweigen würde, dessen war sich Flaskoper ganz sicher! – dieses Geld an die Paten war der eigentliche Stein des Anstoßes. Aber auch die conditio sine qua non in der Verhandlung mit dem Bremer, die Kröte, die Wibolt schweren Herzens zu schlucken hatte, das ist meine Bedingung für Euren Eintritt, akzeptiert oder lasst es, so hatte ihm der Fernhändler mit kaltem Gesicht erklärt.

Flaskoper spürte deshalb keine Neigung, das Thema

zu vertiefen, im Gegenteil, er hätte es gerne ganz vermieden, und nun ging er eilig darüber hinweg. Es stand ja auch noch diese unerhörte Frage im Raum, jener freche Vorwurf, den einer aus dem Kreis des Viehhändlers ihm während des Tumults zugebrüllt hatte, unerkannt, gedeckt durch den Rücken seiner Kumpane, ein Saukerl, der Viehhändler hatte es nicht geblökt, Jakob war zu schlau, sein Visier derart weit zu öffnen. »Und wie viel davon ist für dich, Wibolt?«

Es mochte der Reeder gewesen sein, der da schrie, Focke Uffen, es würde zu ihm passen. Er hatte den Charakter einer Ratte und schloss von sich selbst auf andere. Auch jetzt wieder zeigte es sich, als er Wibolt anfunkelte, und dann rasch die Augen senkte. »Niemand zwingt dich, Jakob, nach Nowgorod oder Bergen zu fahren«, sagte der junge Emder ruhig, »keiner drängt dich nach Visby. Du magst bei Brügge und Antwerpen bleiben, deinen Handel in Bremen und Oldenburg treiben, wer könnte dich hindern? Beschränke dich auf diese Märkte und zahle weiter deine Steuern, dein Stapelgeld und die üblichen Hebesätze in den Häfen.«

Es sollte sachlich klingen, nach nüchterner Kaufmannschaft, und so war es auch gemeint. Aber natürlich las der Viehhändler das andere heraus, die saftige Ironie, den Vorwurf der schlechten Handelsführung, und er schnappte zu wie eine stramm gespannte Rattenfalle. Wurde puterrot. Verbat sich Belehrungen. Ganz ausdrücklich auch Ratschläge von Leuten, die in seinem Gewerbe ahnungslos wären. Vor allem von solchen wie den Flaskopers. »Das Kontor meiner Familie hat es schon gegeben, als deine noch Ernteteste auf den Feldern sammelte!«

Wibolt ließ ihn toben. Er wusste sehr gut, was den anderen quälte. Denn in diesem weichen, flaumigen Pelz der behaglichen Gewohnheit, in den Jakob sich hüllte, steckte ein giftiger Stachel. Eigentlich sogar zwei. Der eine war die Ungewissheit, auf diese Weise vielleicht doch den falschen Weg zu wählen. In einer Sackgasse zu landen, während andere um ihn herum nahezu in Jahresfrist steinreich wurden. Nicht auszudenken! Der zweite aber war, dass Wibolt ihn erneut düpierte. Dass es wiederum der junge Tuchhändler war, der mit dieser Sache in der Bürgerschaft aufwartete, die Themen setzte, Richtung vorgab in einer Kungelei mit Gesocks aus Bremen, das er wohl in London getroffen hatte, so viel war für Jakob Moerman offensichtlich. Er hatte den Reeder deshalb rüde angefaucht, was hast du getrieben, dort, während er, Wibolt Flaskoper, seine Ränke spann, du Versager? Und bei sich selbst wohl gedacht: Warum der Tuchhändler? Warum bin ich es nicht, der nach vorne geht? Der sagt, wo für die Stadt der Garten Eden zu suchen ist?

Der Bürgermeister war aufgestanden, um zu schlichten, und diese Bewegung holte den Bierhändler aus seiner Lethargie. »Lass ihn ausreden, Jakob! Hat sich noch immer gelohnt, einem Flaskoper zuzuhören«, maulte Hompo Hayen undeutlich.

»Nun also! Dann soll er sich erklären! Soll auch sagen, wie er dazu kommt, ohne Mandat des Magistrats für die Stadt Verhandlungen zu führen. In Bremen! Gerade dort, wo unsere ärgsten Gegner wohnen!«, schrie der Viehhändler, und Wibolt antwortete ihm, bevor der Bürgermeister auch nur einen Ton herausbrachte.

»Du hast es noch immer nicht begriffen, Jakob. Gegner hast du heute auch schon woanders. Sie sitzen in Oldenburg und im Westen, sogar im Friesenland musst du dich anderen Händlern stellen, wenn du dein Vieh verkaufen willst. Aber diese *Gegner* hier, verstehst du, sie nehmen dich an die Hand. Führen dich zu neuen Märkten. Räumen dir Steine aus dem Weg. Und helfen dir, künftig mehr, sehr viel mehr Umschlag zu machen!«

»Ja! Für den Preis von fünf Mark Silber!«, blökte Moerman.

»Und Verhandlungen für die Stadt habe ich nicht geführt, sondern ein Gespräch mit einem Fernhändler«, fuhr Wibolt ungerührt fort. »Ein überaus nützliches Gespräch, möchte ich betonen. Macht damit, was ihr wollt. Zieht daraus Vorteil oder lasst es. Ich für meinen Teil werde es zu verwenden wissen.«

Da war er wieder, der Haken, der stechende Dorn unter dem Kittel, die Verlockung eines erfrischenden Trunkes, für den man durch eine Feuerwand springen muss. Der junge Kaufherr fühlte sein Herz unter dem Wams. Er sah den Viehhändler murrend niedersinken, sah die Unsicherheit und den Zweifel in Jakob Moermans Augen aufflackern. Er selbst stand wie eine Säule, fest und ruhig, aber er wusste ganz genau, dass die Sache nun am seidenen Faden hing. Seine Verabredung mit Mandolf Düsterhenn war eindeutig. Sie konnte tatsächlich nur zum Erfolg führen, wenn sich zumindest ein Großteil der Emder Kaufmannschaft anschloss. Es musste zudem, so hatte der Fernhändler gefordert, zwischen den Städten ein Vertrag gemacht werden, und dazu erwartete man in Bremen eine Abordnung des Emder Magistrats.

Und dann spielte Wibolt Flaskoper seinen letzten Trumpf. Er wandte sich direkt an Johann Wynsen, den Bürgermeister, und sprach ihn an. »Einige unter uns scheinen zu glauben, es gehe nur darum, dass sich wenige ausgesuchte Kaufleute Emdens an fernen Schätzen bedienen. Wie bestürzend ist dieser mangelhafte Weitblick! Tatsächlich tun sich für unsere Stadt großartige Möglichkeiten auf.« Wibolt unterbrach sich und ließ seinen Blick durch die Reihen wandern. In vielen Gesichtern stand jetzt offene Neugier. Der Bürgermeister schien auf etwas zu warten. Jakob Moerman und sein neuer Freund, der Reeder, fixierten ihn aus kalten Augen. Hompo Hayen, der Bierhändler, lächelte selig, er hatte sich aufgesetzt und wirkte erholt. Als sie sich ansahen, winkte Hompo freundlich, so wie man einen guten Bekannten entfernt auf dem Jahrmarkt grüßt.

»Wir werden reichen Handel treiben können, vor allem in der Tiefe des Ostmeeres, an seinen Küsten und in seinem Hinterland. Das spült frisches Geld in unsere Stadt. Wir selbst werden Umschläge machen, von denen wir heute nicht zu träumen wagen, und es kommen Waren auf unseren Markt, die noch niemand von uns je gesehen hat. Nicht nur die Kaufleute, auch das Handwerk, alle Gilden und Zünfte, ja sogar der letzte Brotesser und Tagelöhner wird daraus Nutzen ziehen.«

»Waren, die noch keiner von uns gesehen hat? Wer braucht denn die?«, rief jemand von weiter hinten, und es gab einzelne Lacher, doch nun wurde es still im Saal, denn giftige Blicke sind so lautlos wie wohlwollende, und Wibolt fühlte sich sicherer. Wenn sie ihm wenigstens zuhörten, dann war schon viel gewonnen.

Seine Augen kamen zurück und hefteten sich fest auf den Bürgermeister. Johann Wynsens Kopf leuchtete wie eine Mohnblume. »Den größten Gewinn aber zieht Emden selbst«, fuhr Wibolt fort. »Seine Eisenkästen werden sich füllen. Die Gelder werden sprudeln. Mit den Umschlägen steigen die Einnahmen aus den Hebesätzen. Der Magistrat kann sogar die Akzise absenken!« An dieser Stelle machte Flaskoper eine lange Pause, um seine Worte wirken zu lassen. Er sah, wie sich Köpfe hoben und Ohren sich spitzten, in den Augen des Viehhändlers stand gar ein kaltes Lauern. »Emden kann die Taxen senken, zuerst bei den eigenen Kaufleuten, später wohl auch bei fremden«, wiederholte der junge Kaufherr mit klarer Stimme. »Es wird deshalb kein Geld verlieren. Im Gegenteil. So ziehen wir weitere Händler an, die Umschläge machen und dafür bezahlen.« Und nun fixierte er den Bürgermeister scharf. »Ich erwarte deshalb die volle Unterstützung des Magistrats, der Bürgerschaft und aller, die sich dieser Stadt verbunden fühlen. Deine, Johann, ist wohl das mindeste, worauf ich hoffen darf!«

Darauf brach erneut Unruhe los. »Hoho, was ist denn das für ein Ton?« – »Noch bist du kein Bürgermeister!« – »... aber er redet schon so!«, und dann erlebten sie Johann Wynsen, wie sie ihn nie zuvor gesehen hatten. Johann war aufgesprungen, hatte dabei seinen Bierkrug vom Tisch gefegt und drosch mit beiden Fäusten wie von Sinnen auf sein Pult. Sein Gesicht hatte jetzt die Farbe geronnenen Blutes, und man musste um seinen Verstand fürchten. Sein unartikulierter Schrei sorgte augenblicklich für Ruhe, und dann, schwer atmend, verlangte er von Wibolt Flaskoper einen Plan.

Den zog der junge Mann aus dem Wams, ebenso wie die Liste der Bruderpaten, die er mit Düsterhenn ausgehandelt hatte. Johann Wynsen las das Pergament, warf einen kurzen Blick auf die Paten, und ließ den jungen Tuchhändler beides ausführlich vortragen. Dann wurde abgestimmt. Es sprach sich eine deutliche Mehrheit für Flaskopers Konzept aus, sogar der Viehhändler und der Reeder hoben ihre Hände. Von irgendwoher brach plötzlich Jubel los, und in wenigen Augenblicken war Wibolt von Ratsherren umringt.

Von hinten drängte der Bierhändler heran. »Sag an noch mal, wer ist mein Bruderpate?«, krähte Hompo Hayen ausgelassen, und dann nahm der Bürgermeister Wibolt zur Seite. Johann Wynsen hatte Farben im Gesicht, die Wibolt an das Blau der bourbonischen Könige erinnerte. Er griff den Tuchhändler am Ärmel und zog ihn ein paar Schritte von der Meute fort. In seinen Augen stand offener Vorwurf. »Ist ja alles schön und gut, Wibolt, aber die Sache mit der Akzise gefällt mir nicht. Wie konntest du davon reden? Es wird schwer sein, diese Flausen wieder aus der Welt zu schaffen!«

Wibolt ließ ihn plappern. Johann Wynsen war Vergangenheit, einer der Gestrigen. Er würde den Aufstieg seiner Stadt als Bürgermeister nicht mehr erleben, so viel stand heute schon fest. Noch weniger würde er ihn aktiv gestalten. Das blieb Männern wie Wibolt Flaskoper vorbehalten, dem künftigen Bürgermeister der Bruderstadt Emden. Der erste Schritt hierzu war getan, der Pfeil hatte die Sehne verlassen, und er war gut gerichtet. Nun musste er nur noch ins Ziel.

Als Wibolt die Bürgerschaft verließ, erwartete ihn der Viehhändler an der Treppe. Sein Gesicht war wie aus Stein gemeißelt, in den Augen loderten Brände. Er war nicht allein, der Reeder stand etwas abseits im Schein einer Fackel. Den Kragen seines Mantels hatte er hochgeschlagen, er spähte herüber wie ein Fuchs auf einen Hasenstall. Jakob Moerman ging Wibolt ohne Einleitung an. »Mich täuschst du nicht, Flaskoper! Weder mit deinem Silber im Eisenkasten der Stadtwache noch über deine Geschäfte an der Ems. Du stehst unter meiner Beobachtung, das wisse. Ich werde nicht dulden, dass sich Emden an einen Roßtäuscher verliert!«

Wibolt ging einfach weiter, aber es kostete ihn viel Kraft, seine Stimme nicht zittern zu lassen. »Ach, Jakob! Dich treiben doch vor allem dein Neid und deine Eifersucht. Ich wünsche dir gute Geschäfte, wo immer du sie tätigst, auch im Bund der Bruderstädte«, sagte er locker und stiefelte in die Dunkelheit. Der Viehhändler hinter ihm schnappte nach Luft, er hörte ihn japsen wie einen Hund nach wilder Jagd, dann schrie Jakob etwas in Wibolts Rücken, seine Stimme war in heißer Wut verzerrt. Doch der junge Mann schlenderte gleichmütig davon, leichtfüßig und locker, als sei er auf einem Abendspaziergang. Der Schein trog, denn auf seinen Schultern lasteten Gebirge. Noch achtzehn Monde bis Ultimo.

# 7.

*Dann würde jemand über den anderen*
*sein Messer zücken, der verwirkt zehn Mark.*
*Verwundet er aber jemanden mit dem Messer,*
*der soll geben dreißig Mark.*
*Aus der Nowgoroder Schra*

*12 Emden, Frühwinter 1199*

Es war ein wildes und grausames Geschrei gewesen, unartikuliert, in Wut zerrissen, aber Wibolt hatte sehr gut verstanden, was der Viehhändler da in seinem Rücken gebrüllt hatte. Verzerrte Fetzen, wie mit Worten geführte Schwertstreiche, heiß und voll beißender Schärfe, aus pumpenden Lungen hervorgestoßen, doch klar in den Teilen, auf die es ankam. »Was ist da los? Was ist plötzlich in dich gefahren, Wibolt? Wo ist deine Lebensfreude, die Liebe zum Genuss? Wirst du zum Mönch? Ich glaube nicht an deine sonderbare Askese, deinen plötzlichen Geiz. Deine Sparsamkeit hat andere Gründe, und ich werde sie finden, verlass dich drauf!«

Es hatte ihn von hinten angebrandet wie eine Flutwelle kochendes Wasser, doch er war weitergegangen, geschlendert, ein Müßiggänger im Mondschein. Er hatte sich gleichwohl keine Illusionen gemacht: Jakob Moerman war nicht erst seit heute eine Gefahr. Ein Gegner war er schon immer gewesen. Ein Konkurrent. Einer, der mit ihm um die Führung ihrer Stadt stritt. Um Ansehen und ja, auch um Macht. Mit ehrlichen Mitteln und offenem Visier. Bisher. Das hatte sich geändert. Noch im Bettkasten schlug Wibolt das Herz bis an den Hals. Aus dem ehrgeizigen Gegenspieler Jakob Moerman war ein Feind geworden, das wusste er jetzt.

Es wurde deutlich am nächsten Tag, als sein Sekretär in das Kontor stürzte. Habbo Blome war außer sich. Er war im Hafen gewesen, denn ein Wollschiff aus England war angekündigt. Wibolt hatte der Nachricht keinen rechten Glauben geschenkt, die ersten Stürme hatten getobt und die Schifffahrt über offenes Gewässer lag schon in Winterruhe. Doch man wusste ja nie, vielleicht hatte sich tatsächlich ein tollkühner Seemann über das Meer gewagt, womöglich getrieben durch einen verzweifelten Kaufmann, der in höchster Not unbedingt noch ein Geschäft machen musste. Jedenfalls, in seiner Lage verbot es sich, die Gelegenheit ungenutzt zu lassen, und so hatte er Habbo frühzeitig an den Delft geschickt. Doch dann war nur ein kleiner Schlickrutscher, ein Küstensegler aus Winschoten, gelandet und die englische Wolle hatte sich als billiges Flachstuch für Kittelschürzen entpuppt. Zu der Enttäuschung war der Eklat gekommen, der sich dann auf dem Heimweg ereignet hatte. Wibolt Flaskoper hatte an einem Schreiben gesessen, als Habbo hereinbrach, er war unwillig gewesen über die Störung, aber was der Sekretär zu sagen hatte, ließ ihm die Hände feucht werden.

»Jakob selbst, sagst du?«, fragte Flaskoper nach und der Junge schnappte zu wie ein bissiger Hund.

»Ja doch, wie Ihr hört, Jakob Moerman selbst in all seiner widerlichen Großartigkeit!«

Wibolt überging diese Wertung des Sekretärs, sie stand Habbo nicht zu und eigentlich war er deswegen zu rügen, aber das hatte Zeit. »Und er ist dich direkt angegangen?«

Das Gesicht des Sekretärs zeigte rote Flecken, an seinem Hals standen die Adern fingerdick. »Angegangen? Auf die Hörner genommen hat er mich, wie ein Bulle einen fremden Streuner auf der Weide!«, fauchte Habbo giftig.

Wibolt faltete die Hände wie zum Gebet. »Habbo, mein Sohn, höre zu. Du musst dich beruhigen. Wie soll ich sonst verstehen, was du mir sagen willst?« Wies dann auf einen Schemel, und mit einem Mal war seine Stimme streng. »Stiehl mir nicht meine Zeit. Da hocke dich hin und berichte geordnet. Ansonsten packe dich, denn ich habe zu arbeiten!«

Habbo Blome richtete sich auf und warf seinem Herrn einen feurigen Blick zu. Er blieb stehen, den Schemel strafte er mit kalter Verachtung. Seine Augen wanderten über den Schreibtisch und blieben an dem Geldbeutel hängen, der auf einem Pergament lag. Der Sekretär kannte die Summe im Beutel und wusste, was in dem Schreiben stand. Es war von Everhard Svenke gekommen, dem Schafzüchter an der Ems, ein Bote hatte es im Morgengrauen gebracht, mit guten Nachrichten. Die Herbstschur war ungewöhnlich ertragreich gewesen, Svenke schickte den Anteil des Emders und sein Brief klang vielversprechend. *Auch Euer Teil der Herde hat sich erholt, es ist einiges an Jungtieren hinzugekommen und ich hoffe, Euch im nächsten Jahr ähnlich gute Kunde übermitteln zu können!* Fünfundzwanzig Mark Bremisches Silber waren in der Börse, der Sekretär wusste es genau, sie hatten das Geld gemeinsam gezählt. Nicht dramatisch viel, aber dennoch erfreulich, vor allem, weil es unverhofft eingetroffen war. Und es half über die nächsten Tage.

Die Augen des Jungen kamen zurück und hefteten sich auf den Handelsherrn. Nun also. Der Viehhändler war auch im Hafen gewesen, er wollte die Löschung einer Ladung Rinder aus dem Emsländischen überwachen, und dabei waren sich die beiden über den Weg gelaufen. Jakob hatte den Jungen ohne Einleitung angebrüllt. »Was ist los mit deinem Herrn? Bezahlt er dich noch? Gibt er noch Lohn? Er hat doch zweihundertfünfzig Mark Silber im Stadtkasten gebunkert. Warum geht er nicht an dieses Geld? Wozu braucht er es, wenn er lebt wie ein Einsiedler?!«

Flaskoper atmete tief ein. Jakob Moerman beließ es nicht mehr bei Kontroversen im Rat. Er machte den Konflikt öffentlich, trug ihn auf die Plätze und Gassen der Stadt. »Was hast du geantwortet?«, fragte er kühl.

Habbo zog das Kinn an seinen immer noch roten Hals. »Ich habe ihm gesagt, er soll sich zum Teufel scheren!« Dann beugte er sich vor. »Es war natürlich sofort Auflauf. Die Schauerleute haben aufgehört zu laden, und Gaffer bummelten herum. Ich habe Jakob stehen gelassen, aber er hat mir noch einen Bruch Silber nachgeworfen. ›Da, dein Lohn‹, hat er gebrüllt, ›dein Herr ist ja wohl zu geizig, dich zu bezahlen. Oder zu klamm!‹« Er lachte. »Die Münze ist ins Hafenbecken gerollt. Die Fische werden sich freuen.«

Wibolt schwieg. Hinter seiner Stirn wälzten sich die Räder. Und während er noch zu einer möglichst gelassen klingenden Antwort ausholte, schob der Sekretär den Kopf vor. »Warum nehmen wir nicht das Geld aus dem Stadtkasten und stecken es in die Herde an der Ems?«

Flaskoper hob die Schultern. »Das geht nicht, Habbo. Wir haben nicht die Zeit. In etwas mehr als vierzehn Monden müssen wir liefern. Ostern 1201 ist Ultimo!«

Der junge Mann starrte ihn an. Lange. In diesem Augenblick wurde Wibolt klar, dass der Sekretär genau begriff, in welcher Lage sein Herr steckte. War das gut oder schlecht? Segen oder Fluch? Der Handelsherr wusste nur eines; Ostern Anno 1201, das Fest der Auferstehung des Herrn zur Freude der gesamten Christenheit, es wuchs auf ihn zu wie eine dunkle Wand, hinter der sich vernichtendes Unheil verbarg.

Er griff nach dem Geldbeutel, öffnete ihn und langte hinein, aber da hob der Sekretär beide Hände. »Lasst stecken, Herr! Ich habe mein Auskommen mit dem Lohn, den Ihr zahlt. Und meiner Treue könnt Ihr auch so gewiss sein.« Dann wandte er sich ab und ging hinaus, und das war gut so, denn Wibolt Flaskoper waren die Augen nass geworden. Zugleich wurde sein Gesicht feuerrot. Er schämte sich abgründig.

\*

Die Zusammensetzung der Abordnung des Emder Magistrats für die Verhandlungen mit Bremen hatte sich natürlich ergeben. Sie folgte der Liste, die Wibolt Flaskoper mit dem Fischhändler Düsterhenn ausgehandelt hatte. Man hatte im Rat diskutiert, ob es sinnvoll sei, wenn sich einzelne Kaufleute durch Vertrauensmänner vertreten lassen würden, aber schließlich machte niemand davon Gebrauch. Jeder wollte seine Sache selbst regeln. So geschah es, dass die Delegation anschwoll und als man früh im Christmonat aufbrach, zählte sie nicht weniger als drei Dutzend Köpfe. Es waren alle Mitglieder des Magistrates darunter, und einige der Ratsherren, die diesem nicht angehörten, wie etwa der Reeder Focke Uffen. So weit ging die Freundschaft mit dem Viehhändler Jakob Moerman wohl nicht, dass er seine Geschicke als Kaufmann in dessen Obhut gab.

Johann Wynsen, der Bürgermeister, führte die Herren an, und er tat es der Ehre wegen, denn er war der einzige unter ihnen, der keine Interessen als Händler verfolgte. Und dennoch: Johann gab sich mit einem Mal seltsam steif, er wolle sich vor den Bremern nicht als Lumpenhändler von Barbarien blamieren, war merkwürdig reserviert, bestand auf allerlei Förmlichkeiten und ließ sich mit seinem Titel anreden. Zudem achtete er darauf, dass jeder seinen guten Mantel trug und eine Kappe auf dem Kopf. Man konnte fast glauben, an ihm einen neuen, bis dahin unbekannten Zug zu entdecken, den der Eitelkeit.

In Oldenburg hielt man sie an, um den Wegezoll über die Huntebrücke zu erheben. Es gab einen heftigen

Disput mit dem Postenführer, einem vierschrötigen Kerl mit pockennarbigem Gesicht und rüden Manieren, den Johann Wynsen aus vollem Hals anschrie. »Ich bin der Bürgermeister vom Emden, und nun merke dir das!«

Der Bursche drehte den Kopf zur Seite und blies sich den Rotz aus der Nase. »Es ist mir gleich, wer Ihr seid. Der Brückenzoll wird gezahlt, oder Ihr holt Euch nasse Füße«, gab er ungerührt zurück.

Sie suchten sich eine seichte Stelle weiter südlich, aber der Umweg kostete Zeit und Wibolt war deswegen ungehalten. »Die Bremer werden nicht ewig warten«, sagte er mürrisch, ohne den Bürgermeister direkt anzusprechen.

»Hier ist einer, der sein Wasser nicht halten kann!«, moserte der Viehhändler, der hinter ihnen ritt, mit hämischer Stimme. Johann Wynsen wandte sich im Sattel um, seine Augen blitzten, das Gesicht hatte trotz der frischen Luft die Farbe geronnenen Blutes. »Sie werden warten, Wibolt, weil meine Botschaft klar war: Eintreffen bis Mitte des Weihnachtsmonds. Zudem liegt alle Kaufmannschaft in Ruhe. Die Herren sitzen in den Kontoren und zählen ihr Silber.«

Wibolt Flaskoper zog es vor, nicht darauf zu antworten. Was wussten denn Wynsen von Kaufmannschaft? Er hatte noch niemals in seinem Leben durch Handel nur ein einziges Stück Geld verdient. Auch den Anwurf seines Feindes Jakob Moerman ließ Wibolt unerwidert. Es fiel ihm nicht ein, diesem Mann durch eine Replik zu erheben. So schwieg er verbissen, aber seine Züge verfinsterten sich. Später an diesem Tag verschlechterte sich das Wetter, heftiger Schneefall machte das Reiten beschwerlich und ihre Laune sank rapide. Und plötzlich lagen die Nerven blank, vielleicht auch wegen der Ungewissheit über den Ausgang ihres Unternehmens. Der geringste Anlass, ein strauchelndes, plötzlich querstehendes Pferd oder ein unbedachtes Wort, genügte sogar alten Freunden, übereinander herzufallen. Jedenfalls, die allgemeine Stimmung war schlecht und Wibolt machte sich große Sorgen. Zum ersten Mal fürchtete er, die Sache, *seine* Sache, könnte misslingen. Scheitern an dem albernen Getue eines Johann Wynsen, der Grobschlächtigkeit einiger seiner Landsleute, ihrer geringen Anziehung als Geschäftspartner und einer doch möglichen Verspätung wegen des schlechten Wetters. Es stand ihm schon vor Augen. Alle waren ihre fünf Mark Silber als Einstand losgeworden, doch es gab keine konkreten Absprachen, keine zählbaren Geschäfte und keine Verträge. Dort, in Bremen, würde man noch gute Miene zum bösen Spiel machen, die Haltung wahren, dazu waren sie alle Kaufleute genug, aber schon auf dem Rückweg, spätestens daheim in Emden, würde man ihn angreifen wie ein Rudel Jagdhunde ein gestelltes Stück. Deine Verirrungen, Wibolt Flaskoper, dein sogenannter Rat, deine Hirngespinste und nun sieh her, unsere Verluste! Was hat uns diese sinnlose Reise gekostet? Und was hätte man in dieser Zeit alles in Emden zum Nutzen des eigenen Geschäftes erledigen können?! Dass sie alle auch hier waren, weil mindestens ihr Ehrgeiz, vielfach jedoch ihre Gier sie trieb, würde keine Rolle mehr spielen.

Am Stadttor zur Brücke über die Schlachte zwang man sie, ihre Schwerter von den Gürteln zu nehmen und auf einen mitgeführten Gepäckwagen zu legen. Der Offizier der Wache legte seine Stirn in Falten. Wie denn, so reist Ihr schon eine ganze Weile auf Bremer Stadtgebiet? Aha, aber das ziemt Euch nicht! In Bremen dürfe man ein Schwert nur als Ritter bei sich tragen, Kaufleute hingegen hätten es, meinethalben auch griffbereit, versteht Ihr, bei ihren Siebensachen zu verstauen. Und die Messer? Könnt Ihr am Mann behalten! Der Mann war nicht unfreundlich, aber seine Vorgabe formulierte er klar und die Waffenknechte mit ihren Stabdolchen machten nicht den Eindruck, als könne man tumben Schabernack mit ihnen treiben.

Also legten sie ihre Langklingen ab. Zwei junge Schnösel des Stadtadels standen zufällig dabei, sie besahen sich das Schauspiel, stießen sich mit den Ellbogen in die Rippen, schoben ihre Schwerter vor den Bauch und lachten. Das alles trug nicht eben zu ihrem inneren Gleichgewicht bei. Immerhin, Johann Wynsen verzichtete diesmal auf den gebrüllten Hinweis, er sei der Bürgermeister von Emden, es hätte die Sache nur noch schlimmer gemacht.

Aber dieses musste hinaus, denn sonst wäre er erstickt: »Wir sind eine Abordnung aus Emden und werden von Eurem Magistrat erwartet.«

Der Offizier nickte knapp, er war kaum beeindruckt. Sein rechter Arm fuhr aus und wies grob zur Stadt. »Durch das Tor, dann folgt der Hauptgasse zum Markt. Dort fragt!«

Fragen wonach? Der Bremer Magistrat bestand aus reichen Kaufleuten und anderen führenden Männern der Stadt, er tagte, wenn es nötig war, sie machten es in Emden nicht anders. Also mussten die Herren doch wohl erst noch zusammengetrommelt werden. Sie sollten ihr Eintreffen melden und dann warten, so lautete eine kurze Antwort auf Johann Wynsens Brief.

Ohne Dank ritten sie los, der Bürgermeister vorneweg, die anderen hinterdrein. Auf der Gasse war das übliche Treiben. Fahrende Händler sah man um diese Jahreszeit nicht mehr, aber viel einheimisches Stadtvolk. Bäckerjungen hetzten mit Broten durch das Gewühl, frühe Zecher drängten sich um dampfende Garküchen, dazwischen lungerten Dirnen und warteten auf Freier. Ein Schäfer trieb brüllend und fluchend seine widerspenstige Herde. Vor einer Fleischhauerei hing der blutende Torso eines Schlachtochsen an schwerem Gebälk. Die Emder bahnten sich mühsam ihren Weg. Er war gesäumt von einfachen Bretterbuden, viele noch mit Grassoden gedeckt. Manche Tür stand offen. Sie sahen Handwerker über ihre Arbeit gebeugt. Zu einer Seite der Gasse wurde Leder geschnitten und vernäht, gegenüber auf Kesseln gehämmert, und über allem lag ein stechendes Miasma von Gerbgeruch, dem Gestank von Urin und verfaulendem Unrat.

Wibolt Flaskoper schob sich sein Halstuch über die Nase. In Emden duftete es auch nicht überall nach Veilchen und Windröschen, aber das hier war etwas anderes. Dabei kannte er derlei aus London und anderen großen Städten. Es war stets dort anzutreffen, wo eine große Zahl von Menschen auf engem Raum zusammenlebte. Die Ausdünstung ungewaschener Leiber, ihrer Ausscheidungen und den Produkten, Hinterlassenschaften und Folgen vielköpfiger Existenz. Der Gifthauch der Metropole, an den er sich niemals gewöhnen würde.

»Brauchst dich nicht zu verstecken, Wibolt. Hier kennt dich ohnehin niemand«, sagte der Viehhändler in seinem Rücken mit ironischem Ton.

»Seine Gläubiger schon!« Das musste der Reeder sein.

Der junge Kaufherr streckte den Rücken und widerstand der Versuchung, sich umzuwenden. Wenn die beiden doch der Teufel holte! Er schwieg und gab seinem Braunen die Sporen. Schließlich öffnete sich die Gasse und der Marktplatz kam in Sicht.

Sie mussten nicht fragen, das Magistratsgebäude war, wie zu Hause in Emden, das größte Haus am Platz. Aber einen Unterschied gab es doch, denn dieses hier war ganz aus Stein. Eine wuchtige Freitreppe zierte seine Front, sie führte in den ersten Stock, darunter lag wohl der Wirtschaftstrakt. Der Bau strahlte Würde und gediegenen Reichtum aus in einer Weise, die Johann Wynsen auf seinem Pferd unruhig werden ließ. Er schob seinen Hintern auf dem Sattel herum, als könnte er keinen rechten Sitz finden, und warf Flaskoper einen unsicheren Blick zu. »Da wären wir dann ja wohl«, sagte er betont locker. Vor dem Gebäude war niemand, nicht einmal ein Posten oder ein Ratsdiener, und so saßen sie ab und stiegen die Treppe hinauf. Auch in der Eingangshalle trafen sie keine Menschenseele, aber dann, als sich alle versammelt hatten und die Türe hinter ihnen geschlossen war, kam von weiter hinten ein Rumoren. »Nun seid doch mal still!«, herrschte Wynsen sie an, und nach einer Weile hörte man es deutlicher. Es klang wie das entfernte Fauchen eines urzeitlichen Ungeheuers, aber bald verstand auch der Letzte, was es war. Nämlich Schreien und Toben.

Dann bog ein Schreiber um die Ecke, er trug ein Wams in den Farben der Stadt und unter dem Arm ein Bündel Pergamente. Wynsen sprach ihn an und siehe da, der Mann nickte gleichmütig. Ja, man wisse von ihrem Kommen und Ihr hört ja, der Magistrat tagt. Nein, nicht wegen Euch, sondern in einer regelmäßigen Sitzung. Wie lange? Nun, das kann dauern. Ihr müsst eben warten. Dann hob er die Brauen und sah langsam in die Runde. »Letztes Jahr hatten wir den Herrn Bischof mit einer Delegation zu Gast. Sie zählte halb so viele Köpfe wie Ihr. Das wisset, mehr als sechs Herren und Pferde sind unüblich!« Sprachs und verschwand mit seinen Akten hinter einer Tür, wohl der Eingang zur Schreibstube.

Betroffen sahen sie sich an, nicht zuletzt wegen der Rüge über ihre Zahl, und Wibolt Flaskoper fühlte sich immer unbehaglicher. Dazu trug auch die Miene des Reeders bei, der ein schräges Grinsen auf den Lippen trug. Musste schiefgehen, hab ich vorher gewusst, sollte das wohl heißen. Nun, der Raum war groß, aber es gab weder Stühle noch Schemel, und so drückten sie sich an die Wände.

»So viel zur Wertschätzung der Abordnung unserer Stadt durch den Bremer Magistrat. Es lebe die feine Art edler Kaufmannschaft!«, giftete der Viehhändler, und da platzte dem Bürgermeister der Kragen.

»Verdammt, Jakob, was willst du? Der Magistrat tagt in einer wichtigen Sitzung. Verlangst du etwa, dass die Herren hier stehen, um auf uns zu warten? Das wäre wohl auch in Emden kaum möglich!«, bellte Wynsen und der Viehhändler verstummte mit mürrischem Gesicht.

Dann tauchte der Schreiber wieder auf und gab an, sie zumindest melden zu wollen. Er verschwand hinter seiner Ecke, die Emder lauschten seinen Schritten, sie entfernten sich auf das Fauchen zu, und dann wurde wohl eine Tür geöffnet, denn mit einem Mal konnten sie Worte und Satzfetzen unterscheiden. »... wohl kaum, Düsterhenn!« – »Rede nicht so dumm! Mach du erst mal meine Umschläge!« – »... wohl kaum allein auf deinem Mist gewachsen!« – »Dummschwätzer!« – »... nimmst du auf der Stelle zurück!« – »... sinnlos!« Dann klappte die Tür, und zurück blieb das Grummeln und Fauchen.

Die Emder warfen sich irritierte Blicke zu, das böse Grinsen auf dem Gesicht des Viehhändlers kam zurück und vertiefte sich. »Na wunderbar. Scheint alles bestens zu laufen!«

Es antwortete niemand, auch der Bürgermeister nicht, und Wibolt Flaskoper flatterte das Herz in der Brust, aber er hob den Kopf und sah Jakob Moerman an. »Das hier hat nichts mit unserer Sache zu schaffen. Der Bremer Magistrat tagt. Wie man hört, gibt es dort Unflate. Wie bei uns in Emden«, sagte er knapp, und der Viehhändler fixierte ihn mit einem Blick aus blankem, kaltgeschmiedetem Hass.

Wynsen hob die Hand. »Mal still!«, knurrte er scharf, und sie schwiegen und horchten. Das Grummeln und Fauchen schlief ein, anscheinend hörten die Herren ausnahmsweise zu, und dann, nach einer knappen Weile, tauchte der Schreiber wieder auf. Der Magistrat sei nun informiert, man möge warten. Die Sitzung neige sich übrigens ihrem Ende zu.

»Gab wohl Ärger?«, fragte Hompo Hayen mit einem angedeuteten Feixen, aber der Mann lächelte nicht und zuckte die Schultern. »Nicht mehr als üblich. Die Herren nutzen solche Gelegenheiten gern zur Vorbereitung.«

Was war das? Zur Vorbereitung worauf? Doch wohl auf das, was folgte. Und das waren sie, die Emder, mit ihrem Antrag auf gemeinsamen Handel. In diesem Moment war sogar Wibolt Flaskoper davon überzeugt, dass sie kaum mehr erreichen würden, als ihre fünf Mark Silber an den Mann zu bringen. Vielleicht verbunden mit der vagen Aussicht, einen der Patenbrüder demnächst auf einer Reise begleiten zu dürfen. Nicht etwa, um Waren loszuschlagen, sondern nur, um zu lernen, und auf eigene Kosten, so viel verstand sich. Er sah, wie der Bürgermeister hilflos die Hände hob, sah den Reeder mit dem Viehhändler einen eisigen Blick wechseln, und dann ging alles sehr schnell. Vom Magistratsaal her näherten sich plötzlich rasche Schritte. Wie eine Kogge unter Vollzeug segelte Mandolf Düsterhenn um die Ecke. Stutzte, blieb wie angewurzelt stehen, schüttelte den Kopf und suchte den jungen Handelsherrn. »Ich habe Euch nicht gesagt, Wibolt Flaskoper, Ihr sollt alle waffenfähigen Männer Eures Sprengels mitbringen!«, sagte er saftig und lachte dröhnend. Winkte dann, ihm zu folgen und machte kehrt.

Als sie in den Ratssaal marschierten, Johann Wynsen vorneweg, herrschte zuerst Todesstille. Und dann brach ein Tumult los, den sie in ihrer ängstlichen Einfalt für Unmut hielten, und doch war es nichts anderes als unbändiges, überschäumendes Gelächter, ganz so, als wollten sich die Herren von ihren soeben erst ausgetragenen Wortgefechten abkühlen. Sie standen und ließen sich beprasseln, und dann hörte man einzelne Rufe. »Wo sind die letzten zwei …?«, und dann: »… ein vollständiges Heeresaufgebot!«, und schließlich: »Emden muss fast entvölkert sein!«

Der Bürgermeister Hinrick Grope stieg von seiner Empore herab und begrüßte Johann Wynsen wie einen alten Freund. Er war gewandt im Auftritt und erlesen gekleidet, obwohl, wie jeder im Saal wusste, sein Großvater noch ein einfacher Nagelschmied gewesen war. Grope nahm den Emder bei der Hand, die andere ruhte wohlgepflegt auf einem sündhaft teuren Brokatwams, redete ihn mit »Euer Liebden« an und führte ihn vor die Schranken des Magistrats. »Meine Herren Räte!«, rief er mit volltönender Stimme, »ich stelle Euch vor: den Bürgermeister der Stadt Emden und seine Abordnung!«, und dann erhob sich jedermann auf den Rängen und der Beifall rauschte wie die Ems nach der Schneeschmelze. Aber wer geglaubt hatte, nun sei man am Ziel und könne sich entspannen, der fühlte sich rasch ernüchtert, denn das Klatschen brach ebenso plötzlich ab, wie es eingesetzt hatte. Und obwohl es noch ausreichend Stühle gab, forderte niemand sie zum Sitzen auf, nicht einmal Johann Wynsen, den Bürgermeister, lud man ein, Platz zu nehmen. Er musste schließlich seine Sache stehend vorbringen.

Wynsen sprach sicher, doch seine Hände zitterten und nicht nur Wibolt bemerkte das nervöse Muskelzucken im Gesicht des Bürgermeisters. Sein Antrag indes stieß auf allgemeines Wohlwollen, und in atemloser Spannung lauschten die Emder der Replik Hinrick Gropes. Man habe natürlich schon vorher geprüft, sagte der Bremer, und sei zu einem guten Ergebnis gekommen. Grope nickte dem Fischhändler zu. »Mandolf Düsterhenn hier, und Euer Mann, wie war noch der Name? Wibolt Flaskoper? Diese beiden haben Euch den Weg bereitet«, sagte er lächelnd.

In der Delegation der Emder hoben sich Köpfe und Wibolt hatte plötzlich rote Ohren. Flaskoper dachte an die zehn Mark Silber Einstandsgeld für jeden Mann, um die der Fischhändler gekämpft hatte, als hinge daran nicht weniger als sein Seelenheil. Wohl, um sich seinen Teil davon abzuzweigen. In zäher Verhandlung war es Wibolt gelungen, die Forderung zu halbieren. Er wechselte einen raschen Blick mit Hompo Hayen, sah ihn breit grinsen und seine Lippen die Worte »fünf Mark« formen. Dann unterbreitete Hinrick Grope den Vorschlag seiner Stadt.

Die Emder Kaufmannschaft sollte unter die Obhut des Bremer Magistrats. Ein Vertrag hierüber sei auszuhandeln. Der Handel der beiden Städte würde sich immer enger verbinden, zusammenwachsen und schließlich als Einheit funktionieren. Alle Verabredungen fußten auf dem Prinzip der Gegenseitigkeit, man rede von Anfang an auf Augenhöhe. Es entstünden keine Kosten außer den üblichen Anteilen bei der Vermittlung von Geschäften, die von beiden Seiten zu zahlen wären.

Das klang gut, doch jeder im Saal wusste, dass es zunächst die Emder sein würden, die Provision zu leisten hätten. »Was ist mit Zöllen und Stapelgeld?«, warf der Reeder dazwischen, und Hinrick Grope bedachte ihn mit einem kalten Blick. Anscheinend erwartete er Einwürfe höchstens von Johann Wynsen, seinem Emder Amtsbruder. Der schwieg dazu, aber Wibolt sah, wie Wynsen die Röte in den Hals stieg. Ein Nachspiel zu dieser Wortmeldung war gewiss.

Nun, da werde man sehen, sagte der Bremer. Das liege schließlich in den Händen der örtlichen Behörden. Allerdings werde man sich mit Aussicht auf Erfolg bemühen, für die Emder Brüder dieselben Bedingungen zu erwirken, die man auch für Bremer Kaufherren genieße. Die zwischen Mandolf und Wibolt ausgehandelten Patenschaften, fuhr Grope fort, wobei er nur die Vornamen nannte, würden ohne Abstriche gebilligt. Man werde sich im Anschluss zu den nötigen Einzelgesprächen zusammenfinden. »Und nun«, schloss der Bremer mit einem feinen Lächeln, »nehme ich an, Ihr werdet

Euch beraten wollen. Das tut bitte draußen vor der Tür. Und macht es zügig, denn wir haben noch zu tagen!«

Hier hob Johann Wynsen die Hand. »Ich verstehe Euch so, dass alle erwähnten Einzelheiten noch Gegenstand des Vertrages sein werden, der auszuhandeln ist?«

Das Lächeln des Bremers vertiefte sich. Er nickte. »Ihr versteht mich richtig.«

Johann Wynsen nickte ebenfalls. »Weiter verstehe ich Euch dahin, dass die Verhandlungen über den Vertrag den gemeinsamen Handel der Patenbrüder nicht aufschieben?«

Darauf war Stille, einige der Emder räusperten sich und Johann Wynsen, der noch niemals in seinem Leben auch nur einen Bruch Silber durch den Umschlag von Waren gewonnen hatte, stieg in ihrer aller Achtung. Das Gesicht des Bremers verzog sich zu einem freundlichen Lachen. »Darin geht Ihr gleichfalls recht.«

Und nun stahl sich auch ein knappes Schmunzeln auf die Züge des Emder Bürgermeisters. Er hob den Kopf und sah in die Runde seiner Schafe. Dann nickte er erneut. »Wenn das so ist, dann erkläre ich hiermit das Einverständnis meiner Stadt zu Euren Vorschlägen«, sagte Johann Wynsen spröde, und das war das zweite Mal, dass im Ratssaal des Bremer Magistrats der Beifall aufbrandete.

Die Einzelgespräche waren äußerst ergiebig, sie führten in den meisten Fällen zu direkten Abreden über gemeinsamen Handel. Schon im nächsten Frühjahr sollten die ersten Reisen stattfinden. Wibolt Flaskoper hielt sich an Mandolf Düsterhenn. Der Bremer handelte zwar nicht mit Tuch, sondern mit Stockfisch und Wachs, aber das schien dem jungen Handelsherrn kein Nachteil. Auf diese Weise konnte er von den Verbindungen des anderen Nutzen ziehen, ohne mit ihm konkurrieren zu müssen.

Als sie Bremen verließen, war allgemein eitel Sonne,

nur der Bürgermeister Johann Wynsen wirkte seltsam reserviert. Er schien nicht zufrieden. Sie waren kaum im Sattel, da griff er sich den Reeder. Er bellte ihn so harsch an, dass der andere erschreckt zurückwich. »Höre, Focke Uffen! Du hast dich benommen wie ein Bauer. Nächstens wartest du ab, was dein Bürgermeister zu sagen hat, bevor du dich derart unflätig zu Wort meldest, und nun merke dir das!« Damit war Johanns Gleichgewicht aber noch nicht gefunden. Er ruckelte und schob seinen Hintern hin und her, und schließlich spuckte er es aus. Diesmal pfiff er Wibolt Flaskoper an, es klang wie ein offener Vorwurf. »Ist ja alles schön und gut, Wibolt, aber was heißt denn das, unter die Obhut des Bremer Magistrats? Und was ist dann mit unserem? Das werden wir noch sorgfältig zu prüfen haben. Keinesfalls gebe ich Befugnisse ab, das wisse!« Seine Augen waren rot vor Empörung, und als der junge Handelsherr nicht sofort antwortete, schob Wynsen noch heftig nach: »Das eine sage ich dir; diese Sache ist nicht so bedeutsam, dass sich die Stadt um ihretwillen unmündig macht. Das kann auch nicht in deinem Sinne sein!«

Wibolt nickte wortlos, er lernte soeben wieder neu, dass jede Münze zwei Seiten hat. So wie diese hier. Die eine war der künftige Strom des Geldes nach Emden, die schon fast sichtbare Blüte ihrer Stadt, die er, Wibolt Flaskoper, bewirkt und die ihm schon jetzt viel Schulterklopfen eingebracht hatte, sogar die anerkennend verstohlenen Blicke seiner Feinde. Die andere jedoch war die der politischen Implikationen, die notwendige Abrede des Vorgehens, Dinge, die ohne gewisse Einbußen an Entscheidungsfreiheit nicht zu haben waren. Aber ein Blinder musste doch am Ende den Nutzen sehen. Wynsen dagegen stellte seine persönliche Macht über die Geschicke der Stadt. Es war hohe Zeit, ihn abzulösen. Dringender als je war sich Flaskoper bewusst, dass ein Kaufmann Bürgermeister von Emden werden musste.

Und bevor er dem anderen wohlgesetzt antworten konnte, drängte von hinten Hompo Hayen heran. »Gemach! Gibt ja noch Verhandlungen, Johann, da kann man noch alles richten«, warf der Bierhändler ein, aber Wynsen verzog griesgrämig das Gesicht. Vielleicht, weil Hompo ihn nicht mit seinem Titel angeredet hatte.

Der ließ sich indes seine Laune nicht verderben, er hatte einen lukrativen Vertrag in der Tasche. »Hach, eine Wohltat! Und jetzt erst mal Winterruhe«, seufzte er wohlig, und da nahm der Bürgermeister ihn frontal an.

»Was heißt denn Winterruhe, Hompo? Hast du keine Vorbereitungen zu treffen? Du wirst doch wohl das eine oder andere Pergament noch zu füllen, diesen oder jenen Plan noch zu fassen haben, oder wie?«, fauchte er herüber, so heftig, dass sein Brauner zu tänzeln begann, doch Hayen lachte ihm ins Gesicht.

»Schon, ja. Aber das mache ich am Feuerplatz, den warmen Pelz um die Schulter und einen Becher heißen Wein auf dem Tisch.«

Wynsen starrte ihn wütend an, dann suchten seine Augen den jungen Tuchhändler, aber Wibolt schwieg dazu. Er wusste, dass er diesen Winter nicht am Feuerplatz verbringen konnte.

# 8.

*Wenn jemand, er wäre was er wolle, den Altermann mit Worten oder Werken verachten würde, so gebe er zu Strafe fünf Mark Silber.*
*Aus der Nowgoroder Schra*

*Emden, im frühen Winter 1200*

Sie waren noch in den Ratskeller der Emder Bürgerschaft eingekehrt, um ihren Erfolg zu feiern, Wibolt Flaskoper, der Bierhändler Hompo Hayen, Johann Wynsen, der sich inzwischen beruhigt hatte, und viele andere. Auch Wibolts Feinde, der Viehhändler Jakob Moerman und der Reeder Focke Uffen, waren darunter gewesen. Das Bier war in Strömen geflossen, dem Wirt war auf Geheiß des Bürgermeisters eine Sau recht unglücklich ins Schlachtmesser gelaufen und bot dann ebenso stumm wie köstlich duftend ihre Haut sanft glühenden Buchenscheiten dar. Die Mägde schafften Brot in Mengen heran, und im anhaltenden Zechen, das der Bierhändler wiederholt mit »Trinkt, Brüder, trinkt! Es ist genug da, und der Bürgermeister zahlt!« befeuerte, löste sich die Stimmung in einer tumultuarisch ausartenden Fröhlichkeit. Inzwischen hatte auch der letzte, auch der simpelste Geist unter ihnen begriffen, dass dies für die Stadt eine große Stunde war. Oder zumindest werden konnte. Nein. Nicht nur für die Stadt. Für sie alle. Für jeden einzelnen von ihnen. Wibolt wurde ständig umarmt, seine Schulter war fast wund von den anerkennenden Schlägen. Sogar Jakob Moerman hatte mit ihm angestoßen, aber sein Lächeln war verkniffen gewesen, ganz so, als verbisse er sich einen heftigen Schmerz.

Der Morgen graute schon, als man auseinander ging, viele untergehakt, der Bierhändler laut singend, und auch Wibolt Flaskoper strebte mit beschwingten Schritten seinem Haus am Delft zu. Immer stärker drang auch ihm ins Bewusstsein, welch wichtigen Schritt sie in Bremen genommen hatten. Gewiss, von einer echten Mitgliedschaft im Bund der Bruderstädte war Emden noch weit entfernt, und nur Gott der Herr wusste, ob es je gelänge, sie zu erreichen. Aber der Anfang war gemacht. Sie waren als Handelsherren eine feste Planungsgröße im Bremer Magistrat, jeder von ihnen hatte einen Patenbruder in der Stadt, die allermeisten sogar gute Verträge. Sie konnten mit ansehnlichen Umschlägen rechnen, mit gediegenen Zuwächsen im Gewinn, und alles das war unauflöslich mit dem Namen Wibolt Flaskoper verbunden. Seine politischen Ziele in der Stadt waren nun in greifbare Nähe gerückt. Es stand ja nicht nur deutlich im Raum, es wurde sogar vielfach ausgesprochen, in jener langen und bierseligen Nacht in der Ratsschänke. Man hatte ihn umlagert, jeder wollte mit dem künftigen Bürgermeister anstoßen, und selbst Johann Wynsen lobte Wibolts Leistung als Sternstunde in der Stadtgeschichte. Von seinen Sorgen über den möglichen Verlust von Eigenständigkeit war jedenfalls keine Rede mehr, es mochte sein, dass Wynsen das Ende seiner Amtszeit nun auch kommen sah und ihn Weiteres nicht mehr berührte.

So standen die Dinge, als sich Wibolt Flaskoper auf den Heimweg machte, sein Kopf war ebenso leicht wie der Schritt, und ihm wären Flügel gewachsen, wäre da nicht mit einem Mal die finstere Wand, der Ostertag Anno 1201, auf ihn zugesprungen wie ein Raubtier aus dunkler Nacht. Jäh blieb er stehen und starrte auf das schwarze Wasser des Hafenbeckens, das wie polierter

Marmor vor ihm lag. Und mit brutaler Deutlichkeit wurde ihm klar, dass noch nichts gewonnen war. Denn dieser fulminante Erfolg von Bremen war nichts wert, wenn er als Kaufmann keinen hatte. Er musste Umschlag machen, musste liefern, koste es jeden Preis.

Um den Christtag herum liefen böse Gerüchte durch die Stadt und Wibolt Flaskoper wusste sofort, welche Quelle hier sprudelte. Es hatte starker Frost eingesetzt, hielt Gassen und Plätze mit eisigen Klauen und es schien, als schlüpften die Nachrichten damit noch geschwinder um Häuserecken. Das Geld im Emder Stadtkasten, hieß es, sei gar nicht Wibolt Flaskopers Eigentum, es sei geborgt und mit erheblichem Zins belastet. Zudem gingen seine Geschäfte schlecht, an der Ems seien sie gänzlich eingebrochen. Kosten an Beteiligungen wie der Walkmühle im Jeverland oder an der Reederei des Focke Uffen zahle Flaskoper nicht, wie es üblich war, aus eigenen Mitteln, sondern lasse sie mit Einnahmen verrechnen. In Summa sehe es schlecht aus, und man werde sehen, ob er als Handelsherr das nächste Jahr überhaupt überstehe. Mit anderen Worten, es drohe der Bankrott. Es fehlte nur noch der dringende Aufruf an alle Bürger, wenn ihr noch Geld von Flaskoper zu erwarten habt, dann seht zu und sputet euch!

Wibolt sagte sich, nur ruhig Blut, das ist die Hetze einiger weniger, man kennt sie und sie werden sich in der Stadt nicht durchsetzen, zumal nach dem Erfolg in Bremen, der vor allem sein Erfolg gewesen war. Aber er musste lernen, wie schnell Lorbeer welkt, denn eines Abends stand der Bürgermeister vor der Tür und forderte ihn brüsk auf, zu den Dingen Stellung zu nehmen. Wibolt in seinem Zorn hatte nicht übel Lust, den anderen auf der Straße abzufertigen, aber als Wynsen zu schreien begann, holte er ihn ins Haus. Aufruhr am Delft war das letzte, was er nun gebrauchen konnte. Das Tor war kaum geschlossen, als Flaskoper jede Zurückhaltung ablegte. Sein Kinn war kantig vor Wut. »Was soll das, Johann? Brüllst vor meinem Haus wie ein Schundfeger im Vollrausch. Bist du nicht mehr Herr deiner Nerven?«

Johann Wynsen pumpte die Luft in schweren Stößen, sein Gesicht sah aus, als hätte er es in den Schlick des Hafenbeckens getaucht. »Du musst das aufklären, Wibolt. Öffentlich. Du musst antworten!«, zeterte der Bürgermeister mit schriller Stimme, aber Wibolt schüttelte den Kopf.

»Ich kommentiere keine Gerüchte. Nicht, wenn sie von diesen Leuten kommen.« Die Leute spuckte er aus wie ein Stück faulen Fisch. Er ließ den anderen in der Diele stehen und erklomm die Stiege zum ersten Stock.

Wynsen folgte ihm händeringend wie ein abgewiesener Bittsteller, der nicht locker lassen will. »Das kannst du nicht, Wibolt. So einfach ist es nicht. Es wird geredet. Und das nicht nur vom Pöbel in den Gassen!«

Flaskoper blieb so abrupt stehen, dass der Bürgermeister ihn anrempelte. »Für das Geschwätz des Pöbels gibt es keine Bändigung. In allen anderen Fällen erwarte ich Unterstützung und Widerrede, und ja, von dir auch etwas Dankbarkeit!«, herrschte er Wynsen aus vollem Hals an, und dachte zugleich, o Gott! Um des Herrn willen reiß dich zusammen. Was ist denn mit deinen Nerven? Du musst dich beherrschen, sonst säst du selbst die Zweifel und legst Fragen in Mäuler, die heute noch bereit sind, für dich zu beißen. Wibolt nahm den verstörten Mann bei der Schulter und führte ihn in sein Kontor. Drückte ihn sanft auf einen Schemel und stellte ihm einen Becher erhitzten Wein vor die Nase.

Der Duft schien Wynsen zu beruhigen. Er warf einen langen, neugierigen Blick auf den offenbar fertig gepackten Reisesack neben Wibolts Schreibtisch. Obenauf lag das Schwert des Tuchhändlers in seinem altmodischen Gehenk, die Scheidenschlaufen waren schon über die

Parierstange geschoben. »Du willst reisen? Um diese Zeit?«

Wibolt nickte knapp. »Höre, Johann, sorge dich nicht. Sehr bald schon werden die Gerüchte verstummen. Ich werde demnächst ein großes Geschäft abschließen. Einen Handel, verstehst du, der nicht nur mir nützen wird, sondern auch der Stadt.«

Wynsen ging nicht darauf ein. Er griff nach dem Becher und drehte ihn gedankenverloren in der Hand. Sein Blick blieb kalt und glitzernd auf das Reisebündel geheftet. »Ob es dir nun gefällt oder nicht: Diese ... Gerüchte, wie du sie nennst, schaden dir. Und sie sind übel für uns alle. Es wird Zeit, dass sie aus der Welt kommen. Sorge dafür!«

Wibolt antwortete nicht, denn Johann Wynsens Worte klangen wie eine Order, wie ein scharfer Befehl, und das behagte ihm ganz und gar nicht. Er zeigte es deutlich. Du sitzt und streckst die Füße unter meinen Tisch und trinkst meinen Wein. Aber unter diesem Dach, verstehst du, Bürgermeister, befiehlt mir niemand, nicht einmal du! Also schwieg er mit hochgezogenen Brauen, sah den anderen an wie ein Herr, der auf die Antwort eines nachrangigen Dieners wartet, und dann, nach einer Weile, als von Flaskoper nichts kam, hob Wynsen den Kopf. »Wie groß?«

Der junge Mann brauchte einen Augenblick, um zu begreifen, dass der Bürgermeister nun wieder von Geschäften sprach. Er hob die Schultern und ließ sie wieder fallen. »Es ist weit größer als alles, was ich bisher gemacht habe.«

»Dafür also das viele Geld im Stadtkasten?« Wibolt wartete ab, aber der andere traute sich nicht, die Frage zu stellen, die auf seiner Zunge brannte: Ist es dein Geld, oder hast du es geborgt?

Frage lieber nicht, Johann. Hüte dich und frage nicht, denn sonst muss ich dich zurechtweisen. Es geht dich nichts an, wessen Geld in jener Eisenkiste liegt. Es ist dort verwahrt unter meinem Namen, ich verfüge darüber, und das muss dir genügen. »Ja, gewiss. Auch dafür«, nickte Wibolt schließlich, er sagte es obenhin, als spräche er über eine längst vergangene, unwichtige Begebenheit, nun denke dir doch, dem Hafenmeister hat eine Windbö den neuen Hut vom Kopf geblasen, er rollte einem Schlachtochsen zwischen die Beine, bevor er ins Wasser fiel.

Der Bürgermeister starrte ihn an. Wynsen war selbst kein Kaufmann, aber er kannte schließlich die Gepflogenheiten. Man handelte unter Einsatz von Geld, sei es nun eigenes oder fremdes, und so gingen die Geschäfte. »Mir liegt daran, dass du Erfolg hast, Wibolt. Der Stadt wegen, aber auch um deinetwillen«, sagte der Bürgermeister schließlich, und dann wartete er, machte eine lange Pause, um Flaskoper Gelegenheit zu einer Antwort zu geben. Vielleicht kam ja doch noch ein Schlüsselwort, ein Satzfetzen, der die Dinge aus der Dunkelheit ans Licht holte, aber Wibolt nickte und schwieg.

Nach einer Weile begriff Wynsen und stand auf. »Der Herr schütze uns vor einem Bürgermeister wie etwa Hompo Hayen, der sein Bier mehr liebt als seine Stadt, oder gar Jakob Moerman, du meine Güte«, knurrte er und sah Flaskoper auffordernd an.

»Es könnte sogar Focke Uffen sein. Eines Tages«, antwortete Wibolt mit schrägem Grinsen, und darauf machte Wynsen eine Geste, als drehe sich ihm der Magen um. Der junge Kaufmann verstand die Botschaft. Du musst es machen, und nun versaue es nicht, hieß das wohl. Also hatte Johann selbst mit seiner Dauer im Amt bereits abgeschlossen. Dass Wynsen den Bierhändler als Nachfolger nicht guthieß, war allerdings neu. Aber auch das konnte ein Versuch sein, dem Tuchhändler eine Auskunft zu entlocken. Der Wink mit einem saftigen Stück Fleisch, in dem ein scharfer Haken steckte.

Vor dem Reisesack blieb Johann Wynsen stehen. Er warf einen langen Blick auf das Schwert und man sah förmlich, wie es hinter seiner Stirn arbeitete. Nun also, er geht auf Reisen. Im Winter. Dann wird er Gründe haben. Vielleicht schlechte. Ohne Not reitet man nicht durch Schnee und Eis. Steht ihm doch das Wasser bis an den Hals? »Es ist nicht üblich, um diese Zeit zu reisen, zudem ebenso beschwerlich wie gefahrvoll«, sagte Wynsen vorsichtig, und dann sah er den jungen Tuchhändler lächeln.

»Wir wollen zum Bund der Bruderstädte gehören, Johann. Dann müssen wir bereit sein, Dinge zu tun, die bisher nicht üblich waren. Und gefährlich sind.«

Der andere schwieg dazu, aber man konnte ihm die Zweifel an der Nase ablesen. Vielleicht war das der Grund, warum Wibolt auf der Stiege nach unten nochmals anhielt. Er folgte der Eingebung des Augenblicks, eher dem Herzen als seinem Kopf, und hinterher nagte das Gefühl an ihm, unklug gehandelt zu haben. Ihm selbst lag nicht viel an diesem Projekt des Bürgermeisters, obwohl er den Plan grundsätzlich guthieß, aber er wusste, dass sich Wynsen damit ein Denkmal setzen wollte. Emden sollte von ihm reden, gut reden, so viel verstand sich, auch dann, wenn sein Körper längst im Grab moderte. Wibolt blieb stehen und fasste den Bürgermeister an der Schulter. »Höre, Johann, du sammelst doch Geld für das Pesthaus vor der Stadt. Ich gebe ein Almosen von zwanzig Mark Silber. Das ist alles, was ich *selbst* derzeit gegen die üble Nachrede tun kann!«

Johann Wynsen sah ihn an und schluckte heftig. In seinen Augen stand das Wasser.

*

Eine Woche später brach Wibolt Flaskoper auf. Es war der zweite Tag des neuen Jahres, am Himmel stand eine fahle, kalte Sonne und die Wege waren hart gefroren.

Schnee war in diesem Winter noch nicht gefallen, aber der würde noch kommen, da war sich Wibolt sicher. Also sei froh um jeden Tag, an dem du bei solchem Wetter reisen kannst. Sein Sekretär, Habbo Blome, ritt mürrisch schweigend hinter ihm. Er hatte das Geld für die Reise aus dem Stadtkasten geholt, eine mittlere Summe, mehr brauchten sie nicht, und Wibolt hatte dem Jungen aufgetragen, dabei nicht zu viel Aufhebens zu machen. Mit Bedacht hatte Wibolt dem Sekretär auch befohlen, die Spende von zwanzig Mark Silber für das Pesthaus des Bürgermeisters aus dem Eisenkasten zu nehmen und Wynsen zu bringen, nicht ohne dem Fähnleinführer der Stadtwache deutlich zu sagen, welchem Zweck dieses Geld gewidmet war. Und der Junge hatte seine Rolle vorzüglich gespielt.

In offenem Staunen hatte ihn der Wachhabende angeglotzt. »Was ist …? Für das neue Pesthaus?«

»Ja Mann, du hörst es doch. Oder rede ich wie ein Däne?«, hatte Habbo rüde herausgezahlt. Jedenfalls, die Botschaft war klar gewesen. Seht her, Wibolt Flaskoper gibt ein Almosen dafür, dass wir künftig die Pestkranken aus der Stadt schaffen können. Er spendet zwanzig Mark. Und nicht nur das. Sein Sekretär holt das Silber aus dem Kasten. Wibolt selbst ist diese Sache nicht wichtig genug. Er hat anderes zu tun, als sich mit derlei zu befassen. Natürlich war der Vorgang bald bekannt geworden, so sehr hatte Emden nicht in Winterstarre gelegen, dass Blicke abgewandt blieben und Mäuler schwiegen.

Und ebenso natürlich hatte das Aufsehen über Wibolt Flaskopers Kauffahrt seiner Spende an das Pesthaus rasch den Rang abgelaufen. Dafür war bestens gesorgt worden. Sein Feind Jakob Moerman war besonders fleißig gewesen. Man hatte ihn mit fliegendem Mantel durch Gassen und Schenken eilen gesehen, die Augen vorwurfsvoll geweitet. Hört, wenn Wibolt im Winter auf eine Handelsreise geht, dann steckt mehr dahinter als seine neue Kaufmannschaft oder diese baltische Handelskunst. Dann hat das seinen ernsten Grund. Er erzählte es jedem, der es hören wollte, und den anderen ebenfalls.

Auch das Wissen um diese Dinge trieb Wibolt Flaskoper voran, er überließ den Sekretär seiner schlechten Laune und gab seinem Braunen die Sporen. Am ersten Reisetag schafften sie es bis Leer. Sie passierten das Haupttor und umkurvten den Bauplatz von Sankt Liudger. Mit Interesse betrachtete Wibolt das Fundament des neuen Kirchenschiffs, mächtige Quadersteine lagen wohlgefügt in der Gründung, und Baumaterial war unter schwerem Segeltuch verstaut. Leer schickte sich an, eine steinerne Kirche zu bauen, doch der Sitz des Magistrats war, wie in Emden, noch aus Holz. Er würde es nicht mehr lange bleiben, denn der Handelsort war Münzstätte und genoss das Wohlwollen von Adel und Geistlichkeit. Der Erzbischof von Bremen hatte hier seine Gulden schlagen lassen, und die Grafen aus dem Emsgau.

Aber nun war Winter und beide Herbergen lagen in Ruhe. Der Wirt am Hafen öffnete ihnen gar nicht erst, er wies sie aus einem Gaubenfenster rüde ab und warf die Luke zu. Am Markt hatten sie mehr Glück. Man ließ sie ein, aber schon in der Diele sprach der Hausherr Klartext. »Kann Euch zwei Strohsäcke in einer Kammer anbieten, aber das Haus ist kalt. Ich werde nicht wegen Euch meine Esse anwerfen!« Abends lagen sie in feuchten Bettkästen, und das Stroh unter dem rauen Leinen fühlte sich an, als hätte es der Knecht soeben aus der frostigen Remise geholt.

»Was können wir denn tun, Herr? Jetzt, im Winter? Wo wollt Ihr Euer Tuch denn kaufen«, fragte der Sekretär schließlich in die Dunkelheit, und Wibolt hörte ihn unruhig über seinen Reitmantel kratzen.

»Das warte ab, Habbo«, sagte der junge Handelsherr

ruhig, »Es sind schon Feldzüge im Winter gewonnen worden, weil der Feind durch einen Angriff überrascht war.«

Der Sekretär schwieg nur kurz. »Ja, vielleicht, aber Ihr seid Kaufmann und kein Krieger.«

Flaskoper hörte die Stimme des Jungen zittern, da war keine Aufsässigkeit, sondern nur Sorge, vielleicht sogar Angst und so verzichtete er darauf, den Sekretär zu rügen. Ach, Habbo! Du weißt es wohl noch nicht, aber du wirst es lernen müssen. Handel *ist* Krieg! Die Jagd nach der besten Ware zum tiefsten Preis ist wie ein Kampf Mann gegen Mann. Ein Schwertgefecht in der Finsternis. Dabei ist der kalt genutzte Vorteil im Geschäft die Klinge, und die Finsternis ist die Ungewissheit, ob nicht gerade in diesem Augenblick der Konkurrent einen Fang macht, der weit günstiger ausfällt als der, den man soeben aus dem eigenen Netz holt.

Er lag noch lange wach, als Habbo schon schnarchte. In Wibolts Kopf drehten sich die Gedanken. Nicht weniger als fünfhundert Ballen Tuch hatte er zu liefern, bis Ostern Anno 1201. Natürlich hatte er einen Plan. Er musste diesen Winter nutzen und Tuch auftreiben, mindestens aber Wolle, möglichst viel und von guter Qualität, die Magazine konnten nicht völlig geleert sein. Dann zurück nach Emden, rechtzeitig zum Beginn der Reisezeit im Frühjahr. Es musste gelingen, sonst war er verloren. Er hörte den Jungen im Schlaf röcheln, als er sein Nachtgebet sprach.

Sie ritten früh am nächsten Morgen, nach einem hastig geschlungenen Mahl aus warmer Grütze, die der Wirt ihnen wortlos auf den Tisch stellte. Südlich des Ortes querten sie die Ems und Wibolt zahlte lächelnd den Brückenzoll. Die Herberge hatte weniger gekostet, als er veranschlagt hatte, und so war die Reisekasse noch immer gut im Soll. Die Ems war in der Mitte noch eisfrei, und sie folgten dem Fluss auf dem Weg nach Weener. Everhard Svenke kam ihnen diesmal nicht entgegen, ein

Knecht nahm sie in Empfang. Es war derselbe Mann, der Wibolt im letzten März die unselige Nachricht über die Seuche nach Emden gebracht hatte, und der junge Handelsherr fühlte sein Herz in der Brust. War das ein schlechtes Vorzeichen?

Es dauerte eine Weile, bis sie der Schafzüchter auf der Tenne begrüßte, dafür war sein Willkommen umso herzlicher. In der Esse brannte ein helles Feuer, und der große Tisch war reich gedeckt. Es gab Fleisch und warmes, frisch gebackenes Brot, dazu Lauchgemüse und Bier im Übermaß. »Setzt Euch, setzt Euch und greift zu, greift zu!«, sagte Svenke mit betulichem Grinsen, denn er hatte nicht nur bemerkt, dass seine Gäste völlig verdattert waren, sondern er kannte auch den Grund. Dieser Grund saß bereits am Tisch, er war weiblich und sah so aus, wie sich Wibolt Flaskoper eine afrikanische Prinzessin vorstellte. Der junge Handelsherr hatte solche Frauen schon gesehen, auf einem Sklavenmarkt im Reich der Franken, aber diese hier war trotzdem anders. Volles schwarzes Haar quoll unter einer teuren Seidenhaube hervor. Ihre Nase war schmal und kühn geschwungen, sie stand über einem starken Kinn und wurde eingerahmt von Augen, die aussahen wie zwei glühende Kohlenstücke. Sie lockten und schreckten zugleich, es waren sprechende Augen, sie sagten, du da, komm her, aber hüte dich. Und während Wibolt noch dachte, zum Donnerwetter, was soll das jetzt, unser Gespräch ist nichts für dritte Ohren, stellte der Schafzüchter die Fremde vor. »Mieke le Clerck, Handelsherrin aus Groningen«, sagte Everhard Svenke mit wissendem Lächeln. Dann nannte er Flaskopers Namen und bezeichnete ihn als befreundeten Kaufmann aus Emden.

Wibolt nickte mit trockenem Mund, und die Frau entblößte eine Reihe makelloser Zähne. »Womit handelt Ihr?«

Diese Stimme. Diese Stimme! »Ich? Mit Tuch«, sagte

Flaskoper reichlich hölzern, und das Grinsen des Schafzüchters vertiefte sich.

»Wie unsere Mieke!«, bemerkte Svenke fröhlich, und die Schwarze Glutäugige stieß ein Lachen aus, das tief aus der Kehle kam. Es erinnerte Wibolt an den Ton der dicken Glocke von Sankt Petri in Bremen.

Er vergaß völlig, seinen Sekretär vorzustellen, das holte Habbo Blome, der plötzlich hellwach war, selber nach, und dann saßen sie, tranken und schmausten. Es stellte sich heraus, dass Mieke le Clerck auf der Heimreise war. Sie hatte den Wintermarkt in Münster besucht, war über das Christfest bei Freunden gewesen und hielt Rast in Svenkes Haus. Die beiden schienen sich schon lange zu kennen und machten also fraglos auch Geschäfte miteinander, so viel stand für Flaskoper fest. Anfangs mieden sie sorgsam alle Fragen des Handels, fast so, als wären sie unappetitlich, doch Everhard kam bald zur Sache und sprach gänzlich ungezwungen, er schien vor der Frau keine Geheimnisse zu haben. »Eure Herde hat sich erholt. Im nächsten Jahr werden wir fast eine normale Ernte haben. Für Euch rechne ich mit mindestens achtzig bis hundert Ballen«, schmunzelte der Schafzüchter, seine Lippen glänzten vor Fett.

Nun, eine normale Ernte war das noch nicht, aber Wibolt zeigte sich trotzdem erfreut. Auch er sah keinen Anlass mehr, um die Dinge herumzureden. Er spießte ein Stück Fleisch auf sein Essmesser und biss hinein. »Klingt gut«, nickte er freundlich, »aber es ist leider nicht annähernd die Menge, die ich brauche.«

Die Schwarze Glutäugige musterte ihn aus verzehrenden Pupillen. »Wie viel wäre denn das?«

In Wibolts Hirn glomm plötzlich ein Warnlicht auf. Du bist Tuchhändlerin, also bist du eine mögliche Gegnerin am Markt. Auch du wirst Ware suchen, gut und günstig, um sie gewinnbringend loszuschlagen. Ist es klug, dir die ganze Wahrheit zu sagen? »Fünfhundert Ballen. Bis

Ostern nächstes Jahr«, hörte er sich mit flacher Stimme antworten.

Dann sagte Everhard Svenke »oh!«, und auf den Lippen der Frau stand plötzlich ein geheimnisvolles Lächeln. »Da werdet Ihr wohl ziemlich suchen müssen«, zeigte sich der Schafzüchter besorgt, als Flaskoper düster nickte.

»Ich weiß!«, sagte die Schwarze Glutäugige mit ihrer Engelsstimme, sie hätte da einen Vorschlag. »Und ich weiß auch schon wo. In Groningen.«

Danach ging alles so schnell, dass es Wibolt in den Ohren rauschte. Er hörte der Frau zu und hatte doch die größte Mühe damit. Die Augen und die Stimme, es war zum Verrücktwerden. Also, Mieke le Clerck wusste von einem Händler in ihrer Stadt, der auf etwa einhundertachtzig Ballen Wolltuch saß und gewiss bereit war, sie loszuschlagen. Wibolt schüttelte ungläubig den Kopf. Wieso denn dieses? Es war doch Seuche überall, und die Wolle knapp. Die Handelsherrin klärte ihn auf. Die Ware stammte aus einem spät geplatzten Geschäft im letzten Jahr. Der Abnehmer war plötzlich verstorben und sein Erbe wollte das Geschäft nicht mehr tätigen. Und nun lagen die Ballen im Lager und warteten darauf, veräußert zu werden.

»Aber wollt Ihr denn dieses Tuch nicht kaufen?«, fragte der junge Emder entgeistert, und schalt sich im gleichen Moment einen Esel. Ja, bist du denn völlig von Sinnen? Was musst du ihr denn da auch in den Mund legen? Das warme Lachen der Frau und Svenkes wieherndes Gelächter brachten ihn zu Besinnung. Die Schwarze Glutäugige handelte nicht mit Wolltuch, sondern nur mit Seide, und das zumeist in kleinen Mengen. Sie machte ihre Geschäfte auch nicht. weil sie musste, sondern zur Kurzweil, denn sie war die Erbin eines reichen Kontors in ihrer Stadt.

Mieke sprach in leichtem Ton über Umschläge und

Warenströme und Wibolt wurde bewusst, dass diese Händlerin mit zwei Ballen ihres Tuchs mehr Silber machte als er mit zwanzig. Er sah sie unverwandt an und lauschte ihrer Stimme und verlor sich in dem zauberhaften Spiel von Anblick und Wohlklang. Ganz nebenbei bemerkte die Schwarze Glutäugige, dass Groningen dem Bund der Bruderstädte angehörte, und dann tauchten sie ein in diese faszinierende Welt von Märkten und Handelszentren, die umspannend miteinander vernetzt waren, von Leistung und Gegenleistung, von Macht und Kontrolle sogar über Fürsten und von den Wegen des Geldes, die Wibolt schon in den Gesprächen mit Johann Kampen, dem Gotlandfahrer aus Lübeck, begegnet war. Er nannte die Namen der Männer aus der Schenke in London, Düsterhenn, Kampen und Juries Hopper, den Hamburger, und Mieke le Clerck kannte alle. Mit dem Lübecker hatte sie schon Geschäfte gemacht.

Das war der Moment, als sich Wibolt unvermittelt an den Schafzüchter wandte, denn da war noch eine Frage offen, die ihn beschäftigte wie ein Steinchen im Hosensack, das beim Sitzen drückt. »Kennt Ihr den Viehhändler Jakob Moerman?«

Svenke hatte bis dahin, wie übrigens auch der Sekretär, der Unterhaltung stumm gelauscht, jetzt richtete er sich auf und sah Flaskoper offen an. »Jakob Moerman? Nein. Ich glaube nicht«, sagte Everhard Svenke, »woher soll der sein?«

»Aus Emden.«

Svenke runzelte nachdenklich die Stirn, dann schüttelte er den Kopf und Wibolt glaubte ihm. Also musste der Viehhändler andere Quellen haben. Aber das war jetzt unwichtig, denn die Schwarze Glutäugige sprach schon weiter. »Ihr wundert Euch darüber, dass ich Kampen kenne, und Hopper, und die anderen. Das ist einfach. Wir sind noch nicht so sehr viele, wisst Ihr? Doch wir werden mehr. Jedes Jahr!«, und Wibolt verstand, was

Mieke sagen wollte. Sie meinte die Großen und Harten, die Führer und Wölfe in den Bruderschaften, die Männer und Frauen, die vorne standen und die Richtung wiesen. Ihm wurde klar, dass die Schwarze Glutäugige dazugehörte. Und als hätte sie seine Gedanken gelesen, fügte Mieke noch an: »Vielleicht seid Ihr eines Tages auch einer von uns«, und Wibolt stieg leichte Röte in die Wangen. Die Frau registrierte es mit einem sanften Lächeln.

Später brachte Svenkes Frau frisches Bier und mit Honig gesüßten, warmen Wein. Dann empfahl sie sich, um nach den Kindern zu sehen. Sie saßen, aßen, tranken und scherzten noch bis tief in die Nacht, und Wibolt Flaskoper fühlte sich so gut wie schon lange nicht mehr. Als sie sich spät für die Bettstatt trennten, wusste er, dass er diese Frau liebte.

Der Ritt von der Ems nach Groningen war wie ein Geschenk. Das Wetter war trocken und klar, die Sonne schien, aber sie vermissten ihre fehlende Wärme nicht. Und wären sie in tiefster Nacht gereist, es hätte keine Rolle gespielt. Habbo Blome blieb hinter ihnen zurück, und Wibolt freute sich über das Feingefühl seines Sekretärs. Sie nahmen sich mehr Zeit, als vernünftig gewesen wäre, plauderten endlos, entdeckten einander jeden Tag neu und als sie anlangten, war Wibolt sicher, der Frau seines Lebens begegnet zu sein. Was das bedeutete, für ihn, für seinen Handel und sein weiteres Dasein, darüber dachte er nicht nach. Es war ihm gleichgültig, solange er diesem Geschöpf in die Augen sehen, seine Stimme hören konnte. Er ritt neben ihr, lässig wie ein Fürst, das Schwert demonstrativ am Sattel, als wollte er sagen, seht her, Ihr seid in guter Obhut, und wenn sie zur Nacht einkehrten, zahlte er großzügig ihre Rechnung.

Das Geschäft in Groningen war ein Kinderspiel. Mieke zeigte sich als exzellente Vermittlerin. Der Händler saß sogar auf zweihundert Ballen besten Wolltuches. In der

Mundart ihrer Stadt führten die beiden ein raschzüngiges Gespräch, dem Wibolt nicht folgen konnte. Dann wandte sich der Mann an den Emder und schilderte wortreich die besondere Qualität seiner Ware. Sie stamme von guten englischen Schafen, die er mit einem Partner irgendwo in Wallonien ziehe. Die Sorte heiße *Herdwick*, ihr Vlies sei dichter und trockne schneller als das anderer Rassen. Die Lämmer seien schwarz, aber später werde die Wolle weiß und lasse sich sehr gut färben. Mieke stand hinter dem Groninger und machte Wibolt Zeichen, aber der wusste auch so, wie dieses Geklingel einzuordnen war. Es diente der Vorbereitung einer gediegenen Forderung für den Preis und insgeheim machte sich Flaskoper mit dem Gedanken vertraut, die Ballen nicht bezahlen zu können.

Irgendwann stieß Mieke den Händler in die Rippen und der nannte eine überraschend mäßige Summe. »Einhundertachtzig für alles. Aber Ihr zahlt die Akzise!«

Wibolt leistete eine Anzahlung über fünfzig Mark Silber, sie fertigten einen Vertrag aus, und der Handel war gemacht. Der Groninger versprach, die Ballen im Frühjahr zu liefern.

Wibolts Abschied von Mieke war kurz, fast hastig, sie berührten sich kaum, ganz so, als wollten sie die Widrigkeit der Trennung nicht unnötig verlängern. Die beiden Emder hatten die Stadt noch nicht verlassen, als Habbo seinem Herrn eine kleine Geldkatze zusteckte. »Von ihr«, sagte er knapp, und fügte dann mit einem schrägen Grinsen hinzu: »Sie will nicht, dass Ihr für sie die Herberge zahlt.« Völlig verdattert nahm Wibolt den Beutel. Er enthielt fünf Stücke kleines Silber und einen wunderschönen Ring.

## 9.

*Niemand handele mit Wolltuch, es sei denn sämtlich
aus neuen Fäden und habe davon nicht weniger als
zwölfhundert auf den Flächenfuß.*
*Nach der Nowgoroder Schra*

Emden, Frühling 1200

Es war ein stattlicher Zug, der in der Karwoche vor Wibolt Flaskopers Haus am Delft rumpelte. Zwei große Fuhrwerke hinter kräftigen Pferden, begleitet von vier Knechten in Eisenjacken und mit schweren Hauern bewaffnet. Die Tuchballen waren in festes Leinen gehüllt, an den Bündeln baumelte stolz und bunt das Prüfsiegel der Gilde von Groningen. Ein Läufer der Wache war vom Stadtwall herübergeeilt und hatte mit pumpenden Lungen berichtet, der Tross sei da, er stehe am Tor, sperre den ganzen Weg und sträube sich, die Akzise zu bezahlen. Und was nun damit sei, wolle der Fähnleinführer wissen.

»Festhalten!«, hatte Wibolt knapp geantwortet, und sich dann auf sein Pferd geworfen. Der junge Kaufherr war den Gespannen entgegengeritten, er hatte sie am Walltor in Empfang genommen, hatte dann, wie mit dem Groninger vereinbart, den Zoll entrichtet und war schließlich, an seinem Haus vorbei, wie in einer Osterprozession durch die Stadt gezogen. Über den Markt und die Plätze, durch die breiten Gassen. Der Weg wäre nicht nötig gewesen, und die beiden Fuhrleute machten verdutzte Gesichter, als sie anschließend wieder vor dem Haus am Delft anlangten und begriffen, dass sie eine

Rundreise gemacht hatten. Sie wurden ebenso wie die Waffenknechte mit einem kleinen Bruch Silber entlohnt.

Das Geld, so fand Wibolt, war gut angelegt. Und die Fahrt durch die Stadt hatte sich gelohnt. Sie war eine Botschaft für Emden, seht her Leute, Wibolt Flaskoper erhält eine Sendung teuren und besten Tuches. Aus Groningen, einem geschätzten Glied im Bund der Bruderstädte. Geprüfte Qualität, keinen Ramsch für billige Bauernkittel. Er selbst, Wibolt Flaskoper, hatte den Zug angeführt wie ein Kaiser seinen Hofstaat auf dem Ritt in die Pfalz, die Rechte lässig auf dem Schenkel abgestützt, die Zügel in den spitzen Fingern der Linken, als hielten sie ein Tüchlein aus feinster Seide. Es hatten auch viele Bürger am Wegesrand gestanden und die Mäuler aufgesperrt. Wie sich Wibolt ausgerechnet hatte, waren der Viehhändler und der Reeder am Delft aufgetaucht und hatten mit giftigen Blicken das Abladen der Ware beäugt. Jakob Moerman war sogar an die Ballen getreten und hatte die Gildesiegel betastet. »Groningen, Jakob. Mitglied im Bund der Bruderstädte!«, hatte ihm Wibolt zugerufen, und der andere hatte darauf ein Gesicht gezogen, als reiche man ihm einen Trunk saures Bier.

Sie hatten die Ballen in seinem Magazin verstaut und in tiefen Gedanken war Wibolt die Reihe seiner Regale abgeschritten. Fünfhundert Ballen bestes Tuch musste er liefern. Bis Ostern nächstes Jahr. Zweihundert hatte er in der Hand. Von der Ems kamen achtzig bis hundert, »mindestens«, hatte Everhard Svenke stolz gesagt. Aber Wibolt Flaskoper war trotz seiner Not ein kühler Rechner, und so erwartete er nicht mehr als achtzig Ballen von dem Schafzüchter. Also blieben noch immer satte zweihundertzwanzig Ballen zu beschaffen, und diese Lücke war so gewaltig, dass ihm der Schweiß auf die Stirn getreten war. Denn die Zeit lief. Ein Jahr bis Ultimo! Er wusste, es ging um seinen Ruf als Handelsherr. Und damit um seinen Hals. Also musste er sich strecken.

Tuch in dieser Menge und von solcher Qualität pflückte man nicht von irgendeinem Baum. Er konnte durch die Lande reisen und akquirieren, an die Ems und sogar nach Groningen, und dieser Gedanke reizte ihn. Es wäre gewiss wundervoll, der Seidenhändlerin wieder zu begegnen, der Schwarzen Glutäugigen vor die glühenden Fenster ihrer Leidenschaft zu treten, aber er schalt sich töricht und sagte sich, du musst jetzt besonnen sein. Vielleicht war ja Mieke selbst auf Reisen. Und was denn, wenn dort ohne sie keine Geschäfte zu machen waren? Wenn die Westfriesen ihn nicht bedienten? Dann hatte er wertvolle Zeit verloren. Er wusste, er hatte nur noch einen Schuss, nur noch die Reisezeit dieses Jahres 1200, und er musste dorthin, wo seine Ziele am ehesten erreichbar waren. Nach London. An den Stalhof. Auf den dortigen Markt.

Als er sich darüber im Klaren war, traf Wibolt seine Vorbereitungen. Der Sekretär sah missmutig zu. Habbo Blome war maulig. Der junge Mann verstand nicht, dass er in Emden bleiben sollte. »Nehmt mich mit nach England. Ich werde Euch nützlich sein, so wie in Weener und in Groningen«, sagte er. Beim letzten Namen unterstand sich der Sekretär sogar, verschwörerisch ein Auge zuzukneifen wie ein Geheimbündler. Er dachte wohl an die Geldkatze, die ihm Mieke le Clerck zugesteckt hatte, und das fand Wibolt Flaskoper ungehörig. Du Lümmel, was denkst du dir?

Er schüttelte nicht nur deshalb ungnädig den Kopf. »Nein, Habbo. Ich brauche dich hier«, sagte der Prinzipal mit fester Stimme, und der Junge zog ein Gesicht, als würde er für den Rest seines Lebens ins Loch geworfen. Dabei sollte er nur Restbestände von Tuch auf dem Erstmarkt in Emden verkaufen, aber das passte ihm nicht. Das Wetter war schlecht, kalt und nass, seit Tagen regnete es. Das liege an den Brennstellen in der Stadt, erklärte Habbo übellaunig. Davon gebe es zu viele. Der

Rauch verdunkele die Sonne und deshalb werde es weder warm noch trocken. »Winter hatten wir in diesem Jahr auch keinen!«, schimpfte er.

Wibolt dachte an den klirrenden Frost bei ihrer Reise an die Ems und nach Groningen. Er warf dem Sekretär einen schrägen Blick zu. »Keinen Schnee. Richtig. Und woran liegt das? Deiner Meinung nach? Auch an den Brennstellen?« Darauf gab Habbo keine Antwort, sondern wendete sich ab. »Du sollst auch ein Auge auf die Walkmühle haben«, schob Wibolt noch nach. »Reite hinüber und sieh nach dem Rechten. Lass dir die Bücher zeigen!«

Habbo blieb stehen und drehte sich um. »Wir haben dort kein Stück Tuch zu walken. Was soll ich da nach dem Rechten sehen?«

Der Prinzipal runzelte die Stirn. Er wurde jetzt doch ärgerlich. »Muss ich dir das wirklich erklären?«, fragte er scharf. »Ich bin an dieser Mühle beteiligt, erinnerst du dich? Die Mühle macht Umschläge, und damit hoffentlich Gewinn. Der steht mir anteilig zu. Ein Bruch davon fließt übrigens auch in deinen Lohn. Ich will, dass du prüfst, ob damit alles seine Richtigkeit hat, verdammt noch mal!«

Habbos Miene verschloss sich noch mehr, sein Gesicht glich nun sehr einer geballten Faust, und er machte sich brummelnd davon.

Wibolt ließ ihn brummeln. Er war glücklich. Mit der Tuchladung aus Groningen war auch ein Brief von Mieke eingetroffen. Er war nur kurz. Sie bedankte sich für seine Gesellschaft während der Heimreise, die sie sehr genossen habe. Weiter stand dort nichts. Aber unten, am Rand, hinter ihrem Namenszeichen, hatte sie mit zarter Feder eine kleine Blume gemalt, es konnte eine Rose sein, doch Wibolt war dessen nicht sicher. Es war ihm auch nicht so wichtig. Dieses winzige Bild, verstehst du, Wibolt, wäre ja für die Nachricht nicht nötig gewesen.

Die Blume soll ausdrücken, was Mieke dir mit Worten nicht sagen wollte. Nämlich, dass sie dir über den Handel hinaus zugetan ist, du Ochse, begreifst du das? Wibolt ging wie auf Wolken, behielt jedoch gleichwohl klaren Kopf. Du musst noch eine Weile warten, Mieke, aber der Tag unseres Wiedersehens kommt.

Als die Stürme des Frühjahrs nachließen, erhielt er die Nachricht, man wolle nun segeln. Flaskoper nahm sein Gepäck und marschierte zum Hafen. Die *Thedea* lag auslaufbereit an der Pier. Schon am ersten Anleger fing ihn der Reeder ab. »Keine Verrechnung diesmal, Wibolt!«, sagte Focke Uffen lauter als nötig gewesen wäre, und die Umstehenden spitzten ihre Ohren. »Der lange Winter ohne Geschäfte, du verstehst ...« Er brachte sogar ein falsches Lächeln zustande und breitete in einer Geste der Hilflosigkeit die Arme aus.

Wibolt verzichtete auf eine Antwort und stellte sich breitbeinig vor den anderen. Gegen jede Vernunft öffnete er seine Geldkatze so, dass Uffen ihren Inhalt sehen konnte. Sie war prall gefüllt.

Der Reeder warf aus glitzernden Augen einen scheelen Blick hinein »Oha! Du hast wohl Großes vor?«

Wibolt antwortete nicht, er fischte die Münzen aus dem Beutel und ging an Bord. »Und dieser Ring da, den du trägst. Den hattest du in Bremen noch nicht!«, rief ihm Focke Uffen hinterher.

Der Ring ist nicht dein Geschäft, Focke, dachte der Tuchhändler, ich werde mich hüten, dir darüber Auskunft zu geben. Er stieg auf die Planke und sprang an Deck. Sobald die einsetzende Flut es zuließ, liefen sie aus. Wibolt wandte sich erst um, als die *Thedea* zur Hafenausfahrt kreuzte. Er sah den Reeder noch immer an der Mole, und jetzt stand auch Jakob Moerman neben ihm. Flaskoper glaubte, ihre Blicke auf der Haut spüren zu können.

\*

»Ich spare regelmäßig mindestens zwei von hundert Teilen an Akzise und Stapelgeld. Das Gütesiegel der Bruderstädte rettet mir im Schnitt die zwei oder drei Pfennige für den Prüfmeister. Nun könnte man sagen, das macht deine Ware billiger. Warum den Vorteil nicht an die Käufer weitergeben? Um sie zu binden. Aber da geht ihr fehl, Freunde!« Wibolt konnte den Gotlandfahrer nicht sehen, dafür hörte er ihn umso besser, denn Johann Kampen sprach unnötig laut. Also musste er schon eine Weile hier sein, und sich mit Ale oder Wein beschäftigt haben. Die Taverne *The Swan* war gefüllt, und der lübische Kaufherr stand in einer Traube von Menschen, die ihn umringten. »Denn seht, meine Güter haben eine Qualität, dass die Leute sie dennoch kaufen«, hörte der Emder den Gotlandfahrer fortsetzen. »Und der Daseinszweck des Kaufmanns ist nun mal der Gewinn.«

Der junge Tuchhändler bahnte sich seinen Weg durch das Gedränge und dann sah ihn Kampen. »Genug für heute, meine Herren Collega«, schloss er seine Rede, schob die Umstehenden zur Seite und setzte ein strahlendes Lächeln auf. »Denn hier ist einer, der meiner Lehre weit dringender bedarf als ihr!« Die Männer schmunzelten und Flaskoper stieg das Blut in den Kopf.

»Oh, vielen Dank für Eure Wertschätzung!«, ätzte Wibolt, aber der andere legte ihm freundschaftlich den Arm über die Schulter, klopfte ihm den Rücken und bugsierte ihn in eine Fensternische. Es war dieselbe, in der sie im Sommer Anno 99 gehockt hatten. Johann Kampen freute sich ehrlich, den jungen Emder zu sehen, aber dem steckte noch der launige Satz des Lübeckers quer im Hals. »Erhellt mich. Freie Unterweisung für die Lumpenhändler von den Docks?«, fragte Flaskoper kühl, und Kampen lachte schallend.

»Eher für neue Englandfahrer, Kaufleute aus dem Fränkischen.«

»Da konntet Ihr glänzen. Sie waren wohl mächtig beeindruckt?«, giftete Flaskoper zurück, doch Johann Kampen ließ sich die Laune nicht verderben.

»Offensichtlich. Und dabei habe ich noch nicht einmal über Verträge und Einlagen gesprochen, über Fürstprivilegien und Marktbeherrschung. Über die Herstellung von Ware und den Handel mit ihr, was wir als lotrechte Konzentration bezeichnen.«

Wibolt war jetzt wirklich aufgebracht. Die Überfahrt war trotz des klaren Wetters eine rechte Plage gewesen. Im Kanal vor England hatte der Schiffsführer mit widrigen Altdünungen zu kämpfen gehabt, die Abdrift zwang sie so oft zu kreuzen, dass man fürchten musste, niemals anzulangen. Der Emder war auch ärgerlich wegen der verlorenen Zeit, denn davon hatte er wahrlich keine im Überfluss. Zum schlechten Ende hatte sich die Quartiersuche als schwierig erwiesen. Seine letzte Herberge hatte er meiden wollen, war dann doch hin geritten und hatte sie wegen des Marktes voll belegt gefunden. Mit viel Mühe hatte er eine Unterkunft am westlichen Stadtrand gefunden. Sie war vor allem billig, aber lag ziemlich abseits von Stalhof und Themse, so dass er weite Wege in Kauf nehmen musste.

»Was wisst Ihr denn von lotrechter Konzentration? Ihr handelt doch mit diesem und jenem«, fragte der Emder bissig.

Kampen zuckte die Schultern und lachte, dann hob er die Hand und winkte der Magd. Es war die Dralle, mit der Mandolf Düsterhenn damals durch den Schankraum gezogen war. Auch der Wirt war noch derselbe, John, und sein Knecht Justin, der Hüne, der mit seinem Eichenknüppel in der Gasse für Ordnung gesorgt hatte. Der Lübecker bestellte ein reichliches Vespermahl und Bier. Dann wechselte er das Thema. »Wie behagt es Euch, Mandolf Düsterhenn als Bruderpaten zu haben?«, fragte er leichthin. Überrascht hob Wibolt den Kopf. »Ihr reist bald mit ihm. Im Sommer. Gebt Acht und hütet Euch, Mandolf mag aussehen wie eine Flunder, aber er ist ein Hecht!«, fuhr Johann Kampen fort und der junge Emder lächelte ungläubig. Düsterhenns Nachricht war kurz nach ihrer Rückkehr aus Groningen eingetroffen. Der Bremer teilte mit, er erwarte Wibolt Flaskoper *zu einer gemeinsamen Handelsreise, nach dem Fest zur Ehren der Himmelfahrt der Mutter unseres Herrn Jesus Christus*, also Mitte des achten Monds. »Es geht nach Norden, an die Küste der Dänen, vielleicht sogar nach Schweden, wenn es die Winde wollen«, sagte der Lübecker im Plauderton.

»Woher nur wisst Ihr das alles?«, wunderte sich Wibolt und der andere stieß ein glucksendes Lachen aus.

»Ich könnte nun sagen, die Winterlüfte tragen rasch, aber ich will ehrlich sein: Gotlandfahrer sind Waschweiber. Sie halten nichts für sich.«

Die dralle Magd tauchte auf und servierte ihnen das Mahl, Bier, Fleisch und Brot mit einer scharfen Sauce, und der Lübecker steckte ihr eine kleine Münze in das Mieder. Als die Frau abdrehte, gab er ihr einen Klaps auf das wohlgerundete Hinterteil. »Das war für die salzige Bratentunke«, bemerkte Kampen launig, »sie schmeckt vorzüglich, aber das Bier danach eben auch!«

Der Handelsherr schien in blendender Stimmung zu sein und Wibolt vermutete, dass der andere schon gute Geschäfte gemacht hatte, deswegen kam er ohne Umschweife zur Sache. »Ich will Tuch kaufen. Im Stalhof. Auf der Wollmesse«, bemerkte er kauend und Kampen hob den Kopf. Er lächelte nicht mehr.

»Wird nicht leicht werden. Tuch ist noch immer knapp, und die Nachfrage groß. Von den Preisen will ich nicht reden. Außerdem seid Ihr spät dran. Das Tuchgeschäft ist schon gelaufen.« Er lehnte sich zurück und fixierte den Emder aus kalten Augen. »Es geht wohl noch immer um meine fünfhundert Ballen?«

»Was heißt noch immer?«, schoss Flaskoper rüde zurück.

Der Lübecker ging nicht darauf ein. »Seht zu und streckt Euch. Ich stehe bei meinem Abnehmer im Wort. Wie Ihr wisst!«

Wibolt ärgerte sich über den Ton Kampens, und auch über seine eigene ach so dünne Haut. Ruhig. Ruhig bleiben, ermahnte er sich, doch das war leicht gesagt. Auch der Emder sank gegen die Rückenlehne, aber seine Hände lagen zu Fäusten geschlossen auf dem Tisch. »Ich denke, an dem liegt Euch nicht. Sagtet Ihr nicht, es sei so?«, fragte er unnötig scharf.

In den Augen des anderen stand jetzt ein kaltes Glitzern. Es erinnerte Wibolt Flaskoper an den scharfen Frost einer Winternacht, an zu Stein verdichtetes Eis. »Ja, Mann, an dem nicht. Aber an dem Bischof, der hinter der Sache steht. An dem liegt mir viel, versteht Ihr das? Und nun versaut es nicht. Ihr habt eingeschlagen. Ich zähle auf Euch!«

Wibolts Kinnmuskeln wurden hart. Die Botschaft war ja klar. An dem Bischof liegt mir viel, hatte der Lübecker gesagt. Er meinte Albert III., den Kirchenfürsten von Livland, den Mann, der auf Befehl des Papstes ein Heer gegen die Semgallen führen sollte. Aber es war doch offensichtlich, woran Kampen wirklich lag. Nicht an Albert, dem Menschen. Sondern an dem Bischof. Das hieß, an seiner Protektion, an seiner Macht und an dem Nutzen, der daraus zu ziehen, dem Silber, das damit zu machen war. Flaskoper war verbittert über die unverhohlene Offenheit, mit der Kampen sprach, doch dann schalt er sich töricht. Ging es nicht letzten Endes immer darum? Sah ein Kaufmann nicht stets auf seinen Vorteil? In allen geschäftlichen Dingen? Machte er, Wibolt Flaskoper, denn eine Ausnahme?

Jedenfalls, danach herrschte eine Weile Schweigen zwischen ihnen, während der Trubel in der Schenke eher noch zunahm. Es schien so, als läge den Gästen daran, die beiden Männer, die sich stumm und finster anstarrten, wieder zueinander zu bringen. Dann tauchte die Dralle an ihrem Tisch auf, sie brachte ein Getränk, der aufmerksame Wirt hatte sie geschickt, und er selbst kam und öffnete die Flasche. Er beziehe ein kleines Deputat davon aus einem Kloster in den Highlands, sagte John, und er habe das Gefühl, den sollten sie nun miteinander kosten. Er schenkte ein, nicht zu sparsam, und sie tranken. Wibolt und der Lübecker husteten, John aber nicht, der lachte nur, und dann war plötzlich der Bann gebrochen. Sie lachten alle, die Magd auch, und dann goss John die Gläser noch einmal voll. Das Getränk war scharf und klar, es hatte die Farbe hellen Bernsteins. Sie tranken sich zu, und als der Wirt gegangen war, nannte der Lübecker Flaskoper einen »friesischen Holzkopf« und der Emder zahlte mit »lübischer Straßenräuber« reichlich zurück, und dann waren sie mit einem Mal per Du. »Wirst das Tuch für deinen lieben Albert schon bekommen, olle Bangbüx!«, sagte Wibolt mit leicht angeschwollener Zunge und Kampen gab grinsend zurück: »Das will ich hoffen, du Törfkopp!«

In der hinteren Ecke gab es jetzt großes Hallo, denn die Schankknechte trugen ein Holzbrett herein, auf dem ein gebratenes Schwein lag. Das Maul des Tieres war geöffnet, zwischen den Zähnen glänzte ein Röstapfel. Die Magd folgte mit einem großen Bierkrug, und John, der Wirt, beschloss die Prozession mit einem Tranchiermesser in der Faust, dessen wuchtige Klinge einmal in einem Richtschwert gesteckt haben mochte. Sie blickten hinüber und sahen den Zug hinter dem Bierstand verschwinden. Dann beugte der Lübecker sich vor. »Also, das Tuch. Wie viel Ballen brauchst du noch?«

Wibolt tat so, als müsse er nachdenken. Etwas warnte ihn davor, sich dem anderen ganz zu offenbaren.

Schließlich hob er lässig die Schultern. »Noch ein paar, vielleicht achtzig bis hundert«, sagte er vorsichtig. »Es kann auch Wolle sein, ich verwebe, walke und färbe sie selbst.« Kampen nickte. »Komm morgen an den Stalhof. Nach der Frühmesse. Ich will sehen, was ich für dich tun kann.«

Aus der Gesellschaft hinter dem Bierstand kam brüchiger Gesang, dazu kratzte eine Fidel und dann setze jaulend eine Sackpfeife ein. Wibolt dachte über das Angebot des Lübeckers nach. Als eigenständiger Kaufherr tätigte er seine Geschäfte selbst, auch am Stalhof, aber es konnte nicht schaden, wenn Kampen als Vermittler half. Das dichte Beziehungsgeflecht des Lübeckers, seine Verbindungen als Fernhändler und Gotlandfahrer brachten unweigerlich Vorteile mit sich, die man nicht ausschlagen durfte. Da ist es wieder, dachte Wibolt Flaskoper, das rasche Zugreifen im Handel, die nüchtern erfasste Gelegenheit, der kalte Nutzen. Auch du profitierst davon, also mach anderen keinen Vorhalt. Der Emder lauschte in sich hinein, forschte nach seiner Ehre als Kaufmann, fand sie unberührt und hob den Blick. »Gut. Ich danke dir«, sagte er knapp.

»Ich muss ohnehin dort sein«, ergänzte Kampen rasch, als wollte er weiteren Dank abwehren, »es soll erstklassige Mandeln und Rosinen geben.«

Wibolt schüttelte ungläubig den Kopf. »Und damit lässt sich Geld verdienen?«

Der Lübecker schmunzelte. »Was glaubst du wohl! Die Fürstenhöfe Europas sind verrückt nach derlei. Wie nach allem, was nach Luxus riecht. Wenn sich heute überhaupt noch groß verdienen lässt, dann damit. Vergiss dein Wolltuch, handele mit Seide.« Er griff nach seinem Becher und hob ihn an.

Wibolt tat ihm gleich. Er dachte sofort an Mieke und warf unwillkürlich einen Blick auf den Ring an seiner Hand. »Ich glaube nicht, dass der Bischof von Livland seine Soldaten in Seidenmäntel kleidet«, gab der Emder zu bedenken und Kampen stieß erneut ein tiefes Lachen aus. Er schien wieder in Stimmung zu sein, wie zu Beginn des Abends, nahm einen erheblichen Schluck und wischte sich über den Mund. »Wo bist du abgestiegen?« Wibolt nannte den Namen der Herberge am westlichen Stadtrand, und der andere sah ihn lange und forschend an. »Ich kenne das Haus«, sagte Kampen gedehnt. »Es ist billig.«

Wibolt setzte sich zurecht. »Es ist sauber«, gab der Emder kühl zurück.

»Es ist vor allem billig!«, wiederholte der Lübecker mit fester Stimme. Dann beugte er sich vor. »Höre, Wibolt, du musst auf diese Dinge achten, wenn du große Geschäfte machen willst.«

»Ich achte darauf. Es war nichts anderes frei. Die Messe, erinnerst du dich? Und was heißt schon groß?«, konterte der Tuchhändler in lockerem Ton.

Johann Kampen hob die Augenbrauen bis an den Haaransatz. »Groß? Groß heißt, stehende Geschäfte am Stalhof. Groß heißt, Geschäfte mit dem Bund der Bruderstädte. Groß heißt am Ende, Geschäfte mit *mir*.«

Darauf sagte Wibolt nichts, was hätte er auch antworten sollen, aber er hatte das Gefühl, dass der andere ihn durchschaute, seine Not witterte wie eine Krähe das Aas. Gleichwohl. Nicht mehr lange. Bald würde die schwere Zeit ein Ende haben, dessen war er niemals sicherer als in diesem Augenblick.

Am nächsten Morgen kam ihm der Lübecker schon an der Pforte zum Handelshof entgegen, mit roten Augen, denn sie hatten noch lange gesessen. Und getrunken. Die Flasche Bernsteinwasser hatten sie gemeinsam mit dem Wirt schließlich auch noch geleert. Und endlos diskutiert. Über das Geschäft, und wie man es abzuwickeln habe, um erfolgreich zu sein. Wibolt hatte seinen Besitz offenbart, und der andere hatte gönnerhaft genickt. »Also ein Haus am Delft hast du, Anteile einer Schafherde, einer Kogge und einer Walkmühle. Das ist immerhin ein Anfang. Aber mehr nicht!« Er müsse sich breiter aufstellen, hatte der Lübecker betont, den Besitz streuen. Und vor allem Land kaufen. Land und zum Bau nutzbare Grundstücke. Das sei die Grundlage für jeden Reichtum.

Und nun stellte sich Johann Kampen vor den Emder und stieß einen leisen Rülpser aus. Der roch ziemlich säuerlich. »Ich habe schon einen Anbieter aufgetan. Es ist der letzte. Er will aber nur ein ganzes Los umschlagen. Einhundertfünfzig Ballen«, sagte er heiser.

»Zu welchem Preis?« wollte der Emder wissen.

»Eine Mark Silber und zwei Pfennige für das Stück.«

»In Ordnung. Kaufen!«, antwortete Wibolt lässig, wenn auch eine Spur zu rasch.

»Aber du wolltest doch nur achtzig bis hundert?«, versetzte Kampen.

»Ich bin Tuchhändler. Und gutes Tuch braucht man immer«, gab Wibolt Flaskoper trocken zurück.

Der andere sah ihn eindringlich an. Er senkte seine Stimme, als fürchte er ungebetene Zuhörer. Sein raues Gemurmel war kaum zu verstehen. »Pass auf, Wibolt! Er hat es nicht gesagt, aber ich habe es trotzdem bemerkt: Ein Teil davon ist aus alter Wolle. Aus Fäden, die schon einmal verwebt waren, verstehst du das? Die kannst du für meine fünfhundert Ballen nicht nehmen. Der Bischof verlangt Mäntel aus neuer Wolle!«

Wibolt hob die Schultern. Sollte er sich wundern, dass Kampen alte Wolle in einem Tuch erkannte? Er wunderte sich bei diesem Mann über nichts mehr. »Ja, dein Busenfreund, der Bischof, will neue Wolle, das ist mir klar. Nun, dann drücken wir den Preis!«, erwiderte er leichthin, und so kam es. Sie betraten den Stalhof Schulter an Schulter, wie Brüder. Der Händler, ein vierschrötiger Kaledonier, feilschte nicht lange und gab den Ballen für eine Mark Silber.

Am Abend dieses Tages feierten sie Abschied im *Swan*, diesmal orderte der Emder das Essen zur Vesper. Sie schmausten mit fettigen Mündern, das Bier lief großzügig und John, der Wirt, zauberte noch eine seiner Flaschen auf den Tisch. Es war schon spät, als Wibolt dem Lübecker die Frage stellte, er sprach bereits etwas undeutlich, aber der andere verstand ihn sofort. »Warum hilfst du mir?« Sie hockten wie immer in ihrem Gaubenfenster und Kampen lag mit offenem Wams in seiner Eckbank wie ein satter Fürst beim Festbankett.

»Habe halt einen Narren an dir gefressen. Frag mich nicht warum. Ist zwecklos, weiß es auch nicht«, gab der Gotlandfahrer nuschelnd zur Antwort und dann zeigte er auf Flaskopers Hand. »Dieser Ring da, den du trägst. Woher hast du ihn? Mir ist so, als hätte ich ihn schon gesehen.«

Ruckartig hob der junge Emder den Kopf. Wie komme ich dazu, dir das zu sagen? Und plötzlich war da ein Stechen in seiner Brust, ein seltsamer Schmerz, wie von scharfem Salz in einer offenen Wunde. Hatte nicht Mieke gesagt, sie kenne den Lübecker? Sie habe schon Geschäfte mit ihm gehabt? Kennen? Wie gut? Und welche Geschäfte? Davon hatte Mieke nicht gesprochen. Wibolt fühlte sich mit einem Mal sehr unwohl, und er war entschlossen, die Frage nicht zu beantworten. »Er stammt von einer Handelsherrin aus Groningen, sie heißt Mieke le Clerck«, hörte er sich dann mit belegter Stimme sagen, und jetzt hob auch der Lübecker die Augen.

»Mieke!«, sagte Kampen selig lächelnd. »Mieke le Clerck. Aus Groningen. Handelt mit Seide.«

»Du kennst sie also?«, fragte Flaskoper heiser, obwohl er die Antwort schon wusste, in seinem Herzen wühlten feurige Klingen.

»Kennen? Und ob! Habe schon gute Geschäfte mit ihr gemacht. *Sehr* gute Geschäfte!«, erinnerte sich der Lübecker mit versonnenem Blick. Mehr war aus Johann Kampen an diesem Abend nicht herauszuholen. Die halbe Nacht war vorbei, als Wibolt endlich in seinen Bettkasten kroch. Er war müde wie ein Hund, und trotzdem schlief er schlecht. Eigentlich schlief er überhaupt nicht.

# 10.

*Aus gewerblicher Rivalität unter Kaufleuten
wird gelegentlich offene Feindschaft.
Letzteres ist von Übel.
Einer sei des anderen Bruder,
auch auf dem Handelsplatz.
Nach der Nowgoroder Schra*

Jütland, Sommer 1200

»Verachtet mir die Hamburger nicht! Sie schlagen Piraten die Köpfe ab und nageln sie auf Holzbalken«, sagte Mandolf Düsterhenn, und unter den Männern erhob sich zustimmendes Gemurmel. Der Bremer sprach in gemütlichem Ton, mit einem Anflug von Begeisterung, als wollte er sagen, in meiner Stadt braut man ein vorzügliches Bier. Wibolt Flaskoper betrachtete diesen Mann, von dem Johann Kampen behauptet hatte, er sehe aus wie eine Flunder, aber er sei ein Hecht. Düsterhenn hockte auf der Rückbank seiner geräumigen Kajüte und ließ die Beine baumeln. Oberschenkel wie ein Mastochse, dachte Wibolt, und einen Wanst, den zu bedecken es mindestens ein Klafter Tuch brauchte. Aber unter diesen Massen schieren Fetts verbargen sich harte Muskeln und ein Körper, der sie zu nutzen verstand. Nicht mehr lange, und Wibolt würde es erleben.

Dass die anderen zustimmend brummten, war kein Wunder, denn einige von ihnen waren Hamburger. Darunter befand sich der Sohn von Juries Hopper, Juries Hopper der Jüngere, ein Hüne von einem Kerl. Dieser Mann hatte Muskeln wie ein römischer Gladiator, und handelte doch erfolgreich mit Farbstoffen, Waid, Krapp und Safran. Er trug sein Haar lang wie ein Wikinger, mit einem Knoten im Nacken, und die rechte Augenhöhle verdeckte ein Band aus goldenem Brokat. Seine mächtigen Unterarme waren von Narben bedeckt, Mandolf redete ihn nur mit Eisenfaust an. Schon früher hatte der Bremer Wibolt erklärt, dass viele der Kaufleute neben den Hausnamen auch Beinamen trügen, sie seien ein Beleg für das Verhalten im Gefecht. Flaskoper hörte Namen wie Feuerkopf, Löwenhand oder Greif, und er dachte sich seinen Teil. »Da ist keiner, der sein Schwert nicht führen kann«, hatte der Bremer gesagt, und jetzt, da der Emder diese Truppe sah, glaubte er jedes Wort. Es herrschte auch eine auffällige Eintracht unter den Männern, so wie sie Wibolt bei Gotlandfahrern auf Reisen noch oft erleben sollte, zumindest von der alten Rivalität zwischen Bremer und Hamburger Händlern war nichts zu spüren.

Sie fuhren mit der *Seeschwalbe*, einer großen aber schlanken Kogge, die Mandolf Düsterhenn selbst gehörte und stolz das Banner von Bremen unter dem Krähennest trug. Darunter flatterte die Fahne mit Wappen des Hauses Düsterhenn, eine weiße Vogelschwinge auf rotem Grund. Neben fünf Seeleuten für die Schiffsbedienung hatte sie zwanzig Waffenknechte an Bord. »Noch müssen die Gilden sich selber helfen«, hatte Mandolf dazu trocken gesagt, »aber es kommt der Tag, an dem der Bund der Bruderstädte Soldaten für die Schiffe stellt und ausrüstet.« Jedenfalls, mit den wehrhaften Kaufleuten waren sie insgesamt von ansehnlicher Schlagkraft, und das war auch nötig, denn in den Laderäumen der *Seeschwalbe* stauten sich Waren im Wert von fast dreitausend Mark Silber. Diese Summe kannte Wibolt, der Bremer hatte sie ihm verraten. Von dem Bargeld, das die Handelsherren mit sich führten, um ihrerseits zu kaufen, redete allerdings niemand.

Anders als die Westsee[4] sei die Ostsee nicht nur an den Küsten, sondern auch in offenem Gewässer voller Freibeuter, sagte Düsterhenn soeben, und man müsse sich nicht nur strecken, um sein Eigentum zu behalten, sondern oft genug auch um sein Leben kämpfen. »Diese Schweine werden immer dreister. Sie täuschen sogar einen Schiffbruch vor, um an Bord zu kommen. Gnade Gott, wer darauf hereinfällt. Sie machen alles nieder. Wer nicht tot ist, wird umgebracht oder ins Wasser geworfen. Das Schiff wird möglichst seetüchtig gehalten. Sie bemannen es und fahren damit in ihr Räubernest.« Wibolt lauschte stumm, und in das folgende Schweigen hinein richtete der jüngere Hopper eine Frage an ihn. »Wart Ihr schon einmal genötigt, Euer Gut mit geschliffenem Eisen zu schützen?«

Der Emder sah in dieses harte Gesicht, sein Blick verweilte lange auf dem Streifen aus teurem Goldbrokat über der Augenhöhle. Er dachte an den Markt in Leer, als Straßenjungen versucht hatten, an seine Geldkatze zu kommen, an die Begegnung mit dem abgerissenen, völlig verdreckten Mann im Oldenburgischen, offensichtlich ein geflohener Mönch, der mit einem Knüppel nach ihm schlug, um sich seines Pferdes zu bemächtigen. Es kam ihm auch der nächtliche Heimritt durch den Ihlower Forst in den Sinn, bei dem ihn fremde Berittene folgten, ohne ihn jedoch greifen zu können, und dann schüttelte er den Kopf. Er hatte bisher Glück gehabt, oder er war gut geschützt gewesen. Keine mit Erfolg geführten Überfälle, keine Warenverluste. »Nicht mit dem Schwert«, sagte er. Der andere sah ihn stumm aus seinem Auge an, er antwortete nicht, aber sein Gesicht sprach Bände. Dann seid Ihr keiner von uns, sagte das Gesicht. »Aber ich wäre dazu bereit«, schob Wibolt noch nach, doch Juries Hopper der Jüngere wandte sich mit einem Grunzen ab.

---

4) Alter Name für die Nordsee. Dieser Begriff führte sich erst später ein.

Am Abend überraschte ihn Düsterhenn mit dem Angebot, in seiner Kajüte zu schlafen. Wibolt dankte herzlich dafür und fragte: »Was kostet mich Eure Großzügigkeit?«

Der Bremer sah ihm in die Augen, ohne mit der Wimper zu zucken. »Fünfhundert Ballen feines Tuch. Zu liefern an Johann Kampen bis Ostern Anno 1201. Und für diese erste Reise zahlt Ihr nichts. Ich bin Euer Bruderpate!«

Darauf schwieg der Emder betroffen, auch deshalb, weil er sich nicht schon wieder bedanken wollte. Er dachte an den Lübecker und an die Gotlandfahrer, die nichts für sich behalten konnten. Und dann dachte er: Johann, du altes Waschweib! Und lächelte.

Düsterhenn musterte ihn misstrauisch. »Worüber lächelt Ihr?«, knurrte er.

Das Lächeln des Emders wurde breiter. »Über die Gotlandfahrer.« Der Bremer Kaufherr starrte finster, dann hob er die Schultern und stiefelte unter Deck. Er konnte mit dieser Antwort nichts anfangen.

Später im Bettkasten stellte Wibolt die Frage, die ihm schon lange auf der Zunge lag. Er hatte sie hin und her geschoben, und schließlich spuckte er sie aus. »Euer Privileg des Königs von Dänemark. Wie seid Ihr dazu gekommen? Wie habt Ihr es geschafft …?«, fragte er in die Dunkelheit. Düsterhenn schwieg so lange, dass Wibolt schon dachte, der Bremer sei eingeschlafen. Er lauschte in die Stille.

Endlich sagte Düsterhenn: »Durch Treue, Beharrlichkeit und ehrliche Kaufmannschaft. Bleibt wahrhaftig und haltet Eure Verträge. Werdet ein Kaufherr nach unserer Art. Dann werdet auch Ihr eines Tages Erfolg haben!« Danach hörte Wibolt, wie sich Düsterhenn in seinem Strohsack zur Seite wälzte, um kurz darauf zu schnarchen.

Der junge Emder lag noch lange wach. Er war

unzufrieden mit der Auskunft des Gotlandfahrers, denn sie brachte ihn nicht weiter. Und die Argumente gefielen ihm nicht. Bleibt wahrhaftig und haltet Eure Verträge, werdet ein Kaufmann nach unserer Art, hatte Mandolf gesagt. Das hieß doch, dass er, Wibolt Flaskoper, angesehener Tuchhändler zu Emden, bisher gegenteilig gehandelt hatte? Erfolglos geblieben, unehrlich gewesen und vertragsbrüchig geworden war? So nicht, Mandolf! Immerhin, darin wollte Wibolt des Bremers Beispiel folgen; ein Fürstprivileg schien ihm überaus erstrebenswert. Auch deshalb, weil er der erste in Emden wäre, der auf solche Art ausgezeichnet würde. Bevor er einschlief, dachte er an Mieke. Wo sie jetzt wohl sein mochte?

\*

Der nächste Morgen war noch früh, die Sonne stand kaum eine Handlänge über der Kimm, als der Ausguck im Krähennest das fremde Segel meldete. Düsterhenn war schon an Deck, bevor der letzte Ausruf verklungen war. Er bewegte seinen schweren Körper sich in solchen Situationen mit einer Behendigkeit, die Wibolt in Erstaunen versetzte. Mit schmalen Augen spähte Mandolf über das Meer. Dann hob er den Kopf in den Nacken. »Wo, Mann?«, röhrte er.

Der Ausguck wies nach Osten. »Er kommt aus der Sonne!«

Und mit einem Mal wirkte das feiste Gesicht des Bremers wie aus Stein gemeißelt. Die schwere Hand über der Stirn peilte er gegen das Licht. Dann spie er aus. »Dreckschweine! Piraten!« Inzwischen hatten sich auch Hopper und die anderen Kaufleute am Schanzkleid eingefunden, die meisten waren noch im Schlafmantel. Der jüngere Hopper trug nun ein schwarzes Tuchband über der Augenhöhle.

»Es könnte mit dem Kurs ebenso ein Englandfahrer sein«, warnte einer.

Düsterhenn fuhr herum. »Könnte sein. Könnte! Aber er kommt aus der Sonne, seht Ihr nicht?«

»Das muss er zwangsläufig, wenn er nach England will«, beharrte der andere, doch Düsterhenn hielt eine weitere Antwort für überflüssig.

Erneut spie er aus. »Eisenfaust! Die Männer hoch. Und Ihr Herren, rüstet Euch!«, befahl er mit scharfer Stimme. Alle gehorchten augenblicklich, und Wibolt lernte erneut, dass ein Schiffsführer auf See wie ein König regiert.

Düsterhenn selbst stand wenig später wieder an Deck. Er trug einen Harnisch, der die Brust eines Schlachtrosses hätte bedecken können. Das fremde Segel ragte nun höher über den Horizont und jetzt war klar, das Schiff lief auf Abfangkurs, aber bewiesen war damit noch nichts. Auch ein Kauffahrtschiff mit Ziel London, Hull oder selbst Brügge konnte auf dieser Route fahren. Der Bremer befahl Wachbereitschaft und ließ den Ausguck im Krähennest verdoppeln. »Achtet auf die umliegende See. Es könnte ein zweites Segel auftauchen!«, schärfte er den Männern ein. Gegen Mittag war klar, dass der Segler allein war. Und er war schnell unterwegs, der Mast war nun als Bartstoppel zu sehen, am Heck zeigte sich eine Verdickung, die aussah wie ein Achterkastell. Düsterhenn legte den Kopf in den Nacken. »Achtet mir auf den Bug. Meldet sofort, wenn er stark ist. Oder ihr ein Katapult erkennen könnt!«, schrie er zum Krähennest hinauf. Dann hielt er den Kaufleuten einen umständlichen Vortrag über eine Taktik, die neuerdings in den Gewässern um Gotland beobachtet würde. Die Angreifer schössen aus dem Buggeschütz eine mit Gewichten beschwerte, feste Leine, die sich dann um den Mast wickele. Danach kreuzten sie mit aller Gewalt auf Gegenkurs. Natürlich brauche man dafür einen besonders stark gebauten Rumpf an der Bugseite. Das angegriffene Schiff werde gestoppt und sei gefangen.

Bevor es wieder in den Wind gehen könne, um Fahrt aufzunehmen, wären die Piraten heran und griffen an.

»Und wenn man die Leine kappt, ist es trotzdem zu spät. Die Kerle haben die nötige Nähe zum Entern«, erklärte der Schiffsführer in grimmigem Ton.

»Wie können sie die Leine schießen, wenn Segel gesetzt sind?«, fragte Wibolt mit leisem Zweifel in der Stimme.

Düsterhenn sah ihn an wie ein hoher Herr seinen nutzlosen Knecht. »Sie schießen hoch, um die Mastspitze«, knurrte er unfreundlich. »Dort kann die Leine greifen. Wenn der Mast bricht, haben die Schweine leichtes Spiel, denn dann ist das Opfer manövrierunfähig. Sie nehmen es anschließend in Schlepp oder setzen einen Ersatzmast.«

Es war klar, was der Bremer mit ›anschließend‹ meinte. Nach der Eroberung, wenn das Schiff aufgebracht, die Ladung geraubt und die Besatzung ausgelöscht war. Mit zusammengekniffenen Augen spähte Düsterhenn auf die jütländische Küste. Sie konnten halsen und versuchen zu entkommen, aber das zog der Gotlandfahrer nicht in Betracht. Mit rauer Stimme gab er seine Befehle. Die zwanzig Seesoldaten hinter das Schanzkleid. Die Kaufleute verteilt auf Vorschiff und Achterdeck. Wibolt stellte er nach einem kurzen Blick auf dessen Schwert an seine Seite. »Lange nicht benutzt, wie? Ihr bleibt bei mir!«, sagte er knapp. Seinen besten Seemann befahl der Bremer an das Ruder. Dann verlangte er Ruhe im Schiff. Für einen Beobachter wirkte die *Seeschwalbe* nun wie ein biederer Kauffahrer. Nur ein paar Mann Besatzung waren zu sehen, der Schiffsführer und sein Maat am Schanzkleid, einzig die beiden Leute im Ausguck waren ungewöhnlich. Fast schien es, als wollte Düsterhenn den Fremden anlocken. Gespannt blickte Wibolt nach Nordosten. Das fremde Schiff hatte durch seine größere Geschwindigkeit eine vorliche Position gewonnen. Mit dem nächsten Schlag würde es wieder zukreuzen, aber wenn es seinen Kurs hielt, dann würde es sie bald vor dem Bug nach Westen passieren. Hatte es jedoch Übles vor, dann käme als Nächstes ein Abfallmanöver, um in die Nähe der *Seeschwalbe* zu gelangen. Oder der Fremde würde ihren Bug passieren und danach wenden, um den westlichen Wind für seinen Angriff zu nutzen.

Es war jetzt still auf der *Seeschwalbe*. Außer dem nervösen Räuspern des Mannes am Ruder, dem Knarren der Takelage und dem Rauschen des Meeres war nichts zu hören. Und in diese gespannte Ruhe hinein begann der Gotlandfahrer plötzlich zu sprechen. »Er hält Kurs. Jetzt kreuzt er zu. Fällt wohl ab. Nein, gewinnt wieder Fahrt, kommt auf. Passiert uns in etwa einer Meile auf der Nase!« In diesem Augenblick bewunderte Wibolt den Mann grenzenlos. Um seinen Gefährten hinter der Brustwehr die Ungewissheit zu nehmen, berichtete Düsterhenn ihnen, was er sah. Dabei war seine Stimme entspannt, fast fröhlich, ganz so, als erzähle er feine Neuigkeiten. Einen verrückten Moment lang glaube der Emder sogar, so etwas wie Vorfreude herauszuhören. »Starkes Vorderkastell, deutlich auszumachen jetzt. Da wird das Katapult sitzen. Freibeuter, ganz klar. Eisenfaust, haltet Euch und die Männer bereit. Krähennest: Sind weitere Schiffe zu sehen?«

Von oben kam ein dünnes »Nein«, und dann befahl der Bremer einen der Männer an Deck.

»Komm herunter, Jannes, und verschwinde hinter das Schanzkleid!« Auch dieser Befehl war wohlüberlegt, denn beide Ausgucke einzuziehen hätte unweigerlich den Argwohn des Fremden geweckt.

So fuhr der Emder Kaufmann Wibolt Flaskoper nicht nur in sein erstes Seegefecht, es war sein erster Kampf überhaupt, aber er spürte keinen Grund, sich deshalb zu ängstigen. Er sah die Männer mit grimmigen Gesichtern und gezogenen Schwertern hinter der Brustwehr hocken, die Waffenknechte mit ihren Armbrüsten und Bögen, er hörte die ruhige Stimme des Bremers, er spürte die *Seeschwalbe* fest und stetig unter seinen Füßen und er wusste, sie brauchten keinen Gegner zu fürchten. Auch nicht den da draußen, der nun mit einem letzten Schlag auf sie zukreuzte. Der Angriff hatte begonnen.

Was dann geschah, erfüllte Wibolt, wenn er in späteren Jahren darüber nachdachte, immer noch mit Erstaunen. Das feindliche Schiff war jetzt deutlich zu sehen, es war eine schwere Knorr mit wuchtigem Bugsteven und einem ausladenden Heck. Sie rauschte heran wie ein Seegewitter, aber man sah sie auch rollen und stampfen. Dann schoss das Buggeschütz, jedoch nicht mit einer Leine auf den Mast, sondern einen mannslangen Eisenbolzen, der eine starke Trosse zog und donnernd in das Vorschiff einschlug. Jetzt sahen sie drüben Männer wie verrückt ein Spill drehen, um das Tau steifzuholen und die *Seeschwalbe* heranzuziehen, und genau in diesem Augenblick ließ der Gotlandfahrer sein Schiff halsen. Die *Seeschwalbe* drehte bei und driftete so schnell auf den Gegner zu, dass die Leine schlapp im Wasser lag.

Es war der Moment, in dem Wibolt erkannte, dass Mandolf Düsterhenn den Spieß umdrehte. Dass er nun seinerseits angriff. Es dauerte nur wenige Augenblicke, bis ihr Schiff längsseits schor und sich die Männer hinter der Brustwehr mit Gebrüll erhoben. Und dann tauchte alles in eine Wolke von Gischt und Geschrei, Blut und einem Gestank, der plötzlich da war und den der Emder nicht deuten konnte. Er sah Schwerter und Pfeile treffen. Er sah Männer fallen und sterben. Er sah die Kaufleute wie Berserker unter die Angreifer springen. Er sah den jüngeren Hopper hoch oben auf dem Schanzkleid stehen und mit einem fürchterlichen Zweihänder zwischen die Gegner mähen und begriff, warum man diese Waffen Gassenhauer nannte. Er selbst deckte den Gotlandfahrer mit seinem Schild und schlug seine Klinge nach jedem, der sich näherte. Und mitten in dem Getümmel stand

Mandolf Düsterhenn wie ein Fels in der Brandung und hatte nicht einmal sein Schwert gezogen. Er führte seine Männer.

Nach einem oder zwei Paternostern war alles vorbei. Der Gegner selbst stieß sich mit langen Bootshaken von der *Seeschwalbe* ab, ließ die Schleppleine fahren und drehte in den Wind. Das Triumphgebrüll der Männer schien den Freibeuter zusätzlich zu treiben. Mit schlagendem Tuch fuhr er davon, sein schwerfälliges Heck rollte und stampfte in der See. Bis auf den Enterspieß im Bug war die *Seeschwalbe* unversehrt, einige der Männer hatten geringfügige oder mittlere Verwundungen davongetragen. Wibolt Flaskoper fühlte sich seltsam erfrischt, als hätte er in der See gelegen, seine Nerven vibrierten in höchster Erregung, aber trotzdem war er vollkommen ruhig. Er hatte sich nicht sonderlich ausgezeichnet, hatte mit einiger Gewissheit keinen Gegner getötet, aber im Gefecht seinen Mann gestanden. Und den Gotlandfahrer mit Schild und Eisen geschützt. Als ihm der Bremer seinen Bärenarm auf die Schulter legte, strahlte Wibolt wie ein reifes Weizenfeld im Sonnenschein.

Aber auch jetzt, im Hochgefühl des Sieges, zeigte Mandolf Düsterhenn seine Qualitäten als Schiffsführer. Er beorderte den zweiten Ausguck zurück ins Krähennest, um vor Überraschungen sicher zu sein. Dann ließ er ein Fässchen Bier anschlagen. Als er selbst den ersten Schluck nahm, stand er wie ein Seiltänzer balancierend auf dem Eisenbolzen und ließ die Männer hochleben. Später, beim Vespermahl, bequemte sich der Gotlandfahrer, seine Taktik zu erläutern. »Ich hatte sofort erkannt, dass die *Seeschwalbe* diesem Gegner an Wendigkeit hoch überlegen war, und das hat es eben ausgemacht«, sagte Düsterhenn gemütlich. Von seiner geschickten Führung im Gefecht sprach er nicht.

Es dunkelte schon, als Wibolt sich an den jüngeren Juries Hopper wandte. Er wollte ihn loben, für seine

Leistungen im Kampf, aber dann sah er in dieses harte Gesicht, das der schwarze Tuchstreifen durchschnitt, und ließ es. Stattdessen fragte er: »Wo habt Ihr Euer Auge verloren, *Eisenfaust*?«

Der andere musterte ihn lange und schweigend. Sein einäugiger Blick fragte: Was steckt Ihr Eure Nase in Dinge, die Euch nichts angehen? Endlich sagte er langsam: »In einer Spelunke auf Kreta. Vor Jahren. Durch das Messer einer Dirne, Bruder *Standfest*!« Lehnte sich finster zurück, verschränkte die Arme vor der Brust, und dann lachte er, dass sich die Schiffsbalken bogen. Die anderen fielen ein, einer nach dem anderen, bis die *Seeschwalbe* vor Lachen bebte. Auch Wibolt lachte sich die Augen nass.

\*

Der Eisenbolzen war, trotz aller Versuche, nicht aus dem Bug herauszuziehen. »Das ist ein Fall für die Werft«, hatte Düsterhenn trocken kommentiert. Also ließen sie ihn stecken, und gelegentlich turnte der Gotlandfahrer zur Unterhaltung der Mannschaft plump darauf herum. Zwei Tage später legten sie in Ribe[5] an. Und erneut vollzog sich in der Reisegesellschaft eine erstaunliche Wandlung. Männer, die gestern noch brüllend und fluchend auf Piraten eingedroschen hatten, waren plötzlich Herren. Sie kleideten sich gediegen und traten ebenso auf. Der jüngere Hopper trug wieder seinen Goldbrokat über der Augenhöhle, und Mandolf Düsterhenn sah aus wie ein Fürst auf dem Weg in die Sommerresidenz. Der Gotlandfahrer nahm Wibolt fürsorglich unter seine Fittiche, nannte ihn *Standfest* und führte ihn in die Kontore und zu den Märkten der Stadt. Es gab Wolltuch in ansprechender Qualität, es stammte von einer Schafrasse, die der Händler *Skogsfår*[6] nannte.

---
5) Dänisch: Ribe. Bedeutende Handelsstadt im dänischen Mittelalter
6) Schwedisches Waldschaf

Wibolt kannte diese Sorte nicht, aber der Bremer riet ihm lebhaft zu. »Kauft, kauft, *Standfest*, Ihr macht keinen Fehler, glaubt es mir!«

Der junge Kaufherr lächelte. »Ich denke nicht an mich, sondern an Johann Kampens Busenfreund, den Bischof!«

Jetzt lächelte auch Mandolf Düsterhenn. »Oh, ja, Albert. Richtig. Der wird es mögen. Ganz sicher!«

Wibolt kaufte ein Los von fünfzig Ballen und konnte es kaum glauben: Mit der Ernte seines Anteils an der Herde von Everhard Svenke war er nahe an seiner Zielmenge von fünfhundert Ballen Tuch. Und noch sieben Monde bis Ultimo. In diesem Moment wusste er, er würde es schaffen.

## 11.

*Niemand soll vom Hofe abscheiden oder verreisen,*
*es geschehe heimlich oder offen,*
*ohne Erlaubnis und guten Willen des Altermanns.*
*Aus der Nowgoroder Schra*

*Emden, Herbst 1200*

Die restliche Reise hatte sie nach Fünen geführt, an einen noch recht jungen, aber aufstrebenden Handelsplatz mit dem Namen Nyborg, den Mandolf Düsterhenn näher in Augenschein nehmen wollte. »Das ist ein Nest. Noch! Aber denkt Euch, *Standfest*, London war das auch. Und Lübeck oder Hamburg. Deshalb lohnt es, dort frühzeitig Anker zu werfen. Man wächst mit der Stadt, und die Umschläge auch. Ihr werdet es noch lernen!«, hatte der Gotlandfahrer ausführlich erklärt. Seine eigene Stadt Bremen hatte er nicht erwähnt, ihre Anfänge kleinzureden, verbot ihm augenscheinlich sein kaufmännischer Stolz. Jedenfalls, mit seiner Hilfe war es Wibolt gelungen, ebenso wie in Ribe nützliche Kontakte zu knüpfen. In zwei Fällen war es ihm sogar gelungen, lose Kontrakte über die Lieferung von friesischem Tuch abzuschließen. Er hatte sich in seiner Vorsicht nicht zu Mengen verpflichtet, aber wenn er Ware anzubieten hatte, dann würde sie ihm abgenommen werden. Mandolf Düsterhenn hatte anerkennend dazu genickt. Ihr seid auf bestem Wege, vom kleinen Krauter zum Handelsherrn zu werden, *Standfest*, sollte das wohl heißen.

Wibolt war klar geworden, er musste weg von seinen

alten Geschäften, sich lösen von der bisher im Hause Flaskoper geübten Handelskunst. Sie war über die Jahre zu liebgewordenem Ritual ohne Aussicht auf durchschlagenden Erfolg verkommen. Ein bisschen Wolle von der Ems, etwas Tuch am Stalhof von London, dort behandelt wie ein Lumpensammler, bescheidene Umschläge mit der Walkmühle und Focke Uffens Schiffen, Kähnen und Fuhrwerken, das alles musste ein baldiges Ende haben. Sein neuer Weg war vorgezeichnet. Er musste mehr Geld verdienen, viel mehr als bisher, Besitz erwerben und Einlagen in lukrative Handelshäuser tätigen. Dabei würden sich zwangsläufig seine Optionen ausfächern. Verbindungen und Beziehungen, das trat ihm immer deutlicher vor Augen, waren der Anfang jeden Handelserfolgs. Je dichter sie waren und je fester geknüpft, desto sicherer fingen sie auf, wie ein Netz den Seiltänzer auf dem Jahrmarkt.

Die letzten Wochen waren sehr lehrreich für ihn gewesen, nicht zuletzt durch die Gespräche mit Mandolf Düsterhenn. Die führten sie meist abends im Bettkasten, fast Kopf an Kopf liegend, an Bord der *Seeschwalbe*, und Wibolt empfand sie als überaus wohltuend. Wo der Lübecker Johann Kampen mit erhobenem Zeigefinger belehrte, gab Düsterhenn Wissen und Erfahrung weiter, gelassen und entspannt, auf eine unaufdringliche, nahezu freundschaftliche Art. Er hatte ihn auch ausreden lassen, hatte gespürt, dass der junge Emder seinen Zorn über die Hoffart des Londoner Altermanns loswerden musste, und ihm dann, am Ende seiner Suada, in aller Ruhe Folgendes erklärt: »Ich mag ihn auch nicht, aber Ihr müsst den Ruwe verstehen, *Standfest*. Vor allem in dieser Lage, im Sommer Anno 99. Der kleinste Anlass zu Misstrauen wäre tödlich für ihn gewesen. Er und seine Leute, sein ganzes Werk, der Stalhof mit allem, was darin ist, ruht in der Gnade des Königs!«

Erregt hatte Wibolt sich aufgerichtet. »Nun, wohl.

Schön und gut. Aber was tut er denn anderes dort als Geld zu verdienen und es zu horten?«

Der andere war ruhig liegen geblieben, doch seine Stimme hatte plötzlich an Strenge zugenommen. »Ihr seid im Unrecht, Wibolt Flaskoper. Ruwe und seine Leute sind durch Eid verpflichtet, das Bischofstor[7] zu verteidigen. Mit ihrem Blut. Und genau das haben sie in den Unruhen des Sommers getan!«

Eine Werft auf Fünen hatte ihnen den Eisenbolzen aus dem Bug gezogen, dabei hatte sich ein Teil der Beplankung gelöst und musste instand gesetzt werden. Aber das hatte sie nicht aufgehalten, denn in der Zwischenzeit tätigten sie ihre Geschäfte. Der Bremer hatte Wibolt Flaskoper am Ende ihrer Reise den Eisenbolzen geschenkt. »Zur Erinnerung an Eure erste Seeschlacht, *Standfest*. Und an Eure Tapferkeit«, hatte Düsterhenn geschmunzelt, und dann angefügt: »Es ist überraschend gutes Eisen. Eigentlich zu schade, um es irgendwo hinzustellen.« Wibolt hatte lächelnd gedankt. Den Bolzen würde er zu verwenden wissen. Es gab da in Oldenburg einen guten Schwertfeger.

Es war schon Spätsommer gewesen, als er zu Hause am Emder Delft angelangt war. Er hatte alles wohlgeordnet gefunden. Habbo, sein Sekretär, hatte wie aufgetragen einen guten Teil des älteren Tuchs verkauft und damit nicht nur Geld erlöst, sondern auch Platz für die neuen Ballen geschaffen. Der Junge hatte auch das Straßengeschäft übernommen, den Gelegenheitshandel auf Märkten und Plätzen, und sich dabei sehr geschickt gezeigt. Die Walkmühle im Jeverland hatte in diesem Jahr einen gediegenen Umschlag gemacht, und seiner Einlage entsprechend konnte Wibolt von dort mit deutlich mehr Ertrag rechnen als üblich.

Nur die Reederei seines Feindes Focke Uffen lief nicht wie gewohnt. Die *Thedea* hatte weniger Reisen und geringere Frachten zu verzeichnen als früher, und war

---
7) Eins der sieben historischen Tore in der Londoner Stadtmauer

während einer Überfahrt nach England kurz vor der Hafenmündung durch eine Havarie erheblich beschädigt worden. Dabei war der Bugsteven gebrochen und der Mast über Bord gegangen. Nur mit Mühe hatte es der Schiffsführer bis an die Mole geschafft. Dann hatte die *Thedea* fast einen Mond im Dock gelegen. Zum Verdienstausfall addierten sich die Kosten für die Reparatur. Für dieses Jahr 1200 konnte Wibolt aus der Reederei nicht nur keine Einnahmen erwarten, sondern musste, der Vereinbarung entsprechend, seinen Teil an der Werftrechnung tragen. Das war zwar ärgerlich, aber wenn er alles Übrige dagegenstellte, seine Erfolge in London und Jütland, die Aussicht auf gutes Gelingen des Geschäftes mit dem Gotlandfahrer Johann Kampen und seine damit verbundene Gesundung als Handelsherr, nicht zu reden von Mieke le Clerck, dann fand er sich, verglichen mit Anno 1199, in einer komfortablen Lage.

In seiner Euphorie bestand Wibolt Flaskoper darauf, dass der Reeder persönlich am Delft erscheinen und sich rechtfertigen, seine Forderungen stellen und begründen sollte. Wie konnte es dazu kommen, Focke? Warum weniger Reisen als sonst? Und wieso geringere Fracht? Und dann diese Katastrophe in der Londoner Hafeneinfahrt. Was hast du unternommen, um den Schaden zu verringern, wenn du ihn schon nicht vermeiden konntest? Wie gehst du eigentlich mit meinem Geld, mit meiner Einlage um, Focke, wie? Dieses Gespräch wollte er genießen, er sah ihm mit viel Vorfreude entgegen.

Die Hausmagd führte den Reeder eines Morgens in sein Kontor, es war ein sonniger Herbsttag, Wibolt konnte durch das geöffnete Fenster die goldenen Blätter der Linden sehen, die den Delft umstanden, die Luft war mild und er fühlte sich wohl. Es gefiel ihm auch, dass Uffen in der Türe stand und seine Mütze drehte wie ein Junge, den man beim Stehlen erwischt hat, aber dann rief er sich selbst zur Ordnung. So bist du nicht gestrickt, Wibolt Flaskoper, dass du am Unglück anderer Gefallen findest. Und dann, erinnere dich, es ist ebenso dein Unglück, denn Focke kommt auch, weil er Geld von dir haben will. Aber er konnte sich nicht verkneifen, die Gelegenheit zu nutzen, um der Hausmagd einen prallen Beutel zuzustecken mit dem Hinweis, dass sei das Wirtschaftsgeld für die nächsten Tage.

Das Gespräch selber verlief weit weniger erfreulich, als sich der junge Tuchhändler in seiner Laune ausgemalt hatte. Der Anlass war nicht danach, und folglich auch die Atmosphäre nicht. Zudem kam Focke nicht etwa als bußfertiger Sünder, sondern als der Mensch, der er nun einmal war. Er saß da wie ein schlecht gefüllter Strohsack, er stank nach kaltem Schweiß und er war angriffslustig wie ein gereizter Stier. Wie war das nur damals zwischen uns, dachte Wibolt. Wir waren uns doch einmal zumindest so nah, dass wir miteinander Geschäfte machen wollten. Und sie auch über lange Zeit erfolgreich getätigt haben. Warum ist das heute anders? Was hat sich geändert? Der Kaufherr hatte Bier, Brot und Käse auftischen lassen, denn als schlechter Wirt mochte er auch gegenüber Focke Uffen nicht gelten, doch der andere rührte nichts davon an.

Nach einem scheelen Blick über Teller und Körbe ging der Reeder zum Angriff über. Er zog ein Pergament aus dem Kittel und knallte es auf den Tisch. »Hier. Das ist die Rechnung der Werft in London. Dein Anteil legt bei achtundzwanzig Mark Silber und siebzehn Pfennige«, sagte er grob und sah den Hausherrn herausfordernd an. Was ist? Wo bleibt das Geld? Und nun zahle, sollte das wohl heißen.

Wibolt lehnte sich zurück. Er langte nach der Käseplatte und schnitt sich ein gehöriges Stück ab. Schob es in den Mund und aß genüsslich. »Nicht so schnell, Focke«, antwortete er kauend. »Wir reden nicht nur über diese Reparatur, verstehst du das, sondern auch über die Erträge der Reederei.«

Als hätte Uffen nur auf diesen Moment gewartet, schoss er vor wie ein von der Sehne gelassener Pfeil. »Ich führe meine Geschäfte so, wie ich es gutheiße. Du hast kein Recht, mir dazu Fragen zu stellen!«, fauchte er in hilflosem Zorn, und Wibolt kannte die Gründe dieser Wut sehr genau. Sie wurzelten in dem Gefühl, ohne Erfolg geblieben zu sein. Vielleicht sogar versagt zu haben. Und dafür hier und jetzt einem Menschen gegenüber Rechenschaft abzulegen, für den man tiefste Abneigung, ja Feindschaft empfand. Ohne etwa Mitleid zu spüren, wusste Wibolt Flaskoper, wie der andere sich fühlte. Wie jemand, der den Drang verspürt, den Magen durch den Hals zu entleeren. Dann sagte Focke Uffen es selbst. »Mir ist zum Kotzen, wenn ich derlei höre. Kluge Fragen und gute Ratschläge von Leuten, die von Seetransport keine Ahnung haben!«, polterte der Reeder brüsk.

Wibolt zog es vor zu schweigen. Er kaute sorgfältig auf seinem Käse und griff nach dem Bierbecher. Über den Becherrand musterte er Uffen, und es war ihm, als sehe er den Reeder zum ersten Mal. Dieses griesgrämige, von Missgunst und Bosheit entstellte Gesicht stieß ihn wirklich ab. Aus dem frischen, anziehenden Schiffseigner früherer Jahre war ein böser Mensch geworden. Einer, den man möglichst mied, und mit dem man keine unnötigen Geschäfte machte. Selbst die Piraten schienen an seinen Schiffen kein Interesse zu haben. Darüber wurde inzwischen in der Stadt sogar gescherzt. Einer der Herren im Emder Magistrat hatte den Reeder einmal mit einer giftigen Kröte verglichen. »Focke Uffen ist wie ein ungenießbares Stück Wild. Er kann sich frei bewegen, jeder Räuber verschmäht ihn!«

»Das hat auch sein Gutes. So kommt meine Ware an ihr Ziel«, hatte Wibolt darauf geantwortet. Gedacht hatte er: Umso seltsamer, dass der ehrgeizige, um seinen Ruf besorgte Jakob Moerman mit dem Reeder kungelte. Er selbst wusste, er würde seine Anteile aus der Reederei zurückziehen und sich von Focke trennen. Spätestens, wenn der Handel mit Johann Kampen gemacht war.

Wibolt leerte seinen Becher und schenkte aus der Kanne nach. »Was ist? Willst du nicht doch ein Bier und etwas Käse?«

Mürrisch schüttelte Uffen den Kopf und schob das Pergament ein Stück vor. »Bin satt. Lass uns zum Ende kommen«, brummte er mit gesenktem Blick.

Der junge Tuchhändler sah prüfend auf das Käsebrett und entschied sich dann für ein rahmiges Stück vom Schaf. »Wir sind beide Kaufleute, Focke. Meinst du nicht auch, es ziemt sich, zumindest über die Gründe zu reden? Mir will scheinen, ich hätte ein Anrecht darauf. Schließlich arbeitet deine Reederei auch mit meinem Geld«, sagte er ruhig.

Der andere hob den Kopf, in seinen Augen stand nun lodernde Wut. »Du bist einer von fünf Teilhabern, Wibolt. Einer, verstehst du? Ich will deine Fragen nicht hören, sie klingen mir zu sehr nach Gericht!«, bellte Uffen aus rotem Hals.

»Du wirst sie ertragen müssen, denn sonst gibt es kein Geld«, konterte der Tuchhändler kühl und langte sich eine Scheibe Brot. Biss hinein, spülte mit Bier nach. Der Reeder starrte ihn aus roten Augen an. »Ich rede nicht von der Havarie im Londoner Hafen«, fuhr Wibolt schließlich fort, »derlei kommt vor. Das ist eben Pech. Aber wieso weniger Fahrten und weniger Fracht? Warum brechen deine Umschläge ein? Oder hast du wieder krumme Geschäfte gemacht?«

Die letzte Bemerkung war überflüssig, sie schlüpfte Wibolt Flaskoper fast ungewollt über die Lippen, denn er war nur äußerlich gelassen. In seinem Inneren dampfte der Ärger über diesen Rüpel da vor ihm, der kam, ihn unter seinem Dach anschrie und ohne Erklärungen Geld forderte. Aber während er erwartete, dass der andere nun aufschreien und toben würde, blieb Focke plötzlich kalt und beherrscht. Er legte die Hände zusammen, als wollte er beten, und beugte sich gemütlich vor. »Du bist kaum in der Position, andere derlei zu fragen, Wibolt. Über deine Geschäfte hört man ja auch so allerlei. Und meine Schulden bei Bremer Geldhändlern, die halten sich noch in Grenzen, weißt du?« Uffen griff dann tatsächlich nach der Bierkanne und schenkte seinen Becher voll. Käse und Brot nahm er nicht. Nach einem tiefen Schluck fügte er an:»Nun zu den Umschlägen: Die gehen auch deshalb zurück, weil Leute wie du auf fremden Schiffen und mit ihren neuen Freunden lieber zu den Dänen fahren als nach England. Auch du ganz persönlich hast damit meinem Handel, der ein Stück weit ja auch deiner ist, Schaden zugefügt, das sollte dir klar sein.«

»Meine Geschäfte in England sind für dieses Jahr gemacht«, gab Wibolt kühl zurück, »und wenn ich mich recht erinnere, fuhr ich auf der *Thedea*. Aber das ist ein Punkt, über den ich *dir* keine Rechenschaft schulde.« Schob den Käse zur Seite und zählte dem Reeder seinen Anteil an der Londoner Rechnung auf den Tisch. Dann stand er auf. »Ich werde die *Thedea* übrigens im nächsten Frühjahr brauchen. Für eine Reise nach Hamburg.«

Der Reeder griff hastig nach dem Geld, erhob sich ebenfalls, langte sich eine Scheibe Brot und schob sie in den Mund. »Welche Fracht?«, fragte er undeutlich.

»Tuch, was wohl sonst?«, sagte Wibolt Flaskoper. »Fünfhundert Ballen. Wenn du es bewerkstelligen kannst, ab Hamburg Fuhrwerke für den Landweg nach Lübeck. Stapelplatz ist der Hafen. Ostern Anno 1201.« Das ist dein letzter Auftrag von mir, Focke, dachte Wibolt Flaskoper und sah dem anderen in die Augen. Der starrte eine lange Weile zurück, man spürte, wie es hinter seiner Stirn arbeitete. Schließlich nickte er.

\*

Eines Morgens im Christmond stand Mieke vor der Türe. Wibolt war wie vom Donner gerührt. Die Schwarze Glutäugige war gekommen. Diesmal reiste sie nicht zu Pferd, sondern in einem bequemen Gespannwagen, den man über einen Eisenkasten im Boden sogar beheizen konnte. Wibolt bestaunte dieses Wunderwerk, es wurde mit Bruchkohle gefüttert, einen Vorrat davon hatte Mieke in einem Verschlag unter der Wagenachse. Erst als er sie in die Arme nahm, wurde ihm bewusst, wie sehr er diese Frau vermisst hatte. Und wie brennend er sie liebte. »Warum reist du im Winter?«, fragte er sie mit roten Wangen, schalt sich im gleichen Augenblick, bist du toll, Flaskoper, das klingt ja wie ein Vorwurf, sei froh, Mann, dass sie hier ist, und sie sah ihn aus Augen an, die Wibolt schienen wie die Bruchkohle aus der Wagenheizung.

»Wann soll ich sonst reisen? Im Sommer mache ich Geschäfte, weißt du?«, erwiderte sie in neckendem Ton. Er wagte nicht zu fragen, wie lange sie bleiben wollte, denn er fürchtete die Antwort, und dann sagte sie es selbst. »Über den Winter.«

Er starrte sie an. »Ja, hast du denn einen guten Sekretarius für die Geschäfte?«, und während er mit klopfendem Herzen auf die Antwort wartete, du bist ja wohl völlig von Sinnen, was legst du ihr denn da in den Mund, lachte sie ihr glucksendes, kehliges Lachen.

»Einen? Ich habe drei, Wibolt Flaskoper, einen Magister und zwei Gehilfen, die er anleitet.«

Er bewirtete sie wie eine Königin, den ersten Abend saßen sie und plauderten bis in die Nacht, er erzählte von seinen dänischen Abenteuern und sie hörte zu wie ein kleines Kind seiner Amme. Eingehend erkundigte sie sich nach dem Fortgang seines Tuchgeschäftes mit Johann Kampen und freute sich zu hören, dass Wibolt wohl in der Lage sein würde, es wie vereinbart abzuwickeln. Es herrschte ein herzliches Verhältnis zwischen ihnen, sie waren sich vertraut, sehr nah, und trotzdem blieb da eine sonderbare Distanz, dünn aber kühl wie die Tierhaut in einem Fensterrahmen. Es hatte mit dem Gotlandfahrer zu tun, bei dessen Erwähnung Flaskoper zusammenzuckte, nach einem kurzen, heftigen Stich in der Brust. Beide spürten es, Wibolt mit zunehmender Unsicherheit, und Mieke le Clerck mit weiblicher Feinfühligkeit, die wahrnimmt, ohne erklären zu können. Es war wie ein Dunstschleier, der keine klare Sicht erlaubt, die Ungewissheit, bevor vor die letzte Frage gestellt und beantwortet ist. Und dann, als Wibolt nicht mehr warten konnte, kamen seine Worte gleichwohl nüchtern, ohne erkennbare Emotion, es war fast so, als spräche sie ein anderer. Er spreizte seine Finger, wie um sich zu überzeugen, dass alle noch da wären. »Der Lübecker. Johann Kampen. Er kennt diesen Ring. Wie gut kennst du *ihn*?«

Die Schwarze Glutäugige sah ihn an. »Nicht so gut wie du. Da du ihn schon zweimal getroffen hast!«, sagte Mieke mit ruhiger Stimme. Dann beugte sie sich nach vorn. »Er erinnert sich an den Ring, weil ich ihn an meinem Daumen trug, als wir verhandelten. Er gehörte meinem Vater.«

Wibolt erwiderte ihren Blick, während sich sein Kopf rasch rötete. Er schämte sich so sehr, dass er hastig aufstand und mit einer gemurmelten Entschuldigung den Raum verließ, um nach der Magd zu rufen. Mieke verfolgte ihn mit Blicken, auf ihren Lippen stand ein wissendes Lächeln. Als sie sich für die Bettstatt trennten, lächelte sie immer noch.

Weit vor dem Morgengrauen kratzte es zaghaft an seiner Kammertür. Er dachte an die Hauskatze, aber die war es nicht. »Mir ist kalt, Wibolt«, flüsterte Mieke mit kleiner Stimme.

»Mir auch«, sagte er schlaftrunken, und sie krabbelte zu ihm unter die Tücher. In dieser Nacht wurden sie ein Paar. Wibolt empfand eine Wärme, die er für den Rest seines Lebens festhalten wollte, koste es jeden Preis.

## 12.

*Niemand soll Talg kaufen, er habe ihn denn vorher besehen und bestochen, dass er unverfälscht gut sei, und sofern er darauf keinen Verstand hat, soll er des Altermanns oder anderer verständiger Leute Rat suchen.*
*Aus der Nowgoroder Schra*

*Emden, vor Ostern Anno Domini 1201*

Der Bürgermeister selbst, Johann Wynsen, hatte sie am Hafen verabschiedet, wenn auch mit verkniffenem Gesicht, denn Miekes Aufenthalt in Emden hatte einigen Staub aufgewirbelt, und in der Stadt gab es noch immer anhaltendes Gemurmel. Es war die Stunde der Heuchler gewesen, der Pharisäer und der Scheinheiligen, die sich offen oder heimlich im kleinen Kreis darüber das Maul zerrissen hatten. Der Viehhändler Jakob Moerman natürlich in aller Öffentlichkeit, sogar im Magistrat hatte er vom Leder gezogen, die beiden sind nicht in der Ehe verbunden, und was ist das jetzt für ein Sodom und Gomorrha? Und dieser Mann will Bürgermeister werden? Ja, Leute, wo leben wir denn?

»Ach, halt doch deine dämliche Schnauze, Jakob«, hatte der Bierhändler Hompo Hayen ganz gemütlich gesagt, »du bist doch nur neidisch. Im Übrigen hast du genau das Weib, das du verdienst!«

»Wibolt auch!«, hatte ein Wohlmeinender von hinten gerufen. Das darauf folgende Lachen der umstehenden Ratsherren hatte dem Viehhändler die blanke Wut in die Augen getrieben, denn jeder wusste, dass seine Frau ein rechter Besen war.

Und trotzdem war die Stimmung auf des Viehhändlers Seite, besonders die in der hohen Geistlichkeit der Stadt und der umliegenden Klöster, und das fand Wibolt ziemlich verlogen. Viele dieser Leute verstießen gegen den Zölibat, trotz des Diktums Papst Benedikts VIII. von Anno 1022, oder sie hielten sich Konkubinen, und genau das hatte der junge Tuchhändler dem Bürgermeister entgegengeschleudert.

Wynsen hatte gleichwohl bedenklich den Kopf gewiegt und gesagt: »Trotzdem, Wibolt. Du wirst es noch sehen, das tut dir nicht gut.«

»Falsch, Johann!«, hatte Flaskoper brüsk erwidert. »Ich werde nicht sehen, ich weiß bereits; es *tut* mit gut!«

»Du verstehst, wie ich es meine«, hatte der Bürgermeister nachgeschoben, mit einem Gesicht, als hätte er das Reißen in den Zähnen.

»Außerdem könnten wir ja auch heiraten«, hatte Wibolt noch ergänzt, ganz so, als hätte Wynsen nichts gesagt, und im gleichen Augenblick war ihm ein heißer Schreck durch die Brust gefahren, denn dieses Thema war zwischen ihm und der Schwarzen Glutäugigen noch völlig unberührt.

»Dann tut es doch. Tut es doch endlich!«, hatte der Bürgermeister geblökt wie ein Lämmchen, das seine Mutter sucht, aber Wibolt hatte ihn stehen gelassen und sich abgewandt. In diesem Moment hatte er es gewusst. Wenn man ihn vor die Wahl stellte, dann würde er sich immer für Mieke entscheiden. Und gegen das Amt des Bürgermeisters.

Noch am Delft hatte Wibolt das dem Bürgermeister in das aschfahle Gesicht gesagt, und dann waren sie gesegelt. Es war der vierte Mond des Jahres, bis Ostern waren es noch über zwanzig Tage, aber Wibolt wollte sein Tuch bis zum Samstag vor dem Fest liefern, so verstand er den Vertrag, den er mit dem Lübecker gemacht hatte. Das Wetter war günstig, von Nordwest wehte eine steife Brise und der Tuchhändler war in guter Stimmung, auch das griesgrämige Gesicht des Reeders konnte ihn nicht stören. Focke Uffen war aus purer Neugier mitgesegelt, so viel stand fest, doch Wibolt war das gleichgültig. Schon an der Mole hatte er dem Reeder das Geld für Passage und Fracht in die feuchte Hand gezahlt, hatte dann für die Mannschaft ein Fass Bier anschlagen lassen und war mit leichtem Schritt an Bord gegangen. Er hatte nichts zu verbergen. Sollte Focke Uffen, sollten alle kommen und sehen. Er, Wibolt Flaskoper, war im Begriff, das größte Geschäft seines Lebens zu machen. Tief unten, im Bauch der *Thedea*, lagen fünfhundert Ballen Wolltuch, fein verpackt in festem Leinen, Teile davon trugen das Siegel von Groningen, die übrigen hatte der junge Kaufherr stolz mit einem eigenen Siegel versehen lassen. *Wibolt Flaskoper, Emden*, stand dort auf gelbem Wachs, und er war fest entschlossen, daraus ein Markenzeichen zu machen.

Everhard Svenke hatte tatsächlich hundert Ballen geliefert, schon im Herbst, und so war Wibolt entgegen seinen Befürchtungen eine neuerliche Reise im Winter erspart geblieben. Alles Tuch war gewalkt und blau gefärbt, auch das aus Groningen, und damit hatte Wibolt seinen Teil des Vertrages erfüllt. Bis auf die Lieferung. Sie fuhren die Küste entlang nach Osten und hielten auf die Elbmündung zu. Im Fluss wurde die Fahrt schwieriger, sie mussten häufig kreuzen, aber die *Thedea* machte ihre Sache gut und sie erreichten Hamburg eine Woche vor Ultimo.

Der Hafenmeister besah sich die Siegel an den Tuchballen mit kalten Augen. Er hatte den Blick eines Vogels, starr und ausdruckslos. Dann richtete er sich auf und wandte sich an einen Mann, der von hinten hinzugetreten war. »Keine Arbeit für dich, Willem. Geprüfte Ware. Bund der Bruderstädte«, sagte er knapp und Wibolt gratulierte sich zu der Entscheidung, die Ballen aus

Groningen vorn in den Laderaum zu stapeln. Missmutig wandte der Prüfmeister sich ab.

Es tat dem jungen Handelsherrn auch gut, dass der Reeder auf der Treppe stand und jedes Wort, jede Geste in sich aufsaugte. Verdammt, Uffe, nun sieh dir das an und merke es dir. Dein Partner Wibolt Flaskoper, den du demnächst verlieren wirst, was du noch nicht weißt, stapelt Ware im Hafen von Hamburg ohne Prüfung und Gebühren. Nur durch Leumund. Weil er ein geachteter Kaufmann ist, begreifst du das? Vielleicht könntest du in Emden auch einmal darüber tratschen, statt dir über die knappe Kasse im Hause Flaskoper das Maul zu zerreißen. Über die jetzt noch knappe Kasse. Nicht mehr lange, und ihr werdet euch wundern. Ich werde es euch noch zeigen, verstehst du? Zuscheißen werde ich euch mit meinem Silber! Er suchte den Augenkontakt mit Focke Uffen, aber der hielt nicht lange stand. Dem Reeder dämmerte wohl, dass Wibolt Flaskoper im Begriff war, den Fängen seiner Emder Feinde zu entwachsen.

Uffen drehte sich weg und donnerte den Niedergang hinauf. Oben hörte Wibolt ihn bald mit der Mannschaft brüllen. Es ging ihm alles nicht schnell genug. Er trieb die Leute an, mischte sich in das Handwerk des Schiffsführers, dirigierte das Löschen der Ladung und das Packen der Fuhrwerke mit einer Laune, als hätte es in seinem bisherigen Leben noch keinen Anlass zur Freude gegeben.

Gelassen stieg Wibolt Flaskoper an Deck. Er lehnte sich an das Schanzkleid und sah dem bunten Treiben zu. Verglichen mit dem Londoner Hafen, den die Römer gebaut und im 4. Jahrhundert wieder verlassen hatten, war Hamburg jung und klein. Und trotzdem schien alles von einer unbändigen Kraft, die den Emder an *Eisenfaust* Juries Hopper den Jüngeren erinnerte. Der Betrieb war wuseliger, die Schauerleute lauter und die Hafenbeamten schritten stolzer als in London. Die Luft war angefüllt mit fremden Düften. Es gab mehr Dirnen und sogar Gaukler und weiteres exotisches Volk. Unter den wuchtigen Lederpeitschen mehrerer Aufseher wurden dunkelhäutige Männer auf einen mächtigen Kampfruderer getrieben, der einen Steinwurf von der *Thedea* entfernt festlag. »Was sind das für Leute?«, fragte Wibolt den Hafenmeister.

Der Mann kniff grimmig die Augen zusammen und spuckte über Bord. »Einer dieser grandiosen Einfälle unseres Magistrats, die nur Geld kosten und nichts bewirken. Das Schiff ist ein Franke. Soll wohl in unseren Gewässern Ordnung schaffen. Gegen das Raubgesindel, Ihr versteht? Kostet uns eine Menge Silber aufs Jahr!« Dann hob er die Schultern. »Die Ruderer sind Sklaven aus dem Süden. Jedenfalls die meisten. Ein paar Sträflinge sollen aber noch darunter sein.« Er folgte der Truppe mit finsterem Blick, bis sie das Schiff bestieg und hinter dem Schanzkleid verschwand.

»Was gefällt Euch daran nicht?«, erkundigte sich Flaskoper, und der andere sah ihn an, als wäre er tödlich beleidigt worden.

»Das Konzept, Mann, das Konzept!« Er hob den Arm und wies auf das Schiff. »Seht Euch den Kahn an. Das ist eine Dromone[8] mit lateinischer Besegelung. Liegt nicht fest im Wasser. Bei unserem Wetter werden die Männer des Öfteren ihr Frühstück zweimal sehen. Dann der Bug!« Der Hafenmeister schüttelte den Kopf wie einer, der die Welt nicht versteht. »Sie haben einen Rammsporn unter dem Wasser. Schleierhaft, wie sie den bei ihrer Unbeweglichkeit einsetzen wollen. Seht das Katapult. Damit schießen sie ein Zeug, das sie griechisches Feuer nennen. Aber dafür braucht man ruhige See, versteht Ihr das?« Mit einem Ruck wandte sich der Hafenmeister dem jungen Emder zu und setzte zu einer wahren Philippika an. »Die Stadt will auf diese Weise Silber

---

8) Byzantinisches Kriegsschiff, bis in das 13. Jahrhundert genutzt.

sparen. Sie glaubt, so auf eigene Schiffe zum Schutz der Kaufleute verzichten zu können. Aber dieses Geld ist verschossen. Die Heuer hat der Magistrat schon bezahlt. Das ist aber nur das Schiff, versteht Ihr? Dazu kommen die Verpflegung und der Sold. Wie geht es weiter? Nun, der Franke wird ein bisschen umherschippern, vielleicht vor Jütland kreuzen oder im Kanal, seinen Lohn einstreichen, und dann nach Hause fahren. Danach kommt das Gesindel wieder aus den Löchern. Nichts ist gewonnen. Das ist so, als wolltet Ihr durch das Ärmelloch in Eure Kittelbluse schlüpfen!«

»Was denken die Fernhändler? Die Gotlandfahrer? Etwa Juries Hopper und seine Leute?«, wollte Wibolt wissen, und der Hafenmeister sah ihn scharf an.

Dann hob er die Schultern. »Das sind Männer, die sich selbst helfen können. Hopper zumal. Seine Schiffe sind wehrhaft, das könnt Ihr getrost glauben. Der hat auch, wie man hört, kein Silber für diese Sache lockergemacht!« Er schnäuzte sich über die Bordwand und angelte nach einem Sacktuch. »Nein, um diese geht es nicht. Sondern um die vielen kleinen Händler, Krauter und Krämer, die sich keinen eigenen Schutz leisten können. Aber die sind es doch am Ende, die den Warenstrom fließen lassen, könnt Ihr mir folgen?«

Er blieb noch eine Weile an Bord und beobachtete mit seinen kalten Vogelaugen das Löschen der Ladung. Wibolt nutzte die Gelegenheit, sich im Hafen umzusehen. Und dabei wieder zu lernen, was seiner Heimatstadt noch fehlte. Wann verirrte sich schon mal ein Großsegler an den Delft? Der musste draußen auf Reede warten, bis Platz für ihn geschaffen war. Oder von dort entladen werden. Ein Schiff wie diese Dromone würde kaum genügend Raum finden, ihre Bordwand an den Kai zu legen. Deshalb blieb es bei den kleinen Leichtern und Koggen aus der umliegenden Region, und aus diesem Grunde fehlte auch die Atmosphäre, die verwirrende

Vielfalt aus Fremdartigem und Neuem, das Hamburg wie London auszeichnete.

Am Emder Delft gab es keine Bettler, sie wurden von den Helfern des Hafenmeisters zur Not mit Knüppeln von der Mole getrieben. Hier jedoch kümmerte sich niemand um bettelnde Menschen, sie waren überall, Wibolt sah sie sogar ohne Beine auf rollbaren Brettern hocken. Die armen Teufel selbst sorgten für ihre Fahrt, indem sie sich mit angespitzten Stöcken abstießen. Er sah Freudenmädchen, junge und weniger junge, die mit bunten Tüchern um die Hüften ihre Dienste feilboten. Wibolt roch ihm unbekannte Gewürze und Spezereien, sie wurden von fliegenden Händlern angeboten oder wehten von den Garküchen herüber, die wegen der Brandgefahr am hinteren Rand des Hafens standen. Er sah Männer mit mandelförmigen Augen in bunten Tüchern, sie trugen schwere, gebogene Schwerter und wirkten doch seltsam friedlich, wie scheue Wesen aus einer fernen, verheißungsvollen Welt. Tiere mit merkwürdigen Buckeln trugen schwere Lasten, er sah sie gemächlichen Schritts über Laderampen steigen und in Schiffsbäuchen verschwinden. An der Mole schwenkten wuchtige Hebewerke Tonnen von Gütern an Tauen, so dick wie junge Bäume. Und überall wurde gebrüllt und geflucht, gelacht und geschafft.

Auch Focke Uffen hielt seine Mannschaft auf Trab. Nach weniger als einem halben Tag war die *Thedea* leergeräumt. Wibolt bestieg einen der Wagen und befahl den sofortigen Aufbruch. Bei Tadesloe[9] wechselten sie die Pferde, der Emder zahlte lächelnd die Akzise an der Travebrücke und die Fuhrleute maulten pflichtschuldig über die Steuern des Grafen von Schauenburg. Sie erreichten Lübeck ohne Zwischenfall am Karfreitag des Jahres 1201.

\*

---
9) Alter Name für Oldesloe

Lübeck hatte Schleswig als Handelsplatz schon lange den Rang abgelaufen, so wie letztere Haithabu fast hundert Jahre zuvor, und das hing mit den neu entdeckten Märkten und Schätzen des Ostmeeres zusammen, mit der wachsenden Bedeutung Gotlands und den Reichen baltischer Fürsten, von denen die Insel sich nährte. Erst in der Stadt begann Wibolt Flaskoper zu begreifen, welche Faszination davon ausging. Wie gebannt blickten die Kaufherren gen Osten, man spürte ihre fast fiebrige Unruhe, gerade jetzt, zu Beginn der diesjährigen Reisezeit. Die Gründe leuchteten Flaskoper durchaus ein. Nirgendwo wuchsen die Handelsräume so rasant wie dort, jenseits des Lübecker Meeres. Gewiss, auch im Westen wurden Hafenbecken erweitert, Städte gegründet und Warenströme neu geordnet. Aber das war nichts im Vergleich zu Gotland und Livland[10]. Wo sich in Bremen oder London die Umschläge gediegen verstetigten, schienen sie im Osten förmlich zu explodieren. Und mit ihnen die Gewinne. Und mit diesen der Reichtum. Kein Wunder, dass die Handelsherren aus den Bruderstädten in die aufgehende Sonne starrten wie auf einen goldenen Götzen.

Als Wibolt mit seinen Fuhrwerken in den Lübecker Hafen rumpelte, ergriff ihn mit einem Mal eine fieberhafte Unruhe. Nicht nur wegen der Aussicht, bald die stolze Summe von tausend Mark lübisches Silber in den Händen zu halten. Sondern vor allem, weil er einem Wendepunkt in seinem Leben besonders nahe war. Er war im Begriff, die ländliche Bescheidenheit seines Gewerbes zu verlassen, und in die Welt der Großen und Mächtigen einzutauchen. In den ergiebigen Handel mit Fürsten und Staatenlenkern. In das Geschäft von Kaufleuten, die am Morgen das Frühstück des Bischofs

---

10) Umfasst politisch das heutige Baltikum, im Wesentlichen die Staaten Estland und Lettland.
Geographisch die Region zwischen Riga und dem Peipussee.

von Bremen an dessen Residenz schafften, und am Nachmittag die Seide für die Unterhosen des Königs von England verschifften. Er, Wibolt Flaskoper, Tuchhändler aus Emden im Osten Frieslands, schickte sich an, diesem erlauchten Zirkel beizutreten. Dort mitzumischen. Als er daran dachte, dass er jetzt, in diesem Augenblick, bei Lichte betrachtet fast pleite war, wenn auch nur für wenige Stunden, bis zu dem Moment, an dem das Silber des Gotlandfahrers floss, da musste er so hell auflachen, dass ihm der Kutscher auf dem Bock einen befremdeten Blick zuwarf.

Wibolt lehnt sich lächelnd zurück. Er fühlte sich gut vorbereitet für alles, das ihn erwartete, aber was er schließlich sah, nahm ihm schier den Atem. Er hatte noch nie einen derart gefüllten Hafen erlebt. Die Großsegler schienen sich zu stauen bis zur Mündung der Trave. Landeinwärts, im Süden, zogen sie wie an einer Perlenschnur auf die Löschrampe zu, wurden dort entladen, gewendet, zur Nordseite geschleppt und seewärts gedreht, beladen und liefen aus. Das alles vollzog sich präzise und ruhig, in der Genauigkeit, mit der ein Zahnkranz in eine Welle greift, die von einem Windrad angetrieben wird.

Aber noch beeindruckender war die Atmosphäre dieses Ortes. Sie war ganz anders als in Hamburg oder London. Sehr bald wurde Wibolt der Unterschied bewusst. Es gab keine Gaukler oder Musikanten, keine Dirnen und keine Bettler. Es wurde nicht gebrüllt und nicht gelacht. Über allem lag eine seltsam nüchterne, ja spröde, fast kühle Stimmung. Der ganze Hafen, mit allem, was er an Menschen und Dingen enthielt, wirkte wie eine riesige Maschine, die keine andere Aufgabe hatte, als zu funktionieren. Und plötzlich begriff der junge Emder dies alles als den Schlussstein für den ganz großen Erfolg, wie der letzte Granitblock in der Bogenspitze eines großen Kirchenfensters, der mit seinem Sitz alle anderen unter sich festhält. Nämlich sachliche, leidenschaftslose Kaufmannschaft, die nur ein Ziel kennt, dem sie alles unterordnet und das sie unerbittlich verfolgt: den gewinnträchtigen Umschlag von Waren und Gütern.

Aber sein Staunen sollte noch nicht enden. Es setzte sich fort mit Johann Kampen, der ihn stolz im Hafen begrüßte, und der ein ganz anderer zu sein schien, als er in London gewesen war. Dort hatte Wibolt ihn nur als Zecher im *Swan* gekannt und als Unterhändler am Stalhof. Jetzt sollte er ihn als fahrenden Kaufmann erleben. Als einen stets wachen, hochkonzentrierten Handelsherrn, der mit sparsamen Gesten auskam und selten Worte sprach, die verzichtbar gewesen wären. In diesem Sinne, dachte Wibolt später, hatte der Gotlandfahrer viel von der unerbittlichen Sachlichkeit des Lübecker Hafens. Nur beim Handschlag leistete Kampen sich Freiheiten, als er mit einer großartigen Gebärde den Raum abstrich. »Weißt du, wo du hier bist, Wibolt Flaskoper? In der Drachenhöhle. Von hier fliegen wir in die Welt und reißen ihr ihren fetten Steiß auf!«, sagte er lachend und seine Augen schienen zu brennen.

Kampen überschlug die Liefermenge, begutachtete das Tuch nur flüchtig, und als er die Flaskoperschen Siegel sah, klopfte er dem Emder wohlwollend auf den Rücken. »Das wird bei der Truppe für warme Schultern sorgen, so viel steht fest.« Er ließ seine Schauerleute die Ballen auf eigene Fuhrwerke laden, nahm Wibolt bei der Schulter und führte ihn mit erhobenem Kopf durch sein Reich.

»Das ist also dein Schlachtfeld«, stellte der Tuchhändler staunend fest, aber Kampen widersprach.

»Nein. Die Feste, in der ich meine Feldzüge vorbereite«, antwortete er schmunzelnd. Es war fast schon ein Wunder, dass der Gotlandfahrer nicht von ›Raubzügen‹ sprach. Dann wies er mit einer ausholenden Geste erneut auf den Hafen. »Aber hier, mein junger Freund, erhältst du einen Eindruck davon, wo die Musik des Handels künftig spielt. Wie seine Lebenslinien laufen. Wir hier in Lübeck sind das Hirn, der Kopf, der alles steuert. Auf Gotland sitzt das Herz, das die Kraftwege versorgt. Und da hinten ...«, er hob seinen Arm und streckte ihn nach Osten, »... hinter der Kimm, in der unendlichen Tiefe des baltischen Meeres, findet sich das nötige Blut und Fett, diese riesige Mechanik in Bewegung zu halten. Wir müssen uns beides nur holen!«

Das konnte übertrieben sein, der Vergleich mit dem Blut und dem Fett, das man sich nur holen müsse, war allemal eher unpassend, aber in der Sache verstand Wibolt den Lübecker. Es war ja klar, was Kampen meinte. Blut und Fett, das waren die Brennstoffe aus Silber und Ware, die Summe der gebündelten Kraft aus Arbeit und Ausstoß, die Schmiere, auf der diese Welt sich drehte wie ein Wagenrad auf der Achse.

Wie hatte sich noch Johann Kampen im *Swan* in London ausgedrückt? Die Märkte saugen wie Schwämme, hatte er gesagt, und genau so schien es auch zu sein. Die Nachfrage war enorm, und es wurde nach Wunsch geliefert. Viele der Kaufleute verließen ihre angestammten Geschäftsfelder und richteten ihr Angebot nach den Bedürfnissen des Marktes aus. Johann sprach offen davon, er machte aus der Sache keinen Hehl. Juries Hopper der Jüngere, den man *Eisenfaust* nannte, handelte immer noch mit Farbstoffen, aber auch mit Sätteln und Zaumzeug für Pferde. Später, während des Feldzuges gegen die Semgallen, sollte Wibolt noch erleben, wie der Hamburger kaltblütig einen Zufall nutzte, um dem Heerführer des Bischofs von Livland tausend Lanzenschäfte und ebenso viele Spitzen zu verkaufen, und damit auf einen Schlag mehr als sechshundert Mark lübisches Silber verdiente.

Düsterhenn vertrieb Wachs und Stockfisch wie ehedem, doch zusätzlich lieferte er Helme und Brustpanzer, die er im Cölnischen fertigen ließ. Und Johann Kampen hatte einige Kisten im Lübecker Hafen gestapelt, die von Waffenknechten bewacht wurden. »Wozu dieses?«, fragte ihn der Emder, und der Gotlandfahrer ließ eine der Kisten öffnen. Der Inhalt war unter Öltuch sorgfältig verpackt. Seine nächste Fracht Richtung Osten bestand aus dreihundertfünfzig Schwertern.

»Günstiges Angebot. Geschmiedet in Flandern. Besonders biegsam und geschmeidig. Werden angeblich mit Pferdepisse gehärtet. Für das Expeditionsheer des Bischofs«, sagte er lakonisch, und Wibolt Flaskoper zog die Stirn in Falten.

»Wie denn, Johann? Ich dachte, du handelst mit Rosinen? Wolltest du nicht damit in den nächsten Jahren das große Geld machen?«, fragte der junge Emder spitz, doch der andere belehrte ihn kühl.

»Ich handele mit allen Gütern, die sich am Markt umschlagen lassen. So geht erfolgreiche Kaufmannschaft. Solltest du wissen, Wibolt!«

Flaskoper grinste nur. Günstig, das war ihm schon klar, günstig waren die Klingen für Johann gewesen. Für den Bischof würden sie schon weit weniger günstig sein.

Rumpelnd zogen die Fuhrwerke an, die Tuchballen ließ Kampen in ein Magazin am Hafen schaffen. Wibolt wunderte sich darüber, aber der andere klärte ihn auf. »Wir schaffen es nur in einen Speicher um die Ecke. Das Zeug geht schon bald nach Visby, zum Näher.«

Der junge Emder hob die Brauen. »Nach Gotland? Um daraus die Mäntel zu machen? Warum dieses und nicht in Lübeck?«

Johann Kampen starrte ihn an. »In Lübeck? Bist du verrückt? Der Näher auf Gotland kostet mich die Hälfte. Höchstens!«

»Aha. Und warum das Magazin hier im Hafen?«

Der Gotlandfahrer streckte die Hände vor wie jemand, der zeigen will, dass er unbewaffnet ist. »Du weißt es doch auch, Wibolt: Reich wird man nur durch Geld, das man spart. Stauraum kostet unnötig, wenn man ihn alleine nutzt. Was soll ich mit dem Kram zu Hause? Ich teile hier einen großen Speicher mit ein paar Handelsherren. Spart aufs Jahr präzise achtzehn Mark lübisches Silber.«

So musste es wohl sein. Denn bei aller Großzügigkeit als Zecher und Schmauser achtete der Lübecker im Gewerbe auf sparsamen Haushalt. Wibolt sah den Karren nach, die mit seinen Tuchballen davonrumpelten, aber Geld hatte er noch immer nicht. Auch in Kampens Kontor am Lübecker Markt sah er nichts davon. Stattdessen hielt ihm der Gotlandfahrer ein Pergament unter die Nase. »Auf diesen Wechsel zahlt dir die Bank von Heinrich von Tossen in Bremen die vereinbarten eintausend Mark. Du hast doch Verbindungen zu Tossen?«

Der junge Emder war sprachlos. Gewiss, über die Art der Zahlung hatte es keine Abrede gegeben, aber natürlich war er von barer Münze ausgegangen. Schließlich hatte er Tuch geliefert und keine Papierstreifen. Und, zum Teufel, woher wusste Kampen von seinen Schulden bei Tossen? Wusste er wirklich davon?

Er hob den Blick und sah, wie ihn der andere anstarrte.

»Komm schon, Wibolt. Sei mir nicht gram, aber man merkt, dass du Geschäfte in dieser Größe noch nicht abgewickelt hast.« Kampen warf die Hände in die Luft wie einer, den die schiere Verzweiflung anfällt. »Du glaubst doch nicht im Ernst, dass ich hier tausend Mark Silber horte? Wie? Doch wohl nicht! Das musst du auch noch lernen, denn so macht man bei uns keinen Handel mehr. Jeder Kaufmann steht für seine Schuld mit seinem Wort. Dazu gehört natürlich auch Vertrauen.« Der Lübecker stand auf, trat hurtig an ein Kabinett, fischte eine Flasche und zwei Pokale heraus und stellte alles auf den Tisch. Jetzt lächelte er wieder. »Habe hier einen guten Tropfen aus dem Fränkischen, einer Stadt mit Namen Bordeaux. Er kommt in Fässern und wird in Lübeck zur Flaschenreife gebracht. Der Handel hat gerade erst begonnen, aber ich wette um meine Seele, dass daraus ein sehr einträgliches Geschäft zu machen ist. Und was meinst du wohl, Johann Kampen wird dabei sein!« Er rieb sich die Hände wie ein Bauer, der winters nach langem Tagwerk an den heimischen Feuerplatz zurückkehrt. »Ich nenne ihn einfach nur Rotspon, aber du wirst sehen, er ist vorzüglich.« Dann schenkte er ein. »Die Gläser sind übrigens aus rheinischem Kristall«, fügte er noch bescheiden an.

Hob sein Glas und trank Wibolt zu. Trank ausführlich, denn es schmeckte ihm. Auch, weil er, wie er mehrfach versichert hatte, froh darüber war, dass er seinem Bischof gegenüber Wort halten konnte. Dann leckte Kampen sich über die Lippen. »Und du musst ja auch mit dem ganzen Zaster zurück nach Emden. Weißt du, wie schwer so viel Silber ist? Das kannst du nicht unter dem Wams in einem kleinen Lederbeutel tragen. Von der Sorge, es heil nach Hause zu bringen, will ich gar nicht reden!« Wibolt musste schmunzeln, denn mit heil nach Hause bringen konnte ja wohl kaum unbeschadetes Geld gemeint sein, sondern nur das eigene Fell, ohne Löcher. Er schob das Pergament in seine Jacke, und der andere nickte wohlwollend. »So reist es sich leichter«, lächelte Kampen. Er legte dem Emder die Hand auf die Schulter. »Es ist auf deinen Namen ausgestellt. Heinrich wird das Geld auch nur an dich persönlich zahlen, und sonst an niemanden. Es ist also für Räuber wertlos. Verlieren solltest du es trotzdem nicht.«

Kampen griff nach der Weinflasche und schenkte ihnen nach. Dann fuhr er sich zufrieden über den Bauch. Sein Blick tastete sich durch das Kontor, als sähe er es zum ersten Mal. »Du musst auch schnell reisen, denn du hast viel vor. Zuerst das Geld in Bremen holen. Dann deine Verbindlichkeiten lösen …!« Er hob beide Hände, als der andere auffahren wollte. »Lass gut sein, Wibolt. Auch das wirst du noch als etwas begreifen, das zum Handel gehört. Also, deine Verbindlichkeiten. Löse nicht alles, damit du flüssig bleibst, denn du wirst in den nächsten Monden Geld brauchen. Dann fährst du heim und regelst deine Geschäfte. Rasch. Und danach kommst du zurück. Hierher, nach Lübeck. Denn im Sommer segeln wir!«

Wibolt Flaskoper hatte die Rede des Lübeckers über sich ergehen lassen wie einen Sturzregen, dem man nicht entrinnen kann. Als Kampen schwieg, sah der Emder auf. »Wir segeln? Wohin?«

»Nach Gotland. Und dann nach Livland«, gab Kampen zurück, als verstehe er überhaupt die Frage nicht. Schüttelte den Kopf mit gerunzelter Stirn. »Ja, meinst du denn, mit den fünfhundert Ballen Tuch ist es getan, Wibolt? Dann träumst du schlecht. Damit beeindruckst du niemanden. Du musst präsent sein, verstehst du das? Leute treffen. Kontakte herstellen. Verträge machen. Aber damit nicht genug!« Er schnellte hoch, als wollte er angreifen. »Du musst auch vorbereitet sein, an einer Audienz des Bischofs von Livland teilzunehmen. Ich werde für eine Gelegenheit sorgen. Nutzen musst du sie!«

»Aha«, sagte Wibolt grinsend, »dein Freund Albert.«

Kampen grinste zurück. »Richtig. Mein Freund Albert.«

Jetzt war es der junge Emder, der nach vorne schoss wie ein Habicht auf eine Feldmaus. »Sag mal, was soll das denn hier alles werden, Johann? Deine Gluckerei? Ich denke, Mandolf Düsterhenn ist mein Bruderpate, oder wie?«, fragte er in süffisantem Ton, und das Grinsen Kampens vertiefte sich.

Er breitete die Arme aus wie ein segnender Priester. »Wir haben uns das überlegt, Wibolt. Es ist besser, wenn wir beide auf dich aufpassen.«

## 13.

*Kein Kaufmann liefere Güter, über deren Herkunft er nichts weiß. Und tut er es doch, so schützt ihn seine Unwissenheit nicht vor der Haftung für die Qualität der Ware und für die Ehrenhaftigkeit ihres Ursprungs.*
*Nach der Nowgoroder Schra*

*Emden, im Frühsommer 1201*

Bei seiner Rückkehr aus Lübeck merkte Wibolt Flaskoper sofort, dass etwas nicht stimmte, denn die Hausmagd zog ein Gesicht wie eine Braut, deren Zukünftiger vor der Heirat Reißaus genommen hat. Bleib mir vom Hals mit deinen Launen, Frau, ich habe eine anstrengende Reise hinter mir, dachte der junge Handelsherr, und was ich erlebt habe, bei diesem Heinrich von Tossen, das muss man erst verdauen. Er hatte natürlich seinen Weg über Bremen genommen, hatte den Wechsel Kampens mit einem flauen Gefühl im Magen dem Geldverleiher vorgelegt. Der Sekretär Tossens hatte ihn auf der Diele mit der Nachricht empfangen, man sei bereits über sein, Flaskopers, Kommen unterrichtet, und hatte dabei eine Miene aufgesetzt, als warte das Beil des Scharfrichters auf den Emder. Als wären seine Tage bereits gezählt. Es hatte nur noch gefehlt, dass aus einer Ecke plötzlich die städtischen Waffenknechte hervorstürzen, um ihn zu packen und ihn ins Loch zu werfen.

Und dann der Hausherr selbst, Tossen, trotz der Wärme im wollenen Hausmantel, die Augen voller Vorwurf, so schien es Wibolt zumindest, und dann nahm der Alte den Wechsel, als müsse er ein Stück Hundekot anfassen. Beäugte das Pergament wie eine halbblinde Krähe einen ungenießbaren Wurm und hob den Blick. Seine Stimme war kalt. »Wie wollt Ihr das Geld? In welcher Stückelung?«

Wibolt hob die Schultern, in seiner Brust tobten Stürme der Erleichterung. »Wie es Euch beliebt. Zuvor will ich aber meine Schuld bei Euch ablösen.«

Der Sekretär machte ein Geräusch, das klang wie ein Schluchzen, und Tossen musterte ihn wie ein Magister seinen schwächsten Studenten. »Wie beliebt? Eure Schulden? Wollt Ihr Schabernack mit mir treiben, Herr?« Und dann, als er das schier fassungslose Gesicht des Tuchhändlers sah, teilte er in sprödem Ton mit, dass dessen Verbindlichkeiten sämtlich abgelöst seien. Mit allen angefallenen Zinsen. In voller Höhe. Bis auf den letzten Bruch. »Genau sechshundertvierunddreißig Mark und sieben weiße Pfennige!« Um endlich mit eiskalter Stimme fortzufahren. »Ich wundere mich allerdings, dass Ihr das nicht wisst. Es lässt jedoch Rückschluss auf die Art zu, in der Ihr Eure Geschäfte führt.« Das war eine ziemliche Unverfrorenheit, denn über den Sachverhalt stand Tossen kein Urteil zu, aber Wibolt war außerstande, den anderen in die Schranken zu weisen. Er wusste nicht, wo ihm der Kopf stand, begriff kein Wort und es half nichts, er musste fragen. Aber die Antwort Tossens schuf Klarheit nur in diesem Punkt, zugleich jedoch sorgte sie für weitere Rätsel. Dabei waren die Fakten ebenso dürr wie eindeutig. Die Handelsherrin Mieke le Clerck aus Groningen hatte das Debet des Emders abgelöst, und Tossen ließ durchblicken, was er von Männern hielt, die ihre Rechnungen von Weibern bezahlen ließen. Nicht viel.

Am Ende begann Wibolt zu verstehen, was den Bremer kratzte. Es war der Verlust eines Schuldners, von dem er nun keine Zinsen mehr fordern konnte. Heinrich von Tossens Miene hellte sich erst auf, als der Emder

Kaufherr erklärte, er wolle von der Wechselsumme lediglich die Hälfte mitnehmen. »Den Rest tut in Euren Stadtkasten«, sagte Wibolt leichthin, und der Sekretär sonderte ein entrüstetes Schnaufen ab, während die Züge Tossens erneut gefroren.

»Junger Mann, seid belehrt, dass ich den Eisenkasten der Stadt Bremen nicht nötig habe. Wir sind nicht in Emden, versteht Ihr das? In meinem Gelass ist Euer Geld so sicher wie irgendwo auf der Welt!« Er hob die Hand wie einer, der die Aufmerksamkeit seines Hundes fordert. »Und nicht nur das; ich zahle Euch zwei Teile von hundert Zinsen aufs Jahr!« Dann schnippte der Alte mit den Fingern, und der Schreiber fertigte einen Kontrakt aus.

Wibolt harre das Haus nahezu fluchtartig verlassen. An der Schlachte hatte er sich einer größeren Reisegesellschaft angeschlossen, denn Tossen hatte ihm keinen Waffenknecht mitgegeben. Es war nicht mehr sein Geld, das es zu schützen galt. Der Weg nach Ostfriesland war Wibolt quälend lang geworden, zu viele Fragen hatten sich in seinem Kopf gewälzt, sie nährten seine Ungeduld und ließen ihn rastlos und ungerecht werden. In Oldenburg war er kurz davor gewesen, einen Fuhrknecht zu ohrfeigen, weil ihm der Pferdewechsel nicht schnell genug ging.

Und jetzt, als er sein Haus am Emder Delft betrat, machte ihm die Hausmagd eine Schnute von der besseren Sorte. »Was soll's denn sein«, fragte er ungehalten, und die Frau wies mit dem Kinn nach oben, in Richtung auf das Stiegenhaus zu.

»Sie ist in Eurem Kontor«, nölte sie.

»Wer?«, fragte er scharf.

»Wer wohl?«, gab sie aufsässig zurück, und mit einem Mal schlug sein Herz, als hätte es eine Walke anzutreiben.

Er wollte doch als Allererstes den Sekretär zitieren,

Habbo Blome, um ihm die Haare zu schneiden, denn woher sonst konnte Mieke wissen, bei welchem Bankhaus er in der Kreide stand. Stattdessen stürmte er das Stiegenhaus hinauf und brach in sein Kontor wie einer, der unschätzbar wertvolle Dokumente vor den Flammen retten muss. Und da stand sie. Er flog auf sie zu und sie lag in seinen Armen, noch ehe auch nur ein Wort gesprochen war. Er trug sie durch das Stiegenhaus in die Schlafkammer, ignorierte die Hausmagd, die unten ihren Hals reckte, und schloss die Tür, nicht eben sanft, mit dem Stiefelabsatz. Später waren seine Wangen gerötet, auch aus Scham, als er sie fragte: »Was hast du dir dabei gedacht?«

Mieke le Clerck sah ihn an wie eine Mutter ihr hilfloses Kind. »Das ist meine Hochzeitseinlage in das Handelshaus Flaskoper, nenne es einfach meine Mitgift«, klärte sie ihn auf, und ihre Stimme klang ihm wie der Gesang einer himmlischen Harfe. Und wieder war es so, dass er sich an diesem Lautenspiel berauschte, es genoss, ohne auf seine Botschaft zu achten. Moment, Wibolt, was hat sie eben gesagt? Wie war das denn? War das ein Antrag? Verdammt und zugenäht, das war ein Heiratsantrag, und Wibolt konnte nichts darauf sagen, also beließ er es bei einem langen, inbrünstigen Kuss.

Es brauchte eine Weile, bis er seine Stimme wiederfand, stützte sich auf die Ellenbogen und sah sie scharf an. »Mit Habbo rupfe ich noch ein paar Hühner!«, gab er knurrend Auskunft. »Wie lange geht das schon zwischen euch?«

Die Schwarze Glutäugige schüttelte den Kopf, griff nach seinem Ohr, zupfte daran, langte sich das zweite Ohr, zog ihn an sich und küsste ihn ausführlich. Dann ließ sie von ihm ab. »Sei nicht albern, Mann!«, sagte sie trocken, wenn auch etwas kurzatmig, und damit betrachtete Wibolt Flaskoper ihre Ehe als vollzogen. Eine Segnung durch die Kirche schien ihm eher unbedeutend.

*

Satte fünfhundert Mark Silber hatte Wibolt Flaskoper in den Emder Stadtkasten gegeben. Dazu eine Abschrift der beurkundeten Summe in gleicher Höhe, abgelegt im Eisenschrank des Bankherrn Heinrich von Tossen zu Bremen. Damit verfügte der junge Handelsherr über tausend Mark flüssiges Geld. Tausend Mark! Lässig wie ein venezianischer Großkaufmann hatte der Emder die Stadtwache betreten und vier schwere, versiegelte Lederbeutel auf den Tisch des Hauses gelegt. Und die Urkunde Tossens gleich dazu. Der Fähnleinführer hatte geglotzt wie ein Ochse bei heftigem Donner. Ein rasender Sturm hätte die Nachricht nicht schneller durch die Gassen und Plätze der Stadt getragen. Ja, es gab Mauler, wie den Viehhändler Jakob Moerman, nun macht halblang, Leute, es ist womöglich wieder alles geliehen, wer weiß es denn, aber kaum jemand hörte darauf. Der Reeder Focke Uffen brachte die Neuigkeit im Rat zur Sprache, zu einem Zeitpunkt, als sie jeder schon kannte. Er erhob sich während einer Sitzung, obwohl er kein Rederecht hatte, verlor sich in einer konfusen Klage über die schlechte Wirtschaft und zog dann über Wibolt Flaskoper her, der sein Geld in der Fremde verdiene und darüber seine Heimatstadt schlicht vergesse. Oder besser: verrate!

Wibolt saß ruhig und lauschte, es war nicht nötig, dass er sich verteidigte, das taten andere für ihn. Zunächst der Bürgermeister, Johann Wynsen, der den Reeder zuerst nur laut, dann schreiend darauf hinwies, dass der als Vertreter der Bürgerschaft im Rat nicht reden dürfe, zumindest nicht ohne ausdrückliche Erlaubnis. »Und jetzt halt dein verdammtes Maul, Focke, oder ich lasse dich von den Knechten abführen, hast du das begriffen?!« Dann meldeten sich andere zu Wort, Händler und Kaufleute, die inzwischen über gute Kontakte nach Bremen verfügten, mit Bruderpaten Verträge geschlossen und ihre Umschläge merklich gesteigert hatten. Der Bierhändler Hompo Hayen schoss den Vogel ab, indem er sich genüsslich über die Regeln erfolgreicher Kaufmannschaft ausließ, bevor er sich an Uffen direkt wandte. »Vielleicht liegt es an dir und deiner Art, Geschäfte zu führen, Focke. Ich habe Nachricht aus Bremen, dass dein Bruderpate ...«, er zog ein Pergament aus dem Rock und warf einen Blick darauf, »... er heißt wohl Henrik Kloke ... den Kontrakt mit dir wieder gelöst hat. Nach eurer ersten gemeinsamen Unternehmung. Er war wohl unzufrieden!« Dann lächelte er. »Deine Einlage von fünf Mark Silber hat Henrik an dich zurückgezahlt.«

»Die Hälfte, die Hälfte hat er zurückgezahlt!«, schrie der Reeder aufgebracht, und dann, auf einen Wink des Bürgermeisters, griffen die Waffenknechte zu und schafften ihn hinaus.

Der Viehhändler Jakob Moerman hatte zu alledem verbissen geschwiegen, und in der Folgezeit sah man ihn von Focke abrücken, langsam aber stetig, es mochte sein, er hielt den engeren Kontakt zu dem Reeder nun für schädlich.

Nach der Sitzung nahm Wibolt den Bierhändler beiseite. »Höre, Hompo, ich will nicht wissen, woher du deine Nachrichten aus Bremen hast ...«, doch der andere unterbrach ihn sofort.

»Ich habe sie von deinem Bruderpaten, Mandolf Düsterhenn, Wibolt, und wenn du mehr erfahren möchtest ...«, er breitete lächelnd die Arme aus, »... stehe ich zur Verfügung.«

Der Tuchhändler hob die gerunzelte Stirn. »Von Mandolf? Und wie? Und warum?«

Hompos Lächeln gefror, die Quelle wollte er wohl offenbaren, nicht aber den Weg des Wassers. »Wir stehen in Verbindung, Wibolt, das muss dir genügen. Warum? Recht einfach. Mandolf will Leute wie Focke Uffen nicht in der Bruderschaft sehen. Du kennst den Grund. Focke hat gegen den Kodex verstoßen!«

Unverwandt sah Wibolt ihn an. Kein schmutziges Geld, so lautete die eherne Regel. Eine Regel, von der keine Ausnahme geduldet wurde. Der Reeder hatte auf einem seiner Schiffe Fässer mit Fetten transportiert, die aus verkochten Menschenleibern stammten. Von Toten, die man im Bremer Leprahospital Sankt Remberti gestohlen hatte. Und hatte Zweifel nicht ausräumen können, dass er von dieser Sache wusste. Seine unklare Verstrickung in dieses schmutzige Geschäft hatte ihn bis heute einen Sitz im Rat der Stadt gekostet. So war es, und während Wibolt diesen Gedanken noch nachhing, glomm plötzlich tief hinten in seinem Kopf ein Warnsignal auf, und mit einem Mal spürte er, wie sich sein Herzschlag beschleunigte, und dann traten winzige Schweißtropfen auf seine Stirn. »Woher wusste Mandolf davon?«, fragte er mit trockenem Mund, und der Bierhändler hob die Schultern.

»Von mir«, sagte Hompo lakonisch, dann wurde sein Kinn hart. »Wenn es nach mir gegangen wäre, dann hätte Focke unserer Abordnung nach Bremen nicht angehört. Ich habe damals bedauert, dass der Bürgermeister nicht die Kraft fand, ihn auszuschließen.«

Kein schmutziges Geld. Kein schmutziges Geld! Wibolt Flaskopers Blick wurde starr, wie in sich gekehrt, als ihm der andere schmunzelnd den Arm auf die Schulter legte. »Aber was kümmert's dich, mein Guter, du hast gerade ein prachtvolles Geschäft gemacht und bist auf dem Weg nach oben, ist es nicht so?«

»Es sieht ganz danach aus«, sagte Wibolt Flaskoper mit verkniffenem Lächeln und der Bierhändler wandte sich ab. Tief in Gedanken blieb der andere zurück. Seine zweite Frage an Hayen war er gar nicht losgeworden. Dein Privileg vom Münsteraner Bischof, Hompo. Wie war das damals? Wie bist du da rangekommen? Ich will mich nämlich strecken, weißt du, eines vom Bischof von Livland …!

Doch Hayen drehte ihm seine breiten Rücken zu,

und die Frage blieb ungestellt. Stattdessen dröhnten Antworten in Wibolts Kopf, die er nicht gesucht hatte. Kodex. Gegen den Kodex verstoßen. Schmutziges Geld. Verträge halten und redlich sein. Ein Teil des Tuches, das er im Londoner Stalhof von dem Kaledonier gekauft hatte, war vorher bereits verwebt gewesen. Also nicht neu. Wie viel, wusste er selbst nicht. Er hatte den Kaledonier nicht gefragt, denn der Preis war sehr günstig gewesen. Und in seiner Not hatte Wibolt gekauft. Auch mit der Hoffnung, das Los gegen eines zu tauschen, das nur neue Fäden enthielt, so wie es gefordert gewesen war. Aber dazu war es nicht mehr gekommen. In seiner Erleichterung, die Zielmenge erreicht zu haben, hatte er weitere Reisen nicht mehr in Betracht gezogen, zumal der Winter vor der Türe gestanden hatte und Mieke aus Groningen gekommen war. Die fünfhundert Ballen waren gefärbt, gewalkt und geliefert. Mit dem genannten Mangel, der nicht zu beziffern war. Es war zu spät. Er konnte es nicht mehr ändern.

\*

Zuverlässige Feinde sind besser als unsichere Freunde. Verlässlich im Sinne von Berechenbarkeit, so viel stand für Wibolt Flaskoper fest, während sich Freunde vor allem dadurch auszuzeichnen schienen, dass sie stets da waren, wenn sie selbst der Hilfe bedurften. Sie waren auch da und bevölkerten das Haus, ohne gerufen worden zu sein. Dann hockten sie endlos am Feuerplatz oder an den Schragen, tranken und aßen nach Herzenslust und schienen ihr eigenes Heim und Dach vergessen zu haben. Solche Freunde hatte Wibolt in Emden viele. Über ihre Nützlichkeit wäre trefflich zu streiten. Leute wie Johann Wynsen und Hompo Hayen waren nah, aber waren sie auch hilfreich? Der Bürgermeister war eigentlich amtsmüde, er wollte seine Pflichten recht bald in gute Hände geben, nach seinen Vorstellungen in Wibolt Flaskopers

Hände, und Hayen war nicht zuletzt auch Konkurrent. Ein guter, grundsätzlich wohlwollender Gefährte, doch zugleich ein Gegner im Kampf um das höchste Amt der Stadt. Männer wie Mandolf Düsterhenn und Johann Kampen dagegen waren weit, aber sie hatten ihre helfende Zuwendung bereits bewiesen. Durch tätige Fürsorge und die Vermittlung guter Geschäfte, von den Aussichten für die fernere Zukunft nicht zu reden.

Über die Art seiner Feinde indes machte sich Flaskoper keine Illusionen. Er kannte sie genau und wusste, wer sie waren. Man konnte auf sie zählen. Man musste mit ihnen rechnen. Einige waren gefährlich, wie etwa der Viehhändler Jakob Moerman, der zudem den Verstand besaß, dem Tuchhändler zu schaden. Und eines war Wibolt Flaskoper klar: Sollte Moerman auch nur im Ansatz von dem Mangel erfahren, der Wibolts Lieferung nach Lübeck anhaftete, wäre es um des Tuchhändlers Ansehen in Emden geschehen. Es würde zumindest schwer beschädigt. Die Folgen wären ebenso klar wie unvermeidlich. Ein Grund mehr, dachte Wibolt, dieses Geheimnis zu hüten, es tief in seiner Brust zu verbergen. Dazu hatte er sich nach dem Gespräch mit dem Bierhändler entschlossen. Auf den Schreck der Erkenntnis, gegen den Kodex verstoßen zu haben, die er ja doch schon früher hatte, die ihm aber wohl in dem Gewirr von Not und Hoffnung aus dem Bewusstsein entschwunden war, folgte der feste Wille, eben dieses niemals preiszugeben. Schon gar nicht in seiner Stadt. Dem Gotlandfahrer Johann Kampen jedoch würde er sich womöglich offenbaren müssen. Aber das hatte Zeit. Oder nicht?

Mit dem Viehhändler Jakob Moerman, so glaubte Wibolt Flaskoper, wäre zudem eine Verständigung möglich, wenn die Bedingungen für ihn günstig wären. Weil Moerman vor allem ein Kopfmensch war, der die Vernunft höher stellte als das Gefühl. Andere Feinde des Tuchhändlers waren dagegen unversöhnlich, aber nicht gefährlich, wie der Reeder Focke Uffen. Wibolt suchte ihn am Morgen dieses Tages in dessen Haus auf, das seltsamerweise weit oben am nördlichen Stadtwall lag, ganz so, als scheue der Reeder die Nähe zum Hafen. Am Delft besaß Focke lediglich eine Remise, in die er Ware stapelte, die zur Verschiffung anstand. Der Bau war nicht groß, denn ein Reeder hat wenig zu lagern, und das nur für kurze Zeit. Und irgendwie hatte Uffen es nicht vermocht, über den Stand eines mittleren Schiffseigners hinauszuwachsen. Gewiss, er hatte seine Aufträge und hing in einem Geflecht solider geschäftlicher Strukturen, aber so war es schon seit vielen Jahren, und ein auf Wachstum angelegter Fortgang seiner Geschäfte war nicht zu erkennen.

Zudem hatte er Anno 97 bei einem Handel mit fränkischen Kaufleuten viel Geld verloren. Das Geschäft war über eine dubiose Quelle in Venedig vermittelt worden, und es roch von Anfang an nicht gut, aber der Reeder hatte nur das Silber gesehen und alle Warnungen in den Wind geschlagen. Dabei hatte Uffen nur einen Agenten in Bremen gekannt, über ihn waren die Kontakte gelaufen, und als am Ende das ganze Fiasko sichtbar wurde, da war es zu spät gewesen. Es ging um den Rücktransport eines Truppenteils des Heeres von Richard I. Plantagenet Löwenherz, der nach dem Ende des 3. Kreuzzuges in Italien hängen geblieben war und nun endlich nach England zurückgeholt werden sollte. Dazu war eine größere Flottille nötig. Focke selbst sollte eine Knorr ausrüsten, mit Wasser und Nahrung für drei Wochen ausstatten und durch die Enge von Gibraltar nach Genua schicken. Als Lohn hatte man einen Anteil aus einem alten Schatz in Aussicht gestellt, der den Engländern angeblich bei der Eroberung von Akkon in die Hände gefallen war, ersatzweise aber mindestens einen vergleichbaren Betrag in gemünztem Silber. Das Risiko war Wibolt unvertretbar hoch erschienen, aber der Reeder hatte gesagt, er nehme es auf seine Kappe.

Und so war es dann gekommen. Vor der galizischen Küste, auf der Höhe von Portocale, geriet das Schiff in einen schweren Sturm und musste den dortigen Hafen anlaufen, um seine Schäden reparieren zu lassen. Als es Genua erreichte, war Ultimo schon um fast einen Mond vorbei. Auf Nachfrage des Schiffsführers hob der Hafenmeister die Schultern. Eine Truppe von Richard Löwenherz, die auf ein Schiff wartete, gab es in Genua nicht. Aber die Ohren hatte der Mann auch gespitzt. Und am nächsten Morgen erschien ein Fähnlein der Stadtwache und beschlagnahmte das Schiff. Denn Truppen der Engländer hatten auf dem Wege nach Palästina Anno 1189 in der Stadt nach Saufgelagen schwere Schäden hinterlassen, die noch nicht beglichen waren. Der Magistrat von Genua nutzte die Gelegenheit, wenigstens eines Teils des Geldes habhaft zu werden. Woher der kam, interessierte die Herren nicht. Die offenkundige Verbindung zwischen der Knorr und der Truppe reichte ihnen als Grund aus, um zuzuschlagen. Die Mannschaft wurde ins Loch geworfen, wo drei der sieben Männer starben.

Erst ein Jahr später war der Schiffsführer mit dem Rest seiner Besatzung wieder in Emden aufgetaucht, sie hatten sich über Land durchschlagen müssen, eine Seereise war unerschwinglich gewesen. Der Agent in Bremen war spurlos verschwunden. Schon damals hatte Wibolt Flaskoper mit dem Gedanken gespielt, seine Einlage aus der Reederei zu lösen, aber die Bindung zu Focke Uffen war noch zu fest gewesen.

Das war sie jetzt nicht mehr, und Wibolt hatte die Entscheidung getroffen, sich von dem Reeder zu trennen. Heute sollte es sein. Er stellte sein Pferd in einer nahen Schenke ab, denn Focke hatte die üble Angewohnheit, schon am hellen Tag scharfe Hunde frei auf seinem Hof laufen zu lassen. Und gegen die konnte er sich notfalls zu Fuß besser wehren als auf einem durchgehenden Pferd.

Wibolt klopfte mit dem Holzhammer ans Tor und ein Hausknecht ließ ihn ein.

Der Reeder brütete über Pergamenten in seinem Kontor, es mochten Geschäftspapiere sein, die ihm die Laune verdarben. Den Gruß des Tuchhändlers erwiderte er nicht. Er konnte sich denken, weshalb Wibolt kam, aber er fragte trotzdem unwirsch. »Was willst du?«

Wibolt sah sich in dem Raum um, er war unaufgeräumt, schmuddelig und es roch nach kaltem Schweiß, nicht das Arbeitszimmer eines erfolgreichen Geschäftsmannes. Das alles bestärkte ihn in seinem Entschluss, die Unhöflichkeit des anderen gab ihm zusätzlich recht. »Mein Geld«, gab er trocken zurück. »Ich löse meine Einlage bei dir.«

Uffen nickte wie jemand, der eine seit langem gehegte Erwartung bestätigt sieht. Außerdem schien er vorbereitet zu sein. Ohne hinzusehen langte er unter sich, zog einen ledernen Beutel hervor und warf ihn auf den Tisch. »Da. Brauche deine Märker nicht!« Dann richtete er sich auf, in seinen Augen funkelte kalt geschmiedeter Hass. »Und das wisse: Du kommst mir lediglich zuvor. Ich hätte mich ohnehin demnächst von dir getrennt.«

Wibolt nahm den Beutel und zählte das Silber ab. Der Betrag stimmte, es waren genau einhundertfünfzig Mark. »Ganz so einfach ist es nicht, Focke. Ich verlange, dass du mir eine Schlussrechnung vorlegst. Mir stehen noch die Anteile aus deinem letzten Gewinn zu.«

Uffen stand auf und spuckte auf den Holzboden. Eigentlich spie er dem Tuchhändler vor die Füße. »Gewinn?«, fauchte er. »Umschläge? Die haben sich jüngst in Grenzen gehalten, weißt du? Daran haben auch du und deine Freunde Anteil!«

Gelassen sah Wibolt Flaskoper auf seine Stiefelspitzen. Es waren kostbare Stiefel, er hatte sie noch in Lübeck gekauft. »Da wir von Freunden reden, Focke. Du hast wohl nicht mehr viele, wie? Auch der Viehhändler scheint keiner mehr zu sein.«

Erneut spuckte der Reeder auf den Boden. Er schien das öfter zu tun. An seinem Kinn zuckte ein Muskel. »Jakob Moerman kann mir den Arsch lecken, verstehst du das?« Er machte einen raschen Schritt auf den Tuchhändler zu, fast so, als wollte er handgreiflich werden. »Moerman ist wie alle anderen!«, bellte er zornig. »Er sucht seine Freunde stets nach Nützlichkeit. Und wenn man ausgedient hat, wird man weggeworfen wie ein alter Sack. Der Teufel hole ihn!« Er fuhr herum, griff sich eines der Pergamente auf seinen Katheder und feuerte es durch den Raum. »Der Teufel soll ihn holen!« wiederholte der Reeder.

Flaskoper blieb stehen, wo er war, er dachte nicht daran, auch nur einen Schritt zu weichen. »Ich hätte mich längst von dir trennen sollen. Schon damals, nach der Sache mit den verkochten Leichen«, sagte er kalt, und mit einem Mal war der Reeder die Ruhe selbst.

»Das wurde nie nachgewiesen. Es war nichts als eine böse Behauptung.«

»Du konntest sie nicht entkräften«, gab der Tuchhändler trocken zurück.

»Und doch bist du geblieben, und ich sage dir auch warum: Weil ich gute Umschläge hatte«, versetzte der Reeder mit ätzender Stimme, und dann fuhr Focke Uffen beide Fäuste aus und packte den Tuchhändler am Rock. »Du bist nicht so edel, wie du dich gerne gibst, Wibolt Flaskoper. Und nun bist du auf dem Weg nach oben. Sieh zu, dass du nicht stürzt, hörst du, Wibolt? Und wenn du stürzt, dann denke an mich. Denke an mich!«

Die letzten Worte waren herausgebrüllt, sie wurden über die Lippen geschleudert, ausgespien wie ein giftiges Getränk, und dann hatte Wibolt den Reeder abgeschüttelt und von sich gestoßen. Er hörte ihn noch schreien, als er schon auf der Stiege war.

# 14.

*Redliche Kaufmannschaft ist die Seele jedes guten Handels. Dabei ist es gerecht, seinen Vorteil angemessen zu suchen. Weder ist edel, wer darauf verzichtet, noch jener tüchtig, der unmäßig ist.*
*Nach der Nowgoroder Schra*

*Lübeck, im Sommer 1201*

Die Hochzeit des Kaufmanns Wibolt Flaskoper mit der Groninger Handelsherrin Mieke le Clerck war im Ratskeller des Magistrats zu Emden mit großem Aufwand gefeiert worden. Der Tuchhändler hatte es an nichts fehlen lassen. Dabei schob er die Grenzen weit, nicht nur in der Bewirtung seiner Gäste, sondern auch bei deren Auswahl. Sogar seine Feinde waren fast vollständig anwesend, bis auf Focke Uffen, der geladen, aber nicht erschienen war. Man hatte dicht gedrängt gesessen, der Raum schien aus den Nähten zu platzen und die Spielleute mit ihren Leiern, Flöten und Sackpfeifen mussten draußen musizieren, vor der geöffneten Flügeltür, die letzten zwei standen sogar auf der Stiege. Es war deshalb größerer Einsatz nötig, und der Vormann der Musikanten verlangte von Wibolt pro Nase einen Weißpfennig mehr, um die zusätzliche Mühe zu bezahlen. Es wurde ausführlich geschmaust und, ja, man muss es sagen, gesoffen, zumindest was Hompo Hayen betrifft. Johann Kampen, der Lübecker Gotlandfahrer, hatte ein kleines Fässchen Rotspon geschickt, der Himmel mochte wissen, wie die Kunde der Flaskoperschen Heirat bis an die Trave gelangt war.

Dabei hatte der Tag schlecht begonnen, schon in der Kirche war es um ein Haar zu einem Eklat gekommen, als der Viehhändler Jakob Moerman auf die Frage des Pfarrers, ob jemand etwas gegen die Heirat einzuwenden habe, völlig unerwartet aufgestanden war und sich tief geräuspert hatte. Hatte dann, in der atemlosen Stille, umständlich nach einem Sacktuch gekramt und später behauptet, er hätte dasselbe im Sitzen nicht zu fassen gewusst. »Und was stehst du dann auf, Jakob, genau in diesem Moment? Ist dir denn in den Kopf geschissen?«, hatte der Bürgermeister bei der Feier gewütet, als er schon nicht mehr ganz nüchtern gewesen war.

»Was willst du, Johann?«, hatte der Viehhändler kalt zurückgezahlt, »sollte ich mir etwa den Rotz ins Maul laufen lassen?«

Den Fußweg von der Kirche bis zum Magistrat hatten kleine Mädchen mit bunten Sommerblumen bestreut, bis zu der Stelle, an der ein Fuhrwerk des Reeders die Gasse verstopfte, es stand quer und ließ kein vorbeischlüpfen zu. Focke Uffen selbst war nicht zu sehen, aber sein Zunftzeichen an der Deichsel machte klar, wem das Gefährt gehörte. Es wurde nach Focke gerufen, Leute aus der Festgesellschaft forschten in den umliegenden Häusern nach ihm, doch war er nicht anzutreffen, und ein Gassenbengel behauptete keck, das Fuhrwerk stehe dort mindestens schon seit dem Morgengrauen. Und in dem Augenblick, als man zwischen Lachen und Zorn schwankend noch überlegte was tun, da äpfelte vor den Augen der Braut einer der Gäule derart, dass man meinen konnte, er habe sich noch nie in seinem Leben abgelöst.

Auf einem Umweg war man schließlich ans Ziel gelangt, die ganze Herrschaft schon ziemlich angeschwitzt, und dann konnten die Knechte und Mägde das Bier nicht so schnell heranschaffen, wie danach gerufen wurde. Warm war es gewesen im Keller des Rathauses, warm und feucht, und die Luft hatte seltsam schwer angemutet, eine fast fremdartige Mischung aus Bratenaroma, saurem Lauch, dem süßen Duft reifer Frauen und den scharfen Ausdünstungen vieler Leiber in großer Enge. Jakob Moerman war dann noch an den Brauttisch getreten, hatte unter dem schrägen Blick des jungen Ehegatten der frischvermählten Herrin Flaskoper gratuliert und dabei sogar versucht, ihr die Hand zu küssen, was Mieke aber nicht gestatten wollte. Sie sei keine Frau von Adel, hatte die Braut dem Viehhändler kühl Bescheid getan. Mit einem Blick aus zweifach gebranntem Eisen hatte Moerman sich entfernt, sich dann in das Gewühl auf der Tanzdiele gestürzt und war den Rest des Abends nicht mehr zu sehen gewesen.

Es war schon spät, die Dämmerung hatte eingesetzt und vor der Rathaustreppe sangen die Amseln zur Nacht, als der Bürgermeister mit flackerndem Blick an den Bräutigam herantrat. »Nun, Wibolt, das Bürgermeisteramt. Wie steht es damit? Wann übernimmst du?«

Der junge Tuchhändler dachte sorgfältig nach. Natürlich hatte er in den letzten Monden und Jahren trotz aller Ängste und Nöte sein großes Ziel nicht aus den Augen verloren. War es denn noch sein großes Ziel? Er sah in das blutrote Gesicht des Bürgermeisters, dem der Speichel in den Mundwinkeln klebte, und er spürte den aufmerksamen Blick seiner jungen Frau, der Schwarzen Glutäugigen, die neben ihm saß, ihn berührte und eine Wärme ausstrahlte, dass man denken konnte, man säße winters vor knackenden Buchenscheiten. Ich bin saniert und schuldenfrei, dachte Wibolt. Ich bin glücklich verheiratet mit einer Frau, die ihresgleichen sucht. Ich bin auf dem Weg zu einem sehr erfolgreichen Handelsherrn, mit Umschlägen, von denen mein Vater oder Vatersvater nicht zu träumen wagte. Aber ich bin noch nicht so weit, das alles vom Emder Delft zu regeln. Sondern ich muss reisen. Zunächst nach Visby auf Gotland, und dann weiter nach Osten, bis in das Land der Semgallen, das hatte der Lübecker angedeutet. Niemand wusste, wie lange er fortbleiben würde, auch Johann Kampen nicht, der ihn, das Glas mit Rotspon in der Hand schon bedenklich schräg, auf die Frage angesehen hatte wie ein Grundherr seinen säumigen Pächter. »Mindestens ein Jahr, Mann. Was weiß denn ich, sehe ich etwa aus wie ein verdammter Wahrsager auf dem Sommermarkt?«

Gedankenschwer hatte der junge Mann den Blick gehoben, auch deshalb, weil ihn Wynsen, aus wässerigen Augen linsend, in die Rippen stieß. »Na? Was ist nun?«

Und dann schüttelte Wibolt Flaskoper den Kopf. »Zunächst einmal müsste ich ja gewählt werden«, und als der andere protestieren wollte, hob Flaskoper die Hände. »Es gibt außer mir weitere honorige Kandidaten, Johann. Hompo Hayen ist einer, und der Viehhändler wohl auch.« Der Bürgermeister öffnete den Mund, aber Wibolt fiel ihm einfach ins Wort. »Es ist zu früh. Ich muss bald reisen. Nach Gotland und bis ins Baltische, vielleicht sogar ins Reich des Kaisers der Reußen. Das führt mich weg für mindestens ein Jahr. Davon lass mich heil zurückkehren. Dann werden wir sehen.«

Und dann war es zu einem heftigen Wortwechsel gekommen, den alle Anwesenden aufmerksam verfolgten, vor allem Hompo, der in der Nähe saß. Johann Wynsen war aufgestanden, den Oberkörper schwer auf die Fäuste gestützt, mit einem Mal schien er völlig nüchtern zu sein. »Was soll das heißen, Wibolt? Ein volles Jahr soll ich noch im Geschirr gehen? Vielleicht sogar mehr? Das kann man mir nicht zumuten, und es war anders verabredet!«

»Verabredet war gar nichts«, gab der junge Kaufmann kühl zurück, »und was du nicht leisten kannst, das leiste nicht. Dann tritt zurück. Und dann lasst wählen. Für mich, weißt du, Johann, gibt es im Augenblick wichtigeres als das Amt des Bürgermeisters von Emden. Ich stehe jedenfalls vor Herbst Anno 1202 nicht zur Verfügung.«

Mieke drückte ihrem Mann verstohlen die Hand, es war still am Tisch geworden, alles lauschte, Wynsen ließ seinen Blick über die Gesichter wandern, sah jeden an, als wollte er sagen, hörst du das auch oder träume ich?

»Es ist im Statut der Stadt über die Dauer der Legislatur weiteres nicht festgelegt«, schob Wibolt noch nach. »Der Bürgermeister amtiert, bis er nicht mehr will. Oder der Magistrat nicht mehr!«

Johann Wynsens klebrige Mundwinkel kerbten sich ein, dann legte sein schräges Lächeln schwarze Zahnlücken frei. »Komm schon, Wibolt, mir machst du nichts vor. Der Bürgermeister ist für dich nur Mittel zum Zweck. Ein Werkzeug. Dir geht es doch um mehr. Wolltest du nicht Emden groß machen? Zu Reichtum bringen? In den Bund der Bruderstädte führen? Was ist nun damit? Hast du das vergessen?«

Wibolt starrte den anderen lange an. Schließlich schüttelte er erneut den Kopf. »Ich habe es nicht vergessen, Johann. Aber trotzdem gilt, was ich gesagt habe.«

\*

In die Vorbereitungen für seine Abreise platzten Neuigkeiten von der Ems. Everhard Svenke ließ grüßen und übermittelte gute Nachrichten. Die Herde vermehre sich stetig, und allein im vergangenen Frühjahr seien aus seinem, Wibolt Flaskopers Teil, sechsundsiebzig Lämmer geboren. Alle seien gesund, gediehen prächtig und die Muttertiere wären die kräftigsten und ansehnlichsten im Umkreis. Von den älteren Tieren wären nur dreizehn natürlich eingegangen. Er könne mit gut hundert Ballen Tuch aufs Jahr rechnen.

»Was verdienst du damit?«, fragte die Schwarze Glutäugige, und Wibolt hob die Schultern, auf seinen Lippen stand ein unsicheres Lächeln.

»Das hängt von der Güte ab. Vielleicht achtzig Mark Silber«, gab er Auskunft.

Mieke küsste ihn so heftig, dass er die Engel im Himmel singen hörte. »Ein mühseliges Geschäft«, sagte sie etwas kurzatmig, und er stimmte ihr zu.

»Aber es ist nun mal meins.«

»Das muss nicht so bleiben«, meinte die Schwarze Glutäugige lächelnd und verfügte sich in den Küchentrakt, weil sie mit der Magd etwas zu besprechen hatte. Dieser Satz gab ihm zu denken, aber seine Tragweite übersah er auch nicht nur annähernd. Mit großer Ruhe und Selbstverständlichkeit hatte Mieke die Führung des Haushalts im Flaskoperschen Anwesen am Delft übernommen, die Anleitung der schwierigen Hausmagd und ihrer Helferinnen, die Ordnung der Wirtschaft, des Vorrats und der Einkäufe, alles ging ihr in einer Leichtigkeit von der Hand, die Wibolt erstaunte. Dem Sekretär Habbo Blome gegenüber sah Mieke auf Abstand, sie begegnete ihm mit distanzierter Freundlichkeit, die dem jungen Mann zu gefallen schien, aber Wibolt hatte auch beobachtet, dass seine Frau Habbo auf die Finger sah, wenn der bei Schriftsätzen saß oder an Umschlägen rechnete. Wibolt sprach sie eines Tages darauf an. Die Schwarze Glutäugige nahm ihn lächelnd in die Arme. »Weißt du, das Wollgeschäft ist meinem sehr ähnlich. Ich will es nur ganz verstehen, damit ich Habbo unterstützen kann, wenn du fort bist.« Er drückte sie und sagte sich, was bist du nur für ein verdammt glücklicher Mann, Wibolt Flaskoper, aber zugleich fühlte er eine Beklemmung in der Brust, die noch lange anhielt.

Zwei Wochen vor Aufbruch stieg Wibolt auf sein Pferd und ritt mit Habbo ins Jeverland. Er hatte dem Sekretär bereits Vorgaben gemacht, ihm eingeschärft, er solle Kontakt zur Ems halten, mit Everhard Svenke treu zusammenarbeiten, und vor allem ein Auge auf die Walkmühle haben. Aber bevor er reiste, wollte er noch mit Onno Berensen reden. Ihm klarmachen, was er, Wibolt, von ihm erwartete. Nämlich sparsame Wirtschaft, hohe Güte im Tuch und gediegenen Umschlag, der mindestens um fünf von hundert Teilen steigen sollte. Dafür wollte er Onno eine Erhöhung seiner Einlage in Aussicht stellen. Wibolt dachte sogar an einen dreistelligen Betrag, einen kleinen, wohlgemerkt, denn es war immer klug, seine Geschäfte zu streuen. »Never put all eggs in one basket«, hatte er am Londoner Stalhof immer wieder gehört, und diese Weisheit galt auch für ihn. An seinen und des Sekretärs Satteltaschen hingen mehrere Ledersäcke mit Waid, jenem blauen Farbstoff, den der Gotlandfahrer Juries Hopper vertrieb, und den Wibolt Flaskoper bei der dänischen Reise von *Eisenfaust* erstanden hatte. Zu einem günstigen Preis, so viel verstand sich, aber das ging den Walkmüller nichts an. Hopper bezog den Farbstoff in großen Mengen aus Erfurt, das dem Landgrafen von Thüringen untertan war. Wibolt wollte das Färbemittel als weiteres Handelsgut in die Mühle geben, gegen Verrechnung seines Anteils an den Lasten des Geschäftsbetriebs, und zwar in voller Höhe. Habbo Blome nahm er mit, um ihm den Umgang mit schwierigen Partnern zu zeigen. Und ihn dem Müller als seinen, Wibolts, vollgültigen Vertreter für die Zeit seiner Abwesenheit ans Herz zu legen.

Es war ein warmer Sommertag, die Pferde schnauften schon weit vor der nördlichen Sumpfmarsch, aber der Tuchhändler hatte es eilig, er trieb scharf voran. Sie ritten bis zum Einbruch der Dämmerung und erst in dem Weiler Aurich machten sie Rast für die Nacht. Hinter der schützenden Ostwand von Sankt Lamberti, einer bescheidenen einräumigen Kirche mit flachem Dach und kleiner Apsis, richteten sie ihr Lager, denn sie wollten draußen schlafen. Das Strohdach war an vielen Stellen faulig und undicht, sie konnten seine Lücken sehen, und in dem Bau drückte sich eine kleine, magere Frau herum. Vielleicht war sie eine Magd, womöglich aber auch die Konkubine des Priesters, der wie üblich in einem Verschlag hinter dem Altar hauste. Seit dem zweiten Laterankonzil von Anno 1139 war die Ehe von Geistlichen zwar verboten, doch mit einem Verbot sind Fakten nicht ausgelöscht.

Der Pfarrer, ein glatzköpfiger Mönch, schüttete ihnen Stroh und bot ihnen ein Mahl aus salzigem Fisch und Brot, das sie vor dem Altartisch hockend einnahmen. Die Frau blieb verschwunden, aber hinter der Bretterwand hörten sie des Priesters Esel furzen und schnaufen. Der Kirchenmann war ein Zisterzienser aus der flandrischen Abtei *Ter Duinen*, er war schon alt und musste sich zum Nachtmahl mit einer Suppe begnügen. Etwas anderes, so sagte er lächelnd, ließen seine Zähne nicht zu, doch seine Augen brannten, als er von seinem Orden sprach. »Wir werden ein Kloster errichten. In den Wäldern, südlichen von hier. Schon bald!«, berichtete Bruder Gerard undeutlich.

»In den Wäldern? Warum?«, wagte Habbo zu fragen, und der Mönch sah ihn freundlich an.

»Wir lieben die Abgeschiedenheit, wisst Ihr? Ich habe den Platz gefunden und gesegnet«, krächzte Gerard, hustete heftig und spuckte etwas aus, das den Emdern vorkam wie blutiges Gekröse vom Huhn. Er betrachtete es nachdenklich in seiner Handfläche, dann schüttelte er es von den Fingern in die Streu auf dem Boden und wischte sich den Rest an der Kutte ab. Das tat er wohl schon des längeren, denn sein Habit war übersät mit silbrigen Flecken, zwischen denen es rötlich schimmerte. Schließlich hob er den Kopf, und in seinem Blick stand ein heiliges Feuer. »Schon bald!«, wiederholte Bruder Gerard. Sie verließen ihn, so rasch es ihnen schicklich schien. Später erfuhren sie von seiner anderen Seite, denn sie hörten ihn mit der Frau zanken. Von einer Feuerstelle stieg Rauch auf, und hinter der Apsis führten beide ein keifendes Wortgefecht. Anscheinend hatte er doch noch etwas Besseres zu essen als Suppe, salzigen Fisch und altes Brot, denn der Mönch fluchte und schimpfte: »... und dann sieh zu, Weib, dass mein Fleisch weich ist, meine verdammten Zähne tun weh!«

Die beiden Emder zogen sich ihre Pferdedecken über die Köpfe. Die Nacht wurde ziemlich kühl, und die Morgenfeuchte trieb sie früh auf die Beine. In der Kirche war es noch ruhig, von dem Mönch und der Frau war nichts zu sehen. Sie saßen auf und machten, dass sie weiterkamen. Auf der Dorfstraße spielten zerlumpte Kinder mit einem abgerissenen Hundekopf, und der Vormann eines nahen Grundherrn trieb leibeigene Bauern auf die Felder. Sie frühstückten im Sattel, denn Wibolt hatte es eilig. Es war schon im Wangerland, bei einer Rast in der Nähe des Weilers Wittmund, als Wibolt Flaskoper der Atem stockte. Ganz plötzlich, wie aus heiterem Himmel begann der Sekretär von den fünfhundert Ballen Wolltuch zu reden, die sie an den lübischen Handelsherrn geliefert hatten. »Es ist ja völlig klar, dass diese Ware nicht für friesisches Blautuch durchgeht«, sagte Habbo zwischen zwei Bissen, er kaute an einem trockenen Fladen, sein Wams war übersät mit Krumen und Brocken.

Wibolt richtete sich auf. Verdammt und zugenäht! Hatte der Bursche etwa Wind von den bereits verwebten Fäden bekommen? Wenn ja, woher? Flaskoper spürte sein Herz unter dem Hemd, aber äußerlich war er völlig ruhig. »Was sagst du da? Wieso dieses?«

Blome wandte ihm das Gesicht zu, auf seinen Lippen stand ein kühles Lächeln. »Nun ja, Herr, Ihr habt es doch aus den verschiedensten Quellen bezogen. Von der Ems, das geht noch an. Aber dann eben auch aus Groningen und sogar aus Kaledonien. Das ist doch kein friesisches Blautuch mehr, will mir scheinen!« Er lachte und wischte sich die Brotreste von der Hose. »Oder wird das Tuch etwa dadurch friesisch, dass es unsere Luft schnuppert?«

Wibolt sank zurück und ließ den Kopf auf die Satteldecke plumpsen. In seiner Erleichterung war er versucht zu lächeln, aber dann riss er sich zusammen. »Ich wundere mich über dich, Habbo«, brummte der Kaufherr grimmig. »Zunächst Groningen. Das liegt auch in Friesland. Wie du dich erinnern wirst. Und das kaledonische Tuch ist in Friesland gewalkt und gefärbt. Und damit ist es friesisches Blautuch. Und im Übrigen sorgst du dich um Dinge, die nicht dein Geschäft sind!«

Dann sah er den betroffenen Blick des Jungen und wollte in einem plötzlichen Aufschwall der Gefühle die Hand ausstrecken und sagen, sieh mal, Habbo, ich habe ganz andere Probleme, musst du wissen, da sind nämlich …! Halt ein, Mann, was tust du da? Er biss sich so fest auf die Zunge, dass ihm die Tränen kamen. Rasch wandte er sich ab und drehte dem anderen seinen Rücken zu. Es würde sich vielleicht nicht vermeiden lassen, Habbo ebenso in diese Sache einzuweihen wie den Lübecker Johann Kampen, aber nicht jetzt. Und nicht so. Sondern wohlüberlegt, bei einem Gespräch, in dem ihn nicht die Gefühle davontrugen, sondern das er kontrollierte. Er hörte Habbo hinter sich schniefen, vielleicht schluchzte er wegen der Rüge, vielleicht war es auch nur ein entrüstetes Schnauben, und so sah er sich genötigt, noch anzufügen: »Aber im Ganzen bin ich recht zufrieden mit dir, Habbo. Du bist ein guter Sekretarius. Und eines Tages wirst du ein ebenso guter Handelsherr sein.«

Sie erreichten die Walkmühle am Abend des vierten Tages, es hatte schon früh zu regnen begonnen, und von Norden fuhr ein frischer Wind heran. Das Wasserrad der Mühle drehte sich, und aus der Walkgrube hörten sie die Hämmer wummern. Wibolt wollte die Remise mit dem fertigen und dem rohen Tuch allein inspizieren, doch ein Knecht beobachtete ihre Ankunft, und nach wenigen Augenblicken bereits stand der Müller vor ihnen. »Ich leide es nicht, wenn sich Fremde ohne Begleitung hier herumdrücken!«, sagte Onno Berensen ohne Gruß, und Wibolt sah ihn kühl an.

»So hast du etwas zu verbergen, Onno?«, fragte er trocken, und fügte hinzu: »Ein Fremder kann ich wohl kaum sein, denn wir sind Partner.«

Der andere glotzte aus verschwiemelten Augen, seine Hände waren blau von frischer Färbung. »Schon, doch hättest du dich wenigstens ankündigen können«, gab er mürrisch zurück, aber Wibolt schüttelte den Kopf.

»Ich wüsste nicht, warum. Ich komme zu dir, wie du zu mir kommst. So einfach. Und nun möchte ich das Tuch sehen.«

»Was willst du da jetzt sehen, Mann? Es ist fast dunkel!«, fauchte Berensen wütend, und, da der andere schwieg, wandte er sich rüde ab und stapfte ihnen voran in die Remise. Schon bald schlug ihnen der strenge Geruch von Urin, Gärstoffen und feuchter Wolle entgegen. In dem Schuppen war nur dämmriges Licht, es kam von schwachen Tranfunzeln an den Wänden, wegen der Brandgefahr verbot sich eine stärkere Beleuchtung. Der Müller blieb derart abrupt stehen, dass ihn Habbo fast abgestoßen hätte. »Und nun, Wibolt Flaskoper, was nur willst du hier? Die Ballen zählen? Die Farbe prüfen? Den Grad der Trocknung?«

Schweigend schritt der Emder die Regale ab. Er tastete den frisch gefärbten Stoff, sein Blick ging prüfend über die bereits trockenen Ballen, er roch und fühlte, während ihn Berensen mit giftigen Blicken musterte. Wibolt stieg sogar auf eine Leiter und spähte über die obere Lage. Später saßen sie im Kontor des Müllers, einem kleinen Bretterverschlag über der Walkgrube. Ein ständiges Beben erschütterte den Raum, in dem man laut reden musste, denn die Hämmer wummerten auch in der Nacht. Zudem war es kalt und feucht, und die Luft war gesättigt vom beißenden Gestank des Färbemittels.

Immerhin brannte eine Reihe von Kerzen auf dem Tisch, und Onno hatte einen Krug mit Wein geöffnet. Zu essen gab es nichts. Der Müller warf einen scheelen Blick auf die Ledersäcke. Er kannte schon den Inhalt und wusste auch, wie der Emder ihn verrechnet haben wollte, und seine Laune war entsprechend. »Viel zu teuer, das Zeug, und es wird immer mehr. Über die Jahre hat der Preis um sieben Teile von hundert zugenommen. Wir sollten uns hier auf eigene Füße stellen!«

Wibolt rieb sich die Hände wie ein Handelsherr nach einem guten Geschäft, aber das tat er wegen der Kühle. »Wie denn, Onno? Wer will das denn heben? Du etwa?« Er schüttelte den Kopf und warf einen scharfen Blick auf seinen Weinbecher, der noch immer unberührt vor ihm stand. »Es ist ja nicht nur die Feldarbeit, in der die Pflanze gewonnen wird.« Wibolt hielt inne, denn die Türe zum Kontor öffnete sich, als hätte ein Gaul sie eingetreten, sie krachte gegen die Wand und ein Knecht erschien, der ein Brett mit Fettbroten in den Händen hielt. Den Kerl umwaberte ein scharfer Geruch nach Urin und anderen Essenzen, die Wibolt nicht deuten konnte. Setzte das Brett ab, langte sich selbst eines der Brote und verschwand grußlos, wie er gekommen war. Und obwohl er jetzt beide Hände frei hatte, donnerte die Tür wie von heftigem Zug getrieben in den Rahmen. Dann hörten sie ihn auf der Stiege brüllen, und sie wussten, der Mann schrie nicht um sein Leben, sondern er sprach mit einem seiner Kameraden. Und dazwischen wummerten die Hämmer und das ganze Gebäude schien sich zu schütteln.

Die Emder schnüffelten nach dem Broten, denn sie hatten Hunger, aber weder forderte sie der Müller zu essen auf noch bediente er sich selbst. Berensen starrte auf die Fettbrote wie auf einen Haufen Kuhdung. »Eigene Füße beim Waid, das wäre recht!«, knurrte er, ganz so, als hätte Wibolt nichts gesagt.

Der Tuchhändler griff sich endlich einen Kanten und biss herzhaft hinein. »Ist ja nicht nur die Pflanze, Onno«, wiederholte der Emder kauend, langte nach dem Weinbecher, spülte nach. »Das ist nicht einmal das Schwerste. Denn dann kommt das Welken und Quetschen. Dann das Rollen und das Trocknen!« Er fasste ein weiteres Brot, denn er war nun wirklich hungrig, und Habbo Blome ließ sich ebenfalls nicht mehr bitten. »Danach folgt das erneute Aufweichen mit Wasser und Pferdepisse, damit der ganze Dreck zu gären anfängt, danach folgt das Unterheben der Waidasche, und das ist noch immer nicht alles!« Wibolts Hals hatte sich gerötet, und in seinen Augen stand nun offener Ärger. »Das ist eine Scheißarbeit, Mann, und wer will die denn tun? Du etwa?«

»Was bist du nur für ein Kaufmann?«, schrie der Müller wütend zurück, »Es ist doch wohl klar, dass wir mit eigenem Waid auf lange Sicht Silber sparen!«

»Ja, Müller, auf lange Sicht. Vielleicht. Aber zuerst einmal müssen wir doch Silber anfassen und ausgeben, oder nicht?« Wibolt zählte die Fakten an den Fingern ab. »Du brauchst Leute, Onno. Du brauchst Flächen für Anbau und Welken. Hast du die? Du brauchst einen Mahlstein, verstehst du das, den pflückt man auch nicht vom Baum. Du brauchst Speicher und Schuppen für die Trocknung ...«

Der Müller war aufgestanden und stützte seine Fäuste auf den Tisch. »Du willst ja nur den Waid deiner Freunde loswerden, Wibolt, für teures Geld, so viel versteht sich, aber da mache ich nicht mit!«

Wibolt Flaskoper hob die Brauen. Den Waid *deiner Freunde*? Diese Töne hast du auch in Emden schon gehört, von dem Reeder und anderen Leuten. Krachend flog die Tür auf, der Knecht erschien wieder, diesmal brachte er neuen Wein und Wasser. Immerhin. Habbo nutzte die Gelegenheit, sich zwei Fettbrote zu schnappen. Der Müller warf ihm einen schrägen Blick zu. Wibolt hob lieber seinen Becher, das Fett schmeckte ihm zu sehr nach tranigem, altem Tier.

»Es steht dir frei, Onno, dein Färbemittel zu kaufen, wo immer du willst, nur dieses hier, verstehst du ...«, er wies auf die Ledersäcke, »diesen Waid gebe ich in den Betrieb. Als Einlage. Wie besprochen.« Der Tuchhändler langte in seinen Reisesack, zog eine Geldkatze hervor und warf sie auf den Tisch. Es klingelte leise. »Ich habe nichts gegen deine Pläne, Onno. Sie sind auf die Jahre gesehen vielleicht sogar vernünftig, aber ich will damit kein Geld binden. Jetzt nicht!« Er wies auf die Börse. »Dieses Silber, es sind einhundert lübische Mark, nimm zu meinem Anteil an der Mühle. Darüber gib mir ein Pergament. Und dann für uns beiden eine Pritsche zur Nacht.«

Berensen starrte ihn wütend an. »Sehe ich etwa aus wie ein verdammter Herbergsvater?«, und da platzte Wibolt der Kragen.

Er wusste, der Walkmüller besaß ein festes Haus mit steinernem Sockel im nahen Jever, aber in der Mühle verfügte er auch über zwei Kammern für reisende Kaufleute, die zur Nacht blieben. Und war zu anderen Anlässen durchaus gastfreundlich damit verfahren. Er selbst, Wibolt, hatte gelegentlich davon Gebrauch gemacht. Flaskoper sprach jetzt so scharf, dass sogar der Sekretär Habbo Blome das Kauen vergaß. »Welche Laus hat dich heute gekratzt, Onno? Du verhältst dich wie ein dummer Kleinbauer. An meiner Anwesenheit kann es kaum liegen, denn wir sind schließlich im Geschäft verbunden. Ich bringe dir Waid und Geld. Noch mit keinem Wort habe ich nach meinen Gewinnanteilen gefragt, aber das werde ich noch, morgen früh, dessen sei gewiss!«

Wibolt stand auf und griff nach seiner Satteltasche. »Wenn du deine Partner weiter so behandelst, dann bringt dir das keinen Nutzen. Ich werde jedenfalls in Emden davon zu berichten wissen!«

Auch Onno war aufgestanden, sein Gesicht troff vor Schweiß, an seinem Kinn zitterte ein Muskel. Er schrie, als hinge er an einem Pfahl. »Das kümmert mich wenig. Du lebst nicht mehr lange genug, um mir zu schaden!«

Das konnte eine Warnung sein, aber Wibolt nahm sie nicht ernst. Er wusste, der Müller war in diesem Augenblick nicht Herr seiner selbst. »Warum sollte ich das? Es wäre im Übrigen zu meinem eigenen Nachteil. Aber du lebst noch lange genug, um dir selbst zu schaden, Onno. Das ist übel für meine Einlage. Darüber muss ich nachdenken, verstehst du das?« In aller Ruhe goss er seinen Becher voll, sah auf das inzwischen gut geräumte Brett mit den Fettbroten, griff sich zwei und verließ das Kontor. Habbo folgte ihm ohne Becher, aber das Brett mit den Broten hatte er in den Händen.

Das abschließende Gespräch fand am nächsten Morgen statt. Die Emder hatten eine unruhige Nacht auf harten Lederpritschen hinter sich, und im Kontor war es kalt und zugig. Die Walkhämmer wummerten, der Verschlag zitterte, es stank nach Pferdeurin und Fermentstoffen. Zu ihrer Überraschung hatte Onno Berensen ein Frühstück bereiten lassen, es gab Molke und Wasser, dazu Steckrüben und frisches Brot. Er werde nun reisen, sagte der Tuchhändler, und sein Sekretarius, Habbo Blome, werde in dieser Zeit den Handel des Hauses Flaskoper führen.

Berensen warf dem Jungen einen scheelen Blick zu. »Vollverantwortlich? Oder mit welchem Mandat?«

»Das ist nicht dein Geschäft, Onno«, belehrte ihn der Tuchhändler in neuem Ärger. »Habbo tritt dir gegenüber, wie ich es anordne.« Dann versuchte Flaskoper einen Scherz. »Und du behandelst ihn hoffentlich besser als mich.«

Der Walkmüller plierte aus kalten Augen, starrte einen Augenblick vor sich hin, dann wandte er sich grußlos ab. Wenig später sahen sie ihn in der Walkgrube einen der Knechte ohrfeigen.

Auf dem Heimritt gingen dem Tuchhändler viele Gedanken durch den Kopf. Jawohl, er ärgerte sich, das ganze Geschäft ging ihm auf die Nerven. Und dann hatte er plötzlich die Worte seiner Frau wieder im Ohr. Vielleicht sollte er doch seine Hände von der Wolle lassen? Und dann? Seide? Bei der ersten Rast wandte er sich an den Sekretär. »Siehst du, Habbo, so musst du es tun. Es genügt nicht, die fertige Ware in Empfang zu nehmen, denn dann ist es vielleicht zu spät. Du musst schon früher für ihre Güte sorgen. Sei immer kritisch, vor allem mit Onno, und lass dich von ihm nicht hinter die Fichte führen. Merke dir: Wenn er es kann, zieht er dir die Haut ab!«

## 15.

*Niemand soll sich außerhalb des Handelshofes Herberge suchen, ohne mit Strafe belegt zu werden. Ebenso soll es gehalten werden mit denen, die sich bei Tage oder Nacht in verdächtige oder unzüchtige Häuser begeben.*
*Aus der Nowgoroder Schra*

*Lübeck, Spätsommer 1201*

Es gibt eine Art von Schrecken, der tief in die Glieder fahren und erschüttern kann. Das ist so, als ob eine fremde, furchtbare Macht den Menschen packt und ihn derart schüttelt, dass der Kopf Mühe hat, auf den Schultern zu bleiben. Aber dieser Schreck macht verteidigungsbereit, lässt Soldaten das Schwert ziehen und Kaufleute verführt er oft zu größeren Risiken. Und es gibt das noch schlimmere lähmende Entsetzen. Es bändigt durch Starre, macht wehrlos und verwundbar, und es rührt den Menschen bis auf den Grund seiner Seele. Dann sinkt der Schwertarm, und Handelsherren halten alles Silber für nichtig.

Der Tuchhändler Wibolt Flaskoper stand in seinem fünfundzwanzigsten Jahr und glaubte sich durch Erfahrung gehärtet, vom Leben selbst geläutert und seine Gefühle unter schuppiger Haut geschützt, aber als er nach Lübeck zurückkehrte, da stellte er fest, es war nicht so. Denn die christliche Welt bereitete sich auf den 4. Kreuzzug vor, und der Graf von Flandern sammelte Teile seiner Truppen im Hafen von Lübeck. Es trieb sich allerlei Kriegsvolk herum, und am ersten Abend traf der Emder einen Gefolgsmann des Konnetabels aus dem gräflichen Heer. Der Mann war ein bulliger Flame, hieß Guido und neigte offenbar zur Schwermut, denn er hatte häufig feuchte Augen und fiel immer wieder in ein langes, dumpfes Schweigen. Und wenn er sprach, dann nutzte er ein raues, schwerfälliges Gemisch aus seiner Mundart und Latein, dem Wibolt nur mit Mühe folgen konnte.

Sie saßen in einer billigen Schenke am Rand der Mole, einer Hütte mit Wänden aus Flechtwerk und Lehm, aßen in Honig geschmortes Schaffleisch, das etwas streng schmeckte, und tranken ein Bier, das der Flame nach dem ersten Schluck wieder ausspie. »Womit braut Ihr das? Mit Hundepisse?«, fragte er den Wirt grollend, aber der hob nur die Schultern und Guido fand schließlich, man könne sich an das Zeug herantrinken. Wibolt schloss sich dieser Meinung an. Dann fragte er den Flamen nach seinem Geschäft, und der sagte, er sei der Hundemeister des Konnetabels Phillip de Bois.

»Aha!«, sagte Wibolt und sah den anderen an. »Und Euer Herr ist?«

»Graf Balduin IX., bei dem Bois Konnetabel ist, der verdammte Bastard und Sohn eines ebenso verdammten Bastards!«, äußerte Guido grollend. Er ließ offen, wer der Bastard war, der Graf oder der Konnetabel, und Wibolt hütete sich, danach zu fragen.

Stattdessen sagte er freundlich: »Hundemeister, das klingt nach einem hohen Posten. Wen habt Ihr unter Euch?«

»Die Hunde!«, gab der Flame trocken zurück, und dann erzählte er stolz von seinen Tieren. Offenbar waren Teile des Rudels so scharf, dass sie auch in Gefechten eingesetzt werden konnten. Sie würden feindliche Kämpfer anfallen, hätten schon viele zerfleischt und müssten nach Schlachten davon abgehalten werden, sich über die Gefallenen herzumachen. Da sie aber frei liefen, könne man gelegentlich nicht verhindern, dass sie sich sattfräßen. »Ist aber auch recht so«, sagte Guido lakonisch und griff nach seinem Becher. »Wer gegen uns das Schwert erhebt, der verdient nichts Besseres!«

Schon eine ganze Weile ging Wibolt eine Frage im Kopf herum, und schließlich spuckte er sie aus. »Was macht eine Truppe des Grafen von Flandern in Lübeck?«

Der andere sah ihn kühl an. »Sie sammelt sich«, gab er knapp zurück, man merkte ihm an, er wollte dazu nicht mehr sagen.

Es war laut und voll in der Schenke, Männer tranken und stritten, soffen und grölten, und in einer Ecke hinter der Flechtwand briet eine Magd Fleisch über offenem Feuer. Man musste sich schon strecken, wenn man im Gespräch alles auffangen wollte. Auch der Augenkontakt auf den Mund war schwierig. Die tranige Funzel unter dem Dach stank nach fauligem Fett, gab aber kaum Licht, und immer wieder wuselten einem Schankjungen oder Knechte an der Nase vorbei.

Wibolt beugte sich vor, das Anreden gegen den Lärm hatte seinen Hals gerötet. »Wie macht Ihr Eure Hunde scharf?«

Der Flame sah ihn an, als verstünde er über so viel Einfalt die Welt nicht mehr. »Wie wohl? Wir lassen sie hungern!« Er wischte sich über die Augen. »Wir füttern sie nur mit blutigem Fleisch. Sparsam. Sie müssen darum kämpfen. Die Schwachen sortieren wir aus.«

Wibolt spürte einen eiskalten Zug im Nacken. »Ihr sortiert sie aus?«

Der Flame öffnete die Arme. »Sie kommen ins Futter. Für die Starken, versteht Ihr? Auf diese Weise züchten wir uns eine Meute heran, die immer bereit ist, zu reißen.« Also erzog der Konnetabel des Grafen von Flandern seine Hunde zu Kannibalen, und machte sie so zu triebhaften Mordbestien. Guido setzte sich zurecht, das Thema schien ihm zu gefallen. »Schweiß und Blut geht ihnen nicht mehr aus der Nase. In der Schlacht bei Philomelion gehörten meine Hunde zur Vorhut des deutschen Heeres von Friedrich I. Rotbart. Sie haben eine Fußabteilung der Seldschuken fast im Alleingang erledigt.« Seine Augen glänzten vor Feuchte. »Jawohl, es sind feine Hunde. Dabei sind sie im Angriff ganz leise, man hört höchstens ein knappes Schnaufen kurz vor dem Biss.« Der Flame griff unter das Wams und kratzte sich ausführlich an der Brust. Dann hörte man das Knacken einer Laus. »Manchmal hetzt sie der Graf auch auf Gefolgsleute, mit denen er unzufrieden ist«, sagte er und lachte entspannt, ganz so, als hätte er einen köstlichen Scherz gemacht. »Das übt die Hunde und ist ein Mordsspaß!« Vom Schicksal der gräflichen Vasallen sprach er nicht.

Spätestens hier hätte der Emder sich erheben und weggehen können, ja sollen, aber er blieb hocken, und so führte er dieses Gespräch mit dem Hundemeister, an dessen Ende er in regloses Entsetzen fiel. Guido hatte am 3. Kreuzzug teilgenommen und nahm an, dass er ungefähr dreißig Jahre alt war. Das konnte stimmen, denn er hatte die meisten seiner Zähne noch im Mund, wenn auch viele davon schwarz und faulig waren. Guido winkte einen der Schankjungen heran und verlangte mehr Bier. »Ich bin es müde, nach dir zu rufen, verstehst du das? Ich will dich hier sehen, wenn du die Kerzen putzt. Mit einem vollen Becher!«

Der Junge wieselte davon, und Guido hob den Hintern und ließ einen knarrenden Furz in die Freiheit. Am Nebentisch wurde gelacht, »ho ho«, und »hört, hört!«, und einer rief herüber: »Wer so spricht, der lebt noch!«, und der Flame grinste zurück.

Auch bei der Belagerung von Akkon hatte er als Hundemeister gedient. Der Junge brachte das Bier, und dann erzählte Guido von dem Feldzug. »Es sah ja ganz gut aus, von Anfang an«, sagte der Flame und schielte nach den Resten auf der Fleischplatte. Griff sich ein

Stück Haut, an dem noch ein paar Fetzen hingen, schob es über die Zähne und begann zu mahlen. »Der Sarazene war ja drin, Saladin, mit seiner Truppe, wir hatten sie im Sack!« Kaute ausführlich, spie ein Stück Sehne auf den Boden und bediente sich am Becher. »Aber wie das so ist, wir konnten nicht rein, und dann fingen wir an, die Stadt zu belagern. Fast zwei Jahre lang, von August Anno 89 bis Juli Anno 91. Und dann gingen die Sauereien los!«

Der Emder verschränkte die Arme vor der Brust, wie einer, den es von mit einem Mal von innen her schrecklich friert. »Sauereien?«

Guido musterte ihn von unten, ganz so, als wollte er abschätzen, was er dem anderen zumuten konnte. »Bei einer Belagerung verludert jedes Heer, das nicht straff geführt ist. Und unseres war nicht straff geführt. Zu viele Herren, und jeder will befehlen«, sagte er mit rauer Stimme, und dann, als er die Hilflosigkeit in Wibolts Augen sah, fügte er knarzend hinzu: »Es ist doch immer die gleiche Scheiße. Das Heer hat nichts zu tun. Ja, es gibt hin und wieder Scharmützel, wenn aus der Stadt Ausfälle gemacht werden, das schon. Aber es ist nicht der Rede wert.« Er soff seinen Becher in einem Zug leer, wie einer, der einen schlechten Geschmack loswerden will, und wischte sich mit seinem Lederärmel über den Mund. »Die paar hundert Mann, die täglich losgeschickt werden, um Futter und Verpflegung zu beschaffen, auch nicht. Mit anderen Worten, ein Großteil der Leute langweilt sich. Und das ist Gift für jeden Krieg!« Der Flame hatte sich in einen weinerlichen Ton geredet, es klang fast nach einem nahen Tränenausbruch, und richtig, seine Augen schwammen. »Ich rede nicht von Brüchen der Disziplin. Ja, die gibt es, und natürlich auch Strafen und Hinrichtungen, aber ich meine den Adel und die hohe Geistlichkeit, die anfangen, den Krieg auf eigene Faust zu führen. Und für die eigene Geldkatze!«

Der Flame schwieg und glotzte auf eines der Hühner,

die der Wirt in der Schenke laufen ließ. Das Tier scharrte auf der Suche nach Futter in der Bodenstreu. Mit dem Stiefel schob er ihm das Stück Sehne zu, das er zuvor ausgespuckt hatte. Dann wischte er sich über die Augen. »Der Graf von Montferrat und der Herzog von Schwaben hatten die Nordflanke im Belagerungsring zu schützen. Aber statt ihre Türme zu bauen und zu befestigen, haben sie mehr auf Raubzüge gesetzt. Und ihre Hauptleute haben sich mit den Nutten der Vorstadt vergnügt!« Das Huhn hatte die Sehne geschluckt und kratzte weiter, drehte sich und schiss dem Flamen auf die Stiefelspitze. Der Nebentisch lachte, Guido trat das Tier zur Seite, es gackerte und flatterte, und der Wirt warf ihnen einen scheelen Blick zu. Griesgrämig sah der Flame auf den Stiefel, dann häufte er Streu auf die Spitze und wischte den Hühnerkot ab. »Aber die Kirchenfürsten waren auch nicht besser. Bischof Phillip von Dreux und der Erzbischof Gerhard von Ravenna. Es gab Gerüchte über einen Schrein mit dem rechten Fuß des heiligen Stephanus, angeblich hatte ihn Saladin in seinem Palast. Irgendein verrückter Mönch aus dem Gefolge des Bischofs von Verona, einer von diesen irren Benediktinern, muss die Kacke gestreut haben. Jedenfalls, Gerhard und Phillip waren danach nicht mehr zu halten. Sie mussten diese Reliquie haben, koste es jeden Preis!«

Guido verstummte, denn vom Eingang her kam plötzlich Geschrei. Eine Hafendirne war von ihrem Schemel aufgesprungen, das Mieder stand offen, sie schlug nach dem Kerl an ihrem Tisch, der die Schläge mit gutmütigem Lachen abwehrte. »Zwei weiße Pfennige für die Nacht, du Sau, und keinen weniger!«, schrie die Frau aus rotem Hals, und der Bursche lachte und lachte.

Angewidert verzog der Flame das Gesicht. »Wie mich das alles ankotzt!« Wibolt wusste nicht, ob Guido diese Szene meinte, oder die Jagd der Bischöfe nach einem Rest des heiligen Stephanus. »Dabei war überhaupt nicht klar, was sie dann tun wollten. Schließlich gab es ja nur einen Fuß, und jeder wollte ihn!«

»Man könnte ihn teilen!«, schlug Wibolt vor, und war im gleichen Augenblick erschrocken über sich selbst, aber der Flame sprach schon weiter.

Die Gefolgschaft der zwei Kirchenfürsten sei in heiligen Rausch, einen wahren Taumel verfallen. »Die beiden Bischöfe haben geheult wie ausgehungerte Wölfe, Messen wurden gelesen, eine nach der anderen, vom Morgengrauen bis zum Fackelschein in der Nacht, es war nicht auszuhalten!«, weinerte der Flame mit geröteten Augen. »Es gab nichts anderes mehr, man konnte fast glauben, der ganze Kreuzzug hätte nur den Zweck, diesen verdammten fauligen Fuß in die Hände zu bekommen.«

Vor der Schenke stapfte ein Trupp der Nachtwache vorbei, die Männer hielten beim Bierfass und der Wirt schenkte jedem einen Becher ein. Aus einem nahen Haus hörte man jetzt ein Kind weinen, und mit einem Mal war dem Emder Tuchhändler das Herz schwer. Den restlichen Sermon des Flamen ertrug er wie ein Wehrloser. Man habe die Stadtmauer unterhöhlt, um sie zum Einsturz zu bringen, aber sie fiel nicht. Man habe der Stadt das Wasser abgegraben, aber ihre Bürger hielten Stand. Es gab böse Gerüchte über Intrigen, Geheimverhandlungen mit Saladin, die angeblich den Verzicht auf die Eroberung der Stadt zum Gegenstand hatte, darüber kam Unruhe in das Heer, denn der Verzicht auf Eroberung hieß ja auch Verzicht auf Beute. Danach häuften sich Ungehorsam und Disziplinlosigkeiten, die drakonisch bestraft worden wären. An einem Tag habe man vierundsechzig fränkische Waffenknechte aus dem Heer Phillips II. hingerichtet. Die Männer hatten aus reiner Gier nach Beute ohne Erlaubnis ihrer Hauptleute in einem nächtlichen Kommandounternehmen ein Vorwerk von Akkon angegriffen, dabei eine Schatulle mit

Soldmünzen gegriffen und das Geld, es war lächerlich wenig, verbotswidrig untereinander aufgeteilt. Dann sprach Guido von Seuchen, von Hunger und Durst vor und in der Stadt, weil auf beiden Seiten die Nahrung knapp wurde, von Eltern, die ihre Kinder für einen Ledersack Wasser über die Stadtmauer geworfen hätten, von Heerführern, die tagelang nicht zu sehen waren, weil ihnen ihr leibliches Wohl mehr wog als das Los der Truppe, und von dem Engländer Richard hieß es sogar, er habe den Platz bereits verlassen und sei auf dem Weg nach Jerusalem.

»Natürlich war das meiste davon Latrinengequatsche. Hühnerschiss. Aber es reichte aus, die Stimmung so zu vergiften, dass wir am Ende wohl übereinander hergefallen wären. Es war eine Wut unter den Leuten, die eigentlich nur durch einen siegreichen Sturm auf Akkon gekühlt werden konnte. Und in dieser Lage kapituliert die Stadt!« Guido hob den Kopf und seinem geöffneten Mund entfuhr tatsächlich ein Schluchzer. »Der Sarazenenarsch ergibt sich, versteht Ihr? Und unsere Führer gehen darauf ein. Natürlich ist hohes Lösegeld geflossen, für das Gesocks hinter den Mauern. Davon haben wir nichts gesehen. Keine Münze. Nicht eine!« Der Hundemeister wischte sich über die Augen, sein Blick hatte noch immer etwas Ungläubiges, wie bei einem, der sieht, ohne zu begreifen. »Keine Eroberung. Kein Plündern. Keine Beute. Stattdessen sind wir mit ein paar Pfennigen abgespeist worden. Keine Arbeit für meine Hunde, das war das Schlimmste!« Der Flame wuchtete sich hoch, stützte sich schwer auf seine Fäuste ab und Wibolt sah, dass der Mann stark angetrunken war. »Aber nun geht es gegen die Semgallen. Und dieser Zug geht anders aus, das verspreche ich Euch!«, raunzte Guido undeutlich, und Wibolt spürte, wie ihm der Schweiß ausbrach. Also ging der Graf von Flandern mit seinen Leuten nicht nach Ägypten, sondern ins Baltische. So wie er selbst. Der Flame drehte sich weg und stakste mit steifen Beinen zur Tür. Dort wandte er sich nochmals um. »Ihr seid im Gefolge des Bischofs von Livland?«

Überrascht sah der Emder auf, denn davon war bisher keine Rede gewesen. »Warum fragt Ihr das?«

»Es ist das zweite Kontingent, das sich hier sammelt, außer dem unsrigen«, gab der Hundemeister trocken zurück, und Wibolt hob den Kopf.

»Ich gehöre zu einem Kreis von Kaufleuten, die mit ihm handeln«, sagte er nicht ohne Stolz.

Der andere nickte trüb. »Dann seht zu, dass Ihr saubere Hände behaltet!« Sah sich nochmals wie suchend um, warf dann dem Wirt eine Münze zu und trat auf die Gasse.

Er ließ einen reglosen Wibolt Flaskoper zurück, der dahockte wie gelähmt und mit einem Mal ein schlechtes Gefühl hatte, was ihre baltische Unternehmung betraf. Er wünschte sich, Guido nicht begegnet zu sein. Aber er sollte ihn bald wiedersehen, sehr bald, schon in der Frühe des neuen Tages. An diesem Morgen marschierte der Hundemeister stolz und kalt an ihm vorbei, ohne ihn eines Blickes zu würdigen. Seine Hunde folgten auf großen Leiterwagen, sie lagen lautlos in ihren Zwingern. Ihre Zungen und Lefzen leuchteten rot wie nach einem frischen Riss.

\*

Auf dem Weg zu seiner Unterkunft war er einer Streife der Nachtwache begegnet, Knechten der Stadt, die Schlafende aus ihren Betten klopften, wenn sie ihre Türen nicht verschlossen hatten, oder wenn im Haus noch brennendes Licht zu sehen war. Er stolperte ihnen blind entgegen, wurde harsch angerufen und aufgefordert, nun endlich in seinen Bettkasten zu schlüpfen. »Sieh zu, Mann, dass du von der Gasse verschwindest. Treffen wir dich bei der nächsten Runde noch mal, hier oder sonst wo, dann kommst du ins Loch!« Einer der Männer trat sogar nach ihm. Wibolt schlich sich davon, nur mit einiger Mühe fand er seinen Gasthof in der Nähe des Krämermarkts, denn am Hafen war kein Platz mehr gewesen.

Üble Gedanken. Und böse Träume. Wibolt Flaskoper ging das Gespräch mit dem flämischen Hundemeister nicht mehr aus dem Kopf. Die Belagerung von Akkon, eine Geschichte von Blut und Tod, von Seuchen und Hinrichtungen, von Verrat, Gier und verderblichem Neid. Aber eine Schlacht hatte es nicht gegeben. Jetzt ziehen wir gegen die Semgallen, hatte der Flame gesagt. Und das geht anders aus als in Palästina. Nun, zunächst war Akkon die Hauptstadt des Königreichs Jerusalem. Derlei war wohl im Lande der Semgallen kaum zu finden. Gab es dort überhaupt Städte? Und wie denn anders? Das konnte doch nur heißen, da werden die Klingen gekreuzt, es geht Mann gegen Mann, Truppe gegen Truppe, Heer gegen Heer. Und er, Wibolt Flaskoper, was hatte er damit zu schaffen? Ihr seid Kaufmann und kein Krieger, hatte sein Sekretär Habbo Blome ihn erinnert.

Jawohl, er hatte das Tuch geliefert, mit dem der Bischof von Livland seine Soldaten kleiden wollte. Und nun reiste er mit den Gotlandfahrern in den Osten. Nach Jütland, und später wohl weiter bis nach Livland. Eine Kauffahrt. Es reicht nicht, dass du lieferst, Wibolt, du musst vor Ort sein. Kontakte knüpfen, Gespräche führen. Verträge machen, das hatte ihm Johann Kampen ans Herz gelegt. Ja doch, natürlich, dazu war der Emder fest entschlossen. Er wollte mitfahren, für seinen Handel Türen aufstoßen, und verdammt noch eins, Geld verdienen, möglichst viel Geld. Aber nun ein Feldzug? Ein Kreuzzug sogar? Was hatte er dort zu suchen?

Und seht zu, dass Eure Hände sauber bleiben, hatte der Flame geraten. Waren es seine denn noch? Hatte er nicht Tuch geliefert, in dem alte Fäden verwebt waren? Wie auch immer, es tat nicht nötig, sie jetzt auch noch mit Blut zu beflecken. Nach Livland zu fahren bedeutete nicht, dort auch das Schwert zu ergreifen. Er wollte handeln, Tuch verkaufen, und sonst nichts. Also gab es mit seinen neuen Freunden einiges zu klären. Mit Mandolf Düsterhenn, Johann Kampen und mit *Eisenfaust*, dem jüngeren Hopper.

\*

»Keine Frauen an Bord!«, sagte Mandolf Düsterhenn mit Nachdruck, und Johann Kampen steuerte ein heftiges Kopfnicken bei.

»Die bringen Unglück, mindestens aber Verdruss«, stellte der Lübecker fest, in einem Tonfall, als stünde das Ende aller Tage bevor, doch seine Augen straften ihn Lügen. Der Auslöser war nur ein Satz gewesen, wenige Worte, wieder gesprochen durch Kampen, als er nach Wibolts Begrüßung suchend um sich geschaut hatte. »Na, wo ist sie denn, deine Schwarze Glutäugige?«

Also waren sich die Gotlandfahrer in diesem Punkt wunderbar einig, aber Wibolt schüttelte den Kopf. »Ich werde den Teufel tun, Mieke auf diesen Seelenverkäufer zu bringen«, zahlte er grinsend zurück. Wibolt fragte sich nicht, woher der Lübecker den Ausdruck hatte, noch weniger wunderte er sich darüber, er wunderte sich bei Johann Kampen über gar nichts mehr. »Wer ist denn das, die Schwarze Glutäugige?«, wollte Düsterhenn wissen, »und was meinst du mit Seelenverkäufer, *Standfest*?«, und nun hob der Emder den Kopf, denn dass ihn Mandolf vertraulich ansprach, war immerhin bemerkenswert.

Sie waren alle da, Düsterhenn und Kampen, und der jüngere Juries Hopper, den man auch *Eisenfaust* nannte, und der mit der Nachricht aufwartete, dass sein Vater verstorben war. Die Beileidsbekundungen der anderen nahm er in gelassenem Ernst an. Er sei nun der Patriarch seines Handelshauses, und er werde einiges ändern, neue Wege beschreiten, sich anders aufstellen, als sein alter Herr es getan hatte. »Womit willst du handeln, *Eisenfaust*? Mit durchsichtigem Metall? Mit brennendem Eis?«, fragte der Lübecker in leisem Spott, doch Juries lächelte nicht mit. Das werde man sehen. Jedenfalls nicht mehr nur mit Farbstoffen. Sein Vater, der ältere Juries Hopper, sei dem Neuen abgewandt gewesen, habe zu engstirnig gedacht und viele Fehler habe er nur deswegen gemacht, weil er sie unbedingt vermeiden wollte. »Ich bediene den Markt. Wenn der Markt fressen will, dann füttere ich ihn. Und wenn er sich schlagen will, dann fülle ich seine Hand mit geschliffenem Eisen«, knurrte *Eisenfaust*.

Wibolt Flaskoper bemerkte, dass Mandolf Düsterhenn das Gesicht verzog. Der alte Bremer schwieg zu alledem, aber man sah ihm sein Unbehagen an. Wahrscheinlich war er der einzige, der den jungen Hamburger missbilligte, und das konnte daran liegen, dass er ein Altersgenosse seines Vaters war. Diese Generation hatte kein Problem damit, einem besiegten Seeräuber den Kopf abzuschlagen, aber sie tat sich schwer bei der kühlen Ausnutzung von Gelegenheiten. Sie blieb bei ihrem Leisten auch dann, wenn sich abseits davon günstiger Handel anbot. Die jüngeren Kaufleute schwiegen ebenfalls, wohl aus Respekt vor Düsterhenn, aber Johann Kampen klopfte dem Hamburger auf die Schulter. »Wohl gesprochen, *Eisenfaust*. Erfolgreicher Umschlag kennt keine Grenze, solange der Kodex gewahrt bleibt!« An dieser Stelle wandte Mandolf Düsterhenn sich ab, und Wibolt Flaskoper verspürte einen kurzen Stich in seiner Brust.

Die *Seeschwalbe* lag fest vertäut an der Hafenmole, das Gepäck des Emders war längst an Bord, und so hatte er Zeit, sich umzutun. Der Umschlagplatz Lübeck war auf sonderbare Weise verändert, schon in der Stadt hatte er das gespürt. Und jetzt der Hafen. Die Pier war gesteckt voll mit Schiffen, und wie sich herausstellte, gehörte die *Seeschwalbe* zur Flottille des Bischofs von Livland. Auf der Nordseite der Mole lag ein Kontingent von fünfzehn kleinen und mittleren Koggen, Wibolt sah die Fahnen an den Mastspitzen, den schwarzen Löwen auf gelbem Grund, und er wusste, das waren die Farben des Grafen von Flandern. Irgendwo dort musste jetzt auch Guido stecken, der Hundemeister des gräflichen Konnetabels.

Und im Gegensatz zur nüchternen Ordnung seines ersten Besuchs lag diesmal eine merkwürdige Unruhe über dem Platz, eine nervöse Spannung, die alles erfasst zu haben schien. Der Hafen von Lübeck war nicht mehr der gesunde, gut funktionierende Organismus, in dem die Dinge planvoll und zielgerichtet abliefen, sondern er wirkte auf Wibolt wie der fiebrig erhitzte Leib einer von Satan Geschwängerten, die gebären will. Auf der gräflichen Seite sah man Seesoldaten marschieren, Eisenkörbe wurden geladen und Katapulte gewuchtet. Wibolt hört Flüche und Klagelaute, Aufseher schlugen nach Sklaven, Frondienstler keuchten schwitzend unter schweren Lasten. Irgendwo an der Pier wurde kalfatert, und der scharfe, beißende Gestank von erhitztem Pech war wie eine Bestätigung: Hier kauerte eine zum Schlagen bereite Bestie, fähig, Tod und Verderben in die Welt zu tragen, und er, Wibolt Flaskoper, war Teil von ihr, ob er nun wollte oder nicht.

Später stand er mit Johann Kampen an der Reling der *Seeschwalbe*. Von den anderen Gotlandfahrern war nichts zu sehen, Düsterhenn überwachte das Beladen seines Schiffes und Juries Hopper *Eisenfaust* hatte sich in die Stadt verfügt, um letzte Gespräche zu führen. Der Bischof von Livland, so lernte der Emder, wartete schon auf sie, er sei mit Missionaren, Kaufleuten und Teilen des Expeditionsheeres vorausgereist und stehe nicht weit von der Mündung der Düna, bereit, den Heiden das Kreuz zu bringen. »Der Bischof führt selbst den Feldzug?«

Kampen nickte. »Du wirst ihn noch kennenlernen. Albert in all seiner Kraft und Herrlichkeit«, sagte er spöttisch, aber aus seinen Worten klang unverkennbar auch Respekt.»Er ist ein Kriegsherr wie jeder andere, und mit dem Schwert aufgewachsen. Oftmals glaube ich, er führt es besser als die segnende Hand.«

Der Emder schwieg eine Weile. Er sah hinüber zur offenen Ladeluke der *Seeschwalbe*, aus ihrem Bauch kam die Stimme des Eigners, der seinen Leuten Anweisungen gab. Wibolt hörte »Trimmung beachten« und »Schafft das Eisenwerk zur Mitte ... Kiel!«

Der junge Emder Kaufherr hatte seine Vorstellungen über eine wohlgeordnete Welt, in der alles seinen rechten Platz hatte, und seit zwei Tagen bedrängte ihn ein Gefühl, das diese Ordnung in Frage stellte. »Sollte ein Kirchenfürst nicht mehr dem Palmenzweig zugeneigt sein als geschärftem Eisen?«, fragte er recht kühl, und er hörte den anderen scharf einatmen.

»Komm schon, Wibolt. Nimm deinen Kopf aus den Wolken. Ein Kirchenfürst ist vor allem ein Fürst. Albert stammt aus einer alten Bremer Ministerialenfamilie, seine Leute haben über Generationen Kaisern und Königen gedient, und Mars ist er nun mal näher als Apollo. Im Übrigen sollte er dich nur als Geschäftspartner interessieren, und nicht als Seelsorger!« Von der Flottille des flandrischen Grafen klang dumpfes Gepolter herüber, es folgte wüstes Geschrei, und dann sah Wibolt den Grund. Auf einer Kogge wurde der Mast neu gerichtet, ein Trupp Schiffsknechte wuchtete an der Takelung, und dem Segelmeister gingen die Manöver wohl nicht schnell genug. Er fluchte und schimpfte und turnte mit einem kräftigen Knüppel zwischen den Leuten herum. Das Heer der Flamen rüstete zum

Aufbruch, das war nicht zu übersehen, also würden auch sie bald segeln.

Aus schmalen Augen verfolgte der Emder die Vorgänge. Er hätte zu alledem eine Menge zu sagen gehabt, aber was würde sich dadurch ändern? Doch höchstens die Stimmung an Bord der *Seeschwalbe*, und zwar zum schlechteren. Daran war ihm nicht gelegen, also schwieg er. Der Lübecker hielt das für Zustimmung, er leckte sich über die Lippen wie in Vorfreude auf ein schmackhaftes Mahl. »Und als Partner im Handel ist Albert sein Gewicht in Gold wert, du wirst es erleben.«

Der Kopf Mandolf Düsterhenns tauchte in der Ladeluke auf, er sah zu ihnen herüber, winkte kurz und verschwand erneut im Bauch seines Schiffes. »Als Bischof sollte er vor allem Hirte sein, das ist doch richtig?«, sagte Wibolt lahm.

»Es ist zumindest nicht falsch«, wich der andere aus, und dann warf Kampen dem Emder einen Blick zu, in dem Ärger und Verwunderung stand. Was ist denn mit dir los, Wibolt? Willst du nun Geld verdienen oder nicht?, konnte das heißen. Stattdessen fragte der Gotlandfahrer spöttisch: »Wie nun, Wibolt? Bleibst du uns erhalten, oder planst du deinen Eintritt ins Kloster?« Dann lachte er, klopfte dem jungen Kaufherrn auf die Schulter und ließ ihn am Schanzkleid stehen.

# 16.

*Es ist unbestritten, dass der Kaufherr
ein Schwert führen darf.
Als Christenmensch zum Schutz der Schwachen,
und als Handelsmann zum Erhalt seines Gutes.
Nach der Nowgoroder Schra*

## Ostmeer und Öland, Spätsommer 1201

»Sauwetter, verdammtes!« Wibolt Flaskoper fluchte wie ein levantinischer Basarkrämer, doch der Mann am Ruder lachte nur. Sie hatten Lübeck bei ruhigem Wetter verlassen, aber sobald sie das offene Meer gewonnen hatten, briste es auf, und dann fegte ein zorniger und böiger Nordwest heran und jagte sie vor sich her. Die *Seeschwalbe* flog dahin wie ein Sturmvogel, hart am Wind, ihre Verbände ächzten, die Leinen knarzten und das Tuch stöhnte, aber Mandolf Düsterhenn war glücklich, das sah man. So entspannt hatte er am Morgen ihrer Abreise gelächelt, als ihm Wibolt Flaskoper feierlich das neue Schwert überreicht hatte. Es war aus dem Eisenbolzen geschmiedet, der bei dem Angriff der Piraten vor Jütland in den Bug der *Seeschwalbe* gedonnert war. Der Schwertfeger hatte ganze Arbeit geleistet. Das Blatt schimmerte bläulich, und am Griff blinkte das Wappen des Hauses Düsterhenn, die weiße Vogelschwinge auf rotem Grund. Der Waffenschmied hatte dazu ein poliertes Knochenstück mit hellrotem Bernstein eingefasst. Gerührt hatte sich der Bremer bedankt, hatte blankgezogen, mit wohlwollenden Blicken die Klinge begutachtet, förmlich erklärt, er werde das Schwert

*Emdenhart* nennen und dann hatte er den jungen Emder umarmt. Seitdem trug er die Waffe, sogar im Bettkasten, wie Johann Kampen spöttisch angemerkt hatte.

Jetzt sah ihn Wibolt vorn am Bugspriet stehen, locker in den Knien, die Bewegungen der *Seeschwalbe* auswiegend, die Linke an der Ankerleine, die Rechte auf dem Schwertknauf. Düsterhenn behielt die schwedische Küste im Auge, sie war als dünner Strich an Backbord sichtbar, aber der alte Bremer fürchtete Untiefen und fuhr deshalb in sicherem Abstand zum Land. Doch diese Sicherheit mussten sie mit unruhiger Fahrt bezahlen, mit harten Stößen durch den ganzen Rumpf und mit scharfen Gischtwolken, die alles an Deck bald durchnässten. Trotzdem war inzwischen eine gelöste Stimmung an Bord, eine Atmosphäre von Zuversicht und Leistungsbereitschaft. Jeder packte an, keine Hand ruhte auf dem Schiff und selbst Juries Hopper, den man *Eisenfaust* nannte, lachte und machte seine Scherze. Auf der Höhe von Ystad ließ der Hamburger sogar einen mitgeführten Hammel schlachten, und die Männer schmausten und tranken im Achterschiff, während der Wind an ihnen zerrte.

Dabei hatte es üble Vorzeichen gegeben, und zwar gleich mehrere. Aus der Flottille des Grafen von Flandern hatte sich beim Auslaufen ein Seesoldat aus der Mastspitze einer Kogge auf Deck gestürzt und war sofort tot gewesen. Kurz vor Langeland war ihnen eine Schnigge mit gerefften Segeln begegnet, das Schiff führte eine rote Warnfahne an der Mastleine, an Bord sah man keine Menschenseele. Die Leute auf der *Seeschwalbe* starrten erschrocken auf dieses Geisterschiff, das wie ein Nachtmahr an ihnen vorbeiritt, und viele der Männer bekreuzigten sich hastig.

»Schöner Kahn, *Standfest*, das musst du zugeben«, wandte sich Mandolf an den jungen Emder, er sprach absichtlich laut, dass ihn jeder hören konnte. »Unter normalen Umständen würde ich ihn an die Leine nehmen, aber diesmal geht's nicht, der Bischof wartet auf uns!« Dann lachte er aus vollem Hals, aber niemand lachte mit. Querab Falsterbo überholten sie schließlich eine kieloben treibende Holk. Düsterhenn ließ Segel reffen, sie schlugen einen Haken um das Wrack, aber es gab wohl keine Überlebenden. Noch merkwürdiger war, dass Treibgut völlig fehlte, sie sahen nicht ein Stück Gerät oder Ausrüstung im Wasser. Die Leute warfen sich Blicke zu, und Wibolt sah flatternde Augenlider und zitternde Hände. Grimmig starrte der alte Gotlandfahrer auf den Balkenkiel, an dem nicht eine einzige Muschel klebte, das Schiff musste erst kürzlich überholt worden sein. »Tut mir leid für euch, Leute«, lachte Düsterhenn dann aufgesetzt fröhlich, »aber wir werden in Visby erwartet. Keine Zeit für Prisen!«, doch auch dieser Scherz verfing nicht recht, und der Emder wurde Zeuge, als der Steuermann heimlich ein Amulett über Bord warf, wohl als Opfer für die Meeresgötter.

Nach diesem Erlebnis begannen die Seeleute in ihrer Einfalt zu tuscheln, sie glaubte an einen Fluch wegen ihrer Ladung. Denn die Leute wussten von Johann Kampens Schwertern und auch von den vielen Kisten Lanzenschäfte mit Klingen, die der jüngere Hopper noch in Lübeck hatte an Bord schaffen lassen, es war das Eisenzeug, das Düsterhenn wegen der Trimmung auf den Kiel legen ließ. Nur von den alten Fäden in den Tuchballen des Emders wussten sie nichts, doch davon wusste Wibolt Flaskoper und er wusste auch, dass er dieses Geheimnis nicht mehr lange mit sich herumtragen konnte. Irgendwann musste es heraus, er war entschlossen, sich zu offenbaren, nur der rechte Zeitpunkt musste noch abgewartet werden.

Natürlich wagte es niemand der Männer, seine Ängste offen zu bekennen, aber das heisere Flüstern, die scheuen Blicke und die Art, in der sie in Pausen beieinanderstanden wie eine Schafherde bei schwerem Wetter, waren nicht zu übersehen. Die Handelsherren, allen voran Mandolf Düsterhenn, traten betont locker auf. Sie scherzten grob miteinander, bedachten sich wechselseitig mit gutmütigen Flüchen und beschimpften sich als Gassenkrämer oder Lumpenfürsten. Der alte Bremer erzählte ausführlich von einem reichen Onkel, der die Marotte hatte, schmuckverzierte Hirschkäfer auf dem Wams zu tragen. Einmal sei der Bischof von Köln bei einem feierlichen Essen fast in Ohnmacht gefallen, als der Käfer plötzlich zu krabbeln begann. Neugierig sah Wibolt den Schiffsführer an. »Wie denn, der Käfer lebte?«

»Natürlich, *Standfest*!«, lachte Düsterhenn gutmütig, »das Vieh war am Hinterbein mit einem goldenen Kettchen befestigt. Es krabbelte halt, so weit es konnte. Und auf seinen Rücken waren Splitter aus Bernstein geklebt. Dem Bischof ist fast der Kapaun aus dem Gesicht gefallen.«

Johann Kampen und der jüngere Juries Hopper *Eisenfaust* führten auf dem Mittelschiff ein unnötig lautes Gespräch über die Waffen an Bord. Sie seien gottgefällig und schickten sich an, das Werk des Herrn an den Semgallen zu vollenden. Und natürlich würde jedes Stück gesegnet werden, bevor es zum Einsatz komme. Alles das nützte nicht viel, denn Seeleute sind abergläubisch.

Vielleicht hätte die Mannschaft sich sicherer gefühlt, wenn man in der Flottille gefahren wäre, aber der Graf von Flandern hatte bereits einen Tag vor ihnen abgelegt, und der Konvoi des Bischofs von Livland hatte sich in dem rauen Wetter bald aus den Augen verloren. Ihr letzter Begleiter war schon vor Tagen hinter der Kimm verschwunden. Also segelten sie für sich allein, obwohl sie wussten, dass sich voraus und zurück Schiffe aus ihrem Geschwader befanden. Dies Wissen musste ihnen folglich genügen, und einsame Kauffahrten auf See waren schließlich nicht ungewöhnlich.

Irgendwann löste sich die Anspannung, die Leute wurden lockerer, und nördlich von Bornholm zog sich der alte Bremer die Kleider vom Leib, ließ sich eine Leine um den Bauch binden und sprang ins Wasser. Prustend und klatschend ließ er sich von der *Seeschwalbe* ein Stück ziehen, verlangte zurück an Deck heißen Wein in einem rheinischen Glas und teilte den anderen mit, es würde nicht schaden, wenn sie ihm gleichtäten.»Mit Verlaub, Ihr Herren, Ihr stinkt alle wie nasse Füchse!«

Dem wurde von allen Handelsherren lebhaft widersprochen, vor allem Johann Kampen maulte, er habe erst zum Christfest völlig unbekleidet in einem Badezuber gelegen. »Mit Wasser?«, fragte einer von hinten, und Kampen warf dem Mann einen vernichtenden Blick zu.

»Erst zum Christfest!«, wiederholte der Lübecker, das reiche, zum Donnerwetter, ja wohl fürs Erste, und Fuchs lasse er gelten, aber nass nicht, und dann, nach einigem Hin und Her, sprangen sie schließlich alle. Das Wasser war warm und doch erfrischend, sie prusteten und paddelten, bespritzten sich, lachten und alberten, und irgendwann sah Wibolt die erste Leiche. Er hielt sie zunächst für einen der ihren, einen Gefährten von Bord der *Seeschwalbe*, den eine Welle nach oben trug, bevor er im nächsten Tal verschwand, doch dann bemerkte er den fehlenden Kopf. Erschrocken fuhr er hoch, rief den anderen eine Warnung zu, sah den nächsten Körper im Wasser treiben und dann dauerte es nicht lange, und sie schwammen in einem Feld von nackten und verstümmelten Toten. Sie waren allesamt ohne Kopf und schneeweiß, völlig ausgeblutet. Die Männer an den Leinen holten die Schwimmer an Bord, und dann standen sie, starrten und zählten.

»Fünfzehn!«, sagte Mandolf Düsterhenn, er sprach in einem drohenden Unterton, als wollte er sagen, nun komme mir keiner mit einer anderen Zahl. Dann sahen sie, dass die Leichen aneinander gebunden waren, mit einer dünnen Leine, die man um die Bäuche geschlungen hatte. Es konnte sich niemand einen Reim darauf machen, alle waren erschüttert und stumm. Sie standen an Deck und hielten ihre brennenden Augen auf die Toten gerichtet, die nun im Kielwasser der *Seeschwalbe* auf- und abtanzten, sich drehten und wälzten wie Schweinekadaver auf einem rumpelnden Bauernkarren und die Hand hoben zu einem schrecklichen Gruß.

»Von dem Kahn mit der roten Fahne an der Leine?«, fragte schließlich Wibolt, mehr um das lastende Schweigen zu brechen.

»Wohl kaum«, gab der alte Gotlandfahrer knurrend zurück. Er wandte den Kopf. »Man sieht, dass du kein erfahrener Seereisender bist, *Standfest*. Wie sollen die Leute wohl von dort hierher kommen?«

*Eisenfaust* Juries Hopper der Jüngere stapfte zum Heck, stieg auf das Schanzkleid und beugte sich vor, als wollte den armen Teufeln einen letzten Abschied zurufen. Sah angestrengt nach unten, eine ganze Weile, kam zurück. »Alle nackt und ohne Kopf. Aber kräftige Körper, also keine Pfaffen oder Leute von gehobenem Stand.« Dann hob er in einer hilflosen Geste seine breiten Schultern. »Schwer zu sagen, Mandolf!« Es blieb ein düsteres Geheimnis und lastete auf dem ganzen Schiff. Sie waren alle froh, als Öland endlich am Horizont auftauchte.

\*

Die Insel schob sich von Nordosten heran, dünn und schmal wie eine auftauchende Wasserschlange. An ihren Ausläufern schien sie sich in eine Art von Schlund zu erweitern, und mit einem Mal hatte der junge Emder ein Gefühl von Unbehagen, wie vor einem schweren Unwetter, ganz so, als ziehe man ihn in eine rätselhafte, finstere Welt. Es war eine Art von böser Ahnung, die ihn mit kalten Klauen ergriff, und sie sollte ihn während der gesamten Reise nicht wieder loslassen.

Schon von weitem sah man an der Südspitze ein helles Feuer brennen, es war das Seezeichen für die Hafeneinfahrt und sie hielten darauf zu. Auf der schwedischen Küstenseite gab es einige Untiefen, die Mandolf Düsterhenn sicher umschiffte. Der letzte Schlag in den Hafen öffnete ihnen den Blick auf die Mole, und sie sahen einen Wald von Mastspitzen, also waren die Gräflichen schon da und ein Großteil ihrer eigenen Flottille wohl auch.

Schon im Hafen erfuhren sie von der Meuterei. Ein Zollmeister berichtete ihnen über den Vorfall. Er hatte auf einer Kogge des Grafen von Flandern stattgefunden, und zwar schon vor drei Tagen. Die Mannschaft hatte den Schiffsführer bedroht und verlangt, die Schnigge mit der roten Warnfahne in Schlepptau zu nehmen. Als der sich weigerte, auch mit dem Hinweis, es sei wohl eine Krankheit an Bord gewesen, hatten die Kerle einen Prisenanteil gefordert. Jetzt. Sofort auf die Hand. In der darauf folgenden Rauferei sei der Schiffsführer erstochen worden. Es sei aber der übrigen Flottille gelungen, das Schiff aufzubringen und die Meuterer festzusetzen. Dann wären alle geköpft und über Bord geworfen worden.

»Und die Kleider?«, fragte der alte Gotlandfahrer mit heiserer Stimme.

Der Zöllner sah ihn an. »Nun, was wohl? Denkt Ihr, die lässt man solchen Schweinen? Man hat die Kerle natürlich vorher ausgezogen, damit ihre Lumpen noch verkauft werden können!«

»Und die Leine? Was sollte denn die Leine, Mann? Warum habt ihr sie zusammengebunden?«, hakte Wibolt wütend nach, und dann schob sich von hinten ein Kerl heran, der roch wie eine Hundemeute nach der Schweißjagd.

»Haben es zusammen ausgeheckt und haben deshalb zusammen den Tod verdient. Also sollten sie auch zusammenbleiben, einer dem anderen zur Mahnung. Und wenn es nach mir gegangen wäre, das glaubt wohl, dann hätten wir sie an die Hunde verfüttert«, sagte Guido der Flame undeutlich, während seine Augen schwammen.

»Was wisst Ihr denn davon?«, fragte der jüngere Juries Hopper mit kalter Stimme, und der Flame warf sich in die Brust.

»Ich bin der Hundemeister des Konnetabels Phillip de Bois. Meine Gulden zahlt man mir auch für die Züchtigung, nicht nur von Hunden!« Er unterbrach sich und wischte sich über das Gesicht. »Die Schweine haben mein Eisen gekostet, und ich habe ehrliche Arbeit geliefert, das könnt Ihr glauben.« Wibolt starrte ihn an, und der Hundemeister glotzte zurück, als sehe er einen Fremden. Wandte sich schließlich grußlos ab und stapfte davon.

Mit schrägen Augen besahen sie sich die Unterkunft, die der gräfliche Quartiermeister für sie festgelegt hatte, schüttelten die Köpfe und beschlossen, auf der *Seeschwalbe* zu bleiben. Da hatten die meisten zwar kein anderes Dach über dem Kopf als den Himmel, aber der war weder aus faulem Stroh noch wimmelte Ungeziefer darin. Für den Abend hatte der Graf von Flandern eine Besprechung der Schiffsführer angesetzt, von der Mandolf Düsterhenn mit einer Miene zurückkam, als hätte er Steine verschluckt. »Mindestens eine Woche sollen wir hier warten, bis das ganze Geschwader beisammen ist. Vielleicht dauert's auch länger. Und dann geht's im geschlossenen Verband nach Visby. Der Graf will keine Trödeleien mehr.«

Kampen fuhr auf. »Der Graf will keine Trödeleien mehr? Was haben wir mit dem zu schaffen?«, fauchte der Lübecker. »Sind wir etwa seine Untertanen?«

Düsterhenn sah ihn spöttisch an. »Graf Balduin hatte ein Pergament. Er hat es uns gezeigt. Dein Freund, der Bischof, hat ihn als Führer aller schwimmenden Einheiten eingesetzt. Er hat den Befehl von Öland bis zum Ausschiffen.«

»Na großartig!«, fluchte Johann Kampen. »Ein flämischer Großkotz ohne Ahnung. Aber das eine sage ich dir, Mandolf. Nächsten Mond muss ich in Visby sein. Dort wartet mein Näher auf Wibolts Tuch. Die Mäntel sind zu machen, verstehst du das? Wenn der Flame seinen Steiß nicht hochbekommt, werfen wir Leine und segeln. Oder ich suche mir ein anderes Schiff!«

Der alte Gotlandfahrer lehnte am Schanzkleid, die Rechte war lässig auf den Knauf von *Emdenhart* abgestützt. »Ruhig Blut, Johann. Ein anderes Schiff wirst du kaum finden, und der Graf wird dich nicht fahren lassen. Wir stehen ab sofort alle unter Kriegsrecht. Auch ein Einfall deines Freundes.«

Diese letzte Stichelei war unnötig, und sie goss weiteres Öl in ein bereits hell brennendes Feuer. »Unter Kriegsrecht? Was heißt denn das, verdammt noch mal?«, raunzte Kampen aus rotem Hals.

»Du weißt, was es heißt, Johann. Der Graf ist Herr über alles, er macht die Gesetze und vollstreckt die Strafen. Und schlage künftig nicht den Sack, wenn du den Esel meinst.«

Spätestens jetzt war auch dem Letzten klar, dass sie sich nicht auf einer normalen Kauffahrt befanden. Sondern bei einem Kriegsunternehmen mitwirkten, das eigene Regeln hatte. Den Lübecker konnte diese Erkenntnis kaum überraschen, denn Johann hatte schließlich von Anfang an gewusst, worauf er sich einließ. Trotzdem stand er nun da, dampfend vor Zorn, und starrte den Schiffsführer aus roten Augen an. Stieß dann ein scharfes Schnaufen aus und wandte sich ruckartig ab.

Die folgenden Tage waren angefüllt mit Bordroutine und, vor allem, mit Langeweile. Es trafen noch fünf Schiffe ein, die alle zum Geschwader des Bischofs gehörten. Am Sonntag vor der Abreise sah Wibolt den flandrischen Befehlshaber zum ersten Mal. Graf Balduin ließ von seinem Felddekan in der Kirche auf den grünen Hügeln über dem Hafen eine Messe lesen. Der Graf war überraschend klein, er hatte die stechenden Augen eines Vogels und trug Stiefel mit dicken Sohlen und Absätzen. Noch weniger anziehend wirkte der Felddekan. Seine Stimme war unangenehm schrill, und in seiner scharfen Predigt ließ er keinen Zweifel daran, dass seine Worte einer Schar von üblen Sündern galten. »Ihr habt alle Blut an den Händen, jeder von euch. Und nun seht zu, dass es abgewaschen wird, durch eine Tat im Sinne des Herrn, durch eine christliche Tat!«

Wie denn? Blut abwaschen mit Blut? Gutes Blut tilgen durch schlechtes? Oder umgekehrt? Der Graf saß in seiner Bank wie ein Eiszapfen und hielt den Blick stur geradeaus, er fühlte er sich nicht angesprochen, das sah man. Also ist der Grad der Sündhaftigkeit abhängig von der Höhe des Standes, dachte Wibolt bitter, und dann hörte er Mandolf Düsterhenn mit den Zähnen mahlen. Johann Kampen neben ihm verzog den Mund wie einer, der Essig getrunken hat. »Pfaffen!« Es klang fast wie ein Fluch.

Sie sprachen noch einmal darüber, später an Bord, und der Lübecker wiederholte den Fluch, und dann fuhr Düsterhenn ihn rüde an. »Erzähle mir nicht diese Scheiße, Johann. Dein Freund, der Bischof von Livland, ist ja wohl auch ein Pfaffe, erinnerst du dich? Und wir hängen *auch* von ihnen ab, vergiss das nicht!«

Die beiden standen in diesen Tagen nicht gut zueinander, und der Ton des alten Gotlandfahrers, die Art, in der er seine Nerven verlor, gaben Wibolt zu denken. Es dauerte noch lange, bis sich die Stimmung wieder besserte, aber irgendwann griff sich der jüngere Juries Hopper *Eisenfaust* die Sackpfeife und Mandolf Düsterhenn tat das einzig Richtige; er ließ ein Fass Bier anschlagen. Auf der Mole gegenüber der *Seeschwalbe* wurde ein junger Bock geschlachtet und gebraten, es wurde gelacht und gesungen, und dann hob das alte Schmausen und Trinken an, das Seeleute seit jeher auf andere Gedanken bringt. Sogar Mandolf und Johann tanzten miteinander, während *Eisenfaust* an seiner Sackpfeife turnte, als hätte er nie im Leben anderes getan. Vielleicht war es die Musik, die den jungen Emder zur Ruhe brachte, und ihn zugleich in eine seltsame Melancholie trieb.

Er dachte an Mieke, und an das Gespräch, das sie kurz vor seiner Abreise geführt hatten. Mit dürren Worten hatte sie ihm erklärt, ihre Regelblutung sei ausgeblieben. »Du wirst Vater sein, wenn du wieder nach Hause kommst«, hatte sie ruhig angefügt, und durch eine wohl ebenso zufällige wie deutlich hörbare Betonung klang ihm das wenn wie ein ›falls‹. Vielleicht hatte er sich auch nur verhört, und trotzdem machte ihm die Sache das Herz schwer. Wibolt hatte ihr dann einen Ring auf den Finger geschoben, den er während der Reise mit Düsterhenn im dänischen Nyborg gekauft hatte. Er hatte ihr den eigentlich bei der Trauung schenken wollen, ihn aber in seiner Aufregung in der Tasche vergessen, und danach keinen rechten Anlass mehr gefunden, es zu tun.

»Ich werde Vater sein, wenn ich nach Hause komme«, sagte Wibolt irgendwann an diesem Abend seinen Freunden, und nutzte damit unbewusst Miekes Worte. Alle gratulierten ihm. Der Lübecker schlug ihm auf die Schulter, Juries Hopper blies eine schnelle Tanzweise und der alte Bremer drückte dem Emder die Hand und sagte »Maseltov«, woraus Wibolt Flaskoper schloss, dass Mandolf dem jüdischen Glauben nahestand.

Es wurde ein langer Abend. Auf den Schiffen des Grafen von Flandern schlug man später die Trommeln, denn es stand eine Leibstrafe an, die der Graf gerne bei Fackelschein exekutieren ließ, angeblich wegen des höheren Grades an Abschreckung. Man hörte allerlei Gerumpel von drüben, Schreie und scharfe Kommandos, und Wibolt dachte daran, dass Guido der Hundemeister jetzt wohl seinen großen Auftritt hatte. Nicht lange, und es wurde ihnen unbehaglich. Vielleicht war das der Grund dafür, dass *Eisenfaust* laut Hochzeitslieder spielte, doch es nützte nicht viel. Sie hörten das Jammern und Klagen der Gezüchtigten noch auf ihren Strohsäcken.

## 17.

*Jeder Kaufmann führe seine Geschäfte nach bestem Vermögen. Rückschlägen begegne er mit Gleichmut und in festem Glauben an Gott den Herrn.*
*Nach der Nowgoroder Schra*

### Öland und Visby, Spätsommer 1201

Schon in der Nacht hatte Wibolt ein Gefühl von schädlicher Unordnung, er verspürte eine seltsame Anspannung, eine Unruhe, die ihn festhielt in einer Art von fiebrigem Halbschlaf, er war weder wach, noch lag er in tiefem Traum wie Mandolf Düsterhenn neben ihm in seiner Bettstatt. Am Morgen stand plötzlich ein unerklärbarer und stechender Gestank über dem Hafen von Öland, dann schlug mit einem Mal wie rasend eine Trommel und zugleich wurde auf einer der gräflichen Koggen eine gelbe Warnfahne gehisst. Es war das Schiff mit dem Schlachtvieh und es dauerte eine Weile, bis alle die Fahne sahen, denn es war etwas dunstig in der Bucht, und in der Dämmerung des frühen Tages sah das gelbe Tuch aus wie die Fettschürze eines Küchenknechtes. Das Trommeln war nichts besonderes, jeder dachte an eine neue Exekution im flandrischen Heer, auch die Männer auf der *Seeschwalbe* dachten daran, aber dann bemerkten sie die Pestfahne und jetzt brach das Chaos los. Das Flaggschiff des Grafen wurde da schon freigepullt, der Bootsmann brüllte wie irre nach der Segelmannschaft, und dann sahen sie im Vorbeirauschen den Grafen selbst mit einer Peitsche nach seinen Leuten schlagen, als ginge ihm die Ausführung seiner Befehle nicht schnell genug.

Es war der hastige Aufbruch des gräflichen Flaggschiffes, der die ganze Flottille in heillose Panik stürzte. Die *Seeschwalbe* lag günstig, sie war recht spät in den Hafen gekommen, ihr waren nur noch knapp ein halbes Dutzend Koggen gefolgt, und jetzt zeigte sich einmal mehr, aus welchem Holz der Bremer Mandolf Düsterhenn gemacht war. Nur wenige Tage zuvor war er im Disput mit dem Lübecker noch fast aus der Haut gefahren, nun stand er ruhig und fest und führte seine Leute. Ein paar Mal lachte er sogar, aber seine Orders kamen hart und genau. »Das Großsegel auf, Leinen fest, und nun seht zu und sputet euch, sonst fahren uns diese Idioten noch über den Haufen!«, brüllte er mit einem Gesicht, als stünde er zechend auf dem Sommermarkt. Den Rudergänger drückte er bald zur Seite und steuerte die *Seeschwalbe* geschickt durch das apokalyptische Gewirr eines sich auflösenden Geschwaders, das nichts anderes mehr kannte als kopflose Flucht. Sie sahen schreiende Seeleute aus der Takelage stürzen, Männer wurden von schlagenden Rahen über Bord gefegt, Schiffsrümpfe krachten ineinander und schoben sich gegen die Pier. Eine Kogge aus Antwerpen drückte eine hilflos querstehende Holk unter Wasser wie einen Grashalm, der unter einen Pferdehuf gerät. Das kleine Schiff verschwand einfach, als hätte es ein Dämon verschlungen, und von der Mannschaft tauchte niemand mehr auf.

Die *Seeschwalbe* gewann Fahrt, kam frei, lief mit der Spitze des Konvois aus der Hafenbucht und zog dann in einem scharfen Schlag nach Osten. Im Abdrehen blickten sie zurück auf die Kogge mit dem gelben Tuch am Mast, die jetzt an der Pier lag, einsam wie ein verstoßenes Kind. »Was geschieht mit ihnen?«, fragte Wibolt Flaskoper heiser und Düsterhenn sah ihn an, als wollte er sagen, das kannst du dir doch wohl selbst ausrechnen.

»Wenn sie die Pest überstehen, kommen sie in vier

Wochen nach. Wenn nicht, wird der Graf das Schiff auf der Rückreise abholen«, sagte Mandolf spröde.

»Die Öländer werden inzwischen dafür sorgen, dass sie an Bord bleiben«, fügte Juries Hopper hinzu, der von hinten herangetreten war. Mit welchen Mitteln sie das verhindern würden, ließ *Eisenfaust* offen, aber der Emder konnte es sich ausmalen. »Wer an Land geht, ist tot«, fügte der Hamburger ganz überflüssig hinzu, und »Arme Schweine!« sagte Juries Hopper auch noch, und dann ließ sich Johann Kampen hören, er stand breitbeinig am Bug wie einer, der sein Wasser abschlagen will.

»Das sind wir übrigens auch, Mandolf. Hast du nicht bemerkt, dass es der Kahn mit unserem Schlachtvieh gewesen ist? Da werden wohl im Winter einige Herren Hungerbäuche bekommen!« Lachte höllisch, als hätte er einen Riesenspaß gemacht, und starrte dann nach vorn. »Ja, wie denn nun? Ich denke, der flämische Großkotz will keine Bummeleien mehr, so war's doch, oder nicht?«, lästerte Kampen. »Und dann geht er als Erster stiften und überlässt die ganze Malhalla sich selbst!«, aber da irrte er. Draußen auf See sahen sie den Grafen von Flandern gegen den Wind kreuzen, also wartete er auf sie und tatsächlich wurde die Reise erst fortgesetzt, nachdem sich die Flottille gesammelt hatte. Zuvor ließ sich Graf Balduin die Klarstände melden. Er stand mit gezogenem Schwert ganz vorn am Bug seiner Kogge und schwenkte die Klinge. Alle Schiffsführer taten es ihm nach, bis auf Mandolf Düsterhenn. Der Bremer ließ *Emdenhart* in der Scheide und hob nur kurz seinen Arm. »Na, Mandolf, ob er das gesehen hat?«, stichelte Kampen, und richtig, der Flame sah zu ihnen herüber und winkte herrisch mit seiner Waffe.

»Ich ziehe meine Klinge nicht, um damit zu winken wie ein Marktweib mit dem Karpfen«, knurrte der alte Gotlandfahrer. Und dabei blieb es. Als Balduin glaubte, es sei genug, beschrieb er mit dem Schwert einen Kreis und wies in einem weitem Bogen nach Osten. Dann schob sich seine Kogge in den Wind und lief ab. Die restlichen Schiffe folgten gleich einem Rudel dem Leitwolf. Der Konvoi formierte sich zu einer Kiellinie, er schien Wibolt wie ein Pfeil auf dem Weg ins Ziel.

Es stellte sich viel später heraus, dass die Mannschaft des unglückseligen Schiffs wohl überhaupt nicht erkrankt war. Böse Nachrichten erreichten die Kreuzfahrer, als sie schon längst im Land der Semgallen standen. Der Vormann hatte überreagiert, hatte geglaubt, bei einem seiner Gefährten eine schwärzliche Zunge als Symptom für die Pest erkannt zu haben, und hatte dann in seiner Panik alle mitgerissen. Der Schiffsführer war ihm blind gefolgt, und die Truppe war daran gewöhnt, Befehle auszuführen. Den armen Kerl hatte der Vormann sofort mit seinem Hauer erschlagen und über Bord geworfen. Und danach hatte er die gelbe Fahne gehisst. Als sich nach zwei Wochen keine weiteren Anzeichen der Seuche zeigten, wollten die Leute loswerfen, um dem Geschwader zu folgen, aber dann waren mit einem Mal die Öländer da und brachten das Schiff auf. Das Vieh an Bord führten sie in ihre Ställe. Vom Schicksal der Besatzung wusste man nichts, aber man konnte es sich ohne Schwierigkeiten ausmalen. Der Sklavenhandel blühte gerade im Ostmeer, die Schleuser und Kunden saßen im Dänischen, wer ungeschützt war, konnte seine Freiheit im Handumdrehen verlieren. Also hatte der Graf Balduin mit den Öländern noch eine Rechnung offen, aber er selbst sollte nicht mehr dazu kommen, sie auf den Tisch des Hauses zu legen.

\*

Der nächste Tag begann übel, denn Mandolf Düsterhenn spie beim Frühstück einen Zahn aus. Der lag schwarz und schrundig in des Schiffsführers Handfläche, und offenbar roch er auch nicht gut, denn der Bremer verzog kurz das Gesicht. Mandolf betrachtete ihn eingehend und mit verkniffenen Augen, dann warf er ihn über Bord. Er trenne sich leichten Herzens davon, sagte der Gotlandfahrer, denn das verfluchte Ding habe ihn ein gutes Stück seiner Nachtruhe gekostet.

»Sehr oft kannst du das nicht mehr machen, Mandolf«, sagte der Lübecker mit süffisantem Lächeln. Stand auf und stapfte nach vorn in den Bug, um sich, wie er bemerkte, nach dem flämischen Großkotz umzusehen.

Schmunzelnd blickte der junge Emder ihm nach. Wibolt hatte beobachtet, dass auch den Lübecker die Seefahrt veränderte, allerdings anders, als es bei Mandolf Düsterhenn der Fall war. Denn während der Schiffsführer gerade dann in sich selbst zu ruhen schien, wenn er die Planken seines Schiffes unter den Füßen hatte und die Wellen turmhoch schlugen, war Kampen seltsam unstet und neigte zur Sprunghaftigkeit. Er konnte je nach Stimmung und Lage aufbrausen oder nahezu unbeteiligt stoisch sein.

So wie bei dem Vorfall am frühen Morgen dieses Seetages. Sie waren dicht unter Land geblieben, um sich an Öland zu orientieren, und hatten dann, als sich nach Einbruch der Dämmerung der Nordstern zeigte, den Sprung über das offene Wasser gewagt, nach Visby. Kurz nach Tagesanbruch war plötzlich ein fremdes Schiff aufgetaucht, mit dunklen, fast schwarzen Segeln und gleichfarbigem Rumpf. An Bord waren einige Gestalten zu sehen gewesen, offenbar gerüstet, denn die meisten hatte Helme getragen. Und während sie noch standen und hinüberstarrten, war ihnen, als der Fremde noch an Steuerbord ablief, plötzlich eine Wolke Pfeile entgegengeregnet, abgefeuert von Bogenschützen, die irgendwo hinter dem Schanzkleid gehockt haben mussten. Wibolt hatte wie festgefroren aufgerichtet gestanden und in die Pfeilwolke geglotzt und er wäre wohl übel getroffen worden, hätte ihn nicht der Lübecker am Rock gepackt und nach unten gezerrt. Wie durch ein Wunder war niemand an Bord der *Seeschwalbe* ernstlich verwundet, nur einem Schiffsknecht war ein Pfeil in die Stiefelspitze gefahren und hatte den Fußrücken angeritzt. Nach dem Zwischenfall hatte ihn der Lübecker angefaucht. »Mann, Wibolt, du Ochse, sei nicht so verdammt sorglos! Und nimm nächstens deine Knolle weg. Ich will keinen Ärger mit Mieke!« Und dann hatte er gelacht und ihn umarmt, er hielt Wibolts Starre wohl für Tapferkeit, und vielleicht war sie das auch gewesen.

Jetzt stand der Lübecker im Bug und starrte mit festem Kinn nach vorn. Das Schiff des Grafen war voraus im Dunst noch schwach zu sehen, es verschwamm mit der Küstenlinie der Insel Gotland, die sich wie ein riesiger grauer Fischrücken aus dem Wasser erhob. Wibolt stand auf und streckte seine Beine. Aus dem Laderaum hörte er Düsterhenn und den jüngeren Hopper einen lauten Dialog über die Trimmung des Schiffes führen. Der Bremer war nicht zufrieden mit der Art, wie die *Seeschwalbe* am Wind lag, und wollte die Fracht neu stauen, vor allem das Eisenwerk. Der Hamburger sprach dagegen, er fürchtete, dass seine Lanzenschäfte nass würden, die Klingen auch, und dann gäbe es am Ende Schwierigkeiten mit seinem Abnehmer, dem Bischof von Livland. »Willst du mir den Verlust ersetzen, Mandolf?«, fragte *Eisenfaust* mit scharfer Stimme, und der Emder hörte den Schiffsführer irgendetwas dumpf erwidern. »... doch Unsinn!«, kam darin vor und: »Nun bemach dich nicht, Juries!«

Wibolt Flaskoper balancierte an der offenen Ladeluke vorbei und trat zu dem Lübecker. Sie waren allein in der Bugspitze, die Mannschaft arbeitete an den Tauen für die Besegelung, die restlichen Kaufleute saßen mittschiffs noch zu Tisch. »Was macht dein Freund, der flämische Großkotz?«, eröffnete Wibolt und der Lübecker antwortete mit einem Knurren. Dann spie er über die Bordwand. »Schöne Freunde hast du«, stichelte der Emder weiter, »und offensichtlich ist Balduin ja auch ein guter Gefährte deines Bischofs.« Er hatte unüberlegt gesprochen, weil er nicht recht wusste, wie er anfangen sollte, und im gleichen Moment schalt er sich töricht. Was machst du denn da, Wibolt? Schließlich willst du ihm doch beichten. Da ist es schädlich, ihn zu reizen.

Und richtig, der Lübecker fuhr herum. »Schone mich damit, Wibolt. Dieser Mann wird von Albert höchstens dazu benutzt, das Heer zu führen. Gegen die Semgallen. Und dann hat es sich. *Unser* Verhältnis steht auf ganz anderen Füßen!« Er meinte augenscheinlich seines mit dem Bischof und sah sich wohl nicht in der Gefahr, durch den Kirchenfürsten missbraucht zu werden.

Schlechter Beginn, dachte der Emder, aber jetzt geh auf ihn zu. Bereite ihn vor. Schließe ihn auf für diese schlechte Neuigkeit, denn nun war die Gelegenheit, zu bekennen, das spürte er. Tief hinten in seinem Hirn glomm zwar hartnäckig ein Warnsignal, es war nur eine trübe Funzel, aber sie wollte nicht verlöschen, und sie verkündete stets die gleiche Botschaft: Tue es nicht, Wibolt. Schweige darüber, denn wenn du sprichst, machst du einen schweren Fehler, einen, den du nicht mehr beseitigen kannst. Und dann gingen ihm wohlfeile Argumente durch den Kopf, und alte Weisheiten drehten sich darin in unendlichen, ständig wiederkehrenden Schleifen. Reden ist Silber, Schweigen ist Gold. Worte können schaden, Stille nicht. Der Narr spricht, der Weise hört.

Weit voraus sahen sie den Grafen von Flandern mit seiner Kogge in die Hafeneinfahrt kreuzen, der Steuermann setzte einen ersten Schlag an, um das Schiff nach Osten zu bringen. Die folgende Schnigge nahm schon Tuch weg, um ihre Fahrt zu verringern. Gotland war inzwischen von einem Fischrücken zu einer mächtigen Insel geworden, im Süden konnte man die gelbe

Sandsteinküste gut erkennen. In der offenen Ladeluke der *Seeschwalbe* tauchten die Köpfe von Mandolf Düsterhenn und Juries Hopper *Eisenfaust* auf. Die beiden Männer stiegen aus dem Bauch des Schiffes und sahen herüber. Der Hamburger setzte einen Fuß an Deck und es war klar, er wollte zu ihnen in den Bug.

Jetzt, dachte Wibolt Flaskoper. Jetzt musst du reden, oder du lässt es. Für immer. Das war der Moment, in dem der Lübecker sich umwandte und ihn ansah, als ahnte er etwas. Und plötzlich war da ein Schimmer in Johann Kampens Augen, der nach Warnung roch. Bist du dir sicher? Hast du dir den nächsten Schritt gut überlegt? Wie hatte sich Johann noch ausgedrückt, nach dem Angriff der Bogenschützen auf die *Seeschwalbe*? Sei nicht so verdammt sorglos, hatte er gesagt. Das hieß doch auch: Gib nicht preis, was du bewahren kannst. Bekenne nicht ohne Not. Leuchte nicht, wenn es klüger ist, im Schatten zu bleiben. »Wie viel sparst du, wenn du die Mäntel in Visby machen lässt, Johann?«, fragte der Emder lahm, und Kampen grinste ihm kühl ins Gesicht.

»Das geht dich, mit Verlaub, eigentlich einen Scheißdreck an, Wibolt, aber ich sage es dir trotzdem. Auf zehn Ellen Tuch gewinne ich mindestens sieben weiße Pfennige. Den Rest rechne dir selber aus.«

»So klingt gute Kaufmannschaft!«, sagte da in ihrem Rücken *Eisenfaust*, und legte beiden seine mächtigen Arme auf die Schulter. »Macht euch fertig, Freunde, wir landen bald.«

## 18.

*Man hüte sich vor der hohen Geistlichkeit.*
*Sie kann ein Gewerbe befördern,*
*aber sie wird zur Verfolgung ihres Nutzens nicht zögern,*
*selbst gegen die Regeln*
*guter Kaufmannschaft*
*zu verstoßen. Also hüte man sich vor ihr.*
*Nach der Nowgoroder Schra*


*Visby und Livland, Spätsommer 1201*


Es schien Wibolt so, als löse sich aus Johann Kampens Brust ein Klagelaut, so einer, wie ihn ein kleines Tier ausstößt in dem Augenblick, wenn eine Falle zuschnappt, tatsächlich war es eher ein ärgerliches Aufstöhnen. Er schien den Mann zu kennen, der da vor ihnen stand, und richtig, der Lübecker verdrehte die Augen, als wollte er sagen, nun nicht der schon wieder. Kampen machte die Herren bekannt. Der Fremde war Klaus Wunderlich von Wolffenstein, Prokurator des Bischofs von Livland, und, wie er später selbst betonte, allein zuständig für alle Fragen des bischöflichen Haushalts. Wibolt sah sich Alberts Gefolgsmann näher an. Von Wolffenstein trug einen braunen Habit aus feinem Tuch, also war er Mönch, aber kein armer. Aus den Ärmeln seines Gewandes ragten große, rote Hände hervor, denen man ansah, dass sie zupacken konnten. Und dass sie, was sie einmal gefasst hatten, nicht wieder loslassen würden. Der bischöfliche Prokurator hatte pechschwarzes Haar und die Augen eines Habichts, sie lagen in tiefen Höhlen, abgeschattet unter buschigen Augenbrauen, den ganzen Mann umgab eine Aura von Bedrohlichkeit, er schien Wibolt wie vom Höllenschlund ausgespien.

»Welch ein Zufall, Euer Liebden«, sagte der Lübecker, und Wolffenstein warf ihm einen stechenden Blick zu. Der Mann hatte bisher kein Wort gesprochen, und als Wibolt nun seine Stimme hörte, sah er überrascht auf. Sie war so warm und angenehm, dass sie unmöglich aus dieser Brust kommen konnte.

»Es ist natürlich kein Zufall. Ich bin hier, um Euer Tuch zu prüfen, bevor der Zuschneider daran arbeitet.« So tönt eine Harfe, die in den dunklen Saiten angeschlagen wird, dachte Wibolt, aber die Melodie klang ihm bedrohlich und der Emder spürte, wie ihm der Schweiß ausbrach.

»Ihr wollt es prüfen? Wieso dieses? Das Tuch trägt das Gütesiegel der Bremer Bruderschaft!«, sagte Johann Kampen mit scharfer Stimme.

»Das sehe ich«, gab der andere kalt zurück, »gleichwohl ist es zu prüfen. Auch Eure Bruderschaft kann fehlen.«

»Zudem stammt es aus den Kontoren des sehr ehrenwerten Emder Tuchhändlers Wibolt Flaskoper *Standfest*, der hier neben Euch steht, und der es ebenfalls gutachtlich gesiegelt hat«, fuhr Kampen fort, ganz so, als hätte der Prokurator nicht gesprochen.

Klaus Wunderlich von Wolffenstein hob den Kopf wie einer, der nach dem Zuge der Vögel Ausschau hält. Dann kamen seine Augen zurück. »Bei aller Wertschätzung für Eure Siegel, Ihr Herren. Sie mögen in Lübeck gelten, in London und von mir aus auch in Amsterdam. Hier nicht. Der Bischof will bestes Tuch, es ist für seine Hauptleute. Und ich werde dafür sorgen, dass er es bekommt«, sagte der Prokurator mit einer Stimme, als wollte er ein Kyrie Eleison anstimmen. Für die Hauptleute? Also nicht für die Fußsoldaten, und was tut er dann mit dem Rest, schoss es Wibolt durch den Kopf, doch er hatte keine

Zeit, darüber nachzudenken, denn Wunderlich trat an den ersten Ballen. Aber er nahm ihn nicht, sondern holte den Zuschneider mit einem herrischen Wink heran und deutete dann auf einen in der Mitte des Stapels.

»Den!«, sagte er, und der Mann wieselte hinzu und wuchtete mit einem Gehilfen den Ballen frei. Auf dem Hof des Zuschneiders stand noch ein Pferdefuhrwerk mit der restlichen Ladung, und Wibolt dachte, wenn Wunderlich alle Ballen prüfen will, dann stehen wir morgen noch hier.

Doch der Prokurator machte nur Stichproben. Er ließ den Gehilfen das Tuch abwickeln, nahm es und hielt es gegen das Licht. Wibolt Flaskoper klopfte es gehörig unter dem Wams, Kampen stand mit finsterem Gesicht daneben und schwieg, dafür sprach seine Miene umso deutlicher. Der Prokurator des Bischofs ließ sich davon nicht beeindrucken. Er forderte den nächsten Ballen, »den da, nein, gib mir den daneben!«, und der Vorgang wiederholte sich. Wunderlich drehte den Stoff hin und her, umständlich, holte ihn nah ans Auge, streckte wieder die Arme, linste und stutzte plötzlich. Griff zurück auf die Elle, die er zuvor in den Händen hatte, und besah sich eine Stelle mit besonderer Aufmerksamkeit. »Was gefällt Euch denn nicht, zum Kuckuck!«, fragte Kampen gereizt, aber der andere gab keine Antwort. Wibolts Hände waren so nass, als hätte er sie soeben in Wasser getaucht. Der Mann des Bischofs drehte und wendete den Kopf wie ein Huhn, das ein Korn aufpicken will.

»Mir war so, als hätte ich hier einen Schatten gesehen«, murmelte Wunderlich mehr zu sich selbst, und der Lübecker fuhr auf wie von einem glühenden Dorn gestochen.

»Einen Schatten? Hört, Euer Liebden, das Tuch ist ohne Fehl. Ich bürge dafür mit meinem Namen, und das wisst Ihr auch. Wollt Ihr etwa meinen Leumund in Zweifel ziehen?«, fauchte Kampen giftig und dem Emder flatterte das Herz. Der Gotlandfahrer hatte, vielleicht ohne sich dessen bewusst zu sein, die Kardinalfrage gestellt. Jetzt kam alles auf die Antwort des Prokurators an. Wenn der die Güte des Tuches offen in Frage stellte, dann erwuchs ihnen ein Konflikt, der nicht hier auf der Gasse zu lösen war. Und der ernsthafte Konsequenzen haben konnte. Deutlicher als allen anderen standen dem jungen Emder die möglichen Folgen vor Augen. Skandal und Aufruhr. Platzen des Handels. Seine Entlarvung als Betrüger, zumindest als ein Kaufmann, der schlechtes Gut geliefert hatte, ohne es vorher anzuzeigen. Verlust seiner Reputation. Rückforderung des bereits geflossenen und schon wieder festgelegten Silbers. Ausschluss aus der Gemeinschaft der neuen Freunde, die ihm bereits heute so wichtig war. Und damit sein Ende als seriöser Handelsherr. Ganz zu schweigen von dem, was ihn in Emden erwarten würde. Sie würden über ihn herfallen wie ein Rudel blutgieriger Wölfe. Jakob Moerman, der Viehhändler, würde im Delft gegen das Flaskopersche Haus pinkeln, und zwar in aller Öffentlichkeit, und der Reeder wäre vor Freude mindestens eine Woche im Vollrausch.

Quälend zogen sich die Momente, in denen Klaus Wunderlich schwieg und die anderen warten ließ, und in denen die Frage des Lübeckers über ihnen hing wie ein böses Feuerzeichen. Auf der Gasse rumpelte ein mächtiges Fuhrwerk vorbei, dem der Prokurator sinnend nachsah, so ausführlich, als gäbe es nichts Wichtigeres auf der Welt als rumpelnde Fuhrwerke. Doch dann wandte er sich schließlich um, seine Augen waren wie Dolche und Wibolt Flaskoper dachte unwillkürlich an den Erzengel Luzifer. »Wundere mich über Euch, Johann Kampen. Für einen Handelsherrn, der gute Ware feilbietet, seid Ihr doch recht nervös. Warum, frage ich mich.« Er sah den Lübecker an wie ein Scharfrichter sein Opfer, warf dann dem Zuschneider das Tuch in die Arme und trat ohne ein weiteres Wort auf die Gasse. Dort wandte er sich noch einmal um. »Die Mäntel bis nächste Woche. Und arbeite gut, Bursche, denn der Bischof will gediegene Leistung für sein Geld!«

Hastig senkte der Tuchschneider den Kopf, aber alle hatten sein gequältes Gesicht gesehen, und richtig, sobald der Prokurator verschwunden war, begann der Mann zu lamentieren. Bei dieser Frist werde er gezwungen sein, Leute einzustellen, und wo blieb er selbst dann mit seinem Gewinn? Es war ganz klar, er versuchte bei Kampen einen neuen Preis für seine Arbeit zu verhandeln, aber der Lübecker blieb hart. »Ihr habt eingeschlagen. Und nun seht zu und sputet Euch!«

Sie waren schon wieder auf dem Weg zum Schiff, als Wibolt seine Sprache wiederfand. »Wie du geredet hast, Johann. So harsch und böse. Und dann mit einem so hohen geistlichen Herrn.«

Der Lübecker stand noch immer unter Dampf, das sah man, sein Hals war wie in Blut getaucht und die Fäuste geballt, als ginge es an eine Rauferei. »Ich lasse mir von solchen Kerlen nicht an meiner Ehre fummeln, *Standfest*. Und was Wunderlich angeht; geh seiner Kutte nicht auf den Leim. Der Mann ist ungeweiht, so wenig Priester wie du und ich, sondern ein Basarkrämer der übleren Sorte. Wenn er kann, schneidet er dir die Gurgel ab!«

\*

Nur zu gern hätte Wibolt Flaskoper mehr über den Lohn des Zuschneiders erfahren, schon um Johann Kampens Gewinn abzuschätzen. Der Zuschneider hatte nach einem warnenden Blick des Lübeckers, den Wibolt auffangen konnte, aber keine Zahlen genannt, nicht einmal eine Andeutung hatte der Mann gemacht, und danach zu fragen verbot die Schicklichkeit. Also blieb Wibolt nur, auf Grundlage dessen zu rechnen, was er wusste, und das war sein eigener Umschlag von tausend Mark lübisches Silber und sieben weiße Pfennige Gewinn auf zehn Ellen Tuch, von denen der Fernhändler geredet hatte. Mindestens sieben, hatte Johann gesagt. Danach käme der Lübecker in summa auf satte fünfhundert Mark zusätzlichen Umschlag, wovon lediglich der Lohn des Tuchschneiders abgerechnet werden musste. Kein schlechter Handel für ein Zufallsgeschäft, das musste Wibolt einräumen.

Den Prokurator des Bischofs sahen sie eine Woche später wieder, bei der Übergabe der Mäntel. Schon Tage vorher war Kampen unruhig und leicht reizbar. Jeden Morgen in aller Frühe brach er auf, wenn die *Seeschwalbe* noch schlief, um dem Zuschneider und seinen Leuten auf die Finger zu sehen und sich vom Fortgang der Arbeit zu überzeugen, und erst am Nachmittag kehrte er zurück, oft mürrisch und ungehalten. Einmal trat er einem Schiffsknecht derart in den Hintern, dass ihn sogar Mandolf Düsterhenn zur Ordnung rief. Dabei hatte ihm der Knecht an Deck nur im Weg gestanden, als Johann Kampen nach achtern wollte. Nach diesem Vorfall nahm ihn Juries Hopper *Eisenfaust* zur Seite und las ihm die Leviten. »Was ficht dich an, Johann? Ich weiß, es ist wegen Wunderlich, aber wo bleibt dein kühler Geist? Ich habe diesem Arsch meine Lanzen samt Klingen unter seine feine Kutte geschoben, dass es eine Freude war. Einige der Spitzen waren schartig, und ich habe ihm gesagt, dass sie nachgeschliffen werden müssen. Darauf hat er gesagt, dass er ohnehin alles nachschleifen lässt. Hierauf sage ich, dass es mir schnurz ist, was er macht, ich lasse die Eisen schärfen und dann bekommt er sie, und keinen Tag früher. Er hat mich angeglotzt wie ein Deichschaf. Verstehst du, ich habe ihn einfach ins Leere laufen lassen. Mit den eigenen Waffen geschlagen. Und genau so musst du es machen!«

Kampen sah den Hamburger an wie ein Verdurstender

einen Becher Bier. »Was hat dich denn das Nachschleifen gekostet, *Eisenfaust*?«

Hopper hob lässig seine mächtigen Schultern. »Nichts. Ich hatte es vorher so ausgehandelt.«

Jetzt glotzte der Lübecker. »Ja, wo denn, Mann? Etwa mit dem Waffenschmied in Lübeck?«

*Eisenfaust* nickte grinsend. »Er hat Verbindungen zur Gilde hier auf der Insel.«

Kampen wandte sich ab und schniefte, es klang, als hätte er geheult, doch es war nur der Rotz, der ihn seit Tagen quälte. »Vielleicht braucht der Prokurator das Eisen mehr als das Tuch. Womöglich ist ihm die Züchtigung der Semgallen wichtiger als das Kleid auf den Schultern seiner Soldaten. Oder vielmehr dem Bischof. Ach, Mann, es ist doch alles eine einzige Scheiße!«

Aufmerksam sah der Hamburger ihn an. »Ist denn schon Geld geflossen?«

Kampen drehte ihm das Gesicht zu, an seinem Kinn zuckte ein nervöser Muskel. »Das ist es ja, *Eisenfaust*. Noch kein Pfennig. Ich habe wirklich Sorge, dass der Kerl kurz vor Ultimo noch Zicken macht!«

Wibolt Flaskoper beobachtete die Vorgänge mit gemischten Gefühlen, an einigen Gesprächen nahm er aktiv teil. Und nach zwei Tagen glaubte er, ihre Ursache zu kennen. Er war sicher, dass der Lübecker etwas ahnte. Oder vielleicht sogar schon wusste. Schließlich hatte Johann Kampen damals am Stalhof in London das Geschäft mit dem Kaledonier selbst vermittelt. Das Tuch. Die alten Fäden. Er hatte darauf hingewiesen. Wibolt hatte die Worte des Fernhändlers noch im Ohr. Ein Teil davon ist aus alter Wolle, Wibolt. Aus Fäden, die schon einmal verwebt waren, verstehst du das? Die kannst du für meine fünfhundert Ballen nicht nehmen. Der Bischof verlangt Mäntel aus neuer Wolle. Genau so und nicht anders hatte Kampen sich ausgedrückt. Warum sprach er dann nicht? Warum nahm er ihn, Wibolt Flaskoper, nicht beiseite und sagte ihm, höre, *Standfest*, aus unserem Handel wird nichts. Du hast in deinem Tuch alte Fäden verwebt, das ist gegen die Regel, du weißt es, und die nimmt mir der Bischof nicht ab. Und die tausend Mark Silber musst du mir zurückgeben, hörst du, und zwar bis zum …!

Warum sprach der Lübecker nicht? In langen und unruhigen Nächten dachte Wibolt darüber nach, immer wieder, aber es war nicht nötig, er kannte den Grund, er lag ja auf der Hand. Johann Kampen steckte in der gleichen Klemme wie er selbst. Es war zu spät. Er hätte die Sache schon viel früher klären müssen. Schon gleich zu Anfang dem Bischof sagen müssen, Eminenz, es tut mir leid, aber ich kann Euch nicht bedienen. Zu Euren Bedingungen ist das Tuch am Markt nicht zu haben. Jetzt konnte er das nicht mehr. Er hatte Bischof Albert, oder vielleicht auch diesem Klaus Wunderlich von Wolffenstein, eine andere Botschaft übermittelt. Die Sache läuft. Das Tuch ist nicht nur verfügbar, ich habe schon meine Hand darauf. Die Mäntel werden fristgerecht geliefert. Jetzt saß Albert III. in Livland und wartete auf seine Ware. Johann Kampen, davon war Wibolt nun überzeugt, hatte sich in diesem Dilemma für den leichtesten Weg entschieden. Der die größte Gefahr in sich barg. Er wollte den Handel durchziehen. So, wie er nun einmal war. Und hoffen. Dabei ging es ihm nicht um das Silber, so viel war Wibolt klar. Der Lübecker wollte in der nächsten Zeit sein Geld mit Rosinen machen, viel Geld, das hatte er selbst gesagt. Nein, es ging Kampen um sein Ansehen bei Bischof Albert, und wenn er von Zicken sprach, dann meinte er am Ende die Zurückweisung der Mäntel, und nichts anderes.

Und ich?, dachte Wibolt. Was tue ich bei der Sache? Bringe ich sie jetzt endlich zur Sprache, oder decke ich den Mantel der Barmherzigkeit darüber? Wie das Schwert des Damokles hingen fünfhundert Tuchballen über ihm, und er wusste, wenn sie sich lösen und auf ihn stürzen würden, dann erschlügen sie ihn. Aber wie auch immer, vielleicht nicht morgen, womöglich nicht mehr in diesem Jahr, aber doch recht bald, irgendwann würde der Fall zwischen ihm und dem Lübecker ausgeräumt werden müssen, das war so klar wie nur irgendetwas.

Der Emder hielt die Augen offen, und Johann Kampen litt sichtlich, doch die Ängste des Lübeckers waren unbegründet. Obwohl es zunächst anders aussah. Am Tag der Übergabe der Mäntel waren sie schon früh auf den Beinen, der Lübecker war zappelig wie ein junges Fohlen und seine Nervosität griff bald auf die anderen über. Folglich ging man ihm aus dem Weg. *Eisenfaust* verzog sich bald in den Frachtraum, um nach seiner restlichen Ware zu sehen, und Mandolf Düsterhenn warf Kampen scharfe Blicke zu. Der alte Gotlandfahrer kochte, das sah man, aber er sagte kein Wort. Wibolt Flaskoper konnte dem Lübecker nicht aus dem Weg gehen. Seine Hände waren feucht und kalt, und als sie über den Steg zur Mole turnten, wackelte nicht nur das Brett. Er redete sich ein, was machst du dir Gedanken, das Tuch ist ja schon geprüft, er hat es geschluckt, reg' dich nicht auf, aber viel nützte das nicht.

Es war ein strahlend schöner, schon leicht frühherbstlicher Tag, die Sonne schien mild und vor der Werkstatt des Zuschneiders lagen die Mäntel als leuchtender blauer Berg auf eigens aufgestellten Schragen. Der Schneider und seine Leute waren fertig, das war deutlich zu sehen. Sie mussten Tag und Nacht gearbeitet haben. Bleich und hohlwangig stand der Mann bei den Mänteln, seine Lider flatterten über kleinen, roten Augen. Auch er hatte ja noch kein Stück Silber gesehen, und wie es schien, machte er ohnehin einen schlechten Handel.

Der Prokurator des Bischofs von Livland ließ auf sich warten, es trug nicht eben zu ihrer Beruhigung bei, aber Wunderlich von Wolffenstein erschien erst gegen Mittag.

Er habe sich noch nach Schlachtvieh umgesehen, hieß es später, für die auf Öland verlorenen Stücke, aber dabei wenig Erfolg gehabt, so spät im Jahr sei keines mehr feil. Dann rollte er mit drei mächtigen Fuhrwerken vor. Ein paar bewaffnete Knechte hatte er bei sich, und einen fast knabenhaft kleinen Mönch mit stumpfen Augen und zugewachsener Tonsur. Grußlos, ganz so, als sei er allein auf dem Platz, stieg der Prokurator vom Bock und umkurvte die Schragen mit den Mänteln wie ein Fleischhauer, der ein schlachtbereites Stück begutachtet, um herauszufinden, wo er den tödlichen Schlag ansetzen sollte. Trat dann an den Tisch und zupfte an einem Stück herum, als wollte er es sich überstreifen. Und als schon jeder dachte, jetzt nimmt er alles auseinander, nickte Klaus Wunderlich knapp und die Knechte luden auf. Der kleine Mönch holte den Lübecker an einen der Karren und übergab ihm eine eisenbeschlagene Kiste. Zögernd streckte Kampen die Hände aus, und Wibolt glaubte, jetzt zählt er nach, aber der Lübecker öffnete den Verschluss nicht, sondern griff sich die Kiste und hob sie vom Wagen.

Und dann stand schon der Zuschneider hinter ihm und wartete. Der Lohn für den Mann kam aus Johann Kampens Geldkatze. Wibolt sah ihn daran fingern und dem Schneider umständlich die Münzen in die Hand zahlen. Diesmal passte der Emder auf. Es waren genau fünfunddreißig Mark lübisches Silber und kein Pfennig mehr. Mit saurer Miene nahm der Tuchschneider sein Geld, senkte dankend den Kopf, aber seine Augen glitzerten giftig. Es war leicht zu sehen, dass er unzufrieden war.

Der Prokurator dagegen war zufrieden, und zur Überraschung aller äußerte er es sogar. »Es ist gut. Ich bin mit dem Handel im Reinen, und Ihre Eminenz wird es auch sein«, sagte er in einem Ton, als wollte er ein *Te Deum laudamus* anstimmen, und seine Mundwinkel kräuselten sich in einem angedeuteten Lächeln, aber unter seinen buschigen Brauen funkelte es. Als er zu seinem Fuhrwerk ging, schien es Wibolt, als entferne sich eine Eiswolke. Der Gotlandfahrer wartete kaum ab, dass der Zuschneider in seiner Werkstatt verschwand. Die Fuhrwerke des Prokurators ruckelten noch über das Pflaster der Gasse, da hetzte Johann Kampen schon los, als wäre einer mit gezogenem Schwert hinter ihm her. Dabei hatte er doch die Eisenkiste zu tragen. Wibolt folgte ohne Mühe, die Erleichterung verlieh dem Emder Flügel.

# 19.

*Der Fürst ist oft ein schwieriger Partner.*
*Er nimmt mit großer Hand, doch er gibt nicht gern.*
*Insgesamt mangelt es ihm*
*an Sinn für gerechten Ausgleich.*
*Nach der Nowgoroder Schra*


*Visby und Livland, Frühherbst 1201*


Zwei Tage später befahl der Graf von Flandern erneut die Schiffsführer zu sich. Er hatte Grund dazu. Immer häufiger zogen dicke Wolken auf, nachts war der Himmel verhangen, und die Temperaturen kühlten merklich ab. Das Wetter werde allmählich schlechter, man habe sich zu sputen, erklärte der Graf, aber da sagte er den Männern nichts Neues. »Na und?«, fragte der Lübecker giftig, als Mandolf Düsterhenn das Deck der *Seeschwalbe* betrat. »Hat der Arsch klare Sicht befohlen?«

Der alte Bremer strafte ihn mit einem kalten Blick, aber eine Antwort gab er nicht. Es war ja klar, sie brauchten einen Himmel, an dem der Nordstern deutlich zu sehen war, um den Sprung über das offene Meer zu wagen. Dabei mussten sie zunächst Gotland der Küste folgend nördlich umfahren, dann nach steuerbord drehen und danach, mit Glück, Gottes Hilfe und gutem Wind so segeln, dass sie am Morgen die livländische Küste sehen konnten. Der Steuermann musste dabei den Nordstern stets an der linken Schulter halten, so war das Verfahren. War bei Tagesanbruch kein Land in Sicht, dann half es nur, den Kurs zu koppeln, die Abdrift zu schätzen und auf den Herrn zu vertrauen.

Für den Abend war eine Hinrichtung angesetzt, der Graf ließ die Exekution auf dem Marktplatz durchführen, und Johann Kampen meinte bissig, wenn er so weitermacht, hat er bald keine Leute mehr, um gegen die Semgallen zu ziehen. Aber in diesem Fall war das Urteil gerecht. Die Männer auf der *Seeschwalbe* hatten schon von der Geschichte gehört und fanden, dass der Verurteilte seine Strafe verdiente.

Ein paar Waffenknechte aus Brügge hatten den Landgang für ein Saufgelage in einer Schenke genutzt. Es wäre trotzdem alles gutgegangen, hätte nicht einer der Kerle der Tochter des Schankwirts schöne Augen gemacht, einer jungen Frau von fünfzehn Jahren. Die Kleine trug das Bier auf, und jedes Mal, wenn sie an den Tisch der Brügger Truppe trat, fasste ihr der Kerl ans Mieder oder griff nach dem Gesäß. Seinen Begleitern gefiel das nicht, denn sie wollten keinen Ärger, aber der Bursche fuhr fort, die Schankmagd zu belästigen. Irgendwann wurde der Wirt aufmerksam, er kam an den Tisch und forderte den Waffenknecht auf, seine Hände bei sich zu lassen, das Mädel sei versprochen. Der Kerl war da schon stark bezecht, er maulte herum und meinte, für seine Pfennige wäre es ja wohl nicht zu viel verlangt, wenn er etwas Spaß haben wollte.

Der Wirt hörte sich den Sermon düster an, winkte dann seinem Schankknecht Ole, der stapfte heran, in den Händen einen schweren Eichenknüppel, und danach war Ruhe. Denn Ole war ein Hüne, ein Riesenkerl, mit kleinem Kopf, aber Armen wie Oberschenkeln, er hätte ein Pferd erwürgen können. Ole sagte kein Wort, das Reden war ohnehin nicht seine Sache, er stand und klatschte mit dem Eichenknüppel lässig auf die flache Hand, es klang, als würde er einen Ochsen ohrfeigen, und dieses hässliche Geräusch brachte die Brügger Truppe rasch zur Besinnung. Die Männer waren bald danach aufgebrochen, und in der Dunkelheit merkten sie zu spät, dass plötzlich einer fehlte. Es war der Kerl, der das Mädel belästigt hatte. Die Truppe ahnte Böses, sie kehrte um, im Laufschritt zu der Schenke, aber da war es schon zu spät gewesen. Ihr Kumpan war zurückgegangen, hatte der jungen Frau bei einem Gang zum Abort aufgelauert, und war brutal über sie hergefallen.

Der Graf wollte die Sache nach Kriegsrecht ahnden. Danach war der Mann hinzurichten. Auch als Exempel, um der Truppe zu zeigen, dass nun, wo es an den Feldzug gegen die Heiden ging, Verstöße gegen die Disziplin nicht geduldet würden. Und um zu zeigen, dass das Heer des Bischofs von Livland seine Reihen von derlei Gesindel säubert, sollte das Volk von Visby an der Exekution teilnehmen können. »Es ist immer der gleiche verdammte Mist«, knurrte Mandolf Düsterhenn. »Wenn die Kerle in Ruhe liegen, kommen sie auf dumme Gedanken. Und das ist dann die Folge!«

Wibolt musste unwillkürlich an Guido denken, den Hundemeister des gräflichen Konnetabels, denn mit nahezu den gleichen Worten hatte der die Zustände bei der Belagerung von Akkon beklagt. Und dann sah er ihn plötzlich hinter einer hölzernen Trennwand auftauchen. Guido zerrte den Verurteilten an einer Halsschlinge hinter sich her, der Mann stolperte, stürzte auf die Knie und brüllte ständig, er sei bereit, das Blutgeld zu bezahlen, aber der Wirt hatte sich nicht darauf eingelassen und auch der flandrische Graf wollte die Leibstrafe. Der Heerführer saß etwas abseits auf einem hohen Lehnstuhl und verfolgte die Abläufe mit finsterem Gesicht. Als sich der Kerl in seiner Verzweiflung direkt an ihn wandte, spuckte Balduin ihm vor die Füße. »Das hättest du dir vorher überlegen sollen!« Hob die Stirn, fixierte Guido scharf und nickte knapp. Und nun sah Wibolt Flaskoper, dass Guido der Flame nicht nur gräflicher Hundemeister war, sondern auch der Henker des Grafen. Er riss den Kerl an der Halsschlinge zu Boden, derart rüde, dass der Mann noch im Fallen die Besinnung verlor. Legte ihn in aller Ruhe auf den Richtblock und schlug ihm den Kopf ab. Hob das blaue Gesicht mit der ausgestreckten Zunge an den Haaren in die Höhe, drehte sich damit zum Grafen, danach einmal im Kreis, und warf den Kopf auf das Stroh.

Danach rührte sich auf dem Platz keine Hand. Es gab kein Pfeifen, Klatschen oder Johlen, wie es sonst bei Hinrichtungen üblich war. Die Hauptleute führten ihre Männer zurück auf die Schiffe, und das Volk von Visby zerstreute sich schweigend. Auch die Besatzung der *Seeschwalbe* trottete wortlos davon, alle hatten ein schlechtes Gefühl, und über der ganzen Stadt lag mit einem Mal eine Stimmung wie vor einem schweren Unwetter. Später lief das Gerücht durch den Hafen, die Leiche des Gerichteten sei an die gräfliche Hundemeute verfüttert. Und wie als Bestätigung eines bösen Omens setzte noch in dieser Nacht auflandiger Wind ein, der weitere Tage anhielt. Sie lagen in Visby fest. Es gab keine Möglichkeit, sich von der Küste freizusegeln, nicht die geringste.

Graf Balduin kochte. Er wusste, in Livland wartet der Bischof, er wusste auch, mit jedem Tag des Wartens verschlechterten sich die Aussichten für die Überfahrt, aber ändern konnte er nichts. Ja, es gab noch eine andere Route, sie konnten den alten ›Weg der Könige‹ fahren, die schwedische Küste entlang bis zur Insel Ahvenanmaa, konnten sich dort zur finnischen Südküste durchschlagen und dann weiter nach Livland segeln, aber das würde sie Wochen kosten, und diese Zeit hatten sie nicht. »Soll Balduin doch befehlen, dass der Wind sich dreht, dieser flämische Großkotz!«, lästerte der Lübecker giftig, aber es lachte niemand darüber.

\*

Es ist der verdammte Müßiggang, eine von mehr oder minder sinnhaften Tätigkeiten unterbrochene Zeit des Wartens und der nutzlos verlängerten Vorbereitung, die

Unheil gebiert. Sie lässt bösartige Nachrichten schlüpfen, die sich vermehren und wuchern und schließlich zu Monstern wachsen, die niemand mehr bändigen kann. Noch schlimmer ist alles im Zustand der Anspannung. Dann entwickeln sich Ängste, die in der feuchten und drängenden Enge vieler Menschen auf kleinem Raum fruchtbaren Boden finden. Der Hafen von Visby war in diese Tagen ein solcher Ort. Man hörte von Geistererscheinungen auf einer Schnigge aus Groningen, an der Mole habe man den leibhaftigen Teufel gesehen, große Wolfsrudel, plötzlich, wie aus dem Höllenschlund gespien, wären sie aufgetaucht und wieder verschwunden, und vor einer Schenke am Hafen habe ein Baum geblutet.

Die Schiffe der bischöflichen Flottille lagen unter Land, sie duckten sich vor dem Wind, der über die Insel pfiff, und auch die Besatzungen suchten Schutz, im Bewusstsein kommender Ungewissheit, in der Erwartung von Not und Gefahr. Auch der letzte Waffenknecht im Heer hatte inzwischen begriffen, dass mit dem auf Öland verlorenen Schlachtvieh ein wesentlicher Teil des Feldzugplans gänzlich neu bedacht werden musste: die Nahrung der Menschen. Der Graf von Flandern versuchte, das Heer zu beschäftigen, damit es auf andere Gedanken kam. Doch es fehlte ihm gerade jene Stetigkeit, der Gefolgschaft aus Einsicht erwächst.

Balduin ließ verstärkte Wachen aufziehen, obwohl es keinerlei Bedrohung gab, und unsinnige Segelmanöver, die wegen des Windes ohne Tuch durchgeführt wurden, ermüdeten die Truppe. In Summa erreichte er in bester Absicht eher das Gegenteil und seine zahllosen Besprechungen für die Schiffsführer waren eine zusätzliche Last. Mal ließ er sich den gebunkerten Vorrat an Süßwasser melden, dann wieder verlangte er Aufschluss über die Verpflegungsreserven. Dabei wusste jeder, dass die gesamte Flottille sich gut versorgt hatte, zuletzt hier in Visby.

Den Hamburger hielt es in diese Tagen nicht lange an Bord der *Seeschwalbe*, oft schon im Morgengrauen erhob er sich von seinem Strohsack, verließ er das Schiff und streifte ziellos durch den Hafen, es war fast so, als suche er die schlimmen Gerüchte, um sie schon bei ihrer Geburt zu vernichten. Als er an diesem Tag zurückkehrte, war er auffallend ruhig.

Es hatte keiner von ihnen gewusst, dass sich auf einem der gräflichen Schiffe ein Mädchen befand, und als *Eisenfaust* mit dieser Nachricht kam, schlug sie ein, als hätte ein griechischer Feuertopf die *Seeschwalbe* getroffen. Die Neuigkeit selbst war ebenso erstaunlich wie ihre späte Offenbarung. »Ja, wo denn, Mann?«, fragte Johann Kampen aufgebracht, er wollte es einfach nicht glauben, aber der Hamburger hatte die Frau mit eigenen Augen gesehen.

»Auf dem Flaggschiff des Grafen«, sagte Juries Hopper mit ruhiger Stimme.

»Dann ist sie wohl seine Mätresse«, mutmaßte Mandolf Düsterhenn, doch Juries schüttelte energisch den Kopf. Die Frau habe die Kleidung eines Schiffknechtes getragen.

Der Lübecker sah ihn an wie ein Nachrichter sein Opfer. »Aha, du Schlauberger. Und woran willst du dann gesehen haben, dass sie ein Weib ist?«

»Sie hat ein Kind geboren«, gab Eisenfaust entspannt zurück, und jetzt schien der Lübecker förmlich aus seiner Haut zu wollen.

»Du redest, als wärest du dabei gewesen. Hast du mitgezogen, oder wie? Ist doch Blödsinn. Woher kommen denn deine Weisheiten, *Eisenfaust*?«

Die junge Frau habe im Krähennest gehockt und ihr Kind gesäugt, jeder habe es gesehen, die ganze Mannschaft, und der Graf auch, sagte der Hamburger mit einer Festigkeit, die keinen Widerspruch mehr zuließ, und alle sahen ihn ratlos an. »Gibt's doch gar nicht«, ereiferte sich Johann Kampen, »da fährt ein Weib an Bord und keiner hat's gemerkt!«

»Bis auf einen«, verbesserte Wibolt trocken, doch es lachte niemand.

Es war typisch, dass der alte Schiffsführer die praktischen Fragen stellte. Wer der Vater sei und wie es jetzt weitergehe, mit der Frau und dem Kind, aber da hob *Eisenfaust* nur stumm seine Schultern. Später erfuhren sie, dass der Graf die Mutter und das Kind habe an Land setzen lassen. Ein Riesenkerl mit einer schweren Lederpeitsche in der Hand habe sie von Bord gebracht, die Frau habe nur den Säugling und ein Bündel mit Brot bei sich gehabt.

Doch das war nicht alles, was der hünenhafte Hamburger zu berichten hatte. Der Graf von Flandern, erzählte er, habe in seinem Gefolge einen Anekdotenerzähler, der ihn regelmäßig zur Nachtruhe unterhalte. »Also sein Hofnarr. Daran ist nichts Ungewöhnliches«, stellte Mandolf Düsterhenn nüchtern fest.

»Oder ein Minnesänger?«, vermutete Wibolt, weil *Eisenfaust* nicht aufhörte, seinen mächtigen Kopf zu schütteln.

»Nein Freunde, alles falsch!«, beschied der jüngere Hopper. »Er ist ein Benediktiner aus dem Kloster Egmond, der Feldkaplan Graf Balduins – wie man hört, ein Friese«, sagte *Eisenfaust* mit einem Seitenblick auf den Emder.

»Nun denn, die Friesen sind große Märchenerzähler, wer wüsste das besser als du, Wibolt, nicht wahr?«, bemerkte Johann Kampen jovial. Es mochte sein, der Lübecker sprach gedankenlos, ohne besondere Absicht, aber Wibolt schoss das Blut in den Hals wie einem ertappten Lügner.

»Nicht, dass ich wüsste!«, zahlte Flaskoper brüsk heraus und fixierte den anderen scharf. Wenn du etwas sagen willst, dann lass es heraus, Johann, hieß das, wenn nicht, dann halt endlich die Schnauze, was soll das? Der Lübecker grinste schweigend zurück. Die übrigen Fernhändler registrierten das Duell aufmerksam und Wibolt sah den Schiffsführer mit *Eisenfaust* einen fragenden Blick wechseln.

Es war Kampen selbst, der die Stille unterbrach, bevor sie peinlich werden konnte. »Sag an, *Eisenfaust*. Wie ist es, wenn der flämische Großkotz sich vorlesen lässt?« Und was Juries hier zu berichten hatte, setzte alle in Erstaunen. Der Graf, sagte Hoppe, spucke des Abends auf ein Brett aus poliertem Schwarzholz. Sein Kaplan betrachte den Speichel sehr genau und wähle die Geschichte danach aus, was er da sehe. »Was wird er schon sehen? Flämischen Rotz. Kommt gleich nach der flämischen Scheiße!«, knurrte Kampen abschätzig, aber der Hamburger hob die Hand.

»Warte, Johann, es geht noch weiter!« Der Mönch, so fuhr Juries Hopper fort, greife sich dann ein Buch, das gebunden sei wie ein Evangeliarium oder eine Bibel, denn alles andere als ein Kirchenbuch halte der Friese für unschicklich.

»Ja, was denn, und darin stehen dann die Zoten?«, fuhr Kampen auf.

»Die Anekdoten«, verbesserte der Hüne geduldig.

»Na gut. Anekdoten. Und dann lacht sich Balduin wohl in den Schlaf, oder wie?«, ätzte der Lübecker, doch Hopper schüttelte den Kopf. So sei es nicht. Jedenfalls nicht regelmäßig. Sehr oft sei es danach fast totenstill in der gräflichen Schlafkammer, doch manchmal höre man Balduin in seiner Bettstatt schluchzen, und zwar so laut, dass sich sogar die Mannschaft an Deck besorgte Blicke zuwerfe.

Danach sahen die Männer sich ratlos an, und sogar der Lübecker schwieg betroffen. Sie waren sich einig, dass der Graf von Flandern ein zutiefst rätselhafter Mensch sei, unstet und wankelmütig, von Gefühlen und dunklen

Mächten getrieben. Es war schließlich doch Johann Kampen, der seine Sprache wiederfand. »Wenn er so auch seinen Feldzug führt, dann gnade uns Gott!«, sagte der Lübecker mit rauer Stimme.

In der folgenden Nacht drehte der Wind. Der Graf trommelte sofort die Schiffsführer zusammen und erklärte ihnen, er wolle unverzüglich segeln. Zu Wibolts Überraschung durfte er den alten Bremer zu der Unterredung begleiten, und so sah der Emder den flandrischen Heerführer zum ersten Mal aus der Nähe. Balduin war klein, trotz seiner dicken Sohlen, und er schien von einer fieberhaften Unruhe gepackt. Sehr häufig griff er nach seinem Weinglas, und wenn er sprach, kam seine Stimme schrill und abgehackt. Es war Wibolt ein Rätsel, wie man diesen Mann zum Führer des Feldzuges hatte ernennen können.

Der Graf überraschte die Schiffsführer mit dem Plan, an der Nordspitze von Gotland nicht mehr zu ankern, sondern gleich die folgende Nacht für die Überfahrt zu nutzen. Der Himmel werde klar sein, und weiteres Zuwarten komme wegen der bereits verlorenen Zeit nicht in Betracht. Einige der Männer meldeten Bedenken an. Die Leute brauchten noch Ruhe, man müsse vor dem Sprung nach Livland weitere Kraft sammeln. Der Graf ließ sich nicht darauf ein. In unwirschem Ton fegte er die Bedenken beiseite. »Was denn? Ihr liegt hier schon seit Tagen auf euren Säcken. Noch mehr Ruhe wollt ihr? Und in Livland steht Albert und wartet. Schlagt euch das aus dem Kopf!«

Mandolf Düsterhenn war der älteste der Schiffsführer, und als ihn die anderen ansahen, ergriff er das Wort. »Während des Feldzuges werden schwere Lasten auf die Leute zukommen. Wenig Schlaf und magere Kost. Vielleicht ist es ganz sinnvoll, vorher noch etwas Muße zu haben.«

Der Graf musterte den Bremer aus verkniffenen Augen.

»Seid Ihr nicht der Mann, der damals in Jütland sein Schwert nicht gezogen hat?«

Mandolf hielt dem Blick des Flamen stand, auf seiner Stirn standen kleine Schweißtropfen, aber das mochte der feuchten Wärme in der gräflichen Kabine geschuldet sein. Jedenfalls war seine Stimme ruhig, wenn auch Zorn in ihr mitklang. »Ich ziehe mein Schwert nur, um damit zu fechten, nicht um die Mücken zu vertreiben«, sagte Düsterhenn kalt. So kann nur reden, wer ein Privileg des Königs von Dänemark im Rücken hat, dachte Wibolt Flaskoper. Graf Balduin mochte dasselbe denken, denn er glotzte nur finster und sagte nichts darauf. Aber seine Entscheidung stand. Mit einer unwirschen Bewegung entließ er die Leute, sie sah fast aus, als wollte er nach ihnen schlagen, und wieder fragte sich Wibolt, warum ausgerechnet dieser seltsame, unstete Flame den Heerzug anführte. Mandolf Düsterhenn sagte es ihm auf dem Heimweg. Der Graf von Flandern hatte sich diese Ehre gekauft. Wibolt hatte es nicht glauben wollen. »Gekauft? Wie denn dieses?«

Der alte Schiffsführer hatte den Emder aus runden Augen angesehen. »Ja, was glaubst du denn, *Standfest*? Balduin war einer von dreien, die in Frage kamen. Er hat dem Bischof das meiste Geld geboten. In Erwartung kirchenfürstlicher Gunst und in der Hoffnung auf großen Gewinn. Auf Feldzügen macht man Beute, verstehst du das? Und wenn die Heiden besiegt sind, dann will ihr Land regiert werden.«

»Das wird sich doch Bischof Albert kaum aus der Hand nehmen lassen.«, hatte Wibolt gezweifelt, doch Mandolf hatte nur geknurrt »Warten wir's ab!«

Es geschah alles so, wie der Graf von Flandern es befohlen hatte. Bei Tagesanbruch holten sie die Ankersteine auf. Dann segelten sie los.

## 20.

*Der Krieg ist ein großer Marktplatz. Daran zu verdienen berührt die Ehre eines Kaufmanns nicht, solange das Ziel gottgefällig ist.*
*Nach der Nowgoroder Schra*

*Ostmeer und Livland, Herbst 1201*

Emden war so weit weg, dass Wibolt Flaskoper das Herz schwer wurde. Er stand im Heck der *Seeschwalbe* und starrte auf die silbrige Schleppsee. Hinter ihnen folgte das nächste Schiff, doch weiter voraus war die Kogge des Grafen von Flandern längst in der Dunkelheit verschwunden. Eine dünne, scharfe Mondsichel gab von Süden her gedämpftes Licht, es war gerade so hell, dass man die direkten Begleiter sehen konnte. Dafür stand der Nordstern klar und deutlich sichtbar am Himmel, und Wibolt sah den Mann am Ruder immer wieder kurz über die Schulter nach Norden peilen. Solange der Stern links neben *Seeschwalbe* stand, waren sie auf dem richtigen Kurs. Dabei musste der Winkel zwischen Bordwand und Nordstern im Laufe der Nacht spitzer werden. Der Rest war der Kunst des Schiffsführers überlassen. Nun kam es nur noch darauf an, bei Tagesanbruch die Küste von Livland zu sehen.

Lange Wochen schon war es her, dass er sich von Mieke verabschiedet hatte, und nie hatte er sie so vermisst wie in diesem Augenblick. Und mit einem Mal fielen ihn die Zweifel an wie ein jagendes Wolfsrudel ein gestelltes Stück. War es das alles wert? Die Frau seines Herzens allein in einer für sie noch immer fremden

Stadt. Mit einem Kind im Leib, das ohne ihn geboren werden würde. *Sein* Kind. Würde sie es gesund gebären? Würde sie selbst dabei ohne Schaden bleiben? Noch viele weitere Wochen und Monde, wenn nicht Jahre der Ungewissheit hatte er vor sich, das wusste der junge Emder, aber jetzt und hier, in dieser Nacht an Bord der *Seeschwalbe*, war er sich seines Tuns nicht mehr sicher. Du musst vor Ort sein, Wibolt, hatte der Lübecker gesagt, musst mit Leuten reden, Kontakte knüpfen, dich bekannt machen, vielleicht sogar Verträge schließen, und schließlich wollte er ja auch ein Privileg des Bischofs von Livland gewinnen.

Das gelang nicht aus dem warmen Kontor am Emder Delft. Dazu musste er reisen, auch in die Ferne, es war notwendig, und das sah er ein. Er war ja auch schon früher auf Kauffahrt gewesen, nach England und ins Fränkische, hatte Wochen und Monde auf See und in der Fremde zugebracht. Aber das hier war anders. Wenn alles gelang, dann würden sie mit den letzten schiffbaren Tagen des Jahres ihre Reise beenden. In Livland. Und dann kam der Feldzug. Würde er noch im Winter beginnen? Oder doch erst im Frühjahr, wie es üblich war. Und würde er noch Anno 1202 beendet werden können? So zeitig, dass sie mit den letzten schiffbaren Tagen nach Hause fahren konnten? Wibolt Flaskoper wusste es nicht, niemand an Bord der *Seeschwalbe* wusste das, und in Emden wartete Mieke.

Was tust du da nur, fragte er sich zum hundertsten Mal, und dann legte sich ihm plötzlich von hinten ein Arm um seine Schulter.

»Diese Gedanken kennen wir alle, *Standfest*«, sagte Mandolf Düsterhenn mit leiser Stimme, ganz so, als habe sich ihm der junge Emder ausführlich offenbart. »Sie sind stets da, man kann sie nicht löschen wie ein beherzter Guss das Feuer. Und immer geht es um das Schwanken zwischen Neigung und Pflicht, Liebe und

Aufgabe, Nutzen und Schwund.« Der alte Schiffsführer schwieg lange, er hörte den jungen Emder schnaufen und kauen, und er ließ ihm Zeit. Sie lauschten dem Rauschen des Kielwassers, die *Seeschwalbe* machte gute Fahrt, und der Kerl an der Pinne drehte mit flinker Hand das Stundenglas. »Der hat's jetzt gut«, sagte Mandolf mit leichtem Lächeln. »Den Wind im linken Rücken, den Nordstern an der linken Schulter, und damit ist die Welt für ihn in Ordnung.«

Weiter vorn sah man die wachfreien Schiffsknechte, sie lagen im Schutz des Schanzkleides unter ihren Mantelsäcken und redeten miteinander, und im Bug standen die Fernhändler und vertrieben sich die Zeit mit Bier und Fachsimpelei. Niemand an Bord der *Seeschwalbe* schlief in dieser Nacht, der Sprung über das offene Wasser war noch immer ein Abenteuer, und am Morgen, so Gott wollte in Sicht der livländischen Küste, würde man noch ein Auge voll Schlaf nehmen können. Im Osten wuchsen dünne Wolkenfäden über den Horizont, auf die Düsterhenn jetzt einen besorgten Blick warf. Er sagte dazu nichts, es wusste auch so jeder. Wenn der freie Blick auf den Nordstern verloren ging, würden sie ohne Hilfe mit der Abdrift zu kämpfen haben, mit dem Stromversatz und mit einem nur grob gekoppelten Kurs. Dann half nur noch das Glück und vielleicht die Hoffnung, dass der Vordermann sein Handwerk besser verstand und machte als man selbst.

Aber Mandolf Düsterhenn hatte das Herz, diese Sorgen zur Seite zu schieben, und den Kopf zu wissen, dass der junge Emder jetzt nichts über Nautik hören wollte. »Oh, ich habe das oft erlebt, *Standfest*, vor allem in jungen Jahren«, nahm er seinen Monolog wieder auf. »Es packt und schüttelt einen, das Zittern eines Schiffsbodens in schwerem Wetter könnte nicht stärker sein. Es ist fast so, als ließe man sich auf ein Spiel ein, dessen Regeln man nicht kennt.« Mandolf sprach leichthin, mit abgewandtem Gesicht, aber seine Stimme schien jetzt noch dunkler und wärmer als sonst. »Doch am Ende, mein junger friesischer Freund, steht der Erfolg, und den wird auch deine Schwarze Glutäugige zu schätzen wissen, das glaube. Denn schließlich ist sie selbst eine erfolgreiche Fernhändlerin.«

Mandolf hatte sich Miekes Namen gemerkt, und nun, da er ihn aussprach, musste der Emder trotz aller Bedrängnis lächeln. Er hörte dem Schiffsführer schweigend zu, und in diesem Augenblick war ihm nicht einmal Mieke näher als Mandolf Düsterhenn, der Handelsherr aus Bremen, in Geschäften mit Stockfisch und Wachs, vorzüglich ästimiert durch ein Privileg des Königs von Dänemark. Und in Wibolts Augen standen die Tränen.

Die dünnen Wolkenfäden im Osten wuchsen zur kapitalen Wand, sie schob sich über die Kimm nach oben und nahm bedrohliche Ausmaße an. Aber der Wind in der Höhe packte sie, verblies ihre Ränder und sorgte dafür, dass der Nordstern sichtbar blieb. Schon im Morgengrauen tauchte über der noch silbrigen See Livland als dünner, schwarzer Strich aus dem Wasser auf. In der Mitte schimmerte ein schwaches Funkeln, es sah aus wie das Verglimmen eines fernen Sterns, im Näherkommen wuchs es zu einem flackernden Schein und schließlich wurde daraus ein loderndes Signalfeuer, auf das sie zuhielten.

Zu diesem Zeitpunkt war die Besatzung der *Seeschwalbe* sämtlich auf den Beinen, auch die wachfreien Schiffsknechte standen im Bug und starrten nach vorn. Weiter voraus hatte die Kogge des Grafen von Flandern beigedreht und Segel gerefft. Balduin stand voll gerüstet am Schanzkleid und ließ seine Flottille passieren. Bei jedem Schiff hob er die Hand und winkte, diesmal ohne Schwert. Mandolf Düsterhenn begnügte sich mit einer knappen Verneigung. Johann Kampen starrte finster hinüber. Dann spuckte er über die Bordwand. »Flämischer Großkotz!«

*

Der Lübecker stieß Wibolt in die Rippen. Mit seinem Kinn wies er in das Gewimmel. »Sieh dort!« Der Emder folgte Kampens Blick und dann sah er es auch. Es waren Männer in der Menge, die blaue Mäntel trugen. Seine Mäntel. Oder vielmehr die Mäntel, zu denen er das Tuch geliefert hatte. Friesisches Blautuch. Also hatte Klaus Wunderlich von Wolffenstein nicht nur seine Fracht an ihr Ziel gebracht, sie war bereits verteilt. Und damit wohl nun auch hinsichtlich ihrer Qualität über alle Zweifel erhaben. Wibolt spürte die Augen des Lübeckers auf sich ruhen, aber er nickte nur. Was sollte denn wohl sein? Es war ein Geschäft getätigt worden. Ein ganz normaler Handel, und was gab es da schon zu sagen? »Wenigstens scheinen sie zu passen«, schob Kampen noch nach, doch der Emder hob die Schultern. Was heißt denn *wenigstens*?, hätte er fragen können, das schon. Aber wozu? Um sich mit Johann in einem Gewirr von Andeutungen zu verlieren, in einem Gefecht aus versteckten Vorhalten, scharfen Repliken und geschmeidigen Ausflüchten? Er war es müde.

Auch drehte sich ihm der Kopf, denn eine solche Ansammlung von Menschen hatte er noch nie erlebt, selbst in London nicht. Hier war der Platz, an dem der Bischof von Livland seine Kreuzfahrer traf, um gegen die Semgallen zu ziehen. Wibolt hatte schon gesehen, wie sich Heere sammelten, unten an der Ems und im Sächsischen. Es war jedes Mal ein Schauspiel, das gleichermaßen anzog und ängstigte. Es gab die Gaukler und Marketenderinnen, die Beutelschneider und Huren, die überall zu sehen waren, wo man im Trubel einen Griff machen oder seine Kunst verkaufen konnte. Man erlebte die üblichen Streitereien, die Raufhändel um Frauen oder Silber beim Spiel und beim Trunk, in denen Klingen gezogen und zugestochen wurde. Es gab auch den Profos und seine Schnellgerichte, die dafür sorgten, dass Mörder aufgeknüpft und Dieben auf dem Dingstapel die Hand abgeschlagen wurde.

Alles das sah man auch hier, an der livländischen Küste, dem Sammelplatz der Gotteskrieger Bischof Alberts III., und doch war es anders als sonst. Vielleicht lag es daran, dass das Zelt des Kirchenfürsten für jedermann sichtbar auf einem Hügel stand. Es war zwar leer, denn Albert hatte sich schon in sein Winterquartier zurückgezogen, aber da war dieses große, steil aufragende Haus aus hellem Tuch, an einem Stab daneben das Wappen von Buxthoeven mit dem Vortragekreuz darüber, und es schien die Truppe auf seltsame Art in Ruhe zu bringen. Ja, es gab die Auswüchse, es wurde gesündigt und bestraft, aber das alles vollzog sich in einer Stimmung von reumütiger Friedfertigkeit. Die Sünder sahen ihre Strafen ein, der Profos und seine Leute vollstreckten sie sachlich, ohne die üblichen Demütigungen ihrer Opfer, fast so, als wäre ihr Geschäft ihnen sauer.

Sie bahnten sich ihren Weg durch das Gewusel und hinter ihnen polterten die Karren der Schiffsknechte, in denen die Schwerter des Lübecker verpackt lagen. Dreihundertfünfzig Klingen waren es, und nun sollten sie geliefert werden, ohne Order wohlgemerkt. Über diesen Fall hatte es an Bord der *Seeschwalbe* Diskussionen gegeben. Kampen hatte erklärt, er werde die Schwerter dem Konnetabel des flandrischen Grafen zum Kauf anbieten. »Wieso nicht dem Bischof? Oder seinem Prokurator?«, wollte Wibolt wissen, und der Lübecker sah ihn finster an.

»Du glaubst doch nicht im Ernst, dass mir Wunderlich diese Klingen abnimmt!«

Lächelnd hob der Emder den Kopf. »Warum sollte er denn nicht? Schließlich hat er *Eisenfaust* die Lanzengeschäfte mitsamt den Spitzen ebenfalls abgenommen.«

Doch das Gesicht des Lübeckers verdüsterte sich. »Jetzt nicht mehr!«, sagte er mürrisch und ließ den jungen Tuchhändler mit seinen Gedanken allein. Und als dann Juries Hopper der Jüngere noch anfügte, er sehe Schwierigkeiten, weil es für die Schwerter keinen Auftrag gebe, wandte sich der Lübecker mit brennenden Augen ab. Er hätte sagen können, du hast doch für deine Lanzen auch keine Order gehabt, aber das tat er nicht und damit gab er allen an Bord zu denken.

Selbst Mandolf Düsterhenn warf ihm einen besorgten Blick zu. »Ich glaube, mit den Klingen hast du dich verrechnet, Johann. Wem willst du sie verkaufen? Den Hauptleuten des Heeres? Die haben welche. Den Rittern und Edelmännern? Item. Den Fußsoldaten? Die können sich keine solchen leisten. Ja, wenn du Glück hast, nimmt sie der Waffenmeister des Flamen, also versuch's bei dem. Aber schwierig wird es, des sei gewiss!«

Der Lübecker hatte nach seinen Knechten gepfiffen und war von Bord gestapft wie ein zorniger Bär, hoch aufgerichtet und die Hände erhoben, als gelte es zu kämpfen. Er hatte noch auf der Wurfleiter gestanden, als er nach Wibolt rief, und der Emder war ihm nachgestiegen in das Beiboot, das sie an Land bringen sollte, denn einen Hafen mit Mole gab es an dieser Küste noch nicht. Die Knechte hatten die Kisten gewuchtet und gepullt, und nach dem Landen hatten sie sich in das Gewimmel gestürzt.

Und in der Tat, es war alles erstaunlich. Die Voraustruppe des Bischofs von Livland hielt diesen Brückenkopf nun seit einigen Monden, und natürlich hatte die Zeit nicht gereicht, um für Häuser und Befestigungen zu sorgen. Es gab nur ein paar armselige Unterkünfte, viele davon halb in der Erde, gerade einen Bau für jedes Schiff und einige Reserven, notdürftig gedeckt mit Balken und Soden. Und darin mussten sie den Winter verbringen, das war ihnen inzwischen klar. Nur für den Bischof hatte man ein festes Holzhaus errichtet, es lag abseits des Heerlagers hinter seinem Zelt auf einer weiteren Anhöhe, und wie man hörte, war der Graf von Flandern mit seinem Leibdiener bei ihm untergeschlüpft.

Kampen schien den Weg gut zu kennen, denn er marschierte rasch voran, so zügig, dass die Knechte mit den Kisten kaum folgen konnten. Der Platz des Konnetabels war ein armseliger Unterstand, ein Wetterschutz mit unverputzten Flechtwänden, durch die der Wind ging wie eine Klinge durch flüssiges Fett. Gleich neben dem Eingang stand ein Feldtisch mit Plänen und Pergamenten, die mit einer Tierhaut abgedeckt waren, denn von der Decke tropfte das Wasser. Der Boden war notdürftig geebnet und festgestampft, darüber lag dünnes Astwerk, aber nun quoll der Schlamm aus allen Fugen.

Nur der Birkenstamm an der Hütte, noch ungeschält, aber mit dem stolzen schwarzen Löwen auf gelbem Grund, zeigte an, dass hier der Dienstmann eines hohen Herrn seinen Posten hatte. Phillip de Bois war nicht allein und Wibolt sah, wie dem Lübecker die Augenbrauen in die Stirn fuhren, dabei hätte Johann sich doch ausrechnen können, dass Klaus Wunderlich von Wolffenstein in der Nähe des gräflichen Zeugmeisters sein musste. Denn schließlich hatten beide Pflichten, die sie zusammenführten; der eine sorgte sich um den gräflichen Haushalt, und der andere um den bischöflichen. Und noch ein bekanntes Gesicht sah der junge Emder im hinteren Winkel der Hütte. Es war Guido, der Hundemeister des Konnetabels, und er hatte eines seiner Tiere bei sich, einen riesigen Wolfshund, um dessen Maul ein starker Lederriemen geschlungen war.

Phillip de Bois war nicht besonders groß, aber er hatte eine Stimme, die aus der Brust eines zornigen Bären zu kommen schien. Seine fast kindlich kleinen Hände passten überhaupt nicht dazu, auch nicht die weiten, sanften Augen. In das lange und gepflegte Haar hatte der Zeugmeister des Grafen von Flandern Bänder in den Farben seines Dienstherrn geflochten, die schwarzgelbe Seide wand sich sanft um braune Strähnen und vermittelte so den Eindruck von schöngeistiger Milde.

Ein Narr, wer sich davon blenden ließ, denn der Konnetabel war ein knochenharter Hund. Soeben brüllte er einen zusammen, der vor ihm stand, einen Schiffsführer aus dem westlichen Friesland. Der Mann hatte wohl Klage über die Verhältnisse geführt, und de Bois teilte ihm lautstark mit, was er davon hielt. Nichts. »Bleibt mir vom Hals mit Eurem Geweine!«, röhrte der Zeugmeister, »was geht mich Euer Fressen an, ich habe andere Sorgen. Der Winter steht vor der Tür und ich brauche Futter für nahezu tausend Tiere, Pferde und Gespannochsen, versteht Ihr das? Von der Ernährung meiner Soldaten nicht zu reden. Ihr geht jetzt zum Quartiermeister und lasst Euch einen Bau zuweisen, wie alle anderen. Und für Eure Verpflegung sorgt gefälligst selbst, so macht es jeder. Unser Schlachtvieh ist auf Öland geblieben, erinnert Ihr Euch? Und damit aus meinen Augen!« Der Schiffsführer stand vor ihm, mit geballten Fäusten, den Kopf eingezogen, das Gesicht rot vor Wut, aber er wagte nicht zu widersprechen. Drehte sich weg und stapfte ohne Gruß hinaus.

Der Moment schien alles andere als günstig für guten Handel, doch Johann Kampen betrat den Unterstand wie ein König seinen Thronsaal. Wibolt sah, dass der Kopf des bischöflichen Prokurators nach oben zuckte, als wäre er von einer Hornisse gestochen, und dann neigte sich Wunderlich dem Konnetabel zu und begann, auf ihn einzuflüstern. Und richtig, die Miene des Zeugmeisters verdüsterte sich, während er Kampen kalt musterte und Guido, der Hundeführer, in seiner Ecke glotzte, als hätte er den Emder noch niemals gesehen. Der Lübecker wartete, und Wibolt mit ihm, denn unaufgefordert zu sprechen schickte sich nicht, und dann, nach einer ganzen Weile, als Flaskoper dachte, das wird ja nun heute nichts mehr, knurrte der Konnetabel den Gotlandfahrer an. »Euer Begehr?«

Johann Kampen verneigte sich höflich. »Ich bin ...«

»Das weiß ich nun!«, unterbrach ihn der andere rüde. »Ich habe meine Zeit nicht gestohlen, Herr. Sagt, was Ihr wollt und damit gut!«

Das Gesicht des Lübeckers wurde aschfahl, dann schoss ihm flammende Röte in die Wagen und er warf Wunderlich einen vernichtenden Blick zu. Aber es dauerte nicht lange, und der Handelsherr hatte sich wieder gefangen. »Die Besatzung der *Seeschwalbe* ist wohlversorgt. Ich komme nicht, Eure Nöte zu vergrößern. Sondern zum Gegenteil!«

Der Konnetabel nickte knapp, doch ebenso knapp war sein Vorrat an Geduld. »Zur Sache, wenn's beliebt!«

Johann Kampen nickte ebenfalls, sagte: »Durchaus!«, und dann winkte er den Knechten. »Habe hier etwas für Eure Zeugkammer.« Er ließ die Kisten öffnen, das Öltuch über den Schwertern zurückschlagen, und zeigte seine Klingen. Der Konnetabel war Soldat genug, einen prüfenden Blick darauf zu werfen. Schließlich richtete er sich auf. »Sieht nach solider Schmiedekunst aus.«

»Das ist sie, weiß Gott«, beeilte sich Kampen zu beteuern.

Der andere griff sich eine der Waffen, wog sie in seine kleinen Händen, fuhr mit der Klinge durch die Luft, wirbelte sie über dem Kopf und legte sie zurück. »Ganz gut ausgewogen, scheint's. Wo geschmiedet?«

»In Eurer Heimat Flandern«, gab Johann eilfertig Auskunft. »Sie werden mit dem Urin von Pferden gehärtet, es macht die Klinge geschmeidig.«

Auf die flandrische Heimat ging der Zeugmeister nicht ein, und Wibolt glaubte zu wissen warum, denn er hielt den Mann für einen Franken. Stattdessen sagte der Konnetabel: »Wichtiger als die Pferdepisse ist wohl das verwendete Erz. Und davon haben die Flamen im Überfluss!« Sein Blick war jetzt deutlich freundlicher, während Klaus Wunderlich neben ihm mit kalten Augen glitzerte.

»Doch die gräfliche Waffenkammer ist voll«, schloss Phillip de Bois nüchtern, wozu der Prokurator zufrieden nickte.

»Man sollte Reserven haben«, gab Kampen zu bedenken, und der Dienstmann des Grafen fixierte ihn scharf.

»Wollt Ihr mich etwa über meine Pflichten belehren?«

Friedfertig breitete der Lübecker die Arme aus. »Niemals, Euer Gnaden. Aber ich weiß von einem Heer während des zweiten Kreuzzuges. Es verlor ein Gefecht, weil die Edelleute weiche Klingen hatten. Der Zeugmeister hatte versäumt, für Ersatz zu sorgen. Dafür gab es Fourage im Überfluss. Sie fiel dem Feind in die Hände.«

Die Augen des Konnetabels waren jetzt wie Dolche. »Mir scheint doch, Ihr wollt mir Ratschläge geben. Nun wohl, unsere Schwerter sind hart. Für die Semgallen werden sie reichen.« Jetzt hätte er sagen können, damit ist der Casus erledigt, also packt Euch, aber das tat er nicht, und mit einem Mal hatte Wibolt das Gefühl, Phillip de Bois war seiner Sache nicht sicher. Oder von der Entscheidung des Grafen abhängig.

Der Lübecker schien ähnliches zu ahnen, denn Kampen hatte den Kopf gehoben wie ein Wolf, der Witterung aufnimmt. Jedenfalls, es war, als schwanke der Zeugmeister, und in diesem Augenblick trat der Prokurator einen Schritt vor. Klaus Wunderlich von Wolffenstein rieb sich seine roten Hände, als freue er sich auf ein lohnendes Geschäft, doch sein Gesicht verhieß nichts Gutes. »Ist dein Eisen gesegnet?«

Der Lübecker wandte sich ab und befahl den Knechten, die Kiste zu verschließen. »Wir werden unseren Handel woanders machen«, sagte er zu Wibolt, »es gibt noch Herren im Heer, die meine Ware so zu schätzen wissen, wie sie ist!«, und da hob der Prokurator die Stimme zu einem Fauchen.

»Ist dein Eisen gesegnet, frage ich?«

Kampen fuhr herum, sein Kinn zitterte vor Zorn. Der rüde Ton und die ungebührliche Anrede trieben ihm erneut die Röte in den Hals. »Es kann noch getan werden. Nicht von dir, denn du bist ungeweiht!«, zahlte er harsch heraus.

Wibolt lauschte mit angehaltenem Atem, er wusste ja, die beiden Herren waren sonst förmlich miteinander. Man mochte sich offenbar nicht, aber man redete sich respektvoll an, und nun dieser Ton, dieser flegelhafte Duktus auf beiden Seiten, er konnte nicht ohne Folgen bleiben, aber es geschah nichts, denn danach war Ruhe in der Hütte. Der Konnetabel kramte in den Papieren, als ginge ihn die ganze Sache nichts an, und Guido streichelte seinen Hund, der zu knurren begonnen hatte. »Ruhig, Cerberus, mein Guter, ruhig!«, sagte der Flame in einem Ton, der klang wie das Säuseln eines Liebenden, so unbegreiflich zärtlich, dass der Prokurator mit erhobenen Brauen den Kopf drehte. Der Konnetabel spie auf den Boden. Draußen stapfte ein Trupp der Feldwache vorbei, der Anführer trug einen blauen Mantel. Hinterdrein streunte eine Horde zerlumpter Kinder, sie trieben sich seit Tagen auf dem Platz herum, niemand kannte sie, angeblich kamen sie aus dem semgallischen Hinterland.

Und dann, als der Zeugmeister sich aufrichtete, als wollte er sagen, was ist denn, nun kommt zum Ende, machte der Prokurator ein Angebot für die Schwerter. »Eine halbe Mark Silber für die Klinge, und keinen Pfennig mehr, denn es ist die Massenarbeit aus einer Großschmiede!«

Spöttisch hob der Lübecker die Schultern, aber er feilschte nicht, sondern nahm den Beutel mit den Münzen, ohne sie zu zählen.

## 21.

*Der Winter ist eine Zeit der Ruhe. Ein ehrenhafter Handelsherr nutzt sie zur Sichtung des Lagers und bringt Ordnung in seine Bücher. Im Übrigen sammelt er sich bei friedfertigen Gedanken zum Lobe des Herrn und in Sorge um sein Seelenheil.*
Nach der Nowgoroder Schra

*Livland, im Land der Semgallen, Winter 1201/1202*

Was hatte Wunderlich von Wolffenstein erkannt, während es dem Konnetabel verborgen geblieben war, und woher hatte der Prokurator seine Kenntnis? Diese Fragen hatte sich Wibolt wiederholt gestellt, war aber damit nicht zu Ende gekommen. Aus dem Lübecker war nichts herauszuholen gewesen, er hatte auf dem Gang zum Boot geflucht und geschimpft, und an Bord der *Seeschwalbe* seinen Beutel mit immerhin runden einhundertfünfundsiebzig Mark Silber zunächst in die Ecke gefeuert, als ob er voller Hundedreck gewesen wäre. Hatte dann auf den Vorhalt von Mandolf Düsterhenn den Beutel noch immer ungezählt versiegelt und schließlich mit roten Augen zugesehen, wie ihn der Bremer in den Eisenkasten der Kogge verbunkerte. Der enthielt im Übrigen inzwischen so viel Geld, dass der Schiffsführer den Kasten in ihr Quartier nahe der Stelle wuchten ließ, an der die *Seeschwalbe* auf Reede lag.

Mit ihrem Dreckloch, wie der Bremer ihre Unterkunft nannte, hatten sie noch Glück gehabt. Es war eine fensterlose Hütte, die wie alle anderen halb in der Erde steckte, aber immerhin umgab sie trockener Boden und der Rauchabzug über dem offenen Feuer sorgte dafür, dass sie bei Tag und offener Tür fast fünf Schritte weit sehen konnten. Weiteres Licht gaben die Binsenkerzen von der *Seeschwalbe*, die allerdings hier, anders als an Bord, einen scharfen Geruch absonderten, so streng, dass Juries Hopper die Nase rümpfte: »Was zum Teufel verbrennt ihr da? Hundescheiße?« Jedenfalls, die Männer der *Seeschwalbe* waren es zufrieden, denn sie wussten von Hütten, in denen der Schlamm knöchelhoch stand, die Wände feucht waren und das Wasser von der Sodendecke troff.

Sie hatten ihre persönlichen Dinge von der Kogge geholt und es sich halbwegs gemütlich eingerichtet, aber wichtiger war Mandolf Düsterhenn der Blickkontakt zu seinem Schiff. Nur schweren Herzens hatte der Bremer die *Seeschwalbe* geräumt, doch es gab keine Wahl, der Winter stand vor der Tür und an Bord war kein Feuer möglich. Wie alle anderen Schiffsführer ließ auch er eine Wache auf der Kogge. Es waren vier Mann, gerade so viel, dass es ausreichte, das Ankerspill zu bedienen und die Segel so weit zu setzen, dass man die *Seeschwalbe*, sollte sie abdriften, an ihre alte Position verholen konnte. Es hätte mit der Schiffsmannschaft allein trotzdem nicht geleistet werden können, und so hatte der Bremer alle Kaufherren genötigt, sich am Borddienst zu beteiligen. Die Wachen wechselten im Morgengrauen und bei der Abenddämmerung. Der Dienst war eingerichtet, er lief störungsfrei und Wibolt gehörte zu einem Trupp, der jeden dritten Tag aufzog.

Der Platz an der Landestelle hatte sich irgendwann geleert. Dirnen und fliegende Händler waren verschwunden, als sie einsahen, dass ihre Geschäfte für dieses Jahr gemacht waren, und der Konnetabel hatte so etwas wie militärische Ordnung in das Heer gebracht. Die Männer waren in ihre zugewiesenen Behausungen gezogen, und auch die semgallischen Kinder tauchten nicht mehr auf, es mochte sein, dass die Feldwache sie schließlich vertrieben hatte. Für Zugvieh und Pferde waren Wetterzäune aus dichtem Flechtwerk gebaut, man hatte noch eilig etwas Raufutter gemacht und mitgeführtes Heu verstaut, es duckte sich unter Häuten und Segeltuch.

Das gräfliche Heer lag in Ruhe, man hörte Gerüchte über ein weiteres Kontingent, das im Frühjahr zu ihnen stoßen sollte. Ein bewaffneter Orden sollte es sein, Mönche mit Schwertern, was Johann Kampen zu der Bemerkung veranlasste, es sei nichts mehr wie ehedem, die Welt stelle sich ja nun wohl gänzlich auf den Kopf. Wenn Pfaffen in den Krieg zögen, dann müsse man demnächst auch mit Piraten rechnen, die einem auf hoher See das Nachtmahl bereiteten.

Dann war der Winter über sie hergefallen wie ein wütendes Tier. An manchen Tagen fiel der Schnee über kniehoch, und es war oft schon beschwerlich, vor die Hütte zu gelangen, um von dem Brennholz zu greifen, das für jeden Bau bereitlag. Der Vorrat schmolz gleichwohl dahin und es war klar, dass er das Ende des Winters nicht sehen würde. Um den Beginn des Christmonats herum setzte Tauwetter ein, das den Landeplatz in eine morastige Wüste verwandelte, und jetzt griffen die Krankheiten um sich. Es kam gehäuft zu heftigen Durchfällen und Lungenleiden, die niemand recht behandeln konnte, denn die Feldscher des Grafen von Flandern kümmerten sich nur um ihre eigenen Hauptleute. Die Männer der *Seeschwalbe* hatten Glück. Sie blieben verschont, weil Mandolf Düsterhenn in der Sodenhütte auf Reinlichkeit sah und Wasser abkochen ließ. Der Konnetabel befahl, Hütten mit Kranken durch ein rotes Warntuch zu kennzeichnen, damit Gesunde Abstand halten konnten.

*

Nach dem einsetzenden Tauwetter hatte der Konnetabel eine Wache in das Vorfeld ihres Lagerplatzes geschoben, eine stehende Vorhut, die das Heer zum Land hin absichern sollte. Es war klar, dass die Semgallen inzwischen von der Landung des Feindes wussten, zumal vor wenigen Tagen in der frühen Abenddämmerung ein berittener Aufklärungstrupp gesichtet worden war. Ein Angriff um diese Jahreszeit war dennoch kaum zu erwarten, aber der Graf wollte keine unliebsamen Überraschungen erleben.

Man konnte insgesamt den Eindruck gewinnen, als machte dieser Gegner dem Flamen durchaus Sorgen. Später sollten sie die Gründe dafür erfahren, doch vorerst schien es, als sei die großspurige Bemerkung des Zeugmeisters, die Klingen des flandrischen Heeres seien für die Semgallen hart genug, vor allem für seine Umgebung gesprochen gewesen und zur Beruhigung der eigenen Nerven. Auch die Verpflegung der Männer und Tiere war für den langen Winter keineswegs gesichert. Die Vorräte von den Schiffen reichten bis nach dem Christfest, und seit zwei Wochen ließ der Konnetabel starke Trupps als Beutezüge durch das Land streifen, die Futter und Verpflegung heranschafften. Die Männer brachten Fleisch und Getreide, das sie semgallischen Bauern wegnahmen oder bei der Brandschatzung von Dörfern und Weilern zu fassen wussten. Zusätzlich wurde ständig gejagt, und trotzdem war Nahrung immer knapp. Auch die Besatzung der *Seeschwalbe* sorgte für ihr eigenes Wildbret, und auf allen Schiffen hatte die Bordwache ihre Angelschnüre auszuwerfen. Der Graf von Flandern selbst hatte es angeordnet, freilich recht überflüssig, denn zu dieser Maßnahme bedurfte es keines Befehls.

Die Männer um Mandolf Düsterhenn machten sich so ihre Gedanken, sie sprachen über den bevorstehenden Feldzug und seine Aussichten, und so manchem standen tiefe Sorgenfalten auf der Stirn. Doch am Ende sagten sie sich, es sei schließlich kein Handel ohne Risiko, und dieses hier hielten sie für gut zu beherrschen. Man tat sich einen neuen Handelsraum auf, und sie waren dabei. Unter den ersten, die einen großen, reichen Markt betraten. Es *musste* sich lohnen, anders konnte es nicht sein. Dann wieder hielten sie die Pflichten des Tages in Atem, die Sorge um das nötige Fleisch und Brot, der Dienst auf der Kogge und das Heranschaffen von Brennmaterial. So verging die Zeit.

An diesem Morgen zog Juries Hopper Eisenfaust auf Wache zur *Seeschwalbe*, während sich der junge Emder mit einem Trupp auf den Weg machte, in den Wäldern hinter der Bucht nach Bruchholz zu suchen. Der Tag war noch früh, und von See her fegte in zornigen Böen ein kalter und feuchter Wind heran, der an Mänteln riss und die Bärte zauste. Sie stapften durch den fußtiefen Morast, vorbei an den Hütten der anderen Schiffe. Die Residenz des Bischofs lag allein auf der Anhöhe, geschmückt mit dem Wappen wie schon das Zelt, das man unterdessen abgebaut und verstaut hatte. Es werde Albert von Buxthoeven als Unterkunft während des Kreuzzuges dienen, so hieß es, und damit war klar, dass der Kirchenfürst dem Krieg nicht etwa aus dem Wege gehen, sondern ihn sogar selbst anführen würde. Es gab auch hartnäckige Gerüchte, der Bischof sei krank, sie wurden durch die Tatsache genährt, dass bisher noch niemand ihn zu Gesicht bekommen hatte. Man richtete fragende Blicke auf den Lübecker, du kennst ihn doch, was ist denn nun los mit deinem Freund Albert, sogar Mandolf Düsterhenn stichelte, aber Johann Kampen hob die Schultern. »Schont mich mit dem Geseich! Ihr werdet ihn noch erleben, darauf verlasst euch.«

Der Weg führte die Holzsammler am Erdbau des Konnetabels vorbei, aus der Esse stieg dicker gelber Rauch, den der Wind packte und zu zerrissenen Fahnen verblies. Wibolt wusste, dass auch der gräfliche Hundemeister in dieser Hütte seine Unterkunft hatte, und als sie um die Ecke bogen, hockte Guido vor dem Eingang. Er trug einen blauen Mantel und sah den Emder aus stumpfen Augen an. Guido schliff einen schweren Hauer, dessen breite Klinge einen flachen Rücken hatte, er tat es mit einer solchen Inbrunst, dass Wibolt unwillkürlich stehenblieb. Für den Abend sei wieder eine Hinrichtung angesetzt, so erfuhren sie. »Irgendeine friesische Sau, die ihre Pfoten nicht bei sich halten konnte«, sagte der Flame mit wässrigen Augen, und Wibolt stieg die Zornröte in den Hals.

»Was heißt denn das, Mann, eine friesische Sau? Sind die Säue bei euch in Flandern etwa anders? Und wieso konnte sie ihre Hände nicht bei sich behalten? Es sind doch keine Weiber mehr im Lager, oder wie?«

Guido fuhr mit seiner Zunge über das Eisen, es schien ihm noch nicht scharf genug. Aus dem Vorfeld ertönte ein helles Hornsignal, das von einem zweiten erwidert wurde. Es war das übliche Abklopfen der Postenkette, jeder im Lager kannte es und der Flame warf einen gleichgültigen Blick nach Osten. Das nächste Horn wehte schwach aus den Wäldern herüber und dann verlor sich der Ton. »Geht nicht um Weiber«, maulte der Hundemeister, »die Sau hat Fleisch gestohlen. Von einem seiner Kameraden. Und jetzt spuckt er den Kopf ins Stroh.«

Der junge Emder fuhr auf. »Weil er gestohlen hat? Ihr seid ja von Sinnen. Das ist doch kein Grund, einen Menschen ...!«, aber der Flame unterbrach ihn schnell.

»Jetzt pass mal auf, Junge. Er hat das Fressen seiner Gefährten geklaut. Bei uns ist die Fourage schon gekürzt, verstehst du das? Und Raub von Verpflegung unter Kriegsrecht heißt Rübe ab, so einfach!«

Der Emder stand unschlüssig, wie seine Kameraden von der *Seeschwalbe*, eigentlich hatten sie den Auftrag, im Wald nach Brennholz zu suchen, aber Wibolt konnte sich nicht lösen. Nicht so. In der Lübecker Schenke hatte ihn der Flame noch förmlich angesprochen, aber nun, im Feld, hielt er derlei wohl nicht mehr für nötig.

»Und wer macht wieder die Dreckarbeit? Wer, frage ich? Der Hundemeister, wer sonst?«, fuhr der Mann weinerlich fort, und es fiel tatsächlich eine Träne auf das Eisen in seinen Händen.

»Mir scheint, du tust es gern!«, blaffte ihn der Tuchhändler an, der wie seine Kameraden die Augen nicht von dieser fürchterlichen Klinge nehmen konnte.

Der Eingang zur Hütte öffnete sich, und der bischöfliche Prokurator streckte seinen Kopf heraus, es schien so, als hätte ihn der harsche Ton gelockt, denn sein Blick war finster und feindselig. »Was brüllt Ihr hier herum? Seid Ihr nicht dieser Tuchhändler aus dem Dänischen? Der sich dem Windhund Johann Kampen angebuhlt hat?« Ohne eine Antwort abzuwarten, wandte er sich an den Hundemeister. »Dein Herr hat die Exekution auf den Mittag geschoben. Also spute dich!«

Guido starrte ihn wortlos an, bis der Prokurator verschwunden war, dann spie er zornig auf die Klinge und rührte verbissen den Wetzstein. »Dieser Mann hat mir gar nichts zu befehlen!«, fauchte er und hob den Kopf. »Und du, mach mir keinen Vorhalt. Hast du schon einen Menschen getötet? Nein? Dann urteile nicht. Einen Menschen zu töten, ist schwere Arbeit. Im Gefecht wehrt er sich und will dir selber ans Fell.« Aus den Wäldern hörte man das Brechen von Bäumen, es war also ein Arbeitskommando draußen und die Männer der *Seeschwalbe* wandten sich endlich zum Gehen, aber der Flame war noch nicht fertig. »Bei einer Hinrichtung, müsst ihr wissen, ist es gleichfalls kein Honigschlecken. Es liegt an ihnen. Den Kerlen. Man riecht ihre Angst, weil sie stinken. Sie bescheißen sich die Beine und pissen sich die Hose voll. Glaubt ihr etwa, das lässt mich gleichgültig? Unsereins hat viel auszuhalten, was wisst ihr denn davon?«, brüllte er hinter den Männern her, und Wibolt beschleunigte seinen Schritt, als werde er mit einem Prügel gejagt.

Was anfangs als böses Gerede galt und auch so abgetan wurde, war unterdessen zur Gewissheit geworden: Im flämischen Heer wurden Hingerichtete an die Hunde verfüttert. Davon hatte Guido nicht gesprochen, aber es war klar, in Zeiten mit knappem Futter für alle kam die Beerdigung einer solchen Leiche schlicht nicht in Betracht. Auf der Anhöhe wandte Wibolt sich noch einmal um. Er sah den Dienstmann des Konnetabels vor der Hütte sein Eisen schleifen. Er sah auch den Hundepferch hinter der Unterkunft, einen dichten Flechtzaun aus schweren Ästen, aber er hörte von dort keinen Laut, nicht ein Winseln.

\*

Zwei Tage vor dem Christfest entschloss sich der alte Bremer Schiffsführer dazu, ihre Verpflegung zu rationieren. Es war vielleicht ein schlechter Zeitpunkt, aber Mandolf Düsterhenn machte unmissverständlich klar, dass die Maßnahme nötig war. Am Morgen zuvor war wie aus dem Nichts ein fremder Händler im Lager aufgetaucht, niemand hatte ihn kommen sehen, noch wusste man, wer er war, er stand plötzlich auf dem freien Platz zwischen den Hütten. Der Kerl war in grobe Felle gehüllt, aber er trug Stiefel aus teurem Leder und war vorzüglich bewaffnet. Er hatte ein schwerfälliges Fuhrwerk bei sich, das voll beladen war mit bereits gehäuteten Tierkörpern, von denen das Blut tropfte. Sie waren zu klein für Rinder und zu groß für Schafe, keiner der Männer hatte je solche Tiere gesehen, aber das Fleisch wurde dem Fremden förmlich aus den Händen gerissen.

Die Besatzung der *Seeschwalbe* hatte nichts von dem Segen, sie wurde erst aufmerksam, als der Handel schon gemacht war. Und vielleicht war das ein Vorteil, denn wenig später wurden viele krank, die von dem Fleisch gegessen hatten, und es kam der Verdacht auf, man habe wilde Hunde oder Wölfe verzehrt. Der Graf von Flandern nahm den Fall zum Anlass, die Wache im Vorfeld zu bestrafen, weil sie nach seinem Urteil ihren Dienst schlecht versehen hatte. Phillip de Bois, den Konnetabel, so hörte man gerüchteweise, hatte Graf Balduin im kleinen Kreis scharf gerügt, und im Wiederholungsfall gar mit dem Entzug der gräflichen Gunst gedroht.

Mandolf Düsterhenn jedoch sah sich genötigt, über ihre Versorgung nachzudenken, ganz so wie es seine Pflichten als Schiffsführer von ihm verlangten. »Es tut mir leid, Freunde, aber wir müssen uns einteilen«, sagte der Bremer. »Nur noch einen Fisch oder einen Streifen Fleisch pro Nase und Tag, dazu eine Hand Getreide, das muss reichen.« Der Bordwache erlaubte er, überzähligen Fang zu behalten, aber das war nur eine Geste, denn das Wasser im Ostmeer wurde kalt und die Fische sanken in die Tiefe ab. Es gab nur noch wenige, die sich an die Angelhaken verirrten.

An einem dieser langen Winterabende hockten die Männer am Feuer und schmiedeten Pläne. Mit dem Reich der Semgallen tat sich ein neuer Handelsraum auf, den es zu nutzen galt, hungrige Märkte mit viel Silber und großer Nachfrage nach Umschlag. Die einheimischen Stämme selbst brauchten Ware, so viel war klar, aber vor allem ihre Eroberer, die in der neu gewonnenen Kolonie siedeln, leben und handeln, sich festsetzen und reich werden wollten. Johann Kampen hob zu langen Erklärungen an und malte die Zukunft in bunten Farben. Man werde von Beginn im Geschäft sein, sich hohen Herren andienen und unentbehrlich machen, schließlich Handelsbriefe und Privilegien gewinnen. Also reicht ihm sein Bischof nicht, dachte Wibolt, also will der Lübecker mehr als den Schutz eines Kirchenfürsten. Vielleicht sogar die Gnade eines Königs, so wie Mandolf, aber dann sagte der Emder sich, das sei am Ende ein legitimer Wunsch, der Ausdruck des Willens zum Erfolg, und weiter nichts. Sie alle miteinander, die sie um das Feuer hockten, hatten solche Ziele, und sie waren gottgefällig.

»Umschlag machen, Freunde, und nicht zu knapp«, grinste der Lübecker. »Wir werden nach Silber stinken, verlasst euch darauf.«

»Silber stinkt nicht, das hat schon Kaiser Vespasian gewusst«, belehrte ihn *Eisenfaust* in trockenem Ton, und dann lachten alle.

Es war wie immer der alte Bremer, der nüchtern anmerkte, vor dem Umschlag komme immer noch der Aufwand, und dem Gewinn gehe die Vorlage eigenen Silbers voran, doch das konnte bei aller Einsicht ihren Optimismus nicht trüben. Später lümmelten sie faul auf ihren Strohsäcken und starrten in die langsam verlöschende Glut. »Der Prokurator des Bischofs von Livland hält mich für einen Dänen«, murmelte Wibolt Flaskoper irgendwann schläfrig, und ringsum hoben sich Köpfe.

»Für einen Wikinger?«, wunderte sich Mandolf Düsterhenn.

»Der Mann hat ein gutes Auge!«, rief Kampen aus seiner Ecke. »Etwas Räuberisches hast du ganz zweifellos an dir, Wibolt, so viel steht für mich fest!«, und dann lachte er, aber es klang nicht ehrlich.

\*

Am Weihnachtstag Anno Domini 1201 sah das Heer seinen Bischof zum ersten Mal. Es war auch das erste Mal, dass alle Kreuzfahrer sich sammelten, Mandolf Düsterhenn schätzte sie auf mehr als fünfhundert Köpfe, dazu kam noch der Tross, zu dem sie selbst gehörten. Wenn im Frühjahr die bewaffneten Mönche zu ihnen stießen, würde ihre Streitmacht mehr als stattlich sein.

Auf dem Platz zwischen den Sodenhütten drängten sich die Menschen. Albert von Buxthoeven feierte eine Christmette unter freiem Himmel. Dabei standen die Gläubigen in kaltem, vom Wind getriebenem Regen, während sich über den greisen Kirchenfürsten ein Baldachin aus Segeltuch blähte. Albert war ein alter Mann von mehr als sechsunddreißig Jahren, in seinem Gesicht, faltig und dunkel wie der leere Blasebalg in einer Schmiede, schienen nur die Augen zu leben. Aber wie sie lebten! Hinter ihnen schien ein Feuer zu lodern, ein alles verzehrender Geist, dem niemand standhalten konnte. Wen der Bischof anblickte, der schlug die Augen nieder, sogar der Graf und sein Konnetabel taten es. Hinter Albert stand sein Prokurator, Klaus Wunderlich von Wolffenstein, er hielt das Buch mit der Messliturgie und trat vor, wenn der Bischof ihrer bedurfte. Das geschah selten, obwohl Albert von Buxthoeven einer Bremer Ministerialenfamilie entstammte und erst seit zwei Jahren Kirchenfürst war. Sein Oheim, der Erzbischof von Bremen, hatte ihn dazu geweiht. Vorher hatte Albert als Domherr in Bremen die dortige Domschule geleitet.

Der Bischof ging gleichwohl mit hinreichender Sicherheit durch die Riten, er nahm sich Zeit, die inzwischen im kalten Regen frierende Schar des Kreuzfahrerheeres schien ihn nicht zu kümmern. Die Männer der *Seeschwalbe* standen recht nah an dem groben Feldtisch, der als Altar diente, sie sahen Albert mit geschlossenen Augen beten, seine Hände waren in fast kindlicher Inbrunst gefaltet, und wenn er nach dem Messkelch griff, dann hatten seine Bewegungen die Anmut einer Frau. Wovon seine Wirkung als Priester ausging, das erfuhren sie während der Predigt. Schon beim *Kyrie* und beim *Gloria* hatten sie etwas von der Kraft gespürt, die in diesem Mann steckte, aber bei der *Homilie* brach sich eine Energie Bahn, die jedermann auf dem Platz in ihren Bann zog.

Dabei blieb seine Rede beherrscht, er schrie nicht noch geiferte er, wie es so häufig am Vorabend von Kreuzzügen geschah, aber seine Stimme trug weit und tönte voll, und später sollten die Bordwachen behaupten, sie hätten jedes Wort gehört. Albert von Buxthoeven sprach über den göttlichen Missionsauftrag, Jesus selbst habe ihn seinen Jüngern erteilt und nun sei es an ihnen, den Soldaten Gottes, ihn zu erfüllen. »Die Semgallen sind die letzten Heiden unserer Welt. Wie sehr, meine Brüder, ächzt der Leib unserer lieben Mutter Kirche unter Schwären und Schmerzen dieser Wunde. Und nun ist die Zeit reif, ihnen das Kreuz zu bringen. Damit die Christenheit gesundet!«, rief der Bischof mit einer Stimme, die Klang wie die Posaunen von Jericho, und Wibolt Flaskoper sah viele gestandene Männer, eisenkauende Schwertkämpfer des flandrischen Heeres, mit Tränen in den Augen. Und dann griff der Bischof das Wort des Papstes Urban auf, des zweiten dieses Namens, der damit die Weltgemeinde in spirituelle Verzückung gestürzt hatte. »Gott will es!«, sang Albert mit einer Hingabe, als rufe er den Herrn des Himmels selbst an, »Deus vult!«

Und wie eine heilige Order wurde der Ruf aufgenommen, verstärkte, vervielfachte sich und schließlich brauste er wie ein Stimmenorkan über den Platz. »Deus vult, Deus vult!«

Später stritten die Männer der *Seeschwalbe* über die Predigt, der Lübecker fand nichts Übles daran zu sagen, man bringe den Heiden das Kreuz, das treffe es doch ziemlich präzise. Der alte Bremer sah ihn schräg an. »Ganz richtig, Johann! Das Schwert ist ja auch ein Kreuz, oder nicht? Ist es das, was dein Bischofsfreund gemeint hat?« Man musste die beiden trennen, sonst wären sie aneinandergeraten, und niemand wusste zu sagen, was den Alten mit einem Mal so zornig gemacht hatte.

\*

Nach dem Gottesdienst trat der Graf von Flandern vor den Altartisch und setzte eine Besprechung an. Er befahl seinen Hauptleuten, auf dem Platz zu bleiben. Den Schiffsführern stellte er die Teilnahme frei, ebenso die Zahl ihrer weiteren Begleiter. Die Männer der *Seeschwalbe* blieben alle, obwohl sie froren und nass waren bis auf die Haut. Der Regen hatte noch zugenommen, und das war der Grund, warum sich der Kirchenfürst rasch in seinen Tragestuhl setzte und seine Leute antrieb, er wollte in seine warme Unterkunft.

Das Heer verharrte stumm und mit gesenkten Köpfen, bis der Bischof, nach allen Seiten hastig segnend, verschwunden war. Dann nahm Graf Balduin das Wort. Er winkte die Hauptleute heran, unter den Baldachin des Kirchenfürsten, und so hatten wenigstens einige der Männer Schutz vor dem Regen, der nun häufig von Schneeflocken durchsetzt war. Der Konnetabel stand neben seinem Herrn und lauschte, er machte ganz den Eindruck, als höre er etwas ihm völlig Neues, aber so konnte es einfach nicht sein.

»Dieser Gegner«, sagte Graf Balduin mit seiner hellen Stimme, »ist nicht auf die leichte Schulter zu nehmen. Er hat einen tiefen Raum und ist schwer zu fassen.« Und dann legte der Flame seinem Heer den kommenden Feldzug in ein paar knappen Sätzen auseinander und es wurde deutlich, dass der Mann wusste, wovon er sprach. Wibolt Flaskoper sah in konzentrierte Gesichter, das Kinn des jüngeren Juries Hopper *Eisenfaust* glich einem Granitblock und der Lübecker schluckte krampfhaft mit festen Halsmuskeln. Denn in der Tat, es herrschte ein bemerkenswerter Gegensatz zwischen der Predigt des Bischofs und der Ansprache des flandrischen Grafen, ganz so, als wollte Balduin sagen, hört her, Leute, der Pfaffe hat seinen Sermon abgeladen, und nun reden wir vom Geschäft. »Das erste Angriffsziel ist der Hafen des Feindes an der Dünamündung. Wir müssen ihn haben, denn von dort wird das Hinterland versorgt. Auch die Semgallen nutzen ihn für ihren Nachschub.«

Wibolt hörte *Eisenfaust* neben sich knurren, der Hamburger war offenbar mit diesem Urteil nicht im Reinen, und tatsächlich murmelte auch Mandolf Düsterhenn etwas von Handelswegen und unübersichtlichen Grenzen nach Osten und Süden. Der Graf schien das zu spüren, er hob den Kopf und sah herüber. »Es gibt natürlich auch Güteraustausch mit den Reußen und den finnischen Stämmen südlich der Newa, aber der Hafen macht den meisten Umschlag.« Und dann, nach einer kurzen Pause, nannte der Graf einen Grund, der wohl noch wichtiger war. »Wir brauchen ihn auch, um unsere Schiffe unterzubringen, das ist doch wohl klar. Hier auf Reede können sie nicht bleiben. Dort bilden sie einen Brückenkopf für unsere Versorgung. Und wir haben sie nach dem Feldzug sofort greifbar.«

»Was weiß dieser flämische Großkotz denn von Umschlag?«, brummte Johann Kampen von hinten, doch der Heerführer sprach schon weiter. Er erwähnte die Verstärkung im Frühjahr, und zum ersten Mal hörten sie das Wort ›Schwertbrüder‹. Sie würden geführt durch Vinno von Rohrbach, ihren Feldmeister. Die Männer der *Seeschwalbe* sahen sich an, sie konnten mit den Namen nichts verbinden. Schließlich umriss Graf Balduin die Grundzüge des Landkrieges. Er redete von Scharmützeln und Scheingefechten, von Störangriffen durch feindliche Plänkler und von dem mühseligen Kampf gegen Hinterhalte.

Es gab da schon erste Unruhe, und in der Truppe der westsächsischen Söldnerführer trat plötzlich einer vor. »Warum gehen wir nicht einfach hin und schlagen alles zu Klump?«, fragte er mit rauer Stimme. Der Mann war ein Riesenklotz von Kerl, sein Gesicht von schwarzen Haaren fast zugewachsen. Er trug eine Kette aus Wolfszähnen, und an seiner ledernen Weste war mit Silberdraht eine

Reihe von Knochen befestigt, die aussahen wie Stücke menschlicher Rippen. Wibolt wunderte sich, dass sich der Graf von Flandern mit solchen Leuten gemein machte, aber der Sachse war wohl ein guter Kämpfer, so viel schien festzustehen. Der Konnetabel bedachte den Söldner stumm mit einem schrägen Blick, doch der Graf nahm den Mann frontal an.

»So! Einfach hingehen und alles zu Klump schlagen, wie? Ihr habt keine Ahnung von dieser Sache, oder Ihr versteht das ganze Kriegshandwerk nicht!«, knurrte er, und erklärte, warum es nicht so einfach war. Die Semgallen waren in viele Stämme unterteilt. Sie hatten keinen König, weil ihre eifersüchtigen Fürsten einander nichts gönnten. Noch weniger waren sie bereit, sich einem der Ihren unterzuordnen. »Es gibt kein gemeinsames Heer, das wir stellen und besiegen können, versteht Ihr das? Wir müssen das Land aufräumen und säubern, befrieden und unterwerfen, und das wird ein verflucht mühseliges Geschäft!«

»Werden sie sich nicht zusammentun, um uns zu schlagen?«, fragte einer von hinten, und diese Frage nahm Graf Balduin ernst.

»Vielleicht. Aber erst, wenn sie begreifen, dass sie sonst verloren sind. Und dann muss es zu spät sein.«

Der Flame befahl noch, seine Hauptleute und die Schiffsführer sollten sich für weitere Treffen bereithalten, er bestätigte die durch den Konnetabel verfügten Anordnungen für Wache und Ordnungsdienste und bestieg sein Pferd. Dazu musste er sich helfen lassen, ohne seinen Diener erreichte er die Steigbügel nicht. Es hatte nun zu schneien begonnen, die Männer gingen rasch auseinander und eilten in ihre Unterkünfte, um sich an heißem Bier und Rindenfeuern zu wärmen. Es wurde nicht leicht, das wussten sie jetzt, und doch stand eine andere Aufgabe im Vordergrund: den Winter zu überstehen.

Am Abend dieses Weihnachtstages hatte das flandrische Heer zwei Tote zu beklagen. Der erste war Guido, der gräfliche Hundemeister. Guido war kurz vor dem Sonnenuntergang in den Zwinger mit den Hunden gegangen, um nach seinen Tieren zu sehen, und dabei so unglücklich gestürzt, dass er sich selbst mit der Klinge seines Jagdmessers verletzte. Die Wunde war so schwer, dass Guido aus eigener Kraft nicht auf die Beine kommen konnte. Man hörte seine Schreie noch bis zu den Schiffen, aber es konnte niemand an ihn heran, die Hunde ließen es nicht zu. Sie schlossen einen Ring um den Hundemeister und griffen jeden an, der den Zwinger betreten wollte. Guidos Körper aber verschonten sie. Einer der Männer machte den Vorschlag, die Tiere mit Pfeilen zu erlegen, doch der Konnetabel verbot es strikt. Einen Hundemeister finde er schnell wieder, sagte Phillip de Bois, solche Hunde aber nicht. Erst als Guido tot war, gelang es, ihn aus dem Zwinger zu ziehen. Sein Leichnam wurde natürlich bestattet, denn er war nicht durch eine Leibstrafe ums Leben gekommen.

Der zweite Tote war einer der Hauptleute. Man fand ihn noch in der Nacht auf dem Abort hinter seiner Unterkunft. Sein Hals war von hinten mit einem armdicken Ast durchstoßen worden, wohl während der Mann sein Geschäft verrichtet hatte. Der Ast war angespitzt, es sah fast eine Handlänge neben der Gurgel hervor. Der Mörder musste seinem Opfer aufgelauert haben, hinter der Grube zum Abtritt fanden sich Stiefelspuren im Schnee. Die Leiche war schon steif, sie war ein Stück nach hinten gesunken und wurde durch den Ast gehalten, es sah aus, als säße der Hauptmann ganz gemütlich, um sich zu entleeren.

Das ganze Heer war entsetzt über die Tat, noch mehr über den hier ausgedrückten Hass als über die unbändige Kraft, mit der sie verübt worden sein musste. Der Konnetabel machte noch in der Nacht einen halbherzigen Versuch, den Täter zu finden, aber bald gab er es auf. Es kamen zu viele Männer in Betracht, denn der Hauptmann war wegen seines Jähzorns und seiner Brutalität von seinen Soldaten verwünscht und gemieden worden. Noch während der Befragung der Leute kehrte der Winter mit voller Wucht zurück, es setzte heftiger Schneefall ein, und der Konnetabel brach die Sache rasch ab. Der Kampf gegen die Gewalten der Natur war jetzt wichtiger.

## 22.

*Kein Gut komme in falsche Hände.
Der Trunk für den Schankwirt,
das Tuch für den Schneider und das Schwert für den
Krieger, sofern es im Namen des Herrn gezogen wird.
Nach der Nowgoroder Schra*

*Livland, Frühjahr 1202*

Die *Seeschwalbe* schwoite leicht um die Ankertrosse. Sie hatte den Winter weit besser überstanden als so mancher der Männer des Heeres und wurde nun für die Fahrt zur Mündung der Düna vorbereitet, so wie alle Schiffe der bischöflichen Flottille. Dort sollten sie auf Reede gehen und abwarten, bis der semgallische Hafen erobert war. Mit kleinen Augen verfolgte Wibolt Flaskoper die Vorgänge an Land. Der jüngere Juries Hopper neben ihm sonderte ein verächtliches Grunzen ab. Es war der letzte Tag der Bordwache, und der Hamburger hatte sich für den Dienst gemeldet, obwohl er nicht hätte aufziehen müssen. Wibolt hatte den Verdacht, dass *Eisenfaust* dem wahrhaftig apokalyptischen Chaos entgehen wollte, das sich unterdessen auf ihrem Landeplatz abspielte.

Denn die Soldaten des Herrn, das Heer der Kreuzfahrer, rüsteten sich zum Aufbruch. Es sah nicht danach aus. Eher wie der Vorhof zur Hölle. In diesem Gewühl von Männern, Tieren und Gerät irgendeine Form von Ordnung erkennen zu wollen, überforderte das menschliche Auge beträchtlich. Und doch lief alles nach einem Plan, den der Konnetabel des Grafen von Flandern ersonnen hatte, und der vom Bischof selbst gebilligt worden war. Man hörte gerüchteweise von Streit, Graf Balduin und Bischof Albert hätten einen scharfen Disput gehabt, der Flame hätte die uneingeschränkte Führung des Heeres beansprucht, aber der Kirchenfürst habe sich am Ende durchgesetzt. Die Militärs entschieden im Kleinen. Grundsätzliches sei dagegen stets der hohen Geistlichkeit vorzulegen, und Balduin, so ging das umlaufende Gerede, habe schließlich zähneknirschend den Kopf gesenkt. Nicht nur um zuzustimmen, sondern um sich für den Feldzug segnen zu lassen.

Es bedurfte keiner großen Phantasie zu erkennen, dass nicht zuletzt Klaus Wunderlich von Wolffenstein, der bischöfliche Prokurator, hinter der Sache steckte, er hatte schon immer gerührt und genörgelt, man müsse den Soldaten vor allem des Silbers wegen auf die Finger sehen, und Johann Kampen, der Lübecker, hatte es sofort ausgespuckt wie ein Stück faulen Fisch. »Wunderlich. Natürlich. Wer sonst? Ein Gurgelschlitzer im Kuttensack!«

Es gab Anlass, dem Vorsteher des bischöflichen Haushalts nicht eben grün zu sein. Ganz grundsätzlich, und dann auch wegen dieses unsäglichen Vorfalls am ersten Tag des neuen Jahres, als der Prokurator mit einem Knecht aus dem Tross die Hütten des Lagers abging, um Geld einzusammeln für die Unterkunft und das Brennholz. Sie hatten es schon gehört, als Wunderlich vor der Nachbarhütte stand, den erregten Disput und die wütenden Wortwechsel. »Ihr glaubt doch wohl nicht im Ernst, dass ihr hier auf Kosten des Bischofs warm und trocken auf euren Säcken liegen könnt, wie!?«, hatte der Prokurator gebellt, und als er vor ihrem Drecksloch auftauchte, hatte ihm der alte Schiffsführer ohne hinzusehen einen Bruch Silber zugeworfen, den Wunderlich in der Luft fasste wie ein Habicht eine Taube.

Der Winter war lang und hart gewesen, für das Leibeswohl und auch für das Gemüt. Einmal fand Juries

Hopper bei der Holzsuche einen dreibeinigen Feldhasen, die Wunde war noch frisch, das Tier musste sein Bein erst vor kurzem an einen Fuchs oder Wolf verloren haben. *Eisenfaust* erschlug ihn, zog ihm an Ort und Stelle das Fell über die Ohren und brachte ihn stolz in die Sodenhütte. Es war das erste Frischfleisch seit langem, eine willkommene Abwechslung zu trockenem Fisch und Getreidekörnern.

Wibolt Flaskoper lebte in ständiger Erinnerung an seine Frau in Emden, ihn trieb eine panische Angst, Miekes Bild könnte vor seinen Augen verblassen. Es gab im Heer einen fränkischen Steinschneider, der auch Schnitte aus Holz fertigte, und er arbeitete für den Emder ein Relief von der Größe eines Handtellers. Wibolt hatte Mieke nach bestem Vermögen geschildert, ihr Haar und ihren Mund, die Nase und die Augen, doch das Bildnis glich ihr trotzdem kaum. Es war gleichwohl in diesen Tagen sein kostbarster Besitz, er trug es immer am Herzen, unter dem Wams.

Die düsteren Tage des ersten Monats aber drückten auf die Seele, nicht nur bei ihm, sondern bei allen Kreuzfahrern. Sie verloren durch Krankheit und Desertion mehr als fünfzig Köpfe, Männer starben oder verschwanden in der Nacht, sie machten sich einfach aus dem Staub. Die Mühsal der Ernährung drückte zusätzlich und eines Morgens lichtete eine Schnigge aus dem Winschotener Tross plötzlich ihren Ankerstein, setzte Segel und lief nach Südwesten ab. Sie sahen das Schiff stampfen und rollen und gegen den Wind kämpfen, es war ein tollkühnes Unternehmen im Winter, und sie hörten später, die Besatzung habe nur weg gewollt, weg von dieser verdammten Küste und hinüber nach Gotland, zurück in die warme Behaglichkeit eines geordneten Lebens.

Der Frühling wurde herbeigesehnt wie eine Braut am Trautag, und als sich im dritten Mond die ersten Feldblumen aus der Scholle streckten, atmete alles auf.

Das Leben kehrte zurück, und mit ihm die Hoffnung auf Besserung der Ernährungslage. Wie aus dem Nichts tauchten plötzlich auch fahrende Händler auf, Dirnen und Marketenderinnen waren wieder da und sogar die semgallischen Kinder trieben sich auf dem Platz herum, der Himmel mochte wissen, woher sie gekommen waren. Die Bordwachen fingen häufiger Fisch, und die Jagden wurden ergiebiger. Und dann, am vorgestrigen Tag, hatte der Graf von Flandern die Mobilmachung des Heeres befohlen, und seither herrschte ein Gewusel, das Mandolf Düsterhenn mit einem Termitenhügel verglich, aber der Hamburger widersprach ihm. »Termiten haben eine feine Ordnung, Mandolf. Eine *Ordnung*, verstehst du das? Und nun sieh dir dieses Durcheinander an. Die Brautfeier eines Räubervormanns ist dagegen das reinste Konklave!«

Und in der Tat, das Bild hatte etwas von einem aufgerissenen Hornissennest. Es wurde gerannt und angetrieben, geschoben und gewuchtet, abgebaut und verladen. Gespanne wurden geschirrt und Waffen geschliffen. Soldaten marschierten oder pflegten ihre Ausrüstung. Dazwischen hetzten Meldereiter über den Platz, preschten hin und her, brachten Befehle und holten Rapporte, von der Residenz des Kirchenfürsten hinüber zum Unterstand des Konnetabels, der nun wieder besetzt war.

Aus dem Vorfeld quäkte plötzlich ein Horn, und der Hamburger stieß den jungen Emder in die Rippen. »Horch! Sie kommen!« Auf dem Lagerplatz kam jetzt jede Tätigkeit zur Ruhe, angespannt spähte das ganze Heer auf den Waldrand. Sie sahen den Konnetabel vor seinen Unterstand treten und dann preschte eine Meldereiter los, auf die Residenz des Bischofs zu. Noch war keine Bewegung zwischen den Bäumen, aber bald blitzte etwas Weißes auf und danach öffnete sich der Wald und gab eine Schar Berittener frei, immer mehr, bis das ganze

Vorfeld in Weiß getaucht schien, ganz so, als schiebe sich eine riesige Schaumkrone einen Strand hinauf.

»Die Schwertbrüder!«, sagte *Eisenfaust*, und in seiner Stimme klang tatsächlich so etwas wie Respekt. Die Reiter fächerten zu einer breiten Linie aus, es schien fast, als wollten sie auch durch ihre Zahl beeindrucken, und über ihren Köpfen flatterte das weiße Banner des Ordens, ein Wappenschild mit zwei gekreuzten roten Schwertern, das Tuch sah aus wie ein blutiger Schwanenflügel. »Mehr als zweihundert«, stellte der Hamburger mit heiserer Stimme fest.

Es herrschte tiefe Stille, als die Ordensritter auf den Platz trabten, keine der sonst üblichen Jubelgeschreie waren zu hören, keine Schwerter wurden gezogen und emporgereckt, nur ehrfürchtiges Schweigen ringsum, und Johann Kampen wusste später zu berichten, viele Männer hätten ihre Mützen gezogen, und nicht wenige wären auf die Knie gesunken. Inzwischen waren auch der flandrische Graf und der Bischof erschienen, um die Ankömmlinge willkommen zu heißen. Graf Balduin saß zu Pferd, der Kirchenfürst auf seinem Tragestuhl, die Stangen hatten vier kräftige große Mönche auf ihre hohen Schultern gelegt.

Was dann geschah, darüber setzte sie der alte Schiffsführer am Abend ins Bild, als sie beim Feuer hockten. Mandolf Düsterhenn hatte seine eigene Version, aber sie war nicht unumstritten, selbst aus der Besatzung widersprach man ihm, es mochte sein, dass dem Bremer wichtige Vorgänge verborgen geblieben waren. Es gab Leute, die behaupteten, sie hätten bei dem Zusammentreffen zwischen dem Grafen und dem Feldmeister sofort ein schlechtes Gefühl gehabt, man habe die Feindschaft der beiden zueinander förmlich gerochen, und der Flame habe eine Miene aufgesetzt, als betrachte er seinen Latrinenfeger bei der Arbeit. Ein Eklat war es allemal, darüber war man sich einig, nur der Auslöser war streitig, und dass er nichts Gutes für den Feldzug verhieß, darüber herrschte große Einmütigkeit. Es sollte indes nicht lange dauern, bis auch der letzte Waffenknecht im Heer die Ursache des Übels verstand: Graf Balduin fürchtete um seinen militärischen Rangplatz und der Feldmeister zeigte recht offen, dass er sich selbst für den besseren Strategen hielt.

Jedenfalls, der Führer der Ordensritter, es war wohl der vom Grafen bereits genannte Vinno von Rohrbach, war vom Pferd gestiegen und hatte vor dem Kirchenfürsten das Knie gebeugt. Albert hatte ihn gesegnet und mit dem Bruderkuss willkommen geheißen, so weit hatte alles seine Ordnung gehabt. Aber nun, so sagte der alte Bremer, habe sich Rohrbach an den Grafen gewandt, ihn nur mit einer knappen Verneigung gegrüßt und dann gefragt, wo die Vorhut der semgallischen Stämme stehe. Der Graf gab mürrisch Auskunft, das wisse er nicht. Darauf habe der von Rohrbach sich aufgerichtet und an sein Schwert gefasst. »Wir sind von Wenden herübergeritten, durch Eis und Schnee, seit zwei Monden sind wir unterwegs, und Ihr wisst nicht, wo die Semgallen stehen?«

Danach sei Ruhe gewesen auf dem Platz. Graf Balduin habe dem Bischof einen raschen Blick zugeworfen, ganz so, als erwarte er Beistand von Albert, aber der Kirchenfürst habe sich nicht gerührt. Und dann habe der Flame geantwortet, es sei dadurch weiter kein Schaden entstanden, die Aufklärung des Feindes ergebe sich natürlich mit dem Vorrücken des flämischen Heeres. Das Heer sei nun nicht mehr nur flämisch, sondern auch wendisch, hatte Vinno scharf geantwortet. »Es sind auch meine Brüder, an deren Fell ich zu denken habe!«

»Ihr mögt denken, so viel Ihr wollt, solange Ihr gehorcht!«, zahlte der Flame knurrend zurück, und jetzt fuhr der Kopf Bischof Alberts nach vorn, aber noch immer nicht um einzugreifen, sondern um besser zu hören. »Wir haben bis gestern feindliche Späher gesehen, wie an allen Tagen zuvor. Sie sind uns auf Pferden gefolgt, haben uns begleitet, der Feind weiß mehr über uns als wir über ihn«, sagte Vinno von Rohrbach bitter, doch der Flame wedelte mit der Hand wie einer, der lästige Fliegen verscheuchen will.

»Das mag so sein. Für den Augenblick. Nun wohl. Was am Ende zählt, ist der letzte Schwerthieb im Ziel. Und welche Hand ihn führt«, antwortete Balduin in einem Ton, als belehrte er seinen einfältigsten Stallknecht. Dann setzte er sich in seinem Sattel zurecht. Er war ja noch immer zu Pferd, und der andere stand unverändert vor ihm, das Haupt entblößt und die Hand am Knauf seiner Klinge. »Nachrichten über das Heer der Heiden sind wohlfeil. Wir werden sie haben, wenn ihr Hafen in unserer Hand ist.«

Der Feldmeister hatte mit kalten Augen zugehört, und jetzt schüttelte er den Kopf. »Das ist so, als wolltet Ihr das Holz für den nächsten Winter schlagen, um zu verhindern, dass Ihr heuer erfriert!«

Da hatte der Flame gefaucht, ihm reiche es jetzt, er sei nicht gewohnt, derart angegangen zu werden, und hatte damit sein Pferd gewendet und sei abgeritten. Später habe noch ein klärendes Gespräch der beiden stattgefunden, bei dem der Bischof habe vermitteln müssen. Die Männer der *Seeschwalbe* hatten sich angesehen und ihre Köpfe geschüttelt. Dass dies kein guter Beginn für den Feldzug war, darüber gab es in der Sodenhütte keine zwei Meinungen. »Warum hat der Bischof nicht eingegriffen?«, fragte Wibolt mit runden Augen.

Juries Hopper *Eisenfaust* sah ihn an wie ein Ritter seinen unbeholfenen Knappen. »Das ist doch so klar wie irgendetwas, siehst du es nicht?« Legte dann seinen Bärenarm über die Schulter des Emders und fuhr freundlich fort: »Für Albert ist das doch eine gediegene Lage. Wenn sich die beiden nicht grün sind, hat er keine Mühe, sie unter seiner Knute zu halten.«

»Du musst noch sehr viel lernen, *Standfest*!«, rief Johann Kampen herüber, doch Wibolt machte sich so seine Gedanken.

»Ihr redet hier gemütlich daher, aber für uns und den Feldzug wäre es zweifellos besser, die beiden wären sich einig!«, zahlte er recht zornig heraus, und dann sah er den alten Schiffsführer nicken.

*

Der neue Hundemeister hieß Michel, er war ein bulliger Franke ohne Hals, denn der Kopf lag auf seinen Schultern wie ein Sauschädel auf einer Fleischplatte. Er war Guidos Gehilfe gewesen, aber nicht der einzige, und so hätte Michel auf die Wahl des Konnetabels stolz sein können, aber er war es nicht. »Das ist für mich eine Scheißarbeit!«, sagte er mit zerfurchter Stirn, und er sagte auch warum. »Der Alte ist nie zufrieden, verstehst du, und meine Viecher gehen mir bis zum Bauch. Jedenfalls die meisten.«

»Wenn es so eine Scheißarbeit ist, warum hast du sie nicht abgelehnt?«, fragte Wibolt, und der neue Hundemeister zog in angestrengtem Nachdenken seinen Nasenrücken faltig.

»Man merkt, Wibolt, du kennst den Alten nicht«, sagte er schließlich. »Der hätte mich saftig in den Arsch getreten, verstehst du, aber mit Anlauf, und mich dann zu den Futterknechten versetzt!«

Mit dem *Alten* meinte er den Zeugmeister, und was die Höhe der Hunde betraf, so hatte Michel recht, denn er selbst war nicht viel größer als fünf Ellen. Aber dafür war er fast ebenso breit, und im flämischen Heer wusste man Wunderdinge über seine Körperkräfte. Michel hätte schon beim Vater des Grafen gedient, in jungen Jahren als Leibwächter, später als Hundemeister, bevor ihn der Sohn durch Guido ersetzte. Seine Gefährten erzählten immer wieder eine Geschichte aus der Zeit der Kriege um die Grafschaft Luxemburg. Michel begleitete seinen Herrn, Graf Balduin VIII., auf einem Jagdausflug in den ardennischen Wäldern bei Bastogne, als plötzlich aus einer Senke ein feindlicher Reitertrupp auftauchte, drei Mann stark. Die Kerle wussten offenbar sehr genau, wen sie da vor sich hatten, denn sie hielten zielstrebig auf die Flamen zu, also war Verrat im Spiel. Zu dem Zeitpunkt hatten sich der Graf und Michel von der übrigen Jagdgesellschaft abgesetzt, Balduin in Verfolgung eines Hirsches, hinter dem er schon eine ganze Weile her war, und der Leibwächter, weil er seinem Herrn nicht von der Seite wich, schon gar nicht hier im Grenzgebiet. Die beiden waren also allein. Die drei Angreifer schwärmten aus, um ihr Opfer abzufangen, und das war ein schwerer Fehler. Michel schickte den Grafen voraus und wendete sein Pferd.

Und dann holte er die ersten zwei Kerle einen nach dem anderen aus dem Sattel. Den dritten schnappte er, bevor der zum Ziel kommen konnte. Balduin hatte sich unterdessen mit seinem Pferd an einer steilen Kante gedreht, um sich zu stellen. Seine Armbrust war dem Flamen bei seiner Flucht von der Schulter gegangen, die Bolzen in seinem Köcher waren nutzlos geworden, jetzt blieb ihm nur die Klinge. Und noch während der Graf sein Schwert zog und den Angriff erwartete, riss es den Fremden plötzlich von seinem Gaul, so heftig, als hätte ihn ein göttlicher Blitz getroffen. Aber es war nur Michels schweres Jagdmesser dem Angreifer einer derartigen Wucht zwischen die Schulterblätter gefahren, dass es ihn augenblicklich aus dem Sattel holte. Der Graf hatte Michel eine silberne Kette geschenkt, die Michel heute noch besaß, die drei Pferde jedoch kamen ohne jedes Federlesen in den gräflichen Stall. Michel war im Streit so gefährlich wie ein gereizter Skorpion, aber unter Gefährten friedlicher als ein Lamm.

»Als Guido noch lebte, gingen dir deine Viecher doch

auch bis zum Bauch, oder nicht?«, fragte ihn Wibolt eines Tages.

Michel war ein Instinktmensch, nicht der Schnellste im Kopf, dafür war er flink mit der Faust und noch flinker mit seinem Eisen, einer, der im Zorn nicht groß nachdachte, bevor er zuschlug. Diesmal aber dachte er lange nach, weil er den jungen Emder mochte. Schließlich sagte er: »Das war anders, verstehst du? Da war ich nur für die Scheiße zuständig. Jetzt muss ich mich um die Viecher kümmern, und dafür bin ich zu alt. Das ist die ganz große Scheiße, verstehst du?« Scheiße war Michels Lieblingswort, er hatte es wohl schon sehr oft genutzt, denn er glaubte, fast fünfzig Jahre alt zu sein.

Seinen blauen Mantel trug er mit Stolz, es war der von Guido gewesen, er musste nur gekürzt werden, aber Michel fand niemanden, der es für ihn tat. Also kürzte er ihn selbst mit dem Jagdmesser und nähte das offene Ende mit einer alten Bogensehne fest. Johann Kampen schalt ihn dafür, aber mit einem Augenzwinkern, denn niemand mochte sich mit Michel anlegen. »Du Barbar, was hast du mit dem schönen Mantel gemacht?«, fragte der Lübecker grinsend.

Michel gab seine Antwort überraschend schnell: »Ja, wie jetzt? Glaubst du, ich will dauernd auf die Fresse fallen, Mann? Das will ich nicht, verstehst du? Wenn ich im Zwinger stürze, dann ist Cerberus über mir, aber sofort. Er hasst mich, glaube ich, verstehst du? Und wenn er eines Tages verrecken sollte, dann werfe ich ihn den anderen zum Fraß vor. Oder ich fresse ihn selbst!«

Michel hatte ein eher nüchternes Verhältnis zu seinen Hunden. Er liebte sie nicht so, wie Guido es getan hatte, aber er schätzte ihren Wert im Kampf. Auch Michel schwärmte ihnen von der Schlacht bei Philomelion vor und erzählte die Geschichte von ihrem Angriff auf die Fußabteilung Seldschuken. Der Flame sprach oft so, als rede er nur mit einem, und so hatte jeder das Gefühl, man sei unter vier Augen und nur ihm selbst werde berichtet. »Man kann das nicht beschreiben, du hättest es sehen müssen«, erzählte ihnen der bullige Mann eines Abends. »Cerberus hat sich den Hauptmann der Fußabteilung sofort vorgenommen, wir lassen ihn in der Mitte angreifen, das Biest ist so abgerichtet, verstehst du? Wir konnten auch sehen, dass der Kerl schon blutete, sein Pech, wenn du mich fragst. Der Angriff unserer Hunde hat ausgereicht, die rechte Flanke des feindlichen Heeres mit einem Mal aufzureißen, und das war der Anfang vom Ende.« Michels Blick war nicht so verklärt, aber ähnlich versonnen, wie der von Guido gewesen war, wenn er von den Hunden erzählte, und seine Augen blieben trocken. »Es sind gute Kämpfer, ihr werdet es sehen, wartet ab, wenn wir gegen die Semgallen ziehen!«

»Wer will das schon?«, knurrte Juries Hopper *Eisenfaust* mit finsterem Blick, es war nicht klar, ob er den Zug oder den Einsatz der Hunde meinte, doch Michel nahm es ihm nicht übel.

## 23.

*Wenn ein Tier Schaden anrichtet,
soll der den Schaden tragen, dem das Tier gehört.
Aus der Nowgoroder Schra*

*Livland, Land der Semgallen, Frühjahr 1202*

Es war doch noch ein hitziges Gespräch geworden, obwohl es ganz friedlich angefangen hatte, sie hatten es an Bord der *Seeschwalbe* geführt, nicht lange vor dem Auslaufen nach Osten. Michel, der Hundemeister des gräflichen Heeres, hatte den Anlass geliefert, ganz sicher ohne es zu wollen. Die Männer der Kogge hatten den Flamen wegen seiner Art ins Herz geschlossen, er war auf das Schiff geladen worden, zu einem gemeinsamen Schmaus, sie wollten den überstandenen Winter feiern, und auch das glückliche Ende des Feldzuges beschwören. Wibolt wunderte sich, denn ein wenig Aberglaube war unterschwellig sogar bei den nüchternen Kaufleuten zu spüren. Doch dann hatte Michel den Vogel abgeschossen, denn er entpuppte sich trotz seiner üblichen Nüchternheit als einer, der an Ahnungen und böse Vorzeichen glaubte, und irgendwann sagte er zu dem langen Hamburger: »Dein Pfeil ist vielleicht auch schon fertig, Großer!«

Juries Hopper *Eisenfaust* war da schon ziemlich genervt gewesen, er hatte, zum Teufel, schlecht geschlafen und jetzt auch noch dieses dumme Gequatsche, und er starrte den Flamen finster an. »Mein Pfeil? Was für ein Pfeil?«

»Der Pfeil, auf dem dein Name steht«, sagte Michel

ganz einfach und wischte sich über den Mund, denn der Kapaun troff vor Fett, keiner hatte eine Ahnung, wie der Kochknecht um diese Jahreszeit ein derart feistes Tier in seine Hände bekommen konnte. Und mit einem Mal war Ruhe in der Runde, die Männer schwiegen betroffen und der Flame langte sich ein neues Stück von dem Vogel.

»Aha! Wie kommt denn mein Name auf deinen Pfeil?«, fragte Hopper unwirsch, und Michel hob die Hand.

Er sprach heute schneller als sonst, es schien so, als müsste er nicht lange nachdenken, als lägen ihm die Dinge griffbereit im Kopf. »Nicht mein Pfeil, Juries, der eines Feindes. Eines semgallischen Bogenschützen, verstehst du?«

»Und wie soll der dort hinkommen?«

Michel hob seine Brauen an. »Wie wohl, Mann? Ein Semgalle gräbt ihn ein. Mit dem Messer. In den Schaft«, sagte der Flame in einem Ton, als verstünde er über so viel Ahnungslosigkeit die Welt nicht mehr.

»Und woher sollen denn die Semgallen unsere Namen kennen?«, fragte jetzt Mandolf Düsterhenn leicht belustigt, und doch schwang ein Unbehagen in seinen Worten mit, das war deutlich zu spüren.

Michel sah den alten Schiffsführer aus ernsten Augen an. »Die kennen sie, verlass dich drauf!«

Sie versuchten danach, dem Flamen seine Flausen auszureden, aber es hatte keinen Zweck, Michel blieb stur in seiner Sache. Und bevor er von der Kogge stieg, verabschiedete er sich von den Männern des Bordkommandos auf eine Art, als würden sie einander nicht wiedersehen.

Einen Tag später waren die Vorbereitungen abgeschlossen, die Schiffe der Flottille sollten morgen in See stechen und das Heer würde aufbrechen. Der Feldmeister der Ordensritter hatte sich am Ende mit seinen Vorschlägen durchgesetzt. Der Hafen des Feindes sollte von der Landseite genommen werden, das schon, aber die flämische Flotte würde von See her einen Scheinangriff fahren, wenn möglich bis nahe unter die Küste, dicht vor das Hafenbecken. Vielleicht sogar mit dem Versuch, das eine oder andere Schiff auf Reede oder vor der Einfahrt aufzubringen.

Vinno von Rohrbach hatte auch dringend angeraten, dem Heer eine starke Vorhut vorauszuschicken, nicht nur ein paar Reiter, sondern mindestens eine halbe Schwadron, doch der Graf hatte kühl geantwortet, dieses Rates bedürfe es nicht, er selbst habe derlei seit längerem erwogen. Über die Stärke der Vorraustruppe gab es gleichwohl noch Diskussionen, denn der Flame war nicht geneigt, die geforderte Zahl dafür abzustellen, er wollte möglichst viele Kämpfer im Hauptzug haben. »Ich habe den Feind schon beobachtet«, sagte der Feldmeister darauf, »zumindest seine Späher. Ihr nicht. Ich habe auch ihre Bögen gesehen, es sind schwere und weitreichende Waffen. Damit kann man einen Reiter auf fast hundert Schritt aus dem Sattel holen. Und Ihr unterschätzt sie noch immer!«

Der Graf, so hörten sie später von ihrem Freund Michel, habe darauf nichts geantwortet, sondern sich nur weggedreht wie einer, der es müde ist, sich mit einem Schwachsinnigen abzugeben.

Überhaupt war der neue Hundemeister in diesen Tagen eine wertvolle Nachrichtenquelle für die Männer der *Seeschwalbe*. Michel stand sich gut mit dem Konnetabel, anders als seinen Vorgänger schien Phillip de Bois den kleinen bulligen Mann zu mögen, und wie Wibolt eines Tages erfuhr, stammten beide Männer aus demselben Dorf. Der Konnetabel nahm Michel häufig zu Unterredungen mit, dabei schnappte der Hundemeister so einiges auf, auch aus knappen Bemerkungen oder bissigen Kommentaren, die der Konnetabel gelegentlich zwischen den Zähnen hervorstieß. Graf Balduin von

Flandern und der Feldmeister der Ordensritter waren mehr als Konkurrenten, es schien zwischen ihnen eine verdeckte Fehde zu herrschen, fast so etwas wie eine Feindschaft, und der Schwertbruder, so munkelte man, erregte des kleinwüchsigen Grafen Eifersucht auch wegen seiner großen und stattlichen Gestalt. Und der von Rohrbach reibe Salz in diese Wunde, mache gerne seine Späße mit dem anderen und necke ihn als Narziss.

Das Letzte verstand niemand im Heer, es passte nicht zu einem Streiter Gottes, und doch schien es zu stimmen, es mochte sein, dass sich hier eine dunkle Seite bei dem Schwertbruder auftat, die zudem durch eine tiefe wechselseitige Abneigung ständige Nahrung fand. Michel lieferte schließlich dafür die Bestätigung, denn er wusste zu berichten, dass Vinno von Rohrbach den Flamen am Morgen des Aufbruchs beim Waschen angetroffen habe. Balduin habe vor einer polierten Silberplatte gestanden, die Stiefel mit den dicken Sohlen und den hohen Absätzen schon an den Füßen, und sein Haar gekämmt, sehr sorgfältig, und sich dann bald die lederne Kopfhaube übergezogen, die er unter dem Helm trug. Es schien so, als habe Rohrbach den Grafen schon eine Weile beobachtet, er sei dann vorgetreten und habe bemerkt: »Ein schwacher Wille ist der Feind jeder Eitelkeit!«

»Erhelle mich, Herr der Bestien und Beißer«, hatte Wibolt spöttisch gefragt, »was hat Vinno damit gemeint?«

Michel hatte ihn angesehen wie ein Schlachter das Stück kurz vor dem tödlichen Stich. »Na, was wohl, Mann? Dass Balduin ein eitler Geck ist, aber sonst nichts. Er liebt sein Äußeres mehr als seine Taten, und auf die kommt es schließlich an. Vinno meinte es im übertragenen Sinn, er sprach als Kirchenmann, begreifst du das? Und jetzt mach deinen Kopf dicht!« Der junge Emder hatte vor Erstaunen mit offenem Mund geglotzt.

Der Flame, so berichtete Michel weiter, sei dann herumgefahren wie eine Giftnatter und habe den anderen angefaucht, er verbitte sich diese Art von Anwurf, und Vinno habe sich lächelnd nach draußen verfügt, vor den Bau, um nach seinen Leuten zu sehen. Es war klar, die beiden würden keine Freunde werden. Doch auch ihre Feindschaft endete bald, denn der Graf von Flandern fand den Tod am folgenden Tag, es war der zweite des Kreuzzuges.

*

Niemand schien überrascht, dass der Bischof noch vor dem Aufbruch einen Gottesdienst halten wollte, jeder sah ein, dass Albert daran lag, das christliche Ziel des Unternehmens noch einmal allen vor Augen zu führen. Es war ein Frühlingstag, der einfach nicht erwachen wollte, trübe und seltsam still, über dem Platz hingen schwere düstere Wolken und von See her war eine Ruhe, die etwas Unheilvolles hatte.

Bischof Albert ging mit einer fast fanatischen Inbrunst durch die Liturgie, seine Augen brannten. Er brauchte das Messbuch nicht ein einziges Mal, obwohl Wunderlich von Wolffenstein mit dem wuchtigen Evangeliarium hinter ihm stand, schwarz, groß und unheimlich wie ein Rachenengel. Die Ordensritter verharrten während der gesamten Messe auf den Knien, sie umringten den Altartisch, es sah fast so aus, als wollten sie ihn vor dem Heer schützen.

Albert von Buxthoeven redete und psalmodierte sich in einen nahezu ekstatischen Taumel. Mit schwimmenden Augen erflehte er himmlischen Beistand für den Kreuzzug, rief den Herrn laut um seinen Segen für die Gotteskrieger an, und dann, nach der Eucharistie, schrie er so plötzlich und verzweifelt nach einem Zeichen des Herrn, dass die nicht nur die Männer der *Seeschwalbe* fragende Blicke wechselten. Im ganzen Heer entstand Unruhe und viele der Männer hatten im stummen Gebet die Hände gehoben.

Der lange Hamburger krauste die Stirn, in seinem Gesicht spiegelte sich offene Missbilligung. Auch Wibolt runzelte die Brauen. So wie Albert sich hier aufführte, war er seiner Sache nicht sicher, zumindest konnte man es so deuten, und es war übel, dass dieser Eindruck entstehen konnte. »Nicht weit vom spirituellen Wahnsinn! Was soll die Scheiße?«, knurrte einer der Bremer Gotlandfahrer hinter ihnen und von vorne kam ein Schluchzen, vielleicht war es sogar einem der Ordensritter entfahren. Johann Kampen hatte den Kopf weit vorgebeugt, die Kapuze seines Mantels verbarg ihn gänzlich, und der alte Schiffsführer schien mit seinen Gedanken weit weg zu sein, aus seiner Miene sprach nicht das Geringste.

Und während der Bischof sich noch mit den Händen ringend nach oben streckte, peitschte plötzlich ein einzelner Donnerschlag über ihren Köpfen. Danach riss mit einem Mal der Himmel auf, die Wolken öffneten sich so schnell, als zerre eine Riesenfaust an ihnen, und die Sonne wurde sichtbar, ein schwefelgelber Ball in einem See aus gestockter Milch. Der Bischof kam taumelnd auf die Füße. »Seht! Das ist es. Das Zeichen. Das Zeichen Brüder. Das Zeichen!«, schrie Albert wie von Sinnen, und ein heiliger Schauer lief durch die knienden Reihen, fast so, als bebte die Erde. Einige der Gotlandfahrer sollten später behaupten, der Graf von Flandern habe während der gesamten Messe in einem Brevier geblättert, das gewiss keinen liturgischen Inhalt gehabt habe, denn es sei in den Farben seines Hauses gebunden gewesen, gelb und schwarz, aber die übrigen konnten das nicht bestätigen. Balduin hatte etwas abseits gestanden, hinter dem Altar und unter einer Plane, mit seinem Konnetabel, doch das bedeutete nichts, der Flame hielt stets Abstand zum gemeinen Mann.

Den restlichen Gottesdienst brachte der Bischof mit einer Eile hinter sich, als fürchte er das Versäumen einer günstigen Gelegenheit, käme alles darauf an, jetzt und in dieser Stunde aufzubrechen. Nach dem Schlussgebet und dem Segen hatte er es sehr eilig, aus seiner Albe zu kommen und auch die Art, in der die Mönche das Messtuch vom Feldaltar rafften, hatte etwas Ungehöriges. Zu dem Zeitpunkt stand die Vorhut schon bereit für den Abmarsch und dann, bei ihrem Aufbruch, erlebten sie die erste Überraschung. Bischof Albert ließ seinen Tragestuhl auf einen Ochsenkarren verladen und bestieg ein Pferd. Das erstaunte die Männer der *Seeschwalbe* und nötigte dem Heer Respekt ab. Albert trug sogar einen Brustharnisch mit silbernem Kreuz, an seinem Sattel hing ein altmodischer Topfhelm. In seinem Schwertgehenk steckte allerdings nur ein Dolch.

»Wen will er damit denn kitzeln?«, fragte der Hamburger spöttisch, aber doch, man hörte es, Juries Hopper *Eisenfaust* war beeindruckt, denn der Kirchenfürst schien gewillt, das Los seiner Gotteskrieger zu teilen, zumindest im Groben und Ganzen, und damit hatte niemand gerechnet.

»Den braucht er, um seinen Prokurator auf Abstand zu halten«, sagte Wibolt im Scherz, doch darüber lachte keiner besonders lange, denn was sie befürchtet hatten, wurde bald zur Gewissheit. Der Führer des bischöflichen Haushalts, Klaus Wunderlich von Wolffenstein, tauchte auf, begleitet von einem Schwarm Kuttenträger, warf stechende Blicke um sich und bestieg einen der Trosswagen des Kirchenfürsten, es war ein bequemes Fahrzeug, dessen Wiege von schweren Lederriemen gehalten wurden. Also würde der Prokurator sanft reisen, ohne das üblichen Rumpeln und Stoßen.

»Da hast du es, Wibolt. Größtmöglicher Abstand!«, ätzte Johann Kampen mit giftiger Stimme, und darüber lachte erst recht keiner. Wibolt schon gar nicht, weil der Lübecker klang, als mache er dem Emder aus der Anwesenheit Wunderlichs einen persönlichen Vorwurf.

»Haltet euch fern von dem Arsch!«, fuhr Kampen gallig fort, doch da hob der alte Schiffsführer die Hand.

»Keine Sorge, er wird bald kommen und Geld fordern, denn schließlich fahren wir Kaufleute in den Wagen seines Herrn!« Mandolf hockte im hinteren Teil des Karrens, sein Arm umschlang die Eisenkiste der *Seeschwalbe* wie eine Braut.

»Ja! Und das als wären wir in Abrahams Schoß, also Freunde, entspannt euch!«, ergänzte Juries Hopper *Eisenfaust* sarkastisch, seine Stimme kam stockend und abgehackt, es schüttelte ihn mächtig, denn ihr Fuhrwerk kreuzte soeben die steinige Senke in der Mitte ihres Landeplatzes.

Auf der Anhöhe wandten sich alle noch einmal zu Seeseite um, fast gleichzeitig, als zupfe jemand einen Zwirn, der ihre Köpfe ziehe wie die Figuren der Puppenspieler auf dem Festmarkt. Die flämische Flottille segelte sich von der Küste frei und nahm dann Kurs nach Osten, die Führungskogge machte weiter draußen schon den ersten Schlag. Es war für das Zusammenspiel von Landheer und Flotte kein besonderer Plan verabredet. Die Schiffe sollten nach der zweiten Woche vor der feindlichen Küste auftauchen, dort kreuzen und den Gegner beschäftigen. Sobald der Hafen erobert war, würde man ein Signalfeuer entzünden. Es wurde auch gesagt, der Bischof werde daneben ein großes Kreuz errichten lassen, und der Graf zeige die flandrische Fahne. Seufzend drehte der alte Schiffsführer sich schließlich weg. In seinen Augen sah Wibolt die Feuchte schimmern.

Ihn selbst bestürmte eine Fülle von Gedanken, so drängend und rauschhaft, dass sich ihm der Kopf drehte. Er brach auf zu einem Abenteuer, das ebenso einträglich wie gefährlich zu werden versprach. Er blieb im Tross, das ja, aber was hieß das schon? Wusste man nicht von Hinterhalten gerade dort? Gab es nicht Angriffe ausgesucht auf eben den Teil des Zuges, der zur Versorgung seiner

Kämpfer nötig war? Und was geschah dann? Wibolt hatte mit dem alten Schiffsführer darüber gesprochen, und Mandolf Düsterhenn war bemüht gewesen, ihm seine Sorgen zu nehmen. »Wir sind ja alle nicht wehrlos, wie du weißt. Und wenn die Semgallen kommen, dann lässt Juries *Eisenfaust* sein Schwert singen.« Nun, auf den Hamburger alleine würde es dann wohl nicht ankommen, so viel schien Wibolt sicher.

Emden war so weit wie der Sonnenball da oben, und ebenso unmittelbar wie dessen plötzlich zunehmende Wärme nahm es ihn in seinem Herzen gefangen. Was mochte inzwischen dort wohl geschehen sein? War Johann Wynsen noch immer Bürgermeister? Oder doch schon Hompo Hayen, wenn ihn nicht der schlaue und brutal rücksichtslose Viehhändler Jakob Moerman, dieser Ehrgeizling, doch noch abgefangen hatte? Und wie gingen die Geschäfte? Konnte Habbo Blome sie stemmen? Was war an der Ems? Mieke? Mieke und ihre Leibesfrucht? Er wischte sich über die Augen und schüttelte so heftig den Kopf, dass ihn der Lübecker nachdenklich musterte. Wibolt Flaskoper warf einen letzten Blick auf das Trossende. Die fahrenden Händler, die Marketenderinnen und Dirnen hatten sich dem Zug angeschlossen. Von den semgallischen Kindern fehlte mit einem Mal jede Spur.

\*

Mandolf Düsterhenn hatte recht behalten. Noch am Abend des ersten Marschtages erschien der Prokurator Wunderlich von Wolffenstein auch an ihrem Karren und forderte Geld für die Nutzung. Einen Silberpfennig für die Woche, bei Zahlung für den gesamten Mond biete er einen Zehnerbruch Nachlass. Die Begründung lieferte er gleich mit. »Nicht nur Ihr, auch die Tiere müssen fressen. Und der Stellmacher verlangt Lohn, für jedes gebrochene Rad, für jede gesprungene Deichsel!«

Wunderlich kam in *jeder* Hinsicht ungünstig, denn die Männer hockten am Feuer und führten erste Verhandlungen. Es waren Vorgespräche vorausgegangen, mit anderen Kaufherren und Vertretern von Städten und Zünften, und nun wollte man über Kontrakte und Kooperationen reden. Zusätzlich galt es, die künftigen Geschäfte zu ordnen, die Dinge so zu regeln, dass man sich später nicht unnötig in die Quere kam. Mengen und Qualitäten von Handelsgütern waren ebenso zu fassen wie die Verfahren für Transport und Umschlag. Wibolt Flaskoper hatte ein Pergament auf den Knien und schrieb mit einem Federkiel. Es saßen Hamburger in der Runde, einige Kölner und Bremer, bei denen der Prokurator schon abkassiert hatte, und als der bischöfliche Haushälter auftauchte, schwarz und drohend wie aus der Unterwelt, begleitet von einem bulligen Knecht, da war mit einem Mal eine kalte, feindselige Ruhe.

Wunderlich nahm sie nicht wahr, oder sie war ihm gleichgültig. Das Fressen der Zugtiere mit der Ernährung der Menschen in einen Topf zu werfen war schon unsäglich, zumal sich die Fernhändler in der Hauptsache selbst versorgten, und die Höhe seiner Forderung schuf weitere Verbitterung. »Ich nehme an«, sagte der alte Schiffsführer gemütlich, »dass das Plaustrum am Ende uns gehört?«

Der Knecht hinter dem Prokurator hielt eine Eisenkiste mit einer schweren Haspe vor seiner Brust, er schien trotz seiner Ausmaße nicht dumm zu sein, denn er stieß ein verächtliches Grunzen aus. Wunderlich warf dem Bremer einen scharfen Blick zu. »Ihr Kaufherren klagt doch immer. Ihr werdet Euch an diesem Zug eine silberne Nase verdienen, da ist es gewiss nicht unbillig, dass sich mein Herr seinen Anteil sichert«, knurrte der Prokurator ungehalten, und fügte rasch hinzu: »... und seine eigenen Kosten umlegt!« Ich dachte, es geht ihm um die Bekehrung der Heiden, schoss es Wibolt durch den Kopf, aber er hütete sich, auch nur ein Wort zu sagen.

Sehr früh am nächsten Morgen, noch vor der Messe, die der Bischof bei Tagesanbruch zu halten pflegte, verlor der Graf von Flandern sein Leben. Schon bald nach ihrem Aufbruch gestern hatte die Vorhut semgallische Späher gemeldet, man sehe sie aus der Ferne, sie tauchten auf und verschwänden. Am späten Nachmittag hatten sie die erste Feindberührung, als ein Trupp Berittener an einer unübersichtlichen Stelle die Spitze der Vorhut mit Bogenschüssen angriff und in ein kurzes Gefecht verwickelte. Das Heer hatte zwar nur zwei leicht Verwundete, aber es war nicht gelungen, dem Gegner Verluste zuzufügen oder gar Gefangene zu machen, wie es der Graf aufgetragen hatte. Immer wieder wurden auch ferne Rauchsäulen beobachtet und gemeldet und es schien, als gäben die Semgallen so den Marschweg des feindlichen Heeres weiter. Im Morgengrauen meldete die Vorhut stärkere Bewegungen im Vorfeld, man höre massierten Hufschlag und auch Stimmen oder Kommandos, und Graf Balduin ritt nach vorn, um sich ein Bild von der Lage zu machen. Er trabte an den Saum eines Waldstücks heran und nahm seinen Helm ab, um besser lauschen zu können. Es war ein schwerer Jagdpfeil, der ihn aus der Dämmerung traf, bei diesem Licht wohl mehr ein Deutschuss als gezielt, aber er reichte, um dem Flamen den Hals aufzureißen. Der Heerführer stürzte von Pferd und war schon tot, als seine Leute sich über ihn beugten. So hatte ein bis dahin nahezu gesichtsloser Gegner, ein Feind, den man nicht kannte und von dem sogar die Ordensritter wenig wussten, der wohl über größere Dörfer, aber nicht über Städte zu verfügen schien, dem Kreuzzug schon einen schweren Schaden zugefügt, noch bevor er recht begonnen hatte.

## 24.

*Schlüge jemand einen Hund oder würfe nach ihm,*
*so dass er bellte,*
*der verbricht zur Strafe eine Mark Silber.*
*Aus der Nowgoroder Schra*

*Livland, Land der Semgallen spätes Frühjahr 1202*

Am fünften Tag des Feldzuges meldete die Vorhut eine semgallische Großsiedlung, die stark befestigt war. Bis dahin waren sie durch fruchtbares Land marschiert, ohne eine Menschenseele zu treffen. Es gab gut gepflegte Äcker und kleinere Höfe, doch wenn sie dort ankamen, waren ihre Bewohner verschwunden, und mit ihnen alles Vieh. An einigen Stellen fanden sie Reste von Getreide oder Trockenfisch, sie ergänzten damit ihren Proviant, aber der Feind stellte sich nicht. Es blieb bei den Scharmützeln mit Spähern und Störern, die sie begleiteten und zermürbten und ihn das Leben sauer machten, so sauer, dass der lange Hamburger eines Tages zornig sagte, was ist das nur für ein Scheißland, Mandolf, in das du uns da geschleppt hast? Aber der alte Bremer war zu müde für eine Antwort gewesen. Ihn hatte dieser Zug bisher am meisten von allen erschöpft, das Absitzen und Deckungnehmen, das Lauern auf semgallische Pfeile oder Reiter, und das Laufen neben dem Karren, wenn es der Trossführer für angezeigt hielt, weil die Gegend nach Feinden roch und der rasche Sprung unter das Gefährt nötig werden konnte, damit das eigene Fell ohne Löcher blieb.

Noch war der Tross nicht angegriffen worden, aber der Tag würde kommen, so hörten sie ständig, und dann würden sie kämpfen müssen, denn eine Nachhut hatten sie nicht. »Die Nachhut seid ihr!«, hatte ihnen der Konnetabel auf ihre Frage trocken beschieden. Mandolf Düsterhenn, der alte Bremer Schiffsführer, hatte bald die Nase voll und saß bei Alarm nicht mehr ab. Er blieb einfach auf dem Karren liegen, zog sein Schwert *Emdenhart* und deckte sich mit seinem alten Holzschild zu. Wibolt legte sich mit seinem Schild unaufgefordert daneben. Zur Sicherheit.

Es war nach dem Tode des Grafen von Flandern noch einmal starke Unruhe aufgekommen, als Bischof Albert den festen Willen äußerte, Balduin an Ort und Stelle zu beerdigen. Die Flamen sagten, bei allem Respekt, Euer Liebden, aber das kommt überhaupt nicht in Betracht. Unser Graf und Herr wird in flandrischer Erde begraben, und sonst nirgendwo. Es war der Konnetabel Phillip de Bois, der sich zum Fürsprecher seiner Landsleute machte, er war zum Stellvertreter des Vinno von Rohrbach avanciert, der nun das Heer führte, weil sich der Kirchenfürst zurückgezogen hatte. Ein bewaffneter Mönch als Heerführer schien ihm wohl angemessen. Vinno hatte dem Konnetabel den Arm über die Schulter gelegt, die beiden standen recht gut miteinander, und hatte ihn zu überzeugen gesucht. »Sieh, Phillip, mein Bruder, jede Erde ist heilig, die christliches Blut getrunken und die ein Kirchenfürst gesegnet hat. Und was wollt ihr denn nun mit Balduin machen? Ihn etwa mitschleppen, bis er stinkt?«

Aber der Konnetabel hatte den Arm des Ritters abgestreift wie einen lästigen Wollfaden und den von Rohrbach ernst angesehen. »Das verstehst du nicht, Vinno. Balduin war ein kleiner, machtgeiler Großkotz. Aber er war auch mein Herr, und ich war sein Schwurmann. Er wäre der einzige seiner Sippe, der in fremder Scholle liegt, und das leidet kein Flame. Er wird übrigens nicht sehr stinken, denn wir werden ihn einsalzen!«

Und genau so war es gekommen. Sie hatten den Leichnam gänzlich ausbluten lassen, ihn dann mit Salz bedeckt und in ein starkes Tuch aus Hirschleder eingeschlagen, das an den Enden fest vernäht wurde. Danach hatten sie ihn in eine Kiste gelegt. Balduin fuhr im Tross mit und der Truppe wurde das Salz gekürzt, was niemandem recht behagte und außer den Flamen keiner verstand. Der Konnetabel Phillip de Bois ging mit gutem Beispiel voran und verbot für seinen Stab jeden Genuss von Salz bis zur Eroberung des semgallischen Hafens. Bischof Albert hatte schließlich mit den Schultern gezuckt und befohlen, dass er und seine Entourage von der Salzkürzung ausgenommen seien.

Es war Michel, der neue Hundemeister, der eines späten Abends vor dem Kochfeuer der Männer von der *Seeschwalbe* auftauchte und ihnen beim Essen zusah. »Na, Michel, schon zur Nacht gespeist?«, fragte der Lübecker gönnerhaft, und der Flame sah ihn vorwurfsvoll an.

»Hast du schon mal einen Fasan ganz ohne Salz gefressen, Johann?«

Kampen zuckte lässig mit den Schultern. »Nein. Und warum sollte ich? Muss ziemlich nach Scheiße schmecken, oder?«

Über diese Frage brauchte Michel nicht lange nachzudenken. »Das tut es, Mann, verlass dich drauf!«, und die Männer lachten dazu. Michel sagte, er selbst habe schon bessere Witze gehört als diesen. »Mit voller Hose ist gut stinken«, schob er mit einem scheelen Blick auf das geöffnete Salzsäckchen noch nach, das der alte Bremer zwischen den Stiefelspitzen hatte. Mandolf Düsterhenn warf ihm einen Beutel aus dem Vorrat der *Seeschwalbe* zu, und der Flame schob zufrieden ab.

Und nun stand das Heer vor der großen Siedlung. Es war ein ausgedehntes Dorf, vielleicht der Sitz eines semgallischen Stammesfürsten. Ein etwa mannstiefer umlaufender Graben schützte den äußeren Ring, den Aushub hatte man zu einem Erdwall aufgeworfen, in dem eine starke Palisadenwand steckte. Der Konnetabel ritt nach vorn und besah sich die Bescherung mit kalten Augen, dann wanderte sein Blick über die Palisade. Und zum ersten Mal zeigte sich der Feind anders als durch reitende Späher. Hinter dem Schutzwall standen Männer mit Speeren und Bögen, sie trugen spitze Filzhüte, so viel konnte man erkennen, und starrten stumm auf die Ankömmlinge herab. Vinno von Rohrbach trabte heran und parierte sein Pferd härter durch, als es nötig gewesen wäre. Auch er spähte finster nach oben, danach linste er die Palisade entlang, als suche er darin eine schwache Stelle. »Wir könnten es leicht umgehen«, knurrte Phillip de Bois nach einer Weile, aber der Schwertbruder schüttelte sofort den Kopf.

»Es liegt auf dem Weg zum Hafen, und ich will es nicht in meinem Rücken.«

»Es ist auch *mein* Rücken, Vinno!«, zahlte der Konnetabel trocken heraus.

Sie standen noch eine Weile mit ihren Gäulen und redeten und sinnierten, dann sagte der Mönch kalt: »Warten!«, und wendete sein Pferd.

Sie ritten zurück und fragten Albert um Rat. Der Bischof hatte einen Schwarm der weißen Ordensritter um sich, die von Rohrbach eigens zu seinem Schutz abgestellte hatte. Er saß in seinem bequemen Reisewagen auf einem Berg von Kissen, die, wie sich die Männer ungläubig erzählten, sämtlich mit den Federn von jungen Enten gefüllt waren. Der Prokurator hockte hinter ihm wie ein riesiger Rabe, ein Totenvogel in Erwartung seiner Opfer. Man konnte den Eindruck gewinnen, als wären die Schwertbrüder auch da, um Albert vor seinem Hausmeier zu schützen. Seit der Bischof nicht mehr ritt, sondern beim Tross war, wich Klaus Wunderlich von Wolffenstein ihm nicht von der

Seite. Es schien ganz so, als warte der Prokurator auf irgendetwas.

»Angreifen!«, sagte Albert spröde, und dann hob er die Hand zu einem trägen Segen. Der Ordensritter senkte folgsam das Haupt, während der Konnetabel starr auf seinem Pferd hocken blieb, sein Blick war kalt und abweisend. Wunderlich fixierte den Flamen drohend, und auch dem Kirchfürsten schien das nicht zu gefallen. »Balduin fängt an riechen«, fügte er noch an, als hätten sie soeben über die Reinheit der Luft gesprochen. Es mochte sein, dass der Flame darüber in Zorn geriet, denn bei der Attacke auf das Dorf war er bei weitem der Wildeste und wütete derart, dass sogar seine Männer darüber staunten. Sie hatten keine Belagerungstürme und keine Sturmböcke, weil sie auf einen Feldkrieg eingerichtet waren und nicht auf die Eroberung von Städten oder Siedlungen. Zudem machten sie zum ersten Mal mit den weitreichenden Jagdbögen ihrer Gegner Bekanntschaft, es war genau jene Waffe, die den Grafen von Flandern aus dem Sattel geholt hatte.

Die beiden Heerführer waren sich einig, dass sie jetzt keine Überraschungen gebrauchen konnten. Sie ließen durch die Vorhut das Gelände abstreifen und stellten fest, dass keine Späher oder Plänkler in der Gegend waren. Anscheinend stammten die Leute, die ihnen seit Tagen folgten, aus eben dieser Ansiedlung. Die Vorhut sicherte das Vorfeld, und dann ließ der Konnetabel das Katapult zusammensetzen. Es war die einzige Feldwaffe im flandrischen Heer, groß und schwer, und ihre Eisenbolzen waren in der Lage, eine armdicke Eisenkette zu ziehen. Inzwischen war der Bischof von Livland bei der Truppe aufgetaucht, er saß wieder in seinem Tragestuhl und trug seinen Harnisch mit dem Kreuz, aber kein Schwertgehenk. Albert segnete die Schleuder zweimal und beobachtete den ersten Schuss mit kleinen Augen. Der Bolzen fuhr donnernd in die Palisade, und die

Männer schirrten die Eisenkette an das Gespann mit den Zugochsen an. Sie sahen die Verteidiger wie besessen nach dem Bolzen schlagen, es gab sogar einen, der todesmutig über die Palisade sprang, um das Eisen zu lösen, er trampelte darauf herum, aber es steckte zu tief, und dann begannen die Ochsen zu zerren.

Bis zum Abend hatte sie eine Bresche in die Palisadenwand geschlagen, sie war einige Schritte breit, man hätte leicht mit einem Fuhrwerk hindurch gekonnt, doch der Widerstand der Verteidiger war zäh. Sie schoben von innen Sperren nach und wehrten mit ihren Pfeilen jeden ab, der sich der Lücke näherte. Bald verstand auch der Dümmste, dass die Siedlung nicht so ohne weiteres zu nehmen war, und bei den Flamen wuchs die Ungeduld. Der Bischof verlangte einen schnellen Erfolg, nicht später als bis zum nächsten Morgen, und zog sich dann unter einem Wettersegel in seine Kissen zurück.

Bei Einbruch der Dunkelheit ließ der Konnetabel vor der Palisade zwei große Feuer anzünden, um die Lücke und ihre Verteidiger zu beleuchten. Dann zogen sich die Heerführer zu einer Beratung zurück. Es war klar, sie hatten keine Zeit, an raffinierten Plänen zu tüfteln, die Nacht war kurz und Albert wollte die Siedlung bei Tagesanbruch haben. Phillip de Bois machte einen Vorschlag, und der Ordensritter machte seinen. Dann sahen sie sich tief in die Augen. Und dann nickten beide. Sie machten, was der Mönch vorschlug.

Mit großem Getöse ließ der Konnetabel das Katapult für einen weiteren Beschuss klarmachen, schnell hörte man Warnrufe hinter den Stämmen, irgendwo zwischen den Häusern wurde rasend ein hölzerner Alarmgong geschlagen, und kurz darauf, wie in einem tosenden Wintersturm, nahmen die Schwertbrüder auf der Gegenseite die Palisade. Sie kamen als grauweiße Woge aus schwarzer Nacht herangeflogen, immer zwei auf einem Pferd, der erste gewann die Höhe und zog den zweiten hinauf, und im Handumdrehen waren fünf, sechs Dutzend hinter der Wand, denen weitere folgten. Und dann, als das Hauen und Stechen anfing, als das Gemetzel begann und die ersten Schreie ertönten, als die Verteidiger in starrem Schreck erkannten, was hinter ihrem Rücken geschah, griff das flämische Heer die Lücke an, durchbrach die leichten Sperren und ergoss sich in das Innere des Dorfes wie ein Sturzbach in einen tiefen See.

In dieser Nacht schlief keiner. Der Bischof ließ sich den Sieg im Liegen melden, auch die eigenen Toten und die Gefallenen des Feindes, es waren nicht mehr gewesen als knapp hundert Mann. Alle hatten spitze Filzhüte getragen, aber keine Eisenjacken oder gar Rüstungen, und ihre Bewaffnung war nur mittelmäßig gewesen, bis auf die Bögen. Juries Hopper *Eisenfaust* ließ sie mit allen auffindbaren Pfeilen einsammeln, nachdem er dem Prokurator zuvor ein Handgeld zugesteckt hatte, und der Hamburger bedauerte sehr, dass keiner der Semgallen mehr lebte. Zu gern hätte er über Holz, Sehne und Herstellung der Waffe mehr erfahren.

Sie frühstückten noch vor Tagesanbruch, und richtig, Michel der Flame tauchte auf und hockte sich an ihr Feuer. Es dauerte nicht lange, bis ihn der Lübecker anstach. »Wo warst du heute Nacht mit deinen Viechern, Michel?«

Der Flame saß unter ihnen, als wäre er seit Jahren der Steuermann der *Seeschwalbe,* er löffelte eine gut gesalzene Suppe mit Fleischresten und Stücken getrocknetem Fisch. »Meine Hunde sind nur für Weichziele, Mann, verstehst du das? Warte ab, bis wir ein Heer im Feld treffen. Dann wirst du sehen, was die Viecher können. Dann reißen wir ihnen den Arsch auf, wenn du verstehst, was ich meine!«

»Nicht so ganz,«, gab Johann Kampen grinsend zurück, »aber deine Einstellung gefällt mir.«

Darüber lachte niemand ausführlich. Die Männer

hatten sich nach dem Angriff die Siedlung angesehen, sich mit dem Heer darüber gewundert, dass außer den Kämpfern niemand darin zu finden war, aber bald waren alle sehr still geworden. Sogar Johann Kampens Mundwerk ruhte für eine Weile. Denn man konnte es drehen und wenden, wie man wollte; in dieser Nacht waren mehr als hundert Menschen gestorben, erstochen, erschlagen und verreckt wie die Tiere, und es legte sich wie ein Stein auf des jungen Emders Herz. Zugleich war sein Kopf seltsam leer, fast wie mit Everhard Svenkes Wolle ausgestopft. Seine Sinne waren völlig überreizt, er hörte lauter als sonst und sah Farben stärker als je zuvor in seinem Leben, und doch schien ihn eine Hautschicht zu umhüllen wie ein schützender Kokon. Er stellte sich wiederholt die Frage nach seiner eigenen Schuld. Ja, er hatte keinen Semgallen getötet, nicht einen einzigen, aber er war hier, aus freiem Entschluss Teil dieses Heeres, und er wollte Nutzen daraus ziehen. Konnte man da sauber bleiben, auch wenn man selbst keine Klinge führte? Irgendwann richtete er sich auf und sah den alten Schiffsführer aus müden Augen an. »Hast du früher schon einen Kreuzzug mitgemacht, Mandolf?«, fragte er.

Der Bremer schüttelte langsam den Kopf, und plötzlich war Ruhe am Feuer, weil jeder wusste, was den Emder bedrängte, vielen der anderen ging es doch ebenso. Aber bald brach der Lübecker sein Schweigen, Johann Kampen breitete die Arme aus wie ein segnender Priester und sah sich beifallheischend um. »Nun kommt schon, Freunde. Was soll sein? Es waren Heiden!«

Wibolt nickte. »Ja, Johann. Es waren Heiden. Und es waren Menschen.«

Die Verluste des flandrischen Heeres waren vergleichsweise gering, achtzehn Gefallene waren bestätigt, zwei Fußsoldaten wurden noch gesucht, aber bis zum Abmarsch nicht mehr gefunden. Sie begruben ihre Toten am frühen Morgen, der Bischof hielt hierzu ein Requiem, denn es waren auch vier Schwertbrüder darunter. Dass livländische Erde sie bedecken würde, schien dieses Mal keinen zu stören. Die Leichen der Feinde wurden verbrannt, obwohl der Konnetabel dagegen war. Nicht aus Rücksicht, sondern weil er die Rauchwolken für schädlich hielt. »Der Gegner wird so wissen, wo wir stehen!«, sagte Phillip de Bois mit kratzender Stimme.

»Dadurch kommt kein Schaden«, gab der Bischof rüde zurück. »Sie sollen nicht nur wissen, wo wir stehen, sondern auch, was wir tun. Wir verbrennen ihre Häuser, und schließlich auch sie selbst, wenn sie sich nicht bekehren!«, und als der Konnetabel finster den Blick senkte, hob der Kirchenfürst nicht nur die Hand, sondern auch seine Stimme: »Vergesst nicht, Herr, es sind Heiden!«

»In jedem Heiden steckt ein möglicher Christ. Und Jesus wird uns einst fragen, was wir unternommen haben, um diesen Heiden für das Kreuz zu gewinnen!«, stieß Phillip de Bois wütend zwischen den Zähnen hervor, und da fuhr der Bischof von seinen Kissen auf.

»Wollt Ihr mich etwa belehren, Herr?«, fragte Albert scharf.

Vinno von Rohrbach trat vermittelnd auf den Konnetabel zu, legte seinen Arm auf des Flamen Schulter, doch de Bois stand mit tiefem Kopf und geballten Fäusten, die Augen rot vor Zorn. »Wenn Ihr alle erschlagt, Euer Liebden, mit wem wollt Ihr dann Handel treiben?«

Der Kirchenfürst schnappte nach vorn wie eine zustoßende Viper. »Ich sehe es; Ihr wollt mich belehren. Nun wohl. Und wer seid Ihr? Der Konnetabel des Grafen von Flandern? Nun, dann seht zu, dass Ihr es bleibt!«

»Ob ich es bleibe, entscheidet nur der Bruder meines verstorbenen Herrn, wenn wir wieder zu Hause sind«, sagte de Bois jetzt mit ruhiger Stimme, und dann meldete sich der Prokurator zu Wort, Klaus Wunderlich von Wolffenstein.

Er stand hoch aufgerichtet hinter seinem Bischof, wie stets in dunkles Tuch gekleidet, das Bild eines gefallenen Engels, ein Jünger Luzifers. Hochmütig sah er den Flamen aus tiefen Augen an. »Zu Eurer Frage, Herr de Bois. Wir erschlagen nicht alle. Ein paar lassen wir übrig. Und wir säubern das Land für christliche Reußen und Finnen. Mit denen handeln wir!«

Der Bischof hatte sich längst abgewandt, er kramte in einer Truhe mit Gewändern und Messgeräten. Vinno von Rohrbach stand wie erstarrt, seine Lippen bewegten sich stumm. Er sah hinüber zu dem Kirchenfürsten, schien auf etwas zu warten, ein relativierendes Wort, eine Erklärung, vielleicht sogar eine scharfe Zurechtweisung, aber es tat sich weiter nichts. Albert fummelte an einem Altarkreuz, sortierte Kelche und Tücher. Beim Tross war jetzt Bewegung, man schirrte Ochsen an, lud Schragen und Planen, Kästen wurden gewuchtet und Kochfeuer gelöscht. Der Konnetabel spähte hinüber zu der Truppe, die das Katapult zerlegte. Aus dem Vorfeld quäkte ein Horn. Das flandrische Heer rüstete sich zum Weitermarsch.

## 25.

*Es ist kein Handel ohne anteiligen Verzicht,*
*wie es keine Leistung ohne Gegenleistung geben kann.*
*Nach der Nowgoroder Schra*

*Frühsommer 1202*

Die Wärme nahm beständig zu, und noch vor Erreichen der Küste begann die Leiche Balduins IX., ehemals regierender Graf von Flandern und dem Hennegau, so zu stinken, dass man es im Tross nicht mehr ertrug. Das war der Zeitpunkt, als Bischof Albert einen sofortigen Halt verfügte und auf der Stelle eine Lösung verlangte. Nein: befahl! Der Kirchenfürst hielt sich ein Tuch aus seiner Messkiste vor Mund und Nase. Keinen Schritt, versteht Ihr mich, nicht einen, gehe er weiter, solange dieser unhaltbare Zustand kein Ende nehme. Keinen einzigen Schritt! Dabei ging er doch überhaupt nicht, sondern wurde gefahren, und das sogar recht kommod.

Aber der Konnetabel war noch immer nicht bereit, seinen toten Herrn hier zu begraben. Er saß auf seinem Pferd und sah den Kirchenfürsten brütend an. »Es hat sich nichts geändert, Euer Liebden. Mein Herr kommt unter flandrische Erde, in welchem Zustand auch immer. Ob er duftet wie ein Veilchen oder stinkt wie ein nasser Fuchs, ist mir gleichviel!« Phillip de Bois ließ sich nach langem Hin und Her nur darauf ein, die sterblichen Überreste des Grafen zu verbrennen und ihre Asche mitzunehmen. Sie waren jetzt jedoch in einer steinigen Senke, einer Gegend mit wenig Wald, trockenes Bruchholz war knapp und die Zeit zog sich, bis man genügend gefunden und zu einem Scheiterhaufen aufgeschichtet hatte.

Als sie den Leichnam aus dem hirschledernen Tuch schlugen, stieg für jedermann sichtbar eine dichte Wolke aus schwarzen Fliegen von ihm auf, und Balduin, so hieß es später aus dem Umfeld des Bischofs, sei durch das Gewimmel der Maden kaum noch zu erkennen gewesen. Ihn vom Tuch zu heben war nicht mehr möglich, bei einem Versuch lösten sich die Arme aus den Gelenken. Also legten sie ihn mit dem Tuch auf den Holzstapel und der Bischof ließ sich herab, eine hastige Segnung vorzunehmen, dabei hielt er sich die Stola vor die Nase.

Es dauerte alles in allem zwei volle Tage, bis der Graf von Flandern verbrannt und der Konnetabel mit dem Ergebnis zufrieden war, zwei Tage, in denen das Heer müßig lag und der Hafen noch immer nicht erreicht war. Der Bischof von Livland schäumte vor Wut. Er lag in seinen Kissen auf dem Trosswagen und sah dem Treiben des flandrischen Heeres mit schmalen Augen zu. »Macht hin, Herr! Macht hin!«, schrie Albert von Zeit zu Zeit, aber Phillip de Bois ließ sich nicht beschleunigen. Er besaß auch noch die Ruhe, den Prokurator nach einem passenden Gefäß für die Asche zu fragen, denn das Heer selbst hatte nur Kisten und Körbe. Wunderlich von Wolffenstein streckte ihm mit eisigem Blick einen irdenen Topf aus dem bischöflichen Hausrat zu, er hatte Honig zum Süßen von Speisen enthalten und war zwar leer, aber noch nicht sauber.

Der Konnetabel ließ den Krug waschen und füllte ihn eigenhändig mit Balduin. Dabei nahm er den Teil der Asche, den er für die Reste seines Herrn hielt. Die Öffnung verschloss Michel, der Hundemeister, mit einem Stück Hirschleder vom Rand des Tuches, das nicht ganz so stark stank. Dann befahl der Konnetabel, die übrige Asche zu vergraben und die Stelle mit schweren Steinen zu bedecken. Erst danach sah Phillip de Bois seine

Pflichten als erfüllt an. Er ließ sich noch von Michel melden, das Balduin im flandrischen Tross verstaut war, dann trat er vor den Bischof und sagte, das Heer sei nun bereit für den Weg zur Küste.

Inzwischen war es dämmerig geworden. Albert ging nicht auf den Konnetabel ein, sondern befahl mit kalter Stimme, zur Nacht zu rasten. Die beiden fochten ein stummes Duell mit den Augen aus, bevor Phillip de Bois sich abwandte, und wie die Männer der *Seeschwalbe* später von Michel hörten, hatte es schon nach der Eroberung des semgallischen Dorfes ein scharfen Wortwechsel zwischen Albert und dem Konnetabel gegeben. »Euer Herr ist tot«, hatte der Bischof gesagt. »Da Ihr sein Heer nun führt, erwarte ich von Euch die Erfüllung der Pflichten, zu denen sich Graf Balduin bekannt hat.«

Da werde er nicht fehlen, hatte der Flame ungerührt geantwortet, und war dann kalt fortgefahren: »Und von Euch, Euer Liebden, erwarte ich, dass Ihr respektiert, was ich im Namen meines gestorbenen Herrn gedeihlich tue. Oder füglich unterlasse!« Darauf, sagte Michel, hätten sie sich angesehen, taxiert wie zwei Kämpfer vor einem Duell. Es war kein Frieden zwischen den beiden, das wusste unterdessen das ganze Heer.

Die Kaufleute hatten die Marschpause zur weiteren Planung ihrer Geschäfte genutzt, und an diesem Abend öffnete der alte Bremer einen kleinen Krug mit rotem Wein. Es gab niemanden in der Runde, der nicht über Kontrakte oder Lieferabsprachen verfügte, und allmählich bildete sich ein flächiges Netzwerk von Handelsstrukturen über ein Land, das noch nicht erobert war. Die Nutzung des Hafens war geregelt, Zugwege waren abgesprochen und einen Plan für den Aufbau und Betrieb von Magazinen und Umschlagplätzen gab es auch schon.

Wibolt Flaskoper hatte Verträge mit fünf Häusern und Kontoren. Drei verarbeiteten Tuche und wollten mit ihrer

Ware in Semgallien handeln, später auch dort siedeln. Die beiden anderen stellten Schiffe und Fuhrwerke für den Landtransport. Es war erst der Anfang, aber er schien vielversprechend. Der junge Emder war beeindruckt von der Präsenz geldkräftiger Kompagnien und Bünde, denn offenbar hatten viele wichtige europäische Handelshäuser ihre Agenten nach Livland entsandt. Es waren neben Bremern und Hamburgern auch Kölner und Londoner anwesend, sogar Leute aus Florenz in Italien, und von einigen behauptete der Lübecker grinsend, sie stänken nach gutem Silber. »Nach *sehr* gutem. So wie wir. Bald!«

Juries Hopper *Eisenfaust* stellte diese Bewertung richtig: »Du meinst, Johann, ihre Stammhäuser stinken danach. Die Kerle hier riechen anders. Mich erinnern sie eher an Ziegen oder Schafe bei feuchtem Wetter.«

Jedenfalls, die Dinge ließen sich gut an. Es fehlte nur noch das Privileg des Bischofs von Livland, aber die Audienz ließ auf sich warten. Johann Kampen hatte sie in Aussicht gestellt, es werde die Audienz geben, und er werde dafür sorgen, dass man dort zum Zuge komme. Der Lübecker war der einzige in der Runde, der über ein bischöfliches Privileg verfügte, doch die anderen waren durchaus daran interessiert, sogar Mandolf Düsterhenn, der einen Handelsbrief des Königs der Dänen in der Tasche hatte, fragte danach. Als sie noch auf See gewesen waren, hatte Johann Kampen die Zukunft in glühenden Farben geschildert, der baltische Markt sauge wie ein Schwamm, die Räume seien ebenso unendlich wie die Bedürfnisse, und wer zu Beginn vor Ort sei, der sei zum Verdienen verurteilt. Ein kirchenfürstliches Privileg konnte da zusätzlichen Schub geben, keine Frage, doch es tat sich nichts, der Lübecker war plötzlich seltsam zurückhaltend und machte Ausflüchte. »Im Feld wird Albert ja wohl kaum zelebrieren, jetzt seid geduldig und wartet ab, es wird schon!«, aber die Männer waren damit unzufrieden.

»Ich denke, er ist dein Freund? Nun geh hin und gib ihm Zunder!«, sagte einer der Bremer unfreundlich, worauf ihn der Lübecker zornig anfauchte.

»Ich weiß nicht, was ihr für Vorstellungen habt, Mann! Glaubst du, wir sind hier auf einem Bauernmarkt?«

So ging es eine ganze Weile, bis Juries Hopper *Eisenfaust* schließlich den Prokurator offen fragte, und sich prompt eine Abfuhr holte: »Der Bischof hat anderes zu tun, als Euch hier im Feld den Hintern zu blistern. Alles zu seiner Zeit!«

Der Hamburger hatte eine recht scharfe Antwort auf der Zunge, aber er war Kaufmann genug, sich zurückzunehmen. »Unsere Hintern blistern wir selber. Es geht am Ende, versteht Ihr, um Planungen, von denen nicht zuletzt Euer Herr seinen gediegenen Vorteil hat!«, gab er kalt zurück, und Wunderlich von Wolffenstein sah ihn an wie einer, der sich vornimmt, ein bestimmtes Gesicht nicht zu vergessen.

Also nun, ob es ihnen gefiel oder nicht, sie mussten warten, und bald verdichteten sich die Gerüchte, der Bischof werde seine Gnadenaudienz am Unterlauf des Aa halten, an der semgallischen Küste, nach der Eroberung des feindlichen Hafens.

\*

Es war Albert selbst, der an diesem Abend seine Feldherren zu einer Beratung befahl. Er wollte den Weiterzug des Heeres planen und hierzu die nächsten Schritte absprechen. Nach der Eroberung der semgallischen Siedlung war weiterer Kontakt mit dem Feind ausgeblieben, die Vorhut lag in einem lockeren Ring um das Nachtlager und im Gelände voraus war es ruhig. Die beiden Heerführer hatten sich am Plaustrum des Bischofs von Livland eingefunden. Man hatte wohl ein Tuchhaus für ihn im Tross, eben jenes, das schon auf ihrem Landeplatz an der feindlichen Küste gestanden hatte, doch es wurde nicht aufgeschlagen, denn es war zu warm. Der Bischof wollte unter freiem Himmel schlafen. Für Abstand zu den Leuten sorgte die Wache der weißen Mönche mit ihren Schwertern, die Albert jeden vom Leib hielt, bis auf seinen Prokurator.

Der Bischof von Livland ruhte auf seinen Kissen, Phillip de Bois und Vinno von Rohrbach hockten ihm gegenüber. Es brannten schon zahlreiche Kochfeuer. Aus der Ecke der Händler und Dirnen hörte man girrendes Gelächter, irgendwo kratzte eine Fiedel. Bei den Kaufleuten herrschte nun Stille. Man sah Männer, die sich über Schreibbretter beugten, einen Abakus schoben oder Federkiele in Tintengläser tauchten. Hinter den Fuhrwerken stapften die schweren Schritte der Feldwache, die ihre Runde machte. Der Konnetabel warf einen prüfenden Blick in Richtung Hundezwinger. Von dort kam Knacken, Knurren und Schnaufen, dazwischen das laute Schimpfen des Hundemeisters. Es war Fütterungszeit.

Mittlerweile war allen klar, dass es die durch den Kreuzzug erhofften Gewinne von edlem Gut oder Gerät nicht geben würde. Mit anderen Worten, große Reichtümer an Beute waren nicht zu erwarten. Die wilden Gerüchte über Berge von Münzen, in Gold gefasste Trinkhörner, silbernes Geschmeide in schieren Mengen, sie hatten sich in den warmen Rauch des semgallischen Sommerhimmels verflüchtigt. Wer immer die Hoffnung darauf genährt hatte, der irrte böse, so nahm man zu seinen Gunsten an. Und wer daran geglaubt hatte, ebenso. Die Semgallen waren nicht in erster Linie Kaufleute, sondern ein Bauernvolk, das auch bescheidenen Handel trieb. Mehr nicht.

Der Bischof nahm es zumindest vordergründig gelassen. »Mit dem Silber ist es wie mit dem Segen des Herrn. Man muss sich darum bemühen, wisst Ihr, derlei pflückt man nicht vom Baum«, stellte Albert von Buxthoeven mit kaltem Lächeln fest.

Der Schwertbruder Vinno von Rohrbach nickte verständig, die Ziele seines Ordens wären ohnehin anderer Art, nämlich auf die Christianisierung des Landes gerichtet, bemerkte er kurz, während dem Kirchenfürsten das Lächeln zur Maske geriet. Der Konnetabel schwieg zu allem, aber seine Kinnmuskeln waren fest. Er hatte nun auch verstanden, dass sein verstorbener Herr womöglich einen schlechten Handel gemacht hatte, und zugleich begriffen, dass er selbst nichts mehr daran ändern konnte. Vielleicht störte ihn auch die Wortwahl des Bischofs, denn sie klang ihm so, als hätte sich das flandrische Heer bisher keine Verdienste erworben, und das sah Phillip de Bois deutlich anders.

»Was aber gleichwohl bleibt«, sagte der Bischof weiter, »ist für die Kirche mindestens ebenso wertvoll, nämlich der Gewinn eines bedeutenden Handelsraumes!« Daraus erwüchsen für den Warenverkehr weitreichenden Möglichkeiten bis hinein in das Land der Reußen, sogar nach Persien und ins Reich des Großkhans. »Wir werden im Namen Gottes und zum Nutzen unserer Mutter Kirche Welten verbinden, meine Herren, und dort die Güter finden, die uns hier versagt geblieben sind!« Von den Semgallen sprach der Bischof nicht. Der Papst in Rom werde zufrieden sein, fügte Albert noch an, der Pontifex denke strategisch und in langen Fristen, auch was die Entwicklung im Heiligen Land angehe. Palästina müsse nicht nur endgültig gewonnen, sondern auch gefestigt werden, und dazu brauche der Papst Geld. Viel Geld.

Vinno von Rohrbachs Gesicht war nun völlig ausdruckslos, und der Konnetabel schwieg eisern. Es befremdete Phillip de Bois, mit welcher Offenheit der Kirchenfürst über die weiteren Ziele des Kreuzzuges sprach, doch der Grund seiner Verstimmung lag tiefer. Er musste vor sich selbst einräumen, dass ihn inzwischen alles störte, was der Kirchenfürst sagte oder tat. Auch die Art seines Schweigens zu Sachverhalten, die des

Kommentars eines Bischofs durchaus bedurften. Oder seine ausführliche Rede zu irdischen Reichtümern, so wie jetzt, die er besser auf das himmlische Heil verwendet hätte, während es geboten gewesen wäre, den Gestank einer verwesenden Leiche, nicht irgendeiner Leiche, wohlgemerkt, sondern der des Grafen von Flandern, eines christlichen Waffenbruders, tapfer und stumm zu erdulden, statt sie wortreich zu beklagen. Was säuselt er da, langatmig, fragte sich der Flame, und was hat das alles mit uns und diesem Feldzug zu schaffen? Sollten wir nicht besser darüber reden, wie er zu beenden ist? Von mir aus erfolgreich. Was ist mit dem Hafen? Und was tun wir mit dem Hinterland? Die Semgallen sind ja wohl ausgewichen, nach Osten hin, in die Tiefe ihres Raumes. Gefangene haben wir keine gemacht, dazu hat das Heer, vor allem die Mönche, zu gründlich gearbeitet. Es wäre besser, wir hätten den einen oder anderen am Leben gelassen, um ihn auszuquetschen. Es wäre auch besser, Balduin von Flandern lebte noch, dieser kleine Scheißkerl mit seiner großen Gier, er wäre noch da und könnte sich diesen Sermon anhören, aber stattdessen liegt er hinten in seinem Honigtopf und macht es sich gemütlich.

Phillip de Bois, der Konnetabel des verstorbenen Grafen von Flandern, schwieg so verbissen, dass es dauerte, bis er merkte, dass ihn die anderen anstarrten, offenbar schon eine Weile. Und nicht nur das, der Bischof schien auch auf eine Antwort zu warten, denn er musterte den Flamen kalt und sagte: »Nun?!«

»Als nächstes der Hafen«, nickte de Bois sofort, denn es konnte nur um die Fortführung des Feldzuges gehen, »und auf dem kürzesten Weg. Bringen wir es hinter uns!« Ich will die Sache los sein, so klang es zwischen den Worten, doch der Konnetabel formulierte vorsichtig.

Bischof Albert war trotzdem unzufrieden. Er hatte sich derweil etwas zu essen bringen lassen und zupfte nun mit spitzen Fingern an einem Wachtelküken, das nicht größer war als ein mittlerer Frosch. Der Kirchenfürst nahm ein winziges Stückchen und schob es sorgfältig zwischen seine spitzen Lippen. Den Flamen behielt er dabei fest im Blick. »Das klingt nach Vorwurf«, bemängelte Albert kauend und langte nach seinem rheinischen Pokal. »Die Einäscherung Eures Herrn hat viel Zeit gekostet, zu viel Zeit, wenn Ihr mich fragt. Ab sofort werden wir uns sputen!«

Es ist dazu alles gesagt, und weitere Worte sind unnötig, ging es dem Konnetabel durch den Kopf, doch er blieb ruhig. »Ihr werdet also wieder reiten, Euer Liebden? Und den Tross lassen wir zurück?«, fragte der Flame kurz, und wohl auch etwas spöttisch. Der Kirchenfürst fixierte ihn eisig. Inzwischen hatte der Konnetabel gelernt, dass Alberst Augen nicht immer brannten. Ja, sie konnten in spiritueller Verzückung lodern, aus religiösem Eifer brennend verzehren, aber sie konnten ebenso in Frost erstarren, so wie jetzt, in diesem Augenblick. Der Bischof nutzte seinen Blick als Waffe.

»Es bleibt, wie es ist!«, fauchte Albert von Buxthoeven. »Morgen bei Tagesanbruch die Messe. Dann Aufbruch. Bis zum Abend erreichen wir den Aa. Dem folgen wir, er bringt uns zum Hafen. Bevor wir den nehmen, wird noch zu reden sein. Macht Euch Gedanken, Ihr Herren. Ich will einen Plan, wenn wir dort sind. Und damit gut. Und nun schlaft. Und betet zur Nacht!«

\*

Während der Konnetabel Phillip de Bois und der Mönch Vinno von Rohrbach darüber grübelten, wie sie einen Hafen erobern sollte, den sie nie zuvor gesehen hatten, waren die Männer der *Seeschwalbe* um ihr Lagerfeuer versammelt. Nur Michel ließ auf sich warten. Der Flame nahm inzwischen nahezu regelmäßig an ihren Mahlzeiten teil, es schien allen so, als sei es nie anders gewesen. Der Hundemeister war sonst immer reichlich früh, er stand schon mit seinem Holznapf am Feuer, wenn der Kochknecht noch an der Schrage hantierte, um Wurzeln oder Zwiebel zu schneiden. Heute nicht. Michel kam erst, als die Vesper schon vorüber war. Von der Entourage des Bischofs hörte man noch das Gemurmel der Mönche zum Nachtgebet, es klang herüber wie ein fernes Hornissennest, das langsam zur Ruhe kommt. An vielen Stellen brannten die Kochfeuer herunter, es wurde nicht mehr nachgelegt.

»Was war los, mein Freund? Ärger mit Balduin?«, scherzte der Lübecker recht unpassend, als Michel schließlich auftauchte. Und doch hatte Kampen, ohne es zu wollen, einen Volltreffer gelandet.

»Ja, Mann!«, knurrte Michel ungehalten und streckte dem Kochknecht seine Schüssel hin. Es stellte sich heraus, dass der Verschluss des Honigtopfs, in dem der Graf von Flandern jetzt wohnte, sich gelöst hatte und etwas von der Asche herausgerieselt war. »Phillip hat mich deswegen angeschissen!«, maulte Michel mit zornigen Augen. »Dabei hab ich ihm doch gleich gesagt, auf dem Karren, so, wie Balduin da liegt, das kann nicht gutgehen!«

Der alte Schiffsführer musterte den Hundemeister schmunzelnd. »Also! Und was hast du gemacht?«

Michel hob die Schultern. »Was sollte ich schon groß tun? Hab ihn wieder hineingelöffelt und diesmal richtig verschlossen. So, wie ich es von Anfang an wollte.« Mit Harz und Spucke habe er den ledernen Deckel verklebt. »Es war auch falsch, den Krug zu waschen, verstehst du das? Der Honig hätte Balduin besser festgehalten, das ist so wahr, wie Erde wächst!«, schimpfte Michel undeutlich, denn sein Mund war gut gefüllt. Danach herrschte eine Weile Ruhe am Feuer, sie sahen dem Flamen beim Essen zu und hörten sich sein Schmatzen an.

»Sag mal, Michel«, bohrte schließlich der Lübecker

nach, »wenn Phillip dich deswegen angeschissen hat, dann stand er wohl gut mit dem Grafen?« In der Runde wurden Köpfe gehoben, denn das wollte jeder wissen.

Der Flame leckte seine Schüssel sehr sorgfältig aus, bevor er sie zur Seite legte. Dann sah er Johann Kampen fest in die Augen. »Das ist es ja. Überhaupt nicht, Mann. Die beiden hassten sich! Das war doch die ganze Scheiße!«

Mandolf Düsterhenn stieß einen leisen Rülpser aus und kratzte sich den Bauch. »Musst du erklären, Michel. Phillip war doch der höchste Dienstmann des Grafen. Wie konnte er das, wenn sie Feinde waren?« Am Feuer war jetzt Totenstille. Weiter entfernt hörte man böse Flüche und harsche Befehle, das Fuhrwerk eines sächsischen Lederhändlers wurde für die Nachtruhe wohl noch einmal verschoben.

»Sie waren wie Brüder«, sagte Michel mit leiser Stimme, »am Anfang waren sie wie Brüder, Mandolf, verstehst du? Sie haben sich auf einem Feldzug im Fränkischen kennengelernt. Phillip soll der Bankert eines normannischen Grafen sein, aber das weiß keiner ganz genau, wird halt viel gequatscht. Balduin hat's nichts ausgemacht, er hat Phillip als Konnetabel in seinen Dienst genommen, der Vorgänger war ihm an Fleckfieber verreckt. Und Phillip ist ein guter Konnetabel, er ist der beste, den ich je erlebt haben, das könnt ihr mir glauben!«

Juries Hopper *Eisenfaust* hatte den Flamen nicht aus den Augen gelassen. »Verdammt noch mal, Michel, jetzt lass dir doch nicht alles so aus der Nase ziehen!«, sagte der lange Hamburger ganz gemütlich. »Spuck's aus! Warum, zum Teufel, waren die beiden erst Freunde und dann Feinde?«

Der Feuerschein rötete das flächige Gesicht des Flamen so, als ob es selber brenne, wie die Sonne an einem kalten Winterabend. Michel fuhr mit der Hand unter das Wams und suchte etwas in seiner Bauchnabelgrube. Er fand einen dicken Wollfussel, den er eingehend betrachtete, bevor er ihn lässig von den Fingern schnippte. »Warum werden Freunde zu Feinden? Wegen einer Frau, Mann, was denn sonst?«

Und dann erzählte der Hundemeister des flandrischen Heeres die ganze unselige Geschichte. Es ging um Marie, die Tochter des Grafen der Champagne. Wie es schien, hatte der Vater Phillips, der Normanne, seinem unehelichen Sohn Aussichten gemacht, diese Frau zu bekommen. Es schien angemessen, denn die Mutter des späteren Konnetabels, die Geliebte des normannischen Grafen, war ebenfalls von hoher Geburt. Der einzige Makel war die offizielle Anerkennung Phillips als Sohn. Dazu sei der Normanne nach einigem Hin und Her nicht bereit gewesen, wohl aus dynastischen Gründen. So sei die Sache am Ende gescheitert. Der Sohn habe sich dann in Abenteuer gestürzt, habe Feldzüge und Kriege mitgemacht und Balduin getroffen und sich bei ihm verdingt.

»Sie waren wie Brüder, am Anfang, müsst ihr wissen«, murmelte Michel zum wiederholten Male, während ihm die Freunde gebannt lauschten. Das alles vollzog sich in ziemlicher Trägheit, denn Michel war mit dem Kopf nicht der Schnellste. Er brauchte viele Pausen und stellte die Geduld seiner Zuhörer auf manch harte Probe.

»Und dann?«, fragte Wibolt in einer Mischung aus Mitgefühl und Neugier.

Dann kam die Katastrophe für Phillip de Bois. Eines schönen Tages, wieder in Flandern, präsentierte sein Herr, Graf Balduin von Flandern, diese Marie de Champagne als seine Gemahlin. Und nahm sie an seinen Hof. »Von dem Tag an war nichts mehr wie früher«, knurrte der Flame und griff nach seinem Napf, denn er wollte jetzt auf den Strohsack.

»Halt! Moment!« Der Hamburger streckte beide Arme vor. »So kannst du uns doch nicht hier sitzen lassen,

Mensch! Warum hat denn Phillip seinen Dienst nicht quittiert?«

Michel stand schon halb, aber er ließ sich wieder auf seinen breiten Hintern plumpsen. »Er war der Schwurmann des Grafen, verstehst du das, das war doch die Scheiße. Er hat um seinen Abschied gebeten, aber der Graf hat ihn nicht gewährt. Punkt. Schluss. So einfach!«

»Wusste denn der Graf nicht Bescheid, wusste er denn nichts von der Sache mit den beiden?«, hakte Mandolf Düsterhenn nach.

»Nein, der Graf wusste nichts. Und dann hat es ihm einer gesteckt. Einer von seinen verdammten Hofschranzen, irgend so ein Arschloch, verstehst du, das sein Maul nicht halten konnte.«

»Und trotzdem hat Balduin seinen Konnetabel nicht entlassen?«, fragte Wibolt Flaskoper ungläubig, und Michel hob seine schweren Schultern.

»Er wollte ihn nicht verlieren, verstehst du? Weil er ein so verdammt guter Dienstmann war, das war doch die ganze Scheiße, begreifst du das nicht?«

Danach war so langes Schweigen am Feuer, dass man meinen konnte, nun kommt nichts mehr, das war es für heute. Der alte Bremer schob noch einen Knüppel in die Glut. Mit trägen Augen verfolgten sie den Kochknecht bei der Säuberung seiner Kessel. Es war nicht unerwartet, dass ausgerechnet Johann Kampen, der Lübecker, plötzlich den Kopf hob. »Deine Geschichte klingt schön, Michel, aber sie hat ein Loch. Ein gewaltiges Loch!« Kampen setzte sich zurecht, er hob sogar seinen Hintern und ließ einen warmen Wind in die Freiheit. »Erkläre mir doch Folgendes, mein Lieber. Wenn die beiden Feinde waren, wegen der Frau, wie du sagst. Wie kommt es dann, dass dein geliebter Konnetabel Bänder in seinen schönen Haaren trägt? Schwarze und gelbe? In den Farben Flanderns, wie?«

Jetzt antwortete Michel überraschend schnell, fast so,

als habe er auf diesen Einwand gewartet. »Du redest schön klug daher, Johann, aber du weißt nicht, wo die Glocken hängen!«, zahlte der Flame wütend heraus. »Das sind nicht die Farben Flanderns. Es sind die Farben der Mutter von Marie de Champagne. Das Schwarz ist eigentlich ein dunkles Blau, so dunkel, dass man es für Schwarz halten kann. Und am Hof hörte man Gerüchte, die Gräfin habe Phillip de Bois die Bänder zum Geschenk gemacht.«

»Und immer, wenn der Konnetabel sie trug ...« begann Mandolf mit tonloser Stimme, doch Michel fiel ihm sofort ins Wort.

»Ja, doch, Mann! Immer wenn Phillip die Bänder trug, wusste der Graf nicht, ist das ein Ausdruck von Treue oder eine Provokation! Das war doch die ganze Scheiße, verstehst du das?«

Der alte Schiffsführer meldete sich noch einmal zu Wort, seine Augen waren da schon bedenklich klein. »Ja, gut. Aber jetzt, Michel. Jetzt ist der Graf tot. Dein Konnetabel ist seines Eides entbunden. Jetzt könnte Phillip gehen. Als freier Mann!«

Der Flame hatte es sich wieder richtig gemütlich gemacht, anscheinend wollte er doch noch bleiben. Er schob mit den Stiefelabsätzen Glut ins Feuer. »Da kennst du ihn schlecht, Mandolf. Er bringt den Grafen heim, so viel steht fest. Das ist seine Pflicht, Balduin gegenüber, vielleicht die letzte!« Der Hundemeister schob dem Kochknecht noch einmal seinen Napf vor die Brust, sagte: »Suppe, Jannes!«, und tatsächlich, der Kerl grinste, langte in einen Topf hinter dem Holzstoß und schenkte nach.

Die anderen trollten sich bald, im Osten zeigte sich schon ein dünner, grauer Streifen, als Michel umsackte und erklärte, er werde heute Nacht hier am Feuer schlafen. »Heute Nacht?«, fragte Wibolt. »Toller Spaß, Michel. Es ist fast Morgen. Sieh doch!« Der Emder wies in die Dunkelheit. In der Entourage des Bischofs von Livland flammten die ersten Kochfeuer auf, hinter dem Plaustrum des Kirchenfürsten rührten sich die Knechte am Kübel der bischöflichen Latrine. Man hörte sie wuchten und leise ächzen und sofort verbreitete sich der Gestank von Fäkalien.

Michel schnüffelte schläfrig. »Scheiße!«

»Ja. Alles. Oder vieles!«, gab Wibolt träge zurück. »Auch diese verrückte Todestreue deines Konnetabels zu deinem Grafen!«

Der Flame ächzte und hob noch einmal seinen Oberkörper. »Sagst *du*, Wibolt! Man merkt, dass du von Grafen nicht viel verstehst.«

Wibolt nickte in der Dunkelheit, aber das konnte Michel nicht sehen. »Wen wundert's? Wir haben keinen!«, gähnte er im Liegen, und da richtete Michel sich vollends auf.

»Was denn? Ihr habt keinen Grafen?«

»Brauchen wir nicht«, gab der Emder Auskunft, »die Friesen sind ein Volk von freien Kaufleuten, Bauern und Handwerkern, Michel. Immer schon gewesen. Wir brauchen keinen Grafen, der uns das Geld aus der Tasche nimmt. Oder uns für sich auf den Feldern knacken lässt!«

Danach war lange Pause, so lange, dass Wibolt schon dachte, jetzt ist er eingeschlafen, aber Michel brauchte Zeit, diese Nachricht zu verarbeiten. Von der Glut war jetzt nur noch ein Rest sichtbar, gerade so viel, wie es die Asche erlaubte. In ihrem Rücken hörten sie stapfende Schritte und knarrendes Leder, es war die Nachtwache auf ihrer letzten Runde. »Und wer hält bei euch Gericht?«, fragte der Flame dumpf.

Wibolt stützte sich auf einen Ellenbogen. Er streckte sich, langte zum Stapel mit dem Feuerholz und legte nach. Der Kochknecht würde bald Hitze für die Suppe brauchen. »Das machen frei gewählte Richter. Und zur Not richtet man auch diese. Bei uns steht niemand über dem Gesetz!«

Jetzt sah Michel zu ihm herüber, Wibolt konnte das Augenweiß sehen, es schimmerte wie gehämmertes Silber. »Steuern?«, ächzte der Flame.
»Zahlen wir. An den König. Die Huslotha. Gelegentlich!«, gab Wibolt trocken zurück, und dann versetzte er dem anderen den Todesstoß. »Heerfolge. Wie die Steuer. Aber nur in den Grenzen des eigenen Landes!«

Da ließ sich Michel auf den Rücken fallen. »Scheiße, Mann!«, sagte der Flame und war im nächsten Augenblick eingeschlafen.

## 26.

*Reußen und Finnen sind ehrbare Handelspartner.*
*Man achte jedoch darauf, dass ihnen verborgen bleibt,*
*was nur für Augen und Ohren*
*der Kaufleute der Bruderschaften bestimmt ist.*
*Nach der Nowgoroder Schra*

*Sommer 1202*

Sie erreichten den Unterlauf des Aa ohne Zwischenfälle und folgten dem Fluss in Richtung Küste. Im Vorfeld war es ruhig, auch an ihren Flanken und in ihrem Rücken, und die Vorhut meldete regelmäßig freies Gelände in Marschrichtung. Vinno von Rohrbach schätzte, dass sie das Meer in spätestens zwei Tagen sehen würden, denn er könne es schon riechen.

Es hatte noch einen unliebsamen Zwischenfall gegeben, gestern früh, kurz vor ihrem Aufbruch. Ein flandrischer Hauptmann, ein Blaumantelträger, dem Vernehmen nach einer der Führer der Bogen- und Armbrustschützen, hatte am Morgen im Streit um eine der Dirnen im Tross einen Nebenbuhler erstochen. »Seit wann haben Dirnen denn Haupt- und Nebenbuhler?«, fragte Johann Kampen den Hundeführer Michel, der ihnen die Nachricht brachte.

Der Flame schoss erstaunlich schnell zurück. Und seine Replik verblüffte jeden in der Runde. »Man sieht wieder, dass du die Welt nicht kennst, Johann. Der Buhle einer Metze wird von ihr geliebt nach der Menge des gezahlten Silbers. Dabei drückt die Höhe der Summe nicht Fleischeslust allein aus, sondern auch

Wertschätzung, das ist so gewiss, wie man Stille hören kann!«

Der Lübecker starrte ihn neugierig und belustigt an. »Sieh da! Ein Philosoph!«, spottete er. »Und was heißt denn *wieder*?«, aber Michel war noch nicht mit ihm fertig.

»Aha. Jetzt bist du also sauer, wie? Na gut. Dann stell mir keine Fragen, deren Antworten du nicht verträgst!«, knurrte der Hundemeister, und in das Gelächter der anderen hinein umarmte Johann Kampen den verdutzen Flamen und drückte ihm einen Kuss auf die Stirn.

Nun also; der Konnetabel befahl eine exemplarisch harte Bestrafung des Mannes, ihm war der Tross mit seinen Kaufleuten, käuflichen Frauen und ihrem jeweiligen Gefolge ohnehin ein Dorn im Auge, und in diesem Punkt herrschte Einigkeit zwischen ihm und dem Bischof. Dieser Anhang, der sich wie ein Wurmfortsatz hinter dem marschierenden Heer zog und zur Nacht viel Unruhe schuf, war andererseits ein notwendiges Übel, es sorgte für ein Mindestmaß an Labsal, füllte Mägen, umhüllte Schultern und streichelte die Seele dort, wo es Mangel daran gab.

Eine exemplarische Bestrafung konnte aber nur Tod heißen, auch darin waren sich Albert und der Konnetabel einig. Auf Drängen des Kirchenfürsten verzichtete de Bois auf das sonst übliche Feldgericht und ließ, um nicht noch mehr Zeit zu verlieren, den Hauptmann ohne weiteres Federlesen hinrichten. Die Leiche wurde an Ort und Stelle verscharrt. Man wickelte sie zusammen mit ihrem Opfer in eine Strohmatte und legte das Bündel in eine hastig ausgehobene Grube. Darauf kam eine Lage grober Steine.

»Kein Futter für deine Hundeviecher, Michel?«, stichelte der Lübecker.

»Diese Scheiße mache ich nicht!«, sagte Michel aufgebracht. »Meine Hunde können zur Not nachts im Pferch

Ihresgleichen fressen, Cerberus am liebsten, wenn du mich fragst. Aber keine Menschen!«

Wer gedacht hatte, mit dem Verlauf des Aa werde der Marsch leichter, der sah sich bitter getäuscht. Das Flusstal erwies sich als tief und sumpfig, und oft zwang sie knietiefer Morast zu Umwegen auf höheres Gelände. Die lichten Auwälder am Ufer wirkten zudem wenig bedrohlich und das war der Grund für eine Sorglosigkeit, die sich noch rächen sollte. Der Konnetabel plädierte für eine weitere Ausdünnung des Hauptkontingents. Er schlug vor, zusätzliche Verbände nach vorn zu schieben, an die Tete, zur Entzerrung des Gedränges an der Aa, und auch, wie er sich ausdrückte, um bei der ersten Aufklärung gegen den Hafen mehr »Klingen am Feind« zu haben.

Denn sie hatten einen Plan. Die beiden Feldherren hatten ihn dem Bischof, wie der es verlangt hatte, vor ihrem Aufbruch vorgelegt. Die Flotte sollte, wie besprochen, den abwehrenden Feind von See her beschäftigen. Das Heer würde sich in zwei Säulen teilen. Die erste Säule sollte unter Führung von Vinno von Rohrbach einen Bogen nach Osten schlagen und von dort vorrücken, mit einem derartigen Getöse, dass die Semgallen glauben sollten, von hier komme der eigentliche Angriff. Dann müssten die Verteidiger ihre Truppen nach Osten verschieben, der Süden und Westen wären nur schwach besetzt. An diesen Stellen sollte das Hauptkontingent des flandrischen Heeres attackieren, den nur leicht erwarteten Widerstand brechen und den Hafen im Handstreich nehmen. Der Rest wäre dann ein Kinderspiel. Bischof Albert von Buxthoeven stimmte allen Planungen zu, er war mit jeder Maßnahme einverstanden, die den Weg zum Ziel beschleunigte.

Es dauerte kaum einen halben Tag, und schon zog sich das Heer wie ein langgestreckter Lindwurm. Die Marschkolonnen lockerten sich, dünnten aus und oft ging an unübersichtlichen Stellen sogar der Blickkontakt zu den Vorderleuten verloren. Im Tross hatte man häufig fast das Gefühl, man sei völlig allein, und Wibolt wurde es langsam mulmig. Den anderen auch. Juries Hopper *Eisenfaust* hockte im Wagen und hatte seine blanke Klinge auf den Schenkeln. Der alte Bremer hielt Schild und Schwert in Griffweite. Der Angriff ließ dennoch auf sich warten, er kam erst in der Abenddämmerung, an einer unwegsamen Stelle, die das Flussbett weiter verengte und die deshalb sehr gut ausgewählt war. Die Männer hatten zunächst keinen Verdacht geschöpft, als es vorne stockte, aber dann, als die ersten Pfeile flogen und mit einem Mal Geschrei zu hören war, wussten sie, das war nicht der übliche Stau. Sie zogen blank und saßen ab, sprangen unter den Wagen, und dann wurde auch bei ihnen der Wald lebendig.

Männer auf kleinen Pferden und mit spitzen Hüten brachen durch das Gestrüpp, brüllten und schossen und schlugen mit ihren Klingen und es dauerte eine Weile, um zu erkennen, dass es nur wenige waren, nicht mehr als drei oder vier Hände voll. Vorweg ritt ein großer Kerl auf einem starken, braunen Hengst, sein Hut war mit einem silbernen Rand verstärkt, er schien eine Eisenjacke zu tragen, die Schultern bedeckte das Fell eines Schwarzbären, es war wohl der Anführer. Das Gelände über dem Fluss stieg hier leicht an, die Angreifer kamen einen flachen Hügel herab, aber sie hatten den Nachteil des tiefen Bodens und der Schwung ihrer Attacke erlahmte schnell. Die Männer der *Seeschwalbe* sahen Pferde mit den Vorderläufen einknicken, die Spitze der Truppe quälte sich durch den Morast und im Nahkampf war jeder Vorteil verloren, verkam das ganze Unternehmen zu einer sinnlosen Tat, einem verzweifelten Akt von Leuten, die keinen Ausweg mehr wissen.

Es gab trotzdem ein wildes Getümmel, Kaufleute schrien nach den Soldaten, Männer fielen unter Schwerthieben, einem der Bremer wuchsen plötzlich zwei blutige Pfeile aus der Brust und Juries Hopper *Eisenfaust* ließ seine Klinge singen. Der alte Schiffsführer stand mit dem Rücken zum Wagen, seinen Oberkörper deckte der mächtige Lindenholzschild. Wibolt umschwirrte ihn wie eine Motte eine Binsenkerze in finsterer Nacht, und dann kamen die Hunde. Wie große, graue Schatten flogen sie heran, ohne einen Laut, nur im Sprung an die Kehle hörte man ein kurzes Knurren und Schnaufen, hierauf knackten Knochen und Knorpel, und plötzlich war Michel mitten unter ihnen, ohne Helm und Schild, fast waffenlos, der Flame hatte nicht einmal ein Schwert bei sich, nur das schwere Jagdmesser steckte im Gürtel.

Wenn ein guter Christ ein Vaterunser betet, so pflegte Michel zu sagen, dann dauert das so lange, wie man braucht, mit einer fränkischen Dirne handelseinig zu werden. Oder einem Pfaffen zum Verzehr einer Schüssel Lauchgemüse den Beutel zu schneiden. Oder nach langer Ohnmacht die heilige Beichte abzulegen. Also nicht lange. So war es auch mit dem Angriff der Semgallen. Er brach ebenso unvermittelt zusammen, wie er begonnen hatte. Auf den ganzen Zug gesehen fielen etwa sechzig der Angreifer, rund einhalbmal so viel flüchteten zwischen die Bäume. Das flandrische Heer hatte zwölf Tote und fünf Verwundete. Der Schlag auf den Tross kostete sieben Semgallen das Leben. Die übrigen gerieten in die Hände des flandrischen Heeres, das damit endlich die ersehnten Gefangenen machte. Auch der Anführer war darunter. Er hieß Arius und war der Fürst der großen Siedlung, die sie eingeebnet hatten.

*

Noch an diesem Abend ließ sich der Bischof den Semgallen vorführen. Das Heer der Kreuzfahrer lag nach dem Überfall gestoppt, die Vorhut wurde angehalten, der Lindwurm hatte seine Muskeln kontraktiert, sich zusammengezogen und füllte nun wie ein riesiger Schlauch das Tal des Aa. Der beherzte Angriff einer gut geführten Truppe von vielleicht vierhundert Mann oder wenig mehr hätte ausgereicht, den Kreuzzug des Bischofs Albert von Livland in dieser Senke zu beenden, aber es war niemand da, der ihn vortragen konnte. Das sagte auch der semgallische Führer, und er gab damit, vielleicht ohne es zu wollen, mehr preis als ein militärisches Geheimnis.

Der Kirchenfürst ruhte in seinen Kissen, das Plaustrum hatte man auf eine kleine Böschung geschoben, etwas abseits unter Bäumen. Die weißen Schwertmönche umsäumten es wie ein schaumiger Rand, der in der Dämmerung seltsam verdorben wirkte, wie durch Blei verunreinigtes Silber. Bei Albert wurde schon abgekocht, so auch im übrigen Heer. Der Semgalle war schwer verwundet, er musste gestützt werden. Ein Hundebiss hatte ihm den halben Oberschenkel weggerissen, der Mann hatte viel Blut verloren, es war eine Frage der Zeit, bis er die Augen zumachte. Jeder sah das, jeder wusste es, der Fürst selbst auch, und das gab ihm ein hohes Maß an Freiheit für seine Rede. Arius musste keine Rücksicht mehr nehmen, am wenigsten auf sich selbst.

»Du trägst einen christlichen Namen«, eröffnete der Bischof, »den eines Gelehrten, der später der Ketzerei zuneigte, und ich will wissen, wie du an ihn kommst!«

Arius wurde von zwei Waffenknechten gehalten, das Stehen bereitete ihm große Schmerzen, aber sein Blick war stolz und frei. »Davon weiß ich nichts. Es ist mein Name«, sagte der Semgalle spröde. Seinen Gruß hatte er noch in grobem Latein geliefert, aber jetzt nutzte er die Sprache seines Volkes, die Klaus Wunderlich leidlich zu beherrschen schien, denn er fungierte als Dolmetsch. Arius war zu diesem Zeitpunkt schon ziemlich schwach, er konnte seinen Körper nicht mehr recht kontrollieren, und es dauerte nur eine kleine Weile, bis der Bischof es einsah und für den Mann einen Feldstuhl bringen ließ.

»Du bist der Führer deines Volkes?«, fuhr Albert fort, und der Prokurator übersetzte.

Der Semgalle dachte über die Frage nach, seine Augen waren unverwandt auf den Glaspokal gerichtet, den der Bischof in seinen beringten Händen hielt. Dann setzte Arius zu einer Erklärung an, die er mit einem bitteren Lächeln beendete. »Er ist einer der Fürsten«, übersetzte Wunderlich. »Das Volk der Semgallen hat viele Stämme, und jeder dieser Stämme hat einen solchen.«

Der Kirchenfürst beugte sich vor. »Warum hat er am Schluss gelächelt?«

»Er meinte, es gäbe zu viele Fürsten in seinem Volk«, gab Klaus Wunderlich zur Antwort.

»Dann übersetzt das!«, fauchte ihn Albert an. »Ich will jedes Wort hören. Jedes, versteht Ihr das?« Der Prokurator verneigte sich schweigend und mit steinernem Gesicht, denn in des Bischofs Augen loderten die heiligen Brände, die man sonst von seinen Messen kannte. »Und gebt ihm zu trinken!«, fügte Albert barsch an, und dann warteten alle, bis der Semgalle einen Becher Wasser mit zitternden Fäusten umklammerte. Albert beobachtete, wie Arius trank, es kostete den Gefangenen offenbar große Kraft, das Gefäß an den Mund zu heben. Aber das Wasser des Aa schien ihn zu kräftigen, denn nach dem Trunk sagte der Fürst ein paar knurrende Sätze, ohne gefragt worden zu sein.

»Wir haben keinen König«, übersetzte Wunderlich. »Das ist das Elend des semgallischen Volkes schon seit jeher. Wir sind nicht in der Lage, uns auf einen von uns zu einigen. Jeder ist auf jeden eifersüchtig, keiner will sich von einem anderen beherrschen lassen. So sind wir frei, zumindest waren wir es bis jetzt, aber zugleich sind wir schwach.«

Der Bischof musterte seinen Gefangenen mit kalten Augen, er schien dessen Worte politisch zu wägen und man sah fast, wie es hinter seiner Stirn arbeitete. »Und du? Bist du auch eifersüchtig?«, fragte er kühl.

Darauf gab Arius lange keine Antwort. Schließlich sagte er stockend: »Ich bin fähig, meinen Stolz zu bändigen. Du auch?«

Als Wunderlich diese Worte übersetzt hatte, war für eine Weile Stille. Der Bischof atmete scharf ein, aus seiner Entourage wurde giftige Blicke auf den Gefangenen geworfen und zorniges Gemurmel setzte ein, doch der Kirchenfürst hob die Hand. »Mein Stolz ist nicht dein Geschäft, wohl aber das Verhalten deiner Leute. Da ihr so viele seid, warum kämpft ihr nicht?«

Den Semgallen überfiel ein heftiger Schmerzkrampf, sein Körper wurde gepackt und geschüttelt und zitterte derart, dass ihm der Prokurator den Trinkbecher aus der Hand nahm. Arius lag in seinem Stuhl, er hechelte und japste und hielt sich seine Seite, an der er auch verwundet zu sein schien. Stieß dann ächzend ein paar Sätze hervor, die der Prokurator in seinem Kopf lange und sorgfältig ordnete, so ausführlich, dass ihn Albert nach einer Weile zornig anknurrte. «Nun?!«

»Wir haben gekämpft. Schon während ihr marschiert seid. Und in meinem Dorf, das ihr ausgelöscht habt. Wir sind zwar kein reiches Volk, aber wir sind tapfer. Bei uns sind alle Soldaten. Sogar unsere Kinder!«

Es schloss sich ein Wortwechsel an, der dem Prokurator Mühe bei der Übersetzung machte. Der Bischof war plötzlich ungeduldig und Arius hielt dagegen, er schien aus seiner letzten Kraft zu schöpfen. Der Prokurator reichte ihm zwischendurch den gefüllten Becher, aber Arius nahm ihn nicht. Es stellte sich heraus, dass die semgallischen Kinder Späher waren, die das flandrische Heer zu beobachten hatten. »Wir wussten immer über euch Bescheid«, sagte der Fürst.

»Warum warst du dann nicht in deinem Dorf, um es zu schützen?«, schoss Albert harsch zurück.

Das sei ein Fehler gewesen, räumte der Semgalle ein, aber er habe zu der Zeit im Osten bei benachbarten Stämmen versucht, ein gemeinsames Heer aufzustellen. Dabei habe er mit den alten Problemen zu kämpfen gehabt. Ein vereintes Heer brauche einen Feldherrn. Ein erfolgreicher Feldherr sei aber ungeliebt, weil man befürchte, er könne aus seinem Sieg weitergehende Ansprüche ableiten. Dann verstummte Arius, denn über das Ergebnis seiner Mühen musste er nicht berichten. Man kannte sie im flandrischen Heer.

»Fragt nach dem Hafen!«, erinnerte Vinno von Rohrbach den Bischof, und Wunderlich übersetzte sofort, ohne auf den Befehl Alberts zu warten. Der Semgalle war in seinem Stuhl zusammengesunken, seine Brust hob und senkte sich schwer, er schien nun wieder große Schmerzen zu haben. Zum Hafen sage er nichts, da sie ihn haben wollten, müssten sie schon hingehen und selber sehen. Der Prokurator hob die Hand zum Schlag und gleichzeitig, in einer einzigen fließenden Bewegung, zog der Konnetabel Philip de Bois sein Schwert und hielt es Wunderlich an den Hals. Dann kam von Albert ein harter Befehl in Latein, der alle wieder zur Ruhe brachte.

Der Semgalle hatte von dem Vorfall überhaupt nichts bemerkt, er war zu sehr mit sich und seinen Schmerzen beschäftigt. »Ihr werdet keine Ruhe haben!«, keuchte Arius. »Ihr werdet immer Krieg haben. Hinterhalte. Angriffe. Kleine Gefechte. Bis ihr über die Jahre merkt, was euch in diesem Land am meisten fehlt: der Friede, den ihr braucht, um eure Geschäfte zu machen!«

Nun herrschte nachdenkliches Schweigen, und schließlich, ganz am Ende, es war schon finster und die Holzknechte legten am Feuer kräftig nach, erinnerte sich der Bischof seiner eigentlichen Mission. »Wir bringen euch den Frieden Gottes«, übersetzte der Prokurator, und seine Stimme klang drohend, wie eine Botschaft, die mit dem Heil zugleich Unheil ankündigt.

»Euren Gott kenne ich nicht, und Frieden hatten wir, bevor ihr kamt«, gab der Semgalle knapp zur Antwort, und das waren seine letzten Worte, denn danach verhüllte er seinen Kopf mit dem Fellmantel und sagte nichts mehr. Arius starb noch in dieser Nacht.

Der Bischof ließ ihn am nächsten Morgen würdig begraben. Zuvor aber ordnete er an, dass der Leiche der Kopf abgeschlagen würde, denn der Mann war bis zum Schluss heidnisch verstockt gewesen, und das konnte nicht ungestraft bleiben. Den Hieb führte einer der Leibwächter des Bischofs, denn Michel, der Hundemeister, hatte es abgelehnt, wie sein Vorgänger das Amt des Henkers zu übernehmen.

\*

## 27.

*Das erste Ziel jeder Kauffahrt ist lohnender Umschlag.*
*Das zweite aber sei eine glückliche Heimkehr.*
*Nach der Nowgoroder Schra*

*Livland, Spätsommer 1202*

Es wären zwar viele Schiffe im Hafen, doch nur die eigenen, meldete der Späher. Der Führer der Vorhut schlug den Mann kräftig ins Gesicht und ließ sich von ihm anhauchen. Denn aus der Marketenderei im Tross war vor kurzem ein unbekanntes starkes Weingesöff in die Truppe geraten. Immer häufiger traten Fälle von Trunkenheit auf und es hatte den Anschein, als ließe mit der Gefahr auch die Disziplin nach. Also glaubte der Vormann nicht an diese Nachricht, doch der Späher blieb dabei. Er selbst habe es gesehen, mit eigenen Augen.

Der Führer der Vorhut fauchte den Kerl an: »Verschwinde, oder du fängst dir noch eine!«, dann setzte er sich aufs Pferd und überzeugte sich selbst. Das Hafenbecken war klein, und darin herrschte großes Gedränge. Gleich vornean lag das Flaggschiff des Grafen von Flandern. Doch der Führer war ein vorsichtiger Mann, er ließ ein starkes Fähnlein ausschwärmen und den Hafen großräumig bestreifen, aber es zeigte sich in der Tat, dass er feindfrei war. Die flandrische Truppe wurde sogar von den Schiffen angerufen – »Was ist denn los, ihr faulen Säcke, wollt ihr bis zum Christfest warten, oder was?!«

Den Bischof von Livland riss die Neuigkeit aus den Kissen. Er schrie nach seinem Pferd und ritt nach vorn, den Nachtmantel noch auf den dürren Schultern, und sang im Sattel sitzend ein *Tedeum*, in das die weißen Mönche einstimmten, das Schwert gezogen und als Kreuz auf die Spitze gestellt, kniend und mit tränennassen Augen. Es stellte sich heraus, dass der Feind den Hafen wohl vorzeitig geräumt haben musste, nur ein paar leichte Frachtkähne und eine uralte Schnigge hatten an der Mole gelegen, als die flandrische Flottille auf die Einfahrt zugekreuzt waren. Semgallische Kriegsschiffe gab es jedenfalls nicht darin, die man reizen und locken konnte, und es war gut möglich, dass man die Seemacht des Gegners völlig überschätzt hatte, auch seine Tonnage an verfügbarem Handelsraum.

Der Konnetabel war misstrauisch. Man müsse im Feld stets mit Überraschungen rechnen, der Gegner könnte sich in die Tiefe der Nordküste zurückgezogen haben, um dann, wenn man ihn für besiegt halte, aus dunkler Nacht anzugreifen. Aber Klaus Wunderlich von Wolffenstein wedelte abschätzig mit der Hand. Der Prokurator war im Kopf schon weiter, er rechnete bereits an Renditen und Umschlägen. Es mochte auch sein, dass er noch immer an die Klinge dachte, die ihm der Flame an den Hals gehalten hatte, denn seither bedachte er Phillip de Bois häufig mit Blicken, die nichts Gutes verhießen.

Bischof Albert von Buxthoeven sprang seinem Prokurator bei. »Das letzte Kapitel in diesem Buch haben wir geschrieben, wir, das Heer Gottes!«, sagte er stolz.

Worauf der Konnetabel trocken anmerkte: »Das letzte Kapitel in diesem Buch, Euer Liebden, ist noch offen. Wir haben den Hafen und die Küste, aber sonst haben wir nichts.«

Darauf gab Albert keine Antwort. Er inspizierte persönlich den größten Lagerschuppen des Hafens und befahl, ihn als seine vorläufige Residenz herzurichten. In einem nahen Gehölz ließ er zwei große Birken schlagen und daraus ein mächtiges Kreuz zimmern. Es war um einiges höher als die Fahne des Grafen von Flandern. Den Gottesdienst für seine Errichtung feierte der Bischof mit einer solchen Inbrunst, dass ihm immer wieder Tränen über die Wangen liefen. Auch bei den weißen Mönchen wurde geweint, und Johann Kampen, der Lübecker, meinte ketzerisch, die Schwertbrüder wären traurig, weil der Feldzug schon zu Ende sei. Am Ende der Messe ließ man im Gefolge des Kirchenfürsten aus mehreren Käfigen weiße Tauben frei, von denen im Heer niemand wusste, dass es sie gab, geschweige denn, wie sie den Winter überlebt hatten. Die Vögel sollten ein Zeichen des Friedens in die Welt senden, auch an die für besiegt gehaltenen Semgallen, die vielleicht irgendwo in der Ferne stünden und zusähen. Kurz darauf lief das Gerücht um, Bischof Albert habe sich den Winter über von den Tauben ernährt, und was man in die Freiheit entlassen habe, sei der Rest gewesen.

»Mich interessiert weniger, ob er Tauben gefressen hat, sondern viel mehr, was die Vögel zu fressen hatten. Doch wohl keine Körner, während wir uns mit Baumrinde begnügen mussten!«, sagte Wibolt Flaskoper in harschem Ton und dann knuffte ihn der Lübecker in die Seite und fragte ihn, wie viel Quadratfuß Rinde Wibolt sich denn so im Mond über die Kauleiste geschoben hätte.

»Und wie hat danach deine Kacke ausgesehen, Wibolt, schwarz oder braun?«, wollte Michel wissen.

Das Heer lagerte in einem Halbkreis um den Hafen, es wurden Zelte aufgeschlagen und Wetterdächer errichtet. Den Tross befahl der Bischof an eine abgelegenere Stelle. Da der Kreuzzug im Wesentlichen beendet war, hielt er seinen Wurmfortsatz an Dirnen, Kaufleuten und Abenteurern für nutzlos. Den Männern der *Seeschwalbe* behagte das nicht. »Was soll das?«, giftete der Lübecker. »Wir haben diese Bande durch dick und dünn begleitet, für ihre Mägen und Ärsche gesorgt, und jetzt sollen wir hier auf der Krume liegen? Das ist doch ein Witz!«

»Ja, aber ein schlechter!«, pflichtete ihm Juries Hopper bei. *Eisenfaust* konnte es sich nicht verkneifen, Johann Kampen noch Folgendes unter die Nase zu reiben: »Dein Freund Albert«, sagte er bissig. »Beklage dich bei ihm!« Der andere feuerte einen Blick ab, der ausgereicht hätte, eine vollsaftige Eiche auf der Stelle verdorren zu lassen. Hopper hielt mit einem kleinen Lächeln stand.

»Was hindert uns eigentlich daran, auf die *Seeschwalbe* zu gehen?«, wandte sich Kampen an den Bremer Schiffsführer, doch das war bei aller Sehnsucht nach dem Schiff unmöglich. Die Kogge Mandolf Düsterhenns lag zu weit draußen. Sie musste erst in den Hafen verholen, wenn dort Platz geschaffen war.

»Was willst du auf Reede, wenn dein Freund Albert blutenden Herzens zur Audienz auf dich wartet?«, fragte der alte Bremer Schiffsführer mit spitzbübischem Schmunzeln, und das sah endlich auch der Lübecker ein.

Wibolt Flaskoper war mit allem einverstanden, das dieses Unternehmen zu seinem Abschluss brachte. Er sehnte das nahende Ende des Kreuzzuges herbei. Und in Emden, so dachte er, wartete die Schwarze Glutäugige, seine Mieke. Hoffentlich wartet sie. Und wer mit ihr?

\*

Helle Tage und milde Nächte. Tage, die im üblichen Einerlei des Feldlagers nahezu ereignislos verstrichen, Nächte voller Ungeduld, in denen die Sehnsucht an Wibolt Flaskoper fraß wie eine Ratte an ihrer Beute. Immer wieder liefen Parolen durch die Reihe der Kaufleute, der Bischof werde nun bald seine Gnadenaudienz abhalten, aber Albert von Buxthoeven war in seiner Residenz verschwunden, ihn hatte außer seiner Entourage seit längerem niemand zu Gesicht bekommen. Gottesdienste wurden durch einen seiner Prälaten abgehalten, doch Albert nahm nicht daran teil, es hieß, er bete allein in seinem Gehäuse.

Der Hafen lag gesteckt voll, dazu kamen einige Schiffe weiter draußen auf Reede, so auch die *Seeschwalbe*. Die flandrische Flottille rüstete sich unterdessen zur Heimreise. Ein Teil werde aber bleiben, so hieß es, man könne nicht das ganze Heer nach Hause schicken, es brauche auch weiterhin Soldaten im Land, um den Sieg über die Semgallen abzusichern. Und um den Bischof zu schützen, denn schließlich sei Semgallien in seiner Gesamtheit unverändert nicht befriedet. Der Bischof hatte gleichwohl strikt verboten, Livland als feindliches Territorium zu bezeichnen. Er führe nunmehr durch Gottes Gnade de facto den Titel Bischof von Livland, und der Papst werde dies auch bestätigen. Die Region sei jetzt gutes Christenland und zudem seine künftige Diözese, er werde hier eine Stadt gründen und es werde seine Residenzstadt als Bischof dieses Landes werden.

Trotz Alberts schöner Worte: Ein Kirchenfürst in einem soeben unterworfenen heidnischen Land braucht Klingen, auf die er sich stützen kann, so viel verstand selbst der Dümmste im Heer, und so war klar, dass auch ein Kontingent der Flamen bleiben würde.

»Ich habe das Gefühl, es ist nun die Zeit, in der Rechnungen aufgemacht werden«, sagte Mandolf Düsterhenn versonnen, und Wibolt sah den Lübecker sofort nicken.

Bei den anderen regte sich Unverständnis. »Keine Rätsel bitte, Bruder Mandolf«, forderte einer der Kölner, »wer macht wem welche Rechnungen auf?« Die Männer wurden neugierig und hoben ihre Köpfe.

Der alte Bremer schwieg eine Weile, es schien so, als müsse er sich sammeln, als suche er nun nach Gründen für seine Bemerkung. Düsterhenn hob seine Nase und schnüffelte wie ein Hund. Seit Tagen lag ein beißender Pechgeruch in der Luft, viele Schiffe wurden kalfatert, und auf der gräflichen Kogge hörte man die Zimmerleute hämmern. Der *Löwe von Flandern* hatte bei einer harten Sturzsee ein paar Planken am Bug verloren. »Ich glaube nicht daran, dass die Flamen sich so zufriedengeben werden«, sagte Mandolf Düsterhenn langsam. »Der Kreuzzug war ja für Graf Balduin vor allem ein Feldzug. Ein sehr teurer. Und einer, der nicht die erhofften Schätze erbracht hat. Kaum Beute. Keine Güter an Geld oder Schmuck. Nur das Land mit seinen Heiden. Und was jetzt? Sollen sie einfach wieder nach Hause segeln? Vielen Dank, Euer Liebden, und Gottes Segen?«

Wibolt sah plötzlich alles ganz klar. Natürlich! Balduin und sein Vertrag mit dem Bischof. Mandolf Düsterhenn hatte ihm davon berichtet. »Sie werden Land haben wollen«, sagte er, und Johann Kampen nickte erneut.

»Land? Aha! Welches Land? Dieses?«, fragte der Kölner scharf. »Du glaubst doch nicht im Ernst, Wibolt, dass sich Albert in die Suppe spucken lässt!«

»Semgallien braucht einen Fürsten!«, warf Juries Hopper ein.

»Auch ein Kirchenfürst ist ein Fürst. Das wissen wir in Köln ganz genau«, zahlte der andere heraus.

»Es kommt eben ganz darauf an, was Balduin mit dem Bischof vereinbart hat«, stellte Mandolf nüchtern fest.

Der Kölner Handelsherr stutzte kurz, dann aber nickte er, die Mechanismen im Spiel um Macht und Einfluss waren ihm geläufig. »Du meinst, es gibt einen Vertrag?« Düsterhenn sah ihn unverwandt an, und der Lübecker breitete grinsend die Arme aus. Na, endlich hat er's, sollte das wohl heißen. Der Kölner schüttelte ungläubig den Kopf. »Der Graf von Flandern als König der Semgallen?«

Das Grinsen Johann Kampens vertiefte sich. »Es muss ja nicht gleich ein Königreich sein. Eine Grafschaft im Baltischen ist doch auch ganz hübsch.«

Jetzt wurde der Kölner wütend. »Aha! Also eine Grafschaft. Im Baltischen. Von der Heimat Tausende Meilen entfernt. Und wer soll die einfordern? Der Konnetabel etwa? Das ist doch zum Lachen!«, fauchte er, und es war vielleicht dieser Widerspruch, der mit einem Schlag die Stimmung entspannte.

»Balduin da drüben in seinem Honigtopf wird zumindest kaum etwas ausrichten«, meinte Düsterhenn trocken, und darin waren sich die Männer einig. Aber was war mit seinen Leuten in Flandern?

*

Der Konnetabel hatte durchgesetzt, dass wieder regelmäßig im Vorfeld gespäht wurde, starke Fähnlein oder Schwadrone saßen jeden Morgen auf, ritten nach Süden und Osten und kehrten oft erst nach Einbruch der Dunkelheit zurück. Kaum, dass sie wichtige Nachrichten brachten. Gelegentlich sichtete man einzelne Reiter, Dörfer wurden gefunden und Bauern bei der Feldarbeit, doch semgallische Krieger oder gar ein Heer zeigte sich nicht. Die Missionierung des besiegten Volkes sollten die Schwertbrüder übernehmen. Es hieß, der Bischof werde sie in einem Gottesdienst formell damit beauftragen.

Die Männer der *Seeschwalbe* hatten ihren Gefallenen des Gefechts an der Düna beerdigt, noch an Ort und Stelle, am Abend nach dem Kampf, es war warm gewesen und sie wollten ihn unter die Erde bringen. »Er soll nicht so stinken wie Balduin«, hatte der Schiffsführer trocken bemerkt. Der Tote war ein Bremer Kaufmann, ein wohlhabender Lederhändler, der auch Felle und Pelze verkauft hatte. Sein Oberkörper war von zwei schweren Jagdpfeilen zerfetzt, sie hatten seinen Rücken mit solcher Wucht durchschlagen, dass sie mehr als eine Handlänge aus der Brust hervor ragten.

Der Mann hatte noch eine kurze Weile gelebt, gerade so lange, dass es Mandolf Düsterhenn gelungen war, das ›Vater unser‹ mit ihm zu beten. Besonders gemocht hatte ihn keiner, er war von fast krankhaftem Geiz gewesen, hatte auch eine unschöne Art gepflegt, sich über Kleinigkeiten aufzuregen, aber er war immerhin einer der Ihren und so waren sie froh, dass ihnen ihr Freund Michel abends noch am Feuer Gesellschaft leistete. Die anfangs eher gedrückte Stimmung war trotzdem recht bald einer seltsamen Atmosphäre der Unzufriedenheit gewichen, auch von Unruhe und Streitsucht, es mochte sein, dass sie nach so langer Zeit begannen, einander überdrüssig zu werden. Was man früher mit einem Lächeln quittiert hatte, bestenfalls mit einem bissigen Kommentar, der unvermeidliche Furz bei der Vesper, die ständig wiederholte, bis zum Erbrechen gehörte Redensart, sie wurden plötzlich zur Last. Auch das Warten auf die bischöfliche Audienz und die anschließende Heimreise zerrte an ihren Nerven.

Es war Michel, der Hundemeister, der mit ein paar Witzen aus seiner Heimat die Sache in Ruhe brachte, bevor sie aus dem Ruder laufen konnte. Wibolt Flaskoper hatte ihn angestoßen, mit der Frage: »Höre, Michel, mein Freund, konntest du es nicht verhindern, dass deine Viecher ausbrechen und uns hier unser schönes Gefecht mit Arius und seinen Leuten versauen?«

»Ich hörte Juries quieken wie ein junges Ferkelchen«, sagte der bullige Flame unter dem Gelächter der anderen. Es gelang dem Hamburger gerade noch, Michel einen sauberen Vogel zu zeigen, und dann legte der Flame los. »Vorne bei uns in der Truppe sind wir ja gut mit ihnen fertig geworden, aber hinten, bei euch im Tross, da hörten wir, ist ziemliches Gewimmel. Dann habe ich zu meinem Konnetabel gesagt, das sind die Kaufleute, die werden zur Schnecke gemacht, das könnt Ihr nicht wollen.«

»Sehr brav!«, lobte ihn Mandolf Düsterhenn. Der Bremer klemmte einen Lederschlauch mit den Stiefelspitzen, der eben jenes Gesöff enthielt, das seit geraumer Zeit in der Truppe für Unruhe sorgte. Er löste den Wachspfropfen aus der Verschnürung und schenkte ihre Becher voll.

Sein Konnetabel hätte noch gezögert, fuhr der Flame fort, was Kampen mit der Bemerkung »Noch ein flämischer Großkotz! Sein Tross ist ihm von Herzen gleichgültig. Ich wusste es!«, quittierte, aber die anderen fielen über ihn her. »Nun sei doch mal still und lass Michel erzählen!«

Der Flame war jetzt aber eingeschnappt und ließ sich jedes weitere Wort aus der Nase ziehen. Dann hast du deine Viecher losgelassen? Ja. Und du gleich hinterher? Ja. Und Cerberus? Den hatte ich am Leitriemen. Er war nicht frei? Nein. Und die anderen laufen nicht davon? Nein. Sie bleiben beim Leittier? Ja. Und wann lässt du Cerberus los? Kurz vor dem Angriff.

Mandolf Düsterhenn stand auf, um sein Wasser abzuschlagen. Als er zurückkam, hatte er noch einen Lederschlauch in der Hand. »Und dann, als du die Semgallen bei uns gesehen hast, dann hast du Cerberus von der Leine gelassen?«, fragte Wibolt soeben. Michel knurrte ein Ja.

Mandolf fischte dem Flamen den Becher aus der Hand und schenkte reichlich nach. »Sage mir doch, Michel, mein guter flämischer Freund«, begann er, »ich habe mich das schon oft gefragt. Wie unterscheiden eigentlich deine Hunde zwischen Freund und Feind?«

»Das tun sie nicht«, sagte Michel mürrisch, und mit einem Mal war Stille in der Runde, eine Totenruhe, es schien so, als wären sogar die Vögel vor Schreck verstummt. Die Männer sahen sich an, Johann Kampen stand der Mund offen, und Juries Hopper Eisenfaust starrte so angestrengt in seinen Becher, als lägen darin alle Geheimnisse dieser Welt verborgen.

»Aber Moment mal, Michel, Augenblick!«, fuhr Wibolt auf, »du hast doch gesagt, Cerberus geht immer auf die Mitte. So ist er abgerichtet. Das waren deine Worte!«

Der Hundemeister warf ihm einen ärgerlichen Blick zu. »Ja, Mann, Wibolt, ich weiß, was ich gesagt habe.

Die Viecher regieren auf Bewegung, und auch auf helle Farben. Man kann sie auf den Feind ausrichten. Grob. Aber danach hat man keine richtige Kontrolle über sie. Man muss immer in der Nähe bleiben. Das ist doch auch der Grund, warum mein Konnetabel gezögert hat, verstehst du mich?«

Juries Hopper hatte den Kopf gehoben. »Das heißt also, sie gehen womöglich auch auf die eigenen Leute, oder wie?«, fragte er mit eisiger Stimme.

»Ja, Mann, das passiert. Seltener. Nicht so oft, jedenfalls. Und jetzt lass mich mit der Scheiße in Ruhe!«, gab Michel giftig zurück, und davon mussten sie sich zuerst einmal erholen.

Sie diskutierten später bei der Vesper über den Verlauf des Feldzugs, und Johann Kampen warf schließlich die Frage auf. »Hätte man das nicht alles vorher wissen können?«

Mandolfs Kinn glänzte wie ein geblisterter Schweinehintern, denn sie aßen von irgendeinem Speck, den der Kochknecht im Tross beschafft hatte. Der Bremer fuhr sich mit dem Ärmel über den Mund und besah sich den Fettstreifen mit regem Interesse. »Erhelle mich, Johann. Was hätte man vorher wissen können?«

Kampen hob die Arme mit geöffneten Händen, als erwarte er vom Himmel fallendes Manna. »Na, dass der Hafen so klein ist. Dass er nicht besetzt ist, Mandolf. Und dass er auch besetzt keine größere Gefahr für uns darstellt. Die ganze Scheiße mit der Quälerei über Land hätten wir uns sparen können!«

In das beifällige Gemurmel der anderen hinein stellte der Schiffsführer die Gegenfrage: »Wie oft bis du schon an diesem Hafen vorbeigesegelt? Oder hast in ihm angelegt?«

Der Lübecker stutzte, dann krauste er die Stirn. »Ich weiß, was du willst, Mandolf. Noch nie. Aber das muss ich auch nicht. Balduin war der Feldherr, und sonst keiner!«

»Der ist vorher auch noch nicht an dieser Küste gesegelt«, sagte Michel mit Lippen, die sich spiegelten wie in flüssiges Silber getaucht. »Jetzt kennt er sie besser, aber seine Sicht ist eingeschränkt!«

»Man sieht nicht gut durch Honigtöpfe«, bestätigte Johann Kampen, der wohl gut Wetter machen wollte.

Es gab noch einen von diesen gefährlichen Lederschläuchen, Mandolf Düsterhenn hielt ihn mit den Stiefelspitzen fest, während er den Pfropfen zog. Seine Bewegungen waren da schon etwas zähflüssig, fast so wie das Weingesöff in seinem ledernen Behältnis. Der Wachsverschluss um den Kork war brüchig geworden, wie bei seinen Vorgängern. Vielleicht hatten sich so Stoffe in den Wein geschlichen, die dort nicht hineingehörten, böse Geister oder schädliche Elemente, von denen man ja weiß, dass sie üble Folgen haben, während ihr Genuss verteufelt gut mundet. Jedenfalls, einige der Freunde wurden verhaltensauffällig, so wie Michel, der nun schon mit rotem Gesicht und kleinen Augen zum wiederholten Male versicherte, Klaus Wunderlich von Wolffenstein könne ihm den Arsch lecken. Juries Hopper *Eisenfaust* hatte plötzlich Visionen. Er sehe eine Zeit kommen, in denen der Mensch schneller werde reisen können als auf dem Rücken eines Pferdes. »Wozu soll das denn wohl gut sein?«, fragte Michel zweifelnd.

Darauf gab der Hamburger so lange keine Antwort, dass jeder dachte, das war's, da kommt nichts mehr. Dann sagte er: »Du flämischer Kantenkopf! Muss immer alles einen Sinn haben? Denk an deine Viecher. Die beißen ja auch Leute, die sie nicht beißen sollen, oder?«, aber der Flame nahm es ihm nicht übel, im Gegenteil, er grinste noch lange. Später meinte Juries, man werde in ferner Zukunft fähig sein, einen Feind zu töten, ohne ihn zu sehen, und das fand Michel ganz in Ordnung.

Auch sonst widersprach niemand, denn die anderen schliefen wohl schon.

Es ging auf den Morgen zu, als Juries Hopper aufstand und zu seinem Kleidersack stiefelte. Nun legt er sich ins Stroh, nahm der Flame undeutlich an, aber so war es nicht. *Eisenfaust* kehrte zurück und warf dem gräflichen Hundemeister einen weiteren Lederschlauch zu. »Aufmachen!«, knarzte er mit schwerer Zunge. Sie tranken und schwiegen sich an, und nach einer Weile hob der Hamburger den Kopf. »Ich würde es mit Gewürznelken versuchen«, sagte Juries Hopper schleppend.

Michel glotzte, aber sein Blick war etwas unstet. »Was würdest du mit Gewürznelken versuchen, Mann?«

Der andere kratzte sich ausführlich am Gemächt. »Na, Mensch, das mit den Hunden. Damit sie zwischen Freund und Feind unterscheiden können, verstehst du? Ich würde jedem der Unseren eine Gewürznelke in die Tasche stecken. Jedem. Und den Hunden beibringen, dass dieser Duft freundlich ist. Hast du's?« Verblüfft starrte der Flame ihn an. Er versuchte, über den Fall nachzudenken, aber in seiner Verfassung war das aussichtslos.

»Schwachsinn, Mann! Hast du mal überlegt, was das kostet?«, meldete sich plötzlich Johann Kampen aus dem Dunkeln. Der war also auch noch wach.

\*

»Es mag sein, dass sich Euer Herr, der Graf von Flandern, Gott sei seiner Seele gnädig, etwas ausgerechnet hat. Dass er gehofft hat, Semgallien zu regieren. Unser Kontrakt sagt dazu nichts. Und der Fürst dieses Landes, das wisset, bin ich!« Diese Sätze sollte der Bischof von Livland an den Konnetabel Phillip de Bois gerichtet haben, es sickerte etwas davon im Lager durch.

Aber Zeugen dafür gab es nicht und auch Michel, der Hundemeister, konnte sie nicht bestätigen. »Wunderlich wird sie gehört haben. Ich nicht«, sagte der Flame lakonisch. Sie wurden gleichwohl für plausibel gehalten, zumindest bei den Männern der *Seeschwalbe*, und inzwischen fragte sich jeder, ob Phillip de Bois im Land bleiben oder abreisen werde, mit dem Kontingent, das in die Heimat zurückkehren sollte.

Endlich kam der Tag der Gnadenaudienz. Der Prokurator holte auf dem Vorplatz der bischöflichen Residenz die Kaufleute zusammen und las die Namen der Teilnehmer vor. Trotz des herrschenden Gedränges war es totenstill, denn es war klar, dass längst nicht jeder zu den Glücklichen gehören würde. Bis vor wenigen Augenblicken war Wibolt Flaskoper überzeugt, sein Name werde genannt, doch nun zerrissen ihn Zweifel und er spürte wilden Herzschlag unter dem Wams. Wunderlich machte es spannend, er spürte die Unruhe und schien sie zu genießen. Er ließ sich Zeit, zerbrach sich die Zunge an fremdländischen, florentinischen Hieroglyphen, und dann, als der Emder schon fast die Hoffnung aufgegeben hatte, rief der bischöfliche Prokurator schließlich: »Wibolt Flaskoper, dänischer Tuchhändler aus Emmenda!« Es klang rau und scharf, fast wie eine Drohung, aber durch die Brust des jungen Tuchhändlers floss ein warmer Strom der Erleichterung.

Johann Kampen sah ihn triumphierend an. Na, was hab ich gesagt?!, sollte das wohl heißen. Auch der Lübecker war unter den Teilnehmern, ebenso wie Mandolf Düsterhenn. *Eisenfaust* nicht. Juries Hopper sagte dazu kein Wort, aber sein Gesicht war von einer Härte, die Wibolt noch nie an ihm beobachtet hatte.

Die Audienz wurde durch eine feierliche Messe eingeleitet, sie fand vor dem wuchtigen Birkenkreuz am Hafen statt. Albert selbst zelebrierte sie, und bei dieser Gelegenheit bekam das Heer den Bischof nach längerer Klausur erstmals wieder zu Gesicht. Der Kirchenfürst schien abgemagert, sein Kopf wirkte wie ein mit Leder überzogener Leichenschädel, aber seine Augen brannten wie ehedem. Das heilige Feuer in ihnen war zurückgekehrt. Es hieß, der Bischof sei krank gewesen, und nun, obwohl noch schwach, durch die Gnade Gottes wieder genesen. Albert quälte sich durch den Ritus, einmal wankte er so stark, dass der Prokurator hinzusprang, um ihn zu stützen. Aber seine Stimme war scharf und fest, und als er den weißen Mönchen den Auftrag zur Missionierung erteilte, donnerte ein Furor über den Platz, dass vielen der Atem stockte. Vinno von Rohrbach hatte, wie alle seine Brüder, das Schwert gezogen und hielt es als Kreuz vor der Brust, als Albert von Livland das Evangelium des Apostels Matthäus für seine Zwecke nutzte. »Darum geht nun hinaus zu den Semgallen und macht sie zu Jüngern Christi; tauft sie auf den Namen des Vaters und des Sohnes und des Heiligen Geistes, und lehrt sie, alles zu befolgen, was der Herr geboten hat. Und überall dort, wo ihr auf Verstocktheit trefft, spart nicht mit Feuer und Schwert!«

»Deus vult!«, antwortete der Feldmeister der Schwertbrüder mit schwimmenden Augen, »Gott will es!«, und der Ruf setzte sich erneut fort wie ein Lauffeuer, »Deus vult, Deus vult, Gott will es!«

Der bischöfliche Empfang war eher eine Enttäuschung, auch für Wibolt Flaskoper. Wer gedacht hatte, er sehe sich einem inspirierten, von heiliger Begeisterung befeuerten Seelsorger gegenüber, der irrte gründlich. Albert wirkte matt, fast träge, seine Augen waren erloschen, es schien so, als habe ihn der Gottesdienst alle seine Kraft gekostet. Der Bischof saß wieder in seinem Tragestuhl, sechs kräftige Mönche bewegten ihn zu den Kaufleuten, von denen jeder das Knie zu beugen hatte, so waren sie vorher von Wunderlich scharf ermahnt worden. »Das ist der Kaufmann aus Emmenda, der uns die Mäntel für Eure Hauptleute beschafft hat, Euer Liebden«, erklärte der Prokurator kalt, und Albert schlug ein müdes

Kreuzzeichen über das gesenkte Haupt des Emders. »Bestes Blautuch. Nur aus neuen Fäden gewebt!«, fuhr Wunderlich von Wolffenstein mit drohender Stimme fort. Wibolt hörte sein Herz klopfen, aber er konnte die Stirn nicht mehr gesenkt halten, denn der Prokurator hatte auch befohlen, man habe den Bischof nach der Verneigung offen anzusehen, mit dem freien Blick eines ehrlichen Christenmenschen. Die Augen Alberts waren stumpf und grau, sie wirkten wie gestocktes Blei, und doch glaubte der Emder darin einen Funken von Misstrauen zu erkennen, das er nicht länger als drei oder vier Atemzüge ertrug. Wenn er dich jetzt fragt, wenn du jetzt bestätigen sollst, was dieser unsägliche Wunderlich soeben abgelassen hat, dann ist es aus. Das stehst du nicht durch. Doch der Bischof fragte nichts. Er segnete Wibolt Flaskoper noch einmal, bat in brüchigem Ton um Grüße an die dänischen Brüder, und dann nahmen ihn die Mönche auf und trugen ihn weiter, zum nächsten, und das war Johann Kampen, der schon auf den Knien lag.

Den Handelsbrief erhielt der Emder wie alle anderen nach der Audienz, der Prokurator selbst überreichte ihn, und noch nie zuvor hatte sich Wibolt unter dem Blick eines Menschen so unwohl gefühlt wie in diesem Augenblick. Wibolt Flaskoper, Tuchhändler zu Emmenda, erhielt das bischöfliche Privileg auf freien Umschlag in Livland, ohne Stapelgeld, Prüfmeister und Akzise, bis zu einem Warenwert von tausend Mark lübisches Silber. Darüber hinausgehende Güter waren mit zwei Teilen von Hundert zu versteuern, ab einem Wert von zweitausend Mark mit vier Teilen. »Und was ist mit Prüfmeister und Stapelgeld über tausend Mark? Sie entfallen?«

Der Prokurator fixierte ihn abschätzig. »Seht, was da steht, Herr! Ihr könnt doch lesen?«, gab Wunderlich rüde zurück. »Ohne Stapelgeld und Prüfmeisterkosten gilt für alle Fälle.«

Als Gegenwert für diese bischöfliche Gnade forderte

Albert zwei Teile von hundert für jeden Umschlag. Für jeden! In des Emders Kopf drehten sich die Räder rasend schnell. Sollte er akzeptieren? War das noch profitabel? In Windeseile schob er Zahlen, rechnete, kalkulierte. Dann hob er den Kopf. »Das sind die Bedingungen. Nehmt sie an oder lasst es. Verhandlungen gibt es nicht!«, knurrte Klaus Wunderlich und fügte hinzu: »Das wisset: Der Bischof von Livland ist kein Hund!« Und während der Emder noch über diesen Satz nachdachte, das Pergament mit Alberts Siegel in den leicht zitternden Händen, ließ ihn der Prokurator einfach stehen und wandte sich an den Lübecker, der neben ihm stand.

Wibolt fragte Michel, den flandrischen Hundemeister, und der konnte sich auf den letzten Satz des Prokurators einen Reim machen. »Hunde fressen ihre eigene Scheiße, musst du wissen. Vielleicht hat der Arsch das gemeint.« Wibolt sah den Flamen ratlos an. Er verstand noch immer nicht. »Na, Mann, der Bischof will auch seinen Schnitt machen. Er hat nichts zu verschenken, verstehst du das?«, schob Michel nach, und jetzt war sich der junge Emder sicher, dass der Flame bei weitem heller im Kopf sein musste, als es bisher den Anschein gehabt hatte.

\*

Am Vorabend des Einschiffens auf die *Seeschwalbe* verließen sie ihren Platz auf der Krume und bezogen einen Unterstand in der Nähe der Mole. Das Schiff des Bremers sollte früh am kommenden Tag unter Land gehen. Sie waren schon unruhig und voller Vorfreude an diesem Abend, und Michel war da zur letzten Vesper. Das starke Weingesöff gab es nicht mehr. Der Flame hatte etwas aus seiner Heimat mitgebracht, was es war, sagte er nicht. Es brannte ein wenig, schmeckte aber gut, und so fragten die Männer nicht lange und tranken. Im Lager machte sich wieder die Routine eines ruhenden

Heeres breit, es gab Streit und Raufereien, und der Profos mit seinen Leuten hatte Arbeit.

Natürlich war die Gnadenaudienz Bischof Alberts noch immer ein großes Thema. Johann Kampen sah seinen Handelsbrief zu besseren Bedingungen bestätigt, und Mandolf Düsterhenn, der alte Bremer Schiffsführer, durfte nun in ganz Livland sein Wachs und seinen Stockfisch mit bischöflicher Gnade auf den Märkten anbieten. Der Hamburger Juries Hopper *Eisenfaust* hatte sich gefangen. Er war nicht berücksichtigt worden, kein Mensch wusste warum, aber Juries würde auch ohne des Bischofs von Livland Gnade weiter gute Geschäfte machen. Überall auf der Welt wurden Färbemittel gebraucht. Zudem hatte er Geschmack am Waffenhandel gewonnen. *Eisenfaust* konnte sogar wieder scherzen. »Wenn dich auch Albert für einen Dänen hält, dann bist du am Ende tatsächlich einer, Wibolt«, wandte er sich an den Emder, und natürlich hieb der Lübecker sofort in die gleiche Kerbe.

»Das ist doch, was ich sage!« Johann Kampen gackerte wie ein heiseres Huhn im tödlichen Würgegriff. »Meine Rede seit langem. Ein dänischer Straßenräuber!«

Wibolt wollte zu einem Konter ansetzen, doch dann tippte er sich nur an die Stirn. Das musste genügen.

Michel brachte Neuigkeiten. Der Konnetabel, Phillip de Bois, werde mit einem Kontingent von zweihundert Mann zurück nach Flandern reisen. »Wir müssen unseren toten Herrn nach Hause bringen«, erklärte der gräfliche Hundemeister. Aber nicht auf direktem Weg. »Gehen über Öland«, schob er nach.

»Warum, o Herr, geht Ihr über Öland?«, fragte Johann Kampen spöttisch, und Michel musterte ihn wie ein Großbauer einen frisch ertappten Hühnerdieb. Es wunderte alle sehr, dass der Hundemeister zu solch einem Blick fähig war.

»Wegen der Kogge, Mann. Die mit dem Schlachtvieh. Ich weiß, Johann, dass dein Gedächtnis nicht das Beste ist, aber das hättest du dir doch vielleicht merken können!«, und nun erinnerte sich jeder daran.

Dieser unsägliche Morgen im Hafen von Öland. Die frühe Stille vor dem Segelsetzen. Dann das plötzliche Aufziehen der gelben Warnfahne. Das verrückte Rühren der Trommel, als gelte es, die Welt aus dem Schlaf zu holen. Seuche! Die Pest! Und dann das Chaos, der alles mit sich reißende Sturm, der überstürzte Aufbruch mit Havarien, absaufenden Fahrzeugen und Toten, der Graf von Flandern mit seinem Flaggschiff in heilloser Flucht vorneweg. »Den Kahn muss es ja noch geben. Und das Vieh. Und die Leute«, sagte Michel und keiner wunderte sich über die Reihenfolge. »Das alles holen wir uns wieder.«

»Und wenn nichts mehr davon da ist?«, fragte der Lübecker plötzlich ganz ernsthaft, »Schiff, Vieh, Leute? Alles weg?«

»Dann müssen uns die Öländer etwas erklären«, gab der Flame trocken zurück, »und wenn uns die Antwort nicht gefällt, dann gibt es einen neuen Feldzug. Aber diesmal ohne Bischof.« Lehnte sich darauf mit einem gemütlichen Lachen zurück und schielte zur Feuerstelle hin, wo der Kochknecht soeben zwei fette Fasanen zu einem Gefecht auf schwere Klingen einlud.

Die Männer lagen da wie Krokodile, die sich in der Sonne baden, tranken und redeten, und irgendwann, die Dämmerung war schon da, gab es weiter hinten mit einem Mal Bewegung und sie bekamen mit, dass sich eine Gestalt von Kochstelle zu Kochstelle durchfragte. Anhielt und etwas sprach, dann wurden Köpfe geschüttelt und der Kerl ging weiter, bis sie endlich hören konnten, was er sagte. »Flaskoper?«, fragte der Mann, »Flaskoper? Wibolt Flaskoper, Tuchhändler aus Emden? Flaskoper?«

Und dann sagte Mandolf Düsterhenn: »Wibolt, da sucht dich einer!«

Der Emder fuhr hoch und hob seine Hand, rief: »Hier!«

Der Fremde trat an ihr Feuer. »Seid Ihr der Tuchhändler Wibolt Flaskoper aus Emden?«

»Soweit er das noch weiß, ja«, gackerte Johann Kampen, bevor Wibolt antworten konnte.

»Ich grüße Euch«, sagte der Fremde förmlich. Es stellte sich heraus, dass er der Sekretarius eines Handelsherrn aus dem Westfriesischen war. Sein Schiff sei über Emden nach Livland gekommen, es liege noch draußen auf Reede, aber sein Prinzipal habe ihm wegen der Dringlichkeit befohlen, das Beiboot zu nehmen und seinen Auftrag zu erfüllen. »Ich habe eine Botschaft für Euch, Herr. Aus Emden. Von Eurem Knecht Habbo Blome«, fuhr der Mann fort, und Wibolt wurde plötzlich der Kragen seiner Bluse zu eng. »Euer Weib hat geboren.«

Wibolt nickte mechanisch, und am Feuer brach Jubel aus, es war ja klar, die Zeit war längst verstrichen, und trotzdem war alles unklar. Er spürte sein Herz bis an den Hals, Schwindel ergriff ihn, und am Ende spürte er nichts anderes als eine Scheißangst. Und Zorn. Das hätte man auch alles behutsamer und besser machen können. »Ist sie gesund?« Der Bote sagte ja, sie hat alles gut überstanden, besonders wenn man die Umstände bedenke, und Wibolt nickte wieder, und hockte still und sagte sich, du bist Vater. Vater bist du. Vater. VATER, und dann durchflutete ihn eine Glückswelle, die sich anfühlte wie ein erheblicher Schluck von dem Weingesöff aus der Marketenderei. Und während die anderen um ihn herum tobten und schrien und ihm auf die Schulter schlugen, dämmerte es ihm allmählich, dass da noch eine Frage offen war. Oder sogar zwei. Was waren denn das für Umstände? *Wenn man die Umstände bedenkt*, hatte der Kerl gesagt. Umstände. Doch zunächst das Wichtigste. »Was ist es denn? Junge oder Mädchen?«

»Ja«, sagte der Bote lächelnd.

»Was heißt denn das, Mann?«, bellte da zum Erstaunen aller Mandolf Düsterhenn, der es nun nicht mehr aushielt. »Was heißt ›ja‹? Ist es ein Junge oder ein Mädchen!?«

Das Lächeln des Fremden wurde breiter, er grinste nun wie ein Falschspieler auf der Sommerkirmes. »Es ist ein Junge. Und ein Mädchen.«

Danach war Totenstille. Wibolt glotzte den Mann an. Der glotzte zurück. Dann fuhr der junge Vater beide Hände aus, packte den erschreckten Mann an den Ohren, riss ihn an sich, drückt ihm einen Kuss auf die schwitzige Stirn. Und dann brach die Hölle los. Die Fasanen waren noch nicht ganz durch, aber der Bremer Schiffsführer befahl, dass sie sofort gegessen würden. Michel holte mehr von seinem flandrischen Teufelszeug. Sie feierten bis in den frühen Morgen. Im Osten schimmerte es schon grau, als sie unter ihr Wetterdach krochen. Wibolt hatte einen recht schlechten Schlafplatz, den schlechtesten überhaupt, er lag gleich neben der Latrine. Es stank nach Kacke, und im Stroh über seinem Kopf raschelten die Mäuse. Der Schlaf hätte ihm Nase und Ohren verschließen können, doch er kam nicht, Morpheus' Arme wollten ihn einfach nicht umfangen. Es machte ihm nichts aus, er lag da und träumte mit offenen Augen und war so glücklich wie lange nicht mehr. Er hörte noch einen Satz, bevor die anderen schnarchten, Juries Hopper *Eisenfaust* sprach ihn, der Mann, den man bei der Gnadenaudienz des Bischofs von Livland übergangen hatte. »Michel kann saufen wie ein Bürstenbinder«, murmelte der Hamburger, und dann fielen seine Lider.

## 28.

*Gesunder Handel lebt durch einfache Regeln und überschaubares Gefüge im Strom von Gütern und Geld. Einem Kaufmann, der vom Rat der Gelehrten abhängt, droht rasch der Konkurs.*
*Nach der Nowgoroder Schra*

*Jütland und Lübeck, früher Herbst 1202*

Günstige Winde trieben die *Seeschwalbe* vor sich her, sie kamen von Osten, aus der Tiefe des reußischen Reiches, und waren die Begleiter eines ruhigen und stabilen Wetters mit viel Sonne und milden Temperaturen. Die Kogge lag gut in der See, obwohl sie den Winter über etwas undicht geworden war. Das Schiff hätte eigentlich vor dem Auslaufen kalfatert werden müssen, doch Mandolf Düsterhenn hatte sich entschlossen, die nötigen Arbeiten erst in Lübeck durchführen zu lassen. Er wollte keine weitere Zeit verlieren, die günstige Witterung war zu nutzen, und vor allem dem Risiko auszuweichen, in Visby oder Öland für den bevorstehenden Winter festzuliegen.

Mandolf Düsterhenn ließ ständig zwei der Seeleute Wasser aus der Bilge schöpfen, es waren immer Männer aus dem Bordkommando während des Feldzuges, und Wibolt hatte den Verdacht, dass der Schiffsführer die Kerle auf diese Weise an ihre Pflichten erinnern wollte. Oder auch daran, welche Folgen deren Versäumnis zeitigte. Die Arbeit war schwer, sie wurde erbittert gehasst, doch der Bremer kannte keine Gnade. »Ihr verdammten Hunde! Das habt ihr euch redlich verdient!« Er stand häufig an der offenen Ladeluke und peilte mit schrägem, kaltem Blick hinein in den Rumpf, auf die Leute, die unten mit vor Schweiß glänzenden Leibern standen und schufteten. »Nur zu, Männer. Zügig und hurtig, und sputet euch. Solange ich das Schwein in der Bilge schmatzen höre, kann es keine Ruhe geben!«

Er meinte mit dem schmatzenden Bilgenschwein das Geräusch des schwappenden Wassers im Schiff, das er so laut nicht mehr lange hören wollte. Düsterhenn war ohne jeden Abstrich der Meinung, dass während des Sommers Zeit genug gewesen wäre, die Beplankung der *Seeschwalbe* abzudichten. Die Kerle hätten es richten können und hatten es versäumt. Nun sollten sie die Folgen spüren. Nach dem zweiten Tag hatte er ein Einsehen und ließ zu, dass ein dritter Mann am Schanzkleid stand, um das Ösfass zu greifen und auszugießen.

Sie hatten den Sprung über die offene See gewagt, diesmal auf sich gestellt, ohne Begleiter, denn das Geschwader hatte sich bald nach dem Auslaufen in alle Winde verstreut. Viele Kaufleute fuhren die Küste entlang ins Finnische, um weitere Handelsräume zu suchen, es waren in der Hauptsache jene, die von Albert kein Privileg erhalten hatten. Andere hatten sich vorzeitig nach Hause aufgemacht oder blieben in Livland. Das flandrische Kontingent mit dem Konnetabel Phillip de Bois und ihrem Freund Michel, dem gräflichen Hundemeister, war als erstes aufgebrochen. Sie hatten Michel noch zugewinkt, er stand im Bug der *Löwe von Flandern* und wedelte mit einem Lederschlauch, der verdächtig nach dem Weingesöff aussah, das einem Händler im Tross eine silberne Nase und vielen der Soldaten eine rote verschafft hatte. »Passt auf euch auf, Freunde, und achtet auf tieffliegende Scheiße!«, brüllte der Flame zu ihnen herüber, sein Gesicht schien zu glühen, warum auch immer.

»Also hatte der Hund doch noch einen Schlauch!«,

fluchte der Lübecker und schüttelte drohend seine Faust, was Michel mit einem heiseren Lachen quittierte. Sie sollten ihn nie mehr wiedersehen, aber noch von ihm hören.

»Den Schlauch hat er sich, scheint's, für die Heimfahrt aufgehoben«, stellte Juries Hopper *Eisenfaust* lakonisch fest, und fuhr mit einem Seufzer fort: »Ich möchte so arbeiten können, wie Michel essen und saufen kann. Dann wäre ich ein gemachter Mann!«

»Bist du das nicht jetzt schon?«, fragte der alte Bremer von hinten, und der andere hob knapp die Schultern.

»Da mich Albert anders als euch nicht *gesalbt* hat, muss ich daran wohl noch eine Weile arbeiten«, sagte Juries mit saftiger Ironie.

»Mir kommen die Tränen«, verkündete darauf Johann Kampen und brachte es tatsächlich fertig, den Blick eines todtraurigen Kindes aufzusetzen.

»Hach!«, machte der Hamburger in grimmigem Spott, drehte sich weg und stiefelte hinunter in den Frachtraum der *Seeschwalbe*, um nach seinen Dokumenten zu sehen. Unten hörten sie ihn mit dem Schöpfkommando fluchen. »Seht zu und macht hin. Und der Teufel holt euch! Ich will nicht, dass hier meine Scheiße nass wird, versteht ihr das?«

»*Eisenfaust* hat inzwischen eine Sprache am Leib wie ein sarazenischer Ziegenmelker«, stellte Kampen sarkastisch fest.

»Ich weiß nicht, wie die reden«, gab Wibolt zurück, »aber mir kommt es eher so vor, er spricht wie ein flandrischer Hundeführer.«

In der Tat, es war nicht von der Hand zu weisen, Juries hatte sich Michels Idiom angewöhnt, und doch wusste er zwischen dem rüden Ton auf See und dem Habitus des gediegenen Handelsherrn durchaus zu unterscheiden. Wibolt hatte ihn erlebt, wie er einem Knecht in den Hintern getreten hatte, der ungeschickt mit einem

Topf Blaufarbe hantierte. Wenig später hatte *Eisenfaust* aufrecht und stolz vor dem Prokurator des Bischofs von Livland gestanden und sich erkundigt, warum er bei der Zuteilung der Handelsbriefe übergangen worden war. »Versteht mich recht, ich frage aus Wissbegier, nicht um zu klagen«, hatte er mit großer Ruhe gesagt, gelassen und souverän, als spräche er mit einem Freund über das Wetter des letzten Sommers.

Wunderlich hatte ihn gemustert wie ein Rossschlächter einen lahmen Gaul. »Seine Gnaden hat keine Verwendung für Farbstoffe in seinem Reich, nicht in dem Maße, dass der Handel damit privilegiert werden müsste«, belehrte ihn der Prokurator ungnädig. »Er liebt es weiß, wisst Ihr?« Das war eine Erklärung für Alberts Neigung zu den Schwertbrüdern, aber noch eher für seinen Ehrgeiz, denn weiß war die Farbe des Papstes in Rom. Vor allem aber war es eine Lüge, denn jeder wusste, dass Klaus Wunderlich von Wolffenstein darüber entschied, welche Kaufleute in der Audienz empfangen wurden. Er stellte die Liste zusammen und legte sie dem Bischof vor, der sie nur noch billigte.

Albert liebt also weiß. Warum trägst du dann eine Kutte in einer Farbe, die aussieht wie alter Straßenkot? »So? Aha!«, gab Juries Hopper mit sonnig mildem Lächeln zurück. »Ja, ich verstehe. Dann war wohl der Wunsch Seiner Liebden nach friesischem Blautuch nur eine Arabeske? Eine nachrangige Episode. Unbedeutende Eskapade des Geistes. Die Verwirrung eines Augenblicks. Ein kleiner Umweg bei der Suche nach Vollendung!«, fragte der Hamburger mit kaltem Spott.

Wunderlich schwieg eine Weile, bevor er sagte: »Es steht Euch nicht zu, darüber zu richten!« Danach sahen sie sich stumm in die Augen und jeder der beiden wusste, warum *Eisenfaust* nicht berücksichtigt worden war. Es war die kleine, billige Rache des Prokurators für irgendetwas, oder auch nur willkürlicher Ausdruck von Macht, Wunderlich hatte den Hamburger nicht auf die Liste gesetzt mit dem gleichen Dünkel, der ihn früher bewog, die Speerschäfte samt Klingen von ihm zu kaufen. Derlei brauchte keine tiefere Begründung, sondern nur die Versuchung zur Niedertracht und die Bereitschaft, ihr nachzugeben. Wunderlich musste, das war Juries Hopper nun klar, über eigenes Silber verfügen, und nicht eben wenig.

»Ihr seid wohl ein Stück Euer eigener Herr?«, stach ihn *Eisenfaust* listig an, den jetzt der Teufel ritt. Wunderlich fixierte ihn brütend, seine Augen waren die eines Fürsten, der über seinem untreuen Vasallen zu Gericht sitzt. Sage ich ihm, dass er zum Tode verurteilt ist, oder führe ich sofort den letzten Hieb, schien der Prokurator zu denken. Was spielt er nur für ein Spiel, fragte sich unterdessen Juries Hopper, und gab sich selbst sofort die Antwort. Es ist das alte Spiel um Macht und Einfluss; das Spiel der Könige. Vielleicht wuchs hier für Albert von Livland eine Gefahr heran, die der Kirchenfürst noch nicht einmal erahnte. »Es ist zwar nicht Euer Geschäft, aber mein Vater ist gestorben, bevor sein Vermögen aufgebraucht war.«

»Wie überaus rücksichtsvoll von ihm!«, hatte Juries Hopper zu sagen gewusst. Darauf hatte der Prokurator ihn stehen lassen, war davon gegangen mit geraden Schultern und hohem Kopf, im ganzen Gestus ein Herr, wir Wolffensteins, das wisset, bescheiden uns nur auf Sicht mit dem Amt eines Lakaien.

Jedenfalls, *Eisenfaust* hatte, wie die meisten der anderen, auch ohne Alberts Gnadenbrief eine Reihe von Verträgen in der Tasche, und seine Vorschüsse auf Leistungen und Lieferungen lagen, wie das Silber aller Kaufleute an Bord, wohlverwahrt im Eisenkasten. Natürlich war auch Geld geflossen, und das nicht zu knapp, Sicherheiten waren zu hinterlegen und Abschläge zu zahlen. Summa summarum jedoch hoben sich die

Beträge nahezu auf, bei gleichzeitigem Hinzugewinn von Partnern und Märkten, und mit einem solchen Ergebnis muss jeder Kaufherr zufrieden sein.

In Visby legten sie an und versorgten sich mit Frischwasser und Proviant. Die Stadt war voller Unruhe, es kamen Schiffe in den Hafen, um dort zu überwintern, und andere nahmen wie die *Seeschwalbe* Wasser und Nahrung für die Heimreise auf. Der Kreuzzug des Bischofs von Livland war in aller Munde. Albert habe inzwischen eine Stadt gegründet, so hieß es, er nenne sie Rige nach dem Flüsschen, das dort ins Meer fließe. In den Gassen und auf den Plätzen Visbys trieb sich allerlei Gesindel herum, es war das übliche Gewühl aus Abenteurern, Dieben und Dirnen, und das bekannte Theater von Streit und Raufereien, auch mit geschliffenem Eisen, um Silber und weibliche Gunst. Die Männer zogen es vor, auf ihrem Schiff zu bleiben, und wenn sie in die Stadt gingen, achteten sie auf ihre Geldkatzen und trugen ihre Schwerter.

Auf dem großen Marktplatz, der auch Richtplatz war, wurde die erste große Herbstmesse abgehalten. Wibolt und seine Freunde nahmen die Gelegenheit zu Einkäufen wahr, die nicht durch den Wucher von Metropolen wie Lübeck oder Bremen vergiftet waren. Diese Städte mit ihren schwindelerregenden Einwohnerzahlen von zehntausend und mehr Köpfen ließen heute keine günstigen Geschäfte mehr zu. Jeder brauchte dort alles, und die Preise waren absolut lächerlich. Für einen halbwegs annehmbaren Rock oder Hut legte man ein kleines Vermögen auf die Schrage. Nicht so in Visby. Die Stadt war zwar ein wichtiger Handelsplatz, ihre Bevölkerung jedoch bestand zum größten Teil aus Kaufleuten, und die hielten ihr Silber zusammen. Wer überhöhte Forderungen stellte, blieb unweigerlich auf seinen Gütern sitzen.

Der lange Hamburger bahnte ihnen den Weg durch die

Reihen zwischen den Marktständen. Das war recht einfach, Juries Hopper machte sich dazu nicht einmal breit. Wer in seinem Kielwasser segelte, der hatte hinlänglich Platz. Und trotzdem herrschte dichtes Gedränge, es war Hochzeit für Beutelschneider und Langfinger. Zur Warnung baumelte am Galgen die Leiche eines Gehenkten sanft im Wind, sie schien noch recht frisch zu sein, nur den Kopf hatten die Raben mit ihrem Kot und der Arbeit ihrer Schnäbel inzwischen zu einer grausamen Fratze entstellt. Der Tote trug weder Hose noch Stiefel. Gassenjungen und Halbwüchsige warfen mit Steinen nach dem verschrumpelten Glied, bejubelten jeden Treffer und hatten ihren Spaß. Offenbar gab es niemanden, der ihnen Einhalt gebot. Mit Widerwillen besahen sich die Freunde das Schauspiel. Schließlich hielt es Juries Hopper nicht mehr aus, er geriet in Zorn und fuhr mit Schlägen und Tritten unter das Gesindel. »Gassenpöbel, verdammter! Was soll das?«, herrschte er die Burschen an, »verschwindet, Sauzucht, verfluchte!«, und dann schob sich von hinten ein Stadtbüttel heran, nicht größer als *Eisenfaust*, aber mindestens doppelt so schwer.

Der Kerl hielt einen wuchtigen Stabdolch in den groben Händen, an seiner Seite hing ein furchterregender Hirschfänger. Er sah aus wie einer von der Sorte, die im Kopf schnell genug war zu erkennen, dass man statt diesem besser die Fäuste einsetzte, doch das mochte täuschen. »Gemach, gemach«, grunzte der Büttel, »ganz ruhig. Wir sind hier nicht unter deinen Dorfkrämern!« Er sprach recht gemütlich, aber es klang schon hörbar eine Drohung mit.

Der Hamburger war aufgebracht, er schob ziemlich unnötig sein Schwert vor den Bauch. »Unter meinen *Dorfkrämern* in einem Kaff namens Hamburg ist derlei nicht üblich. Was macht ihr hier mit dieser armen Sau?«, fauchte Juries unbeherrscht, und der andere musterte ihn kalt. Es schien, als schätze er ab, ob er mit einem überraschenden Schlag die Sache aus der Welt schaffen könnte.

Dann warf er einen eisigen Blick auf Hoppers Langeisen. Das Waffenrecht Visbys erlaubte jedem Freien, seine Klinge offen zu zeigen. »Diese *arme Sau*, wie du ihn nennst, Fremder, war der Wiegemeister von Visby. Er hat jahrelang ehrliche Leute mit falschen Ellen und Gewichten beschissen. Einen unserer Reeder hat er so in den Bankrott getrieben, der Mann hat sich letzten Mond selbst das Seil um den Hals gelegt. Und jetzt schleich dich!«

»Er ist nun tot, oder? Ist es nötig, dass euer Gesocks seinen Kadaver noch mit Steinen bewirft!?«, bellte *Eisenfaust* aus rotem Hals zurück, bevor ihn der Bremer fortzog, weg von dem Büttel und hinein in die Menge.

»Diesen Mist gab's früher nicht«, knurrte Johann Kampen von hinten.

Mandolf Düsterhenn winkte müde ab. »Früher, Johann. Früher!« Er sah hinüber zum Galgenhügel. Zwei Raben saßen auf den Schultern der Leiche und taten sich an dem gütlich, was von den Ohren noch übrig war. Nicht viel. »Früher, weißt du, habe ich mich gebückt, ohne nachzudenken. Heute bücke ich mich bedachtsam, nachdem ich geprüft habe, ob es nötig ist. Wenn ich dann unten bin, überlege ich, was ich, bevor ich mich aufrichte, in dieser Höhe noch erledigen kann. Und bin froh, wenn ich ohne Schmerzen wieder hochkomme!«

Jeder wusste, was der Bremer damit sage wollte; die Zeiten haben sich geändert, und nicht zum Besten. Früher wäre darauf eine lockere Antwort fällig gewesen, ein kecker Satz oder ein frecher Kommentar, doch nun schwiegen alle. Es lachte nicht einmal jemand, und das war ein schlechtes Zeichen. »Und jetzt weg hier!«, schloss Mandolf Düsterhenn schroff, »ich will mich nicht schlagen, sondern einen Handel machen.« Sie drängten zurück in die Menge, Juries Hopper *Eisenfaust* nahm erneut die Spitze, von seiner finsteren Miene war abzulesen, dass er keinem Streit ausweichen würde, ein kleiner Anlass, ein winziger Funke würde ausreichen, sein Pulver zu zünden. Vielleicht ist es gut, dachte Wibolt, wenn wir nicht mehr lange hierbleiben. Er warf dem alten Schiffsführer einen Blick zu, der nickte und hielt den Langen am Wams fest.

Und dann sahen sie den Mann. Er musste erhöht stehen, auf einer Kiste oder einem Schragentisch, denn die Stulpen seiner Stiefel waren sichtbar. Er trug einen blauen Mantel, einen von eben der Sorte, die Wibolt für den Lübecker beschafft hatte. Als Kleid für die Hauptleute des bischöflichen Heeres. Aber sein Gesicht war das eines Sarazenen, fast schwarz, er hatte nicht dem Heer der Kreuzfahrer angehört, da waren sich die Männer sicher. Sie hörten den Kerl in einer gutturalen, tief aus der Kehle kommenden Tonlage sprechen und drängten hinzu. »Ich war dabei!«, rief der Mann, »wir haben den Semgallen das Kreuz gebracht!« Im Näherkommen sahen sie, dass der Fremde nicht allein war, er hatte zwei Galgenvögel bei sich, kleine Männer mit harten, rattenhaften Gesichtern. Auch sie trugen blaue Mäntel, hielten Mützen in den rauen Händen und wühlten sich mit drohenden Augen durch die gaffende Menge. »Drum gebt, ihr guten Leute, gebt den Soldaten des Herrn, die für den Glauben ihr Blut vergossen haben!« Die beiden Ratten stießen den Menschen die Mützen vor die Brust, und wer nur einen gelben Bruchpfennig gab, der wurde böse angefaucht.

Wibolt sah das Unheil kommen, als sich die Kerle dem langen Hamburger näherten, Juries stand nun einmal ganz vorne, es gab niemanden, der an ihn heran konnte, das Gedränge um den Tisch ließ es nicht zu. *Eisenfaust* schien fast zu zittern vor Erwartung. Er hatte seine großen Fäuste geballt, als hätten sie schon zugepackt und als wollten sie sich für den Rest ihres Lebens nicht mehr öffnen. »Woher haben diese Ärsche ihre Mäntel?«, hörte Wibolt den Lübecker hinter sich fragen, aber er konnte darauf nicht antworten, denn vor ihm nahm das Gedränge zu und er sah, wie Juries seine Arme ausfuhr. Und im gleichen Augenblick erstarrte, denn zwar hatte er die erste Ratte am Kragen, aber auch ein Eisen an den Rippen, das der Kerl in einer einzigen, fließenden Bewegung gezogen hatte, einen bösartig geschliffenen, spitz zulaufenden Vierkant, fast eine Elle lang.

Mit verschlagenem Grinsen sah der Bursche zu dem Langen auf. »Wir wollen doch friedlich sein!«, schlug er vor. Eisenfaust starrte ihn an wie ein widerliches Insekt auf der Fleischplatte. Stieß ihn dann von sich, spuckte aus und drehte sich weg, und von diesem Augenblick an verstummte Hopper für den Rest des Landgangs.

Die Männer standen und hörten dem Kerl auf dem Tisch zu, und mit jedem Wort wurden ihre Mienen düsterer. Der Bischof selbst habe an vorderster Stelle gefochten, den König der Semgallen im Zweikampf getötet, und die Flotte des Feindes sei in einem kühnen Angriff unter Wasser getreten worden. Er selbst habe Albert Buxthoeven, dem Bischof von Livland, als Leibwächter gedient und ihn bei vielen Gefechten mit seinem eigenen Körper geschützt. Dann entblößte der Mann seine Brust und zeigte eine fürchterliche Narbe. »Seht her, ihr Leute! Dieser Schwerthieb galt Albert. Ich habe ihn an seiner Stelle genommen. Und nun gebt, gebt im Namen des Herrn!« Die Verwundung war alt, sie konnte nicht von dem erst kürzlich beendeten Feldzug stammen, aber die Menge wusste es nicht besser. »Gebt, und dankt dem Heiland, unserem Gott, dass Semgallien für die Christenheit gewonnen ist!« Die Leute standen mit gläubigen Gesichtern, nicht wenige hatten feuchte Augen und die beiden Ratten drängten ihnen die Mützen vor den Bauch.

»Woher haben die Schweine ihre Mäntel?«, knurrte Johann Kampen zum zweiten Mal. Der alte Schiffsführer hob seine Schultern. Es gab dafür viele Erklärungen, aber nur eine war hinreichend plausibel. Ihre vorigen Besitzer hatten sie nach dem Feldzug verkauft. Es mussten die Hauptleute aus den Kontingenten gewesen sein, die der Graf von Flandern für den Feldzug angeworben hatte. Einer der beiden Geldsammler drehte ihnen den Rücken zu, und sie sahen, dass sein Mantel zwei Einschusslöcher hatte, die Ränder waren noch dunkel von altem Blut und nachlässig mit einem Faden zusammengezogen. »Für dieses Geschmeiß sind deine Mäntel allemal gut genug, Wibolt!«, knarzte der Lübecker, und das war für den Emder das Signal. Er wandte sich um, schob Kampen zur Seite und stiefelte los. Nur an den Stößen und Flüchen hinter ihm konnte Wibolt erkennen, dass die anderen ihm folgten.

Er bahnte sich seinen Weg zurück durch die Menge, vorbei an plärrenden Händlern und bettelnden Kindern. In einer Gasse zwischen den Buden kämpften Krüppel um einen Brotlaib, sie rauften so sehr, dass von dem Brot kaum mehr etwas übrig war. Von irgendwoher kam plötzlich fauliger Geruch und er wusste, er näherte sich dem Viertel der Abdecker. Eine ältere Frau mit grell geschminktem Mund und offenem Mieder griff im Vorbeigehen nach seiner Geldkatze. Sie machte es sehr geschickt, es sah so aus, als langte sie Wibolt an die Hose, und er schlug kräftig nach ihrer Hand. Er hörte die anderen hinter sich, was ist denn los, Wibolt, nun mach mal halblang, doch sein Zorn trieb ihn.

Er wollte weg vom Galgen mit der Leiche, weg von diesem Gedränge stoßender und stinkender Menschenleiber, weg von den Kerlen im blauen Mantel und weg von Visby. Auch weg von Johann Kampen? Ja, auch weg von ihm, von seinen ständigen, den Nerv tötenden Andeutungen, versteckten Vorwürfen und geschmeidigen Rückzügen. Soll er sagen, was er zu sagen hat, soll er es endlich sagen oder sein Maul halten. In diesem Augenblick wusste Wibolt, dass er mit dem Lübecker keine Geschäfte mehr machen wollte. Und dass diese unsägliche Angelegenheit mit dem Blautuch aus der Welt zu schaffen war. Vorher. Endgültig. In aller Klarheit.

Vor einem Stand mit Schmuck blieb Wibolt Flaskoper stehen. Er hatte schon bei ihrem ersten Gang in die Stadt einen Blick auf die Kette geworfen, sie war aus Ambersteinen gefertigt, und nun nahm er sie zur Hand. Nur der Mittelstein war geschliffen, er sah aus wie ein großer Tropfen, und die Schließe bestand aus gutem Silber, das war eindeutig zu erkennen. Der Händler musterte ihn wortlos, aber mit wachen Augen. »Da die Steine bis auf den mittleren nicht geschliffen sind, kann die Kette nicht viel kosten«, begann Wibolt, und der andere beugte sich vor.

»Ihr werdet sie kaum selbst tragen, sondern wohl die Dame Eures Herzens, also sollte es Euch auf einen Bruch Silber nicht ankommen. Seht den Verschluss. Und schaut Euch den Mittelstein genau an«, forderte er den Emder lächelnd auf. Wibolt nahm den Tropfen schärfer in den Blick. In der Mitte fand er einen kleinen Falter, der im Moment der Erstarrung seine Flügel ausgebreitet hatte. Er sah aus wie ein winziges Herz.

Johann Kampen erstand eine Holzfigur, die vier kopulierende Hunde darstellte. »Was willst du damit?«, fragte der Bremer mit schrägem Blick. Kampens Augen sprühten Feuer. »Ich habe in Lübeck einen Holzschneider, der diese Dinger in Mengen für mich nachmacht. Und dann geht's auf den fränkischen Markt. Die Franken sind mehrheitlich große Ferkel, musst du wissen, Mandolf. Sie werden mir den Kram aus den Händen reißen.«

\*

Sie waren schon längst wieder an Bord der *Seeschwalbe*, als Wibolt den Hamburger auf den Vorfall am Galgen ansprach. *Eisenfaust* hatte den Rest des Heimweges geschwiegen. Man sah ihm an, dass er noch immer sehr zornig war, und der junge Tuchhändler fragte sich inzwischen, ob dies nicht doch noch andere Gründe hätte. Die übrigen Männer hielten Abstand zu Juries Hopper, aber Wibolt ließ die Sache nicht los. Es kam ihm so vor, als hätte der Hamburger das Bedürfnis, sich mitzuteilen und finde den Dreh nicht, also passte er eine günstige Gelegenheit ab. Der andere stand vorn im Bug und musterte die vorbeiziehende Küste mit schmalen Augen. »Was hattest du beim Galgen, *Eisenfaust*? Bei uns im Emden treibt das Volk auch seinen Schabernack mit Verurteilten, selbst mit ihren Leichen. Bei euch nicht?«

Juries Hopper warf ihm einen finsteren Blick zu. »Ja, doch, Mann! Es ist üblich, auch bei uns. Aber das hindert mich nicht, es zum Kotzen zu finden!«

Aufmerksam sah Wibolt ihn an. »In Ordnung. Geht mir nicht anders. Ist das alles?«

Der Hamburger drehte sich wortlos um und trat an das Schanzkleid. Die *Seeschwalbe* machte flotte Fahrt, sie lagen gut in der Zeit. Steuerbord voraus trat Öland aus dem Dunst dieses frühen Herbsttages, die Insel wirkte wie ein Lindwurm, der aus dem Wasser taucht. Mandolf Düsterhenn würde nicht auf Öland anlegen, sie hatten genug Proviant und wollten das westliche Ostmeer früh gewinnen. Inzwischen hatten alle dünne Nerven, die Reise war lang gewesen und nun drängte es jeden nach Hause.

Juries Hopper wandte Wibolt den Rücken zu, die Sonne stand eine Handbreite über der Kimm, sie beleuchtete die wuchtige Gestalt des Hamburgers mit mildem Licht. Wibolt hatte diesen Mann in der Schlacht gesehen, sein mächtiges Schwert mit beiden Händen führend, ein fürchterlicher Gegner für jeden Feind.

Und er hatte ihn als Handelsherrn erlebt, ganz Patrizier, erlesen im Auftreten, galant in der Rede, ausgesucht in den Manieren. Jetzt schien er ihm trotz strotzender Männlichkeit verletzlich, sensibel und angreifbar. Und als der Emder schon dachte, nun lass ihn stehen mit seinem Gedanken, gib Ruhe, da kommt nichts mehr, begann der Hamburger plötzlich zu reden. »Sie hieß Ruth«, sagte er, »und sie war die Tochter eines befreundeten Kaufmanns.«

Es war schon sehr früh klar, dass die beiden füreinander bestimmt waren, ihre Väter hatten es so eingefädelt, sie machten den Ehevertrag, als Juries zehn war und das Mädel acht. Mit zwölf war Juries verlobt und nach Vollendung seines vierzehntes Jahres sollte geheiratet werden. Doch dann kam die Katastrophe. Der Vater seiner Braut hatte Feinde in der Politik der Stadt, mächtige Feinde, die auch geschäftliche Konkurrenten waren. Sie handelten mit Wolltuch, wie sein künftiger Schwiegervater, und sie neideten ihm seinen Erfolg. Die Intrige war von langer Hand geplant. Sie richtete sich nicht gegen den Prinzipal selbst, denn der war in seiner Integrität unangreifbar, der heimtückische Schlag wie aus finsterer Nacht zielte auf die junge Ruth, seine Tochter, sie zu treffen und ihn damit zu vernichten, das war der infame Plan seiner Gegner. Plötzlich schwirrten böse Gerüchte durch Gassen und über Plätze, die junge Frau sei eine Hexe, man habe sie bei finsteren Ritualen auf dem alten Richtplatz unten am Fluss beobachtet. Es folgten Denunziationen aus Kreisen der Vorstadt, die der Familie fremd waren. Ruth habe einem Kind auf dem Markt über den Scheitel gestrichen, dieses sei dann unter schrecklichen Qualen verstorben. Zuvor sei die Zunge strohgelb geworden, und das Kind habe auch nach Satan geschrien, dem Gott der Finsternis. Eine Frau aus der Nachbarschaft sagte vor dem Stadttribunal aus, immer, wenn die Ruth am Fenster ihres Kochtrakts vorbeigehe, bekomme sie selbst Herzrasen und die frische Milch verdürbe ihr sofort im Krug. Sie werde dunkel, fast braun und rieche dann nicht wie schlecht, sondern nach Rauch und Schwefel.

An dieser Stelle stockte Juries Hopper, es mochte sein, dass ihm einfach die Stimme versagte, oder dass er Kraft sammeln musste für das schreckliche Ende. Wibolt ließ ihm Zeit. Er stand und schwieg, und gemeinsam hefteten sie ihre Blicke auf die Insel Öland, starr und suchend, ganz so, als gebe es dort Erlösung von allem Elend dieser Welt. Für die letzten Sätze brauchte *Eisenfaust* lange, der Emder hörte ihn kauen und schnaufen. Man habe die Ruth dann abgeholt. Unter der Folter habe sie schließlich alles gestanden. Als man sie zur Hinrichtung schleppte, war sie schon halbtot. Man habe sie in der üblichen Weise mit dem Strick stranguliert, das sei leichter gegangen als bei einem Huhn. Erst am nächsten Tage habe man sie verbrannt. Bis dahin habe ihr Leichnam im Pranger gehangen. »Du kannst dir vorstellen, *Standfest*, was der Pöbel, was die Schweine in der Zwischenzeit mit ihr angestellt haben. Nein, du kannst es dir nicht vorstellen!«, sagte Juries Hopper nach einer langen Pause, und als er sich umwandte, waren seine Augen rot vor Trauer und Zorn. »Hüte dich, wenn du in deiner Stadt Feinde hast, die reich und mächtig sind, hüte dich vor ihnen, Wibolt. Sie können dein Leben zerstören, schneller als du brauchst, einen guten Krug Wein zu leeren!«

Danach standen beide, starrten und schwiegen. Flaschengrün zog das Meer an der *Seeschwalbe* vorbei. Im milden Licht des Tages schien es friedlich und sanft, eine unendliche Fläche aus tiefweichem Moos als Verheißung für müde Glieder, nun komm und lege dich und finde deine verdiente Ruhe. Wo der Rumpf das Wasser berührte, zogen sich weiße Schaumlinien, zart und fein wie der Schleier einer Braut. Doch dann kam die Tiefe, wurde es dunkel, gab es finstere Räume und Schatten, die das Auge nicht durchdringen konnte. Emden, dachte Wibolt Flaskoper. Emden, deine Stadt. Da wartet nicht nur Mieke auf dich, die Schwarze Glutäugige mit deinen beiden Kindern. Sondern auch die Politik. Der Kampf um Macht und Ansehen. Das Amt des Bürgermeisters. Johann Wynsen, der es loswerden. und Jakob Moerman, der Viehhändler, der es haben wollte. Haben *musste*. Um jeden Preis.

Als sie kurz darauf die Südspitze von Öland passierten, standen über der Insel zwei große Rauchsäulen. Später in Lübeck hörten sie dann, ein flandrisches Heer habe dort angegriffen, den Hafen genommen und einen Großteil der Anlage zerstört. Zudem sei eine Kogge aufgebracht worden, ein Schiff aus dem Reich des Kaisers der Reußen, das zufällig hier geankert habe. Man sprach auch von Strafexpeditionen an Land, starke Verbände der Flamen hätte mit Hunden Jagd auf Einheimische gemacht. Dabei seien viele Menschen zu Tode gekommen. Aber, so hieß es weiter, die Öländer selbst hätten den Anlass zu diesen Grausamkeiten geliefert. Sie hätten im Sommer Anno 1201 eine flandrische Kogge, die im Hafen unter Quarantäne stand, in ihre Gewalt gebracht und die ganze Besatzung sei dabei auf die übelste Weise erschlagen worden.

\*

In der letzten Nacht auf See konnte Wibolt keine rechte Ruhe finden. Das Gespräch mit dem langen Hamburger wollte ihm nicht aus dem Kopf, es schien ihm wie ein Omen, eine üble Verheißung. Denn schließlich hatte er Feinde in Emden, Leute wie der Viehhändler Jakob Moerman, und Flaskoper wusste, dass er diesen nicht mehr so unbefangen entgegentreten konnte wie noch vor Jahresfrist. Damals war er ohne Sünde gewesen, integer und rein, nahezu unverwundbar. Jetzt nicht mehr. Was konnte, was wollte er unter diesen Umständen noch erreichen? Worum konnte er noch kämpfen? Als er sich spät in den Bettkasten verkroch, fand er lange keine Schlaf, doch schließlich fielen ihm die Augen zu, und dann hatte er einen schlechten Traum. Darin erklomm er eine wuchtige Treppe. Die Stufen schienen im Nirgendwo zu enden, und Wibolt stieg ächzend nach oben. Der Hohepriester schien schon auf ihn zu warten, er machte eine ungeduldige Geste mit der Hand, nun komm schon, spute dich und sieh zu! Er stand ganz oben, fast in den Wolken, weit weg, und den Emder verstand nicht, dass er ihn trotzdem so deutlich sehen konnte. Als Wibolt endlich angekommen war, befahl ihm der Hohepriester, er solle sich mit der Stirn auf den Boden legen, die Arme ausgebreitet wie ein Gekreuzigter, und dann solle er auf sein Urteil warten. Es werde gesprochen werden, bald. Der Emder lag mit seinem zerschundenen Körper da wie ein Toter, er spürte keinen Schmerz, er war zu müde, überhaupt etwas zu spüren. Nach einer Weile der Stille befahl der Hohepriester, Wibolt solle sich nun auf den Rücken legen. Der junge Emder gehorchte. Ein Urteil hatte er nicht gehört, nicht ein Wort hatte er gehört, war denn gesprochen worden? War er verdammt? Worin bestand seine Strafe? Er lag noch immer auf seinem Rücken, der Hohepriester näherte sich, und dann sah Wibolt, dass der Mann zwei unterschiedliche Gesichtshälften hatte. Die linke war die harte von Klaus Wunderlich von Wolffenstein, dem bischöflichen Prokurator, die rechte sah aus wie Guido, der flandrische Hundemeister, der am Christtag anno 1201 so jämmerlich gestorben war. Und während sich der Emder noch darüber wunderte, begann der Hohepriester ihn zu betasten, er langte ihm in die Taschen und durchwühlte sie gierig nach Geld:»Jetzt zahlst du deinen Preis!«, kicherte er mit zahnlosem Maul, und dann hob Wibolt die Hände endlich zur Abwehr.

Der andere ließ von seinem Hosensack, er packte Wibolt an den Hals und der Emder versuchte verzweifelt, sich diesem unbarmherzigen Griff zu entwinden, und dann, mit einem Mal, öffnete sich der Himmel über ihm, es wurde hell und er sah den Lübecker vor sich. »Wibolt, du alte Schlafmütze, wach auf! Wir sind in Lübeck!«, sagte Johann Kampen grinsend.

## 29.

*Schlägt jemand einen anderen blau und blutig,*
*der verbricht zehn Mark Silber.*
*Schlägt jemand einen anderen braun und blau,*
*der verbricht fünf Mark.*
*Verwundet jemand einen anderen aus Vorsatz so schwer,*
*dass die Wunde Tod oder Lebensgefahr zur Folge hätte,*
*der verbricht fünfzig Mark*
*Aus der Nowgoroder Schra*


*Lübeck, Herbst 1202*

Es war noch nötig geworden, dass Wibolt sich in der Stadt ein neues Wams mit einen Paar passenden Hosen kaufte, denn Kampen hatte nach einem prüfenden Blick gesagt: »So kannst du nicht vor die Bruderschaft treten, ich will mich deiner nicht schämen müssen, das wirst du einsehen, Wibolt, auch wenn du aus der friesischen Wüste kommst. Und wasch dich, mein Guter, du stinkst wie ein semgallischer Ziegenmelker.« Dann hatte der Lübecker gelacht und ihn zu einem Tuchschneider geführt, der Augen hatte wie ein Adler, der auf seine Beute herabstößt.

Zuvor hatte sich Mandolf Düsterhenn von ihm verabschiedet wie ein Vater. Er hatte den jungen Emder noch an Bord der *Seeschalbe* umarmt und auf die Stirn geküsst, und dann zu einer kleinen Rede angesetzt. »Nun bist du Gotlandfahrer, *Standfest*. Zwar noch ein grüner, aber grün ist das Holz, auf dem im nächsten Jahr die Früchte wachsen. Damit endet auch meine Patenschaft für dich, du brauchst sie nicht mehr. Ich danke dir für so manchen Schutz, und für dieses schöne Schwert hier, das ich *Emdenhart* nennen werde, bis ich die Augen schließe. Bewahre dir deine reine Seele!«, sagte der Bremer Schiffsführer, und jeder hielt Wibolts Tränen für Rührung, was nicht völlig falsch war.

Auch Juries Hopper *Eisenfaust* nahm den Emder in seine Bärenarme, es sah aus, als wollte er ihn sich zum Frühstück zurechtlegen. »Du hast das Zeug, ein Großer zu werden, Wibolt. Aber gib Acht, du neigst zur Arglosigkeit. Behalte im Auge, wer dir übel will!«

Er sollte keinen der beiden wiedersehen, Mandolf Düsterhenn verstarb im nächsten Jahr, und Juries Hopper verschwand auf einer Kauffahrt ins Fränkische. Es gab Gerüchte über einen Hinterhalt in den Fichtelbergen, nicht weit vom Ochsenkopf, aber die Nachrichten waren dünn und der Hamburger tauchte nicht wieder auf. Einzig Johann Kampen blieb Wibolt erhalten, der Lübecker hatte etwas abseits gestanden und gefeixt, man konnte meinen, er höre alles Gesagte und wisse es besser.

Wibolt nahm sich ein Gasthaus nicht weit vom Prinzipalmarkt. Der Wirt war um diese Zeit des Jahres froh über jeden Gast, er handelte nicht lange. Zudem versprach er ein Fuhrwerk zurück nach Ostfriesland. »Ihr habt Glück«, sagte der Mann, »es geht noch eine Gemeinschaft von Fernhändlern nach Westen, über Groningen und Antwerpen, er fährt direkt vor meiner Tür ab, ein paar Plätze sind noch zu haben, einer davon gehört Euch, ich werde mich darum kümmern.« Die Nennung von Groningen rührte Wibolts Herz, er nahm sie als gutes Vorzeichen und ließ seine Habseligkeiten in die Herberge schaffen. Seine Verträge und den Handelsbrief des Bischofs von Livland hielt er stets bei sich, ebenso wie sein restliches Geld. Der Wirt hatte seinen Eisenkasten angeboten, der sei fest gebaut und wohl verwahrt, er könne ihn ruhigen Gewissens nehmen, aber Wibolt lehnte ab. Er wollte kein unnötiges Risiko eingehen.

Dann wartete er. Der Emder hatte lange darüber nachgedacht, ob es sich lohnte, wegen dieser Sache noch in der Stadt zu bleiben. Als Mitglied der Lübecker Bruderschaft zu gelten, konnte wichtig sein, auch um den Kampf zu bestehen, der ihn zu Hause erwartete. Besonders Gotlandfahrer genossen in der Kaufmannschaft der Fernhändler den Ruf welterfahrener Männer, sie wurden mit allerlei Ehren überhäuft, man hielt sie höchster Ämter für fähig. Nicht wenige von ihnen drangen in die Spitze des Landes vor, sie dienten Königen und führten Städte. Und er, der Tuchhändler Wibolt Flaskoper, wäre der erste Emder Kaufherr, der auf diese Weise ausgezeichnet würde. Andererseits fürchtete er, auf diese Weise dauerhaft mit Johann Kampen verbunden zu sein, in eine Art von Nähe zu geraten, die er zu beenden wünschte, wie eine lange Reise in schlechter Gesellschaft. Schon auf der *Seeschwalbe* hatte er diese Dinge begrübelt und sich schließlich entschieden zu bleiben. Eine Rückreise ohne Bedeckung verbot sich wegen des unsicheren Weges. Da er also ohnehin noch warten musste, bis der Zug nach Westen aufbrach, hatte er nichts zu verlieren.

Der Lübecker hatte sich ziemlich unklar ausgedrückt. »Halte dich bereit!«, hatte Johann Kampen gesagt, »es kann dauern, aber auch schnell gehen.«

Wibolt war indes fest entschlossen, den Händlerzug nach Ostfriesland nicht zu versäumen, denn der würde auch ohne ihn aufbrechen. Keinen Tag würde der verlieren, das hatte ihm der Wirt klar gesagt: »Sobald der Zug voll ist, wird angespannt.« Im Gegensatz dazu drängte Lübecks Kaufleute offenbar keine Eile, ihn zu empfangen, worüber Wibolts Verstimmung wuchs. Die Herren sind ja nun wohl in Ruhe, das Handelsjahr ist so gut wie abgeschlossen, man sitzt an Büchern und Rechnungen, räumt im Lager oder tüftelt an der ersten Reise des Frühlings. Also wird es, bei etwas gutem Willen, keine hohe Kunst sein, die Bruderschaft für eine kurze Vesper zusammenzubringen, so glaubte der Emder.

Aber auch am nächsten Tag rührte sich nichts, und als Wibolt schon dachte, nun werde er wohl ohne Weihen der Lübecker Fernhändler nach Hause fahren, donnerte es an seine Tür. Der Emder langte nach seinem Schwert, es lag stets griffbereit auf seinem Reisesack. Lübeck war grundsätzlich sicher, die Stadtbüttel hielten Gassen und Plätze sauber, aber Gesindel gab es auch hier, und Wibolt verspürte wenig Neigung, sich so nahe der heimatlichen Geborgenheit noch rupfen zu lassen. Er wartete und lauschte, die Klinge fest in der Hand, dann kam von der Stiege ein Schnaufen und Schmatzen, und er wusste, es ist der Hausknecht. »Gast für Euch. Unten in der Schenke. Ist wohl eilig.« Der Knecht wartete nicht auf Antwort, sondern polterte die Treppe hinunter und Wibolt folgte ihm. Ein Bote der Bruderschaft wartete auf ihn, doch ganz so dringend schien es nicht zu sein, der Mann hatte sich einen Humpen vom Fass geben lassen, lässig lehnte er an der Wand und nahm sich Zeit. Der Kerl schien sogar einen zweiten Humpen ernsthaft in Erwägung zu ziehen, er warf einen bedauernden Blick in das leere Gefäß, und erst als der Wirt um die Ecke bog und sagte: »Nun komm in Schweiß, Hinrick, der Herr reist morgen!«, setzte sich der Bote in Bewegung. Der Mietgaul vor dem Gasthaus war so mit Gassendreck bespritzt, dass Wibolt beim Aufsitzen auf seine neue Hose achten musste.

\*

Der Ritt ging quer durch die Stadt, hinüber zum Hafen, und als sie am Dombau vorbeitrabten, kam ihnen ein Zug singender Mönche entgegen. Alle trugen zerrissene Kutten und viele hatten zerschundene, blutige Füße. Ihr *Tedeum Laudamus* klang seltsam zerrissen und brüchig, die Männer mussten in einem jämmerlichen Zustand sein. Der Bote der Bruderschaft sagte irgendetwas von armen Schweinen und dem Emder war klar, es handelte sich um heimatlose Klosterbrüder. Mönche ohne den Schutz einer Abtei, die auf der Straße lebten, sich durchschlagen mussten, menschliches Strandgut im Gewand der Kirche, wie es sich seit Beginn der Kreuzzüge immer häufiger fand. Auch Brüder folgten dem Ruf des Schwertes, sie wollten zur Befreiung des Heiligen Landes einen Beitrag leisten, und wenn sie heimkehrten, gab es in ihrem alten Konvent keinen Platz mehr für sie. Oder ihre Klöster waren verschwunden.

Die beiden Reiter umrundeten die noch unfertige Kirche und hielten in Richtung Westen, auf den Magistrat zu. Wibolt wusste, hier waren auch die großen Kontore der Fernkaufleute und der reichen Handelsgesellschaften. Die Häuser wurden größer und stattlicher, man sah immer häufiger bleigefasste Scheiben und die Leute in den Gassen trugen pelzbesetzte Schauben über weichen Stiefeln. Der Gestank der Altstadt ließ nach, es roch weniger nach Urin und Exkrementen. Denn die Häuser hatten sämtlich Sickergruben, niemand leerte hier den Nachttopf durch das Fenster auf die Gasse oder warf seine Abfälle vor die Tür.

Irgendwann hielt der Führer seinen Gaul an. Das Haus der Bruderschaft war bei weitem nicht das größte am Platz, es machte dennoch Eindruck. Der ebenerdige Wirtschaftstrakt war aus wuchtigen Feldsteinen aufgemauert, die in der Höhe sorgfältig behauenen Granitblöcken wichen. Es gab auch hier die üblichen Spannrahmen mit vergilbten Schweinsblasen als Lichteinlässe für die Küche, und eine recht alte Holztreppe führte von außen in die oberen Räume, die anders nicht betreten werden konnten. Man hielt sich so unliebsame Gäste vom Leibe, denn der Zugang war mit einem oder zwei Waffenknechten leicht zu verteidigen. Und trotzdem schien das Gebäude in gediegenem Glanz zu strahlen, man sah ihm an, dass seine Benutzer erfolgreich und wohlhabend waren.

Der Emder stieg vom Pferd. Ein kurzer Blick sagte ihm, dass die neue Hose trotz seiner Sorgfalt nicht sauber geblieben war, item die Stiefel, er ärgerte sich darüber und kletterte die Stiege hinauf. Man schien auf ihn gewartet zu haben, denn schon auf halbem Weg öffnete sich die obere Tür und Johann Kampen streckte den Kopf hinaus. »Hurtig, hurtig, nun mach hin und sieh zu, Bruder *Standfest*!«, rief ihm der Lübecker entgegen.

Das klang ganz so, als hätte es Wibolt Flaskoper sein rechtzeitiges Erscheinen schuldhaft versäumt, und der Ärger des Emders stieg mit jeder Stufe. »Verdammt, Johann! Ich war kurz vor dem Aufbruch. Morgen geht mein Zug nach Ostfriesland. Keinen Tag länger hätte ich gewartet!«, raunzte Wibolt noch auf der Stiege, doch der andere grinste nur und zog ihn über die Schwelle.

Es gab nur einen Saal, der jedoch die gesamte Grundfläche des Gebäudes einnahm. An der linken Kopfseite fand sich ein steiler Holztritt, der wohl in die Dachkammer führte. Der Raum war edel vertäfelt, an den Wänden vergossen eine Unzahl Kerzen und Binsenleuchten ihr verschwenderisches Licht. Nie zuvor in seinem Leben hatte Wibolt einen derart hell erleuchteten Saal gesehen. Allein die Kosten für Wachs und Talg mussten enorm sein. Johann Kampen führte den Emder vorbei an vornehmen Herren, die teure Mützen trugen und Stiefel mit silbernen Schnallen.

Wibolt spürte prüfende Blicke auf sich ruhen, kühle Augen musterten ihn abschätzig, und mit einem Mal fühlte er sich unwohl in seinem neuen Wams und den Beinkleidern, auf denen er den Gassendreck von Lübeck spazieren führte. Immerhin, weiter hinten kratzte eine heisere Fiedel, und in der Ecke am Fenster jammerte eine Sackpfeife, und das erinnerte ihn an den Magistratssaal zu Hause. Auf den Schragen an der Rückwand stand schon ein Essen bereit, Platten mit Fleisch und Lauch drängten sich neben Brotkörben und Töpfen voll Mus und Honig, Krüge mit Bier und Wein schimmerten in edlem Zinn. »Heute feiern wir unser Schaffermahl, Wibolt«, sagte Kampen über die Schulter. »Dazu brauchen wir nach unserer Ordnung mindestens zwei Drittel aller Brüder, aber wir hatten noch Last, so viele zusammenzubringen, deshalb die Verzögerung.«

Vor einem Tisch blieb der Lübecker stehen. Dahinter wartete zu Wibolts Überraschung eine hübsche Frau in ihren mittleren Jahren. Sie trug ein reich verziertes Mieder, ihr blondes Haar wurde von einer Haube aus zartem Linnen nur halb bedeckt. Kampen stellte den Emder vor. Jutte Arnhem hieß die Blonde, sie war die Prinzipalin des größten Pelzhauses in der Stadt, hatte es von ihrem Vater geerbt und mit ihm den Sitz in der Bruderschaft. »Jutte führt heute den Vorsitz, sie ist eine von vier Männern und Frauen, die unserer Bruderschaft Stoff und Form geben«, sagte der Lübecker mit charmantem Lächeln, das Jutte jedoch nicht aufnahm, im Gegenteil, die Frau blieb stumm und ernst, fast abweisend. Sie nickte höflich, schenkte auch ihrem Mitbruder Johann kein Wort und das gab Wibolt zu denken. Vielleicht hat sie schlechte Zähne, vermutete der Emder, aber das war es nicht; als Jutte Arnhem schließlich um Ruhe bat, zeigte sie ein fast makelloses Gebiss, in dem es nur wenige Lücken gab, und um das sie gewiss viele lebhaft beneideten. Ihre Stimme hatte einen harten, sogar scharfen Klang, es dauerte nur wenige Augenblicke, bis in dem großen Saal Stille herrschte.

Jutte Arnhem resümierte zunächst nüchtern das Geschäftsjahr der Bruderschaft. Dazu brauchte sie kein Pergament, sie hatte ihre Zahlen im Kopf. »Es war mit Gottes Hilfe ein recht gutes Jahr, meine Brüder«, stellte die blonde Frau sachlich fest. Die Umschläge wären um fünf Teile von hundert gestiegen, man verzeichne insgesamt ansehnliche Zuwächse bei Gütern und Geld, und auch das Sortiment habe zugenommen. »Wir stellen uns jetzt breiter auf. Unser Gespür für den Mangel am Markt wächst. Mit ihm aber eben auch die Bereitschaft, für Abhilfe zu sorgen, und dabei ins Risiko zu gehen.« Noch wichtiger sei aber in Zukunft, nicht zu warten bis der Bedarf sich zeige, sondern Wege zu seiner Weckung zu finden.

Während Wibolt Flaskoper, Tuchhändler aus Emden, dieser erstaunlichen Frau lauschte, wanderte sein Blick durch den Saal und über die Leute. Doch mit seinen Gedanken war er viele Meilen weg, im Westen. Emden. Was könnten die Kaufleute seiner Stadt von Jutte Arnhem lernen? Und von Handelskunst, gut und neu, die mehr war als Bauern und Städtern jahraus und jahrein immer wieder dieselben Güter zu bringen, den Tran für die Lampe und Horn für die Kämme? Oder auch das Tuch für den Kittel? Wenn ich Bürgermeister werde, wird sich einiges ändern. *Wenn* ich es werde. *Kann* ich es noch werden? *Will* ich es noch werden? Versonnen ruhten seine Augen auf der blonden Frau. Jutte ist wie Mieke, dachte er bei sich, und doch ist sie ganz anders. Aber beide haben die Fähigkeit, in langen Fristen zu denken, zu planen und zu handeln.

Viele Männer leugneten dieses weibliche Vermögen noch immer, sie fühlten sich bestätigt von Chirurgen oder auch Badern, die tote Körper aufschnitten, was übrigens verboten war, um dort nach der Seele zu suchen. Man finde gerade bei Frauen regelmäßig nichts davon, so hieß es, und sehe damit die Nachrangigkeit des Weibes als belegt an. Und plötzlich war Wibolt mit seinen Gedanken bei Michel, dem flandrischen Hundemeister. Der glaubte zwar gewiss auch an den geringen Wert der Frau und würde dafür sofort anführen, dass Eva ja nun aus des Adams Rippe gemacht war, das sage schließlich die Bibel, das erste Buch Mose. Um dann grinsend hinzuzufügen, hört, Leute, wer diese Scheiße glaubt, der schlägt auch kleinen Kindern den Essnapf aus der Hand.

Der junge Emder schweifte ab, seine Gedanken nahmen Besitz von ihm. Er wurde erst wieder aufmerksam, als sein Name aufgerufen wurde, offenbar schon zum zweiten Male, denn der Lübecker stieß ihn heftig in die Rippen. Wibolt hob den Kopf und dann sah er den Blick von Jutte Arnhem auf sich gerichtet, fragend und prüfend, und im Saal war es unterdessen still geworden. »Wir begrüßen Wibolt Flaskoper in unserer Mitte, einen Tuchhändler aus Emden, und wir heißen ihn als neuen Bruder willkommen«, sagte Jutte mit spröder Stimme. Die Prinzipalin machte ihn ohne weitere Umschweife mit dem Preis seiner Mitgliedschaft bekannt. »Als Bürger einer fremden Stadt zahlt Ihr eine einmalige Einlage von fünfundzwanzig lübischen Mark in Silber. Zusätzlich führt Ihr jährlich einen halben Teil von hundert des Gewinns ab, den Ihr bei Umschlägen mit unserem Handelsbrief tätigt. Dazu legt jeweils im Christmonat Eure Kostenrolle vor, die Ihr sorgfältig führen müsst.«

Was redest du, Frau?, dachte Wibolt Flaskoper unwillig, und so musste er auch geschaut haben, denn Jutte fügte an: »So, wie Ihr das stets tut«, und ein Raunen und Schmunzeln lief durch den Saal.

»So weit die Kosten Eurer Zuneigung«, gab der Emder kühl zurück, »und nun frage ich höflich nach ihrem Nutzen.« War das etwa ungehörig oder angemessen? Wibolt wusste es nicht, jedenfalls hörte er Kampen neben sich scharf einatmen, das Gemurmel im Saal verebbte rasch und in Juttes Augen schien die Temperatur noch ein Stück zu sinken. Aber was der Emder für den Ausdruck von Verstimmung hielt, war nichts anderes als nüchterne, zielgerichtete Kaufmannschaft. Man sprach über den Handel, und da gab es nichts zu lächeln.

Die Bruderschaft erwirtschafte Überschüsse, sagte die

blonde Prinzipalin in einem Ton, als wollte sie sagen, darauf wäre ich schon noch gekommen, auch ohne Eure Frage, die flössen zurück an die Brüder, und daran werde er, Wibolt Flaskoper beteiligt, in der Höhe seiner Einlage. Zusätzlich genieße er die Privilegien des bruderschaftlichen Handels, also die mit den Partnern vereinbarten Abschläge bei Stapelgeld und Akzise, auch bei den Kosten für die Prüfmeister, vorausgesetzt, seine Ware folge den Gütestandards und sei gesiegelt. Jutte nannte noch die Umschlagsplätze und Kontore, mit denen die Lübecker Bruderschaft derzeit in Verbindung stand, aber die brauche er sich nicht zu merken, sie stünden alle auf dem Pergament. Er hörte viele Namen, auch unbekannte, und es wäre ihm kaum möglich gewesen, nur einen Teil davon im Gedächtnis zu behalten.

Und bevor die Sache begann, sich zu ziehen, hielt ihm Jutte Arnhem den Handelsbrief der Lübecker Bruderschaft vor die Nase, und mit einem Mal verzauberte ein strahlendes Lächeln ihr hübsches Gesicht. »Wie ich höre, nennt man Euch *Standfest*. Seid uns nochmals willkommen, Bruder *Standfest*. Standfestigkeit ist in diesen Tagen eine Tugend, die man in der Kaufmannschaft sucht. Bewahrt sie Euch, vor allem bei der Verteidigung Eurer Ehre als Handelsherr. Denn sie ist das höchste unserer Güter.«

Beifall rauschte auf, und er neigte den Kopf, er konnte diesen Augen nicht gut standhalten, schon bei der Nennung der Gütesiegel war es ihm schwergefallen.

Später, als es schon dunkelte, stand er mit Johann Kampen vor der Türe auf der Freitreppe, er musste an die frische Luft, der Kragen war ihm eng geworden, das Bier in seiner Hand schmeckte schal und der Schädel brummte ihm. Er schwieg ebenso wie der Lübecker, und trotzdem war keine Stille zwischen ihnen. Kampen schien auf etwas zu lauern, man konnte es förmlich spüren, der Mann war angespannt wie eine Bogensehne, jedenfalls hatte der Emder diesen Eindruck. Schließlich sagte Wibolt Flaskoper mit dumpfer Stimme: »Ich hätte diese Ehre nicht annehmen dürfen.«

Kampen nickte sofort. »Ich weiß.«

Mit einem Ruck drehte ihm Wibolt Flaskoper das Gesicht zu. »Das friesische Blautuch war nicht gänzlich neu!«

Kampen lächelte knapp, er sah aus wie einer, der zubeißen will, dann nickte er zum zweiten Mal. »Ich weiß.«

Der Emder starrte den anderen an, aber Johann Kampen hielt seinen Blick stur geradeaus, nach unten auf die Gasse, ganz so, als suche er eine kostbare Münze, die er dort verloren zu haben glaubte. »Das Tuch war schon neu, nur seine Fäden nicht. Nicht alle!«, setzte der Emder stockend fort, und mit einem Mal fuhr Kampen herum, seine Augen waren gerötet, vielleicht vor Zorn, oder auch vom Bier.

»Ja doch, Mann, das weiß ich alles. Es war der Kaledonier im Londoner Stalhof, stimmt's? Die alten Fäden in seinem Tuch, vor denen ich dich gewarnt habe, richtig? Nun gut. Und? Was willst du? Unser Nest beschmutzen?«, fauchte er, und soff dann sein Bier wie ein Fuhrknecht, in einem Zug, fast so, als könne ihn das beruhigen. Linste schließlich mit scheelem Blick in das leere Gefäß, holte aus, als wollte er es auf die Gasse feuern, besann sich und umklammerte den Becher so stark, dass seine Knöchel weiß hervortraten. »Erinnerst du dich an den Abschied auf der Kogge, Wibolt? Als wir uns von den anderen trennten? *Eisenfaust* hat etwas gemurmelt, du sollst dich hüten vor denen, die dir übel wollen, dazu hat Mandolf Düsterhenn tief genickt, und Juries Hopper hat mich dabei angesehen, zu lange, wenn du mich fragst, und das finde ich ungerecht!«

Unten stapften eine paar frühe Heimkehrer vorbei, sie riefen etwas hinauf, aber niemand gab Antwort. »Es ist ungerecht, Wibolt!«, nahm Kampen den Faden wieder auf. »Ich habe dir ein Geschäft vermittelt, und du hast mich dabei beschissen. Vielleicht am Ende aus Not, aber das spielt keine Rolle, denn in Not war ich auch!«

Die Männer in der Gasse sangen jetzt ein fröhliches Trinklied, sie hielten sich untergehakt, Wibolt sah ihnen nach, bis sie um die Ecke bogen. Meldete sich da eine Neigung, die zur Beschwichtigung einlud? Oder dazu, sie mindestens zu erwägen? Jedenfalls schien es ihm plötzlich durchaus so, als könne man hier doch noch etwas disputieren, vielleicht auch relativieren, ein kleines Augenzwinkern oder ein kurzes Achselzucken, und was heißt denn das nun, willst du unser Nest beschmutzen? Wibolt Flaskoper entschied sich nach kurzem Zögern für den Angriff. »Meines Wissens hat der Prokurator das Tuch bezahlt, und zwar in voller Höhe, hat er doch, oder? Natürlich hat er das, und wieso auch nicht. Schließlich war es nicht sein Geld, sondern das aus der Schatulle seines Herrn, des Bischofs von Livland. Also bist nicht du der Beschissene, Johann, sondern am Ende ist es ein Kirchenfürst, der seine Ziele ohne Skrupel verfolgt«, wandte der Emder kühl ein, und Kampen hob die Schultern.

»Nun gut, das mag alles sein. Dennoch, du kannst es drehen du wenden, wie du willst, Wibolt; du hast die Kette in Gang gesetzt. Du allein. Wir anderen haben uns nur schadlos gehalten. Ich war stark bedrängt, das Wasser stand mir am Hals, verstehst du mich, aber das sind Dinge, die jetzt nicht mehr zählen. Unterm Strich bleibt der Verstoß gegen den Kodex, das ist klar. Sieh zu, wie du damit fertig wirst. Aber tu mir einen Gefallen, Wibolt, nur den einen!« Er sah den Emder an, und in Johann Kampens Augen stand ein Ausdruck, den Wibolt sein Leben lang nicht mehr vergessen würde. Unbändige Wut war dort, auch Spuren von Scham, aber vor allem eine eiskalte, entschlossene Abwehrbereitschaft. »Halt das Maul, Wibolt. Rede nicht darüber, mit keinem, hörst du? Halt einfach deine verdammte Schnauze!« Der Lübecker brach ab, wischte sich über die Lippen, fast so, als wollte er einen üblen Geschmack loswerden, und fügte dann an: »Jetzt bist du einer von uns!«

Diesen letzten Satz vermochte Wibolt Flaskoper nicht zu deuten. Er konnte auch nicht fragen, weil Johann Kampen sich abwandte und ihn rüde stehen ließ, zurückstapfte in den Saal der Bruderschaft, aus dem ausgelassenes Gelächter erscholl, als der Lübecker den Zugang öffnete. Die Herren schienen zufrieden mit dem Handelsjahr, und Jutte Arnhem wohl auch. Der Erfolg war da, man wuchs und entwickelte sich.

Wegen der Regeln oder trotz ihrer? War nicht schließlich der lohnende Gewinn, der vorteilhafte Ertrag das Wichtigste am Geschäft? Wie hatte sich noch der jüngere Juries Hopper *Eisenfaust* ausgedrückt, damals, an Bord der *Seeschwalbe*? »Wenn der Markt fressen will, dann füttere ich ihn, und wenn er sich schlagen will, gebe ich ihm geschliffenes Eisen.« Es hatte geklungen wie ein Credo. Aber das war, so musste der Emder einräumen, gleichwohl ein ehrlicher Handel. Saubere Ware gegen gutes Geld. Doch er, Wibolt Flaskoper, hatte alte Fäden in neuem Tuch verkauft. Nicht von langer Hand geplant, es hatte sich unter der Last der Ereignisse so ergeben, dennoch, das Faktum blieb. Ja, die Dichte hatte er eingehalten, es waren die geforderten 1200 Fäden auf den Quadratfuß gewesen, aber neu hätten sie sein müssen, unverwebt, frisch von der Spindel, und das waren sie nicht gewesen. Der Lübecker hatte es gewusst. Oder zumindest geahnt, von Anfang an. Und die Sache gleichwohl laufen lassen. Aus Gründen, die trotz Kodex plausibel waren? Jawohl, aus eben solchen Gründen. Jetzt bist du einer von uns, so hatte Johann Kampen gesagt. Meinte er deshalb oder trotzdem?

## 30.

*Barmherziges Wirken für den Nächsten
ist Christenpflicht. Dies gilt ebenso
für den Handelshof wie für das Leben außerhalb.
Wer ein öffentliches Amt innehat, der verwalte es
zum Besten aller, die ihm anbefohlen sind.*
*Nach der Nowgoroder Schra*

*Emden, früher Winter 1202*

Die letzten Meilen hatte ihn seine Ungeduld fast verzehrt, es hatte ihn förmlich zerrissen vor Sehnsucht nach Mieke und den Zwillingen, wiederholt hatte er sich gefragt, was machst du da nur, setzt Kinder in die Welt und lässt ihre Mutter, deine geliebte Frau, bei der Geburt allein, denk nach, ist es das wirklich wert? Aber trotzdem war Wibolt schon beim Einrollen in die Stadt aufgefallen, dass sich dramatische Dinge ereignet haben mussten. Denn es lagen Schiffe auf Reede, der Hafen war nicht einmal zur Hälfte gefüllt, und das war im Winter höchst ungewöhnlich. Zum Schutz vor den Stürmen der Jahreszeit holte man alle Koggen und Boote in das Becken am Delft, um sie zu bergen und sicher zu vertäuen, es gab auch so schon genug Schäden an den Rümpfen und Aufbauten, die man im Frühjahr wieder zu beseitigen hatte, rechtzeitig zu Beginn der Handelsperiode. Doch nun lagen Schiffe draußen, in offenem Wasser, an die fünfzehn mochten es sein, mindestens aber zwei Hände voll. Und dann, als das Fuhrwerk auf das Pflaster am Delft polterte, sah Wibolt die ganze Katastrophe.

Der Brand musste von zerstörerischer Kraft, geradezu

verheerend gewesen sein. Die Südseite der Mole fehlte völlig, alles was dort an Lagerschuppen, Stegen und Hebewerken gestanden hatte, war nur noch eine Wüste von schwarzgebrannten Steinen, Aschebergen und Resten verkohlten Holzes. Nun gut, es hatte gebrannt, und das heftig, aber weshalb räumte man den Dreck nicht fort? Und warum lagen jetzt die Schiffe noch draußen, obwohl sie doch im Hafenbecken geschützter ankern konnten? Er konnte sich keinen Reim darauf machen, aber dass beides üble Ursache haben musste, war ihm beängstigend klar. Er erhob sich von seiner Bank, um die Schiffe auf der Nordseite zu betrachten, und dann sah er die *Thedea*, die Kogge seines ehemaligen Partners und jetzigen Feindes, des Reeders Focke Uffen, wohlvertäut an der Mole liegen. Also hatte sie den Brand ohne Schaden überstanden. Dass sich auch ihr Eigner unterdessen in der Stadt schadlos gehalten hatte, konnte Wibolt Flaskoper noch nicht ahnen. Es waren auch ganz andere Gedanken, die ihn nun gefangen nahmen. Sein Herz machte wilde Sprünge, als sich das Fuhrwerk der kleinen Anhöhe am Delft näherte.

Das Haus schien gottlob unversehrt, hoffentlich waren es seine Bewohner auch! Wibolt sprang vom Fuhrwerk auf die Gasse, ergriff nach hastigem Abschied seinen Reisesack und stiefelte los, auf den Eingang seines Anwesens zu. Es war merkwürdig still für einen späten Nachmittag, ihm brach kalter Angstschweiß aus, der Kleidersack hatte plötzlich ein Gewicht, als wäre er mit Feldsteinen beladen. Doch noch bevor er die Schwelle erreichte, riss die Hausmagd die Türe auf und schrie: »Der Herr ist da, der Herr ist da!«, und darauf flog ein Schatten die Stiege hinunter, schnellte wie ein Wintersturm auf ihn zu und dann hatte er Mieke an seinem Hals, das Gesicht aufgelöst in Tränen, die sich mit seinen mischten. So blieben sie stehen, eine ganze Weile stumm umklammert, nur Schluchzen war zu hören, und die Hausmagd war verständig genug, sich in die Diele zu verziehen.

Es fiel ihm schwer, sich aus Miekes Umarmung zu lösen, zu sehr genoss er den Duft ihrer Haut und die weiche Seidigkeit ihres Haars, aber es musste sein, die Schwarze Glutäugige sagte irgendwann: »Nun komm ins Haus, die ganze Stadt sieht uns schon zu.«

Er sah sie an, küsste ihr die Tränen von den dunklen Wimpern, musste zweimal ansetzen, um den Hals frei zu bekommen, und dann fragt er rau: »Wo sind sie?« Mieke führte ihn die Stiege hinauf, in die Kammer, und da lagen sie schlafend, nebeneinander in einer Wiege. Er griff sich seine Frau, spürte ihre sanfte Hüfte an seiner Seite und dann erfasste ihn leichter Schwindel. Es konnte auch sein, dass sich sein Blick noch einmal verschleierte, aber nur leicht, und darauf kam es jetzt nicht an. »Wer ist wer?«, fragte Wibolt leise, denn Mieke legte ihm den Finger auf die Lippen. Dann klärte sie ihn auf. Wibolt hatte den Daumen im Mund und lag rechts, Mieke lag links, obwohl sie noch nicht getauft waren. Glücklich schlichen die Eltern hinaus, Hand in Hand. Es war Mieke, die Schwarze Glutäugige, die ihren Mann nun zur Schlafkammer führte, am helllichten Tag, ging es Wibolt durch den Kopf, doch dann beschleunigte er seinen Schritt, er hatte es plötzlich ganz furchtbar eilig, sie über die Schwelle zu ziehen.

*

»Die Mühle läuft gut«, sagte Habbo Blome, »sie hat im letzten Jahr ihren Durchsatz um sechs Teile erhöht, und Anno 1202 wird es mindestens ebenso viel werden.«

Aufmerksam sah Wibolt Flaskoper seinen Sekretarius an. Der junge Mann war gereift, er hatte die Festigkeit eines umsichtigen Kaufmanns gewonnen, und was er zu berichten wusste, klang dem Tuchhändler wie das Lied einer wohlgestimmten Fiedel. Das Lager war nicht nur nahezu leer, da fast alles Tuch an den Märkten platziert und abgeschlagen war, sondern unterdessen wieder ansehnlich gefüllt und wartete auf den Umschlag des kommenden Jahres. Die Einkünfte aus der Walkmühle im Jeverland wuchsen, und Everhard Svenke, der Schafzüchter von der Ems, hatte im Spätsommer 1202 zweihundertfünfzig Mark Silber an den Delft geschickt. Ungläubig schüttelte der Tuchhändler den Kopf. »Zweihundertfünfzig Mark Silber? Du willst mich foppen!«

Habbo Blome lächelte stolz. Das Geld sei schon im Stadtkasten. Der Sekretarius schwieg eine Weile, er schien sich zu sammeln, holte tief Luft und dann ließ er es heraus. Er habe auch mit Svenke einen neuen Vertrag gemacht. Der Emsländer habe sich verpflichtet, den Anteil des Hauses Flaskoper am Umschlag zu erhöhen.

Wibolt atmete scharf ein und Mieke an seiner Seite drückte ihm beruhigend die Hand. »So. Aha. Um wie viel?«

»Um fünf Teile von hundert«, antwortete der Sekretarius mit zitternder Stimme, um rasch fortzufahren: »Er hat neue Märkte im Kölnischen aufgetan, ich weiß es, und er verdient an seinem Tuch mehr als je zuvor.«

Wibolt lehnte sich zurück und Mieke verstärkte den Druck auf seine Hand. Es war still im Kontor, unten im Haus hörte man die Magd rumoren. »Damit hast du deine Befugnisse deutlich überschritten«, stellte Flaskoper trocken fest.

Der junge Mann richtete sich auf, in seinen Augen regte sich Auflehnung, aber er fühlte sich unwohl, das sah man deutlich. »Ich habe zuvor mit der Herrin gesprochen. Sie hat mir zugeraten«, gab Habbo mürrisch zurück, und dann, als er seinen Prinzipal mit einem Mal lächeln sah, entspannte er sich.

»Ich glaube, Everhard Svenke wird langsam alt«, sagte Wibolt, stand auf und trat an den Schreibtisch, um sich mit Brot und Bier zu versorgen. »Ein ganz alter Mann ist der wohl inzwischen«, fuhr er kauend fort, trank ausführlich und wischte sich den Schaum. »Wie sonst ist zu erklären, dass er mit deiner Unterschrift auf dem Vertrag einverstanden war?«

Blome warf einen hilfesuchenden Blick auf Mieke, und dann sagte die Schwarze Glutäugige in großer Ruhe: »Oh, es steht auch mein Signum auf dem Pergament. Und beide zusammen musste er wohl akzeptieren.« Wibolt konnte nicht anders, er hielt sich nicht lange mit erstauntem Glotzen auf, sondern nahm seine Frau in den Arm und küsste sie herzhaft, und in das folgende Gelächter stimmte auch der Sekretarius ein.

Der Abend wurde noch bemerkenswert, vor allem deshalb, weil er mit dem Säugen der Zwillinge begann. Wibolt zersprang fast vor Stolz. Er bot an zu helfen, hörte andächtig der Schwarzen Glutäugigen zu, als sie sagte, das könne er wohl kaum, und konnte sich nicht sattsehen an den trinkenden Kindern und ihren wohlgerundeten Kraftquellen. Immerhin durfte er seinen Sohn wiegen, bis der kleine Wibolt im Schlaf seinen Magen auslüftete, so ausführlich, dass Mieke sagte: »Er rülpst bereits jetzt wie ein Fuhrknecht, was soll aus dem Bengel nur werden?«

Wibolt antwortete strahlend: »Das wird ein Handelsherr auf der Höhe aller Kunst, erfolgreich, weitgereist, auf den Märkten geachtet, von seinen Feinden gefürchtet und redlich bis in die Knochen.« Beim letzten verspürte er einen kurzen Stich in der Brust, aber er vergaß ihn rasch.

Sie saßen schon zu Tisch, der Hausherr, Gattin und Sekretär, als es unten an der Pforte polterte und dann hörten sie die Hausmagd in einem erregten Wortwechsel mit einem Kerl, der sich nicht abweisen ließ und die Stiege heraufdonnerte, noch bevor Wibolt an der Kammertüre war. Die wurde aufgerissen, und dann stand Hompo Hayen im Türrahmen, schwer atmend, mit rotem Gesicht und weit aufgerissenen Augen. »Wibolt! Du bist es! Ich wollte es nicht glauben! Endlich! Gott sei gelobt!«, stieß der Bierhändler hervor, taumelte auf den Hausherrn zu und nahezu augenblicklich wurde Wibolt Flaskoper von einem feuchten Miasma aus Zuneigung, Körpergeruch und Bierdunst umschlungen. Gedrückt und geherzt, bis ihm schier die Luft knapp wurde. Jetzt weiß ich, dass es wahr ist; ich bin in Emden, schoss es dem Tuchhändler durch den Kopf. Hompo ließ sich nicht lange nötigen, er hockte sich an die Schrage und hielt kräftig mit. Natürlich hatten Mieke und Habbo schon über den Brand gesprochen, und auch über die Emder Politik, aber nur knapp, zu mehr hatte die Zeit nicht gereicht. Nun war Zeit, und zwar reichlich, und der Bierhändler füllte sie spielend aus.

Also, Johann Wynsen, der alte und amtsmüde Bürgermeister, war im letzten Herbst gestorben, wohl friedlich; die Magd fand ihn eines Morgens auf dem Abort seines Hauses sitzen, er war schon ziemlich steif. Sein Nachfolger war der Viehhändler Jakob Moerman, Wibolts alter Feind aus dem Rat der Stadt. Moerman hatte es tatsächlich geschafft, seinen Ehrgeiz zu befriedigen, aber das alles wusste Wibolt schon, Mieke hatte es ihm zugeraunt, als sie auf der Bettstatt nach der ersten Erschöpfung voneinander abließen. »Nun gut, aber wie, Hompo? Wie hat er das alles gedreht? Und warum bist du Wynsen nicht nachgefolgt?«

Hayen ließ seinen Blick über die Tafel wandern, er verharrte auf der Fleischplatte, huschte dann hoch zu Miekes Busen, aber nur kurz, bevor er sich auf den Hausherrn heftete. »Na, Mann, wie wohl?«, gab er zornig zurück. »Christmonat Anno 1201. Er hatte plötzlich seine Leute überall. Räte, die ihn früher schnitten, waren mit einem Mal bereit, die Hand für ihn zu heben. Natürlich ist eine Menge Silber geflossen, das ist wohl klar. Moerman hat ein Haus und zwei große Äcker in der Vorstadt verkauft. Es soll auch Silber von außen gekommen sein, aus Bremen und Hamburg, Jakob hat Schulden gemacht, das weiß die ganze Stadt.«

Mit wachsendem Ärger hatte Wibolt zugehört, und unvermittelt sprang ihn das Gefühl an, etwas stimmt nicht, hier will einer sein persönliches Versagen, seine schläfrige Nachtmützigkeit nicht zugeben. »Nun warte mal, also, ganz so einfach ist es denn doch nicht!«, fauchte Flaskoper mit einer Heftigkeit, die sogar ihn selbst überraschte. »Ich kenne unsere Räte anders. Die allermeisten sind ehrenhaft und lassen sich nicht kaufen. Was sind denn das für Kerle, von denen du da sprichst?«

Hompo Hayen starrte ihn beleidigt an. Stieß dann zornig sein Fleischmesser in ein saftiges Stück Rehlende und nannte eine Reihe von Namen. Viele davon kannte Wibolt, einige nicht. Und dann stieß der Bierhändler zwei Worte aus, die Wibolt auffahren ließen. »Focke Uffen«, sagte Hompo Hayen, und den Tuchhändler riss es förmlich auf die Füße.

»Focke Uffen? Wie denn dieses? Der war doch bisher kaum würdig, dem Magistrat anzugehören. Aus den bekannten Gründen!« Die alte Geschichte, jeder in Emden und im Umland kannte sie. Der Reeder hatte in Verdacht gestanden, auf einem seiner Schiffe bewusst Trane und Fette transportiert zu haben, die aus verkochten Menschenleibern stammten, aus den Körpern von Toten des Leprahospitals St. Remberti in Bremen, und sogar von Pestleichen. Die Indizien waren stark, er hatte sie nicht entkräften können, und dieser Makel hatte Uffen einen Sitz auf der Regierungsbank versperrt. »Wie kommt denn der in den Rat?«, fragte Wibolt mit einer Stimme, die rau war vor Zorn, aber der andere hob nur müde die Schultern.

»Auf die gleiche Art, Wibolt, die den Viehhändler zum Bürgermeister gemacht hat. Moerman hat natürlich auch die Leute bezahlt, damit sie zu Focke nicken, und Focke hat schließlich zu Jakob genickt. So einfach.«

Wibolt Flaskoper war ratlos, er breitete die Arme aus. »Aber Jakob war doch dabei, sich von Uffen abzusetzen, so schien es mir. Er sah durch zu große Nähe seinen guten Leumund in Gefahr.«

»Die Dinge haben sich in dem Augenblick gedreht«, knurrte der Bierhändler ungehalten, »als Moerman erkannte, dass er ihn braucht. Wenn du Scheiße anfassen musst, dann nimmst du zur Not eine Zange, aber du fasst sie an.«

Mieke hatte sich schon längst erhoben, denn von der Kammer meldeten sich die Zwillinge, es war Zeit, sie zu stillen. Doch diesmal konnte Wibolt nicht zusehen, und das bedauerte er.

»Es gibt plötzlich auch Gerüchte über krumme Geschäfte«, warf Habbo Blome mit spröder Stimme ein. »Ein Rosskamm auf der Durchreise hat sie angeblich gestreut. Es wären in der Wesermarsch Hengste verkauft worden, die an der Beschälseuche erkrankt waren. Und Jakob Moerman hatte seine Hände im Spiel.«

Wibolt warf seinem Sekretarius einen scharfen Blick zu, aber Hompo winkte ab. »Da ist nichts dran. So dumm ist Jakob nicht, dass er sich auf derlei einlässt.«

Die Hausmagd trug die Reste des Bratens ab, und dann gab es mit Honig gesüßtes Lauchgemüse, Brotkuchen und Wein. Mieke stieg in den Keller und holte eine Schüssel Rahm aus geschlagener Milch, den sie mit einem Gewürz bestreute, das sie *Anisum* nannte. Sie setzte sich neben ihn auf die Bank, er spürte die Wärme ihrer Hüfte durch die Beinlinge und sein Herzschlag beschleunigte sich.

Die Sache mit den Schiffen auf Reede war schnell erzählt. Die Mannschaften hatten natürlich bei dem Ausbruch des Brandes in aller Eile Leinen geworfen, und dann das Hafenbecken verlassen, als sie sahen, dass nichts mehr zu retten gewesen war. Aber als sie danach zurückkehren wollten, verlangte der Rat der Stadt plötzlich eine Akzise für das zweite Einlaufen, obwohl die schon beim ersten Mal bezahlt und keine neue Ware eingeführt worden war. »Wer kommt denn auf derlei krause Gedanken?«, fragte Wibolt scharf, aber der Bierbrauer verzog nur spöttisch seine Lippen.

»Wer wohl? Das kannst du dir doch denken. Leute mit krankhaftem Ehrgeiz, die es ganz eilig haben, diese Stadt und vor allem sich selbst groß werden zu lassen. Aber höre weiter!«

Zusätzlich verlangte der Rat von allen Fremden, die im Hafen überwintern wollten, eine neue Steuer, die er eingeführt hatte, das sogenannte Liegegeld. Die Schiffsführer der Koggen auf Reede waren jedoch nicht willens, das Geld zu bezahlen. Sie witterten wohl nicht zu Unrecht die wohlfeile Nutzung einer günstigen Gelegenheit. Wir sind nicht bereit, uns von Emden den Beutel schneiden zu lassen, so hieß es, und auch: Geht es uns nicht schon übel genug? Ihr haltet Euch schadlos an der Versilberung unserer Not. Das ist doch nichts anderes als Seeräuberei unter dem Schutz des Siegels einer Stadt.
»Über alles das wird noch verhandelt, aber inzwischen ist die Sache ziemlich vergiftet. Zwei große Schniggen aus Bolswarde sind übrigens gleich ausgebüxt, die haben wohl gerochen, was da auf sie zukommt.«

»Und die anderen?«, fragte Wibolt Flaskoper mit vollem Mund. Er spürte Mieke neben sich, der Hornlöffel voll Rahm und Gewürz kitzelte seinen Gaumen und auch sonst kitzelte ihn alles Mögliche, obwohl er Dinge hörte, die nicht zum Kitzeln waren.

»Sie können nicht weg«, sagte Habbo Blome ebenso undeutlich, »die Stadtwache hat ihre Eisenkästen von den Schiffen genommen, als Pfand.«

»Ohne Gegenwehr?«

»Oh, ein wenig gerauft wurde schon, es gab ein oder zwei Schrammen, aber nur bei den Schiffsleuten, die Knechte der Stadtwache waren nicht zimperlich.«

»Also haben wir Krieg in der Stadt«, stellte Wibolt Flaskoper nüchtern fest.

»So kann man es nennen. Jakob ist außer Rand und Band«, nickte Habbo Blome mit finsterer Miene. »Er will Emden reich machen. So, wie Ihr es wollt, aber auf andere Weise. Mit *allen* Mitteln. Unbedingt. Er glaubt, er werde so unentbehrlich. Und unangreifbar.«

Die Hausmagd huschte herein, brachte einen weiteren Topf mit Rahm, und der Bierbrauer langte als Erster zu. Er löffelte die weiße Köstlichkeit auf seinen Teller, streute reichlich Anisum darüber und begann geräuschvoll zu essen. Von der Gasse klang der Ruf der Nachtwache zu ihnen herauf. »Licht und Türen! Licht und Türen, ihr Leute!«, hörten sie, und dann verwehte die Stimme und versickerte zwischen den Mauern. Es musste schon recht spät sein. Mieke erhob sich, um nach den Kindern zu sehen. Wibolt legte in der Esse nach, denn es war kühl geworden. Der Bierbrauer mümmelte sich in seinen Mantel und Habbo Blome tastete nach der Kostenrolle. Er hatte das Pergament gewissenhaft geführt und wollte es dem Prinzipal bald vorlegen.

Aber noch nicht, es gab Wichtigeres. Hompo Hayen brachte den Punkt zur Sprache, es schien fast so, als habe er sich vom ersten erholt und nun neue Kraft für diesen. »Höre den Rest und richte dich auf einen rauen Tanz ein, Wibolt«, sagte der Bierbrauer in sprödem Ton. Und dann redete er von der »Sauerei« im Hafen. »Es ist ja nicht von der Hand zu weisen, weißt du, und im Grunde besteht die Forderung zu Recht. Über die Höhe kann man streiten«, stellte Hayen sachlich fest.

Also kurz und gut, der Rat verlangte von den Schiffen, die bei Ausbruch des Brandes auf der Südseite gelegen hatten, die Erstattung des Schadens in Höhe von achttausendfünfhundert Mark Bremer Silber. »So viel man weiß, ging das Feuer von einer Kogge aus, die dort festgemacht war. Ein Schiffsknecht hatte wohl unvorsichtig mit einer Lampe hantiert.« Der Rat nehme jedoch alle Schiffe von der Südmole in Haftung. »Ich muss dir den

Grund nicht erklären«, fuhr Hompo trocken fort. »Nur so lässt sich das Silber eintreiben. Einer allein kann die Summe kaum heben.« Natürlich waren die Schiffseigner auch dazu nicht bereit. So solidarisch sie in der Frage der Akzise für das neue Einlaufen waren, so wenig waren sie es hier. Kein Kaufmann auf der Welt zahlt für einen Schaden, den ein anderer angerichtet hat. »Die Verhandlungen darüber laufen ebenfalls noch«, ergänzte Habbo in geschäftsmäßigem Ton, »auch um sie zu beschleunigen, hat der Rat das neuerliche Einlaufen der Koggen verboten. Unnötig. Sie bleiben ohnehin draußen. Wegen der Akzise.«

Wibolt sah seinen Sekretarius nachdenklich an. »So. Und wenn die Stürme kommen?« Habbo Blome hob die Schultern.

»Es ist ein Nervenspiel«, warf der Bierbrauer ein. »Die Schiffsführer hoffen auf einen milden Winter. Wird der aber hart, müssen sie schließlich nachgeben, und darauf hofft wiederum der Rat.«

»Tja, Freunde. Es ist verzwackt«, sagte Wibolt Flaskoper nach längerem Schweigen, und die anderen nickten sofort. »Aber eine schlechte Sache für den Ruf der Stadt ist es ebenso!«

## 31.

*Auf Diele und Hof, in Lager und Kontor*
*hält der Kaufmann Ordnung.*
*Ein wohlgefügter, geregelter Zustand zu Hause ist*
*fester Boden für Erfolg in der Welt.*
*Nach der Nowgoroder Schra*

Emden, Winter 1202

Sie hatten noch bis zur halben Nacht gesessen, Mieke war längst zu Bett gegangen. Nur zu gerne wäre Wibolt ihr gefolgt, aber Hompo Hayen hatte ein Sitzfleisch wie zu seinen besten Zeiten. Es gab auch eine Menge zu reden, und Wibolt trug der Hausmagd auf, sie solle drei Krüge Bier aus dem Keller holen, den inzwischen kalten Braten nochmals auftragen und sie allein lassen. Und dann steckten sie die Köpfe zusammen wie Verschwörer und disputierten mit heißen Ohren. »Warum schafft Jakob den Mist im Hafen nicht weg?«, fragte Wibolt Flaskoper irgendwann mit schon sperriger Zunge, und der Bierbrauer sah ihn an.

Sein Blick war nicht mehr ganz so stetig wie noch vor einer Weile. »Kosten! Solange nicht klar ist, woher das Silber für den Wiederaufbau kommt, rührt sich keine Hand. Auch, verstehst du, um die Schiffsführer unter Druck zu setzen. Die Trümmer sollen sie an ihre Schuld erinnern.« Habbo Blome kratzte sich ausführlich am Bauch, dann zwischen den Beinen. Solange die Hausherrin mit an den Schragen saß, hatte er derlei nicht gewagt.

Die Stimme des Sekretarius war noch so sicher wie seine Augen, er hatte nur mäßig getrunken. »Ewig kann das so natürlich nicht gehen. Im Frühjahr, wenn die Zeit der Reisen anbricht, brauchen wir eine nutzbare Südmole. Es wäre recht unverantwortlich, sie bis dahin nicht repariert zu haben.«

Das war das Stichwort für den Bierbrauer. Hompo Hayen legte sein Fleischmesser ab und setzte sich derart gründlich zurecht, als hätte er soeben beschlossen, die restliche Nacht nirgendwo anders als an dieser Schrage zu verbringen, hier am Delft, im Flaskoperschen Haus. »Da wir schon von Verantwortung reden«, setzte er mit rauer Stimme an, »es gilt doch für die ganze Stadt. Für alles andere. Die Leute sind unzufrieden, Wibolt. Sie wollen diesen Rat nicht mehr, und den Bürgermeister auch nicht. Es rumort. Du bist nun zurück. Du musst es richten, die Emder erwarten es von dir, wer soll es denn sonst tun?«

Darauf schwieg der Hausherr lange. Er warf einen prüfenden Blick auf die Esse, in der die letzten Scheite zu Asche zerfallen waren. Von der Stube her hörte er leises Rühren, ihm schien es, als sei Mieke auf und mit den Zwillingen beschäftigt. Ich soll es richten, Hompo? Du sitzt da und tust, als ob es ganz einfach wäre, aber das ist es nicht. Warum ich und nicht du? Und wie kann ich Moerman aus dem Feld schlagen? Gefahrlos ist nichts! Dazu muss ich mich auf einen Machtkampf einlassen, der alle Fakten in das weiße Licht der Sonne holt. *Alle*, Hompo, es werden keine ausgespart. Jakobs Schmiergeld nicht, deine Sauferei nicht und meine alten Fäden auch nicht. Will ich das? *Kann* ich es? Und mit einem Mal regte sich Ärger in seiner Brust. Du bist nun zurück, du musst es richten, hatte der Bierhändler gesagt. Mit kalten Augen musterte Wibolt den anderen. Dann brach es förmlich aus ihm heraus. »Ich bin nicht sicher, ob eure Sorgen noch meine sind, Hompo. Ich habe es auch satt, mir nichts anderes anzuhören. Jakob Moerman hier, Focke Uffen da, die Schiffe, der Brand, Akzise, Baukosten und Liegegeld, alles das. Und niemand, keine

Sau fragt, wie ist es dir ergangen, Wibolt, bist du ohne Schaden geblieben, stellt dich dein Umschlag zufrieden, hast du Erfolg gehabt? Ihr tut so, als wäre ich auf dem Letztmarkt in Leer gewesen, um mir ein paar Beinlinge zu kaufen, und nun hat die Bummelei ein Ende, sieh zu, dass du deine Pflichten in Emden wieder wahrnimmst, aber so liegen die Dinge nicht, verstehst du das? Nicht mehr!« Betroffen sahen ihn die beiden Männer an, und der Sekretär senkte schuldbewusst den Kopf.

\*

In der Nacht war der erste Schnee gefallen. Emden hatte sein Winterkleid angelegt, als Wibolt Flaskoper in die Bürgerschaft stapfte. Seinen Sekretarius hatte der Tuchhändler an diesem Morgen noch in die Wesermarsch geschickt. Mit einem klaren Auftrag. Mit einem sehr klaren. »Nun komm mir nicht ohne ein Ergebnis zurück, Habbo, von allen Dingen, die du bisher für mich getan hast, ist dieses vielleicht das wichtigste. Ich weiß, es ist harte Arbeit bei diesem Wetter, aber sie ist nötig, ich verlasse mich auf dich. Du musst nicht eilen, nimm dir Zeit, es kommt vor allem auf Nachrichten an, die belastbar sind. Und bringe Zeugen, wenn du kannst.« Wibolt hatte ihn dann noch mit Silber versehen, nicht zu viel, gerade so, dass man Leute anfüttern konnte, »Nun nimm schon, es gibt mehr, wenn wir in Emden sind.« Mit mürrischer Miene war Habbo auf seinen Gaul gestiegen und losgetrabt, die Satteltaschen und der Beutel um seinen Hals waren vollgestopft mit Brot und Bratenresten, die den Vortag überlebt hatten.

Gedankenvoll nahm Wibolt Flaskoper seinen Weg. Die Reste des Brandes am Delft deckte eine sanfte Schneedecke, und damit war für die Koggen auf Reede auch das Ärgernis ihrer Schuld aus den Augen. Wibolt warf einen langen Blick hinaus, die Schiffe lagen mit weißen Decks und schneebestäubten Rahen, sie hoben sich sanft in der leichten Dünung. Die ganze Geschichte war schier unsäglich, sie warf kein gutes Licht auf Emden und musste unbedingt aus der Welt. Nicht nach den Regeln des Bauernmarktes, sondern auf die Art weltläufiger Kaufmannschaft. Ja, diese Sache musste rasch enden, aber was konnte er tun gegen einen Rat, der von Jakob Moerman gekauft und ihm offenbar hörig war?

Der Tuchhändler wandte sich seufzend ab und setzte seinen Gang fort. Die Arbeiten an der Steinkirche ruhten, ihre Seitenwände waren gewachsen und der Turm schon fast zur Hälfte fertig, seine Öffnung hatte man mit einem geölten Segeltuch verschlossen. Das restliche Baumaterial, Balkenwerk und die wertvollen Steine, waren ebenfalls abgedeckt und mit schweren Ketten gesichert, und Wibolt wusste, die Streife der Stadtwache würde bei ihren Runden ein Auge auf den Platz haben. Vor dem Magistratsgebäude brannten Feuer in Eisenkörben, sie warfen ihre Hitze nur einige Fuß weit und dem Tuchhändler war klar, es würde in dem alten Fachwerkbau vor allem kalt sein.

Aber da irrte er. Schon auf der Stiege spürte er die zunehmende Wärme und wunderte sich darüber. Er hob den Blick und sah hinauf. Oben stand Focke Uffen und musterte ihn höhnisch, bevor er grußlos verschwand. Im Saal herrschte das übliche Gedränge, der Lehmboden war mit frischem Stroh bedeckt, mindestens eine Handbreite hoch, und dann sah Wibolt auch die Quelle für die Wärme. Es waren neue Feuerpfannen an den Wänden, mindestens alle vier Schritte eine, und in jeder glosten Torfstücke in bläulichem Brand. Die Fensterrahmen waren mit frischen Schweinsblasen bespannt, sie ließen deutlich mehr Licht in den Raum, und auf den Langtischen brannten Binsenkerzen. Das Mahl für die Räte und die Herren des Magistrats stand an einem neuen Platz: Es war auf der Empore angerichtet, nah hinter des Bürgermeisters Stuhl, und damit sollte wohl jeder daran erinnert werden, wem er diesen Schmaus zu verdanken hatte. Die Botschaft war klar und Wibolt Flaskoper verstand sie sofort; nach Johann Wynsen wehte mit dem Bürgermeister Jakob Moerman ein neuer Wind in Emden. Wibolt bahnte sich seinen Weg durch die Menge, winkte Partnern und Bekannten, er rief Grußworte und umarmte langjährige Freunde. Aber da waren auch Männer, die vormals nicht dem Rat angehört hatten, er sah Gruppen, deren Gespräche verstummten, als er sich näherte, aus denen er kalt gemustert wurde, und vereinzelt hörte er spöttische Bemerkungen, sieh nur, da ist er ja, der große Gotlandfahrer.

Wibolt Flaskoper wusste nun, das waren neue Widersacher, sie verstärkten die alten, und damit wuchs die Zahl seiner Feinde im Rat von Emden beträchtlich. Die Dinge hatten sich gedreht. Noch vor seiner Reise war die Lage übersichtlich gewesen, er kannte sie genau, die Moermans und die Uffens, sie waren leicht auszumachen, man konnte sich auf sie einrichten. Jetzt erfasste er, dass der Bürgermeister eine Schar von Getreuen um sich versammelt hatte, Leute, die ihm ergeben waren, auf deren Dienste er rechnen konnte. Diese Männer, verstehst du, Wibolt, musst du zunächst einzeln aus der Menge klauben. Du musst ihnen Gesichter geben und herausfinden, wie gefährlich sie sind. Wo sie Schwächen haben. Und ihnen dann eine Gegenmacht vor die Nase schieben. Mühseliges Geschäft. Langwierig und gewiss auch teuer. Dazu verspürte er wenig Neigung. Aber etwas in ihm sträubte sich heftig gegen die Vorstellung, Jakob Moerman und seine Leute gewähren zu lassen. Emden war *seine* Stadt. Sie mochte klein und bedeutungslos sein. Zaghaft und misstrauisch gegenüber allem Fortschritt. Verstaubt und unbeweglich in einer Welt voller Aufbruch und Tatkraft. Sollte sie deshalb dem Viehhändler und seinesgleichen gehören? In diesem Augenblick entschied sich Wibolt Flaskoper, Moerman zu stürzen. Es musste geschehen, und sei es der letzte Dienst für seine Stadt.

Hompo Hayen hatte ein rotes Gesicht und wässrige Augen, sein Atem roch nach altem Bier, vielleicht auch nach frischem, jedenfalls schien er übellaunig und ihre Begrüßung war kurz. Zu Anfang herrschte noch das übliche Gemurmel, aber bald setzte der Bürgermeister sich durch und schließlich war Ruhe unter den Räten. Mit kaltschnäuziger Selbstsicherheit führte Jakob Moerman durch die Präliminarien, sogar Wibolt musste das anerkennen. »Er versteht sich auf sein Geschäft!«, sagte der Tuchhändler knapp, aber Hompo schüttelte mürrisch den Kopf, beugte sich ihm zu und setzte dabei eine Dunstwolke von Bier und Schweiß frei.

»Die Leute wollen ihn los sein, besser heute als morgen!«, knurrte Hayen, und mit einen Mal war Wibolt zornig auf den anderen.

»Die Leute! Schone mich mit diesem Geseich. Auf die Leute kommt es im Zweifel nicht an, sondern auf die Kerle hier im Rat. Und die wollen ihn ja wohl behalten, zumindest mehrheitlich, etwa nicht?«, fauchte Flaskoper mit mühsam unterdrückter Stimme, und Hayen schwieg beleidigt. In ihrer Nähe tuschelte es, man warf ihnen eisige Blicke zu, Augenbrauen hoben sich und Köpfe wurden geschüttelt. Bis zu diesem Zeitpunkt hatte der Bürgermeister Wibolt glatt ignoriert, weder hatte er ihn begrüßt noch auf andere Weise zur Kenntnis genommen. Jetzt sah er hinüber, ohne sich zu unterbrechen, und seine Augen waren für einen Atemzug die eines Wolfes, der sich anschickt, ein Stück zu reißen. Der Tuchhändler hielt stand, ohne mit der Wimper zu zucken. Sie fochten knapp mit Blicken, zwei oder drei Herzschläge lang, dann wurde der des Bürgermeisters plötzlich stumpf und träge und glitt betont gleichgültig ab.

»Wer ist der neben ihm, der Bursche an seiner Rechten?«

»Das ist Jan Fudd«, flüsterte Hompo Hayen, »sein neuer Sekretarius. Jakob setzt ihn als zweiten Schreiber ein, er bezahlt ihn aus eigener Tasche. Was Fudd tun soll, ist nicht klar, aber es gibt Gerüchte. Er soll angeblich festhalten, was außer offiziellen Wortmeldungen noch geredet wird. Und von wem.«

Soeben neigte sich Jan Fudd seinem Herrn zu und stellte eine Frage, die Moerman mit finsterem Nicken und einem knappen Befehl beantwortete. Wibolt musterte den Mann. Fudd war in mittleren Jahren, sein Gesicht ebenmäßig geschnitten und die Augen taghell. Sie richteten sich nicht auf den Bürgermeister, sondern tasteten den Saal ab, auch während er mit Moerman sprach. Es schien so, als sauge er alles auf, was sich darin regte. Wibolt stellte sich vor, wie der Sekretarius nach der Versammlung seinem Prinzipal Rede und Antwort stand. Was hatte der Fischhändler zu furzen, als ich über die höheren Taxen sprach? Welches Gesicht zog Hompo bei meiner Begründung der neuen Ratsordnung? Was gab es für Flaskoper zu grinsen, während ich den Schreiber rügte? Mit wem hat er getuschelt? Konntest du Einzelheiten verstehen?

Weit ist es gekommen mit uns, dachte Wibolt bitter. Früher war das Visier offen, bei aller Gegnerschaft in der Sache sind wir ehrlich miteinander gewesen. Und heute? Er sah sich um. Die meisten der Räte blickten vor sich hin. Kaum jemand suchte Kontakt zu seinem Nachbarn. Wo einst gelassenes Selbstbewusstsein geherrscht hatte, behielten jetzt Misstrauen und Verschlossenheit die Oberhand. Der Bürgermeister sprach ausufernd über Belanglosigkeiten, und die Herren ließen es nahezu reglos über sich ergehen. Und noch etwas war anders als früher: Während man zu Johann Wynsens Zeiten einfach aufstand und redete, hatte man jetzt die Hand zu heben und darauf zu warten, dass der Bürgermeister das Wort erteilte. So wollte es die von Jakob Moerman durchgesetzte neue Ratsordnung. Wibolt sah sich das Treiben eine Weile an, schließlich hatte sich seine Geduld erschöpft und er stand auf.

»Was ist das hier? Die Ratsversammlung von Emden oder ein Treffen von Beutelschneidern? Regeln wir die Dinge der Stadt oder sitzen wir auf eine Runde *Assins stich den Sack*?« Der Tuchhändler sprach von einem Spiel, das in diesen Tagen bei dem Gesindel in den Vorstädten sehr beliebt war, man sah es des Abends in Schenken und Herbergen. Zunächst zahlte jeder seinen Einsatz, und dann saßen die Männer bei trübem Licht um ein Tischbrett, jeder mit der Hand am Messer, das aber noch im Gürtel steckte. Über die Tafel wurde in raschen, unregelmäßigen Bahnen ein kleiner Leinenbeutel gezogen. Wer sich zuerst rührte, ohne zu stechen, schied ebenso aus wie wer stach und verfehlte. Der zuletzt übrigblieb, gewann das eingesetzte Geld.

Unterdessen war Ruhe im Saal, bis auf das Lachen einiger Ratsherren war nichts zu hören. Wibolt stand als einziger und nun konnte ihn der Bürgermeister nicht mehr ignorieren. Moerman fuhr trotzdem in seiner Sermon fort, ganz so, als ob nichts gewesen wäre, und erst nach einer Weile, nämlich als Wibolt derart mit der Faust auf die Tafel schlug, dass sogar der Sekretarius Fudd erschrocken zusammenfuhr, richteten sich die Augen des Bürgermeisters auf ihn und hielten ihn fest. Sie schienen auf die Entfernung durchaus gelangweilt, glanzlos und trüb wie die vergilbte Schweinsblase in einem uralten Fensterrahmen, aber Wibolt kannte diesen Blick. Es war der eines Raubtiers, der sich schläfrig stellt, ehe es zuschnappt.

»Du warst eine ganze Weile fort, Wibolt Flaskoper«, sagte der Bürgermeister träge, »inzwischen hat sich die Ordnung im Rat geändert!«

»Nicht zum Vorteil, wie mir scheint«, unterbrach der Tuchhändler spitz.

»Es ist nun nicht mehr üblich, dazwischenzublöken wie auf einem Bauernmarkt. Vielleicht gelingt es dem großen Gotlandfahrer, sich danach zu richten?« Den *großen Gotlandfahrer* zog Moerman genüsslich in die Länge, und an den geflissentlich feixenden Gesichtern konnte Wibolt ablesen, wo seine Feinde saßen.

»Das war nicht klug!«, hörte er den Bierhändler murmeln, und während sich noch sein Blick durch die Reihen tastete, einen Augenblick auf den höhnischen Zügen des Reeders Focke Uffen verharrte, ging der Bürgermeister zum Angriff über.

»Du hast nur Schaden über die Stadt gebracht. Mit deinen wilden Plänen über eine Kaufmannsgilde mit Bremen, die uns vor allem viel Geld gekostet hat. Und nun kommst du daher und führst das große Wort? Derlei wird nicht geduldet. Nicht mehr!«

Wibolt war stehen geblieben. Er fühlte, wie ihn Hompo Hayen hinten am Wams zupfte und wehrte dessen Hand ab. »Falsch! Ich führe nicht das große Wort, sondern nehme mein Recht als Ratsherr wahr. Das wird ja wohl noch möglich sein, auch nach der neuen Ordnung«, gab Wibolt ruhig zurück und sah Jan Fudds Schreibrohr über das Pergament fliegen.

Moerman ging nicht darauf ein. »Was hat er uns denn eingebracht, dein großer Entwurf über neue Märkte, Umschläge und Gewinne? In erster Linie doch Kosten, vergeudetes Silber, Nachteile. Die Brüder klagen alle, jedenfalls die meisten. Kaum einer hat es vermocht, aus der Sache nennenswerten Nutzen zu ziehen. Dein bestürzender Mangel an Urteilskraft ist damit erwiesen«, plärrte der Bürgermeister jetzt in anklagendem Ton, »und ich, daran erinnere dich, ich war von Anfang an dagegen!« Auf der Empore regte sich Unruhe, der zweite Schreiber drehte sich hilfesuchend zu ihm hin, er konnte wohl nicht so rasch mitschreiben und wurde von Moerman so harsch angefaucht, dass der Mann bis ans Haar erbleichte.

»Auch wieder falsch«, konterte Wibolt, er war jetzt so gelassen wie ein Zecher auf einer Kirchweih, »denn das Feld war wohlbereitet und das Saatkorn gelegt. Es ist an jedem selbst, die Pflanze zu hegen und die Frucht schließlich zu ernten.«

Moerman war aufgestanden, er stützte sich mit den Fäusten auf den Schragen ab, sein Hals hatte sich im Zorn gerötet. »Du spuckst hier große Töne, aber was hast du denn selbst daraus gemacht? Was denn, Wibolt? Du hast Tuch im Baltikum losgeschlagen. Na und? Das hättest du auch in Oldenburg verkaufen können, oder in Leer!«

Alle Augen waren jetzt auf den jungen Tuchhändler gerichtet, die meisten in schadenfroher Erwartung, komm schon, Wibolt, lass uns dein mageres Ergebnis hören, viele andere noch unentschlossen, durchaus geneigt, aber vorsichtig. »Ich habe fünfhundert Ballen friesisches Blautuch an den Bischof von Livland geliefert!«, sagte Wibolt recht gemächlich, und auf den Zügen des Bürgermeisters spiegelte sich mit einem Mal offener, in fette Genugtuung gewälzter Spott.

»Leeres Stroh! Das wissen wir!«, schrie einer aus der Menge, es war die Stimme des Reeders, ganz eindeutig, und zwischen den grinsenden Lippen des Schreibers Jan Fudd spielte emsig eine rosige Zungenspitze.

Wibolt hob beide Hände. »Gemach, Freunde!«, setzte er ruhig fort, zog dann die beiden Pergamente aus dem Wams, und da, so schien es ihm plötzlich, als ahnte Moerman Ungemach. Jedenfalls schnaufte der Bürgermeister tief nach Luft. »Ich habe zusätzlich das Handelsprivileg dieses Bischofs erworben. Es sichert mir allein in Livland einen Umschlag von bis zu zweitausend Mark Silber im Jahr.« In völliger Stille legte Wibolt Flaskoper den Gnadenbrief vor sich auf den Tisch und hielt das zweite Dokument hoch. »Bin ferner Mitglied in der Gilde der Lübecker Gotlandfahrer. Hier der Ausweis. Bringt mir neben neuen Märkten eine Ersparnis an Akzise, Stapelgeld und Kosten für den Prüfmeister von rund siebzig Mark auf das Anno.« Wibolt hatte zu allen Räten gesprochen und wandte sich nun direkt an Moerman. »Meine Einkünfte werden also rasant steigen. Ich bitte deshalb darum, mir im Stadtkasten weiteren Raum zu geben, damit ich mein Silber verwahren kann.«

Das war der Augenblick, in dem der Viehhändler die Fassung verlor. »Du warst doch schon erledigt, Mann! Tot! Bankrott. Ich weiß es genau!«, heulte Jakob Moerman, er klang wie ein Lämmchen, das nach seiner Mutter ruft. »Deine Herden an der Ems sind verreckt, du konntest deine Rechnungen nicht bezahlen, hast dir Silber geliehen, um dein Tuch zu kaufen, und jetzt erzählst du uns hier solche Geschichten? Wer soll dir das glauben?«

Wibolt wies auf die beiden Urkunden, sagte, sie könnten zu jeder Zeit geprüft werden, und dann schloss er trocken: »Du hast recht, Bürgermeister, oder sollte ich sagen, du *hattest* es. Denn du redest von der Vergangenheit. Das hier«, er hob die Pergamente in die Höhe, »das ist die Zukunft. Und sie steht jedem offen. Jedem, der sie gewinnen will.«

Der Sekretarius Jan Fudd war wirklich tüchtig, er schrieb in einer Eile, die sogar Wibolt beeindruckte, und Jakob Moerman ließ sich ächzend auf seinen Stuhl plumpsen, man konnte ihn selbst von den hinteren Tischen schwitzen sehen. »Gesetzt es stimmt, was du da sagst, so hast du nichts als unverdientes Glück gehabt. Ein guter Handelsherr plant aber nicht auf den Zufall«, nörgelte er. »Was uns betrifft, so finden wir erträglich Auskommen hier in Emden und im Umland, wie schon unsere Väter«, und nun setzte Wibolt Flaskoper seinen letzten Stich.

»Der Kontakt mit neuen Welten offenbart die eigene Nichtigkeit. Davor hast du Angst, Jakob, und das verstehe ich«, sagte der Tuchhändler bedächtig, während der Bürgermeister den Kopf hob und sich Unruhe im Saal breit machte. »Wenn du für dich allein entscheidest, nun gut. Nur: Du bist der Bürgermeister, du trägst Verantwortung für deine Stadt. Vielleicht solltest du daraus die richtige Lehre ziehen.«

Tumult, Gebrüll, rote Hälse und geballte Fäuste, die Anhänger des Bürgermeisters sprangen auf die Füße, so wie Moerman selbst, wie denn, was heißt denn das, die richtige Lehre, wer bist du, dass du dir derlei anmaßt? Der Bierhändler neben ihm murmelte: »Da hast du den Erfolg deines Übermuts«, doch jetzt fuhr Wibolt herum und fauchte ihn zornig an.

»Warum hast du jemals nach dem Amt des Bürgermeisters geschielt, Hompo? Warum nur? Was willst du damit, du hast ein Hasenherz. Und dein Schweigen ist erbärmlich!« Er wandte sich ab und ging durch eine Meer schäumender Wut nach vorn an die Schrage, wo das Mahl bereitet stand.

Sehr bald umringten ihn Räte, die ihm gefolgt waren, Hompo Hayen war darunter, und einige andere Getreue aus früheren Tagen. Der Aufruhr hatte sich gelegt, die Anhänger des Bürgermeisters sammelten sich um Jakob Moerman. Da Wibolt Flaskoper durch sein Verhalten die Sitzung unterbrochen hatte, konnte sie nicht gut fortgesetzt werden, ganz so, als wäre nichts geschehen. Vielleicht war auch das gemeinsame Essen ein guter Weg, die Dinge wieder in richtige Bahnen zu lenken. Der Konflikt war nun da, er war aufgebrochen wie eine Eiterblase und er musste ausgetragen werden.

Dazu war Wibolt fest entschlossen. Der Tuchhändler langte sich ein Hühnerbein vom Holzbrett und griff nach einem Becher mit Bier. Dass niemand außer ihm selbst die Stimme erhob, ärgerte ihn. Hompo Hayen, zum Beispiel. Dieser Mann hatte seinen Vorteil von der Bremer Bruderschaft, hatte gute Kontrakte gemacht und wohl auch gediegene Umschläge, und trotzdem stand er nicht auf und redete. Das Schweigen deiner Freunde, dachte Wibolt. Das Schweigen deiner Freunde ist es, woran du dich eher erinnern wirst als an die Worte deiner Feinde. Er sah in die Augen des Bierhändlers, sie bettelten um Nachsicht, und Wibolt ging hinüber und legte ihm den Arm auf die Schulter.

Die Fraktion um Moerman stand am anderen Ende der Tafel, man aß dort und redete und warf giftige Blicke herüber. Nach einer Weile setzte sich der Bürgermeister in Bewegung und stiefelte los, in seinem Gefolge neben anderen Focke Uffen. Der einstmals ungelittene Reeder schien in der Rangordnung weit aufgestiegen zu sein, er marschierte hinter Moerman wie ein Adjutant. Vor Wibolt baute der Bürgermeister sich auf und musterte ihn aus kalten Augen, der Reeder grinste höhnisch. »Ich weiß, du rechnest dir in Emden noch immer etwas aus, Wibolt«, begann Jakob Moerman, »aber wisse, deine Zeit ist vorbei. Die Zeit unvernünftiger Wagnisse ist vorüber, die Zeit der Flausen und des brennenden Ehrgeizes einzelner, und die Zeit der zweifelhaften Verbrüderung. Es herrscht wieder Ordnung in der Stadt, solide Kaufmannschaft und ehrliches Gewerbe, und da ist für Leute wie dich kein Platz!«

Wibolt hörte den Bierhändler neben sich scharf einatmen, fühlte, wie sich sein Herzschlag beschleunigte, und seine Gedanken setzen sich in Bewegung. Diese Reihenfolge ist kein Zufall, dachte der Tuchhändler. Ordnung in der Stadt. Solide Kaufmannschaft. Ehrliches Gewerbe. Das Tuch. Die Fäden. Er weiß es. Oder er ahnt etwas. Woher hat er seine Kenntnis? Ehrliches Gewerbe, und da ist für dich kein Platz! Eine blanke Unverschämtheit, mindestens aber eine offene Provokation. Annehmen? Ignorieren? Herauszahlen? Er entschied sich für den ruhigen Gegenschlag. Allerdings nicht auf der Ebene der Ehrenhaftigkeit, sondern auf der des gewerblichen Erfolgs. »Solide Kaufmannschaft, Jakob, ja, da stimme ich dir zu, die muss wieder her. Und was das Ende meiner Zeit in Emden betrifft; das bleibt abzuwarten! Es wundert mich übrigens erheblich, dass gerade du anderen brennenden Ehrgeiz vorwirfst«, aber den letzten Satz sprach er schon in des Bürgermeisters Rücken.

Nach der Vesper setzte sich Wibolt Flaskoper gar nicht erst hin, er blieb an seinem Platz und verlangte Aufklärung über die Vorfälle im Hafen, den Brand, die Koggen auf Reede, auch zu neuen Steuern und Abgaben wie das Liegegeld. Er hielt den Räten vor, dass maßlose Forderungen der Stadt Schaden zufügten, ihren Namen minderten und die Folgen für Handel und Gewerbe abträglich seien, aber er setzte sich nicht durch. Der Bürgermeister sagte zu alledem kein Wort, es war nicht nötig, der Widerspruch kam von seinen Leuten, am heftigsten, ja nahezu unflätig war der von Focke Uffen, dem Reeder. Das veranlasste Hompo Hayen, endlich aufzustehen und in einer zornigen Philippika zu fragen, wie es denn wohl anginge, dass Leute mit fragwürdigem Ruf nun im Rat von Emden das große Wort führten. Das Ergebnis ließ nicht lange auf sich warten, und so endete die Magistratsversammlung wie vor der Pause zur Vesper; in geiferndem Geschrei, wie der Streit Bezechter um eine Dirne in der Dorfschenke.

## 32.

*Edlere Handelskunst strebt notwendig nach hohen Zielen, sie zu erreichen findet die Anerkennung der Menschen und Wohlgefallen vor Gott. Zugleich gilt jedoch das Gebot des Herrn nach Zucht und Bescheidung. Erst im Verzicht zeigt sich wahre Größe.*
*Nach der Nowgoroder Schra*

*Emden, um das Christfest 1202*

Es dauerte so lange, dass Wibolt Flaskoper schon fürchtete, der Sekretarius sei verschollen oder sogar tot, aber Habbo Blome kehrte schließlich eine Woche vor dem Weihnachtstag zurück und war so durchgefroren, dass er zunächst nur in Brüchen über Verlauf und Erfolg seines Unternehmens Auskunft geben konnte. Die Hausmagd musste ihm vom Pferd helfen, das Tier war förmlich vor das Haus getaumelt, seine Fesseln waren wund und schrundig von Eis und Schnee. Mieke half dem Sekretarius in die Bettstatt und verordnete strikte Ruhe, sehr zum Missfallen des Hausherrn, der nach Nachrichten dürstete. »Wenn er seine Seele aushaucht, nützt er dir überhaupt nichts mehr!«, sagte die Schwarze Glutäugige mit fester Stimme, und Wibolt blieb nichts, als sich zu fügen.

Unterdessen herrschten starke Nachtfröste, die tagsüber von ergiebigen Schneefällen abgelöst wurden, und an Räumarbeiten im Hafen war nicht zu denken. Die zerstörten Molen, Stege und Hebewerke waren nur noch in Konturen sichtbar, gnädig zugedeckt von einem sanften, wolkigen Schleier, ganz so, als sollten die Mängel einer Braut argwöhnischen Augen verborgen bleiben. Aber allen war klar, was das bedeutete: ob die Wiederherstellung der Südmole so zeitig beginnen konnte, dass sie zur Reisezeit nutzbar war, musste stark bezweifelt werden. Die Folgen für den städtischen Handel konnte man sich leicht ausmalen.

Die Koggen auf Reede lagen nahezu unbeweglich in tiefer Kältestarre, alle Schiffsführer hatten sich entschlossen, den bisher ruhig verlaufenen Winter auch weiter in Emden zu verbringen. Es hatte noch heftigen Streit um ihre Eisenkästen im Gelass der Stadtwache gegeben, der Magistrat von Emden hatte sie als Sicherheit dort hingeschafft und als wohlverwahrt bezeichnet. Genau das wurde von den Eignern jetzt öffentlich angezweifelt. Man werde doch ganz gewiss bestohlen werden, Gelegenheit mache bekanntlich Diebe, und die Schiffsführer verlangten, dass sich eigene Leute ständig im Wachgebäude aufhielten, um so ihr Geld vor fremdem Zugriff zu schützen.

Natürlich wies der Magistrat dieses Verlangen strikt zurück, und der Bürgermeister hatte geschäumt vor Wut. Wer sind denn diese Bauernlümmel, hatte er gefaucht, dass sie es wagen, den Magistrat der Stadt Emden auf Märkten und Plätzen der Gaunerei zu verdächtigen? Und im Übrigen gehört euch dieses Geld nur noch zum Teil. Ihr werdet, wisst ihr, eine erhebliche Summe davon abtreten, um den von euch angerichteten Schaden aus der Welt zu schaffen, und genau so wird es kommen, da hilft euch kein Gott!

Die Schiffsführer ließen unterdessen nicht von ihrer Forderung ab, und so kam es, dass stets ein paar ihrer Männer vor dem Bau der Stadtwache herumlungerten, um den Bürgern zu zeigen, wie ernst es ihnen damit wäre. Wenn ein Knecht der Wache das Gebäude verließ, dann wurde er von den Schiffsleuten angesprochen, zeig her, was du mit dir führst, und nicht selten gab es

Handgreiflichkeiten, bei denen die Fremden allerdings stets den Kürzeren zogen. In summa war die Situation höchst unerfreulich, und sie eskalierte noch in der Christwoche, als aus dem flandrischen Brügge eine Depesche des dortigen Magistrats eintraf. In brüskem Ton war darin beklagt, man halte in Emden eine Kogge fest, die einem Ratsherrn aus Brügge gehöre, breche dabei jedes Recht und Gesetz, und der Rat von Brügge werde sich bei passender Gelegenheit an Schiffen aus Ostfriesland schadlos halten. Ohne Rücksicht. Und ohne darauf zu sehen, woher diese im Einzelnen stammten. »Da siehst du es«, maulte Hompo Hayen in einem Ton, aus dem auch bittere Genugtuung klang, wie bei einer seit langem gehegten Befürchtung, die nun endlich bestätigt wurde, »der Kerl fährt hier alles an die Wand«, und damit meinte er Jakob Moerman, den Bürgermeister.

Die Stadt sollte eigentlich in winterlicher Ruhe liegen, aber das tat sie nicht, im Gegenteil. Ständig sah man Männer mit hohem Kragen und tief in die Stirn gezogener Mütze um Häuserecken hasten, und von den schneebedeckten Gassen klang häufig gedämpftes Pferdegetrappel. Es schien so, als bereite sich Entscheidendes vor, und schließlich kreisten Gerüchte, der Bürgermeister selbst arbeite wie ein Verrückter, er wolle den Magistrat erneut versammeln, und zwar noch in diesem Jahr.

Wibolt war es recht. »Gut so! Wenn er's nicht tut, dann mache ich es«, bemerkte er knurrend zu Mieke, und die Schwarze Glutäugige sah ihn aufmerksam an. Unruhe gab es nämlich auch im Flaskoperschen Haus am Emder Delft, nicht nur wegen der Zwillinge, denn Wibolt hatte seiner Frau die alten Fäden im Tuch gestanden und Habbo Blome, den Sekretarius, hatte zum Überfluss ein recht heftiges Fieber gepackt. Es schüttelte ihn schon seit Tagen und ließ ihn nicht los, und dem Tuchhändler ging allmählich die Geduld aus. Er brauchte den Jungen, um seinen nächsten Schlag vorzubereiten, es sollte der letzte sein, und dann, in Gottes Namen, sollten die Dinge ihren Lauf nehmen.

Seine Beichte war knapp ausgefallen, sie hatten des abends in der Bettstatt gelegen, draußen knackte der Frost, die beiden Säuglinge schmatzten in tiefem Schlaf, und die Schwarze Glutäugige hatte ihn mit einer Leidenschaft geliebt, die ihn bis in das Innerste seiner Seele angerührt und endlich auch aufgeschlossen hatte. Und dann hatte er sich erleichtert, und Mieke hatte danach so ausführlich geschwiegen, dass er schon dachte, nun ist sie mir gram. Ich werde mir also einen anderen Broterwerb suchen müssen, vielleicht Walkmüller, oder ich schneide Stiefelleder, zum ehrenhaften Handelsherrn tauge ich nicht mehr.

Dann brachte ihn die Schwarze Glutäugige mit einem langen Kuss auf andere Gedanken. »Es ist wahr, Wibolt, du hast den Kodex gebrochen«, wisperte Mieke sehr leise, denn was sie nun am wenigsten gebrauchen konnten, das waren hungrige Zwillinge, die auf der Stelle gesäugt werden wollten. »Doch diese Sünde ist lässlich, denn du hast ohne Plan oder Absicht gehandelt.« Sie stützte sich auf ihrem Ellbogen ab und fuhr ihm mit dem Zeigefinger sanft über die Nase, während er sich mit ihrem linken Busen beschäftigte. Mieke ließ ihn gewähren, aber ihr Ton wurde schärfer, sie brachte es wirklich fertig, rügend zu wispern. »Was man dir in der Tat vorhalten muss, das ist dein kopfloses Handeln unter dem Eindruck von Not und Verwirrung. Derlei ist von Übel. Was immer dir zustößt, lass die anderen niemals sehen, dass du schwitzt, ein Kaufmann muss stets beherrscht bleiben«, und da wusste Wibolt, dass er eine Löwin geheiratet hatte.

\*

Das Fieber des Sekretärs ließ endlich nach, Habbo war noch recht schwach, aber er konnte wieder essen und, vor allem, mit Verstand reden. Wibolt brachte ihm Brot und einen Napf fetter Fleischbrühe, und als er die Kammer betrat, saß Habbo Blome aufgerichtet unter der Pferdedecke, den Strohsack im Rücken, und langte seinem Prinzipal die Suppe aus der Hand. Der Hausherr ließ ihn löffeln, sah beim Essen zu und trank selbst heißen Wein, den ihm die Magd zubereitet hatte. Das Gelass war so kalt, dass man ihren Atem sehen konnte, er stand ihnen in kleinen Wolken vor den Mündern. Der Frost hatte noch zugenommen, das Wasser im Hafenbecken wurde träge und selbst wenn die fremden Koggen hätten auslaufen wollen, es wäre bei dem Wetter nicht möglich gewesen. Bei dieser Kälte konnte man keine Seemannschaft leisten.

Habbo bat um einen weiteren Napf, die Magd brachte ihn, und dann, während er aß, begann der Sekretär zu berichten. Als erstes versetze er seinem Herrn einen heiligen Schreck. Er sei nicht in der Wesermarsch gewesen, sagte der Sekretarius mit vollem Mund. Wibolt fuhr auf. »Wieso nicht? Und warum hat es dann so lange gedauert?«

Habbo schob sich genießerisch den letzten Schlag Suppe in den Mund und leckte dann sorgfältig den Löffel ab. Er war wohl doch noch nicht recht bei Sinnen, sonst hätte er sich derlei kaum erlaubt. »Es war nicht nötig, Herr. Ich bin schon in Rüstringen fündig geworden, wisst Ihr, im Stift Friedeburg.« Die Mönche hätten ihm, während er dort nächtigte, einen Hinweis gegeben, den Namen eines Mannes genannt, der mit Pferden handelte und die Äcker des Klosters zu den üblichen Zeiten im Jahr pflüge. Habbo begann, seine Schüssel mit Brot auszuwischen, während sein Prinzipal die Kammer mit unruhigen Schritten durchmaß. Ein Rosskamm sei der Kerl zwar nicht, eher ein normaler Viehhändler, aber er halte und ziehe auch Pferde und kaufe immer wieder Hengste aus fremder Zucht, zur Auffrischung des Blutes seiner Koppel.

Wibolt Flaskoper blieb abrupt stehen. »Mann, Habbo, nun sieh zu. Du bist wie ein Huhn, das legen will, aber nicht weiß wohin. Nun spuck's endlich aus!« Der Junge nickte verdrießlich, dann fasste er rasch zusammen. Er habe den Viehhändler aufgesucht und ausführlich mit ihm geredet. »Und?«, drängte der Hausherr.

»Es ist wahr, er hat ein Pferd von Jakob gekauft, das krank war. Hat alle seine Stuten damit angesteckt. Der Kerl war außer sich«, erklärte Habbo und seine Genugtuung war ihm anzumerken. Er hatte recht behalten in dieser Sache, die der Bierhändler als Geschwätz abgetan hatte.

Wibolt Flaskoper starrte den Sekretarius an, in seinem Hirn drehten sich die Räder. »Aha. Gut. Und weiter? Wird er aussagen?«, stieß der Tuchhändler nach, doch zu seiner Enttäuschung schüttelte Habbo den Kopf.

»Nicht bei uns. Er hat den Fall seinem Magistrat vorgetragen. Der Rat seiner Stadt hat nach seinen Worten eine Depesche nach Emden geschickt. Sie müsste schon eine ganze Weile da sein.«

Wibolt erstarrte. Wie denn? Eine Depesche? In der Stadt? Aus Friedeburg? »Was für eine Depesche? Mit welchem Inhalt, Habbo, nun lass dir doch nicht jedes Wort aus der Nase ziehen!«

Der Sekretarius war schon wieder so weit hergestellt, dass er vorwurfsvoll blicken konnte, und davon machte er nun reichlich Gebrauch. »Wie ich sage, Herr. Und was wird schon drinstehen. Dass der Viehhändler seinen Schaden ersetzt haben will, natürlich, was denn wohl sonst?«

Danach war eine Weile Ruhe in der Kammer. Sie hörten die Magd an der Esse rumoren, sie legte wohl nach, und aus der Stube der Kinder kam leises Singen.

Mieke säugte. Die beiden Männer sahen sich an. Jeder wusste, was der andere dachte. »Und warum wird der Brief nicht im Rat behandelt?«, fragte Wibolt schließlich recht überflüssig, und vielleicht wurde der Sekretarius deshalb richtig frech.

»Warum wohl? Weil der Rat von Friedeburg darin Klartext redet.« Fügte dann rasch hinzu: »Herr!«, und setze sich auf. »Der Viehhändler verlangt nicht nur Ersatz. Er beschuldigt Jakob auch der Rosstäuschung. Ich glaube nicht, dass Moerman derlei öffentlich diskutiert wissen will.«

Also hatte der Bürgermeister zwei Probleme am Hals. Das eine war der Verkauf des kranken Hengstes, das andere die amtliche Schrift einer fremden Stadt und ihre mögliche Unterschlagung. Aber was nun? Der Prinzipal zählte die Fakten an den Fingern seiner Hand ab. »Wir haben weder Beweise noch haben wir Zeugen, richtig? Moerman stellt sich tot, das ist doch klar. Er verhält sich wie ein Spieler, stimmt's? Wenn wir ihn im Rat auf die Depesche ansprechen, wird er sagen, welche Depesche? Oder er wird sagen, ruhig Freunde, seht her, wir arbeiten an einer Antwort!«

Habbo war schon eine ganze Weile auf seinem Strohsack hin und her gerutscht, jetzt hob er den Arm und sah seinen Herrn an, als wollte er sagen, Logik ist heute nicht Eure starke Seite. »Moment, Prinzipal, so einfach wie Ihr Euch das denkt, ist die Sache für Jakob nicht. Schließlich wird er selbst in dem Schreiben beschuldigt. Er kann nicht so tun, als sei er nur von Amts wegen betroffen.«

Wibolt stutzte, dann lächelte er. »Du hast recht, Mann. Er sitzt in der Klemme. Die Frage ist nur, ob wir sie zudrücken können. Und wie?« Er richtete sich auf und sah den Jungen scharf an. Der erwiderte den Blick. Wenn wir die Klemme nicht zudrücken können, Prinzipal, mag es sich Jakob Moerman auf viele Jahre recht behaglich darin einrichten, mochte das heißen, eine wunderbare, feine Klemme ist das. Aber der Hausherr sprach schon weiter. »Und was ist mit dem Silber, Habbo?«

»Das ist alles noch im Sack, Herr«, antwortete der junge Sekretarius trocken. »Bin nichts losgeworden, nicht ein Stück.«

\*

Der Magistratsschreiber lief durch die Gassen, er hatte einen Ausrufer bei sich, der die Trommel rührte und seinen Gesang losließ, drei Tage hatten die Herren Zeit sich zu sammeln. Das mochte hingehen, es war ein angemessener Vorlauf. Zwar ruhten die Kaufleute, doch es gab auch noch Ratsherren mit laufendem Gewerbe, die Geschäfte der Handwerker lebten fort, es wurde Bier gemacht und Fleisch gehauen, die Müller schufen Mehl für Brot und Jannes Korte, der Segelmacher, hatte schon in der letzten Sitzung gestöhnt. »Was denkt ihr euch? Bei mir herrscht Hochbetrieb. Habe Aufträge für eine ganze Flottille, wann soll ich es denn sonst tun, im Winter, wenn ihr eure Hintern wärmt, mache ich mein Geschäft.«

Schon um das Christfest herum hatte es sich angedeutet. In der Bürgerschaft herrschte reger Dienst. Fremde Boten kamen und gingen, dann wurden die beiden Schreiber zitiert, wieder entlassen und zurückgeholt, und der Bürgermeister, so hieß es, sei schon seit Tagen nicht mehr zu Hause gewesen. Er arbeite wie ein Wilder und sogar die Nächte verbringe er im Magistrat. Er habe sich eigens von Hompo Hayen etliche Kannen Bier kommen lassen, und die Magd trage ihm das Essen auf's Amt. »Was macht der verdammte Kerl da?«, fragte Wibolt seinen Sekretär, aber Habbo hob nur die Schultern.

»Er weiß vielleicht, dass Ihr ihn angreifen werdet, also wird er wohl seine Vorkehrungen treffen.«

Unterdessen hatte der Winter merklich an Schärfe

verloren. Hafen und Reede waren eisfrei, der Schnee war geschmolzen und mit seinem Verschwinden offenbarte sich das Drama an der Südmole mit brutaler Deutlichkeit. Die verkohlten Stege, die schwarzen Trümmer der Hebewerke, die dürren Reste der Poller und Pfähle, die sich wie anklagend in den Himmel reckten, erinnerten jeden in der Stadt daran, dass hier noch viel zu tun sei. Und aus der Welt zu schaffen.

Wibolt Flaskoper hatte inzwischen eine tiefe Unruhe erfasst, er versuchte es im Haus zu verbergen, aber die Fakten waren da und kaum zu übersehen. Er wirkte fahrig, war oft mit seinen Gedanken weit fort, hörte nicht zu, obwohl er so tat und schien die besorgten Blicke seiner Frau nicht zu bemerken. Was immer auch auf den Tuchhändler nun wartete, es sah so aus, als sei er nicht sonderlich gut darauf vorbereitet.

Und doch täuschte dieser Eindruck. Wibolt hatte die Festtage genutzt, um seinen Kopf auszulüften. Sein Plan stand. Eine Weile noch hatte er mit sich gerungen, den Bierhändler einzuweihen, war schwankend, ob das auch klug sei, und schließlich hatte er es gelassen. Hompo war nicht standfest, und vor allem nicht verschwiegen genug, er musste es ohne ihn schaffen, und inzwischen war Wibolt dessen auch nahezu gewiss. Der Turm schwankte ja bereits, es bedurfte nur noch eines kleinen Stoßes, ihn zum Einsturz zu bringen, und dazu, das wusste er, würde seine Kraft wohl ausreichen.

Unverzichtbar war dagegen der Sekretarius, Habbo Blome, nicht für den letzten Kampf, wohl aber für seine Vorbereitung. Der hellwache Kopf des jungen Mannes und sein Geschick in allen schriftlichen Dingen leisteten dem Tuchhändler wertvolle Dienste. Habbo hatte auch das Siegel der Stadt Friedeburg in allen Grundzügen erfasst, er konnte es zu Pergament bringen und der Rest war ein Kinderspiel. Es war auch der Sekretär, der sich noch einmal für einen Ritt in die Vorstadt verabschiedete, er habe noch etwas zu besorgen. Knapp bis zur Vesper blieb er fort, und als er zurückkehrte, lächelte er oft und legte eine fast hoffärtige Selbstgewissheit an den Tag, ganz so, als wollte er sagen, sorgt euch nicht, ich kenne nicht nur das Ende, sondern habe es auch in der Hand.

Am Morgen des dritten Tages verabschiedete sich Wibolt von Frau und Kindern, als wäre es eine Trennung für immer, mit einer Inbrunst, dass sogar seiner Mieke die Augen feucht wurden. Er nahm den dünnen Streifen dunkle Wolkenwand nicht wahr, der am Westhimmel drohte, sondern atmete die fast frühlingshafte Luft in tiefen Zügen. Über der Mole tanzten die Möwen, das Licht schmeichelte, weich und mild schienen alle Farben. Nur der scharfe Brandgeruch aus dem Hafen störte die Idylle, er stach noch immer in die Nase, fast so wie ein Warnzeichen, eine Mahnung, seht her und gebt acht, die Welt ist nicht so heil, wie ihr sie euch wünscht.

Allerdings schien sich der Bürgermeister eines anderen besonnen zu haben, denn an der Nordmole lag ein Stapel behauener Eichenstämme. Sie mussten wohl in den Tagen um das Christfest herangeschafft worden sein. Wibolt war klar, was das zu bedeuten hatte. Jakob Moerman wollte Führung und Tatkraft zeigen. Diese Fremden, versteht ihr, verbrennen euch den Hafen und halten dann ihre Beutel zu. Aber ich, euer Bürgermeister, lasse euch im Elend nicht allein. Eure Sorgen sind meine, euer Schicksal teile ich. Es ist wohl zu spät, Jakob, dachte der Tuchhändler, du streckst dich ohne guten Abschluss, und dafür will ich sorgen.

Er umrundete den Kirchenbau und lenkte seinen Schritt nach Westen, auf den Magistrat zu. Unter seinem Wams knisterte das Pergament, er tastete danach und fühlte sein Herz durch die Joppe schlagen. Leicht wird es nicht, Wibolt, darauf kannst du setzen, und angenehm auch nicht, aber es muss sein, um nahezu jeden Preis. Aus der Gasse der Riemenschneider und Seiler näherte sich eine Gruppe von Männern, Wibolt kannte niemand von ihnen, es waren wohl neue Räte, Leute aus der Vorstadt, Emporkömmlinge, die auf des Viehhändlers Soldliste standen. Er grüßte, doch niemand antwortete ihm, und er fühlte heißen Zorn in sich aufsteigen. Dieses fremde Gesocks! Halt, Wibolt, sie sind *dir* fremd, weil du deiner Stadt für eine Weile den Rücken gekehrt hast, aber das sagt nichts über ihre Honorigkeit. Hach, was redest du da? Sie sind sämtlich Jakob Moermans Geschöpfe, etwa nicht? Er schwenkte mit den Fremden auf das Rathaus zu, und, indem sie ihn überholten, hörte er sie über ihn reden. »Das ist doch der Tuchhändler, dieser Kerl mit seinen Freunden in Bremen und Lübeck. Der Gotlandfahrer. Aber Jakob wird das Hähnchen heute rupfen!«, sagte jemand ungedämpft, Spott schwang in der Stimme, und die anderen lachten.

Darin steckte eine klare Warnung, aber dass sich die Herren nicht einmal mühten, ihre Rede vor ihm zu verbergen, reizte Wibolt nun bis auf das Blut. Er fiel in scharfen Schritt, umkurvte die Männer, wandte sich um, blieb stehen, die Fäuste in die Hüften gestemmt, und fixierte sie aus schmalen Augen. »Ho, ho!«, machte einer scherzhaft, aber es lachte nun niemand mehr, sie wichen ihm aus, als sie ihn erneut passierten, und vielleicht war es dieser Vorfall, der in Wibolt Flaskoper die letzte Angriffslust weckte. Sein Herz beruhigte sich, es schlug noch immer kräftig, aber ihm war nicht mehr unwohl, und die Treppe zur Bürgerschaft stürmte er mit langem Schritt hinauf, immer drei Stufen auf einmal.

Schon unterwegs und vor dem Haus hatte er es blitzen sehen, zumindest hatte er es geglaubt, doch dann gedacht, du hast dich geirrt, aber nun, oben im Saal, blieb Wibolt mit einem Ruck stehen. Focke Uffen trug ein langes Messer am Gürtel, und er war nicht der einzige. Herausfordernd sah der Reeder ihn an, strich dann fast zärtlich über den Griff seiner Klinge und wandte sich ab. Was ist hier los, dachte Wibolt. Waffen waren in der Bürgerschaft nicht durch Statut verboten, doch es gab ein ungeschriebenes Gesetz, darauf zu verzichten, und das wurde hier gebrochen. Offen. Auf die unverschämte Art des Gassenpöbels. Mit brennenden Augen sah Wibolt sich um. Es hatten sich, so schien es ihm, sämtlich die Anhänger des Bürgermeisters mit Stecheisen bewaffnet, auch Jan Fudd, der Sekretarius, und selbst bei Jakob Moerman baumelte ein reich verzierter Dolch im Gehenk. Der Tuchhändler kochte. Denn welchem anderen Zweck sollte dieses Spiel dienen als der Verbreitung von Unbehagen, wenn nicht sogar Furcht. Der Bürgermeister wollte eine Atmosphäre der Bedrohlichkeit um sich haben, sie sollte ihm nützen, davon war Wibolt überzeugt.

Er forschte nach Hompo, doch der war nirgends zu entdecken. Dann sah er ihn. Hayen stand schon vorn an den Schragen und schlug ein Bierfass an. Es war aus des Bierhändlers Keller, das erkannte Wibolt an den blauen Reifen. Er stiefelte hinüber und nahm den Freund zur Seite. »Spende von dir, oder wie?«, und als Hompo ihn trübe anlächelte, nun komm schon, wozu regst du dich auf, fuhr Flaskoper rüde fort: »Was soll das mit den Eisen?« Hayen zuckte die runden Schultern, und dann kam die Antwort aus des Tuchhändlers Rücken.

Jan Fudd gab sie, der Sekretarius. »Ihr hört wohl nicht zu, wenn der Ausrufer durch die Gassen geht, was?«, fragte der Mann des Bürgermeisters mit seiner melodischen Stimme. Wibolt fuhr herum, als wollte er nach Fudd schlagen, aber der war schon wieder außer Reichweite, stand oben auf der Empore und grinste, er musste sich sehr schnell bewegt haben.

Wibolt Flaskoper hatte endlich genug. Er brannte vor Zorn. Wartete nicht, bis der Bürgermeister den Magistrat eröffnete, sondern erhob seine Stimme und sprach so laut, ja schrie, bis er sich Gehör verschaffte.

»Ich verlange eine Erklärung. Auf der Stelle will ich wissen, warum Herren des Rates zu einer Sitzung mit Messern erscheinen. Was hat es für Ursache, eine uralte Regel zu verletzten, wonach unter diesem Dach Waffen keinen Platz haben?« Es herrschte nun Grabesstille im Saal. Wibolt sah die Feder des Sekretarius Jan Fudd flink über das Pergament fliegen.

Der Bürgermeister antwortete nicht sofort, diesen Stich wollte er wohl unbedingt noch setzen, sondern erklärte förmlich den Beginn der Tagung. Erst danach wandte er sich an den Tuchhändler. »Zu dir komme ich noch, Wibolt, darauf setze. Aber zunächst dieses; ein Bürgermeister muss sich stets um das Wohl der Leute seiner Stadt sorgen, weißt du es nicht? Und hast du nicht gehört, dass man in der Vorstadt eine Leiche gefunden hat? Ohne Kopf, Hände und Füße? Der Mörder ist noch unter uns. Da ist es das Recht eines jeden Mannes, sich seinen Schutz zu schaffen!«

Mit einem Schlag war Wibolt völlig ruhig. Die Drohung des Viehhändlers ließ ihn unbeeindruckt. Du kannst mir nicht schaden, Jakob, mein Handel ist gemacht, meine Geschäfte laufen auch ohne dich. Er fühlte seine Kraft zurückkehren, sie durchrieselte ihn, umspielte Muskeln und Sehnen wie das warme Wasser die Haut im Badezuber an Ostern. Ein Mord in der Vorstadt? Nun ja, es mochte sein, derlei geschah nahezu täglich, und häufig genug fasste man den Täter nicht, aber das war kein Argument für geschliffenes Eisen im Rathaus, jeder wusste das und Moerman wusste es auch. »So. Aha. Gut. Und ich dachte schon, du stützt deine Macht nun auf Klingen. Also sorgst du für den Schutz der Bürger. Aber wie? Indem sich jeder selbst um ihn bemüht, Jakob? Großartig!«, konterte er süffisant, von hinten kam leises Lachen, und plötzlich wusste Wibolt, dass er heute gewinnen würde. »Für den Schutz des Rates sind seit jeher die Knechte der Stadtwache zuständig«, fügte er locker an, »es ist nicht üblich, im Magistrat und unter Ehrenmännern Stecheisen zu tragen.«

»Es ist auch nicht verboten«, zahlte Moerman kalt zurück, den Hieb mit den Ehrenmännern nahm er ohne Wimpernschlag. »Aber kommen jetzt wir zu den wirklich wichtigen Dingen.«

Wibolt dachte nicht daran, nun klein beizugeben. Er sah den Bürgermeister an, diesen Mann, der immer schon sein Feind gewesen war. Der stets schlug, wenn er konnte. Der seinen Vorteil immer nahm, auch wenn er seiner nicht bedurfte, wie ein satter Hund, der auf den geleerten Fressnapf einen Knochen nur knackt, damit er einem anderen nicht zwischen die Zähne kommt. Unwillkürlich musste Wibolt lächeln. Es ist merkwürdig mit Leuten wie Jakob, dachte er. Wenn man sie genau betrachtet, weiß man eher, woran es ihnen mangelt, als dass man sagen kann, was sie auszeichnet. Das Abstoßende fällt ins Auge, nach dem Gegenteil muss man suchen.

»Was gibt es Wichtigeres unter diesem Dach als brüderliche Zucht und Friedfertigkeit? Sie sind die Grundsteine für jeden freien Beschluss«, hielt er dagegen und von den Tischen erhob sich vereinzelt zustimmendes Gemurmel. »Ich verlange deshalb, dass alle Klingen abgelegt und in den Stadtkasten gebracht werden!«

In diesem Augenblick donnerte ein mächtiger Schlag durch den Saal, Hompo Hayen hatte das zweite Fass geöffnet, und nun, da ihm alle Augen gehörten, drehte er sich zur Empore, den Hammer noch immer in der Hand. »Ich unterstütze diesen Antrag«, erklärte der Bierhändler.

»Es ist kein Antrag, er hat es verlangt, hast du das nicht gehört?«, schrie Moerman aus vollem Hals, und Hompo Hayen nickte.

»Ich unterstütze auch das Verlangen«, wiederholte er tapfer, aber diesmal zitterte seine Stimme.

Das Einsammeln der Messer geschah in aller Eile, die

Stadtknechte hetzten durch die Tischreihen, sie wagten es bei einigen der Herren aus der Vorstadt sogar, ihnen die Klinge aus dem Gehenk zu zerren, und trotzdem ging es Moerman nicht schnell genug. Mit Flüchen und wüsten Beschimpfungen trieb er sie an, der Bürgermeister war nahe daran, seine Fassung zu verlieren und vielleicht legt er damit selbst das Korn in die Erde, dessen Saat wenig später so unselig für ihn aufgehen sollte. Moerman war wie eine Furie. »Hinaus, hinaus!«, fauchte er, als die Knechte die Stiege hinabstolperten, und »Eilt euch, und macht die Türe zu!«, und dann zog plötzlich Kälte wie eine Eiswolke aus der Diele hinauf, und vor den Fenstern war es deutlich dunkler geworden.

Die Stadtknechte waren noch kaum verschwunden, als der Bürgermeister erneut zu sprechen begann. »Jedes Wort, hört ihr, jedes!«, sagte er scharf zu den Schreibern, und Jan Fudd nickte gelassen, der andere mit roten Ohren. Dann sprang der Viehhändler auf die Füße. Als triebe ihn der Leibhaftige, jagte Moerman durch die Agenda. So schien es Wibolt, aber bald erkannte er den Plan hinter dieser Hast. Die Herren sollten nicht zum Nachdenken kommen, sie sollten funktionieren wie das Schöpfrad einer Wassermühle, nicht aus eigener Kraft, aus sich selbst in Bewegung gesetzt, sondern durch ihren trägen Widerstand gegen den Fluss der sie umgebenden Dinge. Die Schlusszahlen für das vergangene Haushaltsjahr, durchgewinkt. Die darauf fußenden neuen Hebesätze für Anno 1203, unwesentlich erhöht, durchgewinkt. Der Bericht zum Stand des Neubaus der Kirche, durchgewinkt. Eine recht lange, fast ausfernd umfängliche Darlegung über den Vorrat an Eichenstämmen für die Hafenbefestigung, durch ihn, Jakob Moerman selbst veranlasst, und, nun hört gut zu, das Holz war günstig, die Rechnung habe ich vorgeschossen, zur Kenntnis genommen und durchgewinkt.

Die Südmole und den Halt der Verhandlungen mit

den Schiffsführern streifte Moerman kurz, *sehr* kurz. Spätestens hier hätte wenigstens einer der Herren zucken müssen, aber es zuckte keiner, niemand rührte sich.

Du bleibst ruhig, Wibolt. Es ist deine Stadt, und ihr Schicksal ist dir nicht gleichgültig, aber du bleibst ruhig. Du hast heute nur eine Aufgabe; den Viehhändler zu stürzen. Darauf richte deine Kraft. Aber, zum Teufel, was ist denn hier los? Dieser Bürgermeister weiß auf eine wichtige Frage des Handels keine Antwort, und bei den Kaufleuten regt sich nicht einer? Doch. Der Bierhändler stand auf.

Hompo bat nicht ums Wort, sondern begann zu reden. Der Flaskopersche Bazillus schien also schon zu wirken. Jakob Moerman musterte ihn wie ein Henker sein Opfer. »Was ist mit der Südmole? Das Frühjahr kommt, und mit ihm die Schiffe. Schiffe, die landen müssen. Wie denkst du dir den Fortgang?«

Der Bürgermeister hob die Nase und schnüffelte spöttisch, wie einer der sagen will, was rieche ich da, hast du getrunken? Aus der Stückkammer kam plötzlich Bewegung, kurz darauf huschten die Ratsknechte herein, sie brachten Fackeln und Binsenkerzen, denn nun brauchte man sie wirklich. Trotz der neuen Schweinsblasen dämmerte von draußen nur noch spärliches Licht in den Saal. Bei anderen Umständen hätte es ein Donnerwetter gesetzt, doch nun ließ Moerman die Knechte gewähren, die Unterbrechung schien ihm zu passen, aber sein Adamsapfel machte wilde Bocksprünge, am Kinn zuckte ein Muskel und daran konnte man sehen, wie angespannt er war.

Was dann geschah, sah aus wie abgesprochen, aber das war es nicht. Die Vorgänge schienen einer geplanten Dramaturgie zu folgen, doch das taten sie keineswegs. Der Bürgermeister machte den Fehler, Hompo zu unterschätzen. Versuchte, den Bierhändler mit wohlfeilen Worten abzuspeisen, nun zerbrich dir nicht meinen

Kopf, Hompo, das wird sich alles finden, aber Hayen richtete sich auf. Plötzlich war seine Stimme fest und kräftig. »Wie beliebt? Ich will wissen, verstehst du, wo meine Koggen anlegen, wenn die Nordpier besetzt ist, und du tust mich ab? Mit hohlem Schwafel? Das leide ich nicht, Jakob!«

Und während Moerman noch glotzte, erhob sich Wibolt Flaskoper. Der zweite Schreiber warf einen verzweifelten Blick auf Jan Fudd, der mit geröteten Wangen saß und seine Feder tanzen ließ. »Ich verlange Aufschluss über eine Depesche der Stadt Friedeburg. Sie ist an den Rat gerichtet und seit langem in Emden.« Jetzt hoben sich Köpfe im Saal, es gab Raunen und Gemurmel.

Der Bürgermeister starrte brütend zu Wibolt herüber, fast schien es, als messe er die Entfernung zwischen ihnen um abzuschätzen, wie viele Sprünge es ihn kosten würde, dem Tuchhändler an die Gurgel zu fahren. »Welche Depesche? Man merkt dir an Wibolt, dass du noch nie in diesem Amt warst, und so wird es ja wohl auch bleiben.« Moerman versuchte ein knarrendes Lachen, doch es gelang ihm nicht recht. Und es verdross ihn, dass nur wenige Stimmen einfielen. »Botschaften erreichen die Stadt täglich. Es ist oft eine wie die andere, was kümmert dich das?«, fuhr der Viehhändler mürrisch fort. »Sorge du dich um deinen Handel, da hast du genug zu tun, so scheint es mir, und lass uns die Geschicke der Stadt!«

Die Geschicke der Stadt? Uns? Du meinst dich selbst, Jakob. Und du betrachtest Emden schon als dein Eigentum, aber an diesem Bissen wirst du dich verschlucken. Das Lächeln des Tuchhändlers wurde breiter, er strahlte eine nahezu arrogante Selbstsicherheit aus, und das war vielleicht der Augenblick, in dem der Bürgermeister wusste, oder zumindest ahnte, gib acht, Jakob, was legt sich da um deinen Hals, ist das eine Schlinge? »Diese Depesche ist keine der üblichen, du wirst sie kaum übersehen haben«, sagte Wibolt ruhig.

Sie starrten sich in tief die Augen, in der Bürgerschaft war es ruhig, bis auf ein knarziges Organ, das sich lärmend an der Decke brach. »Was soll denn das dumme Gequatsche?« Focke Uffen.

Wo bleiben die Stimmen der anderen, flog es Wibolt Flaskoper durch den Kopf. Die Hilfe der Günstlinge und Abhängigen? Wer springt dem Reeder bei? Wer springt Jakob Moerman bei? Warum bleiben die Kerle in Deckung? Bezahlte Treue ist nichts wert, und dann ging der Bürgermeister zum Angriff über. »Ganz recht. Das ist Gerede und damit stiehlst du uns die Zeit. Dein Urteil müsste sich ja wohl auf Kenntnis des Inhalts stützen, und woher solltest du die wohl haben?«

Nun richteten sich alle Augen auf Wibolt, und das höhnische Grinsen des Jan Fudd gefror, als Flaskoper sein Pergament aus der Bluse zog. »Recht einfach. Ich habe hier eine Abschrift des Rates von Friedeburg.« Er hob den Brief in die Höhe, das rote Siegel des Stifts leuchtete frisch am Schleifenband, Hälse reckten sich und ein Raunen sickerte durch die Reihen.

Jakob Moerman fasste sich schnell. »Nein! Unmöglich!« Er befahl seinem Sekretarius, das Siegel zu prüfen.

»Es ist wohl echt, Herr«, urteilte Jan Fudd mit belegter Stimme.

»Bring's her!«, verlangte der Bürgermeister, doch Wibolt schüttelte den Kopf.

»Es ist ein wichtiges Dokument und es ist mein Eigentum. Ich gebe es nicht aus der Hand.«

»Wie kann es dir gehören, wo es doch an die Stadt gerichtet ist?«, schrie Moerman mit roten Augen.

»Ich habe dafür bezahlt«, gab Wibolt kühl zurück, und das war nicht einmal vollständig unwahr, denn das Pergament kam aus einem Bremer Handelshaus.

Der Bürgermeister ließ sich auf seinen Stuhl fallen. »Was ist das nur für ein Gesocks, das amtliche Schreiben für Geld in unbefugte Hände gibt?«

»Es sind Bürgermeister und Räte«, log Wibolt mit glattem Gesicht, »doch wichtiger als diese Frage ist der Inhalt dieser Depesche. Ich werde vorlesen, wenn der Magistrat seine Urschrift nicht greifbar hat.«

»Das verbiete ich, denn ein solches Schreiben ist für den Bürgermeister bestimmt, bevor es dem Magistrat zu Ohren oder vor die Augen kommt!«

»Du willst verhindern, dass sein Text bekannt wird?«, fragte Wibolt rüde, und Moerman fuhr auf, als hätte ihn eine Straßendirne unter den Nachtmantel gefasst.

»Ich will, dass die Gebräuche eingehalten werden, Wibolt. Es ist ebenso seltsam wie bezeichnend, dass es dir nicht einleuchtet, aber ich für meinen Teil werde darauf achten, dass die Sitten in Emden noch gelten!«

»Sagt jemand, der in dieser Hinsicht keinen Stein auf dem anderen gelassen hat«, gab der Tuchhändler spöttisch zurück, und dann rief einer von hinten: »Wibolt soll lesen!«

In diesem Moment kam donnerndes Gepolter von der Treppe, unten schien die Tür offen, ein eisiger Luftstrom zog von der Gasse herauf, dann hörte man Schritte auf der Stiege und jeder dachte, die Ratsknechte kehren zurück. »Er wird nicht lesen!«, schrie der Bürgermeister. »Wer sagt uns denn, dass sein Wisch der Urschrift entspricht?« Jakob Moerman war wieder aufgestanden, er fuchtelte zornig an seinem leeren Dolchgehenk, es sah aus, als wollte er blankziehen. »Es geschieht nicht anders als nach den Regeln des Magistrats. Das Schreiben von Friedeburg wird aus der Kanzlei geholt und mein Sekretarius liest es vor!«

»Ich bin dagegen, dass Fudd liest. Soll er meinetwegen die Depesche holen. Aber vorlesen wird sie ein Ratsherr!«, verlangte der Bierhändler, der nun frischen Mut gefasst zu haben schien.

Und so geschah es. Fudd verschwand in der angrenzenden Schreibstube und kehrte nach erstaunlich kurzer

Zeit zurück, das Pergament schien griffbereit gelegen zu haben. Der Sekretär entfaltete den Brief, reichte ihn seinem Prinzipal, der einen finsteren Blick darauf warf und mürrisch nickte. Hompo Hayen stand auf, ging nach vorn und nahm Fudd das Papier aus der Hand.

Dann las der Bierhändler vor. Der Magistrat von Friedeburg führte Klage über einen Emder Viehhändler, der in der Landgemeinde Rüstringen kranke Hengste verkauft habe. Mehrere Stuten wären angesteckt worden und für die Zucht verloren. Es sei erheblicher Schaden entstanden, der müsse nun rasch aus der Welt. An dieser Stelle hob Hompo Hayen den Kopf und auch die anderen drehten sich, denn vom Aufgang her rührten sich Leute. Und dann tauchte der Kopf von Wibolt Flaskopers Sekretarius im Treppenschacht auf, Habbo Blome, neben ihm ein vierschrötiger Mann, der sich als ehemaliger Knecht von Focke Uffen entpuppte, ein Kerl, den der Reeder aus seinen Diensten entlassen hatte.

Und dann schrien sie plötzlich alle durcheinander. »Was wollt ihr hier? Hinaus, hinaus!«, brüllte der Bürgermeister von der Empore, und »der Name, Hompo, der Name, Mann, wie ist der Name des Viehhändlers?«, röhrte es zwischen den Tischreihen, und in diesen Tumult hinein krähte der Bierhändler die beiden Worte »Jakob Moerman!«, und danach war Ruhe im Saal, doch nur einen Herzschlag lang, und noch eine Atemzug.

»Der Bürgermeister?!«

»Damals war ich es noch nicht!«, beeilte sich der Viehhändler zu rufen.

»Was hat das mit den Pferden zu schaffen, die du verkauft hast?«, fragte Hayen in sprödem Ton.

Und dann gab der Bürgermeister zu: »Es war nur eins. Ein Hengst, er war krank. Wer konnte das ahnen?« Die beiden Männer standen noch immer im Treppenaufgang und reckten ihre Hälse. Kein fremdes Faktotum hatte dort irgendetwas zu suchen. Ihre Anwesenheit hatte gewiss einen guten Grund, ihr Glück aber war die unbewachte Tür, und Wibolt wusste, jetzt entscheidet sich alles.

Der Reeder war aufgestanden und hinübergestiefelt, Wibolt erhob sich und folgte ihm. »Was ist denn, Kerls? Habt ihr nicht gehört? Hinaus mit euch, hinaus!«, fauchte Focke Uffen.

»Sie bleiben!«, knurrte der Tuchhändler in des Reeders Rücken

Und der Knecht sagte mit schwankender Stimme: »Ihr habt mich aus Euren Diensten entfernt wie einen räudigen Hund, Ihr seid mein Herr nicht mehr!«

»Weil du mich beklaut hast, Mann!«

»Niemals!«, gab der Knecht aufgebracht zurück, jetzt mit Zorn in den Augen. »Ich bin übel verleumdet worden, und das habt Ihr gewusst, Ihr wolltet mich los sein!«

»Weil du schlecht gearbeitet hast!«, brüllte Uffen aus vollem Hals, und dann stieß jemand einen Schrei aus, der alle im Saal mit einem Schlag verstummen ließ.

»Was soll das hier werden? Ein Possenspiel? Dafür habe ich keine Zeit, Leute. Mir wächst die Arbeit über den Kopf, Mann, verstehst du das?« Es war Jannes Korte, der Segelmachermeister vom Delft, er stand, beide Fäuste in den Hüften, pfiff den Bürgermeister an, und seine Wut war echt. »Nun bring die Sache zu ihrem Ende, Jakob. Ich will zurück in mein Kontor!«

Jan Fudd saß vornübergebeugt und mit gefalteten Händen, der andere Schreiber hatte längst seine Feder auf den Tisch geworfen, die Augen starrten blicklos auf das leere Pergament vor ihm. »Zuerst die Kerle hinaus!«, forderte der Bürgermeister harsch, er wollte noch kämpfen, sein Machtwille hatte ihn nicht verlassen.

»Sie bleiben, denn sie werden sich zur Sache äußern«, konterte Wibolt kühl, und dann sah er Habbo Blome heftig nicken. »Ich verlange ferner, dass die Schreiber nur noch formelle Wortmeldungen festhalten«, fuhr der junge Tuchhändler fort.

Fudd hob den Kopf und sah ihn brütend an, der zweite Sekretär schien nichts mehr zu hören, er hockte versunken an der Schrage. »Das steht dir nicht zu«, regte sich der Bürgermeister, und hatte damit den ersten Turm seiner Festung bereits aufgegeben, denn niemand antwortete und die beiden Männer auf der Stiege betraten den Ratssaal.

Es war der Segelmachermeister Jannes Korte, der jetzt mit grimmiger Ungeduld die Dinge vorantrieb, »Macht hin, ich habe zu tun!« Habbo Blome schob seinen Begleiter nach vorn zwischen die Langtische. Es war klar, der entlassene Knecht des Reeders nutzte die Gelegenheit zur Rache, und mit seinem Vorwurf traf er nicht nur diesen, sondern schließlich auch den Bürgermeister, der nun das Unheil kommen sah und nicht wusste, wie er es abwenden sollte. Wibolt Flaskoper hielt sich zurück. Der Stein rollte, er würde auch ohne seine Hilfe in Bewegung bleiben.

»Jakob Moerman hatte die Pferde im Emsland gekauft, es war eine ganze Koppel«, sagte der Knecht, und der Bürgermeister hob den Kopf wie ein waidwundes Reh.

»Woher hast du deine Weisheiten, Bursche?«, fuhr ihn ein Rat aus der Vorstadt an.

»Ich hörte aus einem Nebengelass ein Gespräch meines Herrn mit dem Viehhändler«, gab der Knecht steif zurück.

»Und die Koppel war krank?«, hakte Jannes Korte nach.

»Nicht die ganze Koppel. Nur die Hengste waren auffällig, es gab Anzeichen, bei einem deutlicher als bei den anderen.«

Moerman sah herüber, in seinen Augen glomm müder Hass, die Schreiber hatten Arbeit. »Anzeichen? Welche Anzeichen?«, fragte Jannes Korte.

Der Knecht hob die Schultern. »Leichte Schwellungen im Genitalbereich, gerötete Schleimhäute.«

»Und trotzdem hat der Viehhändler die Hengste gekauft? Das ist doch Unsinn Kerl, wer soll das glauben?«, donnerte es von neben der Empore, aber der Knecht blieb ruhig. Als Moerman die Pferde kaufte, wären die Symptome noch nicht sichtbar gewesen, sagte er, das kam später.

Der Segelmeister verlor nun die Geduld. »Kerl, stiehl mir nicht meine Zeit, ich rate dir gut!«, schrie er den Knecht an. »Wenn es keine Anzeichen gab, woher sollten die Beteiligten wissen, dass die Gäule krank waren?«

»Der Emsländer fürchtete es. Die Tiere kamen aus einer fremden Quelle und waren deutlich unter Preis.«

Moerman winkte ab, was haben wir hier mit dem Gerede von Gassenpöbel zu schaffen, warum lassen wir es zu? Aber Jannes Korte ließ sich nicht abschütteln, er war jetzt wie ein Bluthund auf seiner Fährte. »Du willst also behaupten, der Emder Bürgermeister hat zum guten Ende Hengste verkauft, von denen er wusste, dass sie krank waren?«, bohrte er nach und der Kerl schüttelte zuerst den Kopf, und dann nickte er.

»Jakob war da noch nicht Bürgermeister, Herr. Und ja, er wollte die Hengste los sein, bevor die Schwellungen größer wurden, er wollte Stutenruhe nicht abwarten.«

Focke Uffen, der Reeder, sprang derart heftig auf, dass sein Stuhl hinter ihm krachend zu Boden schlug, griff seinen Mantel und donnerte die Stiege hinunter, als er die Türe öffnete, wirbelten Schneeflocken auf die Diele. Der Bürgermeister kam wankend auf die Füße, er stützte sich schwer auf der Tafel ab, Mattigkeit schien seinen Körper ergriffen zu haben, aber in den Augen stand kalte Wut. »Und warum, Kerl, sollte ich so dumm gewesen sein, das alles mit deinem Herrn zu erörtern, wie? Wäre es nicht klüger gewesen, auf Mitwisser zu verzichten?«

»Ihr brauchtet seine Hilfe«, sagte der Knecht trocken. »Die Hengste sollten nicht unnötig laufen. Auf gutem

Weg sollten sie im Leiterwagen fahren. Keinesfalls sollten sie geritten werden.«

»Einen guten Leiterwagen besitze ich selbst«, sagte der Bürgermeister in trägem Spott, doch der Knecht schüttelte den Kopf.

»Einen solchen nicht. Ihr brauchtet einen mit verstärkter Achse. Den hatte nur Focke.«

Ächzend ließ sich Jakob Moerman auf seinen Stuhl sinken. Seine Faust krampfte sich um die Lehne, das Gesicht war fahl auf den Tod. Als er seinen letzten Versuch unternahm, war seine Stimme brüchig und müde. »Und warum habe ich die Tiere nicht zurückgegeben, da sie doch krank waren? Ich hätte den Kauf widerrufen können.«

Es herrschte Totenstille in der Bürgerschaft, als der Knecht seine Antwort gab. »Das konntet Ihr eben nicht. Ihr wusstet, dass der Mangel eintreten konnte, oder zu erwarten war, der Emsländer hat Euch darauf zehn Teile Nachlass gewährt.«

Jakob Moerman starrte ihn schweigend an und Jan Fudd legte die Schreibfeder aus der Hand. Danach hielt es niemanden mehr lange unter diesem Dach. Die Herren langten sich ihre Mäntel, ein Teil von ihnen strebte der Stadtwache zu, um ihre Klingen zu holen. Das Mahl blieb unberührt. Als Wibolt auf die Gasse trat, schneite es, als wären alle Himmel gebrochen.

*

*Am Ende eines Geschäftes schließe der Handelsherr seine Hände zum Gebet und danke dem Herrn für jeden Ausgang. Gewinn und Verlust, Erfolg und Niederlage nehme er in Demut an und richte bei letzterem alle Kraft auf das kommende Unternehmen.*

## Epilog

*Groningen, im Frühjahr 1203*

Wibolt schrie aus Leibeskräften, während Mieke zufrieden an ihrem Honigstöckchen saugte. »Er hat schon wieder seinen Schurz voll«, gluckste die Magd und fischte den Kleinen aus der Wiege. Das musste wohl stimmen, denn es zog ein herber Geruch nach verdauter Grütze durch die Kammer. Mieke hatte aufgehört, die Kinder zu säugen, sie wurden nun mit einem Brei gefüttert, den die Magd aus Molke und Mehl rührte. Die kleine Mieke vertrug die Umstellung sehr gut, aber Wibolt tat sich schwer damit. Zudem mochte er den Brei auch dann nicht, wenn er mit Honig versetzt war, und das Stäbchen mit der süßen Leckerei machte ihn nicht satt.

Seine Mutter sah die Entwicklung mit großer Ruhe. Mieke schob ihren Bauch vor sich her und strahlte eine Gelassenheit aus, die ihren Gatten immer wieder in Erstaunen versetzte. »Wibolt ist fett wie ein junges Ferkel«, stellte die Schwarze Glutäugige trocken fest. »Er wird sich gewöhnen. Und bevor er verhungert, geht eher die Welt unter.«

Das Stammhaus der Familie le Clerck stand am großen Markt, mitten in der Stadt, und es war eines der stattlichsten auf dem Platz. Im Gegensatz zum Flaskoperschen Sitz am Emder Delft hatten die le Clerck viel Raum, und sie hatten ihn genutzt. In einem großen, aus festem Stein gebauten Magazin türmten sich die Seidenballen. Boden und Wände waren hohl und mit Tonröhren durchzogen, die in einem ausgeklügelten System aus Belüftung und Wärme die teuren Stoffe trocken hielten. Das Kontor war lichtdurchflutet, es hatte mannshohe Fenster aus klarem Glas, und inzwischen arbeiteten sieben Sekretäre und Schreiber darin, geführt von Jeroen van Derks, der als Magister die Oberaufsicht hatte. Van Derks sah auf peinliche Sauberkeit in den Räumen, seine Helfer waren fleißig wie die Bienen, es duftete allenthalben nach edlem Pergament und frisch gerührter Tinte.

Wibolt hielt sehr viel von dem älteren Westfriesen, Jeroen van Derks hatte den Emder umfassend in die Geheimnisse des Seidenhandels eingewiesen. Er wusste alles über die Raupen und ihre Eier, er kannte die Umschlagplätze in Byzanz und Italien, er hatte sich in der Stadt Lucca aufgehalten und in den Werkstätten die Verzwirnung der Fäden studiert. Dort werde man bald mit Wassermühlen arbeiten, und das gelte es im Auge zu behalten, denn es habe Einfluss auf marktverfügbare Mengen und Preise. Staunend hatte Wibolt gelauscht, die beiden Männer waren sich auf Anhieb sympathisch gewesen. Manchmal des Abends, wenn die Prinzipalin schon in den Tüchern lag, saßen Wibolt und Jeroen beim Wein in der Stube und redeten endlos über Gott und seine Welt. »Seid mir nicht gram, Herr«, sagte der Magister einmal vorsichtig, »ich ehre Euer altes Gewerbe, aber der Handel mit Wolltuch ist etwas für die Straße. Wirklich reich werden kann man so nur selten. Anders mit Seide. An den Höfen der Fürsten und Prälaten Europas sammeln sich Leute, die sich mit unserem Tuch die Schultern behängen wollen.«

Wibolt schmunzelte nachsichtig. Er sprach den Magister ebenso respektvoll an wie dieser ihn. »Habt Ihr bedacht, mein Freund, dass die Zahl derer, die Wolle tragen muss, ungleich größer ist?«

Darauf nickte van Derks verständig. »Das ist wahr, Prinzipal. Aber die sind verstreut, schwer zu erreichen und sie zu kleiden kostet viel Kraft und Geld.«

Zu Wibolts Überraschung stand der Magister der Idee einer durch Handel vereinten Bruderschaft von Städten reserviert gegenüber. Hier sah der Westfriese zuerst die Gefahren, ohne von den Möglichkeiten überzeugt zu sein. In diesem Punkt hatte er viel von Jakob Moerman, dem in Emden gefallenen Bürgermeister und Viehhändler. »Ich kann nicht erkennen, was uns daran frommt«, zweifelte van Derks mit gefurchter Stirn. »Wir gehören seit Anno 1040 dem Bischof von Utrecht, Kaiser Heinrich III. hat die Stadt in einer Schenkung an den Klerus abgetreten.« Der Magister verfiel in tiefes Nachsinnen, schien in sich hineinzuhorchen, ganz so, als wisse er nicht recht weiter, lächelte dann schräg und griff nach seinem Pokal aus rheinischem Glas. »Aber es war ein rechtes Danaergeschenk. Bischof Dietrich ist schwach. Er hat nicht nur die Konflikte des Kaisers geerbt, sondern streitet auch mit anderen Fürsten über Grenzen und Länder, da kommt die Kraft schnell an ihr Ende. Unter einem solchen Herrn hat man viele Freiheiten, das wisset. Warum soll man sie aufgeben?«

Es war das beschränkte Denken eines Turmbläsers, der dem Schall seines Rohres nachhorcht und sich abwendet, wenn er verklungen ist. Das kühl abwägende, dem Neuen zunächst mit Vorbehalt begegnende Interesse des nüchternen Rechners, der gerne zweifelt und sich im Zweifel bescheidet. Beschieden auf seine Kunst, seine Möglichkeiten, seine bekannten und vertrauten Kraftquellen. Man traf derlei gelegentlich, sogar bei erfolgreichen Kaufleuten, aber bei diesem weltläufigen Mann wunderte es Wibolt sehr. »Was ist mit den Vergünstigungen?«, fragte er kühl, »mit den Abschlägen bei Akzise, Stapelgeld und Hebesätzen? Den Kosten für Prüfmeister und Schauerleute?«

Der Westfriese lehnte sich zurück, er war sehr selbstsicher, das sah man. »Dazu müsste ich im Kleinen Stellung nehmen, doch uns ruft nun die Bettstatt. Für heute kann Euch vielleicht Folgendes genügen: Je begehrter ein Gut, desto besser seine Stellung am Markt. Und Seide wird gesucht wie das Gold der alten Könige!«

Wibolt hätte sich belehrt fühlen können, aber seit er Vater geworden war, hatten die Dinge für ihn eine neue Ordnung. Es gab nun Wichtigeres als zu dominieren, im Stolz zu leuchten, einen Disput so zu steuern, dass man an seinem Recht behielt. Also begnügte er sich damit, sanft die Brauen zu heben. »Diese Zusammenhänge sind mir recht geläufig. Gott behüte Euren Schlaf, Jeroen van Derks.«

Um das Osterfest erschien überraschend Habbo Blome aus Emden und wurde mit großer Freude willkommen geheißen. Der frühere Sekretarius des Handelshauses Flaskoper war zu einem gediegenen Kaufmann gemausert, er hatte die Reste seiner ehemaligen Rolle abgestreift wie ein junger Hahn seine überflüssigen Federn. Habbo führte nun das Handelshaus am Delft auf Grundlage aller Verträge und Verpflichtungen, es trug mit Wibolts Einverständnis unverändert den alten Namen Flaskoper, und das schien Blomes Geschäften gut zu tun. Die Dinge mit der Bremer Bruderschaft waren rasch geregelt, es gab keine Schwierigkeiten, sobald klar wurde, dass Habbo solvent war und Wibolt für ihn bürgte. Das Tuchgeschäft mit dem Bischof von Livland, so argumentierte Johann Kampen, sei schließlich nicht mit einer Person verknüpft, sondern mit dem Emder Kontor. Allerdings musste Habbo erneut das Geld für den Einstand bezahlen, und das tat er mit leichtem Herzen. Wibolt Flaskoper hatte einen Großteil seines Vermögens aus dem Geschäft gelöst, den immer noch ansehnlichen Rest als Darlehen zurückgelassen, schließlich in einem feierlichen Akt seine Kostenrolle schlussgezeichnet und dem jungem Mann eine Übertragungsurkunde überreicht. Dann hatten sie sich umarmt. Habbo stotterte seine Schulden ab, und er tat es mit der Präzision und Zuverlässigkeit der Gezeiten. Sie nahmen ihn auf wie einen Sohn, und noch in der Diele, die so groß war wie am Delft das Magazin, tranken sie ein Glas abruzzischen Montepulciano. Habbo brachte Neuigkeiten aus der Stadt, aber zunächst meldete er: »Everhard Svenke ist gestorben. Krank war er wohl nicht. Sein Großknecht fand ihn eines Morgens zwischen den Schafen. Im zweiten Mond hat er noch neunzig Mark Silber gezahlt. Die Herde ist gesund und wächst.«

Wibolt dachte an den knorrigen Mann, der treu und redlich gewesen war, und sie tranken ein zweites Glas auf des Schafzüchters Gedenken. Hompo Hayen, so berichtete Habbo Blome, sei der neue Bürgermeister in Emden, und er selbst nun Mitglied des Magistrats. Anno 1204 hoffe er, in den Rat gewählt zu werden. »Wie macht sich Hompo?«, fragte Wibolt mit schmalem Lächeln, und der vormalige Sekretarius richtet sich auf.

»Ihr würdet Euch wohl wundern. Er hat sein Saufen fast vollständig aufgegeben. Seine Geschäfte führt er mit Umsicht. In der Bürgerschaft ist er wohlgelitten.« Für einen Augenblick verstummte der junge Mann, dann fuhr er fort: »Es ist schon seltsam in Emden, fast wie ein Aufseufzen nach langer Krankheit oder großer Hitze.« Die Räte aus der Vorstadt hätten ihr Mandat niedergelegt oder sich angepasst. »Jakob Moerman hat die Bürgerschaft nicht mehr betreten. Auch nicht als Rat, was er ja gekonnt hätte. Gerüchte sagen sogar, er werde Emden bald verlassen.« Der Reeder Focke Uffen hätte das bereits getan, er sei nach Leer gegangen, ohne indes dort bisher richtig Fuß fassen zu können.

Wibolt hörte alles mit dem Interesse eines Weisen,

dem man über die Gewohnheiten eines Naturvolkes weit hinter dem Reich des Kaisers der Reußen berichtet. »Der Streit mit den Schiffseignern? Die Südmole?«, erkundigte er sich, und über das Gesicht des jungen Handelsherrn fiel jäh ein Schatten.

Ja, Hompo Hayen habe die Dinge rasch in Bewegung gesetzt, man habe sich mit den Schiffsleuten geeinigt und die Südmole werde gebaut. »Aber für dieses Handelsjahr ist sie verloren. Ich werde in Anno 1203 verstärkt auf Landtransporte setzen müssen. Die Verträge sind gemacht!« Seine Augen blitzten, als er dann fortfuhr: »Natürlich wissen die Herren Fuhrleute die Gunst zu nutzen, die Preise für lange Pritschen sind um mehr als zwanzig Teile von hundert gestiegen.« Anno 1203 werde für ihn also kein besonders gutes Jahr. Plötzlich lächelte er scheu. »Ich habe die Einlage an der Walkmühle zurückgezogen und stecke sie in das Geschäft. Onno Berensen kam schon nach dem zweiten Mond mit neuen Forderungen. Mir schien es, als wollte er die günstige Gelegenheit ausnutzen, dass Ihr nicht mehr da wart. Ihr erinnert Euch doch an den gebrochenen Wellenbaum? Ich habe ihn auf der Diele abgefertigt. Ist mir nicht leichtgefallen.« Das Lächeln des Jungen wurde verlegen, seine Ohren hatten nun rote Spitzen.

»Gute Entscheidung, Handelsherr!« Wibolt umarmte ihn. Noch auf der Diele tranken sie Brüderschaft wie zwei uralte Fahrensgesellen.

Das Festmahl am Abend konnte kaum genossen werden, ohne jene Sitzung im Rat der Emder Bürgerschaft ausführlich zu erwähnen. Mieke hatte die Zwillinge gefüttert und in die Wiege gelegt, es war eine, in der die Kinder nebeneinander lagen, und das Ende ihrer Nutzung schien nahe. »Es muss bald eine zweite Wiege her«, sagte sie schmunzelnd, als sie die Stube betrat. »Mieke nimmt Wibolt ständig den Honigstab weg. So kann Ruhe schwerlich sein. Aber jetzt schlafen sie!«

»Immer die Frauen!«, nörgelte der Hausherr mit schrägem Grinsen, und dann tischte ihnen die Hausmagd auf. Es gab trotz der Fastenzeit Kapaun auf Lauchgemüse, weißes Brot aus Weizenmehl, in Honig und Kümmel gegarten Hering und zum Ende mit Rainfarn bestreute Quitte aus dem Einlegefass. Als schwangere Frau nippte Mieke an einem Gemisch aus Molke und Wasser, die Männer tranken Wein. Magister Jeroen van Derks war geladen, besaß aber genügend Takt, sich bald nach dem Hauptgang zu empfehlen.

Danach konnten die übrigen frei reden. Natürlich waren sie rasch bei der Depesche der Friedeburger und der von Habbo und Wibolt gefertigten ›Abschrift‹. Die Hausherrin machte hierzu ein bedenkliches Gesicht, doch Wibolt verteidigte seinen Plan. »Glaube mir, es war die einzige Möglichkeit, Jakob zur Wahrheit zu zwingen. Er hätte es sonst mit Ausflüchten und Winkelzügen versucht und damit Erfolg gehabt«, sagte er, und Habbo nickte heftig.

»Es war eine Fälschung!«, widersprach Mieke. »Und das ist für einen ehrlichen Handelsherrn ein schlechtes Mittel!

»Das hier durch sein Ziel an Makel verliert«, versetzte Wibolt ruhig und ergriff Miekes Hand. »Übrigens habe ich ja nur damit gedroht. Es war nicht nötig, zu lesen.«

»Gewedelt hast du damit«, fügte Habbo Blome grinsend an, aber die Hausherrin war noch nicht zufrieden. Sie entzog ihrem Gatten die Hand.

»Was wäre denn gewesen, wenn Jakob dich gezwungen hätte, das Pergament zu zeigen? Die Fälschung wäre offenbar geworden. Und dass du gefälscht hast!«

Wibolt hatte das Essmesser in den Kapaun gestoßen, aber nun hielt er inne. »Du hast recht, Frau, in der Gefahr stand ich. Die musste ich tragen. Aber am Ende wäre doch deutlich geworden, dass ich nicht täuschen, sondern im Gegenteil die Wahrheit fördern wollte!« Er griff nach seiner Klinge und hebelte sich ein saftiges Stück aus dem Vogel. »Ich bin übrigens leichten Herzens gewesen. Denn mein Verzicht auf das Bürgermeisteramt stand bereits fest.«

Habbo warf ihm einen scharfen Blick zu, sagte aber nichts. Danach herrschte eine Weile Schweigen. Mieke naschte an einer Quitte, und der junge Kaufherr aus Emden kaute an seinem Hering, nicht ohne ihn ausreichend zu loben. Die Magd huschte herein und putzte die Kerzen. Vom Marktplatz hörte man Rufen und Lachen, es waren wohl späte Zecher auf dem Heimweg.

»Warum hat Moerman nicht versucht, die Sache einfach auszusitzen?«, nahm die Herrin ihr Gespräch wieder auf.

»Hat er ja, aber es geriet nicht, weil Wibolt zurückgekehrt war«, sagte Habbo Blome glucksend und setzte sich auf. »Er konnte die Depesche auch nicht einfach verschwinden lassen. Denn der Kanzleischreiber trägt jeden Eingang in eine Postrolle ein. Die hätte Jakob dann auch verschwinden lassen müssen!« Wibolt nickte, doch der junge Mann war noch nicht fertig. Habbo Blome leckte sich die Hände ab und griff nach seinem Weinpokal. »Aber, Herrin, in aller Bescheidenheit: Der Plan Eures Gatten wäre ohne meinen Zeugen fehlgeschlagen. Jakobs Pech war doch, dass er den Reeder für seinen Handel brauchte. Und dass ich von dem entlassenen Knecht wusste.«

Dankbar lächelte Wibolt ihn an. »Deshalb also dein Ritt in die Vorstadt«, sagte er und hob seinen Roten.

Sie saßen und plauderten noch eine ganze Weile, aber als sie den Nachtwächter zum dritten Mal rufen hörten, nun Leute, schließt die Türen und löscht das Licht, zog sich Habbo Blome in die Gästekammer zurück. Liebevoll betrachtete Wibolt den schwellenden Bauch seiner Frau. Mit ihrer Hilfe war er in den Seidenhandel eingestiegen, denn Mieke hatte erklärt, mit den Kindern kann ich das Handelshaus nun nicht mehr führen. Er nutzte ihre

Strukturen, das Geflecht ihrer Kontakte und mit der Hilfe des Magisters Jeroen van Derks waren schon die ersten Wochen sehr vielversprechend gewesen. Noch ging es um die Planung für das Handelsjahr, aber als der Westfriese ihm die Kostenrolle zeigte, hatte Wibolt leichter Schwindel erfasst. Mit verstohlenem Schmunzeln hatte es der andere bemerkt. »Wer mit diesem edlen Tuch handelt, ohne reich zu werden, ist ein Versager oder ein Heiliger«, hatte Jeroen trocken gesagt, und Wibolt hatte mit großen Augen genickt.

Er fühlte Miekes Hand, die ihn sanft in die Gegenwart zurückholte. »Woran denkst du, großmächtiger Handelsherr?«, fragte die Schwarze Glutäugige aus gekräuselten Lippen.

»Nur an dich, Herrin!«, beeilte sich Wibolt zu versichern. Als er sich hinüberbeugte, um sie zu küssen, schoss ihm zu seiner Verwunderung ihre Heirat durch den Kopf. Am Vorabend hatte er ihr einen Ring schenken wollen, es war der, den er auf der ersten Reise mit Mandolf Düsterhenn im dänischen Nyborg gekauft hatte. Aber in seiner Aufregung hatte er ihn glatt vergessen, und erst kurz vor dem Aufbruch nach Gotland hatte er ihn ihr ziemlich hastig auf den Finger gesteckt. Mieke hatte ihm darauf tief in die Augen geschaut und gesagt: »Das sieht aus wie ein Versprechen.«

Er hatte heftig genickt, in seinem Hals hatte etwas gesteckt, das er nicht wegschlucken konnte, und dann hatte er geantwortet: »Es ist eins.« Daran dachte er jetzt. Und gleich darauf dachte er; was bist du nur für ein glücklicher Mann, Wibolt Flaskoper, ein verdammt glücklicher Mann!

\*

## Ende

# Nachwort

So mancher aus der geneigten Leserschaft mag heute mit dem Begriff »Friesisch Blau« den Namen eines populären Porzellans verbinden, und in der Tat, diese Verknüpfung ist richtig. Im vorliegenden Roman ist jedoch das blau gefärbte friesische Wolltuch gemeint, das im Mittelalter und darüber hinaus ein begehrtes Handelsgut war, und sich sogar gegen die fast übermächtige Konkurrenz aus England und Schottland behaupten konnte. Die Wolle kam wohl in der Hauptsache von Schafen aus der Region, auch aus angrenzenden Gebieten wie etwa dem Emsland, sie wurde gereinigt und versponnen, verwebt und gewalkt und mit den verfügbaren Mitteln gefärbt, zunächst mit Färberwaid, einer Pflanze, die vorwiegend im heutigen Thüringen angebaut wurde. Später verwendete man Indigo, das über den nahen und mittleren Osten nach Europa gelangte. Indigo war natürlich teurer als Waid, lieferte dafür aber auch ein Vielfaches an Farbstoff (ca. die 30-fache Menge im Vergleich zum Waid). Mit dem steigenden Bedürfnis des Marktes nach Wirtschaftlichkeit wurde deshalb schließlich auf den Anbau von Färberwaid verzichtet.

Das Reisen im Mittelalter war beschwerlich und gefahrvoll. Wer sich aus der relativen Sicherheit seiner Stadt oder seiner dörflichen Gemeinschaft entfernte, musste für seinen Schutz zunächst selbst sorgen. Zwar gab es erste Rechtsnormen, in Ostfriesland etwa die schon recht weit entwickelten Küren und Landrechte, aber über ihre ordnende Wirkung sollte man sich keine Illusionen machen. Die gerade für reisende Kaufleute so wichtige offene See war gar ein völlig rechtsfreier Raum, hier galt kein Gesetz außer den christlichen zehn Geboten, ein auf Raub gegründetes ›Geschäftsmodell‹ war damit wohl kaum zu beeindrucken. Vor allem Fernhändler waren daher notwendig wehrhaft, sie reisten wenn möglich in Gruppen, verstanden ihr Schwert zu führen und ihr Handelsgut zu verteidigen. Nicht wenige machten sich sogar einen Namen als Kämpfer, der in einigen Fällen wohl auch Teil des Hausnamens wurde, bevor er diesen schließlich in Gänze ablöste. Kaufleuten war es nicht überall erlaubt, ihre Waffen offen zu tragen. In vielen Fällen gestattete man ihnen lediglich, sie griffbereit bei der Ware zu halten. Manche Städte ließen fremde Kaufleute nur ohne Schwert hinter ihre Mauern.

Man könnte vermuten, dass der geschilderten Unsicherheit der Wunsch zur Vereinigung in Bruderschaften und später zur Bildung der Deutschen Hanse entsprang, tatsächlich aber folgte er in der Hauptsache dem Motiv, durch die Bündelung von Kräften und Optionen am Markt erfolgreich zu sein. Dabei ging es nicht nur um die Ausnutzung von kaufmännischen Chancen, sondern mindestens ebenso um die Beseitigung örtlicher oder regionaler Hindernisse, behördlicher Schikane, struktureller Nachteile und fürstlicher Willkür. Der allmählich wachsende Verbund zu einer Wirtschaftsmacht befähigte die Hanse bald, gegengewichtige Akzente zu setzen. Später war sie in der Lage, Gewerbe und Handel durch eigene Standards zu dominieren. Sie führte sogar erfolgreich Kriege, wie etwa den gegen den Dänenkönig Waldemar IV. Atterdag, der im Jahre 1369 mit der Kapitulation von Helsingborg beendet wurde und im Frieden von Stralsund 1370 seinen formellen Abschluss fand.

Mitglied in der Hanse wurde man in den Anfängen durch die Teilnahme am Handel mit ihren Kontoren, Niederlassungen und Vertretern, man wuchs also in die Strukturen hinein. Ab etwa der Mitte des 14. Jahrhunderts stellten Städte förmliche Anträge zur Aufnahme an den Hansetag, der alle zwei Jahre stattfand. Kleinere Städte schlossen sich oft der Hanse durch die Vermittlung größerer Bruderstädte an. Man wurde ohne besondere Form oder Ritus aufgenommen. Im vorliegenden Roman wird dieser Sachverhalt durch die Episode der Stadt Emden mit der Bremer Bruderschaft angedeutet. Es lässt sich ohne weiteres vermuten, dass diese Aufnahme nicht ohne Kosten für das neue Mitglied vollzogen wurde. Ebenso ist denkbar, dass sich die aufnehmende Stadt ihre Bemühungen durchaus versilbern ließ. Schließlich war die Mitgliedschaft in der Deutschen Hanse nicht abhängig von der örtlichen Lage. So waren etwa Dortmund und die ostwestfälische Kleinstadt Borgentreich Hansestädte, ab 1422 auch Groningen, während keine ostfriesische Stadt jemals diesen Status erreichte. Es war im Gegenteil so, dass sich vor allem Emden und Marienhafe wegen aktiver Unterstützung der Seeräuberei (u.a. der von Klaus Störtebeker) in anhaltendem Konflikt mit der Deutschen Hanse befunden haben. Emden wurde deshalb mehrfach von hanseatischen Truppen besetzt.

Dieser Roman handelt von einer Zeit, in der die Strukturen des ab etwa Mitte des 14. Jahrhunderts so erfolgreichen Bundes erst in Ansätzen erkennbar waren. Treibende Kraft scheinen erneut die Fernhändler gewesen zu sein, also jene Leute, die ihr Gewerbe zu weiten Reisen zwang. Sie schlossen sich zunächst wohl in den Städten zu Bruderschaften zusammen, bildeten dann ausländische Kontore wie den Londoner Stalhof und den Peterhof im russischen Nowgorod und überzogen so ihren Wirtschaftsraum mit einem ständig dichter werdenden Netz aus Handelsbeziehungen und Warenverkehr mit Einfluss auf Stückgüte, Preise und Verfahren.

In der ›Lebenswirklichkeit‹ von Wibolt Flaskoper ist alles dies nur als dünne Schnüre eines losen Geflechtes sichtbar, aber die Grundsteine werden schon gelegt. Die Kaufleute rücken enger zusammen, sie organisieren sich und entwickeln ein gemeinsames Verständnis von ihrem Gewerbe, das sich auch als Ethos oder Kodex ausdrücken lässt. Es umfasst bekannte Kategorien der Redlichkeit und bezieht sich ebenso auf Warenqualität (zum Beispiel im vorliegenden Roman die für hochwertiges Tuch authentische Forderung von mindestens 1200 neuen Fäden pro Quadratfuß Stoff) wie auf Validität bei Größen und Mengen. Als Sinnbild steht der ›ehrbare Kaufmann‹, der in dieser Zeit geboren wird, und der noch heute mit seinem Namen für seine Rechtschaffenheit einsteht. Daneben hatten diese Standards ganz praktischen Nutzen; ihre Durchsetzung am Markt wurde mit dem

Gütesiegel der jeweiligen Bruderschaft ausgedrückt. Dieses Siegel sparte die Kosten für den unabhängigen Prüfmeister, der eine Ware vor ihrem Verkauf begutachtete.

Der offenkundige Verstoß gegen den Kodex hatte ernsthafte, manchmal sogar drakonische Folgen. Er zog in der Regel den Verlust des guten Rufes nach sich und war gleichbedeutend mit dem Ausschluss aus der Gemeinschaft im Sinne beruflicher Ächtung. Im Falle des Lübecker Kaufmanns Johan Wittenborg führte er sogar zu dessen Tod. Johan Wittenborg hatte, wie es damals üblich war, als Bürgermeister (hier: von Lübeck) Flotte und Heer der Hansestädte im Krieg gegen den Dänenkönig Waldemar IV. Atterdag geführt. Durch einen schwerwiegenden taktischen Fehler verlor er den Feldzug und kehrte mit großen Verlusten nach Lübeck zurück. Dort wurde er inhaftiert und 1363 ohne weiteres Verfahren hingerichtet. Historiker wissen heute, dass dafür andere Gründe als der verlorene Feldzug maßgeblich waren. Die Causa Wittenborg war dem Rat der Stadt Lübeck wohl derart unangenehm, dass er über seine Hintergründe schwieg. Offenbar aber hatte sich der Kaufmann schwerster Verstöße gegen den Kodex schuldig gemacht.

Die Stadt Lübeck genießt im vorliegenden Roman eine herausgehobene Stellung, und die kommt ihr auch zu. Sie hatte im frühen 12. Jahrhundert Schleswig als zentralen Handelsplatz abgelöst und bildete die Basis zur umfassenden Gewinnung von Ostsee und Baltikum als Wirtschaftsraum. Ihre Kaufleute müssen besonders tüchtig gewesen sein, und das harte Urteil des Kollektors und Ablasshändlers Papst Pius' II., Marinus de Fregeno aus dem Jahr 1479, die Lübecker wären insgesamt »ein geschwätziges Volk, gegen alle Geistlichkeit und vor allem die römische Kirche eingestellt, versoffen, unanständig und von grobem Verstand«[11], ist gewiss der Frustration seines Amtes entsprungen, für den Pontifex in Norddeutschland den

---

11) Vgl. Gisela Graichen/Rolf Hammel-Kiesow, »Die Deutsche Hanse - eine heimliche Supermacht«, Seite 238

sogenannten Türkenzehnten einzutreiben. Tatsächlich ist Lübeck im Jahre 1356 die Ausrichterin der ersten Tagung der Fernhandelsstädte und hat den Hansetag bis zu seinem letzten Treffen vom 29. Mai 1669, ebenfalls in Lübeck, mit weitem Abstand vor Städten wie Hamburg, Bremen, Rostock oder Stralsund, am häufigsten beherbergt. Der Ehrentitel ›Königin der Hanse‹ ist auch dann gerechtfertigt, wenn man berücksichtigt, dass nicht stets alle Städte an den Tagungen teilnahmen.

In *Friesisch Blau* spielen zwei der großen Kontore der Hanse eine wichtige Rolle; der Londoner Stalhof und der Peterhof von Nowgorod in Russland. Beide gleichen sich im Hinblick auf Struktur und Zielsetzung, doch es gibt auch Unterschiede. Der Londoner Handelshof, als der ältere, war früh von Kölner Kaufleuten dominiert und stets auf besondere Weise Teil der gastgebenden Stadt. So stützte er sich auf ein Handelsprivileg des englischen Königs ab, seine Insassen wirkten im Krieg aktiv an der Verteidigung Londons mit.

Der russische Peterhof kann dagegen als Enklave bezeichnet werden. Das Kontor schottete sich nach außen ab, untersagte zeitweise sogar den Handel mit Russen und lebte weitgehend nach Gesetzen, die in einem eigenen Regelwerk, der Schra, niedergelegt waren[12]. Der Roman Friesisch Blau leitet einige Kapitel mit Reflexionen aus der Schra ein. Dabei fußen Texte *nach* der Schra auf der Phantasie des Autors im Geiste des Dokuments. Texte *aus* der Nowgoroder Schra sind jeweils von dort entnommen, jedoch mehrheitlich gestrafft und in heute lesbares Deutsch übertragen.

Wenn wir über Kreuzzüge reden, meinen wir in der Regel die sieben von 1096 bis 1272 unternommenen Züge in Richtung Naher Osten, Ägypten oder Heiliges Land. Viele davon erreichten ihre Ziele jedoch nicht oder endeten im Streit der Heere untereinander, wie zum Beispiel der 3. Kreuzzug, in dem Engländer und Franzosen sich nicht über

---

12) Der Roman stützt sich auf eine Ausgabe der Schra von 1911 mit dem Titel »Die Nowgoroder Schra in sieben Fassungen vom XIII. bis zum XVII. Jahrhundert«; Herausgeber ist Dr. Werner Schlüter

die Führung des gemeinsamen Heeres einigen konnten. Der 4. Kreuzzug machte gar durch ein besonders schlimmes Ereignis von sich reden; das Heer ›eroberte‹ und plünderte Konstantinopel, die damals größte Stadt der Christenheit. Es scheint so, als hätten die Kreuzfahrer diese Gelegenheit genutzt, um sich das Geld für die Heimreise zu ›verdienen‹.

Tatsächlich gab es viele mehr als die genannten sieben, etwa die über 50 Züge gegen Pruzzen und Litauer, und schließlich den gegen die Semgallen, die der damalige Papst als die »letzten Heiden Europas«, bezeichnete. Er fand in der Zeit von 1201 bis 1202 statt, endete mit der Gründung von Riga als Bischofsstadt und ist auch Thema in *Friesisch Blau*. Der im Roman geschilderte Ablauf ist allerdings reine Fiktion. Die dort genannten Protagonisten sind aber, wie im Personenregister jeweils ausgewiesen, in Teilen authentisch. Die militärische Mitwirkung des bewaffneten Ordens der Schwertbrüder an der Christianisierung der Region ist historisch belegt. Plausibel ist aus Sicht des Autors auch die Teilnahme von Fernhändlern an solchen Unternehmungen, aber nicht bei der kämpfenden Truppe, sondern im anhängenden Tross. Für ihren Schutz hatten sie selbst zu sorgen, dabei half ihnen ihre eigene Waffenerfahrung. Sie nutzten die Gelegenheit zur Knüpfung geschäftlicher Kontakte, und suchten daneben auch die Nähe von Fürsten und Kirchenführern. Handelsbriefe oder andere Privilegien aus dieser Hand waren eine sichere Grundlage für nachhaltigen kaufmännischen Erfolg.

Kritiker mit Anspruch auf wissenschaftliche Authentizität werden vielleicht monieren, dass Emden um die Wende vom 12. zum 13. Jahrhundert als Stadt noch nicht so gediehen war, wie es der Roman in Teilen zu vermitteln scheint. Vor allem die Emder Bürger selbst sehen es dem Autor wohl nach, wenn er in dieser Hinsicht der Entwicklung ihrer Stadt ein Stück weit vorgegriffen hat.

# Dank

Ich danke meiner Verlegerin Heike Gerdes. Nach *Friesische Freiheit* und *Die holländische Brille* ist *Friesisch Blau* nun mein dritter Roman in drei Jahren, den der Leda-Verlag in Leer veröffentlicht. Als sich im Zusammenhang mit der *Freiheit* der erste Kontakt zu Heike Gerdes ergab, war diese Entwicklung nicht abzusehen. Sie wäre ohne den frischen unternehmerischen Geist der Verlagschefin nicht möglich gewesen. Meinen Dank verbinde ich mit guten Wünschen für das Haus Leda und mit erwartungsvoller Freude auf die weitere Zusammenarbeit.

Ich danke auch meiner Lektorin Maeve Carels, die mich nun ebenso lange begleitet wie das Haus Leda. Dabei musste sie sich mit nahezu allen Auswüchsen und Unarten herumschlagen, die eine ungezügelte Phantasie nun einmal gebiert. Hierzu gehören sprunghafte Rückblicke, ungeordnete Tempi und als persönlicher Stil getarnter »Missbrauch« von Konstrukten in der wörtlichen Rede. Sie tat dies stets mit der gelassenen Souveränität einer Frau, die viel Lehrreiches zu vermitteln hat. Alle meine bisherigen Romane haben davon profitiert. Dafür bin ich herzlich dankbar.

Ich danke meiner Frau Therese. Sie ist nicht nur Muse, sondern auch der erste Filter. Was vor ihren Augen Bestand hat, das kann man getrost abliefern. Es ist durchaus nicht selbstverständlich, dass Du mich in dieser Weise unterstützt. Ich liebe Dich.

# Personenregister

*= fiktiv

Albert von Buxthoeven
> als Albert III. Bischof von Livland, bis 1229 auch Bischof von Riga, das er 1201 nach einem Kreuzzug gegen die Semgallen gründete. Bedeutender Missionsbischof im 13. Jahrhundert

Apollo
> römischer Gott des Lichtes und der Poesie

Arius*
> semgallischer Fürst, Name geht auf einen christlichen Presbyter im frühen Ägypten zurück

Balduin IX. 1194-1205
> regierender Graf von Flandern und dem Hennegau

Dietrich II. von Ahr
> 1197-1212 Bischof von Utrecht

Everhard Svenke*
> Schafzüchter an der Ems

Focke Uffen*
> Reeder aus Emden

Friedrich V.
> Herzog von Schwaben* 1167 † 20. Januar 1191, Teilnehmer am 3. Kreuzzug, starb vor Akkon an Malaria

Gerhard von Ravenna
> Erzbischof

Guido*
> Hundemeister im flandrischen Heer

Habbo Blome*
: Sekretarius von Wibolt Flaskoper

Herbord Ruwe*
: Altermann am Londoner Stalhof

Heinrich III.
: Salier, von 1093 König und ab 1046 bis zu seinem Tod 1056 Kaiser des deutsch-römischen Reiches

Heinrich von Tossen*
: Bremer Handelsherr und Geldverleiher

Hinrick Grope*
: Bürgermeister von Bremen

Hompo Hayen*
: Emder Kaufmann, Bierhändler

Jakob Moerman*
: Emder Kaufmann, Viehhändler

Jannes Korte
: Emder Segelmachermeister

Jan Borgk*
: Lübecker Kaufmann

Jan Fudd*
: Sekretarius von Jakob Moerman

Jeroen van Derks*
: Magister Sekretarius von Mieke le Clerck

Johann Ohneland
: König von England (König von 1199 - 1216)

Johann Wynsen*
: Emder Bürgermeister

Johann Kampen*
: Gotlandfahrer und Hansekaufmann aus Lübeck

Josef van Arnem*
: Kölner Kaufmann

Jutte Arnhem*
: Lübecker Handelsherrin

Juries Hopper der Ältere*
: Hamburger Kaufmann

Juries Hopper der Jüngere*
: dessen Sohn

Jonathan Pearce*
: Marschall am Londoner Stalhof

Klaus Wunderlich*
: Prokurator des Bischofs von von Wolffenstein Livland

Konrad Markgraf von Montferrat[13]
: *1146 † 28. April 1192, Teilnehmer am 3. Kreuzzug, in seinem Todesjahr kurzzeitig Titularkönig von Jerusalem

Knut VI.
: König von Dänemark, regierte 1182 -1202

Mandolf Düsterhenn*
: Bremer Kaufmann

Maria von Flandern
: geb. Marie de Champagne Ehefrau Graf Balduins IX.

Mars
: römischer Gott des Krieges und der Schlachten

Mieke le Clerck*
: Handelsherrin aus Groningen

Michel*
: Hundemeister im flandrischen Heer

Morpheus
: in der griechischen Mythologie der Gott des Schlafes

---

13) Grafschaft in Norditalien zwischen Seealpen und Po

Onno Berensen*
> Walkmüller im Jeverland

Phillip II.
> König von Frankreich

Phillip de Bois*
> Konnetabel des Grafen von Flandern

Phillip von Dreux
> auch: von Beauvaix, franz. Adelsgeschlecht, Bischof

Richard I. »Löwenherz«
> König von England († 1199)

Stephanus
> ca. 1-36 n.Chr., gilt als erster christlicher Märtyrer

Theoderich von Treyden
> Zisterziensermöch, Begründer des Ordens der Schwertbrüder

Vespasian
> Titus Flavius Vespasianus von 69-79 n.Ch. röm. Kaiser ließ zur Sanierung der Staatsfinanzen öffentliche Latrinen besteuern

Vinno von Rohrbach
> von 1202 bis 1209 erster Herrenmeister des Ordens der Schwertbrüder

Waldemar I.
> König von Dänemark, regierte »der Große«/ »den Store« regierte 1157-1182

Wibolt Flaskoper*
> Kaufmann aus Emden

# Glossar

Assins
: eigentlich: Assasinus; »Assins stich den Sack« ist ein Schenkenspiel

Akzise
: Steuer, Zoll

Albe
: von lat. albus: weiß; Messgewand

Amber
: alter Name für Bernstein

Anis(um)
: lat. Pimpinella anisum, Gewürz und Heilpflanze, schon im MA auch nördlich der Alpen angebaut

Beschälseuche
: Dourine; Deckseuche des Pferdes

Cerberus
: Höllenhund; nach der griechischen Mythologie der Torhüter des Hölleneingangs

Danaergeschenk
: Geschenk, das den Beschenkten schädigt. Der Begriff aus der griech. Mythologe geht auf das Trojanische Pferd zurück, das die Griechen (bei Homer »Danaer« genannt) den Trojanern »schenkten«

»Deus lo vult!«
: Gott will es! Begründung des 1. Kreuzzuges durch Papst Urban II. am 27. November 1095. In der klassischen Form lautet das Zitat »Deus vult«. Die genannte Variante ist Ausdruck des zeitgenössischen, nicht klassischen Lateins

Eucharistiefeier
: Teil der katholischen Messliturgie

Evangeliarium
: Evangelienbuch. Sammlung der vier Evangelien, i.e. Berichte der vier Evangelisten über das Leben und Wirken Jesu Christi. Gemeint sind die vier Aposteln Matthäus, Markus, Lukas und Johannes

Faktotum
: Diener, ›rechte Hand‹. Nach dem lateinischen fac totum = tu alles

Griechisches Feuer
: erstmals im byzantinischen Reich benutzte Brandwaffe in der Art des modernen Flammenwerfers. Auch in Tonkrügen mit Katapult verschossen

Gloria
: Teil der katholischen Messliturgie

Haspe
: Schließmechanismus, Riegel oder Haken

Holk
: mittelalterliches Segelschiff mit Flachboden und Balkenkiel, ansonsten koggenähnlich

Homilie
: Predigt, Glaubensunterweisung im katholischen Messritus. Eigentlich eine Übung zur Auslegung des Evangeliums

Huslotha
: friesische Königssteuer

Kalfatern
: Abdichten von Schiffsrümpfen

Konnetabel
: hoher fürstlicher Dienstmann, Zeugmeister, in der Regel verantwortlich für Stall, Waffen und Ausrüstung

Kyrie
: Teil der katholischen Messliturgie

Maseltov
: jüdisch-hebräischer Glückwunsch, abgeleitet von ›masol tov‹: zum guten Glück

Ministerialen
: in fürstlichem Dienst stehende Verwalter, frühe Form des Beamten

Montepulciano
: Rotwein aus den Abruzzen

Ösfass
: Behälter zum Schöpfen von Wasser

Plänkler
: leicht bewaffnete Truppe, die den Gegner durch Störangriffe beschäftigen und schwächen soll

Plaustrum
: zweirädriger Karren mit starrer Achse

Prokurator
: Bevollmächtigter

Profos
: Polizei-/Gerichtsoffizier, Strafvollstrecker

Rosskamm
: alte Bezeichnung für Pferdehändler

Seldschuken
: Turkvolk, ursprünglich Nomaden, etwa im 8. Jhdt. aus Kasachstan in die heutige Türkei eingewandert. Später Fürstengeschlecht.

**Schnigge**
: schnelles, einmastiges Schiff mit Rudern, eingesetzt als Kurierschiff und für Kampfeinsätze

**Schra**
: altnordischer Begriff für trockenes Fell oder Pergament mit Rechtstext. Die ›Nowgoroder Schra‹ war die Rechtsordnung des Handelshofs in Nowgorod, dem sogenannten Peterhof.

**schwoien**
: Drehbewegung eines Schiffs um den geworfenen Anker

**Stadtkasten**
: auch: Eisenkasten. Bewachtes Gelass einer Stadt zur Aufbewahrung von Geld und Waffen (Kunstbegriff).

**Stapelgeld**
: Gebühr zur Befreiung von der Pflicht, Ware an den Handelsplätzen z.B. von Städten zum Verkauf anzubieten

**Stola**
: Stoffstreifen, Teil des liturgischen Gewandes, der über die Schultern getragen wird. Soll das ›Joch Christi‹ symbolisieren

**Stutenruhe**
: Inkubationszeit; hier Kunstwort, um den modernen Begriff zu vermeiden

## Orte und Landschaften

Aa
: hier: Kurländischer Aa, auch Lielupe. Fluss im Baltikum, mündet bei Riga in die Ostsee

Abruzzen
: Region in Mittelitalien

Ahvenanmaa
: Insel im Süden des Bottnischen; auch: Åland Meerbusens

Bolswarde
: Küstenstadt in Westfriesland

Düna
: Fluss im Baltikum, der bei Riga in die Ostsee mündet

Falsterbo
: Halbinsel an der Südwestspitze Schwedens

Helsingborg
: Stadt in Südschweden, im MA Teil des dänischen Königreiches

Kloster Egmond
: Benediktinerkloster in den Niederlanden. Mit seiner Entstehung im 10. Jahrhundert älteste Abtei des Landes

Langeland
: dänische Ostseeinsel

**Luca**
: Stadt in Norditalien, bereits im MA ein Zentrum der Textilindustrie

**Newa**
: russ. Fluss zwischen Ladogasee und Ostsee

**Öland**
: schwedische Ostseeinsel

**Ostmeer**
: alter Name für die Ostsee. Die heutige Nordsee wurde zur selben Zeit als Westmeer bezeichnet

**Peterhof**
: großes Kontor der Deutschen Hanse, gegründet etwa Mitte des 13. Jhdts. im russ. Nowgorod

**Rüstringen**
: eines der friesischen Länder im MA, etwa um den heutigen Jadebusen gelegen.

**Stalhof**
: großes Kontor der Deutschen Hanse in London, im 12. Jhdt. aus der dortigen Gildehalle hervorgegangen

**St. Remberti**
: Seuchenhospital in Bremen, vor der Stadtmauer am damaligen Bischofstor gelegen

**Wenden**
: Stadt im Norden des heutigen Lettland. Die dortige Ordensburg war der Sitz der Schwertbrüder

**Ystad**
: südschwedische Stadt in der historischen Provinz Schonen

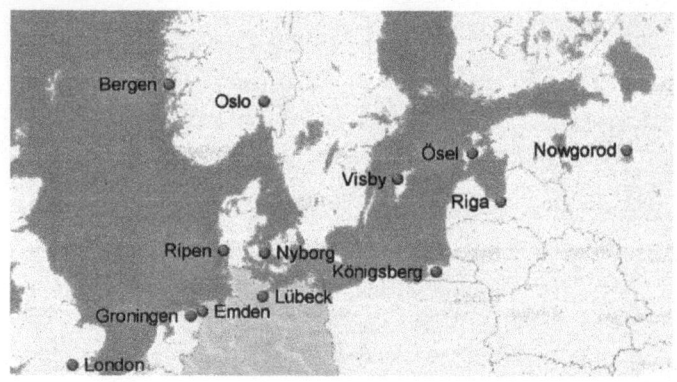

*Karte 1*
*im Roman erwähnte Geographie*

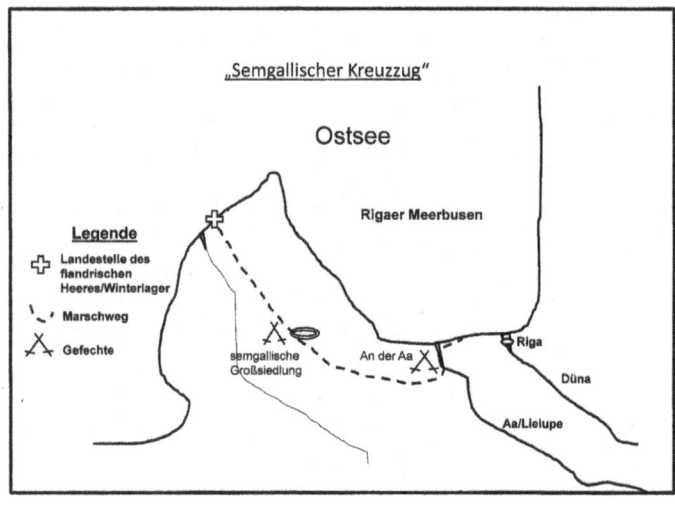

*Karte 2*
*»Semgallischer Kreuzzug« (fiktiv)*